白本松　王立群　孙克强　主编

简明中国文学史稿

（上册）

河南大学出版社

主　编　白本松　王立群　孙克强
副主编　张进德　杨国安　任　光
编　委　（以姓氏笔画为序）
王立群　白本松　任　光　孙克强　张　弛
张一木　张进德　杨国安　曹炳建

编写说明

一、为了满足普通高校教学和高教自学考试的需要，我们编著了这部教材。

二、本书依时代先后共分为九个部分（编），上册包括先秦文学、秦汉文学、魏晋南北朝文学、隋唐五代文学；下册包括宋辽金文学、元代文学、明代文学、清初至清中叶文学、近代文学。每个时代的文学，先于概述中介绍该时代文学发展的基本情况，之后再按文体分类叙述。为了突出重点，重要著作、大作家及重要流派，均设立专章或专节。叙述时力求作到知识性、理论性、系统性的有机结合；语言力求简洁明快、深入浅出。为了节省篇幅，作家生平介绍力求简要，作品评述尽量少引原文。重要作品可参阅我们编写的与本书为配套教材的《中国古代文学作品选简编》（全二册）。

三、本书的编写大纲由编委集体讨论商定，然后分头撰写初稿，最后由主编、副主编统阅定稿。撰写分工为：

白本松　第一编概述、第六章，第四编第七章

王立群　第二编第三章，第三编概述、第二章、第三章、第四章、第五章、第六章，第四编第八章第四节

孙克强　第四编第九章

常　萍　第四编概述、第一章、第二章、第三章、第四章、第五章、第六章、第八章第一、二、三节

边家珍　第一编第一章、第三章、第四章、第五章

王利锁　第二编概述、第一章、第二章、第四章，第三编第一章

华　锋　第一编第二章

四、本书力求反映近年来学术界新的研究成果，于各家观点多有吸收，难以随文一一注明，谨附言于此，以志谢忱。

五、本书是在河南省自考委及河南大学有关领导的指导下编写的，在编定过程中得到河南大学出版社的大力支持，谨于此一并致谢。

六、由于我们水平所限，书中定存在许多错误、缺点，恳希专家、读者批评指正。

编委会

1995 年 7 月

目　　录

第一编　先秦文学

第三编　魏晋南北朝文学

第四编　隋唐五代文学

第一编　先秦文学

概　述

先秦文学经过了十分漫长的发展过程，从社会形态来说，它包括原始社会文学、奴隶社会文学和封建社会初期文学。

中华民族有着悠久的历史。大约在 170 万年前，中国大地上已有人群居住，并创造了以元谋人文化为代表的原始文化。之后经过漫长的旧石器时期，到距今一万年左右，进入新石器时期，社会组织由原始人群过渡到氏族公社，社会生产由采集业和狩猎业为主要部门，发展到以农业、牧畜业、制陶业为主，并学会了简单的纺织与缝纫。到了传说中的尧舜时期（约当公元前 26 世纪），由于生产工具的改进，生产的物资已丰富到足以使少数人拥有私有财产，原始公社制便开始瓦解，奴隶制开始萌芽。在整个原始社会时期，没有阶级，没有剥削和压迫，人们过着共同劳动、共同消费的平等简朴的生活。作为这个时代反映的原始社会文学，其主要形式是原始歌谣和远古神话。它们都属于口头文学，以口耳相传的方式长期活跃在先民的生活中，在当时应该是十分丰富的；可惜在后世的文字记载中，由于种种原因，被记录下来的却很少，在今天保存的古代文献中只能找到关于那个时代文学的一些散乱的零碎资料。即使如此，我们通过这些零碎资料仍然可以了解原始社会文学的大致情况。这些资料说明，那时的文学，无论是原始歌谣或远古神话，都同原始人类的生活有着密切联系。有些作品反映它们的生产斗争，表现出一种改造自然、征服自然的豪迈、自信和乐观情绪；有些作品反映了氏族部落间的战争，表现出一种敢于斗争的英雄气概和牺牲精神。这些作品还多方面地展示了原始人类特有的幻想力和卓越的艺术创造才能。

大约在公元前 21 世纪，夏禹死后，其子启夺取伯益的帝位，废除禅让制，实行世袭制，初步建立了国家形式，中国历史开始步入奴隶社会。之后，经夏、商两代，到公元前 11 世纪，西周王朝建立，周公“制礼作乐”，奴隶制进一步完善，随之出现了奴隶社会的全盛时期。公元前 771 年，西周灭亡，标志着奴隶制的衰落；春秋时代逐渐开始了向封建社会过渡的缓慢的演变过程。

我国奴隶社会文学主要有诗歌和散文两大门类。

诗歌在奴隶社会中得到长足发展，春秋时期出现的《诗经》，代表了这一时期诗歌的最高成就，是一部在世界文学中罕见的伟大著作。《诗经》共收作品 305 篇，全面地反映了西周初年到春秋中期大约 500 年间的社会生活，奠定了我国文学现实主义的优良传统，为历代诗人所尊崇。《诗经》的赋、比、兴的表现手法，对后世文学的发展产生了深远影响。

散文的产生是在文字发明之后。我国文字始创于何时，迄今尚难断定。考古发现的殷墟甲骨文字，已经到了成熟的阶段，并成功地运用于记事了。这些文字，是刻在龟甲兽骨上的殷商统治阶级进行占卜的记录符号，故称“甲骨卜辞”。其中有的记述完整，颇有层次，可视为叙事散文的萌芽。

《周易》亦称《易经》，相传产生于殷末周初，其中卦辞、爻辞比甲骨卜辞有了明显的进步，语言比较生动，善于比喻，兼有象征和起兴，有些叙述中杂有韵文，保留了一些远古歌谣，有一定的文学价值。

殷、周两代的铜器铭文，也是初期叙事散文的一种形式，大都是关于贵族军功、讼断和赏赐的记述。铜器铭文因受器物所限，一般形式短小；但也有个别篇幅较长的，如《散氏盘铭》有 300 余字，《毛公鼎铭》近 500 字，在散文史上有一定的地位。

《尚书》是我国第一部散文总集，包括殷、周到春秋前期的历史文献 28 篇，大概其中有些是史官根据前代资料整理的，有些是当时史官所记。这些誓、命、训、诰体的文章，虽然文字“佶屈聱牙”，不易读懂，但其叙事大都层次清楚，结构完整，或比喻说理，或对比描写，皆能运用得当，颇为生动，是散文的一大发展。

《春秋》是经过孔子修订的我国第一部编年体史书，语言简练，明白通畅，善于寓褒贬于一字之中，有很高的表达技巧，对散文的发展亦有一定贡献。

战国 200 多年间是中国社会发生大动荡、大变革的时代，奴隶制度开始退出历史舞台，新的封建社会制度在各个诸侯国家相继建立。与这种社会大改变相应，在思想领域里也出现了大解放的局面。士阶层的迅速壮大，百家争鸣局面的形成，为这一时期包括文学在内的文化的大繁荣提供了适宜的条件和绝好的机会。

战国时代的文学主要有叙事体的历史散文，论说体的诸子散文，以屈原的作品为代表的楚辞体诗歌以及融说理与叙事为一体的寓言。

历史散文在这一时期有飞跃的发展，主要著作为《左传》、《国语》和《战国策》。《左传》记事详细，情节生动，富有戏剧性；特别善于描写战争，有声有色；语言精练，风格严谨。《国语》为我国第一部国别体史书，以记言为主，风格朴实，多具讽谏意义，虽然从总体上看文学价值不及《左传》，但有些文章亦生动活泼、饶有趣味。《战国策》长于说事析理，善于夸张渲染，文风酣畅淋漓，又善于描写人物，形象生动可感。这几部书各具特色，有很高的文学价值，为后世史传散文的发展奠定了良好基础。

战国诸子散文作家众多，流派纷呈，风格各异，成就最为辉煌。其发展脉络清晰可辨，前期以《论语》、《老子》、《墨子》为代表，主要形式是语录体；中期以《孟子》、《庄子》成就最高，对话式的论文占主要倾向；晚期的《荀子》、《韩非子》，文章论题明确，中心突出，逻辑严密，论证周详，标志着论说文体已发展到成熟的阶段。

战国时代，诗歌比较沉寂。到了中后期，在南方楚国出现了以伟大的爱国诗人屈原为代表的楚辞作家，创作了一批骚体诗，完成了中国历史上第一次诗体革新，并开创了诗歌由集体歌唱到个人独立创作的新时代。尤其是屈原的作品，充满了爱国激情，想象丰富，构思奇特，善于运用夸张和象征手法来塑造主人公的峻洁形象，为我国浪漫主义文学树立了一块丰碑，成为历代进步作家学习的榜样。

寓言是先秦文学中一个特殊的门类，战国时代它已经走过了近千年的发展历程，进入到大繁荣的高潮时期，不仅作家辈出，作品繁多，品位甚高，而且还出现了寓言大师和寓言专集（如韩非子的《说林》、《储说》等）。先秦寓言的辉煌成就，确立了中国为世界寓言三大发祥地之一的牢固地位，为世人所瞩目。

综上所述，先秦文学是中国文学的光辉起点，它奠定了中国文学优良传统的基础，在文学史上占有极为重要的地位。

第一章　上古神话

第一节　上古神话的产生

神话是远古时代的人民对其所接触的自然现象、社会现象幻想出来的具有艺术意味的解释和描述的集体口头创作。用马克思的话说，神话就是“在人民的幻想中经过不自觉的艺术方式所加工过的自然界和社会形态”(《〈政治经济学批判〉导言》)。

神话是怎样产生的呢？这和上古初民的生活状况及心理状态有着直接关系。对于上古初民来说，自然界的一切都是神秘而又严峻的，日月嬗递和季节迁移，风云变幻和电闪雷鸣，洪水横流和野火燎原，瘟疫流行和禽兽啮人……这一切既带来了新奇与恐惧，也带来了强烈的渴望，渴望以他们现有的经验来认识客观世界。神话的产生不是属于真正个人的东西，它实际上是某种集体意识的表现。根据现代学者们对原始部族的研究，发现他们的心理状态有六种特征：一是相信万物皆有生命、思想、情绪，此即所谓泛灵论；二是对魔术的迷信，以为人可以变成兽，兽也可以变成人，并且风雨雷电晦暝均可用魔术招致；三是相信人死后魂离躯壳，仍有知觉，且存于别一世界，衣食作息与生前无异；四是相信鬼可附于有生命或无生命的物类，灵魂也常能脱离躯壳，变为鸟兽以行其事；五是相信人类本可不死，死者乃是受了仇人的暗算(此条只存在于个别原始部族)；六是有非常强烈的好奇心。其中的万物有灵的观念，是上古神话的真正内核。上古初民借助各种经验去说明天地万物的来龙去脉时，便出现了解释自然现象的神话。上古初民在创作这类神话时表现出异常丰富的联想能力和惊人的想象力，如风神飞廉是“鹿身，头如雀，有角而蛇尾豹纹”（洪兴祖《楚辞补注》引晋灼语）。之所以让他鹿身、雀头，是因风的速度快；之所以让他有角、豹纹，是因风具有破坏性。再如旱神女魃住在南方，“长二三尺，袒身而目在顶上，走行如风”，“所见之国大旱，赤地千里”（《艺文类聚》卷一〇〇引《神异经》）。女魃居于南方，是因南方炎热；她行走如风，是因旱灾蔓延极快。“由于自然力被人格化，最初的神产生了。”（恩格斯《路德维希·费尔巴哈和德国古典哲学的终结》）

上古初民在其生存和发展的历程中，不仅努力寻求对于自然现象的解释，更重要的是，他们还在极端困难的条件下，同恶劣的自然环境展开斗争，在世界这个无比巨大的画布上，逐渐涂抹着人类的印记。为了表现上古初民与自然斗争的业绩，寄寓战胜自然的雄心壮志，初民借助夸张、幻想的方法，创作出一系列征服自然的神话，它们构成上古神话中最有价值、最为动人的部分。透过这类神话，我们可以感受到华夏先民那种战天斗地的宏伟气魄和坚毅果决的意志。

原始社会发展到后期，随着生产力的提高，私有观念开始萌发，人们的社会关系也日益复杂化，若干氏族由血缘联系组成胞族，若干胞族又组成部族，以后又出现了部族联合体。在部族与部族间，部族联合体与部族联合体间，为了争夺财物、扩大领地，不断发生冲突。另外，随着阶级分化开始萌芽，部族酋长利用自己的权力，占有较多的财产，从而与部族的其他成员发生差别，又由差别导致矛盾冲突，以至在部族内部，下层人员与酋长间的争斗也由隐而显。反映社会矛盾的神话如“黄帝擒蚩尤”、“刑天与帝争神”等，也逐渐产生了。

第二节　上古神话的保存

在我国上古典籍中，没有一部可以从中发现记述连贯和完整的神话著作。我们只能看到一些偶然提及的片言只语以及分散在不同时代、不同观念的文献中的诱人的断简残篇。保存上古神话较多的有《山海经》、《穆天子传》、《楚辞》、《淮南子》、《列子》等。对于造成这一局面的原因，鲁迅先生《中国小说史略》谓："中国神话之所以仅存零星者，说者谓有二故：一者华土之民，先居黄河流域，颇乏天惠，其生也勤，故重实际而黜玄想，不更能集古传以成大文。二者孔子出，以修身齐家治国平天下等实用为教，不欲言鬼神，太古荒唐之说，俱为儒者所不道，故其后不特无所光大，而又有散亡。"这里提到的"说者"，是指日本学者盐谷温，他所著的《中国文学概论讲话》第六章提出了以上两点分析。盐谷温的第一点说法恐怕是不符合实际的，尽管华夏先民"其生也勤"，但从现存上古神话作品看来，他们并不缺少葱茏的想象力。我们认为，上古神话没有得到系统整理与完好保存的原因主要有三点：其一，中国进入文明时代的初期是商周两朝，保存有浓厚的公社制残余，其特征是商品生产和交换不发达，没有独立的城市经济，这与古希腊有着发达的航海业和商品交换、人员流动的情形大不相同。在古希腊，曾出现若干城邦奴隶制国家，而城市生活充满了复杂矛盾，产生了与此相适应的城邦文化，出现了史诗以及城市生活所特有的综合性艺术形式——悲剧，这些史诗与悲剧大都以古神话为素材，使得希腊上古神话得到整理、加工与广泛传播。中国商周时代缺少城邦文化，生活形态比较单纯，这就限制了人们的眼界与艺术创作能力。其二，夏代"敬鬼神而远之"，商代将天命与帝意合而为一，周代继承了商代天命神权思想，并且以"德"来解释王朝兴替、人事盛衰，这反映了华夏先民对于自然的信念，表明他们在人类的童年时期即已较早地了解人类自身的价值和地位，实在是一种“早熟”的表现。因此，早在公元前6世纪中叶，孔子这位最适宜对上古神话材料进行加工整理的文化巨匠，却对“黄帝四面”、“夔一足”等上古神话加以“合理”的解释。虽生活在神话气氛极浓的楚国却受中原文化影响很深的屈原，也和孔子一样，不仅没有做加工整理工作，反而对上古神话提出一系列疑问。其三，一些修史的太史公们，苦于上古时代史料阙如，四顾茫茫，惟有神话材料可资借重，于是这些“不雅”的故事，也补充作信史材料，进入正史行列。司马迁《史记》第一篇《五帝本纪》，便把黄帝、颛顼、帝喾、帝尧等神话中的角色，一一改造为历史人物，描绘成气象雍容的古帝王，神们的行迹而随之演绎为历史事件。另外，几千年来中国战乱频仍，大批古籍在反复洗劫中绝版绝书，许多记载于其中的神话也随之消散亡佚。

第三节　上古神话举要

一、盘古开天辟地

盘古开天辟地的神话，北方上古典籍中未见记载，而在五岭南北的瑶、苗、侗、黎等少数民族中，一直流传着有关盘古的传说。据《述异记》说:“南海有盘古氏墓”;《路史》云:“湘乡有盘古保，雩都有盘古祠，荆湖南北，以十月十六日为盘古生日”;《元丰九城志》称:广陵有盘古冢庙。又据常任侠《沙坪坝出土之石棺画像研究》一文记载的《盘王歌》说，苗族传说的盘古是种种文物器用的创造者，颇类似于《旧约·创世纪》中在几天内创造万物的上帝耶和华。三国时期，孙吴势力伸展到岭南，流传于南方的神话开始为长江流域的文人所知。袁珂先生认为，徐整大概就是吸取了南方少数民族关于盘古的神话，又加以自己的想象和哲理性的引申，记述了“盘古开天辟地”的神话。《太平御览》卷二引徐整《三五历纪》说：

天地浑沌如鸡子，盘古生其中。万八千岁，天地开辟，阳清为天，阴浊为地。盘古在其中，一日九变，神于天，圣于地。天日高一丈，地日厚一丈。如此万八千岁，天数极高，地数极深，盘古极长……故天去地九万里。

又，马骕《绎史》卷一引徐整《五运历年纪》说：

首生盘古，垂死化身：气成风云，声为雷霆，左眼为日，右眼为月，四肢五体为四极五岳，血液为江河，筋脉为地里，肌肉为田土，发髭为星辰，皮毛为草木，齿骨为金玉，精髓为珠石，汗流为雨泽，身之诸虫，因风所感，化为黎甿。

盘古结束了天地如鸡蛋的浑沌状态，用他的神力撑开天地，又以自己身体化生了天地之间所有的一切。这个神话虽然记述较晚并经过了文人的加工，但它毕竟依托于南方上古神话，气象宏伟壮阔，风格苍劲质朴，具有动人的魅力。

二、女娲造人、补天

“女娲”的名称，现存最早的文献记载见于《楚辞》，《天问》说：“女娲有体，孰制匠之？”由此推测，在屈原生活的时代，荆楚一带流传着女娲造人的神话。王逸《楚辞章句》在《天问》注中说：“女娲，人头蛇身。”现在我们从出土文物如汉代石刻及长沙马王堆汉墓绢画上看到的女娲，都是这样的形象。“女娲造人”的神话见于《太平御览》卷七十八所引汉代人应劭所著《风俗通义》：

俗说天地开辟，未有人民。女娲抟黄土作人，剧务，力不暇供，乃引绳于絙泥中，举以为人。故富贵者，黄土人也；贫贱凡庸者，絙人也。

尽管在文人的加工整理过程中这则神话掺入了阶级意识，但应该说它是有现实基础的，是史前时代母系氏族社会现实的一种反映。在母系氏族社会，壮年男子担任打猎、捕鱼和保护集体安全等事务，而采集植物、看守住地、烧烤食品、缝制衣物、养老育幼等繁重工作，都由妇女承担，她们是氏族公社经济的主持者，享有较大的权力并受到普遍的尊敬。再者，由于当时氏族内部实行群婚制，“民知其母，不知其父”（《庄子·盗跖》），每一个氏族的世系只能按母系来确定。氏族公社公认一个共同的女性祖先，全体成员都是她的后代。这样的社会状况，必然要在神话中得到表现。

“女娲补天”的神话，记载最详的是《淮南子·览冥训》：

> 往古之时，四极废，九州裂，天不兼覆，地不周载，火爁炎而不灭，水浩洋而不息，猛兽食颛民，鸷鸟攫老弱。于是女娲炼五色石以补苍天，断鳌足以立四极，杀黑龙以济冀州，积芦灰以止淫水。苍天补，四极正，淫水涸，冀州平，狡虫死，颛民生。

上古时期许许多多的灾变，诸如火山爆发、洪水泛滥、野火蔓延、猛兽侵袭等等，给初民的生存带来了巨大的威胁。女娲以其非凡的智慧与力量，补天裂、立四极、杀黑龙、止淫水，使人们又获得了安定的生活环境。女娲很可能是中国最古老的开天辟地之神，如《说文》所说的“化万物者也”；即使在现在看到的女娲这样一个女性神的形象的身上，仍然折光镜似的反映着史前母系氏族公社制度的生活情景，表现了妇女在那一重要时期所起的决定性作用。

三、夸父逐日

“夸父逐日”的神话主要见诸以下三种记载：

> 大荒之中有山，名曰成都载天。有人珥两黄蛇，把两黄蛇，名曰夸父。后土生信，信生夸父。夸父不量力，欲追日景，逮之于禺谷，将饮河而不足也，将走大泽，未至，死于此。
>
> ——《山海经·大荒北经》

夸父与日逐走，入日。渴，欲得饮，饮于河、渭，河、渭不足，北饮大泽，未至，道渴而死。弃其杖，化为邓林。

——《山海经·海外北经》

夸父……弃其杖，尸膏肉所浸，生邓林。邓林弥广数千里焉。

——《列子·汤问》

夸父追逐太阳的动机，有人认为是为了制服太阳，有人认为是为了观测太阳，也有人推测是为了追求永恒的光明。无论夸父的具体目的如何，他那不屈不挠的意志力，至死不忘为后人谋福利的品格，是令人崇敬的。夸父的死，是一个在奋斗的中途倒下去的英雄的死，人们从这个故事中所得到的，是一种激励和振奋。“夸父逐日”表现手法的突出特点，是极度的夸张。夸父耳贯双蛇，手持双蛇，有一种神秘的能力；神话用耸入云霄的成都山来烘托夸父体魄的巨大，又用喝干河渭、手杖化为方圆数千里的桃林使人想象夸父该有何等庞大。这样纵横时空的夸张玄想，是初民征服大自然的热切愿望的产物，显示了华夏祖先很早就建立起博大宏伟的空间概念和力的概念。

四、后羿射日

“后羿射日”的神话，《淮南子·本经训》记述最详：

逮至尧之时，十日并出，焦禾稼，杀草木，而民无所食。猰貐、凿齿、九婴、大风、封豨、脩蛇皆为民害。尧乃使羿诛凿齿于畴华之野，杀九婴于凶水之上，缴大风于青丘之泽，上射十日而下杀猰貐，断脩蛇于洞庭，禽封豨于桑林。

这个神话之所以产生，大概是由于远古时代发生过一次或数次大旱灾，如古书所说的汤有七年大旱，人们幻想出人的力量的代表——善射的后羿去战胜它。同时后羿又射死了许多凶禽恶兽，使人们能够平安地生活。后羿以其为民除害的光辉业绩，赢得了人们的崇敬与追怀。这一神话还表现出初民对于弓箭的赞美，因为后羿的功绩几乎都与他那高超的射技有关。弓箭的使用，使初民在生产、生活诸方面都具有更大的能力。

五、鲧禹治水

鲧禹治水是我国流传最广、内容最丰富的神话。上古时期，曾发生过大的水灾，以致"洪水滔天"，鲧为拯救民众"窃帝之息壤以湮洪水，不待帝命。帝命祝融杀鲧于羽郊，鲧复生禹"（《山海经·海内经》）。郭璞注引《开筮》："鲧死三岁不腐，剖之以吴刀，化为黄龙也。"鲧因冒犯天威惨遭杀害，因事业未竟三年不肯腐烂，被剖腹后生出大禹，他自己则化为黄龙。还有一种说法是鲧"化为黄熊以入于羽渊"（《国语·晋语》）。无论是化为黄龙还是黄熊，总之鲧是不死的，这表现了初民对这位失败英雄的崇敬与怀念。

作为鲧的继承人，大禹总结了鲧治水的经验教训，采用了开掘沟渠的疏导法，并发动一切可以发动的力量。《楚辞·天问》王逸注中说："禹治洪水时，有神龙以尾画地，导水所注当决者。"为治洪水，大禹付出了极大的辛劳与牺牲，他前后"八年于外，三过其门而不入。"（《孟子·滕文公上》）为了泄导洪水，"通轘辕山"，禹甚至"化为熊"以扒开石头。（《绎史》卷十二引《随巢子》）《庄子·天下篇》还说："禹亲自操橐耜而九杂天下之川，腓无胈，胫无毛，沐甚雨，栉疾风。"经过长期不懈地努力，终于使"鸿水漏，九州干，万民皆宁其性"（《淮南子·本经训》）。在大禹的身上，突出体现了华夏先民那种百折不挠、前仆后继的奋斗精神和公而忘私、刻苦耐劳的优秀品格。

全世界各民族有关洪水的神话有上百种，鲧禹治水的神话应该说是最为优秀的，因为面对洪水灾难，以鲧禹为代表的先民们既没有逃上"方舟"以躲避，也没有藏在葫芦里任洪水冲荡；洪水既不是自动消退，也不是被上帝召回，人与洪水进行了艰苦卓绝的斗争,洪水终于被制服。这一神话所体现的,是充分英雄化的华夏民族精神。

六、黄帝擒蚩尤

《山海经·大荒北经》载:

> 蚩尤作兵伐黄帝,黄帝乃令应龙攻之冀州之野。应龙畜水,蚩尤请风伯、雨师从大风雨。黄帝乃下天女曰魃,雨止,遂杀蚩尤。

汉代纬书《龙鱼河图》说:"蚩尤兄弟八十一人,并兽身人语,铜头铁额,食沙石子。造立兵杖,刀戟大弩,威震天下。"相传蚩尤是古代黎族的首领,那时的黎族号称九黎。每族包括九个兄弟氏族,共有八十一个氏族。蚩尤代表长江中游的九黎部族,黄帝代表中原地区的部族,这两个部族在原始社会末期大概发生过激烈的争斗,而胜利者是中原地区的部族。这一神话带有比较明显的倾向性,蚩尤被视为肇事者、战争发动者,黄帝则似乎是正义的化身。

七、刑天与帝争神

《山海经·海外西经》载:

> 刑天与帝至此争神,帝断其首,葬之常羊之山,乃以乳为目,以脐为口,操干戚以舞。

刑天为何与天帝抗争,具体内容不得而知,但不外乎反抗压迫,对身受的虐待实行报复。天帝以其高强的法力,将刑天的脑袋斩断。"天"的本义为颠、顶、头,"刑天"就是砍掉头颅的意思。这个被断首的反叛者,就以"刑天"而得名。这个神话给我们展示了这样一种境界:死亡不是斗争的终结,反抗强暴的信念,支持着人们与恶势力奋战不息。

第四节　上古神话的影响

上古神话对后世文学产生了深远的影响。首先，上古神话所表现出的大无畏的进取精神、不屈不挠的斗争意志、健劲豪迈的阳刚之气，给后世作家以影响。如屈原与恶势力抗争不已，“九死其犹未悔”的战斗风格，与上古神话是一脉相通的。东晋陶渊明这位受老庄思想影响颇深的诗人，也为上古神话那积极进取的精神所感动，其咏怀诗多显示出金刚怒目、悲歌慷慨的气势。值得特别一提的是，毛泽东同志在他的诗词中多次地化用上古神话。如在《渔家傲——反第一次大“围剿”》中以共工怒触不周山的神话，来比喻工农红军和革命群众推翻反动统治的决心，表现出豪迈的革命热情和英雄主义气概。其次，神话的浪漫主义精神，那种新奇奔放的幻想，启发作家的想象力，提供了丰富的文学题材和艺术形象。例如庄子的散文，屈原、阮籍、陶渊明、李白、李贺、苏轼等的诗歌，小说戏剧如《柳毅传书》、《张生煮海》、《西游记》、《封神演义》以及鲁迅的《故事新编》等，或采用其故事，或学习其手法，或改编其原作，因而创作出许多更完整、更美丽、更高、更富于艺术感染力的新作品来，极大地丰富了我国的文艺宝库。

第二章　上古诗歌与《诗经》

第一节　诗歌的起源

“歌咏所兴，宜自生民始也。”（沈约《宋书·谢灵运传论》）诗歌是文学的第一个产儿。因此，诗歌的起源始终是文学理论家研究的重点问题。我们认为：诗歌的起源是个复杂的精神活动，除了生产劳动的终极原因外，同人类早期的宗教行为、审美意识、情感抒发、记事需要等精神活动有密切关系，应对诗歌的起源进行综合分析，才能把握这一系统工程的操作情况，得出较为贴近事实的结论。

首先，诗歌起源于以劳动为中心的人类最基本的实践活动。劳动创造了人，创造了人类社会，创造了诗歌赖以产生的物质基础和精神基础。最早的诗歌也产生于劳动过程之中，因为上古诗歌有很强的功利性，能在劳动过程中，起着协调动作、减轻疲劳、增强效果的作用。《淮南子·道应训》有：“今夫举大木者，前呼邪许，后亦应之，此举重劝力之歌也。”鲁迅先生也称呼喊“杭育杭育”为“创作”。（鲁迅《且介亭杂文·门外文谈》）可见最早的诗歌是适应劳动的需要而产生，诗歌的韵律和节奏再现了劳动的音响节奏。诗歌的内容与劳动有密切的关系，是原始人改造生存环境的实践活动的反映。如《弹歌》、《葛天氏之乐》均直接反映了原始狩猎和农业生产。

其次，诗歌的起源得力于原始宗教。在原始时代，人类生存环境极为恶劣，而改造现实的能力却极为低下；人类有走出蛮荒的强烈愿望，却无法解释自然与社会的诸多困惑。正是在这种矛盾冲突中，原始宗教产生了。“宗教是这个世界的总的理论，是它的包罗万象的纲领。”（马克思《黑格尔法哲学批判导言》）因此，当诗歌要反映先民的意识时，自然就带有宗教情绪。鲁迅先生《中国小说的历史变迁》认为：“因为原始民族对于神明，渐因畏惧而生敬仰，于是歌颂其威灵，赞叹其功烈，也就成了诗歌的起源。”从诗歌起源的角度看，劳动与宗教并不矛盾。劳动是人类改造生存环境的实践活动，原始宗教是人类改造自然与社会的精神活动。因此，原始宗教亦可视为诗歌的起源。

第三，诗歌的起源与人类审美意识的形成与情感抒发的需要有密切的关系。审美意识是人区分于动物的标志之一，是诗歌创作的心理基础。诗歌创作是一种复杂的精神活动，要表现客观世界，要反映人的思想感情，不可能脱离审美意识。正如席勒所说：“只有审美状态中把世界放到自己以外去或者观照世界的时候，他个人才与世界分开。”（席勒《美育书简》）同时，我们还不能忽视情感对诗歌创作的巨大影响。《礼记·檀弓》说：“人喜则斯陶，陶斯咏。”《诗大序》有：“情动之于中而形于言，言之不足，故嗟叹之，嗟叹之不足，故永歌之。”白居易《采诗以补察时政》说：“大凡人之感于事，则必动于情；然后兴于嗟叹，发于吟咏，而形于诗歌矣。”可见前人十分重视感情的抒发与诗歌创作的关系了。被誉为我国第一首情诗的《候人歌》即是涂山之女思念之情的抒发。没有望眼欲穿之情，哪有回肠荡气之歌？

第四，诗歌的起源与记录史实的需要有密切关系。原始诗歌带有很强的功利实用性。闻一多先生《歌与诗》认为，原始诗歌中的“歌”与“诗”的作用不同，“歌”用于抒情，“诗”用于记事。闻一多先生根据汉人训诗为志的观点，提出“诗”与“志”原为一个字，志有三个意义；一记忆，二记录，三怀抱。这三个意义正代表诗的发展途径上三个主要阶段。因此，“诗的本质是记事的”。以这一观点看《尚书·尧典》“诗言志，歌永言”，看《孟子·离娄》“王者之迹息而《诗》亡，《诗》亡而《春秋》作”，就清楚看出诗的本质作用了。甲骨卜辞，《周易》中的诗，许多都具有记事的功用。

总之，我们认为诗歌的起源是一个很复杂的精神现象，我们在坚信物质决定意识这一马克思主义基本命题的同时，也承认精神现象有其相对的独立性。我们坚持劳动为诗歌创作的终极原因，但也认为终极原因并不是单一的原因。诗歌的起源应是以劳动为中心的与原始宗教、审美意识、感情抒发、记事需要等综合原因有密切关系的精神现象。

第二节 上古诗歌

上古诗歌内容很丰富，散见于《周易》、《礼记》、《吕氏春秋》、《尚书》、《山海经》、《左传》等典籍之中，它们是研究上古社会的重要依据，依其内容不同，可分作四类。

一、劳动诗歌。劳动是人类的第一需要，劳动诗歌也是人类最早创作的诗歌，《吴越春秋·勾践阴谋外传》中的《弹歌》：“断竹，续竹，飞土，逐宍。”相传为黄帝时的诗歌。诗歌以简洁明快的语言，反映了生产弓箭、追逐禽兽两大生产活动。《吕氏春秋·古乐篇》有：“昔葛天氏之乐，三人操牛尾，投足以歌八阙：一曰载民，二曰玄鸟，三曰遂草木，四曰奋五谷，五曰敬天常，六曰达帝功，七曰依地德，八曰总禽兽之极。”作品体现了先民对发展畜牧业与农业的渴望，反映了原始宗教与生产劳动的密切关系。《周易·归妹》有“女承筐，无实。士刲羊，无血”，再现了男女青年割羊毛的劳动情景，反映了劳动的愉快和对爱情的追求。

二、祭祀诗歌。原始宗教是原始人最主要的世界观，它直接推动了诗歌的创作。祭祀是原始宗教的重要仪式，诗歌创作也自然要服务于祭祀需要，反映先民的宗教意识与宗教活动。甲骨卜辞有："癸卯卜，今日雨。其自西来雨？其自东来雨？其自北来雨？其自南来雨？"细读这首优美的祈雨诗，可以想见巫师口中念念有词，手舞足蹈的情景。《礼记·郊特牲》有《伊耆氏蜡辞》："土反其宅，水归其壑，昆虫毋作，草木归其泽。"《山海经·大荒北经》有"神，北行！先除水道，决通沟渎"。这些都是具有咒语性质的祭歌。巫师以不容置疑的口吻，喝令具有神性的自然物为人类效力，反映出先民们对征服自然、改变生存环境的渴望与意愿，具有明显的浪漫性质。

三、婚爱诗歌。爱情和婚姻是诗歌取之不尽的题材，这在上古诗歌中已看到端倪。《吕氏春秋·音初》的《候人歌》虽只有"候人兮猗"四个字，却表现出涂山女那缠绵的思念和焦虑的等待。《周易·屯·六二》有"屯如，邅如，乘马班如。匪寇，婚媾。女子贞不字，十年乃字"。不仅反映了古老的抢婚制度，而且以女子问卦，何时能有孕，曰十年乃孕，反映了古老的生殖崇拜。婚爱诗的问世，标志着诗歌迈入了以反映人与人之间关系的时代，使上古诗歌更具有文学的性质。

四、战争诗歌。战争几乎是同人类同步来到这个世界，因此上古诗也有战争生活的反映，主要集中在《周易》的爻辞中。如《离卦》有"突如其来如，焚如，死如，弃如。出涕沱若，戚嗟若"。寥寥几笔，勾勒出一幅血与火、声与泪交织的战争图画，表现了作者的反战情绪。《中孚》有"得敌，或鼓，或罢，或泣，或歌"。写出了战争归来的种种感受。战争诗歌的问世标志着诗歌开始介入人的政治生活，创作题材日趋丰富多彩。

上古诗歌虽然是处于诗歌的发生期，但已具有自己的独特的艺术特征。首先，上古诗歌具有直接表现生活的艺术特征。无论哪类题材的作品，都是取材于现实，是现实生活的直接反映，具有纯朴自然的风格。其次，上古诗歌的语言简练质朴。上古时期，人类的思维能力和语言表达能力都很低下，但诗歌语言已注意到语言的简练，如《弹歌》一诗，能用八个字反映两大生产活动，不能不令人惊叹。第三，上古诗歌具有鲜明的节奏。原始诗歌产生于劳动，劳动的一张一弛，一往一返形成了诗歌的二拍制节奏，如《弹歌》、《候人歌》均是如此。第四，表现方法以赋为主。上古诗歌最常见的表现方法是赋，比兴手法很少，不仅因为此时是诗歌的发生时期，而且 因为赋能更好地叙述事件发展过程，抒发炽烈的感情。

总之，尽管上古诗歌的内容仍较单调，艺术也嫌粗糙，但它毕竟是我国诗歌的源头，具有永恒的艺术魅力。

第三节 《诗经》的编集及流传

《诗经》是我国第一部诗歌总集，收录了自西周初年至春秋中叶大约500多年的305篇作品，在先秦典籍中只称《诗》，或《诗三百》，《诗经》是儒家学者把它尊为经典之后的称呼。

《诗经》中的作品分为风、雅、颂三类，这在《周礼·春官·太师》中就有记载，但是对分类依据的认识分歧很大。较为接近事实的观点是：依据音乐的不同分为风、雅、颂三类。风诗为乡土之音，即诸侯所辖地域的地方俗乐。雅为朝廷之音，即中央政权所在地的音乐。将朝廷之音称为雅乐，是出于尊王的观念。颂为宗庙之音，即宗庙祭祀时的舞乐。

《诗经》中的风诗由周南、召南、邶风、鄘风、卫风、王风、郑风、齐风、魏风、唐风、秦风、陈风、桧风、曹风、豳风组成，称为十五国风，有诗160篇。十五国风遍于今陕西、山西、山东、河南、河北、湖北、安徽等省的全部或部分。雅诗分为大雅和小雅两部分，大雅31篇，小雅74篇，共有诗105篇。颂诗分为三颂，周颂31篇，鲁颂4篇，商颂5篇，共40篇。

《诗经》产生的时代，仍为集体歌唱时代，因此《诗经》的作者难以详考。我们认为能确定作者的仅有六篇。《卫风·载驰》为许穆夫人所作，这在《左传》有明确记载，史与诗合可以认定。《小雅·节南山》有“家父作诵”句，家父为该诗的作者。《小雅·巷伯》有“寺人孟子，作为此诗”句，寺人孟子为该诗作者。依作品的内证，《大雅·崧高》和《大雅·蒸民》为尹吉甫所作，《鲁颂·闷宫》为奚斯所作。此外，众多的诗篇只能冠以农夫、士兵、官吏、贵族、思妇等，是他们默默无闻的劳动，谱写了这一首首千古不朽的诗篇，记录了那光辉灿烂的时代风云。《诗经》创作时间也难以详考。笼统地讲，《周颂》、《大雅》大部分，《小雅》小部分，个别风诗产生于西周初年。《大雅》小部分，《小雅》大部分，部分风诗产生于西周末年。风诗大部分，《鲁颂》产生于春秋时代。《商颂》问题较复杂，有人认为《商颂》为殷商时的作品，有人认为《商颂》为春秋时宋人的作品，我们认为《商颂·殷武》为宋人作品，其余应是商人作品，全部作品都经过宋人的加工、整理，这是没有疑问的。

《诗经》产生的时间绵长，作者众多，作品遍于北方诸省。在语言、文字、音韵均未统一，交通、信息极不发达的时代，能产生这样一部整齐的四言诗集，得力于周太师的努力。关于诗歌的收集工作，前人有献诗说和采诗说两种。《国语·周语》有“故天子听政，使公卿至于列士献诗”。《国语·晋语》亦有同样的记载，可见当时的确有献诗制度。采诗说主要来自于汉代，汉人根据《左传·襄公十四年》有“故《夏书》曰：‘遒人以木铎徇于路。官师相规，工执艺事以谏。’”的记述，认为周代便有采诗制，《孔丛子·巡狩篇》、《汉书·食货志》均有记载。我们认为这一看法基本符合事实，因为在当时的情形下，只有权力机构才能完成诗歌的收集工作。正是一代代的周太师，将通过各种渠道收集来的诗歌，严加筛选，并用北方地区通行的语言、音韵进行加工、润色，然后推广出去。

周代统治者对《诗》十分重视,《左传·隐公元年》就有引《诗》的记录。那么,统治者为什么这么重视《诗》呢?这是因为统治者要从收集的民歌中听取意见,还要聆听新诗以满足享受,《诗》亦作为教育贵族子弟的教材。更重要的是,王室希望通过推广《诗》,用统一的语言、文字、音韵去加强中央与地方的联系,用代表王室思想的诗歌去统一各诸侯们的政治观点、审美意识、道德情操及宗教信仰,加强周族内部的粘合力,以免被各地不同的语言、音韵、思想、生活习惯所"异化"。文学为政治服务,《诗经》为首例。

汉代学者还有孔子删诗说,司马迁《史记·孔子世家》说:"古者诗三千余篇,及至孔子去其重,取可施于礼义……三百五篇,孔子皆弦歌之。"弦歌诗章有可能,删诗说却不成立。因为《诗经》最后编定,大约在公元前6世纪中叶,不会在孔子出生之后。

《诗经》各篇都可以合乐歌唱,故虽遭秦火,至汉复得流传。当时传授《诗经》的有齐、鲁、韩、毛四家,其中齐之辕固生、鲁之申培、燕之韩婴所传《诗经》皆用汉隶书写,称为今文《诗经》。毛诗以其传播者鲁人毛亨、赵人毛苌而得名,毛诗以先秦古文字书写,故称古文《诗经》。毛氏说诗,事实多联系《左传》、训诂多同于《尔雅》,又得汉卫宏为之作序,郑玄为之作笺,使毛诗大盛,三家诗逐渐消亡。自汉之后,研究《诗经》的著作极多,最重要的有唐孔颖达的《毛诗正义》、宋朱熹的《诗集传》、清崔述《读风偶识》,代表着《诗经》研究的三个不同的流派。

第四节 《诗经》的思想内容

梁启超先生《要籍解题及其读法》说:"现存先秦古籍,真赝杂糅,几乎无一书无问题,其真金美玉,字字可信者,《诗经》其首也。"人们常将《诗经》比喻为一面镜子,说它全面反映了周代的政治、经济、文化及社会生活。依其内容可大致划分为六类。

一、反映生产劳动的诗篇。劳动是人类的第一需要，反映劳动生活的诗篇，在《诗经》中占有重要的位置。农田、蚕桑、渔猎、养殖、采摘、纺织、伐木、裁剪、建筑……几乎周代社会应该有的生产劳动，在《诗经》中都有反映。其中，犹以农业生产劳动最为突出。周人为农业部族，农业是周人的经济命脉，《诗经》不仅反映了后稷发明农业的过程，陈述了春耕、夏种、秋收、冬藏整个农业生活过程，而且反映了有关农业的祭祀活动及为农业服务的道德意识和价值观念。如《豳风·七月》不仅写出了以农事为主的多种生产劳动，而且反映了劳动产品分配等问题，极有认识价值。《周南·芣苢》反映了妇女们的采摘劳动，《郑风·大叔于田》再现了紧张的狩猎活动，《小雅·无羊》呈现了一幅牧歌式的生活图景，《魏风·葛屦》唱出了缝衣女奴的心声。总之，这些诗作中，反映了劳动人民是生活的第一主人，他们热爱劳动，创造了灿烂的物质文明和精神文明，但劳动果实却为统治者所攫取，在这些诗篇中，也反映了劳动人民由弱变强的反抗意识。

二、反映战争和徭役的诗作。战争和徭役是周代社会生活的重要内容，《诗经》中多有反映。《诗经》中对于战争的描写，基本上持三种态度。《秦风·无衣》、《小雅·采薇》反映了当外敌入侵时周人所激起的爱国主义和英雄主义精神，虽然他们所爱的只是一个“邦国”，但正是这种保家守土意识，成为爱国主义意识的源泉。《小雅·六月》、《大雅·常武》等诗，可称为战争纪功诗，这些诗作充满了上邦大国的民族自豪感和民族自信心，这些诗作以宣传周王朝大军武器之精良，军容之盛大，士气之高涨为主，间接写出王师乃正义之师，正义之师必胜。这些诗作对增强周人的民族凝聚力和群体意识起了重要作用，在艺术形式上也成为后世同类题材诗作的楷模。《豳风》中的《东山》、《破斧》等诗，反映了战争对和平生活的破坏，表现出诗人的厌战情绪。关于徭役问题，《诗经》从服役者及服役者的亲属两个不同角度反映了这一重要题材。《魏风·陟岵》、《唐风·鸨羽》、《小雅·何草不黄》均反映出沉重的徭役不仅给服役者本人带来巨大的痛苦，而且破坏了正常的生产和家庭生活。由此产生了思乡、思亲等一系列的道德及文化观念问题。《卫风·伯兮》、《王风·君子于役》等诗，从妇女的角度反映了战争徭役给服役者的家属带来的苦难，成为极富人情味的"思妇"诗。总之，战争徭役诗以其丰富的内容，强烈的艺术感染力及深刻的文化内容使其在《诗经》全部作品中，占有重要的位置。

三、反映爱情、婚姻和家庭生活的诗篇。爱情、婚姻、家庭生活是人生旅途的三部曲，《诗经》对这三方面均有反映。爱情是丰富多彩的，反映爱情生活的诗作也是丰富多彩的。《周南·关雎》、《邶风·简兮》表现了青年男女对爱情的大胆追求；《郑风·出其东门》、《陈风·防有鹊巢》等诗描写了爱情的真挚；《郑风·山有扶苏》、《陈风·东门之枌》写了热恋中的青年男女在一起时的欢乐愉悦；《邶风·静女》、《郑风·溱洧》写出青年男女幽期密约时的兴奋与不安；《秦风·蒹葭》、《周南·汉广》写出失恋之苦；《王风·采葛》、《郑风·子衿》写出情人暂时分别时的思念之情；《鄘风·柏舟》、《郑风·将仲子》写出了爱情受阻时内心的矛盾与痛苦。总之，《诗经》中的爱情诗，内容丰富，主题鲜明，感情热烈，格调清新，逐一读去，犹如步入一座色彩绚丽、有浓郁生活气息的风情画廊，有美不胜收之感。尤为难能可贵的是，这些诗作没有金钱的铜臭，没有权力的阴影，没有肉欲的追求，显示出典雅、高贵的气质。婚姻是爱情的自然结果，周人对婚姻十分重视，不仅强调"父母之命，媒妁之言"，而且要举行繁杂的仪式，以显示婚姻的严肃性，并以此保证家庭的稳定。《齐风·南山》、《豳风·伐柯》都是媒人活动的记录，《卫风·硕人》、《大雅·韩奕》记载了庞大隆重的迎亲典礼，《周南·樛木》、《周南·桃夭》是唱给新郎、新娘的赞歌，节奏明快，语言流畅，烘托出婚礼的热烈气氛，并给人以美好丰富的联想。周人十分重视家庭的稳定，把能否治理好家庭，视作是否具备行政能力的标志。《大雅·思齊》的“刑于寡妻，至于兄弟，以御于家邦”，即是儒家“修身、齐家、治国，平天下”的雏形。《郑风·女曰鸡鸣》、《郑风·扬之水》反映了夫妻间融洽和睦的家庭生活；《郑风·风雨》写了夫妻久别重逢的喜悦；《唐风·葛生》、《邶风·绿衣》抒发了深切的悼亡之痛；《邶风·谷风》、《卫风·氓》唱出了弃妇的委屈和痛苦，有力地鞭笞了男尊女卑的社会制度。总之这些诗作反映了古老的民风民俗，极具文化价值和审美价值，也反映了以农业为基础的宗法社会特有的道德意识和价值观念。

四、反映社会矛盾的诗作。社会矛盾，是任何一个社会形态都存在的客观事实。西周末年至春秋时期，“王道衰，礼义废，政教失，国异政，家殊俗”(《诗大序》)。反映社会矛盾的诗作尤为丰富，对后世的影响也极为深远。《魏风》中的《伐檀》、《硕鼠》、《邶风·北风》反映了奴隶们对剥削、压迫的反抗，揭露了奴隶制度的残酷和黑暗；《鄘风·相鼠》、《邶风·新台》、《秦风·黄鸟》从不同角度揭露、抨击了统治者的荒淫、残暴。这类诗篇的产生，标志着奴隶们反抗意识的成熟。《小雅·黍苗》、《大雅·灵台》等诗，歌颂了开明的政治家，从侧面反映了社会矛盾与斗争。值得注意的是，《小雅》中的《正月》、《十月之交》，《大雅》中的《民劳》、《荡》等诗，再现了厉、幽时期社会的动乱，礼崩乐坏的现实，反映了头脑清醒的贵族知识分子的忧患意识。所谓忧患意识是指社会激烈动荡、国家安全受到威胁，人的创造性受到压抑时，统治阶级内部一些头脑清醒的知识分子，出于对国家、社会和人生长远利益的关注和思考，萌生出拯救祖国和社会的责任感和使命感，以及完善自我，实现自我价值的强烈要求。《汉书·冯奉世传赞》说：“谗邪交乱，贞良被害，自古而然。故伯奇放流，孟子宫刑，申生雉经，屈原赴湘。《小弁》之诗作，《离骚》之词兴。”可见前人已将社会动乱作为忧患意识产生的前提。《诗经》中这类作品，或反映诗人感叹生不逢时，忧身患命的思想;或反映诗人惜亲怜友、推己及人的意识;或反映诗人爱国忧民的爱国思想和民族意识;或反映怀念往昔、伤时感世的情怀。总之,这类作品以其深刻的思想内容,奠定了中国知识分子的箴诫规谏意识,对中国知识分子思想性格的形成起了重大作用,对后世文学的发展也产生了深刻的影响。

五、反映郊庙祭祀的诗篇。周人十分重视祭祀,《左传·成公十三年》有“国之大事,在祀与戎”。《诗经》中有60余首诗歌反映了周人的祭祀活动和宗教意识,依其内容之不同,可分为三类。其一是对“天”、“帝”的祭祀,这是周人继承发展了殷人的宗教思想,结合农业部族经济生活的特点与宗法社会的政治结构,形成了独特的宗教意识。《大雅·云汉》、《周颂·我将》均反映这种思想。其二是对祖先的祭祀。周人继承了原始社会中鬼魂崇拜的宗教思想,并结合本部族的发祥史,创作出许多赞美祖先业绩的诗作。《生民》、《公刘》、《绵》、《大明》、《皇矣》分别记载了周人发祥史上不同时期五个关键性人物的丰功伟绩,表现了周人对祖先的顶礼膜拜和深切怀念,被誉为周族的“史诗”。《小雅·楚茨》、《大雅·既醉》、《周颂·清庙》等诗,记录了周人古朴的民俗和盛大的宗教仪式,表现了周人对祖先热烈的礼赞。其三是与农业生产有关的祭祀活动,如《周颂》中的《载芟》、《良耜》均是如此,反映了周人对农业的重视。通过这些诗作,我们可以看到周人独特的宗教意识及政治宗教化的倾向,为我们研究那一时期的思想特征提供了宝贵的资料。

六、反映贵族燕飨的诗篇。周代是一个以农业为国民经济基础的宗法社会,血缘关系是维系社会的重要纽带,周人十分重视在充满亲切和睦气氛的家宴中,相互交流感情,解决矛盾纠纷。因此,《诗经》中的这些反映贵族燕飨的诗作,并非仅仅反映贵族的吃吃喝喝,更多地写出贵族在盛大的酒宴中,联络感情,加强友谊。如《小雅·鹿鸣》写在优美的音乐中,周天子虚心向族人讨教治国的方针。《小雅·常棣》高唱“兄弟阋于墙，外御其务”，显然在希望通过燕飨加强血缘意识，强化宗法机制。《小雅·桑扈》写周天子宴飨诸侯时对他们的称赞和告诫。《小雅·宾之初筵》描写了贵族宴饮的全过程，讽刺了贵族饮酒无度失礼丧德的丑态。总之，这类诗作反映了周人燕飨时的仪礼和风貌，对于培养士大夫清高文雅的情操，起了重要作用。

当然，《诗经》中还有一些作品，无法纳入以上六类之中。如《周南·螽斯》以蝗虫多子作比，表达了对多子多孙的祝愿，显示了周人的生殖崇拜；《桧风·匪风》、《曹风·蜉蝣》反映了没落贵族的思想意识；《王风·考槃》描写了隐士的生活；《周南·麟之趾》反映了周人的灵物崇拜意识等等，不一而足：展示了《诗经》内容的博大，故有人称《诗经》是我国第一部文化百科全书。

第五节 《诗经》的艺术成就

《诗经》是西周初年至春秋中叶 500 余年间诗歌的精华，又经过周太师的整理、加工、润色，因此《诗经》在艺术上取得巨大成就也是很自然的。兹分五部分简述如下。

首先，《诗经》的作者们善于以简朴的语言去描摹事物、抒发感情，以朴素的生活画面反映社会现实。这种直接面对现实的创作态度，即后人所说的现实主义创作方法。《诗经》中的现实主义不仅表现在“饥者歌其食，劳者歌其事”的风诗中，而且表现在二雅之中那些敢于面对惨淡的人生，敢于揭露动乱的社会现实，敢于抨击祸国殃民的昏君佞臣，充满无私无畏精神的诗作中。客观地说，我国的现实主义文学起点较高，现实主义能够成为我国文学的优秀传统，与《诗经》有着密切的关系。

其次，《诗经》善于通过铺叙、烘托、细节描写、对比等手法来完成人物形象的塑造。《诗经》中有些作品通过抒情主人公内心的直接倾诉，表现他们的欢乐与悲哀，激起读者的同情，如《郑风·将仲子》中抒情女主人公充满矛盾的内心独白，即揭示了她渴望爱情又畏惧礼教的复杂心理。再如《王风·君子于役》以山村傍晚特有的景象，衬托了女主人公倚门伫望归人的悲凉心情，赢得“已启唐人闺怨句，最难消遣是昏黄”（[清]许瑶光《再读〈诗经〉四十二首》）的赞誉。《邶风·静女》通过“搔首踟蹰”的细节描写，表现了热恋中男子未见到心上人时的焦急心理，塑造了一个对爱情大胆追求的淳朴青年形象。《鄘风·载驰》通过许穆夫人质朴无华的议论和与许大夫的对比，塑造了自己的形象，表达了对祖国炽热的爱。总之，《诗经》中的抒情主人公不是为卖弄才华而作诗，不是无病呻吟，而是用诗来表达自己的真情实感。他们的诗既反映了那个时代的风云，也塑造了中国文学史上第一批具有典型性格的艺术形象，成为后世诗人仿效的榜样。

第三，《诗经》能借助于客观物象来创造艺术境界。这种境界，可以使读者通过联想和想象，有置身其中的感受，从而产生共鸣，加深对作品的理解。《诗经》中运用那些带有文化原型意义的起兴诗句构成简单的意象，对这些意象再进行和人物情感相融合的画面描写，形成美妙的意境。如《秦风·蒹葭》、《周南·芣苢》、《王风·黍离》等诗，或含蓄蕴藉，朦胧迷离；或醇美绚丽，韵味隽永；或感情充沛，寓意无穷。《诗经》中创造出情景交融的意境，标志着中国抒情诗已走向成熟。

第四，赋、比、兴的表现手法。“赋、比、兴”的提出，最早见于《周礼·春官·太师》：“太师教六诗，曰风、曰赋、曰比、曰兴、曰雅、曰颂。”朱熹解释为：“赋者，敷陈其事而直言之也。”“比者，以彼物比此物也。”“兴者，先言他物以引起所咏之词也。”使用赋，可以造成铺采摛文的气势，创造情景交融的意境，成为增强诗歌艺术效果的重要手段。使用比，可以增强诗歌的感情色彩和抒情性，形象地表现出事物的本质特征，表达作者不便直接表达的思想感情，可以使作品描绘的事物更鲜明、具体。使用兴，可以使诗篇更曲折、生动，可以展开丰富的联想，将抽象的概念和复杂的心理活动，以具体可感的形象表达出来，有助于形象思维，增强诗的艺术性。《诗经》能取得这么高的艺术成就，与其大量使用赋、比、兴表现手法有直接关系。此外，《诗经》还大量运用了夸张、排比、拟人、对比、映衬、对偶、借代、顶针、反诘、警策、摹状等修辞手法，来增强诗歌的艺术表现力。

第五，《诗经》的语言艺术特征。《诗经》的语言艺术特征，带有鲜明的时代特点，主要表现在以下几方面。(1) 以四言为主，兼用杂言。《诗经》全书共七千多句，其中四言诗占 90%以上。这种整齐的诗句，具有典雅、庄重的美感，与周人注重端庄华贵、结构方正的审美心理，严肃认真、井井有条的理性精神相吻合。此外，《诗经》中尚有一言、二言、三言、五言、六言、七言、八言、九言句式，显示了周人审美情趣与表达方式的发展变化。(2) 回环复沓的篇章结构。所谓复沓，就是指一首诗由若干章组成，章与章字句基本相同，只是对应地变换少数字词，反复地咏唱。使用复沓的手法，可以充分抒情，造成回旋跌宕的艺术效果；可以渲染、强化主题，表达强烈的感情和迫切的愿望；可以表达感情发展的脉络和事物发展的进程。风诗中大量使用复沓的手法，还便于诗歌的传播和记忆。(3) 和谐的韵律。《诗经》中主要用韵的形式有三种：首句入韵，偶句押韵；首句不入韵，偶句押韵；句句用韵模式。这三种用韵方式奠定了我国古典诗歌的主要用韵形式。(4) 准确、鲜明、生动、丰富的语言。孔子曾说过："不学《诗》，无以言。"前人已注意到《诗经》语言的重要性。一部抒情诗集，使用单字近 3000 个，若按字义计算，约有 4000 左右。如有草名 100 种，树名 54 种，鸟名 38 种……不可谓不丰富。关于手的动作描写，有采、掇、捋、按……50 余种，不可谓不准确。《诗经》大量地使用双声、叠韵、重言联绵等词语，使语言极为鲜明、生动、富有节奏感和音乐美。以重言联绵为例，达647条之多。刘勰《文心雕龙·物色》说："故灼灼状桃花之鲜，依依尽杨柳之貌，杲杲为日出之容，瀌瀌拟雨雪之状，喈喈逐黄鸟之声，喓喓学草虫之韵。皎日嘒星，一言穷理；参差沃若，两字穷形。并以少总多，情貌无遗矣。"这是对《诗经》语言艺术的精警概括。

总之，《诗经》的艺术成就达到了相当高的水平，无愧于后世诗歌的楷模，永远值得我们研究和珍视。

第六节 《诗经》的历史地位与影响

《诗经》是我国第一部诗歌总集，又是五经之一，具有崇高的历史地位。闻一多先生在《文学的历史动向》一文中说："诗似乎没有在第二个国度里，像它在这里发挥过的那样大的社会功能。在我们这里，一出世它就是宗教，是政治，是教育，是社交，它是全面的生活。维系封建精神的是礼乐，阐发礼乐意义的是诗。所以，诗支持了那整个封建时代的文化。"从这一观点来看《诗经》，它不仅是周代社会的文学艺术，是上古诗歌艺术的集大成之作，而且是中国上古社会生活及文化思想的宝库。它以自己高度的思想性和艺术性昭示后人，成为后世社会教育的光辉经典和文学创作的永恒楷模。

《诗经》对中国社会的影响是极其深刻而广泛的。首先，《诗经》的思想对后世有着巨大的影响。《诗经》中的爱国主义思想是很原始、朦胧的。他们所爱的"国"仅仅是宗国而已。《鄘风·载驰》中的许穆夫人爱的是卫国，《秦风·无衣》中士兵爱的是秦国，但正是这种原始的朦胧意识，在历史长河中，逐步锤炼为我们民族的灵魂——爱国主义精神。《诗经》中的忧患意识对后世也有重大影响。《诗经》为后人塑造了众多的知识分子形象，他们具有满腔的政治热情，关心国计民生，在高压之下仍能直抒己见，表现了中国早期知识分子不畏强权政治，大义凛然的无畏气概。这些对后世知识分子灵魂的塑造，为知识分子责任感、事业心的形成，起了重大的作用。从屈原、贾谊，到鲍照、杜甫，从陆游、文天祥，到张煌言、龚自珍，忧患意识犹如一条红线，拴系着无数仁人志士的心灵，激励着他们为民请命，为国献身。同样，《诗经》表现出来的宗教意识和伦理意识，对后世的宗教观念、宗教行为及思维模式，起了重大作用。

其次，《诗经》的艺术特征对后世影响很大。《诗经》以其丰富的内容和精湛的艺术特征奠定了我国诗歌艺术创作的民族文化传统。使诗歌，尤其是抒情诗成为我国最为普及、最受欢迎的文学形式。同时，《诗经》也奠定了我国诗歌创造和文学批评的艺术原则："风雅"、"比兴"。风雅是指诗歌创作的高尚性，严肃性；比兴是指诗歌创作不仅要寄情于物，情景交融，而且要做到"托物以讽"，"比类切至"。显然，"风雅"、"比兴"展示了《诗经》思想与艺术的完美结合，也培养了我国文学家的艺术审美观念，形成了中国古代诗歌既重内容又重艺术，以含蓄蕴藉、韵味深厚见长的民族风格。

第三，《诗经》奠定了我国诗歌语言形式的基础。《诗经》以四言为主兼用杂言的句式，多种的用韵方式，大量使用的修辞手法，丰富生动、准确、形象的语言等，奠定了我国古典诗歌语言形式的基础，后世一切诗歌样式，都可以在《诗经》中找到它的初始之原。钟嵘说曹植诗"其源出于《国风》"。元稹称杜甫诗"上薄风雅，下该沈宋"，可作明证。

总之，《诗经》在我思想文化史和文学史上都有着崇高的地位。对后世产生了不可估量的影响。它不仅培养了中国后世文学，也培养教育了一代又一代的中国人。文学的传统即是民族的传统，因此，《诗经》将具有永恒的意义。

第三章　历史散文

第一节　殷商至春秋时代的散文

散文是在文字发明以后才产生的最适宜于实用的文学形式。由于文字的记录必须有一定的书写工具才能完成，因而散文在其发展的初期进步速度很缓慢；直到手工业逐渐进步，书写工具有了改进，才出现长篇大论的散文。殷商至春秋可视为先秦散文发展的初期，目前保存有甲骨卜辞、《易经》、《尚书》、铜器铭文、《春秋》五种，它们展示了散文发展最初阶段的历程。

一、甲骨卜辞

甲骨卜辞是刻在占卜用的兽骨或龟甲上的文辞。占卜是古时用灼骨法卜问神意的一种巫术，神职人员有时还以简洁的文字刻下所卜问的问题，以便根据事情发展的结果来查验兆象是否灵验。今天我们看到的甲骨卜辞大都是殷商王室占卜的记录，它是在特定历史条件下的宗教观念和宗教法术的产物，虽然文字简约，语言朴素，但有不少句子内容完整，语意鲜明，具有很清楚的叙事成分。如："戊辰卜，出贞：'商受年'？"（罗振玉《殷墟书契续编》）卜日为"戊辰"，卜人是"出"，卜地是"商"，卜事是能否得以好收成。这些甲骨卜辞略具叙事的基本要素，可以说是记叙散文的雏形。

二、《易经》

《易经》是卜筮之书，分六十四卦，每卦有六爻，各卦各爻都有解释的辞句，称为卦爻辞。《易经》产生的年代，大约在商末周初。《左传》多次提到以《易经》占卜的事，所引爻辞与今本爻辞相同，可见《易经》的产生年代是很早的，在社会上有广泛的流传。《易经》中不止一次地提到“帝乙归妹”和“高宗伐鬼方”的事，显然是殷商的历史；卦、爻辞中所说到的各种各样的刑罚异常残酷，甚至还有杀人祭祀的迹象，更与殷商对待奴隶的情况相符合。当然，也有不少卦爻辞的内容反映了时代较晚的思想意识，如《蛊》卦的“上九”“不事王侯，高尚其事”等。

从文学角度看，《易经》具有以下特点：首先是善于描写，如《中孚》“六三”：“得敌。或鼓，或罢，或泣，或歌”。寥寥十字，很紧凑地写出战争胜利归来时人们的不同表现。其次，善用比喻，如《大壮》“上六”：“羝羊触藩，不能退，不能遂。”以羊角卡在藩篱上形容某些人行为鲁莽，以致进退失据，非常生动。再次，描述细致，字句凝练。如《归妹》“上六”：“女承筐，无实；士刲羊，无血。”生动细致地写出青年男女一边劳动一边谈情说爱的情形。又如《坤》“初六”：“履霜，坚冰至。”五个字便写出事物将变，必有征象，有了征象，变化即随之而来的道理。另外，《易经》语多用韵，如《离》“九四”：“突如其来如，焚如，死如，弃如。”卦爻辞的用韵，便于记忆和传播。

三、《尚书》

《尚书》在先秦时通称为《书》，指史官记载的“史书”，后来儒家把《书》奉为经典，又称《书经》。《书》被称作《尚书》是从西汉开始的，“尚”字是汉初伏生所加，“尚”古通“上”，《尚书》就是上古史书的意思。《尚书》由《虞书》2 篇、《夏书》2 篇、《商书》5 篇、《周书》19 篇四部分组成，是四代资料的汇编。“《书》之所兴，盖与文字俱起。”(《隋书·经籍志》)故所谓虞、夏之书,是不能看作真正的虞、夏史料的。

据《汉书·艺文志》说《尚书》原有100篇,秦始皇时被列为禁书而遭焚毁。汉文帝时,原秦博士济南伏生传授《尚书》29篇(其中一篇是《书序》),用当时通行的隶书文字写成,被称为《今文尚书》。汉武帝末,鲁共王刘余从孔子故宅的坏壁里发现用古文字写的《尚书》,比《今文尚书》多16篇,称为《古文尚书》。然而,这多出来的16篇至西晋永嘉之乱后,便佚散失传了。东晋元帝时,豫章内史梅赜奏伪《古文尚书》,其书将《今文尚书》的一些单篇扩成两篇或三篇,组成33篇,此外又多出25篇。开始,人们对多出的25篇深信不疑,至宋代吴棫、朱熹开始怀疑;清代阎若璩作《古文尚书疏证》,列举大量证据,证明其为伪作;清人丁晏又著《尚书余论》,更考定伪作人是魏王肃。至此,千年公案得以了结。

班固《汉书·艺文志》说:“古之王者世有史官,君举必书,所以慎言行,昭法式也。左史记言,右史记事,事为《春秋》,言为《尚书》。”《尚书》是记言古史,刘知几把它分为“典、谟、训、诰、誓、命”六体。(《史通·六家》)“典”即典制、典事,记载帝王政绩,如《尧典》;“谟”即计谋、谋略,如《皋陶谟》即是记舜、禹、皋陶的治国方略;“告”即公告、告诫,《盘庚》、《大诰》、《多士》、《多方》、《召告》、《康诰》、《酒诰》、《梓材》等篇,即是上对下的告诫、训导,《洛诰》、《立政》、《高宗肜日》、《无逸》等篇则是下对上的劝谏之辞;“誓”即立誓、盟誓,《甘誓》、《汤誓》、《牧誓》、《秦誓》、《费誓》都是誓师之辞;“命”即命令、册命,《文侯之命》就是周平王褒奖晋文侯并封其为方伯的命辞。“训”即教训、教诲,可归入诰类。《尚书》虽然主要是述功、筹谋、告诫、誓师、封命之辞,属于官方文书、应用文字,但其语言表达已具有较高的文学价值:首先,叙述有条理、有层次,注意到文章的篇章结构。如《顾命》叙述康王即位仪式中的陈设、布置及进入朝堂的情景,井井有条,错落有致。其次,较多地使用了形象性语言。《盘庚》中盘庚要臣下服从他的命令，号召他们不怕辛劳迁往新都，他说："若网在纲，有条而不紊。若农服田力穑，乃亦有秋"。又如盘庚警告臣下不要煽动民心反对迁都，说他们如果那样做是不识时务、自取其咎："若火之燎于原，不可向迩，其犹可扑灭？"比喻非常生动形象。再次，注意到语言的入理传神、以情感人。如《秦誓》："古人有言曰：'民讫自若是多盘'。责人斯无难，惟受责俾如流，是惟艰哉！""我心之忧，日月逾迈，若弗云来！"《尚书》在我国散文发展史上占有重要地位。

四、铜器铭文

商周时的青铜器具上面多有冶铸或镌刻的文字，我们把这些文字称做"铜器铭文"，又叫"钟鼎彝器铭文"或"金文"。其内容主要记述武功和赏赐，目的是显扬先祖、自警并希望后代永记不忘，具有明显历史意识。从文体上看，"铜器铭文"和《尚书》相似；其中有一小部分是韵文，与《诗经》"大、小雅"中一些文字相近，如《虢季子白盘铭》等。"铜器铭文"的文学意味不如《尚书》，一般写得简短，不过数十字；长的如《毛公鼎铭》虽达449字，但其中记赏赐之物，就罗列很多。大体说来，因为这些文字是刻在器物上，字数不能不有限制，而记年月名物又求详备，很难讲究文采。

五、《春秋》

从西周末年开始，王室衰微，政权日益下移于诸侯国，诸侯国也相继出现了专门的史官。《墨子》中说墨翟曾见过"百国《春秋》"（《隋书·李德林传》引《墨子》佚文），现在流传下来的只有鲁国的《春秋》，称为《春秋》。孟子有孔子"作《春秋》"的说法（《孟子·滕文公下》），是缺乏充分根据的。在孔子出生前十年（前540年），晋大夫韩起聘鲁，"观书于太史氏，见《易象》与鲁《春秋》"（《左传》昭公二年）。可见，孔子之前已有鲁《春秋》了。学术界比较一致的看法是,《春秋》是孔子根据鲁《春秋》修订而成的。

《春秋》记事起于鲁隐公元年(前722),止于鲁哀公十四年(前481),记载了周王朝、鲁国及其他诸侯国242年间的历史事件。《春秋》是我国第一部真正成系统的史书,其编年体形式成为我国史籍的基本形式,后世许多史著体裁如纪传体、纪事本末体等,都从不同角度采用了编年记事的方法,“历代国史,其流出于《春秋》”(王应麟《玉海》)。

《春秋》的语言简明精确,常在简括的语言中暗寓褒贬,即所谓“微言大义”。如吴、楚侯国之君,僭号称王,《春秋》贬之为“子”;宋国虽弱小,仍称其君为“公”。再如记战争,按其性质、情形、结局等不同来选择不同的词汇,向有罪者进攻用“伐”,不击钟鼓的进攻用“侵”,乘人不备的进攻则用“袭”。总之,《春秋》的语言精练、准确、平易,对促进史传散文语言向通俗流畅方向发展起了重大作用。

第二节 《左传》、《国语》

春秋末年及战国之世,是先秦历史散文最为辉煌的时代。一方面,数百年史官文化的积累,有不少史料可资借鉴。另一方面,这一时期社会急遽变化,封建地主阶级勃然兴起,各种矛盾斗争复杂激烈。为了维护自身利益,他们都必须汲取历史的经验教训。国有大事,互相赴告;会盟朝聘,史不绝书;褒善贬恶,直笔不隐。因此,各国史官便自觉地积累了大量的“档案”资料,以备编纂之用。这时候,从前专门记载王朝、诸侯的诰命和大事记如《尚书》、《春秋》之类,已不能满足新时代的需要,于是产生了以记载各国政治、外交、军事活动及卿大夫与士的言论为主要内容的历史,这就是《左传》、《国语》、《战国策》等新型历史著作。

《左传》在西汉前往往被叫作《春秋》,为不与孔子所修订的《春秋》相混，故称作《左氏春秋》。从班固起认为《左氏春秋》是传注《春秋》的，于是《左氏春秋》始改名为《春秋左氏传》，简称《左传》。从晋朝杜预开始，把《春秋》和《左传》合编，以《春秋》为经，以《左传》为传，每年的经文分编在对应年的传文前。与《春秋》经文配合的还有《公羊传》和《谷梁传》，此二“传”与《左传》合称“《春秋》三传”。

《左传》的作者是左丘明。司马迁《史记》“十二诸侯年表”说：“鲁君子左丘明……因孔子史记(即《春秋》)具论其语，成《左氏春秋》。”汉宣帝时博士严彭祖在其《严氏春秋》中也曾引古本《孔子家语·观周篇》称：“孔子半修《春秋》，与左丘明乘如周，观书于周史，归而修《春秋》之经，丘明为之传。”据孔安国注《论语》称，左丘明是鲁国太史，与孔子同时，可能比孔子年轻几岁。关于左丘明的生平言行，文献中很少记载，但孔子的语录中却提到了他。《论语·公冶长》：“子曰：‘巧言、令色、足恭，左丘明耻之，丘亦耻之；匿怨而友其人，左丘明耻之，丘亦耻之。’”从孔子的话来看，左丘明是一个性格耿直、作风正派、品德高尚的人。

《左传》所写的人物和事件都是根据历史资料来撰写的，不能随意虚构，但作者在记述这些人物和事件时，表现出进步的思想观点和政治倾向。首先，在天人关系上，《左传》强调人的作用，表现出朴素的唯物主义思想。如庄公三十二年载，虢国国君派人去祭神，史嚚说：“虢其亡乎！吾闻之：国将兴，听于民；将亡，听于神。”从这个例子可以看出，“神”的地位已经大大动摇了，统治阶级内部的有识之士，已经敏锐地意识到人民在历史前进中的作用，这是很有进步意义的。其次，在君民关系上，表现出重视民的力量、把民作为治国安邦之本的民本思想。襄公十四年载，师旷就卫献公被国人赶走一事对晋悼公说：“夫君，神之主而民之望也。……匮神乏祀，百姓绝望，社稷无主，将安用之？弗去何为？”又哀公元年载，逢滑对陈怀公说：“臣闻国之兴也，视民如伤，是其福也；其亡也，以民为土芥，是其祸也。”民不仅在国家兴盛衰亡中起到决定性的作用，就是战争的胜负，也取决于民心的向背。例如庄公十年所载的“曹刿论战”一段，就很好地说明了民在战争中的决定性作用。再如僖公二十八年记载的晋楚城濮之战，楚师大败，楚季荣说：“非神败令尹，令尹其不勤民，实自败也。”《左传》如实记录了这些史料，具有鲜明的民本思想倾向。第三，《左传》表彰了许多有见识、有作为的政治家、军事家、外交家和爱国者。《左传》以大量的篇幅，记述了在历史上起过重要作用的政治家如管仲、晋文公、秦穆公、子产等，为后人留下了一份珍贵的史料。《左传》记述了大量的战争，描写了一大批智勇双全的军事家，如机智多谋的栾枝，英勇善战的原轸，刚毅不屈的百里孟明视等。至于外交家、爱国者如烛之武、弦高、申包胥等人，作者颂扬的态度更是溢于言表。第四，《左传》本着“不隐恶”的态度，对统治阶级的一些残暴、荒淫的丑行作了大胆揭露。宣公二年载：“晋灵公不君，厚敛以彫墙，从台上弹人，而观其辟丸也。宰夫胹熊蹯不熟，杀之，置诸畚，使妇人载以过朝。”充分揭露了统治者草菅人命、极端残忍的罪行。隐公元年载郑伯克段于鄢，文公元年载商臣弑其父楚成王等，则使我们在“礼义”、“宗法”、“道德”的背后，看到统治者的丑恶凶残的灵魂。宣公十年载：“陈灵公与孔宁、仪行父饮酒于夏氏，公谓行父曰：‘征舒似女。’对曰：‘亦似君’。”作者对荒淫无耻的统治者，进行了“曝光”。当然，《左传》作为产生于公元前 5 世纪的一部史书，其基本立场还是维护旧礼制的，不少地方宣扬了等级观念、宿命论等内容，但从全书的基本倾向看，《左传》不失为一部伟大的典籍。

从文学角度来看，《左传》具有显著的特点：第一，《左传》善于叙事。从全书来看，《左传》叙事有详有略。书中重点记写的除周天子外的诸侯国有十几个：鲁、齐、晋、楚、秦、郑、卫、宋、吴、越、陈、蔡、曹等。书的前半部多记大国，后半部则多记二、三等小国；春秋五霸写于前，列国强宗及执政大夫多记于后。所记事件，详则浓墨重笔，略则寥寥数语，所谓“论其细也，则纤芥无遗；语其粗也，则丘山是弃”（刘知几《史通·二体》）。《左传》记述复杂的社会矛盾和历史事件如对峙的政治军事形势、复杂的王侯宗族关系以及诸多异常变故等，条理分明，线索清晰。在记述中，作者不仅吸收了以往众多的历史记载，而且广为采撷传说轶闻、民间故事，并进行合理的想象和虚构，叙事绘声绘色，扣人心弦，富有戏剧性。第二，《左传》善写战争。首先，《左传》写战争并不单写军事行动，而是把军事政治、外交等因素结合起来，表现出进步的见解和敏锐的观察力。如秦晋殽之战（僖公三十二年、三十三年），作者就以蹇叔反对这次战争和“哭师”的细节，写出了秦国出兵的不义性质和它的必然溃败。再如城濮之战（僖公二十七、二十八年），事先着重叙述晋侯种种教育人民的措施；邲之战（宣公十二年）也是先从晋人眼中看出楚国“德立刑行，政成事时，典从礼顺”，不可与敌。其次，《左传》作者在坚持描写战争全过程的前提下，对各次大战选择了不同的侧面，或是着重描写战争的起因和酝酿，或者侧重交战的经过，或者偏重战争所引起的后果和影响，重点突出。如晋楚城濮之战，先从晋伐曹、卫的外围战写起，继而写宋国告急、晋将设连环之计、子玉治兵、晋师退避三舍，一直写到晋文公占梦坚定作战信心，两国才开始正式交锋。作者重在写战前酝酿过程，揭示出晋国的胜利主要是文公与诸将帅审慎谋划的结果。再如秦晋殽之战要突出的是秦的失策，所以作者着重描述了战前、战后的情形，而秦师在殽二陵如何被截击、三帅如何束手就擒的经过则一概略而不记。再次，作者叙述战斗过程，情节曲折生动。如鞌之战（成公二年）中写晋主帅郤克中箭后“流血及屦”，仍没有停止击鼓；其御手解张手与肘皆中箭，以至“左轮朱殷”，但他折断箭杆继续驾车，车右郑丘缓虽未中箭，但一遇险情便冒着生命危险下去推车……晋军将士殊死奋战的场景如在目前。第三，《左传》善记行人辞令，从每篇辞令用词之洗练、逻辑之严密、语气之变化，都可以看出作者对这些口头语言作了精心的润饰和加工。它们有的婉转陈辞，有的语气激切，但都能紧紧抓住矛盾的焦点，从分析利害入手，说理透辟，辞句典雅。尤其是一些小国使臣应对大国的言辞，更是充满了机警与智慧，烛之武对秦穆公晓以利害的一番言辞，终于化干戈为玉帛，解除了郑国的危难；子产献捷于晋，晋人三问，子产三答，“士庄伯不能诘”。《左传》中富有文采的行人辞令，开启了战国时代纵横驰骋、酣畅淋漓的文风，也是历代文人讽诵学习的楷模。此外，《左传》中不论是叙述语言还是人物语言，于修辞方面都大量地运用了比喻的手法，广泛地采用生动的俗语、谚语和民谣。其中许多语言具有警句性质，甚至后来成为人们习用的成语。例如：“辅车相依，唇亡齿寒”、“贪天之功以为己力”、“虽楚有材，晋实用之”（楚材晋用）、“数典而忘祖”、“铤而走险，急何能择”、“甚嚣尘上”、“欲加之罪，何患无辞”、“皮之不存，毛将焉附”、“风马牛不相及”等等，至今还活在我们的语言中。

《国语》是《左传》之后又一部重要的历史著作，全书 21 卷，上起周穆王，下至鲁悼公，分别记载周王朝及诸侯各国 500 多年间政治、军事、外交等史实。

关于《国语》的作者，司马迁说：“左丘失明，厥有《国语》。”（《报任少卿书》）从此一般都以为《国语》与《左传》既是同一个作者，从内容上看《国语》与《左传》又有相通之处，《国语》的个别篇章在史料上又可补《左传》之不足，于是有人把《国语》称作“春秋外传”。王充《论衡》说：“《国语》，左氏之外传也。左氏传经，辞语尚略，故复选录《国语》之辞以实。”其实，《国语》与《左传》显然各自为书，并非一个系统，号为“春秋外传”很不恰当。《国语》在体例、风格诸方面有不同于《左传》的鲜明特点：首先，《国语》是一部各国史官的有关记言史料的汇编，主要记录各国君臣谋议的得失，基本上属于记言体，与《左传》将记言叙事融为一体、并以记事为主不同，其中虽有记事，也只是记言体中的一种插叙或补充。其次，《国语》中的

《周语》、《晋语》、《越语》等虽有简略纪年，但《国语》不属于编年体，它开创了以国为单位来叙述史实的体例——国别体。它虽然不能像《左传》那样成统一体系地全面反映春秋时期的历史，但可以集中叙述某国历史，又往往可以叙述某人物的生平始末。再次，《国语》不属于《左传》一类精心撰述式的著作，而是一部史料汇编式的史书，编者对所收资料只粗略进行了加工整理，所以风格、语言很不统一。

从文学成就上看，《国语》远不如《左传》，如长勺之战中曹刿与鲁庄公讨论战争，两书所记意同而辞不同，《左传》所记简练而姿态有神，《国语》所记则显得平板。不过，《国语》中有些人物对话写得还是相当精彩的。如《晋语》中记姜氏与子犯谋醉重耳一段：

> 姜与子犯谋，醉而载之以行。醒，以戈逐子犯，曰："若无所济，吾食舅氏之肉，其知餍乎！"舅犯走，且对曰："若无所济，余未知死所，谁能与豺狼争食？若克有成，公子无亦晋之柔嘉，是以甘食。偃之肉腥臊，将焉用之？"遂行。

通过对话，把年轻贵公子重耳强横成性的脾气与子犯老成而幽默的个性活脱脱表现了出来，当时情形如在目前；而《左传》于此过于求简，反觉有所不足。此外，《国语》人物语言中还常夹杂神话传说，如《周语》载太子晋为谏灵王壅谷水，引用了共工、伯鲧等神话人物故事，从文学角度讲，增加了作品的形象性和表现力。

第三节 《战国策》

《战国策》是一部有关记言史料的汇编，主要分国收录了战国时期策士游说各国时的陈谋献策或相互辩论的言辞。它所载时代上接春秋，下至秦并六国，涉及约 240 年间东西周及秦、齐、楚、赵、魏、韩、燕、宋、卫、中山诸国政治、军事、外交等重要史实。这些资料大部分是战国时期各国史官和策士所记，来源不一，作者不详。

原本零散错乱，名称各异，有所谓《国策》、《国事》、《短长》、《长书》、《事语》、《脩书》等名称。到了西汉，刘向第一次对这些史料进行系统整理，编订成书，共33篇，定名为《战国策》。到了北宋，旧本《战国策》散佚甚多，文学家曾巩遍访藏本进行了校补重编，才成为今本《战国策》这样的规模：按照国别分别编订的东周、西周各一篇，秦五篇，齐六篇，楚、赵、魏各四篇，韩、燕各三篇，宋、卫合为一篇，中山一篇。

刘向《战国策书录》说："战国之时，君德浅薄，为之谋策者，不得不因势而为资，据时而为画。故其谋扶急持倾，为一切之权，虽不可以临国教、化兵革，亦救急之势也。皆高才秀士，度时君之所能行，出奇策异智，转危为安，运亡为存，亦可喜，皆可观。"比较准确地指出了《战国策》的时代特色及主要内容。首先，《战国策》渲染策士对于战国局势的控制，显示了他们在政治、军事、外交斗争中举足轻重的作用，表明了智能在决策中的决定意义。秦王从范雎之计举兵攻邢丘，占邢丘而魏国请附从(《秦三·范雎至秦》)；孟尝君从冯谖计，复得相位，声名更振(《齐四·冯谖客孟尝君》)；燕昭王善遇苏代，"与之谋伐齐，竟破齐，闵王出走"(《燕一·齐伐宋宋急》)。反之，不重视策士谋略常会遭致惨败。楚怀王不听陈轸不宜伐秦的劝告，导致大败，作者一针见血地指出："故楚之土壤士民非削弱，仅以救亡者，计失于陈轸，过听于张仪。"(《秦一·齐助楚攻秦》)魏国为齐打败而欲附从齐国，齐田婴不听张丑言，"遂内魏王，而与之并朝齐侯再三"，结果，"赵氏丑之，楚王怒，自将而伐齐，赵应之，大败齐于徐州"(《魏二·齐魏战于马陵》)。《左传》、《国语》虽然初步意识到人的因素在社会中的重要性，但仍未免去宿命论的束缚。《战国策》的作者处在强者称霸、能者为官、竞争激烈的战国之世，以其卓越的眼光在中国历史上第一次强调了知识阶层在政治斗争与社会发展中的巨大作用，歌颂了那些从穷闾陋巷中冲杀出来的大批寒士的才智，公然肯定"士贵耳，王者不贵"

(《齐四·齐宣王见颜斶》)的呼声，这种与不讲智愚贤不肖的世袭贵族专制背道而驰的思想倾向，有其重要的社会意义。其次，《战国策》肯定了策士对功利的追求。《秦一·苏秦始将连横》写苏秦失意落魄时，父母不以为子；富比王侯时，家人诚惶诚恐。作者不无心酸地指出功名富贵在社会上不容忽视。吕不韦从功利出发，使赵遣异人归秦，"秦立异人为太子，太子登极，赠不韦相位，赐号文信侯，分封蓝田十二县"(《秦五·濮阳人吕不韦贾于邯郸》)。谭拾子对时人这种好功喜利的心理发议道："理之固然者，富贵则就之，贫贱则去之。"(《齐四·孟尝君逐于齐而复返》)真是一语中的。《战国策》肯定正常的功名私欲，把它看作合情合理的东西，强调通过智能的发挥求取富贵，是有进步意义的。第三，《战国策》歌颂了那些智慧超群、无所畏惧、自尊自信的策士。有人把策士都看作朝秦暮楚、巧言饰辩、毫无人格的小人，实是一种误解。颜斶与齐王堂前争辩，用"生王之头不如死士之垄"回击齐王的羞辱，维护了"士"的尊严。(《齐四·齐宣王见颜斶》)冯谖"长铗归来兮"的歌声，为了是得到应有的尊重。(《齐四·齐人有冯谖者》)唐且奉安陵君之命使秦，在朝堂上蔑视秦王淫威，挺剑而起，使秦王面无人色，"长跪而谢"(《魏四·秦王使人谓安陵君》)。鲁仲连"为人排患释难解纷乱"，不图赏赐，更显示出高风亮节。(《赵三·秦围赵之邯郸》)战国时期，人的觉醒与解放成为一种普遍的社会思潮。儒家所维护的具有强烈的人身依附关系的等级制度，极大的限制了个性发展和人格独立；道家追求摆脱人世一切束缚的自由，却是以放弃人的责任感和义务为代价。而策士们从某种意义上说追求权利与义务的统一，纠正了这种片面性。因此，策士们大多具有豪放不羁的性格，就不是偶然的了。第四，《战国策》歌颂了那些敢于反抗强暴的侠义之士。反抗暴政、刺杀暴君，在《左传》中是受到谴责的，即使像赵盾那样的良相，由于刺杀不行君道的宣王，仍然受到"赵盾弑其君"的指责。《战国策》冲破传统思想的束缚，颂扬侠义之士的行为，是具有开创性意义的。如写聂政刺韩傀（《韩三·韩傀相韩》）、荆轲刺秦王（《燕三·燕太子丹质于秦亡归》）等，作者无不饱含着同情和敬仰的浓郁情感。此外，《战国策》还嘲讽、抨击了那些昏庸无能、荒淫腐败的统治者，体现了不为尊者讳的批判精神。像因拒谏而最后饿死秦松柏中的齐王建（《齐六·齐王建入朝于秦》）、凭意气用事的韩王（《韩一·秦韩战于浊泽》）、国家将亡仍执迷不悟的赵王（《秦五·文信侯出走》）等，都是些愚笨之至而又排挤谋士的昏君。郑袖的谗害魏美人（《楚四·魏王遗楚王美人》）、秦宣后欲以魏丑夫殉葬（《秦二·秦宣太后爱魏丑夫》），则暴露了统治阶级女性固宠的斗争和宫闱丑行，讥刺了她们的阴险与无耻。

《战国策》在语言艺术上达到了空前的高度，正如章学诚所说："至战国而抵掌揣摩，腾说以取富贵，其辞敷张而扬厉，变本而加恢奇焉，不可谓非行人辞命之极也。"（《文史通义·诗教上》）策士们具有广博的知识和深刻的洞察力，很少儒生式迂阔不切世情的言论，极富睿智与机敏，无论个人陈述或双方辩论，都喜欢夸张渲染，充分发挥，畅所欲言，且多用排比、对仗等修辞方法，具有很强的说服力和感染力。如苏秦说赵王（《赵三·苏秦从燕之赵始合从》）、张仪说秦王、司马错论伐蜀（《秦一·司马错与张仪争论于秦惠王前》）、虞卿刺楼缓（《赵三·秦攻赵于长平》）等，无不酣畅恣肆，滔滔雄辩。其次，《战国策》善于运用多种艺术手法来刻画、塑造人物形象，如《燕策》中写荆轲，可谓慷慨悲壮，最动人的是易水送别一段：

> 遂发，太子及宾客知其事者，皆白衣冠以送之。至易水上，既祖取道，高渐离击筑，荆轲和而歌，为变徵之声，士皆垂泪涕泣。又前而为歌曰："风萧萧兮易水寒，壮士一去兮不复还！"复为慷慨羽声，士皆瞋目，发尽上指冠。于是荆轲遂就车而去，终已不顾。

在苍凉悲壮的气氛中，把一个怒发冲冠、沉毅勇决的英雄形象十分鲜明生动地表现出来。此外，策士常常用浅显、生动的比喻来论事说理，如冯谖以“狡兔有三窟”喻人留后路（《齐四·齐人有冯谖者》），生动而深刻。一些说辞中还运用了寓言故事，来增强论辩的说服力。如陈轸用“画蛇添足”说楚将昭阳（《齐二·昭阳为楚伐魏》），苏代以“鹬蚌相争”说赵惠王（《燕二·赵且伐燕》）等，无不形象生动，入情入理。

第四节　先秦历史散文的影响

先秦历史散文对后世历史家和古文家的写作有极其深远的影响，特别是叙事文的影响。叙事散文在我国过去的历史著作中具有极高的地位，但它的渊源则在先秦。司马迁的《史记》受到先秦历史散文最为直接的影响。《史记》汇辑了《尚书》中许多善言嘉语，成为古帝王纪传中的佳句；《国语》叙事写人往往比较完整，给《史记》塑造人物形象以重要启示；《史记》不少篇章，“如诸世家，皆多录《左氏》、《战国策》等文，不过载旧语而略增损”（[明]董份语，见凌稚隆辑《史记评林》）。《左传》的叙事艺术及《战国策》的语言风格也为《史记》所汲取。另外，《春秋》的褒贬是非以及《左传》直书无隐的精神，一直为司马迁以来的“良史”所继承，成为过去史家撰著的原则。从司马迁起，史家之有论赞，也是受了《左传》的启示。

汉初政论家贾谊、晁错之文尚有战国纵横余习。唐宋以来著名的古文家几乎没有不爱好并学习先秦历史散文的。韩愈在其《进学解》中说：“沉浸浓郁，含英咀华，作为文章，其书满家。上规姚姒，浑浑无涯，《周诰》、《殷盘》，佶屈聱牙，《春秋》谨严，《左氏》浮夸，《易》奇而法，《诗》正而葩……可谓闳其中而肆其外矣。”他的《平淮西碑》模仿《尚书》，《董公行状》辞令近于《左传》。柳宗元在所谓“圣人之道”上曾非难过《国语》，但在文章上却不得不承认它“深闳杰异”，并且还说为文当“参之《国语》以博其趣”（《答韦中立论师道书》）。至于三苏文章的纵横捭阖，在很大程度上是受到《战国策》的影响的。

第四章　诸子散文

第一节　诸子散文的勃兴

春秋末年至战国之世是一个社会大变革的时代，诸侯崛起，礼崩乐坏，天下纷争，新兴的地主阶级登上了历史舞台。社会的政治、军事、外交斗争迫切需要智能，于是，尊士、养士、争士逐渐成为一种社会风尚，“得士则谋不困，体不劳，名立而功成”（《墨子·尚贤》）。在这种情况下，士阶层迅速崛起。士的来源有两个：一是没落的贵族，在社会大变革中，贵族沦落的第一站就是士这个交流转换的中间地带；一是庶民，各式各样的下层人通过学习进入士的行列。士属于社会的中间阶层，在统治阶级的最下层，同人民比较接近，他们大多数具有很高的文化素养，有专业知识和技能。从学术流派上看，主要有儒、道、阴阳、法、名、墨、纵横、农、杂、小说十家（据《汉书·艺文志》）。其中比较重要的有儒家、墨家、道家、法家、农家、纵横家，代表人物如孟轲、墨翟、商鞅、申不害、许行、陈相、苏秦、张仪等等，都是在这一社会变革中先后以学者或政治家面貌出现于政治舞台的。他们出身不同，立场不同，为了解决现实问题，从代表各自的阶级或阶层的利益出发，对政治提出各种不同的要求和主张，并且著书立说，争辩不休，形成了“百家争鸣”的局面。这就是春秋末期到战国时代诸子散文蓬勃发展的根本原因。

诸子散文的发展，可分为三个阶段：第一阶段以《论语》和《墨子》为代表，前者为纯语录体散文，后者则语录体中杂有质朴的议论文。第二阶段以《孟子》和《庄子》为代表，前者基本上还是语录体，但已有显著发展，形成了对话式论辩文；后者已由对话体向论点集中的专题论文过渡，除少数几篇外，几乎完全突破了语录的形式而发展为专题议论文。第三阶段以《荀子》和《韩非子》为代表，文章逻辑谨严，分析深入，文辞富赡，达到了很高的水平。

第二节 《论语》、《墨子》

《论语》是主要记述孔子言行的书。《汉书·艺文志》说："《论语》者，孔子应答弟子、时人及弟子相与言而接闻于夫子之语。当时弟子各有所记，夫子既卒，门人相与辑而论纂，故谓之《论语》。"

孔子（前551～前479），名丘，字仲尼，春秋末期鲁国陬邑（今山东曲阜）人，他是儒家学派的创始人。《论语》全面地反映了孔子以"仁"和"礼"为基本核心的思想。《论语》中提到"仁"的，有109次之多。虽然孔子对"仁"作过许多解释，但"仁"的基本含义是"爱人"（《颜渊》），即同情人，尊重人，把人当人看。孔子把"仁"看成是最高的道德规范，并把这种道德标准引申到政治领域中去，主张施行"仁政"。他希望统治者"为政以德"（《为政》）；"节用而爱人，使民以时"（《述而》）。他反对暴政，希望统治者轻敛薄赋，降低剥削："百姓足，君孰与不足？百姓不足，君孰与足？"（《颜渊》）孔子主张施行"仁政"，主要是为了缓和当时尖锐的阶级矛盾，有比较开明、进步的一面。在《论语》中提到"礼"的，有75处。孔子所说的"礼"虽未明确规定含意，但一般是指各种礼仪规范。他希望恢复西周的一系列典章制度，严格从天子到庶人的等级界线。他说："克己复礼为仁。一日克己复礼，天下归仁焉。"（《颜渊》）即要人们自觉地约束、克制自己，把一切言行纳入到"礼"所规定的范围之内，强调"君君，臣臣，父父，子子"（《颜渊》），也就是要求人们安于自己的本分，下级要绝对报从上级，绝不允许“犯上作乱”。这是符合后来封建统治阶级的需要的，因此历代统治者都利用孔子思想来巩固其地位，尊孔子为“圣人”。

《论语》是语录体散文，基本上是用当时接近口语的语言记录的，因而绝大部分浅近易懂；虽然大都语言简短，但精练含蓄，富于哲理性，耐人寻味。如“朝闻道，夕死可也”（《里仁》）；“不患人之不己知，患不知人也”（《学而》）；“无欲速，无见小利。欲速则不达，见小利则大事不成”（《子路》）……莫不言简而意赅，通俗而深刻。其中有不少句子已成为后世经常引用的成语，诸如“三省吾身”（《学而》）、“见贤思齐”（《里仁》）、“不耻下问”（《公冶长》）、“三思而后行”（《公冶长》）、“文质彬彬”（《雍也》）、“学而不厌，诲人不倦”（《述而》）、“任重道远”（《泰伯》）、“后生可畏”（《子罕》）、“己所不欲，勿施于人”（《颜渊》）、“当仁不让”（《卫灵公》）等等。

《论语》中的言辞不仅富于哲理性，而且常常显得雍容和顺、迂徐含蓄，富有诗意。如：“岁寒，然后知松柏之后彫也！”（《子罕》）挺立在严寒中的苍松翠柏，具有坚韧的品质，顽强的生机、傲岸不屈的气概，激励着人们在困厄危难中不失操守。又如：“子在川上，曰：‘逝者如斯夫！不舍昼夜。’”（《子罕》）一去不复返的光阴，就像滚滚东逝的河水一样啊！它启发人们修德敬业，不断进取。

《论语》还有一个特点，那就是在简单的对话和行动中常能展示人物的形象。例如《子路、曾皙、冉有、公西华侍坐》一章，把子路的坦率，冉有、公西华的谦逊，曾点的洒脱以及孔子的平易近人、循循善诱，都具体生动地表现出来。

《论语》一书在汉代流传过程中分今文、古文。今文有鲁人所传之《鲁论语》20篇，齐人所传之《齐论语》22篇。《古论语》出于孔子宅壁，21篇。西汉末年，汉成帝的老师安昌侯张禹把《鲁论语》、《齐论语》合而为一，而以《鲁论语》的篇目为据，号称《张侯论》，非常有名。现在我们看到的《论语》20篇基本上就是《张侯论》流传下来的本子。

墨子名翟，战国初年鲁国人，是墨家学派的创始人。墨子的思想保存在《墨子》一书中，其思想核心是“兼爱”。墨子讲“兼爱”是“爱无差等”，对宗法道德和等级制度是一种否定，一种突破。而儒家的“爱”是有差等、有条件的，是“亲亲有术，尊贤有等”（《墨子·非儒下》）。其次，墨家讲“兼爱”，强调相互间的义务。“夫爱人者，人必从而爱之；利人者，人必从而利之。”（《墨子·兼爱中》）儒家讲仁爱，主要是从主体修养的角度要求人们尽义务，并借以完善自己的人格。再次，墨家讲“兼爱”，与物质利益相联系，目的是使“国家富，财用足，百姓皆得暖衣饱食，便宁无忧”（《墨子·天志中》）。儒家的仁爱则是以“君君、臣臣、父父、子子”（《颜渊》）为政治前提，并往往以牺牲下级的物质利益来成全其“爱”。因为墨子思想不合统治者的口味，因而墨学在封建社会长期受到冷落。

《汉书·艺文志》称《墨子》71 篇，今本《墨子》存 53 篇。刘勰《文心雕龙·诸子》说：“《墨子》意显而语质”，正道出了《墨子》的风格。其文章质朴无华，但逻辑性很强，善于运用具体的事例进行说理，从具体问题的争论进而为概括性的辩难。如《非攻上》的主旨是诸侯发动战争是大不义的，墨子从“窃人桃李”、“攘人犬豕鸡豚”等生活中的小是小非入手，由小到大，层层推演，最后得出无可辩驳的结论。这是说理文的一大进展，在散文发展史上占有重要的地位。

第三节 《孟子》

《孟子》是记孟子言行的书。孟子（前 372～前 289），名轲，字子舆，邹国（今山东邹县）人。孟子幼年家贫，承受母教，曾受业于孔子之孙孔伋的门人，是孔子之后战国中期儒家学派最有权威的代表人物。他曾游梁，说惠王，不为所用；见齐宣王，为客卿，但亦终不见用。后“退而与万章之徒序《诗》、《书》，述仲尼之意，作《孟子》七篇。”(《史记·孟子荀卿列传》)东汉赵岐《孟子题辞》中说“又有外书四篇”，久佚不传。

孟子政治思想的基本核心是“仁政”学说，其哲学依据是“性善论”。孟子认为“人无有不善”，“恻隐之心，人皆有之”(《告子上》)。统治者只要把这种“恻隐之心”推广开去，运用到治理人民的行政措施中，“以不忍人之心，行不忍人之政，天下可运之于掌”(《公孙丑上》)。“仁政”的具体内容是“制民之产”，使一个主要劳动力有“五亩之宅”、“百亩之田”的“恒产”，让百姓“仰足以事父母，俯足以畜妻子，乐岁终身饱，凶年免于死亡”。同时，还要“省刑罚，薄税敛”，“不违农时”，使百姓“养生丧死无憾”。(以上引文均见《梁惠王上》)如此，就能取得民心，无敌于天下。孟子的“仁政”主张尽管是从统治者的利益出发的，但它也反映了广大下层人民的愿望和要求。

与“仁政”思想相联系的，是孟子的民本思想。孟子主张“民为贵，社稷次之，君为轻”(《尽心下》)，他反对残民害民的统治，常将批判的矛头直指暴君。齐宣王问汤武放伐之事，怀疑臣不可以弑君，孟子说：“贼仁者，谓之贼；贼义者，谓之残，残贼之人，谓之一夫。闻诛一夫纣矣，未闻弑君也。”(《梁惠王下》)孟子这些话在当时是极其大胆的，也触怒了后代的封建官僚和君主。司马光等人曾著书驳斥孟子，明太祖朱元璋读《孟子》：“怪其对君不逊，怒曰：‘使此老在今日，宁得免耶！’”并将孟子“逐”出孔庙。(全祖望《鲒埼亭集》卷三十五引《典故辑遗》)

当然，孟子思想中也还有落后、保守的一面。例如他既强调王政以民为本，又说：“为政不难，不得罪于巨室。”(《离娄上》)他重视人民，却轻视体力劳动和体力劳动者，谓“无君子莫治野人，无野人莫养君子。”又说：“劳心者治人，劳力者治于人。治于人者食人，治人者食于人。天下之通义也。”(以上《滕文公上》)这实际上是肯定阶级剥削、阶级压迫的合理性,为统治阶级对人民剥削、压迫提供了理论根据。

《孟子》文章的文学特点首先是气势充沛,感情强烈,笔带锋芒,语挟风雷,极富鼓动性和战斗力,有纵横家的气概。例如孟子谈到行“仁政”的效果说:“王知夫苗乎?七八月之间旱,则苗槁矣。天油然作云,沛然下雨,则苗浡然兴之矣!其如是,孰能御之?!”他以抒情诗人般的语言,把人民渴望安定生活的心声宣泄了出来。孟子在庙堂之上“说大人”,常常直言不讳、毫无顾忌。他当面指责梁惠王说:“兽相食,且人恶之;为民父母,行政,不免于率兽而食人,恶在其为民父母也?”(《梁惠王上》)他与齐宣王论失职之事,问:“王之臣有托其妻子于其友之楚游者,比其反也,则冻馁其妻子,则如之何?”王曰:“弃之。”孟子进而问:“士师不能治士,则如之何?”王曰:“已之。”紧接着他又追问:“四境之内不治,则如之何?”竟逼问得齐宣王无言以对,“顾左右而言他”(《梁惠王下》)。孟子这种气势从何而来?应该说来自孟子本人的人格修养。他说:“我善养吾浩然之气。”“其为气也,至大至刚,以直养而无害,则塞于天地之间,其为气也,配义与道,无是,馁也。”(《公孙丑上》)孟子善于积累自己的仁义之心,使正气扩充于体内,从而成为一个器宇轩昂、刚正不屈、无私无畏的人。孟子所赞赏的“居天下之广居,立天下之正位,行天下之大道”、“富贵不能淫,贫贱不能移,威武不能屈”的“大丈夫”(《滕文公下》),亦可视为夫子自道。正是他胸中有“浩然之气”,使其议论不断地掀起情感的波涛,气盛言宜而激昂慷慨。其次,《孟子》长于辩论。孟子自称:“我亦欲正人心,息邪说,距诐行,放淫辞,以承三圣者。岂好辩哉?予不得已也。”(《滕文公下》)孟子正是面对学派纷争的形势,基于儒家正统立场,为了宣扬孔子之道,才进行辩论的。在辩论中,孟子特别善于设机巧,引人入彀,使人无法躲避。如在《齐桓晋文之事章》中,为了揭露宣王

"大欲"的霸道实质，孟子先连发五问："为肥甘不足于口与？轻暖不足于体与？抑为采色不足视于目与？声音不足听于耳与？便嬖不足使令于前与？"待宣王否认后，孟子随即一针见血地指出："然则王之所大欲可知已：欲辟土地，朝秦楚，莅中国而抚四夷也。"(《梁惠王上》)在和陈相辩论时，他也用同样的方法逼得陈相不得不承认"百工之事，固不可耕且为也"(《滕文公上》)。再次，《孟子》还善于用生动的比喻来说明事理、陈述主张，变抽象为具体可感，化深幽为浅显易懂，例如用"水之就下"的属性比喻民众归仁的必然趋势(《离娄上》)，以"缘木求鱼"揭示霸道之荒唐等，道理不言自明。《孟子》中还多处运用了比喻的高级形式——寓言，这些寓言，有简练的细节，有人物行动、心理描写，甚至生动的对话，如"一傅众咻"、"冯妇"、"五十步笑百步"、"陈仲子哇鹅肉"、"齐人有一妻一妾"等，无不妙趣横生，令人叫绝。

第四节 《庄子》

庄子(前369～前286)，名周，宋之蒙(今河南商丘县东北)人，生当战国中期，与孟子同时。据《史记·老庄申韩列传》说："周尝为漆园吏。"从《庄子》的记载看，庄子一生是相当贫穷的。《外物》篇说："庄周家贫，往贷粟于监河侯。"《列御寇》载：曹商谓庄子"处穷闾阨巷，困窘织屦，槁项黄馘"。战国中期是战争最为频仍而统治者又最为骄横的时代，庄子痛苦地挣扎于社会的最底层，他较之于其他诸子更能够深刻地感受现实，对百姓"冻者假衣于春"(《则阳》)、"胥靡登高而不惧，遗死生也"(《庚桑楚》)的悲苦与绝望，更有切身之感；对统治者的贪婪、凶横、残忍，更有切肤之痛。庄子对当时的黑暗统治进行了有力的揭露和抨击，《徐无鬼》篇一针见血地指出统治者"苦一国之民，以养耳目口鼻"，"杀人之士民，兼人之土地，以养吾私与吾神”。《人间世》中借颜回之口谓卫君：“其年壮，其行独，轻用其国而不见其过。轻用民时，死者以国量……”庄子还戳穿统治者为挑起战争寻找借口：“爱民，害民之始也；为义偃兵，造兵之本也。”（《徐无鬼》）他反对君上臣下的统治秩序，呼唤一种理想的社会状态，即“至德之世”。由于中国古代经济发展不平衡，庄子主要活动的地区江淮一带还大量存在着原始村社共同体利益，因而保存有对淳朴宁静的生活更多的回忆与向往。在那一时期，百姓生活自由自在，“织而衣，耕而食”（《马蹄》），“甘其食，美其服，乐其俗，安其居”（《胠箧》）；人与人之间无相害之心，“一而不党，命曰天放”，“其行填填，其视颠颠”（《马蹄》）。是罪恶的统治打碎了这安详的生活，《马蹄》篇道：“马，蹄可以践霜雪，毛可以御风寒。龁草饮水，翘足而陆，此马之真性也。虽有义台路寝，无所用之。及至伯乐，曰：‘我善治马。’……饥之渴之，驰之骤之，整之齐之，前有橛饰之患，而后有鞭筴之威，而马之死者已过半矣！”这里以治马者对马的伤害喻统治者对人民的压迫，令人心惊。基于这种认识，庄子进而“迁怒”于仁义礼智，把仁义礼智视为“禽贪者器”（《在宥》）。庄子以其智者的目光洞悉，圣人本想施仁义“以慰天下之心”，反倒让社会“失其常态”（《骈拇》），仁义礼智恰好被统治者窃取，成为他们营私利己、窃国称侯的工具。《胠箧》说：“窃钩者诛，窃国者侯，诸侯之门而仁义存焉。”庄子认为，若不“绝圣弃智”（《胠箧》），百姓只能在窃国大盗的控制愚弄下辛苦地劳作，默默地忍受。尽管这“绝圣弃智”的主张简单偏激、具有片面性，但庄子反对残暴统治，企图让百姓从封建桎梏中解放出来的想法，却是感人的。庄子痛恨现实，又无力抗争，最终走了隐居遗世的道路。他一方面齐万物、一死生，泯是非得失，追求内心调和；一方面主张“无为”、“无用”，逃避社会矛盾，以求全身保命。荀子批评他“蔽于天而不知人”（《荀子·解蔽》），是很中肯的。后代一些不满现实的知识分子，对封建政治采取消极反抗的态度，蔑视封建礼法与权贵，多是受到庄子的影响。

《汉书·艺文志》载，《庄子》书52篇，今存33篇，包括“内篇”7篇，“外篇”15篇，“杂篇”11篇。自魏晋以来，根据文章风格的不同，一般都认为“内篇”为庄子自己所作，“外篇”、“杂篇”为其门徒或后学所作。

《庄子》散文在先秦诸子中具有独特风格。首先，庄子“以天下为沉浊，不可与庄语”，乃放以“谬悠之说，荒唐之言，无端崖之辞”(《天下》)，这样既可以减少一些政治风险，把不容于时的思想掩盖在“不庄”之语中，又可以使思想感情的表达无拘无束。于是，他吸收神话创作的精神，大量采用并虚构寓言故事作为论证的根据，因此，想象奇幻，文章最富浪漫主义色彩。《逍遥游》开篇写鲲鹏的自由变化和在广阔天地间翱翔，充满神奇色彩，引人入胜。《齐物论》写“至人神矣，大泽焚而不能热，河汉沍而不能寒，疾雷破山、飘风振海而不能惊”，令人咋舌。至如任公子钓鱼，“为大钩巨缁，五十犗以为饵。……已而大鱼食之，牵巨钩陷没而下，骛扬而奋鬐，白波若山，海水震荡，声侔鬼神，惮赫千里”(《外物》)，又是气势磅礴，莫可言状了。在庄子笔下，鸟类兽类也会思考，能答辩，甚至无生命的东西也充满灵性、栩栩如生。例如蜩与学鸠会说笑(《逍遥游》)，涸鲋可以向人求援(《外物》)，东海之鳖和陷井之蛙侃侃而谈(《秋水》)，“罔两”(影子的影子)与影子可以讨论问题等。这些生动而奇异的艺术形象，使《庄子》散文具有巨大的魅力。

其次，《庄子》散文在看似荒诞之中，饱含着深沉而强烈的感情。公木先生说得好：“其超脱的外观，蕴含着如火的愤激；达观的人生，饱浸着彷徨、苦闷和辛酸的泪；恍兮惚兮、迷离扑朔的梦境，却分明是对现实环境清醒认识的痛苦显像。”(《先秦寓言概论》)《徐无鬼》说：“子不闻夫越之流人乎？去国数日，见其所知而喜；去国旬月，见其所尝见于国中者喜；及期年也，见似人者而喜矣。不亦去人滋久，思人滋深乎？”这里流露出对人间的何等热爱，对亲人朋友的何等依恋！又如《则阳》篇："有国于蜗之左角者，曰触氏；有国于蜗之右角者，曰蛮氏。时相争地而战，伏尸数万，逐北，旬有五日而后反。"这分明是对驱赶百姓去送死的好战的统治者的批判，寄寓着作者强烈的愤慨与蔑视。"一腔悲愤火，满纸荒唐言。终是人间世，得鱼没忘筌。"公木先生这首《读庄》诗，道出了《庄子》浪漫主义的底蕴。

第三，《庄子》散文善用比喻。本来战国时代的文章一般都有这种特点，而《庄子》则几乎任何情况、任何事物都可以用作比喻。它不但比喻多，而且运用灵活。例如《逍遥游》要论证超越时空的绝对自由，先从大鹏说起。他认为那么大的鸟要从北海飞到南海，非借助于风之力不可，所以没有绝对自由。下文的野马、尘埃，也是要风吹着才能在空中游荡。这对于野马、尘埃本身说虽属正意，对于大鹏来说其实又是比喻。下面的以水比风，以大舟比大鹏，又是一比，而杯水芥舟数句则是比中之比。正如宣颖所说："喻后出喻，喻中设喻，不啻峡云层起，海市幻生，从来无人及得。"（《南华经解》）

第四，《庄子》散文词汇丰富而运用自如，善于描摹，妙于刻画。如写大河水涨："秋水时至，百川灌河，两涘渚崖之间，不辨牛马"（《秋水》），真使人如临其境。写曾参："缊袍无表，颜色肿哙，手足胼胝，三日不举火，十年不制衣，正冠而缨绝，纳履而踵决，曳縰而歌《商颂》，声满天地，若出金石。"仅用五六十字，曾参的衣着打扮、神情气质便跃然纸上，令人难忘。

第五节 《荀子》、《韩非子》

荀子（前 330～前 230），名况，字卿，又称孙卿，赵国人，是战国后期儒家学派最大的一个代表人物。荀子少有秀才，年 15 游学于齐之稷下学宫。《史记》说荀子在稷下“三为祭酒”，“最为老师”，可见他的学术造诣之深，地位之高。荀子在齐被谗，乃适楚，春申君以为兰陵令。在楚，又有人向春申君进谗，于是荀子离楚，归居于赵。其后，春申君派人迎劝荀子回楚。春申君死，荀子废，遂家于兰陵，著书数万言而卒。今本《荀子》32 篇，由刘向初编，又经唐代杨倞重定目次。

荀子思想在批判继承前人的基础上又有所发展。首先，在天道问题上，荀子认为“天行有常，不为尧存，不为桀亡。应之以治则吉，应之以乱则凶”。天人是相分的，天道不能干预人事，社会的治乱与天无关。社会治乱的根源，只能从人事中去找，“强本而节用，则天不能贫；养备而动时，则天不能病；循道而不贰，则天不能祸”。荀子进而提出了“制天命而用之”的光辉思想，充分肯定了人类的主观能动作用。（以上引文均见《荀子·天论》）其次，荀子认为人性本恶，人“生而好利”、“生而有疾恶”、“生而有耳目之欲”，如果一味“从人之性，顺人之情，必出于争夺，合于犯分乱理而归于暴”，因此，必须“化性起伪”，经过教化和学习，使人性由恶趋善。（以上引文均见《荀子·性恶》）再次，荀子把“隆礼重法”（《荀子·大略》）看成治国的根本。他改造了孔、孟重德轻刑的思想，倡导“礼义”、“法度”并举，“教化”、“刑罚”兼施，为后代统治者提供了一套维护专制统治的理论，成为封建统治阶级“德刑并举”统治方法的思想先驱。

《荀子》文章立论严正，行文谨厚，察而不激，辞采宏富，表现出恢宏丰赡、严谨绵密的学者文风。如《劝学》中的一段：

> 施薪若一，火就燥也；平地若一，水就湿也。草木畴生，禽兽群焉，物各从其类也。是故质的张而弓矢至焉，林木茂而斧斤至焉，树成荫而众鸟息焉，醯酸而蜹聚焉。故言有召祸也，行有招辱也，君子慎其所立乎！

引物连类，比喻广博，形象鲜明，句式整齐，表现出善比喻、尚铺陈、多排比的行文特色，其劝勉后学之情，深蕴其中。

《荀子》中又有《赋》篇，包括《礼》、《知》、《云》、《蚕》、《箴》五篇小赋，末附《佹诗》二首。各篇在体例上均是先敛起谜底，用隐语说出谜面，随后指出谜底。《赋》篇为汉赋的渊源之一。还有《成相》一篇，以民间歌谣的形式，概要表达荀子的政治思想。

韩非（约前 280～前 233），出身韩国贵族世家，曾师事荀卿，和李斯同学。战国末年，韩国屡遭秦国侵凌，丧师失地。韩非“见韩之削弱，数以书谏韩王，韩王不能用。于是韩非疾治国不务修明其法制，执势以御其臣下，富国强兵而求人任贤，反举浮淫之蠹……故作《孤愤》、《五蠹》、《内外储》、《说林》、《说难》十余万言。”（《史记·老子韩非列传》）秦王嬴政见其书，恨不得与之同游，因急攻韩。韩王遣韩非使秦。后韩非为李斯、姚贾所谗，竟下狱死。今本《韩非子》55 篇，经学者考证确认，《初见秦》、《有度》、《饰邪》三篇为后人窜入的文章。

韩非是战国末期进步的思想家。首先，作为法家思想的集大成者，韩非将前期法家法、术、势的思想有机结合，建立了一套完整的政治理论学说。法是国家制定、颁布并由官吏执行的成文法，主要内容是“赏”和“罚”。术就是权术，是君主驾驭、使用、考察臣下的手段。势就是政权，是实行法与术的基础。韩非的政治学说是以维护中央集权国家为目的、以加强君主专制为核心的。其次，韩非继承并发展了荀子的社会观，认为历史是进化、发展的，因而治理天下的措施也应顺从时势。他提出一个论断：“圣人不期脩古，不法常可，论世之事，因为之备。”（《五蠹》）圣人不因循古已有之的东西，不墨守成规，而是根据当时的社会实际情况，制定相应的措施。如“当大争之世”，“不能循揖让之轨”（《八说》）；“治急世之民”，不能用“宽缓之政”；“治当世之民”，不能用“先王之政”。（《五蠹》）这些观点，反映了韩非思想从实际出发，因时而变的灵活性。再次，韩非认为人性是“自为”（《外储说左上》）的，是“好利恶害”（《难二》）的，人与人之间的关系完全是利害关系，“用计算之心以相待”(《六反》)。君臣之间,“主卖官爵,臣卖智力”(《外储说右下》);父母对子女,“产男则相贺,产女则杀之。……虑其后便,计之长利也”(《六反》)。至于一般社会成员之间,更完全是物质利益关系。韩非忽略了人与人之间关怀、谅解、友爱等美好情愫,单纯从实际利益出发考察人际关系,显然是片面的,但他无情地揭示了传统宗法关系、伦理道德掩饰着的深蕴于人际之间的利害关系,反映了战国以来宗法制度和宗法观念的危机,在当时的条件下具有解放思想的作用。

从文学角度看,《韩非子》具有显著特点。首先,韩文言辞冷峻、犀利刻削,常道人所不能道,不敢道。如其对战国社会人际关系的分析,理或有偏,辞或有过,却鞭辟入里,一针见血。在诸子文章中,韩文独标“峻峭”的风格。其次,韩文析理透辟,论述周详,并常以大量的历史材料和寓言故事作为论据,有很强的说明力。例如《说难》一篇,意在论述游说君主之难,并阐明游说成败之因。韩非以“凡说之难”四字总挈全篇,以下逐层论述。先言进说者应先知“所说之心”;次言谏说足以危身,连举15种情况以明游说之难;再谈进言之术,说明“凡说之务,在知饰所说之所矜而灭其所耻”;最后以传说故事和寓言来说明谈论之士不可不察人主之爱憎而后方可进说。全文说理细密周详,确是一篇极系统、极有说服力的文字。再次,在韩文中随时都可感受到作者孤愤深沉的感情,如《说难》、《孤愤》、《五蠹》、《和氏》等篇中,韩非那积蓄甚深的怨愤和忧思如江河奔流,宣泄而下,其感人的力量是十分深厚的。例如《孤愤》篇主旨在于揭示“智法之士”与“当涂之重人”之间不可两存的对立。面对无党孤特、处势卑贱、不戮于吏诛则必死于私剑的危难处境,韩非从心底发出了悲愤而激切的呼喊:“法术之士奚道得进而人主奚时得悟乎?!”另外,韩文还善用比喻。刘勰说“韩非著博喻之富”(《文心雕龙·诸子》),是不错的。如《主道》篇写明君之行赏“暖乎如时雨,百姓利其泽”,其行罚则“畏乎如雷电,神圣不能解”。《显学》篇说“冰炭不同器而久，寒暑不兼时而至，杂学不两立而治”等，均形象生动，很有表现力。

第六节　先秦诸子散文的影响

先秦诸子的思想对后世的影响极为深远，尤其是儒家思想和道家思想在过去文人的头脑中，经常起着不同的积极和消极的作用。儒家积极用世的思想激发后世文人积极投身到社会生活中去，为社会做出贡献。受儒家思想影响的文人，多关心国计民生，重视人生的责任，在其文学创作中，多采用现实主义的创作方法。但儒家思想对维护封建秩序起了稳定剂的作用，在文学创作中亦曾起过不良的影响。道家消极用世的思想是对封建统治的反抗，其不与统治者合作、不肯与统治者同流合污的思想具有反封建的意义。受道家思想影响的文人，多能乐天知命，不为困境所屈服，在其创作中多呈现浪漫主义色彩。但是，道家思想在一定程度上引导人们消极、颓废，甚至过于放纵自己，无视人的社会职责，在文学史上也有过不好的影响。

先秦诸子散文对后世散文影响极大，汉以后散文大家均受到先秦诸子的影响。汉初贾谊、晁错等人的政论文，都是从荀子、韩非子的散文发展而来，如贾谊的《陈政事疏》、晁错的《论贵粟疏》均是如此。西汉后期扬雄的《法言》、隋代王通的《中说》则是效仿了《论语》。魏晋时期老庄之学大盛，阮籍、嵇康等人受老庄影响极大，文风亦如老庄。他们用辞赋问答体裁，纵谈名理，大畅玄学，发挥老庄思想，也使我国的理论散文得到进一步发展。唐宋以来的古文家也同样受到诸子散文的影响，韩愈曾以“庄”、“骚”并称，尤其推崇孟子。他力排佛老，就是继承发扬孟子的批判精神。柳宗元主张学习诸子文章，他的《三戒》等篇更是创造性地学习诸子寓言成果。宋王安石解《孟子》，其文亦学《孟子》；讥荀卿，其文亦学荀卿。而苏轼之文，不仅思想多出于《庄子》，其语言风格亦与《庄子》相近。

第五章　楚辞与屈原

第一节　楚辞的名称及其产生

“楚辞”是战国时代以屈原为代表的楚国文人创造的一种新诗体，因为它“书楚语，作楚声，纪楚地，名楚物”（[宋]黄伯思《翼骚序》），具有浓厚的楚国地方色彩，故谓之“楚辞”。

“楚辞”这一名词不知起于何时，《史记·酷吏列传》张汤的传中说：“买臣以楚辞与助俱幸”，可见“楚辞”的名称至晚也是汉初就有的。至汉成帝时，刘向把屈原、宋玉等人的作品编辑成书，定名为《楚辞》，从此以后，“楚辞”就成为一部总集的名称。

“楚辞”在汉代或称为“赋”。《史记·屈原贾生列传》说：“屈原……乃作《怀沙》之赋。”《汉书·艺文志》“诗赋略”首列“屈原赋二十五篇”，并在序言中说：“赋者，古诗之流也。”又说：“大儒荀卿，及楚贤臣屈原……皆作赋以风，咸有恻隐古诗之义。”其实，汉赋与“楚辞”是完全不同的两种文体，汉人把辞赋混并为一是不对的。但是，汉人辞赋并称的影响是很大的，所以，后世有“屈赋”、“骚赋”、“楚赋”之称。唐代李白还有“屈平辞赋悬日月”的诗句，直到现在还有人称“屈赋”，所以，辨明辞和赋的区别是很有必要的。

首先从文体性质上纠正汉人辞赋混称的当推晋人挚虞，他在《文章流别论》中说：“《楚辞》之赋，赋之善者也。故扬子称赋莫深于《离骚》。贾谊之作，则屈原之俦也。古诗之赋，以情义为主，以事类为佐；今之赋，以事形为本，以义正为助。情义为主，则言省而文有例矣;事形为本,则言富而辞无常矣。”在这段话里,挚虞虽然还将“楚辞”称为“赋”,但在性质上已与汉大赋区别开来,即“楚辞”之赋以抒情为主,汉大赋以摹物为主。这一论断显然对刘勰《文心雕龙》将“赋”和“骚”两种文体区别开来是有影响的,稍后的萧统《昭明文选》,又分别将“赋”和“骚”各标一体。到了清代,刘熙载在《艺概·赋概》中,才从文艺理论上明确地阐明“楚辞”与“汉赋”的区别:其一,“楚辞按之而愈深,汉赋恢之而弥广”。这就是说“楚辞”极为含蓄,愈体会愈深刻,实际上说的是“楚辞”的比兴手法造成的艺术效果。而汉赋则是铺张扬厉、以摹物为主的带韵散文。其二,“楚辞尚神理,汉赋尚事实”。这就是说“楚辞”崇尚抒情言志,汉赋崇尚叙事。此外,还有人指出“汉赋”采用主客问答的形式,“楚辞”虽有对话,则不分主客。同时,“楚辞”与音乐的关系较为密切,有些可以合乐歌唱,而汉赋则是带韵散文,不能合乐歌唱。

“楚辞”的产生有其复杂的因素。春秋以来,楚国在长期独立的发展过程中,形成了独特的楚国地方文化。与此同时,楚国又与北方各国频繁接触,吸收了中原文化,也发展了它固有的文化。这一南北合流的文化传统是“楚辞”产生的重要基础。

楚地文化具有浓厚的重巫信鬼的色彩,《汉书·地理志》说:楚地之俗“信巫鬼,重淫祀”。王逸《九歌章句序》也说:“昔楚国南郢之邑、沅湘之间,其俗信鬼而好祠,其祠必作歌乐鼓舞以乐诸神。”楚人希望通过能够使人愉悦的歌、乐、舞以娱神,并借此来实现自己的某种愿望或企图得到神的某种启示。人们在热烈宏大的祭祀活动中酣歌滥舞,全身心都融化在迷狂的气氛之中,从而使自己的内心世界、个性意志、理想愿望,都得到充分的宣泄和表现。楚地没有中原地区那种严格的礼法束缚,而更多的洋溢着奇幻、神秘的气氛,从而使其文化具有更多的热烈、奔放、神奇、瑰丽的浪漫激情。在这一文化氛围中,孕育并传播着各种各样的神话故事,涌现出多姿多彩的巫歌与舞蹈,对“楚辞”作品的产生有直接影响。《离骚》中的巫咸降神，以及屈原自我形象的塑造和高洁品质的象征如高冠长佩、荷衣蕙纕，乃至丰富的神话故事的运用等，都是最好的说明。

巫歌之外的楚国民歌对“楚辞”作品的产生也有影响。今天流传下来的楚地民歌有《子文歌》、《楚人歌》、《越人歌》等，这些民歌具有共同的特征：一是以语助词“兮”入歌，从而增加了语言的弹性与音乐美；二是句式长短参差，音调抑扬顿挫。这正是后来的“楚辞”在形式上的突出特点。

“楚辞”的产生受到北方文化的影响，主要有三个方面：一是在意识形态上受到北方文化的影响。如屈原对理想人格的追求，无论是“重之以脩能”(《离骚》)的汲汲自修，还是“苏世独立，横而不流”(《桔颂》)的独立特行，还是“伏清白以死直”(《离骚》)、“重仁袭义兮，谨厚以为丰”(《怀沙》)的坚持节操，都有儒家思想的明显印痕。其他如民本意识、批判精神等，都蕴含着较多的中原文化的内涵。二是受诗歌总集《诗经》的影响。《诗经》四言诗的样式为“楚辞”袭用，成为“楚辞”的一种诗体。《诗经》比兴的艺术手法为“楚辞”继承和发展。三是受诸子散文的影响。“楚辞”的形成是在北方诸子散文兴盛的时代，诸子散文错综复杂、规模宏大的结构，铺陈排比、汪洋恣肆的文风，对“楚辞”作品也有一定的影响。

第二节　屈原的生平及作品

屈原(前340～前277)，名平，字原，战国后期楚国人。司马迁《史记·屈原贾生列传》说：他是“楚之同姓”，“为楚怀王左徒，博闻强志，明于治乱，娴于辞令。入则与王图议国事，以出号令；出则接遇宾客，应对诸侯”。在楚国，屈、昭、景是三大公族。屈氏始祖屈瑕是楚武王熊通之子，受封于屈，因以为氏，其后如屈完、屈固、屈匄等，皆为楚之重臣名将。屈原担任左徒一职，兼管内政外交，位高权重，怀王是相当信任他的。可不久，“上官大夫与之同列，争宠，而心害其能。怀王使屈原造为宪令，上官大夫见而欲夺之，屈原不与，因谗之曰：‘王使屈平为令，众莫不知，每一令出，平伐其功，曰以为非我莫能为也。’王怒疏屈平。”（《史记·屈原贾生列传》）以上官大夫为代表的贵族集团内部的黑暗势力，他们贪婪竞进、巧言令色、打击贤能，屈原由此而失宠，被排挤出统治集团的核心。后楚国受张仪之骗，绝齐之盟，又遭秦国军事打击，被割去汉中之地。楚怀王又在党人怂恿和秦国的威迫下，入秦成婚，一去不返，终于客死于秦。顷襄王即位后，“恃其国大，不恤国政，而群臣相妒以功，谄谀用事。良臣斥疏，百姓心离，城池不修，既无良臣，又无守备”（《战国策·中山策》）。顷襄王二十年（前279），秦将白起攻破郢都，顷襄王逃往陈城，苟延残喘。在此期间，屈原曾坚决反对怀王入秦之举，力主联齐抗秦的战略，但均无结果，他自己却被长期放逐。关于屈原被放逐的时间，学术界有两种不同的看法。游国恩先生以为：“屈原放逐，前后凡两次：一在楚怀王朝，一在顷襄王朝。怀王时放于汉北，顷襄王时放于江南。汉北之放盖尝召回；江南之迁一往不返。”（《楚辞论文集》）姜亮夫先生则认为，“怀王疏原，不过夺其在朝之任，而未废其族姓世守之职”，屈原放逐仅顷襄王时一次。（《楚辞学论文集》）屈原在长期的流放中，和人民更为接近，对现实更为不满，在悲苦忧愤中，他创作了许多优秀的作品。屈原眼看着楚国政治的腐败和国运的危殆，既无力挽救，又不能坐视其灭亡，终于在彻底的绝望中，自投汨罗江而死。屈原的死，激起了广大人民对腐朽统治集团的愤恨，鼓舞了人民的爱国热情。两千多年来，人民都不曾忘记屈原，每年的端午节以划龙舟、吃粽子等形式表示对他的崇敬与怀念。

屈原的作品，据《汉书·艺文志》是25篇。它的具体篇目，据王逸《楚辞章句》为：《离骚》、《九歌》（包括《东皇太一》、《云中君》、

《湘君》、《湘夫人》、《大司命》、《少司命》、《东君》、《河伯》、《山鬼》、《国殇》、《礼魂》共十一篇)、《天问》、《九章》(包括《惜诵》、《涉江》、《哀郢》、《抽思》、《怀沙》、《思美人》、《惜往日》、《桔颂》、《悲回风》共九篇)、《远游》、《卜居》、《渔父》。《大招》的作者,王逸疑不能明。《招魂》一篇司马迁认为屈原所作,而王逸却定为宋玉之作。

关于屈原作品真伪问题,后人纷纷议论,各执一说。现在看来,《大招》一篇可以肯定不是屈原所作。《渔父》一篇司马迁在屈原的传中本是作为一个有关屈原的故事来叙述,并不把它看作屈原的作品。所以王逸说:"楚人思念屈原,因叙其辞以相传焉。"这个推测是有道理的。《招魂》一篇根据郭沫若等人的论证,是屈原所作。至于《远游》、《卜居》及《九章》中的《惜往日》、《悲回风》等篇,也有人认为后人所依托,但缺乏充分根据。

第三节 《离骚》

《离骚》是屈原的代表作,全诗 373 句,2477 个字,是中国古典文学中最长的抒情诗,是一篇光耀千古的浪漫主义杰作。

关于篇名"离骚"二字的含义。司马迁《史记·屈原贾生列传》说:"屈平……忧愁幽思而作《离骚》。离骚者,犹离忧也。"他释骚为忧,于离字无释。班固《离骚赞序》说:"离,犹遭也。骚,忧也。明己遭忧作辞也。"王逸《楚辞章句·离骚序》则说:"离,别也。骚,愁也"。"离骚"二字班固解为遭受忧患,王逸释为离别的忧伤,二说均可通。现代学者对"离骚"又有新的解释,游国恩先生说:"《楚辞·大招》有'伏羲驾辩,楚劳商只'之文,王逸注云:'驾辩、劳商,皆曲名也。''劳商'与'离骚'为双声字,或即同实而异名。西汉末年,赋家扬雄曾仿屈原的《九章》,自《惜诵》以下至《怀沙》一卷,名曰'畔劳愁'。'牢''愁'为叠韵字,韦昭解为'牢骚',后人常说发泄不平之气为‘发牢骚’，大概是从这里来的。”(《楚辞论文集》)释“离骚”为“牢骚”，也可供参考。

《离骚》篇幅庞大，结构宏伟，因而对其层次结构的认识历来颇多分歧。我们可以把全诗划为三大段：第一大段自首句到“岂余心之可惩”，主要写屈原的身世和抱负，其中贯穿着忠君被谗、死不屈节的伟大斗争精神。就这段的层次来看，始以自陈家世，修身佩芳，为王先导，修明法度，举贤任能；继以陈古道今，伤君王信谗数化，斥党人竞进嫉贤；终以修姱练要，宁伏清白以死直，也不与党人异道而相安。中间杂以佩芳餐英的描写，使丰富的形象和对现实的直接描述结合起来。第二大段自“女媭之婵媛兮”至“余焉能忍与此终古”，主要以女媭劝责，陈辞重华，见帝不能，求女不得，极写不为君用，不为世容。诗人借女媭之口，表现出亲人对自身安危的关注，但诗人不愿明哲保身，他向古圣人重华(帝舜)陈辞，陈辞中征引历史上大量盛衰兴亡的事实，得出皇天无私、惟德是辅的明确结论，从而更坚定了信念。诗人在幻想中去见天帝，却遭阻拦；又下到人间，幻想到古代寻求美女，即追求志同道合的明君，但又遭媒人破坏。不获知于世，理想不得实现，诗人痛苦之极，按捺不住悲愤的心情，直斥“世溷浊而嫉贤”、“哲王又不寤”。第三大段从“索藑茅以筳篿兮”至结束，主要写去与留的思想斗争和最终不忍离去的殉国决心。经过灵氛 占卜以及巫咸的劝说，诗人决计去国远游以求合。发天津，涉西极，渡流沙，循赤水，游龙飞凤，行色甚壮。正当诗人载歌载舞升上辉煌的天空时，忽临睨故乡，仆悲马怀，远游念头终被眷恋故国之情所压倒，最后点明以死殉国的决心。

《离骚》所展示的思想内容是极其丰富的。首先，诗中表现了诗人对进步政治理想的追求。他的“美政”的主要内容是举贤授能和修明法度：“举贤而授能兮，循绳墨而不颇。”诗中列举了傅说、吕望、宁戚等人从低贱地位举用为国家辅相，表明“举贤授能”就是要任人唯贤。诗中还列举了夏启、羿、浇等国破人亡的历史事实，抨击了违背法度的黑暗政治。其次，诗中洋溢着深厚的爱国主义精神。诗篇一开头，诗人就自豪地宣称他是高阳帝的后裔，他要担负起时代赋予的大任。他关心祖国的前途命运，满怀信心地要披荆斩棘，"导夫先路"。为了追及前代圣贤的脚步，他不辞劳苦，奔走先后。在受到排斥打击时，他没有考虑个人的祸福荣辱，而是"恐皇舆之败绩"，时刻忧虑着国家的兴亡。"长太息以掩涕兮，哀民生之多艰"，他对乱世中灾难深重的祖国人民，表示了深切的关注。诗人本可以到他邦去施展抱负，但他始终不愿离开自己眷恋的乡土，最后以死殉国，表现出对祖国的一片忠贞与赤诚。再次，诗篇表现了诗人坚持理想、宁死不屈的斗争精神，体现了决不苟且偷安、同流合污的光辉峻洁的伟大人格。尽管诗人屡遭"党人"的排斥打击，但他决不随从流俗，而是严格地要求自己，朝夕自修自励，保持其坚贞高洁的品质和光明正直的德操。他痛斥小人追逐名利、偷安享乐、祸国殃民的卑劣行径，表示同他们势不两立。诗人深知斗争的尖锐性与残酷性，但他早已将祸福生死置之度外："苟余情其信姱以练要兮，长顑颔亦何伤"，"亦余心之所善兮，虽九死其犹未悔"！这种宁折不弯的斗争意志，对后世影响很大。

《离骚》在艺术上也取得了很高的成就。首先，《离骚》是一篇具有深刻现实性的积极浪漫主义作品，它继承发展了神话的浪漫主义精神，成为我国浪漫主义文学的直接源头。《离骚》塑造了一个纯洁高大的抒情主人公的形象，由于理想的崇高，人格的峻洁，感情的强烈，这个形象就远远地超出于流俗和现实之上。同时，《离骚》又大量地采用了浪漫主义的表现手法，这突出地表现在诗人驰骋想象，糅合神话传说、历史人物和自然现象编织幻想的境界。例如关于神游一段的描写，诗人朝发苍梧，夕至县圃，他以望舒、飞廉、鸾皇、凤鸟、飘风、云霓为侍者、仪仗，上叩天阍，下求佚女，想象丰富奇特，境界恍惚迷离，场面宏大壮丽，有力地表现了诗人追求理想的精神。诗人还常常用夸张的手法突出事物的特征。例如关于诗人品格的描写："擥木根以结茝兮，贯薜荔之落蕊；矫菌桂以纫蕙兮，索胡绳之纚纚。""高余冠之岌岌兮，长余佩之陆离。芳与泽其杂糅兮，惟昭质其犹未亏。"诗中以花草冠佩象征品德，把诗人的品德刻画得异常高洁，具有浪漫主义的特质。其次，《离骚》"依《诗》取兴，引类比喻"（王逸《离骚序》），继承了《诗经》的比兴传统，而进一步发展了它。《诗经》的比兴大都比较单纯，用以起兴和比喻的事物还是独立存在的客体；《离骚》的比兴却与所表现的内容合而为一，具有象征性质。《诗经》中的比兴往往只是一首诗中的片断，《离骚》则在长篇巨制中以一个接一个的比兴表现了它的内容。例如诗人自比为女子，由此出发，他以男女关系比君臣关系，以众女妒美比群小嫉贤，以求媒比求通楚王的人，以婚约比君臣遇合，从而形成一个比兴体系，产生巨大的艺术魅力。再次，《离骚》在诗歌形体上有重大突破。它打破了《诗经》四字一句的句式，一方面采用民歌的形式，一方面又吸取了散文的笔法，把诗句加长，构成巨篇，既有利于包纳丰富的内容，又有助于表现奔腾澎湃的感情。

鲁迅先生在其《汉文学史纲要》中评论屈原的《离骚》："逸响伟辞，卓绝一世。……较之于《诗》，则其言甚长，其思甚幻，其文甚丽，其旨甚明，凭心而言，不遵矩度。……其影响于后来之文章，乃甚或在三百篇以上。"高度肯定了《离骚》思想艺术的卓越成就。

第四节　屈原的其他作品

《九歌》本是古代乐歌，《离骚》、《天问》都曾提到它，据传说它是夏启从天上偷来的。屈原的《九歌》是他在民间祭歌的基础上加工而成。王逸在《九歌序》中说，屈原被放于沅、湘一带，"怀忧苦毒，愁思沸郁，出见俗人祭祀之礼，歌舞之乐，其词鄙陋，因作《九歌》之曲，上陈事神之敬，下见己之冤结，托之以讽谏。”这一说法是可信的。

《九歌》11篇中，最后一篇《礼魂》是送神之曲，其余每篇各主祭一神。《东皇太一》祭天神，《云中君》祭云神，《湘君》、《湘夫人》祭湘水之神，《大司命》祭主寿夭之神，《少司命》祭主子嗣之神，《东君》祭日神，《河伯》祭黄河之神，《山鬼》祭山神，《国殇》祭为国战死者之神。除《东皇太一》、《国殇》两篇外，其他各篇都涉及神的爱情生活，大都写得清新凄艳，幽渺情深，带有感伤哀怨的情调。且看《云中君》：“思夫君兮太息，极劳心兮忡忡。”《湘君》：“心不同兮媒劳，恩不甚兮轻绝。”《湘夫人》：“沅有茝兮澧有兰，思公子兮未敢言。”《大司命》：“结桂枝兮延伫，羌愈思兮愁人。”《少司命》：“悲莫悲兮生别离，乐莫乐兮新相知。”《东君》：“长太息兮将上，心低徊兮委婉。”《河伯》：“日将暮兮怅忘归，惟极浦兮寤怀。”《山鬼》：“怨公子兮怅忘归，君思我兮不得闲。”不难看出，屈原在加工祭歌时没有注重娱神及禳灾求福的目的，而是更多地寄寓了自己的冤苦之情。从艺术上看，这些诗篇大都充满浓厚的浪漫气息，想象丰富而优美，善于把环境气氛的描写、人物容貌动作的刻画和内心感情的抒写十分完美的统一起来，具有奇异的色彩和明显的民歌情调。如《湘夫人》：“帝子降兮北渚，目眇眇兮愁予。嫋嫋兮秋风，洞庭波兮木叶下。”这里创造了一个凄清苍凉的意境，烘托了湘君久候夫人不至的惆怅，很有感染力。

《国殇》一篇是祭祀那些为国战死者的诗，诗中生动地描写了战场激战的场面，刻画了卫国壮士勇武不屈、视死如归的英雄形象，并加以热烈的礼赞。诗篇刚健悲壮的风格，在《九歌》中独树一帜。

《天问》是一首非常奇特的长诗，诗人一连问了170多个包罗天地万物、古往今来的疑问。其内容可分两个方面：一是对自然现象的疑问。例如："遂古之初，谁传道之？上下未形，何由考之？""焉有石林？何兽能言？焉有虬龙，负熊以游？"充分表现了屈原勇于探索的理性意识。二是对古史传说的疑问。在这方面的内容中，屈原最为关注的是历代盛衰兴亡的功过是非问题。例如：鲧不胜任治水，众人为什么要推举他？（"不任汩鸿，师何以尚之？"）鲧在十分顺利和接近成功之时，天帝为何要处罚他？（"顺欲成功，帝何刑焉？"）屈原还对"天命"的公正性提出质疑："天命反侧，何佑何罚？齐桓九会，卒然身杀！"表现出对传统天命观的大胆怀疑和批判。从形式上看，《天问》以四言为主，兼有三、五、六、七、八言，句式参差错落，灵活多变，没有板滞之感。

《九章》是包括九篇作品的总题目，朱熹《楚辞集注》说："《九章》者，屈原之所作也。……随事感触，辄形于声。后人辑之，得其九章，合为一卷，非必出于一时之言也。"因此，《九章》各篇的写作时间和地点，只能根据作品中偶然出现的时间或地理名称加以推断，故尔至今众说纷纭，未有定论。

《桔颂》在《九章》中是颇为别致的一篇。从形式上看，它是一首严格意义上的四言诗；从内容上看，它充满着昂扬奋发的蓬勃朝气，借物喻人，咏物言志，寄寓了屈原热爱祖国、坚守节操的志向。《桔颂》大约是屈原早期的作品。

《九章》其他各篇主题大都和《离骚》相同，是诗人沉郁悲愤、忧伤哀怨的情感的抒发。这些诗作尖锐抨击"独障壅为蔽隐兮，使贞臣为无由"（《惜往日》）的黑暗现实；揭露贵族集团的腐败堕落；申述自己"竭忠诚以事君兮，反离群而赘肬"（《惜诵》）的痛苦窘境。同时，因为这些诗大都是流放中所作，其中又多表现思念故都的感情。如《哀郢》的"乱词"：

> 曼余目以流观兮，冀一反之何时？鸟飞反故乡兮，狐死必首丘。信非吾罪而弃逐兮，何日夜而忘之！

这里突出了诗人的那种悲苦心情，使人不忍卒读。从艺术上看，首先这些诗幻想夸张的成分很少，基本上是采用直抒胸臆的笔法来表现其丰富而强烈的思想情感，有显著的“写实”倾向。其次，景物描写较多，常将写景与抒情相结合。如《涉江》中的：“山高峻以蔽日兮，下幽晦以多雨。霰雪纷其无垠兮，云霏霏而承宇。”在描写景物中，又表现出诗人当时的处境与心情。再次，这些诗在形式上散而不乱，跌宕有致，语气也随着感情的起伏而变化，深深吸引着读者。

第五节　屈原在文学史上的地位与影响

屈原是我国文学史上第一个伟大诗人，他的出现标志着我国诗歌从集体创作进入了专业作家创作时期，此后的每个时代虽然都有民间集体创作的民歌，但在文学史上占主导地位的是伟大的诗人和作家。屈原以其光辉灿烂的伟大诗篇，在中国乃至世界文学史上都赢得了崇高声誉，占据着崇高地位。1953 年 6 月 15 日（夏历五月初五），是屈原逝世 2230 周年纪念日，我国人民开展了各种纪念活动。世界和平理事会把屈原和哥白尼、拉伯雷、何塞·马蒂确定为世界四大文化名人。现在，全世界各主要国家都有研究屈原的汉学家。

屈原的执着的爱国主义精神、嫉恶如仇的批判意识、坚持理想、宁死不屈的斗争意志，影响了一代又一代的进步作家。千百年来，在反抗强暴、维护正义、维护祖国利益和尊严的斗争中，人们总是从屈原那里获得鼓舞和力量，特别是在民族危机深重之时，人们坚持理想、顽强战斗甚至以身殉国，更唱出了用鲜血和生命熔铸而成的爱国诗篇。可以毫不夸张地说，我国文学史上凡是有成就的作家，无不受到屈原的影响。借痛惜逝者以自悼的贾谊，以抑郁不平之气倾注于《吊屈原赋》中，在汉初“文景之治”的盛世即深谋远虑，时发忧世之言。深为屈原所感动的司马迁，在《史记》中坚持正义，秉笔直书，扬善斥恶，表现出强烈的批判意识。两汉以后，屈原精神在许多作家身上得到进一步发扬，李白、杜甫都景慕屈原的为人。李白"一生傲岸"不向权贵折腰，却深深敬佩屈原。他说："屈平词赋悬日月，楚王台榭空山丘"（《江上吟》），肯定了屈原的不朽。杜甫更继承了屈原忧国爱民的精神，他的诗歌是努力向屈原学习的典范。他说："窃攀屈宋宜方驾，恐与齐梁作后尘。"（《戏为六绝句》）宋代陆游、辛弃疾也同样继承和发扬了屈原的爱国主义精神。从汉唐到明清悼骚、感骚、拟骚，可谓蔚然成风，在不同程度上体现了屈原的精神。到了现代，新文化运动的旗手鲁迅，深受屈原的影响，他以"寄意寒星荃不察，我以我血荐轩辕"的屈原式诗句，作为自己为祖国、为民族而奋斗的宣言书。抗日战争时期，郭沫若在名剧《屈原》中，把屈原的爱国精神表现得气势磅礴，淋漓尽致，在广大中华同胞中激起了强烈反响……足见屈原精神影响之深远。

屈原在创作上的影响也很大。他创造了一种句法参差灵活的新诗体，是诗歌形体的一次解放。楚辞作为一种新兴体裁在屈原手中发挥了很好的作用，但作为受楚辞直接影响的，"劝百讽一"的汉大赋，是为统治阶级服务的，走向了楚辞的反面。屈原继承并发展了《诗经》的比兴手法："善鸟香草，以配忠贞；恶禽臭物，以比谗佞；灵脩美人，比媲于君；宓妃佚女，以譬贤臣；虬龙鸾凤，以托君子；飘风云霓，以为小人。"（王逸《离骚序》）这种托物以讽的表现方法，对后代诗歌影响很大。例如张衡的《四愁诗》、曹植的《美女篇》、杜甫的《佳人》等，以及许多的咏史、咏怀、咏物的诗篇，都直接或间接受了屈原的启发。屈原的浪漫主义表现手法更为后世浪漫主义诗人所取法，李白、李贺等人的诗作，显然受到屈原的影响。

第六节　宋玉

屈原之外的楚辞作家，据司马迁《史记·屈原贾生列传》载有宋玉、景差、唐勒三人。《汉书·艺文志》著录唐勒赋四篇，但不见于王逸《楚辞章句》；景差赋则未见著录，大约早已亡佚了。仅《大招》一篇，王逸说有人怀疑可能是景差所作，但经后人考证，一致认为是伪托。现在存留有作品的，仅宋玉一人。

关于宋玉的生平，现在历史资料中没有完整的记录。《韩诗外传》、《新序》、《汉书》、《文选》、《襄阳耆旧记》、《水经注》等书里，偶尔出现零星的片断。这些记载说宋玉出身低微，曾师事屈原，又曾央求友人在楚王（或楚相）面前推荐，做了一个"小臣"，很不得意，曾抱怨友人。但他通晓音律，善作文，得以接近楚王。他也曾向楚王进谏献策，都不为用。

宋玉的作品，《汉书·艺文志》著录为16篇。王逸《楚辞章句》里题为宋玉作的，有《九辩》与《招魂》两篇。萧统的《文选》有《风赋》、《高唐赋》、《神女赋》、《登徒子好色赋》、《对楚王问》五篇。《古文苑》有《笛赋》、《大言赋》、《小言赋》、《讽赋》、《钓赋》、《舞赋》六篇。这些作品，无论就其风格和体制来说，能够使人确信为先秦时代的仅有《九辩》和《招魂》。《招魂》据郭沫若等人考证为屈原作，因而大家所公认的真正属于宋玉的作品，只有《九辩》一篇。

《九辩》是宋玉的代表作，诗篇以作者的身世遭遇为线索，展现了楚王朝行将衰亡的历史景象，倾诉了对君国的无限怀念和感伤身世的绵绵长恨。从艺术上看，诗人善于通过自然景物的描写，抒发自己浓郁的感情，造成一种情景交融的境界。其中第一章尤为人传诵，诗人把萧瑟的秋景、远行的凄怆和送别的愁绪融合在一起，创造了一种动人心魄的意境。"悲哉秋之为气也"浓缩了处在黑暗时代坎坷境遇中的文人最深沉的感慨，千百年来，引起无数受压抑的文人的强烈共鸣，受到很高的评价。“宋玉悲秋”已成为中国文学史上的熟语，悲秋也成为我国古典诗词的重要题材之一，影响极为深远。

第六章 寓言

第一节 寓言的产生

寓言是通过虚构的短小故事来寄托道理，具有讽刺、劝诫或启迪作用的一种文学体裁。

在我国，“寓言”一词最早见于《庄子》，其《寓言》篇说：“寓言十九，藉外论之。”西汉刘向在《别录》中说：“偶（通寓）言者，作人姓名，使相与语。”他们都明确指出了寓言人物的虚构性，与我们今天所说的寓言的内涵颇为接近；但尚未指出寓言的故事性，所以后人往往把寓言理解为“寄寓之言”（[清]宣颖《南华经解·寓言》）或“意在此而言寄于彼”（[清]王先谦《庄子集解·寓言》），这又同我们今天所说的寓言有明显的不同，其内容要广泛得多，往往把一些咏物言志的作品也包括在内。

作为一种成熟的文学体裁的寓言，其作品应具有以下几个要素：一是它必须具有明确的寓意，这叫作寓言“本体”；二是它必须具有用来寄托寓意的人（物）和事，这叫作寓言“喻体”；三是其喻体必须是虚构的或带明显的虚构成分。这些也是寓言赖以和其他文学体裁相区别的基本特征，比如同历史故事的区别主要是它的故事的虚构性，和动物故事的区别主要是它的寓意性；和童话的区别则主要是它具有明确的“本体”与“喻体”等等。

关于寓言的产生，主要有以下几种说法：一说寓言产生于神话，一说寓言产生于动物故事，一说寓言产生于比喻。前两种说法尽管过去影响很大,但我们认为是不正确的,因为它们不是从体裁的特征而是从表现的内容或描写的对象着眼,所以很难准确地找到寓言产生的真正母体。第三种说法目前已为学术界许多人所接受,是很有道理的。但是,寓言产生于比喻,而比喻并不就是寓言;比喻是一种修辞手段,而寓言则是一种特殊的文学形式。由比喻到寓言,中间还有一个过渡的形式、过渡的阶段,这就是复杂比喻,即带有某种故事情节的比喻。如《尚书·皋陶谟》中记载舜对禹的一段讲话,就用了复杂比喻:“无若丹朱傲,惟慢游是好,傲虐是作;罔昼夜頟頟,罔水行舟;朋淫于家,用殄厥世。予创若时!”这种比喻形式虽然比较复杂,具有简单的情节叙述,但不仅仍带有比喻词“若”字,而且故事亦非虚构,不能算作寓言;然而把它看做从比喻到寓言之间的过渡形式,则是合情合理的。

寓言在产生的初期,还带有母体比喻的明显特点,是可以理解的。比如《尚书·盘庚》中的这段文字,就可看做是寓言的早期资料:

> 尔惟自鞠自苦,若乘舟,汝弗济,臭厥载。尔忱不属,惟胥以沉。不其或稽,自怒何瘳。

这是殷帝盘庚在动员臣民迁都时的一段讲话,大意是说:“你们是自讨苦吃,好像乘舟渡河一样,已经上了船,却不愿渡过河去,坐待船的朽烂;不仅你们自己会沉没,大家都会跟着淹死。不去考察船沉的原因,只会自己发怒,那有什么益处?”这段话虽然也用了比喻词“若”,带有比喻的性质,但它故事性强,情节纯属虚构,寓意明确,作为初期的寓言作品,是完全可以的。

由以上简单叙述可知,我国寓言至少在殷盘庚时代(约当公元前 14 世纪)就已经出现了。这时中国的奴隶社会自禹作九鼎、以铜为兵以来,经历了近千年的发展过程,具有很高的文明程度。社会斗争的生活经验,教会人们用曲折的旁敲侧击的方式来表达思想,讽刺丑恶现象,为世人的生活提出劝诫。现实生活的发展为寓言的产生提出了社会需要。同时长期在社会上流传的神话故事、动物故事、历史传说、民谣民谚等，不仅为寓言创作提供了素材，也积累了拟人、夸张、含蓄等艺术经验；比喻，尤其是复杂比喻的普遍使用，为寓言的产生准备了合适的形式。在此基础上，寓言的产生并非是不可理解的。

第二节　战国以前寓言的发展过程

目前学术界有一种颇为流行的观点，认为中国寓言产生在春秋后期，至战国而成熟，是诸子百家争鸣的产物。这种观点是错误的。实际上，战国时代是中国寓言的高潮时期，在这之前，寓言已经走过了一个漫长的发展过程。

寓言在先秦时代的发展，大致可分为三个时期：殷末周初的二三百年间是寓言的孳乳期；之后下至春秋后期是寓言的发展期；战国时代是寓言的高潮期。在这一节里简述一下前两个时期的寓言发展状况。

一、寓言孳乳期。殷盘庚迁都之后，经小辛、小乙二帝，到高宗武丁时期，任傅说为相，经过多年征讨，国家得到短时间的安定，号称中兴。祖甲之后，殷朝复衰。西方的周族兴起，经过几代人的努力，终于在公元前11世纪诛灭殷纣，取而代之，成为天下共主。周初天下未稳，周公执政，仍以征伐为事，诛武庚，平管、蔡，伐淮夷，灭奄国，然后国家趋向安定，出现了“成康盛世”。这种改朝换代的大动荡的社会环境，为以表现生活哲理为主要内容，以讽刺劝诫为基本特征的寓言文学，提供了孳生繁衍的适宜的生活土壤和社会条件，寓言在这个时开始发展，并逐渐趋向成熟。《尚书》、《周易》卦、爻辞和《诗经》中保留的这个时期的寓言资料，足以说明这个问题。如：

(武)王曰:“古人有言曰:‘牝鸡无晨;牝鸡之晨,惟家这索。’今商王受,惟妇言是用……”

——《尚书·牧誓》

王(周公)曰:“呜呼!君子所其无逸……相小人,厥父母勤劳稼穑,厥子乃不知稼穑之艰难,乃逸,乃谚,既诞,否则侮厥父母,曰:‘昔之人无闻知。’”

——《尚书·无逸》

第一个故事是周武王在牧野发布讨伐殷纣的动员令时讲的,他借母鸡司晨就会家境破落的古代传说,来比喻殷纣宠信妇人致使朝政混乱,国家衰败。第二个故事是周公用来告诫周成王不要贪图安逸享乐的。他用农夫作比,说做父母的辛勤劳苦耕种庄稼,做儿子的却不知道耕种的艰难,贪图安逸享乐,行为放肆,甚至于轻侮他的父母,说“老一辈什么也不懂得,不会享受。”这故事寓意十分明确:后人如果忘记前辈创业之艰辛,贪图享受,就会变坏,不能守住基业。道理深刻,用意深长。

《周易》卦、爻辞中寓言较多,约有三四十首,大都言简意赅,意味隽永。如:

眇能视,跛能履,履虎尾,咥人,凶。武人为于大君。

——《履·六二》

羝羊触藩,不能退,不能遂。

——《大壮·上六》

往来井,井汔至(窒),亦未繘井,羸其瓶,凶。

——《井》卦辞

第一则故事讲有人眼盲脚跛,勉强视物行走,结果踏到虎尾上,被虎咬死,比喻一介武夫强作国君,不会有好下场。第二个故事讲一只公羊莽撞行动,角被篱绊住,进退不得,比喻人陷入两难之境。第三个故事讲有人来来往往到井里打水,井水涸竭了,也不知去掏井,却把打水用的瓦罐给打碎了,这是对遇事不动脑子,不明事理的人的讽刺。

《诗经》中保留的这个时期的寓言较少，只有《周颂·小毖》、《大雅·卷阿》(后四章)、《豳风·鸱鸮》等几首。其中《鸱鸮》是一首鸟言诗，传说为周公所作，诗以一只老鸟自道其辛苦经营巢室、卫护小鸟、勇敢御敌的经过，表白其忠诚之意，十分感人。

由上述例子可知，除了《尚书》中的寓言还带有复杂比喻的性质之外，其他大多数作品都已经是成熟的寓言了。这说明在这个时期寓言已经从母体中分离出来，成为一种独立的文学形式了。这些寓言作品，有些独立成篇，有些在文章中作为说理的例子，它们或取材于生活故事，或取材于动物故事，或采用客观叙述方式，或采用独白方式，或拟人，或夸张，但均寓意深刻，形象生动，为寓言文学的发展积累了有益的经验。

二、西周成康之后到春秋后期大约四五百年间，是寓言文学的发展期。这一时期的寓言作品在《诗经》、《左传》、《国语》中保留较多，《公羊传》、《谷梁传》及《孙子兵法》等典籍中亦有少数遗存。

这一时期的寓言和殷末周初相比又取得了较大的发展。首先在思想内容方面，这一时期的寓言在干预生活的程度上，较上个时期更为深广。比如《诗经》中的《魏风·硕鼠》、《小雅·黄鸟》揭露了统治阶级不劳而食的剥削本质，反映了劳动人民反抗不合理社会制度和追求美好生活的意识和愿望；《桧风·隰有长楚》、《大雅·荡》是抨击政治黑暗的；《邶风·新台》、《小雅·巷伯》(第六章)是批判统治阶级荒淫无耻、卑鄙阴险的丑恶行径的。又如《左传》中的“内蛇与外蛇斗”(庄公十四年)、“牵牛蹊人之田”(宣公十一年)、“鼠昼伏夜动”(襄公二十三年)、“石言于晋”(昭公八年)、“雄鸡自断其尾”(昭公二十二年)，《国语》中的“晋平公射鴳”(《晋语》八)、“董叔娶妻”(《晋语》九)等故事，它们或暴露了统治阶级内部斗争的残酷性，或批判了当权者奢侈享乐的生活方式，或讽刺了不择手段地攀援富贵的无耻之徒，均言之有物，针对性强，表现出寓言文学独特的社会功能。此外，这时期还出现了不少具有明显歌颂性质的寓言作品，以正面形象来体现生活哲理，具有很强的启迪教育作用。如《诗经》中的《小雅·鹤鸣》、《鲁颂·駉》均是以动物作比来歌颂贤才的，《左传》中的“子罕不受玉”(襄公十五年)是赞扬为官清廉的，“美疢与恶石”(襄公二十三年)是表彰接受批评的，“贾辛将适其县”(昭公二十八年)是鼓励有才能应该适时表现出来的等等。这一类作品为寓言的发展开拓了新的领域，影响深远，以致形成了中国寓言不同于西方寓言的一个明显特点。

其次，在形式方面，从总体上看，这一时期的寓言比殷末周初的寓言篇幅加长了，故事性增强了，因而情节更为完整和生动，人物面目更为清晰。这说明这一时期的寓言更加成熟了。比如《诗经·駉》全文四章 32 句共 124 字，《荡》全文八章 64 句共 269 字，篇幅之长，为上一时期所未见。又如《左传》“贾辛将适其县”的故事：

> 贾辛将适其县，见于魏子。魏子曰：“辛来！昔叔向适郑，鬷蔑恶，欲观叔向，从使之收器者而往，立于堂下，一言而善。叔向将饮酒，闻之，曰：‘必鬷明也。’下执其手以上，曰：‘昔贾大夫恶，娶妻而美，三年不言矣。御以如皋，射雉，获之，其妻始笑而言。贾大夫曰：“才之不可以已。我不能射，女遂不言不笑夫！”今子少不扬，子若无言，吾几失子矣。言之不可以已也如是！’遂如故知。今女有力于王室，吾是以举女。行乎！敬之哉！毋堕乃力！”

魏子(魏献子，名舒)向贾辛讲的这段话中，引用了叔向识鬷明的故事，叔向识鬷明的故事中又引用了贾大夫娶妻的故事，这两个故事均属虚构或根据传说加工而成。因为《左传》前文载叔向事甚详，但未有此事；叔向讲的贾大夫之妻事，更是荒诞，且贾大夫于书无载，不知何许人也，所以这个故事无疑应属寓言。其他像“老人结草抗杜回”(宣公十五年)、“晋侯梦大厉”等故事，则是借鬼神形象来虚构的寓言。这些故事大都情节生动，故事完整，寓意明确，比殷末周初的寓言更加成熟完美，已可算作上乘之作了。

第三节　战国时代寓言的繁荣

寓言经过近千年的漫长的成长、发展过程，到了战国时代，进入了大繁荣的高潮时期。这一时期寓言的发展，又可分为两个阶段：春秋末年到战国前期，是寓言文学高潮的酝酿阶段；战国中后期是寓言文学的全盛时代。

酝酿时期为高潮的到来准备了充足的条件，概括来说主要有以下几点。第一，新旧社会制度交替的激烈斗争促进了思想大解放，神权至上，王权至上的旧观念受到怀疑，重视人事努力和人心背向的新思潮逐渐形成；与此相应，出现了学术上百家争鸣和策士们的游说之风。这些都为寓言的发展提供了适宜的社会环境。第二，具有良好的文化修养、知识渊博的士阶层的迅速壮大，为寓言的繁荣准备了大量人才。第三，民间传说、历史故事和历史著作的大量 出现，为寓言创作提供了丰富的素材与经验。第四，人们对寓言的社会作用的认识的深化与提高，促进了人们学习和运用寓言的热情的高涨，从孔子提出"能近取譬，可谓仁之方也"（《论语·雍也》）到《墨子》的"譬也者，举他物而以明之也"（《小取》篇），再到庄子明确提出"寓言"的概念，就是这个认识过程的具体反映。与此同步前进的，是在实践上寓言也开始被思想家们广泛采用，成为他们说理的一种手段。在这个时期的理论著述中，或多或少地都引入了寓言作品，如《论语》、《墨子》、《宓子》、《景子》、《魏文侯书》、《胡非子》、《吴子》等，无一不有寓言。上述这种情况，预示了寓言文学高潮即将到来。

战国中、后期，随着诸子散文的进一步繁荣，寓言文学也迎来了它大发展的黄金时代，形成了波澜壮阔的高潮。可以作为这个高潮的标志的，主要有以下几条：

一是这个时期寓言的普及程度是前所未有的，寓言作品数量之多也是空前的，据不完全统计有1000余首。这一时期出现的所有著作，无书没有寓言，其中最为引人注目的是：《庄子》约有寓言近200首，《韩非子》有320余首，《吕氏春秋》有近300首，《战国策》有50余首，被后人认定是伪作的《列子》中亦有近百首。其他像《孟子》、《荀子》、《楚辞》亦有不少寓言故事。另外已经散失的《尸子》、《申子》、《尹文子》、《公孙龙子》等书，从后人的辑本来看，其中寓言亦应不在少数。二是这一时期出现了大力从事寓言创作和搜集、整理寓言的作家，出现了可视为寓言专集的作品。前者像庄子、韩非子、列子等人，他们均堪称世界一流的寓言大师。后者像韩非的《说林》(上、下两篇)，共载寓言作品60余首；《储说》(内、外储说六篇)共载寓言作品210余首。《晏子春秋》全书215章，每章记述一事，是后人根据民间流传的有关春秋时齐国晏婴的故事写成的，作品也非出自一人之手(其中有127章重言重意即是明证)，但绝大部分作品都有劝诫意义，寓意明确，应视为寓言。三是这一时期还出了风格有明显不同的寓言流派。例如，《庄子》、《列子》和《楚辞》等寓言，多取材于神话传说、动物故事、超人奇事，想象丰富，情节奇特，具有浓厚的奇幻色彩，可称为浪漫主义派。而《孟子》、《韩非子》、《晏子春秋》、《吕氏春秋》等中的寓言，则多取于生活故事和历史故事，虽然亦善于夸张，但情节毕竟接近常人的世俗生活，可称为现实主义派。四是这一时期寓言所涉及的社会生活面极为宽广，人物角色极为丰富。由于创作寓言的作家众多，成分不一，地位高下不等，生活经历千差万别，所以他们的作品反映的生活各不相同，涉及社会生活的方方面面。比如有关于政治、军事、外交、思想斗争的，有关于农业、商业、手工业、畜牧业、渔猎业活动的，有关于医道巫术、音乐绘画、射御技艺的，还有关于学习交游、子女教育、家庭生活、婚丧嫁娶、抢掠偷盗的……无所不有。在寓言形象方面，上至天子公卿大臣，下至庶民，石匠庖丁、乞丐丑女，残疾畸形，乃至神仙鬼怪、虫鱼鸟兽、风云罔两等等，各色俱全。阅读这个时期的寓言，简直就是在阅读一部活生生的社会发展史、思想史和社会风俗史。五是这个时期的寓言在表现手法上更加丰富多样，灵活多变。除了寓言惯用的传统手法如夸张、拟人、象征之外，还大量运用了心理描写、肖像描写、场景描写和气氛渲染手法，来刻画人物，突出主题，增强寓言的表现力。因而，这一时期的寓言不仅可以给读者以思想启迪，而且可以使读者得到审美享受，这就大大提高了寓言的艺术品位和美学价值。这种情况在浪漫主义派的寓言中尤为突出，如《庄子》、《列子》中，有相当一部分作品篇幅长大，情节多变，波澜起伏，或矛盾冲突尖锐，或故事发展出人意料，具有戏剧性，人物也相当个性化，生动可感，带有浓厚的小说色彩，甚至可以称为早期的寓言小说，像"汉阴丈人"(《庄子·天地》)、"河伯与海若"(《庄子·秋水》)、"盗跖与孔丘"(《庄子·盗跖》)、"愚公移山"(《列子·汤问》)、"偃师造人"(《列子·汤问》)等，即是其例。

由上述可知，在战国时代，寓言文学得到了长足发展，取得了令人瞩目的丰硕成果，是当时文化繁荣的一个重要方面，更是这一时期文学发展的一种主要形式。已往人们对此注意不够的状况应该改变。

第四节　先秦寓言的历史地位与影响

先秦寓言以它的产生时代之早，作家作品数量之多，内容之丰富，形式之优美，表现手法之灵活多样，雄居于世界历史文化之林，使中国成为举世公认的与古希腊、古印度并称的寓言文学三大发祥地之一,在世界文化史上占有令人瞩目的重要地位。这是中华民族古代文明一项值得自豪的伟大成果。

先秦寓言在它的发展过程中,逐渐形成了与世界其他寓言不同的鲜明特色,影响所及,以至成为后世中国寓言的传统特征。比如,欧洲寓言多以动、植物故事为主,印度寓言带有浓厚的宗教色彩,而中国寓言则是以历史故事和日常生活故事为主,角色主要是假借的历史人物和虚构的世俗人物,内容除了同世界其他寓言一样表现伦理道德原则之外,体现哲学观点、政治原则、生活哲理的也占有很大比重。其次,中国寓言除了用于讽刺、劝诫之外,还有大量歌颂性的作品,描写了许多正面形象,诸如《庄子》中的鲲鹏、海若、庖丁、匠石、梓庆等,《韩非子》中的和氏、子罕、曾子、伯乐等,《列子》中的愚公、扁鹊、偃师、九方皋等。再次,中国寓言与欧洲寓言不同,不是以诗体为主,而是散文体与诗体并用,而以散文体为主。后世的寓言作家,不少是二体并用的,如韩愈、刘禹锡、柳宗元、王安石、苏轼、陆游等,都是如此。

先秦寓言除了后世寓言是它的嫡传之外,对后世小说也有巨大影响,是中国小说文学的先河。宋人黄震说:“庄子以不羁之材,肆跌宕之说,创为不必有之人,设为不必有之物,造为天下所必无之事……固为千万世诙谐小说之祖也。”(《黄氏日抄·诸子》)这实际说的是庄子寓言对后世小说的影响。其他诸子寓言对后世小说的影响也不乏例证。(参看公木著《先秦寓言概论》第192～194页)更为重要的是先秦寓言那种浪漫主义和现实主义的创作方法,它的批判精神以及它的拟人、夸张、象征等表现手法,对后世各种文体的文学创作都提供了有益的借鉴,其影响之大,不容低估。

先秦寓言对祖国语言的发展也有很大贡献。由于先秦寓言故事生动,含意深刻,概括性强,因而在长期的流传过程是,逐渐形成了许多成语,为广大人民所接受,大大增强了语言的表现力,使祖国语言更加优美生动。比如“揠苗助长”、“杞人忧天”、“愚公移山”、“余音绕梁”、“鹏程万里”、“朝三暮四”、“游刃有余”、“踌躇满志”、“螳臂挡车”、“相濡以沫”、“东施效颦”、“望洋兴叹”、“井底之蛙”、“邯郸学步”、“运斤成风”、“蛮触之争”、“得意忘言”、“捉衿见肘”、“一鸣惊人”、“滥竽充数”、“买椟还珠”、“郢书燕说”、“社鼠猛狗”、“自相矛盾”、“守株待兔”、“网开一面”、“假虞灭虢”、“刻舟求剑”、“掩耳盗铃”、“百发百中”、“画蛇添足”、“狐假虎威”、“惊弓之鸟”、“南辕北辙”、“鹬蚌相争”等等，不可胜计。这些成语无论在书面语言或者口头语言中，都成为最活跃的成分，在人们的思想交流中发挥着重要作用，不仅使祖国语言更具魅力，而且对启迪思想、提高思维能力也有积极意义。

第二编　秦汉文学

概　述

秦汉文学指从秦始皇统一六国(前 221)到东汉末献帝建安初年(196)这一历史时期的文学,时间前后约 400 余年。

秦的统一结束了战国以来长期纷争的局面,建立了中国历史上第一个中央集权的封建帝国。为了巩固统治,秦王朝采取了一系列的政治经济文化的改革。如废分封、建郡县,统一法律,统一文字和度量衡等,这些措施对推动社会历史的发展具有积极的进步作用。但秦的统治又极为暴虐,有些措施也过于专制,如严刑峻法,焚书禁言等,这又钳制了思想,摧残了文化,阻碍了学术文化的发展。再加上秦大兴土木,横征暴敛,其结果导致了秦王朝的迅速灭亡。

由于秦立国时间短,又采取文化专制政策,秦朝在文学上没有什么成就。值得一提的只有吕不韦门客集体著作的《吕氏春秋》和丞相李斯的部分创作。《吕氏春秋》又名《吕览》,完成于秦统一前。

此书兼收先秦儒、墨、道、法等家思想，内容很杂，故《汉书·艺文志》列为“杂家”。此书同先秦诸子相似，多用寓言故事说理，语言明晰生动，极有文学意味。《察今》等是其中较有名的佳作。李斯曾任秦的丞相，是秦朝文学的惟一作家。《谏逐客书》是其代表作。文章文采富赡，音韵铿锵，多用排比手法，很有气势，是一篇历代称道的政论散文。李斯跟随秦始皇巡狩封禅时，作有大量的刻石文，如《泰山刻石》、《琅玡刻石》等，是我国最古的碑文，对汉晋的碑铭文有一定影响。

秦灭汉兴。西汉初年，经济凋残，财富空乏。统治者接受秦亡的教训，与民休息，采取无为的黄老之治，使生产有了恢复和发展。经过文景之治，到汉武帝时，财富巨积，政治相对安定，国力达到繁荣。在此基础上，汉武帝变汉初的无为政治为有为政治，对外拓疆土，击匈奴，通西域，经营控制西南边陲，对内进一步削弱诸侯王势力，打击豪强大贾。“外事四夷，内兴功利”的同时，在文化思想上，他接受董仲舒的建议，罢黜百家，独尊儒术。社会进入了政治文化大一统的全盛时期。但由于武帝时连年用兵，世风侈豪，至晚年社会已出现危机。武帝之后，虽出现了“昭宣中兴”的局面，终因积重难返，最后在农民起义的打击和王莽的篡逆下结束了西汉的统治。

刘秀利用农民起义军的力量，并依靠豪强势力推翻了西汉后期外戚王莽的新朝，建立了东汉政权，是为光武帝。东汉前期的统治者为了发展生产，缓和国内矛盾，采取了一系列有效的措施，但西汉后期以来遗留的许多矛盾如豪强兼并，土地高度集中等问题并没有解决。至中叶和、安以后，又出现了外戚宦官争夺权利的混乱局面，社会政治日趋腐败。在宦官势力的压迫下，朝野形成了名士集团。他们反对宦官专权，渴望救时补弊，结果却为宦官所镇压，酿成了两次党锢之祸。社会矛盾日益严重，终于在公元 184 年发生了黄巾大起义。黄巾大起义最后被地方军阀割据势力镇压了，但东汉王朝也因此走向了穷途末路，从此名存实亡。最后出现了三国鼎立的局面。

汉代文学是在继承先秦文学的基础上发展起来的。汉代文学的表现形态主要有汉赋、散文、诗歌三大基本板块。

汉赋是汉代文学的正宗。散体大赋又是汉赋的代表。当时出现了枚乘、司马相如、扬雄、班固、张衡等汉赋大家。汉大赋的内容主要是描写京都宫苑建筑之精、帝王游猎之盛、山川林木之美、舞乐百戏之繁，体现了汉帝国的声威和气魄，是汉代大一统政治的形象表征。汉赋最突出的特点是铺陈夸饰，多采用主客问答的形式，体制宏大，语言华美，排比夸张杂糅交错。汉赋对后世文学产生过较大影响，在文学史上有一定地位。

汉代散文主要有政论散文、史传散文、抒情言理散文等。政论散文以西汉初年最为发达，贾谊的《过秦论》、《论积贮疏》、《陈政事疏》，晁错的《论贵粟疏》、《守边劝农疏》、《言兵事疏》，邹阳的《谏吴王书》、《狱中上梁王书》等都是当时的名作。西汉初年政论散文深受先秦诸子散文的影响，思想深刻，论述严密，感情充沛，富有气势。武帝以后，因文化政策的专断一尊，政论散文渐次衰微。至东汉末年，由于政治腐败，社会矛盾重重，朝野议政之风大兴，政论散文又开始兴盛。较著名的有王符的《潜夫论》、崔寔的《政论》、仲长统的《昌言》等。但同西汉初年的文章相比，这些政论文缺乏充沛的气势，文学性也不高。

司马迁的《史记》和班固的《汉书》是汉代史传散文的代表。司马迁的《史记》是我国第一部纪传体通史，它以人物为中心的写作体例，开启了我国传记文学的先河。《史记》叙述生动，语言精粹，善于运用多种手法来表现人物性格，塑造了众多栩栩如生的人物形象。《史记》是史传散文的典范之作，在我国散文史上具有极高的地位。鲁迅先生称《史记》是"史家之绝唱，无韵之《离骚》"(《汉文学史纲要》)。

汉代的抒情言理散文、记事(故事)散文也有了进一步的发展。

司马迁的《报任安书》、杨恽的《报孙会宗书》、东方朔的《答客难》、刘向的《说苑》、《新序》等都是这类散文的代表。

汉代的诗歌以乐府民歌和文人五言诗成就最高。乐府民歌继承了《诗经》的现实主义传统，全面深刻地反映了汉代人民的社会生活和思想感情，有重要的社会认识价值和审美价值。汉乐府民歌最基本的特色是叙事，善于用个性化的语言和典型的行动细节来展示人物的性格，注重场面的故事化、戏剧化的描写。汉乐府民歌是我国叙事诗成熟的标志，在诗歌史上具有里程碑的意义。

文人五言诗是在民歌的影响下产生的。《古诗十九首》是汉代文人五言诗的代表。汉末文人五言诗以抒情为主，多表现男女离别之情和死生新故之感，充满浓重的感伤情绪。这些诗写情细致，语言浅显，善于比兴、衬托，“婉转附物，怊怅切情”，有很高的艺术成就。汉末文人五言诗的出现标志着五言体诗的成熟，昭示着一个新的诗歌时代的到来，为建安文人五言诗的繁荣奠定了坚实的基础。

第一章　汉赋

第一节　汉赋的起源与发展

作为文学概念，赋，最初并不是以一种文体名称出现的，而是我国古代诗歌的重要表现手法之一，同比、兴并列，意思是铺陈直叙。赋作为一种文体，产生于战国后期。最早写作赋体作品并以"赋"命篇的是荀子。据《汉书·艺文志》，荀子有赋十篇，今存《礼》、《知》、《云》、《蚕》、《箴》等五篇。此外，继屈原之后的楚辞作家宋玉也有《高唐赋》、《神女赋》、《风赋》等赋体创作（见萧统编《文选》，但有人怀疑宋玉赋是伪作，不可靠）。这是我国文学史上最早的赋体作品，为汉赋的产生奠定了基础。到了汉代，由于时代文化的刺激和现实政治的需要，赋蔚为大观，成为当时最流行的文体。

汉赋的产生是多种因素合力作用的结果。考察汉赋的渊源，主要有以下几方面的因素：首先是《诗经》的影响。汉人特重《诗经》，尤其强调诗的教化作用。作为"宣上德"、"通讽喻"的汉赋，也被认为是"润色鸿业"的工具。赋的这种强调歌颂与讽刺的特点，显然来自《诗经》的雅颂传统。《诗经》中"赋"的艺术手法，经过文人不断的发展和创新，也成了赋的最突出的特点，即汉赋的铺陈同《诗经》中"赋"的铺陈直叙是密切相关的。班固的《两都赋序》说："赋者，古诗之流也。"刘勰《文心雕龙·诠赋》说："赋也者，受命于诗人，拓宇于楚辞。"都强调了汉赋同《诗经》的渊源关系。其次，汉赋也深受楚辞的影响。楚辞是一种带有浓郁抒情色彩的诗体，从整体上看它同汉赋不同。但楚辞中辞藻华丽的语言风格、善于铺张夸饰的艺术表现都同汉赋的艺术精神息息相通。尤其是宋玉的赋多采用问答的形式，而汉赋最主要的结构形式就是主客问答。很显然汉赋的结构形式是从宋玉的赋的结构形式演变过来的。刘勰说汉赋“拓宇于楚辞”，也许即指此而言。再次，先秦散文尤其是战国纵横家文也为汉赋的形成提供了有益的借鉴。先秦诸子散文如《孟子》、《庄子》，大都具有雄辩恣肆的特点，汉赋中的主客问难也多有这个特点，可见它深受诸子散文论难特点的启发。战国时期的策士之辩所表现出来的述事铺叙和声势恢廓的写作特点，在汉赋中也有明显的反映。尤其是纵横家的文体风格，更为汉赋创作所借鉴和吸收。章学诚《校雠通义·汉志·诗赋》说：“古之赋家者流……恢廓声势，苏（秦）、张（仪）纵横之体也。”指出了汉赋同先秦纵横家文的渊源关系。综上所述，汉赋是适应汉帝国“润色鸿业”的需要，在吸收借鉴诗骚精神和战国纵横家文的创作经验的基础上又融入了本时代的审美特点而出现的最能体现汉代时代精神的一种新的文学创作体裁。汉赋作品众多，今人费振刚、胡双宝、宋明华辑校的《全汉赋》搜罗完备，可资参考。

汉赋是汉代文学的正宗。当时一般文人都致力于汉赋的创作，汉赋贯穿了汉代历史的始终。但由于时代环境的不同，汉赋的创作体制也不可能整齐划一。总的来看，汉赋是抒情赋与散体大赋双行并存的，不过由于时代政治气氛等因素的不同，这两种创作体制不同的赋也呈现出相互消长的趋势。综览汉赋的发展，大体经历了骚体抒情赋、散体大赋和抒情小赋三个发展时期。

自高祖至武帝初年是骚体赋的时期。骚体赋是一种抒情赋，承楚辞的余绪发展而来的。它形式上同楚辞较为相近，内容多是抒发作者的身世之感和郁愤的思想情绪。淮南小山的《招隐士》、董仲舒的《士不遇赋》、司马迁的《悲士不遇赋》等都是当时著名的骚体赋。汉初骚体赋惟一优秀的作家是贾谊。

贾谊(前 200～前 168),洛阳人。18 岁以通诸子百家之书,博学多才而闻名。20 余文帝召为博士,又迁太中大夫。宫廷应对,才思敏捷,甚得文帝赏识。但因权贵排挤,被文帝疏远。先贬长沙王太傅,再贬梁怀王太傅。后 怀王不慎坠马而死,谊自伤无状,抑郁而死。贾谊是汉初著名的政论文作家和辞赋家。《吊屈原赋》和《鹏鸟赋》是其辞赋代表作。这两篇赋都写于贾谊贬长沙王太傅期间。前者借凭吊屈原来抒发自己怀才不遇的愤懑,后者借人鸟对话,抒发了自己齐生死、等祸福、自我排遣的思想情绪。贾谊的赋多用比喻,句法整齐,音节铿锵,具有明显的散体化倾向,显示着从楚辞向汉代新体赋过渡的痕迹。

从汉武帝时期至东汉中叶的 200 余年间,是汉代散体大赋的创作时期。散体大赋是汉赋的代表,体现着汉赋创作的成就和特色。最能代表汉大赋创作成就的是被称为“汉赋四大家”的司马相如、扬雄、班固和张衡。若细加分析,汉大赋的发展又可分为形成期、鼎盛期、模拟期三个阶段。

标志着汉大赋形成的第一篇作品是枚乘的《七发》。枚乘(?～前 140 年),淮阴(今江苏淮阴人)。初为吴王刘濞郎中,后投奔梁孝王作宾客。吴楚七国叛乱之前,他曾上书劝诫吴王,吴王不听。七国叛乱平定,乘由是知名。景帝召拜弘农都尉,不受。武帝即位,遣使“安车蒲轮”征聘,因年老,死于途中。《七发》假托吴客与楚太子问疾,陈说七事以启发太子。这是一篇极有讽谏性又以铺陈为特征的赋。刘勰《文心雕龙·杂文》说:“枚乘摛艳,首制《七发》,腴辞云构,夸丽风骇。”《七发》确立了汉赋主客问答的结构形式和以铺陈夸饰为主的创作特点,是汉大赋的奠基之作。

汉大赋至武宣时期达到了鼎盛。班固《两都赋序》描述当时的盛况时说:

> 至于武宣之世,乃崇礼官,考文章,内设金马石渠之署,外兴乐府协律之事,以兴废继绝,润色鸿业。是以众庶悦豫,福

> 应尤盛。……故言语侍从之臣，若司马相如、虞丘寿王、东方朔、枚皋、王褒、刘向之属，朝文论思，日月献纳。而公卿大臣，御史大夫倪宽、太常孔臧、太中大夫董仲舒、宗正刘德、太子太傅萧望之等，时时间作。或以抒下情而通讽喻，或以宣上德而尽忠孝，雍容揄扬，著于后嗣。

在这众多的宫廷文学作家中，司马相如是最突出的代表。

司马相如（前179？～前118），字长卿，蜀郡成都（今四川成都）人。少年好读书击剑。景帝时任武骑常侍。景帝不喜辞赋，他称病辞官，游梁国，与邹阳、枚乘同为梁孝王门客，作《子虚赋》。孝王死，相如归蜀，过临邛，结识卓王孙之女卓文君，时文君新寡，两人相善，遂携之私奔成都。后又返临邛，当垆卖酒为业。武帝即位，读他的赋，甚加赞赏。因同乡杨得意推荐，武帝召见，又上《上林赋》。武帝大喜，拜为郎。曾两次奉使西南，作有《谕巴蜀檄》、《难蜀父老》等文，对沟通汉与西南少数民族关系做出了贡献。晚年转孝文园令，抑郁不得志，常称疾闲居。病卒。

《汉书·艺文志》著录司马相如赋29篇。现存《子虚赋》、《上林赋》、《大人赋》、《美人赋》、《长门赋》、《哀二世赋》等。其中，《子虚赋》、《上林赋》是司马相如的代表作。赋假托楚国子虚先生向齐国乌有先生夸说楚国云梦之大和楚王田猎之盛，后亡是公又以夸天子田猎压倒齐楚，最后以天子悔悟"此太奢侈"作结。司马相如的赋在汉赋发展史上有极重要的地位。它确立了汉赋"劝百讽一"的赋颂传统，司马相如之后的汉赋作家基本是沿此发展，很少更改，致使汉大赋成了润色粉饰时代的一种工具。司马相如的赋铺张扬厉，体制宏大，把汉赋创作推向了高峰，后世赋家多承此体制，很少创新。于是汉大赋便进入第三个阶段——模拟期。

模拟期自西汉末年至东汉中叶。扬雄、班固、张衡是其代表。

扬雄（前53～公元18），字子云，蜀郡成都人。年轻时喜好司马相如的赋，并常"拟之以为式"。晚年认为赋是"童子雕虫篆刻"，无补讽谏，反对辞赋“丽靡之辞，闳侈巨衍”，提出了“诗人之赋丽以则，辞人之赋丽以淫”的看法。《甘泉赋》、《河东赋》、《羽猎赋》、《长扬赋》是其代表作。

班固是东汉前期著名的历史学家，也是当时重要的辞赋家。有《两都赋》、《幽通赋》等。《两都赋》极写东都洛阳和西都长安的建筑之美、车马之盛，是汉大赋中京都赋的代表作之一。

张衡(78～139)，字平子，南阳西鄂(今河南南阳市)人。我国古代伟大的科学家，在科技史上有重要的贡献。他也是汉代著名的辞赋家。主要作品有《二京赋》、《南都赋》、《思玄赋》、《归田赋》等。最有代表性的是《二京赋》。这是汉大赋的最后一篇名作。赋模拟司马相如的《子虚赋》、《上林赋》和班固的《两都赋》，用十年时间写成，较班固《两都赋》篇幅更长，铺陈夸饰更烈，是汉代京都大赋中“长篇之极轨”。

东汉中叶以后，汉赋的发展进入了第三个时期，即抒情小赋时期。

前面已经指出，汉赋的发展是抒情赋与散体大赋双线并行的。但自武帝以来，散体大赋的创作愈演愈烈，致使汉大赋成了汉赋的显明表征。尽管如此，抒情赋的创作在此时期也并未消竭。在汉大赋昌盛的时代仍还有不少值得一读、而且创作成就较高的抒情赋。如司马相如的《长门赋》描写陈皇后被废后幽居长门宫的寂寞孤愁，很有艺术表现力。再如东方朔的《答客难》表现贤士怀才不遇的情景，也很有抒情意味。但因受汉大赋创作影响，即使抒情赋也明显具有铺陈的色彩。

到了东汉中后期，散体大赋陈陈相因，既没有艺术创造性，也没有新的内容题材的翻新。从扬雄开始，就已对汉大赋的创作提出了批评，而因袭模拟的本身也在刺激着赋必须另辟新径。但更重要的是当时社会状况发生了变化。东汉安帝、顺帝开始，宦官外戚争权不断，政治腐败，帝王奢靡，世风日下，情伪万方。汉帝国强大显赫的声势已荡然无存。面对这种现实,文人们不能不有所感受。社会政治已无功可歌,无德可颂,有的都是"宁计生民之命,唯利己而自足"的贪婪和虚伪。这就使文人自觉或不自觉地从那些歌功颂德的"润色鸿业"的迷梦中走出来,来反映自身所处的真实现实。于是赋的题材体制风格便发生了变化。那就是变散体大赋的鸿篇巨制为短小精悍的抒情篇章;变宫殿游猎,歌颂国势声威为抒情言志,讥讽时事;变铺张扬厉,夸饰摛文为平易清新,浅显生动。而标志着赋体这一转变的就是汉大赋最后一个作家张衡。

张衡在汉赋的发展史上是个承前启后的作家。他结束了汉大赋的时代,开启了抒情小赋的新道路。他的《归田赋》是这方面的代表作。赋以清新流畅的语言,表现了作者退隐田园,不与黑暗现实同流合污的情怀。张衡之后,抒情小赋不断出现。赵壹的《刺世嫉邪赋》、蔡邕的《述行赋》、祢衡的《鹦鹉赋》等都是当时的名作。这些作品体制短小,多表现时事之弊和作者的愤懑之情,对魏晋抒情赋产生了重大影响。魏晋辞赋即是沿着这条路子发展的。

第二节　汉赋的思想内容和艺术成就

王国维《宋元戏曲考·序》说:"凡一代有一代之文学,楚之骚、汉之赋、六代之骈语、唐之诗、宋之词、元之曲,皆所谓一代之文学,而后世莫能继焉者也。"汉赋之所以能成为有汉"一代之文学",同汉赋所反映的思想内容和取得的艺术成就是密不可分的。

秦王朝是我国历史上第一个建立大一统的中央集权的国家,但由于秦以法吏治国,刑法苛严,暴政不断,仅存在了十几年,便在"斩木为兵,揭竿为旗"的农民风暴席卷下迅速土崩瓦解了。继秦而起的汉帝国,为了长治久安,自觉地总结和吸取秦亡的历史教训。经过文景两代的休养生息,励精图治,至汉武帝时国力达到了昌盛。物质财富臻于繁荣，人丁兴旺，内忧外患基本平息。久乱思治的汉代文人第一次体验到了国富民强、地大物博的喜悦。他们振奋激动，热情激昂。时代给了他们广阔的活动空间，也给了他们可以尽情表现的题材对象。在大汉帝国昌盛声威的鼓舞下，文人赋家们都争用自己的彩笔，来尽情歌颂时代的伟业，为大汉宫殿"润色"添彩。与此同时，武、宣等汉代帝王也颇好辞赋。他们也需要文人赋家"美盛德之形容"，张扬自己的文治武功。汉赋即是在此时代文化背景的刺激下兴盛的。这自然使汉赋所反映的内容具有鲜明的时代特色。

阅读体制宏大、包孕繁富的汉赋，其鲜明的思想内容主要表现在以下几点。

首先是它对大一统的政治的肯定和歌颂，对汉帝国显赫声威的弘扬。汉初的政治形势并不平静，地方割据势力不断地窥视着至尊的宝座，威胁着汉帝国的稳定和巩固。汉武帝时尽管国力强盛，但非分之徒时有显露。肯定和歌颂汉帝国的声威，抨击割剧势力的非分和奢望，捍卫天子的神圣不可侵犯仍是一个很重要的时代主题。汉赋以其特有的艺术形式反映了这一时代主题。这突出表现在司马相如的《子虚赋》、《上林赋》中。这两篇赋实际是一个整体(有人认为《子虚赋》、《上林赋》就是《天子游猎赋》)。赋借楚子虚、齐乌有先生与亡是公的对话联结成篇，形成三个自然段落。前两段写子虚和乌有先生分别对楚齐诸侯王苑囿之大、游乐之盛的夸饰，实际是奢陈诸侯王势力的显赫和气势。接着写亡是公站在朝廷天子的立场对子虚、乌有之论的批评："二君之论"，"不务明君臣之义，而正诸侯之礼，徒事争于游戏之乐，苑囿之大，欲以奢侈相胜，荒淫相越，此不可以扬名发誉，而适足以贬君自损也。"紧接着写天子游猎之盛，颂扬天子在"酒中乐酣"之际翻然醒悟，罢车马之用而专心治理国家。赋的主旨自然在于讽谏帝王，反对奢侈，崇尚节俭。但在这夸饰铺陈的背后，还让人深深地体悟到它那浓烈的尊天子抑诸侯的思想意识，和对大一统政治的热烈肯定和颂扬，尽管它的铺陈带有明显的涂饰的色彩。这种思想意识不仅表现在司马相如的辞赋中，在扬雄、班固等的赋作中也有或隐或显的反映。对于多民族的汉帝国来说，大一统既是时代的现实要求，也是历史发展的必然趋势。汉赋所表现的大一统思想观念和对政治的歌颂肯定，符合当时的时代精神，也具有积极的进步意义，是值得肯定的。

其次，汉赋描写了祖国壮丽的山河，丰饶的物产和先进的生产技术、文化艺术，表现了汉帝国雄勃兴盛的气象。汉代开拓疆土，"碎轒辒，破穹庐"，"天兵四临，幽都先加，回戈邪指，南越相夷，靡节西征，羌僰东驰。……使海内澹然，永亡边城之灾。"（《长扬赋》）在内则发展经济，出现了"街衢洞达，闾阎且千，九市开场，货别隧分；人不得顾，车不得旋，阗城溢郭，旁流百廛；红尘四合，烟云相连"（《两都赋》）的繁华景象。汉赋的作家们以其极大的热情，描写了汉帝国的这一昌盛景象，并以歌颂和赞美的热情来夸饰和铺陈。如司马相如《上林赋》对当时歌舞艺术的描写：

> 置酒乎颢天之台，张乐乎胶葛之宇，撞千石之钟，立万石之虡，……奏陶唐氏之舞，听葛天氏之歌，千人唱，万人和；山陵为之震动，川谷为之荡波。

再如扬雄《甘泉赋》中对甘泉宫的景物的描绘：

> 翠玉树之青葱兮，壁马犀之瞵㻞。金人仡仡其承钟虡兮，嵌岩岩其龙鳞。扬光曜之燎烛兮，乘炎景之炘炘。……洪台崛其独出兮，㯳北极之嶟嶟。列宿乃施于上荣兮，日月才经于柍桭。雷郁律于岩窔兮，电倏忽于墙藩。鬼魅不能自逮兮，半长途而下颠，历倒景而绝飞梁兮，浮蠛蠓而撇天。

这些描写用极度的夸张来铺陈笔下所描写的对象，它展现在人们面前的是一幅幅雕丽的图景，而激荡的则是大汉帝国那雄视一世，恢宏盛赫的气势。在赋家笔下，一草一木一山一石无不是大汉炎炎蒸腾的表象。这种铺陈的背后传达出的正是汉人那自信自足的喜悦，那征服一切的气魄。总之，汉赋中山川草木，京都游猎的描写固然展现了统治者的物欲和奢侈，但它表现出的汉帝国的气魄，文人赋家对这种气魄的自信却是肯定无异的。这正是那一时代精神的形象表现，这就点来看，汉赋不愧是汉代文化的典型代表。

再次，汉赋还对统治者“奢侈相胜，荒淫相越”的腐化生活、黑暗政治进行了讽刺批评和揭露抨击。作为“润色鸿业”的汉赋，从它产生的那天起，便被赋予了“抒下情而通讽喻，宣上德而尽忠孝”的美刺功能。汉代的昌盛显赫使朝廷上下充满了自信自足，而同时也使他们膨胀了尽情享乐的物欲。汉赋作家们敏锐地意识到了这一点。在对大汉帝国的声威气魄歌颂的同时，他们也没有忘记对统治者的腐化生活进行讽刺和批评。司马相如的赋通过天子的口指出了游乐生活的“奢侈”。他的《哀二世赋》更是集中地表现了他的政治态度：

> 弥节容与兮，历吊二世；持身不谨兮，亡国失势。信谗不寤兮，宗庙灭绝。呜呼哀哉，操行之不得兮，坟墓芜秽而不修兮，魂无归而不食。

枚乘的《七发》也对膏粱子弟“饮食则温淳甘膬、脭醲肥厚；衣裳则杂遝曼暖，燂烁热暑”的安逸腐化的生活进行批评，指出“纵耳目之欲，恣支体之安者，伤血脉之和”，讽谏他们要“论天下之精微”，用“要言妙道”来改变自己的生活方式和生活情趣。汉赋中的批评和讽谏尽管有“劝百讽一”的弊端，而且有时还可能适得其反，如司马相如见武帝好神仙，上《大人赋》以讽刺，结果武帝读完赋不但不以神仙为虚，反觉“缥缥有凌云之志”（《汉书·扬雄传》），但汉赋作家的主旨是在对社会政治的讽化，他们敢于对强烈追求物质生活享乐的帝王提出批评和讽谏，并在一定程度上揭露了他们的荒淫，这无疑也是值得肯定的。

汉赋还对黑暗政治进行了抨击和揭露。这突出表现在东汉末年赵壹的《刺世嫉邪赋》中。汉代赋家中，赵壹的赋揭露社会问题的深刻，感情之强烈，是其他赋家不可比拟的。《刺世嫉邪赋》不但揭露了小人得志，贤者失位的黑暗政治，指出统治者都是“宁计生民之命，唯利己而自足”的贪婪者，更重要的是他进一步指出“原斯瘼之攸兴，实执政之匪贤。女谒掩其视听兮，近习秉其威权”，将批判的矛头直接指向最高统治者——皇帝，揭露了宦官的祸国殃民。赵壹的赋以其思想的深刻性代表了东汉抒情赋的最高成就。

最后，汉赋还抒发了文人被压抑、怀才不遇的思想感情，表现了他们不与统治者同流合污的高尚情操。这主要反映在汉初贾谊的骚体赋和东汉抒情赋中。汉代尽管是一个重经学、昌文化的时代，但文人的地位并不高，许多文人都自感压抑。贾谊的《吊屈原赋》借吊屈原揭露了当时“阘茸尊显兮，谗谀得志；贤圣逆曳兮，方正倒植”的现实，抒发了自己怀才不遇的郁愤之情。赵壹的《刺世嫉邪赋》通过“文籍虽满腹，不如一囊钱”的感叹，表现了文人士子的可悲和不得重用。而张衡的《归田赋》、《思玄赋》在揭露社会“宝萧艾于重笥兮，谓蕙芷之不香”，“行颇僻而获志兮，循法度而离殃”的同时，也抒发了自己“悲离居之劳心兮，情悁悁而思归”，“超埃尘以遐逝，与世事乎长辞”，不与统治者同流合污的情操。

综上所论，汉赋作为汉代文学的正宗代表，它既对大汉帝国的声威气魄进行了淋漓尽致的渲染歌颂，又对统治者的荒淫腐化、政治黑暗进行了揭露抨击；既对汉帝国的地大物博、山河壮丽、文化兴盛进行了形象描绘，又有文人怀才不遇遭受压抑的思想情感的抒发。汉赋的发展史是汉帝国具象化的历史，具有重要的审美价值和认识价值。

汉赋在艺术上也取得了高超的成就。汉赋最突出的艺术特色是夸饰铺陈。如司马相如《子虚赋》关于“云梦”的描写，山水土石，草木花卉无所不有，在“其山”、“其土”、“其石”、“其南”、“其北”等的描绘中把所能想象到的一切淋漓尽致地铺陈排列在一起，给人一种“众色炫耀，照烂龙鳞”的审美感受。汉赋的铺陈多采用移步换形的手法，对某一对象进行多侧面多视角的描写，词采绚丽，华艳夺目，具有明显的类型化、图案化的特点，稚拙之中透射出明显的浪漫色彩，形成了一种“腴辞云构，夸丽风骇”(《文心雕龙·杂文》)谲奇瑰丽的艺术风格。

汉赋还善于运用比喻和夸张的手法来描写景物，使所写之景充满一种动感和气势，增加了作品的艺术表现力。如枚乘《七发》观涛的描写：

> 疾雷闻百里，江水逆流，海水上潮，山出内云，日夜不止。溢衍漂疾，波涌而涛起，其始起也，洪淋淋焉，若白鹭之下翔。其少进也，浩浩溰溰，如素车白马帷盖之张。其波涌而云乱，扰扰焉如三军之腾装。其旁作而奔起也，飘飘焉如轻车之勒兵。

铺排、夸张、比喻，多种手法并用，将江涛的浩大气势生动形象地描绘出来，给人一种涤荡胸襟的艺术感受。

汉赋的语言华美富赡，骈散相间，双声叠韵，错落交纵，表现出明显的句群的排列美，文字的辞采美，词汇的音乐美。如张衡《二京赋》对洛阳宫苑的景色的描写：

> 濯龙芳林，九谷八溪，芙蓉覆水，秋兰被涯。渚戏跃鱼，渊游龟蠵。永安离宫，脩竹冬青；阴池幽流，玄泉洌清。鹎鶋秋栖，鹘鸼春鸣，雎鸠丽黄，关关嘤嘤。

语言整齐，写景鲜活，生机盎然，犹如一幅雕彩工笔的自然风景画。刘勰说汉赋“写物图貌，蔚如雕画”，从此可得到形象的证明。

汉赋体制宏大，章法结构多采用主客问答的方式，给人一种宏衍巨丽的感觉。汉赋的体制宏大，张扬着汉帝国那生生不息的文化精神，是一种大而全、大一统的思想意识的沉积；汉赋主客问答的结构又同它的铺陈夸饰的特点密切相关，它的背后是对一切都享有、对一切都不可一世的心理的表现。汉赋的这种外部特征同汉赋所蕴含的文化精神是气合神通的。它所表现的内容在形式特征上也得到了和谐的印证。

汉赋是汉代文化高度发展的产物，是汉帝国的大一统的形象表征，是时代精神的鲜明体现。就此来讲，汉赋较好地完成了它的历史使命。

第三节　汉赋的地位和影响

汉赋是我国文坛继《诗经》、《楚辞》之后兴起的又一种新的文体。作为时代精神的产物，汉赋自有它产生的历史条件和存在的合理性。但汉赋在文学史上的贡献过去似乎谈的很少，更多的是对其指责和批评。这种指责批评在汉赋的兴盛之时就已出现。如《汉书·扬雄传》记扬雄晚年对赋的看法说："雄以为赋者，将以风也，必推类而言，极丽靡之辞；闳侈钜衍，竟于使人不能加也。既乃归之于正，然览者已过矣。往时武帝好神仙，相如上《大人赋》欲风，帝反缥缥有凌云之志。由是言之，赋劝而不止，明矣。"并进一步说赋是"雕虫篆刻"，"壮夫不为"。晋挚虞《文章流别论》也曾批评汉赋"假象过大，则与类相远；逸辞过壮，则与事相违；辩言过理，则与义相失；丽靡过美，则与情相悖。"应该说这些批评汉赋的言论是切中要害，言之成理的。但瑕不掩瑜，若将汉赋放在整个文学史上来考察，汉赋在中国文学史上是应有一定的地位的，其对后世文学创作也产生过深刻影响，成绩不可抹煞。

首先，汉赋开拓了文学的题材和表现领域，为后世文学创作提供了借鉴。汉大赋以描写京都田猎为主，凡山川草木之类，宫殿苑囿之盛，游乐百戏，歌舞技艺，无所不涉，可以说后世赋家所表现的题材内容在汉赋中都有程度不同的反映和接触。汉赋的内容题材的广阔繁富，自然是汉代历史发展的必然。但汉赋将不断产生的新事物及时地反映在辞赋中，这种反映生活的自觉意识是很可贵的，对后世也有深远的影响。

其次，汉赋词藻华丽，描写细致，讲究音节韵律，注重叙事状物，对我国文学语言的形成发展具有一定的促进作用。从艺术表现上看，汉赋既不同于《诗经》、《楚辞》的以抒情为主，也不同于先秦诸子的以说理为主，而是注重对客观事物进行具体形象的描绘。在表现手法上这无异是一种新的发展。这说明汉赋作者同前代相比是更为自觉地在进行艺术创造。

再次，从文学思想发展的角度看，汉赋的出现使文学同一般学术有了明显的区别。如《汉书·艺文志》在《诸子略》外，别立《诗赋略》，使诗赋"文章"更加接近今天所说的文学。这说明汉赋在文学观念的日益明晰化方面也有不可忽视的地位。

总之，汉赋无论是在艺术表现技巧，还是文学思想的发展上都具有重要的地位和影响，一笔抹煞汉赋的存在价值是不符合历史实际的。

第二章　汉代散文

第一节　西汉散文

西汉散文的创作以汉初政论散文的成就最为突出，同时，抒情言理散文、记事散文等也取得了显著的成绩。

政论散文在汉初出现主要是由于政治的原因。汉王朝是在反秦灭秦的浪潮推动下走上历史舞台的。汉建立初年，社会政治形势异常严峻。财力空乏，民生凋敝；北方匈奴政权时时侵扰，边患不息；诸侯王势力日益滋起，威胁着中央集权的政治根基。而秦灭亡的历史阴云，对汉统治者来说，历历在目，久挥不去。因此，如何总结秦亡的历史教训，如何解决现实社会的痼疾，以巩固新生的汉政权的长治久安，便成为汉初政治家普遍关注的时代课题。汉初政论散文即是在此时代背景下应运而生的。

当时，曾涌现出一大批政论散文的作家，如陆贾、贾山、贾谊、晁错、邹阳、枚乘等，他们远承战国策士驰骋恣肆的文风，近秉自身的才情，撰文著说，析世论议，创作了大量切世议政的政论文作品，共同推动了汉初政论文的兴盛。在汉初众多的政论文作家中，贾谊、晁错是最著名的代表。

贾谊的散文主要保存在由刘向整理编辑的《新书》中。作为一个才思敏捷、思想深刻的政治家，贾谊的散文善于以高屋建瓴的气魄纵论汉初的“天下之势”。贾谊的政论文继承和发展了先秦的民本思想，是在“自古及今，凡与民为敌者，或迟或速，而民必胜之”

(《大政》上)的清醒的政治意识驱使下创作的,因此,思想深刻,切世透彻,说理周备,而富有文采。他的政论散文有的总结秦亡的历史教训,为统治者提供治国的借鉴,如《过秦论》;有的分析汉初危机存亡的形势,指出社会的弊病,以引起统治者的警觉,如《陈政事疏》(又名《治安策》),通过对社会"可为痛哭者一,可为流涕者二,可为长太息者六"的"事势"的分析,指出当时形势犹如"抱火措之积薪之下,而寝其上,火未及然(燃),因谓之安,偷安者也",眼光敏锐,见解精深;有的则提出具体而有效的政治主张,如《论积贮疏》,针对当初财力匮乏,指出发展农业生产的重要性。贾谊的散文涉及到了汉初社会问题的各个方面,而且都进行了周详而严谨的分析,具有很高的思想性和现实性。

在贾谊的政论文散文中,最脍炙人口而且代表其创作成就的是《过秦论》。《过秦论》共三篇,分别论述始皇、二世、子婴三代秦君的过失。其中上篇最著名。此文的中心议题在于论证秦亡的根本原因是"仁义不施",失去民心;目的在于引起统治者的鉴戒。对比手法的运用是此文最突出的写作特色。文章为了说明主题,紧扣秦取天下之易与失天下之速进行对比,并以此结构全文。在具体论述时又采用对比和夸张来张大气势,形成了比中有比,逐层对比的特色。语言华美流畅,比喻生动形象是此文的又一大特点。如:"振长策而御宇内,吞二周而亡诸侯,履至尊而制六合,执敲扑而鞭笞天下。"文学性极高。另外,气势宏肆,感情充沛,多用排比,也是此文的显著特点。

总之,贾谊的文章,笔力雄放,辞藻华美,艺术成就极高。鲁迅先生称其为"西汉鸿文"。

晁错(? ~前 154),颍川(河南禹县)人。文帝时为太子家令、中大夫。景帝时为御史大夫,有"智囊"的美誉。曾提出许多有益的政治主张。后因吴楚七国之乱被景帝杀害。其代表作是《论贵粟疏》。

这篇文章的中心思想是强调重农贵粟，强本抑末，文章通过逐层的对比分析，指出粮食匮乏的原因是统治者贵金玉而贱五谷，是商贾富豪的屯积聚奇。因此，要解决粮食问题，必须“务民于农桑，薄赋敛，广畜积”，采取措施抑制商贾。这篇文章同贾谊的《论积贮疏》观点相近，但论述更加具体切实，严谨细密。语言也简洁浑厚，但同贾谊相比，缺乏文采。

邹阳的《上吴王书》和枚乘的《谏吴王书》也是当时政论文中的名篇。这两篇文章都是为劝诫吴王刘濞谋反而写，文采华丽，多用比喻，语言整齐之中带有铺叙的成分，具有明显的辞赋化倾向。

在西汉的抒情言理散文中，以司马迁的《报任安书》和杨恽的《报孙会宗书》最有名。

《报任安书》是一篇以作者血泪铸就的表现作者愤懑之情的杰作。这封书信以沉痛酸楚之情，倾吐了作者遭受宫刑的前因后果，以及为写《史记》而不得不含垢忍辱，苟且偷生的痛苦。全文将叙事、抒情和说理有机结合，融为一体，抒情述事，悲愤哀婉，沉痛低回。文章结构严谨，一气呵成，吐受辱之痛，叙遭辱之由，诉忍辱之因，层次清晰，感情起伏跌宕，具有荡气回肠的艺术效果。

杨恽是司马迁的外孙。宣帝时为光禄勋，后因出语不敬，贬为庶人，最后被杀。《报孙会宗书》是他贬职后写给孙会宗的一封信。文章描写了自己“田家”的生活，尽情地抒发了自己的愤懑牢骚，表现了作者不满朝廷的反抗情绪和疏放不羁的性格。这是一篇充满谐趣又流露孤愤的文章。叙事与抒情交融，谐谑与孤愤齐发，语言流畅，饱含感情，是此文的显著特色。

西汉的记事散文(或称故事散文)也很有特点，较著名的是刘向的《说苑》、《新序》，另外《列女传》中也有叙事很精到的篇章。《说苑》、《新序》多是引用先秦经传子史和民间流行的故事传说，很多带有寓言性质。这些故事叙述生动、比喻贴切，是魏晋小说的先声。有的还是后世小说、戏剧经常表现的素材。《新序》中的《叶公好龙》、《丑女无盐》、《赵襄子饮酒》,《列女传》中的《秋胡妻》等都是其中颇耐人寻味的佳作。

第二节 东汉散文

东汉散文因受经学和谶纬神学思想影响,总的来看说教气息较浓,而且具有明显的骈偶化倾向。值得一提的是产生在东汉前期的王充的《论衡》和产生在东汉后期的针对社会政治,有感而发的一批政论性质的散文。

王充(27～101?),字仲任,会稽上虞(今浙江上虞)人,东汉著名的思想家和唯物主义哲学家。他的《论衡》是一部求"真美"、"疾虚妄"的书。王充强调文章的实用价值,要求文章语言明白易晓,文风要革除"华而不实,伪而不真"的不良风气。这些主张对魏晋以后的文艺思想产生了很大影响。王充《论衡》85 篇(现亡佚一篇),除《自纪》、《对作》具有自序性外,其他多属于驳论性的文章。这些文章多采用逐条批驳的形式来写,语言平实,论证严密,善于运用贴切恰当的比喻来说明事理。如《道虚》对方士们鼓吹人服食即可长生不死的观点进行的批评:"人之生其犹冰也。水凝而为冰,气积而为人。水极一冬而释,人竟百岁而死,人可令不死,冰可令不释乎?诸学仙求为不死之方,其必不成,犹不能使冰终不释也。"这种类比推理的方法在《论衡》中随处可见。近人刘盼遂有《论衡集解》。

东汉末年,由于外戚宦官专擅朝政,政治腐败,民生凋敝,社会危机四伏,因此许多文人为了救弊补世,纷纷议政,针砭时弊,兴起了一股强大的社会批判思潮。在此风气的影响下,东汉末年产生了一批比较重要的政论散文作者和作品,较著名的有王符的《潜夫论》、崔寔的《政论》、仲长统的《昌言》等著作。这些作品多是针对社会政治的某一方面有感而发，揭露深刻，批判尖锐，有强烈的思想感情。从写作来看，这些文章结构较严密，语言质实，善于用历史事实或生动的譬喻言事说理，增强了文章的说服力。因为这些文章产生在汉赋兴盛的汉代，所以，它们大都具有铺陈的特点，排偶成分也比较明显。同西汉政论散文相比，文章缺少气势，经教气息浓厚，风格也较板重。

另外，在东汉散文中有些书信文和碑文也很有名。书信文如朱浮的《与彭宠书》、朱穆的《与刘伯宗绝交书》、李固的《遗黄琼书》、秦嘉的《与妻徐淑书》等，都是历代称道的文章。这些文章或抒情或言理，感情真挚，语言朴质，很有可读性。碑文如蔡邕的《郭泰碑》，语言典奥，叙事赅要，是汉代碑文中的名作。刘勰对蔡邕的碑文评价甚高，《文心雕龙·诔碑》说："自后汉以来，碑碣云起，才锋所断，莫高蔡邕。"蔡邕的碑文是汉代碑文的集大成者。

马第伯的《封禅仪记》也是东汉散文值得一提的好文章。这是一篇因记封禅而写登泰山的写景散文。文章语言精粹，写景生动形象。如："仰望天关，如从谷底仰观抗峰。其为高也，如视浮云。其峻也，石壁窅窱，如无道径。遥望其人，端如行杇兀，或以为小白石，或以为冰雪。久之，白者移过树，乃知是人也。"白描之中杂糅着心理感觉，对后代写景散文产生过很大的影响。

此外，在两汉散文中还有一类文章颇值得重视，这就是萧统《文选》中专门立类的"设论"，这类作品在西汉东汉都有佳作，在此简单提一下。

"设论"文介于散文和辞赋之间，是一种具有明显辞赋化倾向的散文创作。这类文章多抒发作者不受重用的哀愤，客观上反映了汉代文士处境的低下，有一定的社会认识价值。从写法上看，多是以主客问答的设问形式来组织篇章结构，用语生动诙谐，比喻贴切形象，情理兼具，较之辞赋更为活泼。最早的"设论"文章是汉武帝时期的滑稽家东方朔的《答客难》。后来文士仿效者甚多，较著名的有扬雄的《解嘲》、班固的《答宾戏》、崔骃的《达旨》、张衡的《应闲》、蔡邕的《释诲》等。唐代韩愈的《进学解》、柳宗元的《起废答》，即是效仿此类文体的名作。

第三章　司马迁和史传文学

第一节　司马迁的生平和《史记》概况

司马迁(前 145～前 87?),字子长,左冯翊夏阳(今陕西韩城)人。父司马谈,汉武帝建元、元封时期任太史令,是一位具有多方面才能的学者。司马迁 10 岁以前在家乡读书,10 岁时随父到京城长安。曾从经学大师孔安国学习古文《尚书》,从董仲舒学习公羊派《春秋》。20 岁起,他数次从长安出发,进行长达几千里的旅行考察。此外还多次侍从汉武帝巡狩。38 岁时,继父职任太史令,开始大量阅读皇家藏书,同时列身朝廷,了解到武帝时代的内外大事。42 岁完成太初历后即着手撰写《史记》。47 岁时(天汉二年)因为李陵事上奏,触怒武帝,下狱受宫刑。司马迁受此大辱,愤不欲生,但为了完成《史记》,终于"隐忍苟活"下来。两年后出狱,任中书令。卒年无考,约在武帝末年。

司马迁的思想比较复杂。在罢黜百家、独尊儒术的学术气氛的影响下,司马迁自觉接受了儒家思想的影响。他同意董仲舒对《春秋》的某些看法,把《春秋》看成是"上明三王之道,下辨人事之纪,别嫌疑,明是非,定犹豫,善善恶恶,贤贤贱不肖,存亡国,继绝世,补敝起废,王道之大者"(《史记·太史公自序》)。他把孔子列入世家,与历代王侯等同,并说:"《诗》有之,'高山仰止,景行行止',虽不能至,然心向往之。余读孔氏书,想见其为人。……天下君王至于贤人众矣，当时则荣，没则已焉。孔子布衣，传十余世，学者宗之。自天子王侯，中国言六艺者，折中于夫子，可谓至圣矣！"为了说明孔子学派的传授，他写作了《仲尼弟子列传》。他自觉地继承孔子的事业，视自己的《史记》为第二部《春秋》。同时他还受到道家和其他各家的影响，在这一方面，其父司马谈和自己的经历给了他深刻的影响。

司马迁的著作除了《史记》以外，《汉书·艺文志》还著录有赋8篇。今存《悲士不遇赋》1篇。萧统的《文选》和《汉书》本传中还有《报任安书》1篇。这两篇作品都写于他遭受宫刑以后。前者不仅抒发了身遭大难后仍不甘于"没世无闻"的愤激情绪，而且对现实社会中存在的不合理现象表示了强烈的不满。后者是研究司马迁生平、思想的重要资料，同时也是中国古代的散文名篇。

《史记》的产生，有着深刻的必然性。

首先是时代因素。秦汉以来国家统一的形势，结束了政治上的分裂局面，也结束了思想上的百家论争。总结上古以来的历史文化，给大一统局面以哲学和历史的解释，成为秦汉以来新的历史时代的现实要求。到了武帝时代，统一国家的政治、经济、文化有了进一步的发展，条件具备了，要求也更迫切了。同时，空前统一强盛的汉帝国也使作者有可能接触到辽阔的国土，有助于形成广阔的历史视野。

其次是家世因素。司马迁的家庭是一历代仕宦之家，父亲又是一位饱学之士，做文化官，任太史令。司马迁承父教，得家学，深受家庭影响。司马谈曾撰《论六家要旨》一文（《史记·太史公自序》），批评了其余五家的优劣短长，而完全肯定了道家，这种学术思想对司马迁影响很大，此其一。司马谈临终之时，一再告诫司马迁说："余死，汝必为太史；为太史，无忘吾所欲论著矣。"司马迁著述《史记》正是为了继承司马谈的事业理想，完成其遗愿，此其二。

再次是个人因素。这主要表现在学识和经历两个方面。就学识而言，司马迁早年从孔安国、董仲舒学习。孔、董二人具为博儒，不仅通经，而且也擅长文学，此为得名师之教。继父职任中书令后，他大量阅读了皇家藏书，形成了广博的知识储备，此其一。他有着独特的生死观，不愿为一时之愤，念及名节而自杀或受诛，此其二。他对自己的著作视之甚高，比之于《春秋》，给予高度肯定，此其三。就经历而言，司马迁足迹所至，达17省区之多。这对于他的文学修养帮助极大。所行者远，所闻者广，无形中造成了深沉的气质，宏阔的胸襟，开阔的思想。蓄积既久，发为文章，自然气象雄伟，风格豪迈，超逸脱俗，卓然独立。另外，在他的经历中，对他写作《史记》影响较大的还有李陵之祸。身受宫刑，为世人所不齿，使他更深刻地感受和了解到现实社会的黑暗与丑恶，发愤著书，正是为了倾泻郁满胸腔的悲愤。

《史记》是中国第一部纪传体通史著作，它开创了中国纪传体的历史学和历史传记文学。司马迁的《史记》吸收前人编撰历史的各种方法而加以综合运用，写成十二本纪、十表、八书、三十世家、七十列传，共130篇，并通过他们之间的相互配合、相互补充，形成了一个严谨完整的纪传体体系。

本纪。唐司马贞《史记索隐》说："纪者，记也。本其事而记之，故曰本纪。……而帝王书称纪者，言为后代纲纪也。"《史记》的十二本纪写从黄帝到汉武帝时历朝历代的帝王兴废和重大政治事件。表。《史记·太史公自序》说："并时异世，年差不明，作十表。"《史记》中"十表"，有"世表"、"年表"、"月表"三种。它们按朝代顺序，把历史分成若干阶段，再分别按世代、年、月写成简明的大事记。它们是全书叙事的联络和补充。书。《史记索引》说："书者，五经六籍总名也。此之八书，记国家大体。"《史记》中的"书"是当时社会重要的典章制度的专门论述，它们分别叙述礼仪（《礼书》）、音乐（《乐书》）、军事（《律书》）、历法（《历书》）、星象（《天官书》）、宗教（《封禅书》）、水利（《河渠书》）、经济（《平准书》）等方面的现状和发展。世家。《史记索隐》说："世家者，记诸侯本系也，言其下及子孙，常有国。"除《孔子世家》和《陈涉世家》外，所记都是春秋战国以来各主要诸侯国和汉代所封的诸侯、勋贵的历史。列传。《太史公自序》说："扶义俶傥，不令己失时，立功名于天下，作七十列传。"即是说，司马迁作列传的宗旨是使那些品行高洁和有功于天下的人能够名传后世。除《匈奴传》、《大宛列传》、《西南夷列传》、《南越列传》、《东越列传》、《朝鲜列传》是叙述当时中国境内非汉族君长和外国君长统治的历史外，大多数列传记叙的人物是非常广泛的。其中有贵族、官吏、学者、政治家、文学家、刺客、游侠、商人等各种人物。列传根据其叙述方式又可分为四种类型，一是专传，即一人一篇传记，如《李将军列传》；二是合传，即两个以上的人合成一篇传记，如《屈原贾生列传》；三是附传，即在一个人的传记之后，附带叙述与之有关的或事迹相近的人物传记，如《魏其武安侯列传》主要是叙述魏其侯窦婴和武安侯田蚡的事迹，其中插入了灌夫的传记；四是类传，即把同类人物写入一篇传记之中，如《刺客列传》。

司马迁在《史记》中，让上述五种体裁互相补充，形成了一个完整的体系，成为中国古代史书的范本。宋人郑樵说："司马迁父子'世司典籍，工于制作。……通黄帝、尧、舜至于秦汉之世，勒成一书，分为五体：本纪纪年，世家传代，表以正历，书以类事，传以著人，使百代之下，史官不能易其法，学者不能舍其书，六经之后，惟有此作。'"(《通志·序》)

《史记》原名为《太史公书》，或《太史公记》，在《汉书·艺文志》中列入"春秋家"，称之为"太史公"。而《史记》一词，则是当时史籍的通称，并非专指司马迁此书。魏晋时代才开始用《史记》专指《太史公书》。《隋书·经籍志》立"史部"，《史记》居首，遂成专名，相沿至今。

《史记》一书在汉宣帝后，开始流行。士人多以《史记》记事止于武帝太初年间，遂多方收集资料，进行增补。其中惟元帝、成帝时褚少孙所补，尚有不少保存在今本《史记》中。如《滑稽列传》、《日者列传》、《龟策列传》的传末，都附有“褚先生曰”一段文字。

《史记》在流传过程中，也有不少散佚。班固写《汉书》时，已经发现“十篇缺，有录无书”（《汉书·司马迁传》）。今本《史记》各篇俱在，其中肯定有些篇目非司马迁所作，但除了少数篇章或段落外，大多不可确认哪些是后人所补。《史记》的注本，现存最早最完整的是南朝宋裴骃的《史记集解》，唐司马贞的《史记索隐》和唐张守节的《史记正义》。三家注，原来各自单行，到北宋，始将三家注散列于正文之后，合为一编，成为后世最通行的本子。

关于《史记》的研究著作，较为重要的有清人梁玉绳的《史记志疑》、日本泷川资言的《史记会注考证》和水忠泽利的《史记会注考证校补》。

第二节 《史记》的思想内容

《史记》自其产生以来，一直被人们誉为“实录”，史家称赞作者“有良史之材，服其善序事理，辨而不华，质而不俚，其文直，其事核，不虚美，不隐恶”（《汉书·司马迁传》）。《史记》的可贵之处，在于作者在历史著作中寄托了自己的理想，表达了他对历史和现实的清醒认识和强烈爱憎，生动形象地再现了一系列历史人物，使之成为历史著作和传记文学的完美结合，正如鲁迅先生所说，《史记》是“史家之绝唱，无韵之《离骚》”。

《史记》的进步思想首先表现在对封建统治阶级、特别是对汉代最高统治者的揭露和讽刺之上。《高祖本纪》写出了刘邦的豁达大度、坚韧不拔、善于用人，同时也用表面颂扬而暗中揭露的手法，写出了他凡夫俗子的一面，如写他讹称“贺钱万”而骗吃骗喝，多少也褪去了他头上的一些灵光。作者对刘邦神化自己的描写，实际上也具有很强的讽刺性。而在其他人物传记中，司马迁对刘邦的揭露则更为显豁。如在《项羽本纪》中，通对项羽和刘邦的对比，写出了刘邦的怯懦、卑琐和无能。在《萧相国世家》、《淮阴侯列传》中，写出他的猜忌心理和诛杀功臣的丑恶。《郦生陆贾列传》中写他溺儒冠，“与人言，常大骂”，尤其是一个“骂”字，几乎写尽了他的粗野。《史记》在“八书”中专设《封禅书》一篇，用大量笔墨揭露了汉武帝企求长生，迷信方士，屡次受骗而仍不愿改弦更张的愚昧荒唐。从这个意义上看，一篇《封禅书》几乎就是汉武帝迷信神仙的“实录”。司马迁对汉武帝并没有一概否定，他承认：“汉兴五世，隆在建元。”但是，他对武帝的志在开边，穷兵黩武，深为不满。《平准书》对此表现得尤为集中。汉初经过六七十年的休养生息，至武帝时期，国力空前强盛。但是，由于武帝的连年用兵，致使国库枯竭，四海骚动，武帝为解决这一问题，大举兴利，如把铸钱、冶铁、煮盐收归官营，并把这些危机转嫁给人民，造成海内户口减半。作者还通过《循吏列传》和《酷吏列传》的对比，表达了他对汉武帝暴力统治的厌恶。作者在《循史列传》中说：“奉职循理，亦可以为治，何必威严哉！”在《酷吏列传》中，他又充分肯定老子“法令滋甚，盗贼多有”的论断，表现了他反对“以恶为治”的做法。《循吏列传》中的孙叔敖、郑子产等五人，没有一个是汉代人。《酷吏列传》中写的则是全是汉代人，其中除郅都是景帝时人外，其余九人都是汉武帝时暴力统治的执行者。他们只知道逢迎皇上意旨，以株连杀戮为能事。其他如丞相田蚡因个人恩怨陷害大臣，卫青、霍去病、李广利这些皇亲国戚如何发迹，公孙弘、叔孙通这些士人、官僚的无耻，《史记》都给予了无情的鞭挞。

自觉地总结经济问题，这是司马迁的一大贡献，也是先秦史学家所忽视的。《春秋》涉及经济史的只有“初税亩”三个字，语焉不详。《左传》和《国语》所记比《春秋》多一点，但也很零碎。《史记》中的《平准书》记西汉前期 70 多年的经济概况、经济政策的演变。

《货殖列传》叙述战国至西汉的商业活动及主要区域的经济发展概况。司马迁认为,发展生产是国富民强的根本途径;还认为人们追求物质利益是正当的,只能因势利导,而不能用空洞的说教去禁止,或与百姓争利。他重视生产,重视货殖,重视财富,重视富商大贾,这与儒家重视仁义而羞谈功利,鼓吹"君子固穷"、"安贫乐道"的观点大相径庭。

《史记》歌颂了下层人民的优秀品德,歌颂了许多不为官方舆论所容的人物事件。在《游侠列传》中,司马迁赞扬朱家、郭解等人"振人不赡,先从贫贱始","振人之命,不矜其功"的侠义行为,盛赞他们"其言必信,其行必果,已诺必成","不爱其躯,赴士之厄困"。这些闾巷乡曲之侠,出身下层,无现成的政治经济地位可凭借,全靠自己卓越的行为树立声名,甚至不顾封建法制,救人危难。他们的作为,虽为官方舆论所不容,却为司马迁大力褒扬。在《刺客列传》中,司马迁写曹沫、专诸、豫让、聂政和荆轲等五人。他们的行为动机虽杂有狭隘的个人恩怨,但其主线仍是反暴政。特别是荆轲,他反抗强秦的勇敢无畏、视死如归的精神,更应予以肯定。《滑稽列传》中所写的是专替君主侯王消愁解闷的为世人所不齿的小人物。司马迁为他们立传,而且肯定他们以自己的特殊身份和特殊方式对统治者的荒淫奢侈、不恤人力所起的力所能及的抑制作用。

《史记》歌颂了许多忠臣良将。比如《屈原贾生列传》中,司马迁对屈原为了维护楚国利益而联齐抗秦的努力,对于屈原犯颜直谏、决不和小人同流合污的品格,对于屈原虽身遭放逐仍不忘怀国家安危、至死也不肯离开故国的爱国精神,进行了热烈的赞扬,称之为可"与日月争光"。在《廉颇蔺相如列传》中,作者通过完璧归赵、渑池之会、将相交欢等历史事件的生动描绘,塑造了蔺相如这样"先国家之急而后私仇"、在强暴者面前勇敢机智地维护国家安全和荣誉的爱国者形象,又塑造了廉颇这样率直豪迈、勇于改过、深明大义的老将军形象。在《李将军列传》中，作者以极其敬佩的感情为这位同时代的名将立传。李广一生“与匈奴大小七十余战”，屡立战功，威震敌胆，却一再受到压抑和排挤，最后不得“引刀自到”。作者对此一洒同情之泪，这既是对李广的感慨，也是对自己的不幸命运的喟叹。

第三节 《史记》的文学成就及其文学史地位

《史记》开创了我国纪传体的史学，同时也开创了我国的传记文学。《史记》中的本纪、世家、列传，都以人物为中心，通过记录人物活动来反映现实，因而能够比较集中地刻画人物性格，完整地表现人物的遭遇和命运，使作品具有明显的文学性质，同时也体现了作者对历史和现实的深刻批判和强烈爱憎，做到“不待论断而于序事之中即见其指”（顾炎武《日知录》卷二十六）。

简而言之，塑造了众多的栩栩如生的人物形象，是《史记》对中国古典文学的杰出贡献。更为可贵的是，《史记》的作者不是客观主义地描写人物，而是在几乎每个人物身上都倾注了作者的爱憎，这在中国文学史上具开创性的意义，它为后世以写人物为中心的小说、戏剧等叙事文学树立了楷模，提供了丰富的经验。

《史记》是一部伟大的历史文学名著。作为历史著作，它忠实于历史的记载，所以刘向、扬雄、班氏父子都称之为“实录”。司马迁塑造历史人物，首先得力于他对于历史材料的选择、剪裁和集中。《留侯世家》中提到留侯“所与上从容言天下事甚众，非天下所以存亡，故不著”，这就是说，作者要写的是那些最能表现人物特点的言与行。换言之，成功地选材与剪裁是历史文学成功的第一诀窍。《史记》的成功经验是，在充分把握史料的基础之上，先求得对所写人物的思想和性格有一个总体性的明确认识。在此基础上，抓住一个人物一生中最具有典型意义的事件和行动，剪裁取舍，穿插安排，突出其主要特点。

如《项羽本纪》一文，对这位叱咤风云、不可一世，八年之中骤起骤灭的悲剧英雄，作者紧紧抓住其“力拔山兮气盖世”的霸王气质，表现他英勇善战、勇猛剽悍的气概，和胸无大志、寡谋轻信的性格。对他 24 岁起兵以前的生平只略加点染，侧重写其起兵反秦直至兵败自刎的八年。这八年之中，又以巨鹿之战、鸿门之宴、垓下之围作为重点。巨鹿之战，项羽杀卿救赵，摧毁暴秦主力，从根本上扭转了秦末农民大起义的军事形势，并由此登上历史舞台。鸿门之宴，由于他对反秦斗争胜利后的总局势缺乏基本认识，陶醉于军事斗争的赫赫武功之中，在和刘邦集团的斗争中一再陷于被动，种下了日后败亡之根。垓下之围，大势已去，他又不能忍辱偷生，以图东山再起，终至乌江自刎。这三件大事，概括了项羽一生的主要线索，揭示了项羽败亡的原因。作者抓住这三点，也就写活了项羽其人。

再如《李将军列传》。李广是汉代名将，他的一生，是才高命蹇的一生。司马迁基于对李广这一传奇人物的这一基本理解，着重突出其无双的才气和悲惨的命运。为此，传记从李广一生 70 多次战斗中，选取了三次凶险异常的战斗来加以描写。这三次战斗，李广都没有什么赫赫战功，但是，一般的将领遭此凶险早已身亡命丧，而李广却能够在这众寡悬殊的战斗中安然脱身。李广的才气还表现在善射之上。传记中一再突出李广的这一绝技，如用匈奴三位射雕者所做的对比映衬，三次战斗中以善射挫败敌兵的锐气，以及射虎入石这一极富传奇色彩事件的记述。第三，李广的才气还表现在治军的简易之上。李广的治军是以才将之法带兵，与此形成对比的是名将程不识以常将之法带兵。因此，李广带兵，一任自便。行军没有整齐的行列，宿营也取自由结合、择地自便的方法。军中没有繁文缛节，士兵省却了许多辛劳。这种带兵，前无古人，后无来者，非才而何？另一方面，传记又突出了李广的悲惨命运。李广为自己终身未得封侯而衔恨终生，而“人在下中，名声出广下甚远”的李蔡却“身为列侯，位至三公”。李广这位一代名将，最终在大将军卫青多挟私心的临阵调遣之中，因迷失道路而含恨自杀。

《史记》人物传记的成功之作都力戒一般的梗概叙述，也不是静止地介绍人物的言行，而是具体细致地写出人物之间的关系、矛盾和冲突，以突出人物的特点，塑造人物形象。如《魏公子列传》，作者抓住信陵君救赵存魏这一主要事件，具体细致地描写了信陵君不顾等级观念，与夷门监者侯嬴、屠者朱亥交往，以及“从博徒卖浆者游”的故事。通过这样细致的描写，突出了他仁而下士、勇于改过、守信重义、急人之难的性格。

《史记》善写大事，但也善写琐事以表现人物性格。一个人一生中的某些大事，是人物的一生成败得失的关键，抓住了它们，也就抓住了人物的一生。但是，《史记》还非常善于通过琐事揭示人物性格，以小见大。如《李斯列传》写李斯少时见仓中之鼠，食甘而少惊扰，厕中之鼠，食劣而多惊扰，不禁喟然长叹：“人之贤不肖，譬如鼠矣。”于是决定从荀子学帝王之术。这些琐事，都为后代的正史作者所摒弃，司马迁对此却不愿舍之，并由此写出了李斯对于名利的渴望与向往。李斯晚年在沙丘之变中，屈从于赵高之谋，个中或许不无决心保住仓鼠之位的念头。又如《万石张叔列传》，连用了石建奏事误书马字、石庆以策数马等细节，惟妙惟肖地表现了万石君一家父子五人的拘谨性格和惶恐心理。再如《陈丞相世家》写陈平为里宰分肉，《淮阴侯列传》写韩信受胯下之辱，张汤幼时审鼠，邓通为帝吸痈，都是借用小事末节来表现人物性格。这种写法犹如颊上添毫，虽然只是一笔一画，却有点睛之效。

《史记》善于在人物传记的叙写中插入紧张的富有戏剧性的场面描写，并在场面描写中揭示人物的性格特征。《廉颇蔺相如列传》中的秦庭献璧,《项羽本纪》中的鸿门之宴,《魏其武安侯列传》中的使酒骂座和东朝廷辩,都是脍炙人口的场面描写。例如著名的鸿门宴一段,宴会之前,项羽因个人自尊受到严重伤害而触发的怒火,用军事行动解决刘项两大集团矛盾的军事计划,已经被项伯所化解;加之鸿门相会之时,刘邦一番巧妙的说辞已经完全打动了项羽,甚至使他深感有愧。因此,宴会之上,项羽对范增的举玦示意才默然不应。范增见此情况,急招项庄舞剑,企图谋杀刘邦,但又被项伯遮蔽而未能如愿。在这一发千钧之际,樊哙的闯帐,他的赳赳武夫的勇猛气概,以及与刘邦遥相呼应、貌亢实卑的言辞,彻底扭转了刘邦危如履冰的险况,冲垮了剑拔弩张的气氛,刘邦趁此逃之夭夭。一场惊险紧张的宴会只得以范增气忿不止地撞破玉斗而告结束。

在这场紧张的场面描写之中,项羽的胸无大志、智浅虑短,刘邦的善于权变、巧于周旋,张良的智略超人、从容镇定,范增的急躁易怒、不善谋略,项伯的重义轻信、错判敌我,樊哙的勇猛强悍、善于辞令都得到了比较充分的刻画。这种紧张场面的描写,在先秦史传中都是没有的,它是《史记》的一大贡献。

《史记》长于在叙事之中寓褒贬爱憎,有强烈的抒情性。鲁迅先生称《史记》是"无韵之《离骚》",因为它是作者用全部心血写成的爱的颂歌,恨的咒曲,是一首饱含血泪的悲愤诗。但它和《离骚》的直抒胸臆不同,它把自己全部的爱憎寄托于笔下的人物形象之中,通过叙事寄寓褒贬。司马迁独特的经历,使他对人情世态有着深切的感受,使他更多地看到了历史的不公,人世的不平。因此,他常常把自己的深情融注于人物的叙写之中。如《屈原贾生列传》,他对屈原"信而见疑,忠而被谤"的遭遇充满无限的同情。他理解屈原的怨愤,也深深理解《离骚》的感情。同样,他对李广才高一世,而命运坎坷也寄于一腔同情。通览《史记》全书,作者对那些布衣闾巷之人和岩穴之士,以及才高命蹇、无可申诉者,无不写得一往情深，感同身受。《史记》寄褒贬于叙事之中，绝不仅仅限于少数篇章。他对历史上的许多忠臣良将，礼贤下士的公子王孙，急人之困、救人于危的游侠刺客，都给予同情赞扬。对那些寡廉鲜耻、欺主残民、暴虐昏庸、迷信荒唐之徒，则给予无情的鞭挞与斥责。《史记》中的少数篇目，通篇即以抒情为主，如《伯夷列传》，虽为列传，但叙述伯夷叔齐生平事迹的文字并不多，而反复的咏叹议论，则占了绝大篇幅。它其实是司马迁借伯夷叔齐的为人遭遇来抒发自己对人间是非颠倒的不平和愤慨的一篇抒情散文。就此而言，《伯夷列传》通篇都是在抒发怨愤不平的牢骚，只是“无韵”而已。《游侠列传》的序文也是一篇精彩的抒情散文。

《史记》的语言，就其整体而言，具有准确、灵活的特色。分而言之，则其人物语言和叙述语言又各有特色。

《史记》的人物语言，毕肖人物口吻和个性。如《项羽本纪》中刘邦至鸿门拜见项羽的那段辞令，一口一个“将军”，一口一个“臣”，极力把项羽的认识拖回到并肩作战的友军阶段，极力掩盖自己和项羽争夺天下的雄心，最大限度地满足项羽的自尊和虚荣，以便在军事力量强大到可以和项羽争雄之前，尽可能地避免一场毁灭性的军事打击。那种善于矫饰的心态，和以小兄弟自居的口吻，都表现得惟妙惟肖。再如《魏其武安侯列传》中韩安国在东朝廷辩中讲的那番话：“魏其言是也”，“丞相言是也”，“唯明主裁之”。表面看来，韩安国的发言圆滑世故，一副宦海浮沉多载的老官僚的腔调。但是，细加审度，这番话在圆滑世故之中仍不失公正之态。这番言辞，非常巧妙地表达了韩安国对魏其、武安双方都不愿得罪，又力求秉公处理二人矛盾的心态。《张丞相列传》，写周昌坚决反对刘邦废长立幼，由于情急心切，竟闹得口吃舌结：“臣口不能言，然臣期期知其不可！陛下虽欲废太子，臣期期不奉诏！”又如《平原君列传》毛遂自荐一节，确有“英姿雄风，千载而下，尚可想见，使人畏而仰之”(《容斋随笔·五笔》卷五)的艺术效果。

《史记》的叙述语言则以富于表现力独擅胜场。《史记》中直接写史实、发议论、抒感慨的文字，往往具有强烈的抒情性。比如《屈原贾生列传》叙述屈原遭遇的一段文字，作者运用夹叙夹议的方式，笔端饱含深情与爱憎，既可以使人们正确地理解屈原的伟大人格及其作品的伟大，又可使人们感受到一股巨大的道德力量，这正是司马迁通过自己的叙述体现出来的正义感所致。

《史记》中的另一部分叙述语言，即描写人物动作、情态的文字，精练而富有表现力，往往几个字就能渲染出环境气氛或人物的情态心理。如《项羽本纪》鸿门宴一节。刘邦入关后，没有充分估计到各反秦集团之间军事力量的大小，只抱着怀王先入关者为关中王的约法。急欲称王关中，封闭函谷关，过早地暴露了自己的政治雄心，以致引起拥有重兵的项羽的强烈不满。项羽盛怒之下，决定用武力解决刘项两大集团的矛盾。当张良把这一消息告诉刘邦时，"沛公默然"四个字准确地写出了刘邦此时的心态：焦虑、追悔、自责以至一筹莫展。

《史记》开创了"太史公曰"这一史论方式，成为人物传记的延伸与补充。《史记》在人物传记中还采用了不少民谣、俗语、谚语，增强了文章的表现力。如《魏其武安侯列传》中的"颍水清，灌氏宁；颍水浊，灌氏族"，暗示灌夫的悲剧结局。《李将军列传》中用"桃李不言，下自成蹊"写李广的不善言辞和人们的对他的敬仰。《货殖列传》中的"千金之子，不死于市"，"天下熙熙，皆为利来；天下攘攘，皆为利往"，"用贫求富，农不如工，工不如商；刺绣文，不如倚市门"。《白起王翦列传》中的"尺有所短，寸有所长"，《刘敬叔孙通列传》中的"千金之裘，非一狐之腋也；合榭之榱，非一木之枝也；三代之际，非一士之智也"。《春申君列传》中的"当断不断，反受其乱"等等。司马迁汲取这些来自民间的谣谚，使文章更富于表现力，而且也直接反映出人民的思想感情和愿望。

《史记》对后世的影响巨大。《史记》所蕴含的丰富的历史文化知识，和它所歌颂的诸多英雄人物，是民族精神力量的源泉。《史记》以前的史籍，只是记言、记事，既无专门写人之作，又无记文化、制度、生活方式之作。司马迁在《史记》的修撰中实践了一条原则，即历史是人类生活的记录，人类生活又是由人类创造的文化孕育形成的，民族性格、民族精神也是由民族文化熔铸形成的。所以他写《史记》，十分重视文化。著名的"八书"即是文化专史。其他如儒林士人，扁鹊仓公，刺客游侠，孙子吴起，伯夷叔齐，老庄孟荀，以至日者龟策，也都是文化史。这些丰富的历史文化知识在《史记》中得以弘扬。

《史记》褒贬分明，它所歌颂的许多历史人物，如项羽 、信陵君、鲁仲连、蔺相如等，对后世都影响极大，成为中华民族精神力量的重要源泉。《史记》标榜圣贤，为中华民族立极垂范，《史记》对民族道德的标举，《史记》显示的民族精神，都是中华民族的宝贵财富。

《史记》所体现的"其文直，其事核，不虚美，不隐恶"的"实录"精神，和"善序事理，辩而不华，质而不俚"的叙事才能，受到了后代许多历史学家和散文家的推崇。《史记》结构严谨，语言生动传神，善于安排情节、描绘场面、刻画人物，对后代的散文发展和小说戏曲的创作，都有着极为巨大的影响。

从散文发展史来看，《史记》把中国古代散文推向了一个新高峰。《左传》叙事，为编年体的体例所限，显得缺乏连贯与完整。《战国策》写人物较有特色，但又显得片片断断。而《史记》在叙事与写人两个方面都做出了巨大的贡献。因而，后世的散文大师如韩愈、柳宗元、欧阳修、苏轼、归有光、方苞、姚鼐等人，在反对形式主义和繁缛艰涩的文风时，都标榜《史记》，把它作为范本。

从小说戏曲发展史来看，《史记》对它们的影响主要有两点：第一，《史记》中的人物、故事，为后世的戏曲、小说提供了丰富的素材；第二，从手法上看，《史记》为叙事型的小说、戏曲提供了丰富的创作经验。

第四节 班固和《汉书》

班固(32～92),字孟坚,扶风安陵(今陕西咸阳)人。其父班彪,字叔皮,是当时著名学者。曾作《史记后传》65篇,续写《史记》。班固23岁时班彪去世,班固还乡三年。汉明帝永平元年(58),开始私撰《汉书》。五年后被人告发私改国史,被捕入狱,其弟班超上书辩解,才得以获释。明帝赏识班固的史学才华,召为兰台令史,一年后转为郎,典校秘书。班固自明帝永平中奉诏修撰《汉书》,历经20多年,至章帝建初七年(82)基本完成《汉书》的写作。汉章帝建初四年(79),诏诸王、诸儒于白虎观讲五经异同,令班固撰写此事,编成《白虎通义》。和帝永元元年(89)班固随大将军窦宪出征匈奴,任中护军,窦宪获罪,班固被牵连入狱,死于狱中。班固死后,《汉书》尚未全部完稿,部分章、表由其妹班昭和马续二人补充整理而成。

班固是东汉前期著名的辞赋家,所作有《两都赋》、《答宾戏》、《幽通赋》等。其中《两都赋》为萧统《文选》列为首篇,历来为文人所重。他为窦宪出征匈奴所作的《封燕然山铭》,为传世名作。《隋书·经籍志》有《班固集》17卷,已佚。明代张溥辑有《班兰台集》。

班固写《汉书》的目的是宣扬汉德、突出汉家帝业。他对《史记》将汉帝“编于百王之末,厕于秦项之列”,颇为不满。他认为“汉绍尧运”,功德高厚,理应大书特书。因此,《汉书》中的儒家正统思想相当浓厚。班固不是汉代最伟大的作家,但他却是汉代最正统的作家,他的《汉书》是大汉文章的正统之作。这是因为他生活在罢黜百家、独尊儒术的一百多年之后,风气移人,已成气候。所以文章也就很有大汉王朝一统天下的时代气息和时代特征。

《汉书》作为第一部断代史，它的出现也并非偶然。班固所处的时代，正是东汉前期，此时的封建王朝，经历了西汉末年的大乱，又重新得到相对的稳定。东汉王朝的统治者为了进一步巩固政权，需要总结前朝的历史经验。而司马迁的《史记》，只写到汉武帝太初年间，天汉以后缺而未录。这就不能反映出西汉一代由开国、兴盛到衰败的全面情况。汉代学者曾缀集时事来续补《史记》，而当时的统治者认为这样不能突出汉代，不能有效地宣扬“汉德”，因此认为并不可取。班固创作断代史的《汉书》，正适应了统治者的上述要求。

《汉书》是西汉一代的纪传体断代史，记事起于汉高祖刘邦元年（前206），终于王莽地皇四年（23）。全书包括十二本纪，八表，十志，七十列传，共一百篇。武帝以前的记载，大部分沿用《史记》的原文，武帝以后的史实，主要由班固撰写。《汉书》的体例与《史记》相同，所不同者，为改“书”为志，取消“世家”并入“列传”。所以历来有“史汉”（《史记》、《汉书》）、“班马”（班固、司马迁）之称。

《汉书》写成后，由于其文字艰深，东汉时已有应劭、服虔作注。至唐，颜师古汇集前人23家的注释，作《汉书》新注，流传至今。清人沈钦韩的《汉书疏证》、王先谦的《汉书补注》和近人杨树达的《汉书管窥》也很有价值。

《汉书》暴露了统治阶级内部的矛盾和斗争。汉代统治阶级内部，经常爆发以王权为中心的权力斗争。《汉书》中的一些纪传真实而充分地反映了这种斗争的复杂性。王子之间的明争暗斗是其一。如《武五子传》叙述汉武帝五个儿子在他生前身后围绕着帝位继承问题展开的长期争夺。太子刘璩本是合法的继承者，因与武帝近臣江充有矛盾，受江充诬陷，被迫矫诏发皇宫兵捕杀江充，却被丞相战败自缢，其三男一女及其母卫皇后皆遇害。朝臣与官僚之间的相互陷害是其二。如张汤陷害严助（《张汤传》、《严助传》），公孙弘排主父偃（《公孙弘传》、《主父偃传》），石显谗贾捐之（《贾捐之传》),王章劾王凤(《杜周传》)等等,这类事件在《汉书》中屡见不鲜。皇帝的嫡系与庶系之间勾心斗角是其三。如《外戚传》中披露汉宫深处“争宠相害”的种种阴谋:霍光妻指使女医淳于衍毒死许皇后而立自己的女儿为皇后,赵飞燕姊妹在成帝刘骜后宫专宠十余年的丑史,曹宫人“御幸”产子、惨遭赐死之事等等。

《汉书》表现了统治阶级的贪污腐化、奢侈淫乐和社会风气的腐败。如《张禹传》写张禹广买良田,整天置酒设乐,“妇女相对”的奢淫情状;《外戚传》描绘上官安骄横淫恶,“醉则裸行,内与后母及父诸良人、侍御皆乱”的丑闻;《主父偃传》揭露主父偃肆无忌惮地贪污受贿、倒行逆施的变态心理。

《汉书》反映了人民的痛苦生活和对统治阶级的反抗斗争。如《食货志》记叙社会经济凋敝,官吏盘剥,天灾人祸,民不聊生。《贾捐之传》通过文武二帝赋役轻重的对比,有力地谴责了武帝一心对外扩张,不顾人民死活的不义之战,表达了作者对人民的深切同情。《咸宣传》、《王莽传》反映了如火如荼的农民起义。

《汉书》歌颂了忠于祖国、抵御外侮、坚持民族气节的英雄人物,鞭挞了投敌叛国、屈辱妥协、自私软弱的无耻之徒。如《苏武传》、《张骞传》歌颂了两位不失民族气节的人物;《西域传》、《冯奉世传》、《赵充国传》描述了一些御侮西羌的爱国名将形象。

《汉书》是东汉史传文学的代表作。

题材丰富,剪裁适当。《汉书》反映现实的笔触广泛,它记述了西汉二百多年的历史大事,社会的经济文化、典章制度和朝野上下的各种人物。《汉书》的人物传记是宫廷内外、朝野上下各阶层人物的画廊。就其写个别人物而言,它既采前史遗事,又旁贯琐事逸闻,在此基础之上加以选择取舍。如《霍光传》既涉及他生前身后有关的重要人物事件,又从他秉政二十多年的漫长生涯中选取武帝托孤、辅政昭帝、废昌邑王和拥立宣帝四件大事加以集中描述,以此表现他忠于汉室、独操汉柄、沉静详审而又专横恣肆的性格。

《苏武传》表现苏武的爱国思想和民族气节，也是从苏武一生八十多年中，重点截取、描述出使匈奴，羁留匈奴的19年。而在这19年的漫长岁月中，作者又选择诱降逼降、幽禁断食、北海牧羊、李陵劝降等几个关键性事件加以记述。

善用对比衬托，突出主要人物和中心思想。《朱买臣传》用对照手法刻画朱买臣在贫与富，得与失的不同处境下的精神面貌和炎凉世态。他在家卖薪时为人坦直、朴实、乐观，以至妻不堪贫耻而另适他人；他在"待诏"时为官吏等所鄙夷不顾；及至发迹，他乔装回乡，尽情捉弄地方官吏，出尽他们的丑态。最后叙述他与忘恩负义的张汤勾心斗角，终使张汤自杀，他也被诛，深刻地写出他奸诈、刻薄、狭隘的心理。《苏武传》以卫律、李陵、张胜衬托和对照苏武，使苏武的形象更真挚感人。

精练生动的白描手法。《汉书》特重写史，在写作上遵循修史的原则，不事夸饰虚构。但是，它写人叙事，往往能抓住主要特征，选择精练的语言照实勾勒，细致地加以描绘，这种白描手法是《汉书》的基本艺术手法。如《张禹传》如实地叙写张禹儿时观卜学经，为官则附下媚上，持禄保位，动辄称病，老来治冢争地。作者正是按照人物事件的本来面貌作客观冷静的介绍，而作者的思想倾向则蕴含在人物的活动和事件的发展过程中。

章法严谨，脉络清晰。《汉书》的布局，多用顺叙之法，按人物活动、事件发生的时间先后为线索依次描写，但有时也杂以插叙、倒叙、补叙、夹叙夹议等笔法，使文章结构严谨，错落有致，主线突出，脉络分明。如《李夫人传》，首段说李夫人以"妙丽善舞"得宠，少而早卒；次段倒过来着重写她临死前的可怜情态；三段再具体写她死后武帝对她的无限思念，如何画遗容，如何赋诗悼亡；末段简略补叙李家族灭的结果。首尾完整，突出了汉武帝和李夫人的关系。

第四章 汉代诗歌

第一节 汉代乐府民歌

乐府，本是古代朝廷设立的掌管音乐的官署名称。最早设置于秦朝。汉武帝时，扩大了乐府的规模职能，其主要任务除制定乐谱、培训乐工外，还兼采集民歌。所以，《汉书·艺文志》有“孝武立乐府而采风谣”的说法。汉人称乐府所演奏之诗曰歌诗，后人则称为乐府诗，简称乐府。于是，“乐府”一词便由最初的音乐机关的名称演变而为一种带有音乐性的诗体的名称。魏晋以后，许多文人袭用乐府旧题或模仿乐府体裁进行创作，文学史上亦称此类作品为乐府。

汉代乐府诗主要由贵族文人乐府诗、乐工自制乐府诗和采自民间的“街陌谣讴”乐府诗三部分组成。其中采自民间的“街陌谣讴”，即文学史上常提及的乐府民歌，从思想艺术而论成就最高，是汉乐府中的菁华。

汉代统治者采集民歌主要是配以乐章，供朝廷宴饮享乐之用，同时亦有“观风俗，知薄厚”(《汉书·艺文志》)，藉此了解民情风俗的目的。前者出于现实生活的需要，后者则源于古代采诗观风的制度。汉代采集民歌的范围是极其广泛的，“赵、代之讴，秦、楚之风”，无所不及，遍布今黄河流域和长江流域。同时，在采诗数量上亦相当可观。据《汉书·艺文志》，仅西汉所采民歌就有138首。实际上远不止这个数。可惜这些诗大多亡佚。今所存者，汉乐府民歌总共不过五六十首左右，且多是东汉时作品。乐府诗的亡佚，同西汉哀帝罢乐府有直接关系，同时，文人加工润色使其失去乐曲题目也是不可忽视的原因。

最早对汉代乐府诗进行纂录的当属班固的《汉书·艺文志》。但班书仅录庙堂乐章，汉代民间谣讴则只列篇数而无篇目。真正对汉乐府民歌最早进行著录的是沈约的《宋书·乐志》。至宋人郭茂倩编《乐府诗集》又有所增广。《乐府诗集》是现存最早的乐府诗总集，共收罗汉魏至五代乐府诗为100卷，分12类。其中，汉乐府民歌主要保存在"相和歌辞"、"鼓吹曲辞"和"杂曲歌辞"三类中。

汉乐府民歌继承了《诗经》"感于哀乐，缘事而发"(《汉书·艺文志》)的现实主义传统，歌时歌事，抒悲叙情，真实而深刻地反映了汉代广阔的社会现实和劳动人民的生活风貌、思想情绪，有着丰富的思想内容和深刻的社会认识价值。概括来讲，汉乐府民歌的思想性主要表现在以下几个方面。

一、对战争、徭役的揭露和诅咒。汉代统治者是在反对秦的徭役和暴政的农民风暴中建国的，但汉代人民并未因之而摆脱战争徭役的痛苦。尤其是武帝之后，战争频仍，穷兵黩武，这必然带来徭役的苛重，更何况战争本身就是残酷的。因此，对战争徭役的揭露和诅咒便自然成为汉乐府民歌的重要主题。

《战城南》属《鼓吹曲辞》中的《铙歌十八曲》，一般认为是西汉武帝时作品。诗借托死者自道之语，描写了战死沙场、不被哀悼、反为乌鸦啄食的士卒的悲惨境遇，在"禾黍不获君何食，愿为忠臣安可得"的悲怨中，诅咒了将帅的腐朽无能和不恤士卒。此诗赋予死者以生者的心理意识，想象丰富，构思奇特，白描之中深蕴悲凉不平之意，被誉为千古诅咒战争之绝唱。

如果说《战城南》描写的是战死疆场者的深深悲哀，那么，《十五从军征》则描写的是久戍在外、侥幸生还者的痛苦悲伤：

十五从军征，八十始得归。道逢乡里人："家中有阿谁？"

“遥望是君家，松柏冢累累。”兔从狗窦入，雉从梁上飞。中庭生旅谷，井上生旅葵。舂谷持作饭，采葵持作羹。羹饭一时熟，不知贻阿谁。出门东向看，泪落沾我衣。

诗通过对一个卫国一生却家破人亡的老兵的不幸遭遇及其心理活动的描写，揭露了兵役制度的残酷和不合理，反映了战争带给死者和幸存者的共同灾难。全诗以景衬情，刻画生动，催人泪下。

另外，《东光》描写征南士兵因环境险恶而产生厌战情绪，也是其中的名篇。

二、反映人民流离失所的漂泊生活和贫困悲惨的社会境遇。因统治者的残酷压迫和剥削，汉代人民家破人亡，流离失所。《艳歌行》通过“兄弟两三人，流宕在他县”的坎坷经历，抒发了“远行不如归”的思亲怀乡之情。而最能表现漂泊者的不幸和痛苦的当属《悲歌》：

悲歌可能当泣，远望可以当归。思念故乡，郁郁累累。欲归家无人，欲渡河无船。心思不能言，肠中车轮转。

诗通过漂泊在外的游子“思念故乡”，而“欲归家无人”的描写，把漂泊者寻觅精神家园而不得的具有本体意义的痛苦形象地表现了出来。抒情深婉真挚，比喻生动形象，具有力透纸背的艺术效果。

离家者无日不在思乡怀亲，而在家者又何尝不为痛苦和贫困所折磨！《孤儿行》、《妇病行》即表现了这种痛苦。《孤儿行》塑造了一个“父母在时，乘坚车驾驷马”，父母死后，备受兄嫂虐待奴役的孤儿形象。此诗暴露了汉代封建家庭中存在的严重的社会问题，揭去了儒家礼教蒙给社会的温情脉脉的虚伪面纱。《妇病行》则通过一个妇死托孤、父子交困的家庭悲剧的描写，反映了汉代劳动者在残酷的剥削下挣扎于死亡边缘的真实的生活惨状。汉乐府民歌中无论是对游子漂泊的描绘还是对生活贫困悲惨、备受奴役压迫的劳动者的刻画，都深刻地反映了那一社会的真实面貌，是观照汉代社会的一面镜子，具有重要的思想意义和社会认识价值。

三、反映统治者对劳动人民的巧取豪夺、剥削压迫和劳动者的反抗。汉代统治者一方面骄奢淫逸，一方面对劳动者又巧取豪夺，剥削压迫，使广大劳动者"常衣牛马之衣，食犬彘之食"，"卖田宅，鬻子孙以偿债"。如果说《孤儿行》反映的还仅是家庭成员之间的奴役，那么，《妇病行》则是直接因统治者的剥削压迫所致。《平陵东》正是这样一首正面揭露统治者巧取豪夺的诗。诗写光天化日之下一群官吏将"义公"劫到"高堂"官府，逼他"交钱百万两走马"。诗以幽默又不失悲怆的语调，控诉了官吏对无辜平民的公然的敲诈勒索，有深刻的社会意义。

哪里有压迫，哪里就有反抗。《陌上桑》通过罗敷拒绝太守无耻求婚的描写，揭露了汉代官吏的荒淫无耻，表现了劳动者的反抗情绪。最能体现劳动者反抗精神的是《东门行》：

> 出东门，不顾归，来入门，怅欲悲。盎中无斗米储，还视架上无悬衣，拔剑东门去，舍中儿母牵衣啼："他家但愿富贵，贱妾与君共哺糜。上用苍浪天故，下当用此黄口儿。今非！""咄！行！吾去为迟，白发时下难久居。"

此诗通过东门贫汉出而复入，入而又出的举动的描写，反映了劳动者走投无路，忍无可忍之下铤而走险进行反抗的自觉意识，揭示了官逼民反的道理，预示了波澜壮阔的农民风暴到来前的普遍的社会心理。

四、反映婚姻、恋爱、家庭问题，控诉封建礼教和封建婚姻制度对男女爱情的摧残和扼杀。汉乐府民歌中有许多反映弃妇怨女的诗篇。《白头吟》写一个被遗弃的女子同她的情人决绝的情形，表现了汉代广大妇女的痛苦和不幸。《上山采蘼芜》通过弃妇"上山采蘼芜，下山逢故夫"的一段对话，揭示了劳动妇女被视为生产工具的悲剧地位，抨击了故夫喜新厌旧的丑恶嘴脸。但汉代妇女并非都是逆来顺受，民歌中还表现了她们对爱情的追求和对封建礼教的反抗。《有所思》写一个女子在爱情波折时的坚决态度和激烈情绪，表现了她对“有他心”的男子的热烈的爱，沉痛的恨，塑造了一个追求爱情专一、感情真挚、富于反抗性格的女子形象。《上邪》是一首女子表白心迹的诗。诗中举出五种天地间不可能有的现象来抒发自己对自由爱情的矢志不渝的追求，表现了女子敢于冲破封建礼教束缚的反抗个性。全诗写情奔放热烈，极富有浪漫色彩，被称为短章中的神品。

此外，汉乐府民歌中还有反映及时行乐、企慕神仙、言理说教的诗。

汉乐府民歌在艺术上也取得了极高的成就。

汉乐府民歌最大最基本的艺术特色是它的叙事性。《诗经》中虽有叙事性很强的作品，如《氓》、《谷风》、《东山》等，但基本上是以抒情为主。汉乐府民歌继承和发展了《诗经》的叙事成分，形成了自己独特的叙事风格。首先，《诗经》中的叙事多采用第一人称。第一人称的叙事方式本身就不免有浓郁的抒情色彩。汉乐府民歌的叙事则基本采用第三人称，如《陌上桑》、《东门行》、《妇病行》等。叙事视角的转换使诗歌的叙述模式发生了根本的变化。汉乐府民歌关注的是故事本身的意义，这必然要求出现情节相对完整的故事作品。也正是这一叙述模式的变化，使汉乐府的故事叙事性同《诗经》的抒情叙事性有了明显的创作分野。其次，汉乐府民歌的叙事虽强调情节的相对完整，但并不注重对故事本身的来龙去脉的历时性展示，而是抓住一个生活的横断面即事件的瞬间进行共时性的铺展描述。这就使汉乐府民歌的叙事具有戏剧化、典型化、场面化的特点。总之，叙事视角的转换，叙事的戏剧化、典型化、场面化，是构成汉乐府民歌叙事性的最突出的因素。它标志着汉乐府民歌作为我国古典叙事诗已进入完全成熟的发展阶段。

汉乐府民歌善于通过个性化的语言和典型的细节来表现人物的性格特征。如《陌上桑》用“下担捋髭须”，“脱帽著绡头”写老年和少年见到罗敷时的神态，《艳歌行》用“斜柯西北眄”写丈夫对妻子的猜忌心理，惟妙惟肖，入骨三分，既显示了民歌的活泼性，又增强了诗的形象性。再如《东门行》中夫妻的对话和《上山采蘼芜》中的对话，也都显示了说话者各自不同的心态，很有典型性。

汉乐府民歌的语言具有一种口语化倾向，朴实无华，不加雕饰，但又有浓厚的感情色彩，给人一种朴拙的美，如宋长白《柳亭诗话》评《孤儿行》、《妇病行》所说："情与境合，口语心计之状，活现笔端。"胡应麟《诗薮》说："汉乐府歌谣，采摭闾阎，非由润色，然而质而不俚，浅而能深，近而能远，天下至文，靡以过之。"概括地指出了汉乐府民歌的语言特色及其形成原因。

形式多样，整散不拘，也是汉乐府民歌的很突出的特色。汉乐府民歌没有一定的章法，从一二字到八九字都有运用。大多数诗不同于《诗经》的四言形式，而是以五言或杂言形式来结构全篇。它的杂言诗，长短随意，错落有致，给人一种回环错综的美感，如《妇病行》、《东门行》等。它的五言诗读来也流畅自如，绝无滞累的毛病，如《陌上桑》、《十五从军征》等。这些为汉代文人五言诗的形成奠定了基础。

汉乐府民歌中有的诗还善于比喻和铺排。如《陌上桑》对罗敷的物饰、器饰、衣饰的描写即运用铺排的手法。《悲歌》中用"心思不能言，肠中车轮转"来写漂泊者的惆怅，比喻生动贴切，富有形象性。有的诗则充满浓郁的浪漫色彩。如《枯鱼过河泣》、《战城南》等，想象奇特，构思巧妙。《陌上桑》更是从创作手法到创作精神都表现出了浓厚的浪漫色彩，体现了汉乐府民歌高超的艺术表现力。

总之，汉乐府民歌内容丰富，思想深刻，有鲜明而高超的艺术性。它不但在汉代文学中占有重要地位而且在整个中国文学史上也占有重要地位，对后世诗歌创作产生过深远的影响。

辑存汉乐府民歌较多的是《宋书·乐志》和宋人郭茂倩的《乐府诗集》。

第二节 《焦仲卿妻》

《焦仲卿妻》最早见于陈朝徐陵编的《玉台新咏》，题作《古诗为焦仲卿妻作》。作者无考。因诗首句"孔雀东南飞"形象生动，意象优美，故后世常以此命篇。诗产生于东汉末年的建安年间，后可能经过文人的加工润色。

《焦仲卿妻》共 350 余句，1700 多字，是我国古代最长的叙事诗。它代表了汉乐府民歌叙事诗的最高成就，也是我国文学史上现实主义诗歌发展的重要里程碑，在文学史上具有重要地位。

这是一首反映男女婚姻爱情悲剧故事的杰作。诗写一对感情甚笃的夫妇——焦仲卿和刘兰芝，由于刘兰芝不堪焦母的驱使和虐待，被迫休遣；回娘家后，又遭刘兄所逼，强迫改嫁，为了忠贞不渝的爱情，刘兰芝投水自杀，焦仲卿也自缢于庭树。这首诗具有深刻的思想意义和社会意义。它通过对焦刘夫妇有情而不能相亲相守，双双殉情又被"合葬"的悲剧的描写，以血的事实，揭露了封建礼教和封建家长制吃人的罪恶，热情讴歌了焦刘夫妇忠于爱情，宁死不屈，反抗封建恶势力的斗争精神，表达了广大人民争取婚姻自主、爱情自由的必胜信念。

《焦仲卿妻》最突出最成功的艺术成就是塑造了几个性格鲜明、又有高度艺术典型性的人物形象。如刘兰芝、焦仲卿、焦母、刘兄等。

刘兰芝是一个美丽、善良、勤劳、刚强而又富有反抗精神的女性。她从小受到了封建礼教的严格教育，但她的行为又为封建礼教的代表者焦母所不容。"三日断五匹，大人故嫌迟"的残酷现实，使她意识到了自己被奴役被当做劳动工具的可悲地位，也培养了她反抗的性格。所以，面对焦母的非人虐待，她自请遣归，以示反抗；面对刘兄的淫威，她仰头作答，倔强不屈；最后又以死来反抗。这都表现了她自尊自信，维护人格尊严的性格特征。但刘兰芝又是一个柔情和善、忠于爱情的女性。同小姑话别，她温柔和善，泪流满面；同丈夫焦仲卿更情意绵绵，两情依依；即使在遣归辞别焦母时，她也是恪守孝道，处处为焦母考虑。这又反映了刘兰芝善良、温柔的一面。两相结合，血肉丰满，使刘兰芝成为我国古代文学史上一个不可多得的典型的人物形象。刘兰芝的死，是为了维护女性的人格自尊，是为了维护爱情的忠贞纯洁。她最终走上以死反抗的道路，深刻揭示了封建礼教吃人的本质，有着深刻的社会意义。

焦仲卿也是一个具有反抗性格的人物形象。作品真实而形象地描述了他由懦弱而走向抗争的性格变化过程及其内在心理情感的矛盾。他的死也是对封建礼教封建家长制罪恶的揭露。

作为封建礼教和封建家长制的代表焦母和刘兄，作品描写也相当成功。尽管着墨不多，焦母的泼辣专横、不讲情理，刘兄的势利庸俗、贪暴冷酷亦跃然纸上，使人认识到了焦刘夫妇爱情悲剧的深刻的社会根源和思想根源。

通过个性化的语言和典型的行动细节来展示人物的性格，是此诗塑造人物形象最突出的艺术手法。如用“捶床便大怒”的动作写焦母的泼辣专横，用“举手拍马鞍”的细节写刘兰芝对焦仲卿的渴盼而又抱怨的复杂心理，都生动传神。诗中人物语言也极有个性化，“杂述十数人口中语，而各肖其声音面目”（《古诗源》），如焦母“小子无所畏，何敢助妇语。吾已失恩义，会不相从许”的话，活脱出一个专横蛮不讲理，又冷酷无情的恶婆婆形象。另外，诗还善于利用环境景物或场面的铺陈描写来烘托气氛，映衬人物的内在心态。如对太守迎亲的热闹场面的铺陈，来映衬焦刘爱情的悲剧，给人以强烈的艺术感染力。再如用“今日大风寒，寒风摧树木，严霜结庭兰”的凄凉景色来映衬焦仲卿悲哀的心境，也增加了诗的艺术效果。诗中还不时进行抒情性的穿插,如“举手长劳劳,二情同依依”,“生人作死别,恨恨那可论”,又使叙事之中充溢着鲜明的抒情色彩,对表现人物性格增强人物形象的思想感情也起到了很好的作用。

这首诗情节波澜起伏,结构严谨细密,叙事详略得当,剪裁布局合理。诗开头没有采用顺叙的方法交代兰芝婚前婚后的生活经历,而是通过兰芝的口讲出来,并单刀直入引入婆媳矛盾,既节省了笔墨,又使诗歌结构紧凑,中心突出,不蔓不枝。诗中情节虽多有场景的转换,但始终紧扣焦刘同焦母的矛盾、兰芝同刘兄的矛盾来展开,同主题本身无关的则略而不写。这样安排故事情节,既使全诗生动曲折,又主线突出;既结构严密,又开阖自如,显示了高超的艺术技巧。

最后,此诗虽是一首现实主义的杰作,但其中表现出浓烈的浪漫色彩。如诗的结尾处写焦刘墓地梧桐松柏枝叶交映,鸳鸯双双日夕和鸣,象征焦刘爱情的不朽,从精神到表现手法都是浪漫的,既增加了诗的神奇性,又深化和升华了诗的主题。

《焦仲卿妻》以其深刻的社会思想意义和高超的艺术成就将永耀中国诗坛。

第三节　文人五言诗

五言诗是我国古典诗歌的主要形式,它同其他诗歌形式一样都来自民间。文人五言诗即是在五言民间歌谣和五言乐府民歌的影响下产生和发展起来的。

五言民间歌谣在我国很早就有流传。先秦民歌谣讴中已有五言句式。到了秦始皇时代,已出现了相对独立的五言形式的歌谣,如保存在晋杨泉《物理论》中的《长城歌》。这可说是五言诗的雏形。随着时代的发展，五言歌谣也越来越多。如《汉书·五行志》中的成帝时童谣："邪径败良田，谗口害善人。桂树华不实，黄雀巢其巅。昔为人所羡，今为人所怜。"不但形式完整，而且音节协畅，还用了比兴手法。这说明至迟在西汉后期民间五言歌谣的形式已基本定型了。这些五言歌谣大量地被采入乐府，在现存的两汉时期的乐府民歌中，就有五言形式的作品，由于它形式新颖、活泼，同四言诗相比更能深刻而详切地表现人的思想感情，句式也较四言诗灵活，所以，文人们便开始向它学习，并模仿进行创作。于是，文人五言诗便出现了。

汉初文人诗作主要还是沿袭《诗经》的四言体和模仿屈原等楚辞作家的楚歌体，文人五言诗还没有出现。相传枚乘、苏武、李陵曾作有五言诗，但证据不足，皆不可信。文人五言诗确切地说是到东汉才有的。最早出现的文人五言诗是班固的《咏史》。但班诗"质木无文"，写法上还较稚拙。不过这已是一首典型的文人五言诗了。班固之后又有张衡的《同声歌》。到了东汉桓灵之际，五言诗的作者逐渐增多，并出现了一些著名的五言诗篇，如秦嘉的《赠妇诗》三首、蔡邕的《翠鸟》诗、郦炎的《见志诗》、赵壹的《刺世嫉邪诗》、辛延年的《羽林郎》、宋子侯的《董娇娆》等。这些诗歌由于刚脱胎于乐府民歌，所以在写法上还具有浓厚的民歌风味。如辛延年的《羽林郎》关于胡姬服饰铺陈的描写，明显看出是对乐府民歌的《陌上桑》的模仿。另外，除这些有名作者的作品外，还有一些无名氏的五言"古诗"。如《古诗十九首》和相传为苏武李陵的"苏李诗"，也都是此一时期产生的。尤其是《古诗十九首》的出现，标志着汉代文人五言诗已进入了成熟的新阶段，代表了汉代文人五言诗的最高成就。

《古诗十九首》的名称最早见于梁昭明太子萧统编的《文选》中，是一组无名氏文人五言抒情诗。它的作者不是一人，创作也非一时一地。因其风格内容大体相近，故被萧统编在一起，称为古诗。据多数学者研究考订，这组古诗当作于东汉末的桓灵时期，作者是生活于中下层的知识分子。今人隋树森的《古诗十九首集释》和马茂元的《古诗十九首初探》可资参考。

由于它不是一人一时一地之作，所以内容相当复杂。大率闺人怨别，游子怀乡，游宦无成，世态炎凉，及时行乐等思想感情都有描写。概括来讲，可分为两大类：一是描写游子思妇别离相思之苦的，如《行行重行行》、《涉江采芙蓉》、《冉冉孤生竹》等；一是抒发仕途失意和生死之悲的，如《驱车上东门》、《生年不满百》等。

东汉末年，主荒政谬，政治黑暗，外戚宦官专擅朝政，中下层文人仕进无路，报国无门。为了功名，他们又不得不离乡游宦，奔走京师。这就出现了大批的“游子”。外有游子，内必有思妇。游子思妇是同一根源造成的。十九首中的游子思妇诗即反映了这部分人的生活和真实的思想感情。如《行行重行行》：

> 行行重行行，与君生别离。相去万余里，各在天一涯。道路阻且长，会面安可知？胡马依北风，越鸟巢南枝。相去日已远，衣带日已缓。浮云蔽白日，游子不顾返。思君令人老，岁月忽已晚。弃捐勿复道，努力加餐饭。

诗通过“与君生别离”后思妇由思而疑，由疑又自慰的情感的细腻描写，表现了女主人公内心深处的痛苦和细微的心理变化。比兴贴切，生动形象，写情深婉，韵味无穷。再如《冉冉孤生竹》写新婚夫妇的离别，在“伤破蕙兰花，含英扬光辉。过时而不采，将随秋草萎”的比兴象征中，抒发了女子对自身命运的哀叹和时光如流、青春虚度的悲伤，也非常感人。

思妇之情哀怨绵长，游子怀乡之意也抽绎不尽。如《涉江采芙蓉》：

> 涉江采芙蓉，兰泽多芳草。采之欲遗谁？所思在远道。还顾望旧乡，长路漫浩浩。同心而离居，忧伤以终老。

诗通过采摘芳草而无所赠，想望旧乡而不能归，抒发了游子对故乡的思恋和“同心而离居，忧伤以终老”的感伤。意境深浑，韵味深厚。

十九首中还有许多表现游宦无成，仕途失意而哀叹世态炎凉，生死之悲的诗。这些诗在伤时失意之中又往往充满浓郁的感伤情调和及时享乐的思想意识。他们意识到了生命存在的短促，“人生非金石，岂能长寿考?”因此，渴望在有限的生命时限中求得功名，但现实并没有给他们提供进身仕途的机会。于是在“盛衰各有时，立身苦不早”，“何不策高足，先据要路津”的“荣名”不能实现时，他们便滋生了无限的感伤和生命的惆怅，甚至以及时享乐来排解内心的苦闷和面对人生短促、功名难成的无可奈何的痛苦。于是，这种情绪便大量流溢于诗中：

> 生年不满百，常怀千岁忧，昼短苦夜长，何不秉烛游？为乐当及时，何能待来兹?
>
> 浩浩阴阳移，年命如朝露，人生忽如寄，寿无金石固。万岁更相迭，圣贤莫能度。服食求神仙，多为药所误。不如饮美酒，被服纨与素。

这些诗中，固然表现了当时中下层文人仕途失意时的颓废情绪和及时享乐的消极意识。但正是透过这浓烈的感伤情调和及时享乐的思想意识，让人看到了他们对人生价值的思索和探寻，这恰恰是他们人本意识觉醒的表现。因此，十九首中的享乐意识和感伤情调是他们汲汲功名，政治失意后人本性的不自觉的复归，是他们觉醒之后找不到出路的痛苦心灵的哭泣。其精神内核同他们对人生短促的危机感和紧迫感是密切相关的。所以，关于十九首中的感伤情调和及时享乐思想不可一概否定，应具体问题具体分析。

《古诗十九首》的艺术成就也是很突出的。它最显著的艺术特色是长于抒情。如《迢迢牵牛星》，借牛女双星的形象来写人间男女的离愁别恨，想象丰富，结构独特。全诗通篇写景，而情在其中，达到了融情入景，借景抒情，情景相生，和谐浑融的艺术境界。再如《青青河畔草》也是通过景色的描绘来表现“荡子妇”的孤独、寂寞、感伤，很有韵致。

《古诗十九首》还善于将抒情与叙事相结合，在抒情中表现出明显的叙事意味，通过生活情节的描写来展现作者的内在心理。十九首中的诗歌大都具有抒情叙事的母题，对作者心理情感的表现也基本是围绕叙事母题展开的。如《西北有高楼》是围绕高楼听曲这一事件来刻画诗作者的情感心理。再如《涉江采芙蓉》是围绕采芙蓉的事件来展现作者的痛苦的。这种抒情中带有明显的叙事性的表现手法，既增加了诗的形象性，也使诗歌具有深婉的艺术效果。

《古诗十九首》多采用比兴手法来烘托诗人的感情，给人一种“深衷浅貌，短语长情”（陆时雍《古诗镜》）的艺术感受，含蓄蕴藉，余味无穷。如《行行重行行》中的“胡马依北风，越鸟巢南枝”写游子思乡；“浮云蔽白日，游子不顾返”写思妇对丈夫的疑心。再如《冉冉孤生竹》中以孤竹结根泰山，兔丝附于女萝来写夫妇之情。比喻贴切，形象生动，具有明显的屈骚意味。

《古诗十九首》的语言浅近自然，绝少雕琢，但又无不精练。胡应麟《诗薮》说它“畜神奇于温厚，寓感怆于和平。意愈浅愈深，词愈近愈远”，“不假雕琢，工极天然”，很准确地概括了十九首的语言特色。

汉末文人五言诗是我国五言诗的第一道曙光，对后世诗歌创作产生了深远的影响。刘勰称它是“五言之冠冕”。钟嵘评价它“文温以丽，意悲而远，惊心动魄，可谓几乎一字千金”。王世贞《艺苑卮言》中更说它是“千古五言之祖”。《古诗十九首》的出现标志着我国新的诗歌时代已经到来！

第三编　魏晋南北朝文学

概　述

公元 196 年，东汉最后一位皇帝汉献帝刘协即位，年号为建安。曹操任丞相，后晋魏王。此时东汉政权的权力实际上掌握在曹操手中。至 220 年，曹操去世，其子曹丕继任丞相、魏王。当年，曹丕废汉献帝自立为帝，建立魏国，史称魏文帝。历史上的建安即是指从 196 年至 220 年的这 25 年。而文学史上的建安则从公元 184 年开始。这一年，黄巾大起义爆发，东汉王朝的统治陷入空前的危机之中，魏晋南北朝文学即从这一年开始。

景初三年(239)，年仅 35 岁的魏明帝曹睿去世，8 岁的曹芳即帝位，由宗室曹爽和重臣司马懿共同辅政。司马懿于嘉平元年(249)杀死曹爽，曹魏王朝的实权落入司马氏手中。公元 265 年，司马炎代魏自立，建立晋朝，史称西晋。晋惠帝去世之后，晋宗室发生八王之乱，北方少数族乘机入侵中原，316 年西晋王朝在这场混战中灭亡。公元 317 年，司马睿在江南称帝，史称东晋。此时北中国陷入五胡十六国之乱。东晋王朝，内乱相继，终于420年为刘裕所取代。

从420年刘裕建立刘宋王朝，江南经历了宋、齐、梁、陈四个前后相继的王朝，史称南朝。北方则从公元386年北魏统一中原，先后经历了东魏、西魏和北齐、北周五个王朝，史称北朝。

公元581年，隋国公杨坚迫使周静帝让位，自立为帝，建立隋朝。至589年，隋文帝杨坚灭陈，结束了南北分裂的局面，南北朝正式结束。文学史上的魏晋南北朝文学指的即是这一历史时期长达400年左右的文学。

这一时期的文学，从其发展实际来看，大体上可分为魏晋文学和南北朝文学两大阶段。

魏晋文学从公元184年黄巾大起义至420年刘裕代晋建立刘宋王朝止，南北朝文学从公元420年刘裕代晋至589年陈朝灭亡。

魏晋文学可分为建安文学、正始文学、西晋文学(含晋初文学、太康文学、永嘉文学)和东晋文学四个时期。南北朝文学包括南朝文学和北朝文学。

魏晋南北朝独具特色的社会历史条件形成了它独特的时代特色：

第一，时代的动荡。

魏晋南北朝之前是长达400年的两汉，在它之后是300多年的隋唐。汉唐两代是中国历史上空前强大的封建王朝。处于这两大高峰之间的魏晋南北朝则是中国历史上一个大动荡、大分裂的时代。黄巾大起义前后持续了约30年之久。在镇压黄巾起义过程中迅速膨胀起来的割据势力又进行了长达百年的战争，中经董卓之乱，曹操平定北方，三国纷争，直至司马炎280年统一中国。西晋建国不久，又经八王之乱，五胡入侵，后经淝水之战，鲜卑族拓跋珪于386年统一北方，建立北魏。晋马南渡之后，又有孙恩、卢循起义和王敦、桓玄等内乱。其后宋、齐、梁、陈四朝相续，每一次改朝换代，都伴随着一场大屠杀。北中国在鲜卑族统一之后，才获得了近百年相对安定的局面。其后，北魏分裂为东魏、西魏，东、西魏又为北齐、北周所代替，直到隋文帝统一中国，长达 400 年的混战、分裂、动荡的局面才告结束。时代的大动荡既使中华民族空前的大融合、大交流，同时也给这个时代的人民带来了空前的灾难。处于这样一个空前动荡的时代，生命没有保障，忧生之嗟必然成为这一时代文学的主旋律之一。

第二，世族势力恶性发展。

中国封建社会前期的一个重要特点即是世族势力恶性发展，魏晋南北朝时期尤甚。世族，又称士族，它指东汉以后在地主阶级内部形成的各地大姓豪族，他们在政治、经济等方面享有特权。“士庶之间，较然有别。”(《宋书·恩倖传》)魏文帝曹丕推行九品中正制，正式承认了世族的种种特权，逐步形成了“上品无寒门，下品无世族”的豪门垄断局面，直到隋文帝实行科举取士制度，庶族文人才有了进身之阶。唐末，士族势力才逐步衰亡。

士族的专权，严重地压抑着庶族寒门文人，引起了庶族文人的强烈不满，对这种制度的不满和抗争亦成为此期进步文学的高亢之音，左思和鲍照可为其代表。

第三，玄学、佛教、道教盛行。

从整体上来说，魏晋南北朝时期儒家思想的统治大为削弱，新的思辨哲学——玄学和佛道二教兴盛一时。玄学用老庄思想解释儒家经典，自正始年间，玄风始畅，风行整个魏晋时期，至晋末才与佛学合流，佛学渐盛而玄学渐衰。与此同时，讲求寻仙长生的道教，宣扬轮回报应的佛教在整个南北朝都相当炽盛。

在这种时代氛围下，诗歌内容(如玄言诗)、诗体形式(如受佛经转读影响发现四声，进而讲求四声八病而产生永明体)、文学观念、创作思想都发生了很大的变化。

就文学而言，此期也有着自己的特点：

第一，五言诗占据文坛。

宋代以前，中国古代文学的主要形式是诗歌。这种局面的出现是从魏晋南北朝开始的。先秦文学是诗歌与散文并行，两汉文学则是散体的大赋统治文坛。到魏晋南北朝，这种现象才得以改观。诗歌，尤其是五言诗，成为这一时期诗歌的主要形式。可以毫不夸张地说，从汉末至隋代五言诗的发展历程即是魏晋南北朝文学的发展历程。发端于汉乐府的五言诗，经过汉末文人的努力，已经趋于成熟。建安文人对五言诗的广泛爱好和贡献，奠定了五言诗在诗坛上的地位。正始诗人，特别是阮籍，极大地开拓了五言诗的表现手法。西晋太康诗人，讲求对偶的精工，促进了五言诗艺术的进步。东晋玄言诗直接孕育了山水诗，再经谢灵运的创造，扩大了五言诗的题材。陶渊明则引田园入诗，同样扩大了五言诗的题材。南朝民歌普遍采用五言四句的短小形式，成为唐代五言绝句的先声。永明体的出现，使高古、质朴的五言古诗，向格律诗迈出了关键性的一步。

第二，对文学形式美的追求和探索。

魏晋南北朝是对文学形式美努力追求和探索的时代。它表现为：1. 对偶之风。不仅是诗歌讲对偶，而且骈文、骈赋，直至所有的文体都讲求对偶。2. 用典之风。用典虽不始于魏晋南北朝，但其蔚然成风，则肇始于此期。3. 声律之风。永明声律说的出现，及其大畅于世，甚至有“妙达此旨，始可言文”（《宋书·谢灵运传论》）之说，可见“士流景慕”（《诗品序》）之甚。4. 批评家对文学形式美的关注。刘勰的《文心雕龙》和钟嵘的《诗品》对时人对形式美的追求和探索或予肯定，或予否定。他们的评论无论对与错，都表现了时代对文学形式美的探索。因为，这种追求和探索是在作家的实践和批评家的评论下共同完成的。不可否认，在这一追求和探索的过程中，也曾有过曲折，出现过逆流，倡对偶而至板滞，重用典而至晦涩，讲声律而“使文多拘忌，伤其真美”（《诗品序》）；但文学自身的发展，作家和批评家的不懈努力，最终证明了这些努力的可行性和生命力。至于魏晋南北朝文学何以独独情钟形式美，则有以下几个方面的原因：1. 汉语言文字本身的独特性。尤其是单字散行易于形成对偶，四声的客观存在易于讲求轻重角徵。2. 文学的积累，必然会对形式美的讲求提出期望。3. 社会风气、士人心态的影响。

第三，为中国古典文学的健康发展做了有益的探索。

作为一代文学，受到后人诸多的诟病，莫过于魏晋南北朝文学。论及先秦文学，则诗、骚、诸子、史传；述及两汉文学，则史传、乐府、《古诗十九首》；唐之诗，宋之词，元之曲，明清之小说，无不颂之于口，称之于笔。惟独魏晋南北朝时期，除了建安文学和陶渊明的作品，作为一代文学，似乎无可称道。玄言诗、宫体诗，几乎为唐以后的历代作家和评论家所挞伐。而这 400 年之文士对中国文学的健康发展实则功不可没。且不说玄言诗孕育了山水诗，宫体诗尝试了永明体，仅就其给后人的启示而言，亦不可轻估。唐诗固然是中国诗歌璀璨夺目的王冠，而唐诗的发展实有赖于魏晋南北朝诗歌的滋养和借鉴。建安风骨与齐梁诗艺，沾溉后世，岂止有唐一代？唐代诗人正是在正确地总结魏晋南北朝诗艺的正确与谬误，成功与失败之后，去其糟粕而取其精华，才创造了一个辉煌的诗的时代。健康不仅是在成功和正确的基础之上取得的，而且也是在失败和谬误的基础上领悟的。

第四，建构了中国古代传统文学形式的基本框架。

魏晋南北朝文学的样式有五、七言诗歌、小说、骈文、散文与辞赋。可以说，除了词曲之外的中国古代传统文学样式已基本大备。

第五，文学批评的空前繁荣。

文学的发展有赖于创作和批评两条战线的共同努力。先秦两汉的文学批评只是中国古代文学批评的创始期，尽管它们的理论衣被后世，但毕竟尚未建构成完整的体系。而魏晋南北朝的文学理论批评则成为一座丰碑。《文心雕龙》体大博精，是古代文论史上的集大成之作，皇皇巨著，后世的文学批评亦难望其项背。此期文学批评所提出来的一系列美学范畴和美学命题更给后世文学批评的发展提出了许多新的课题。

第一章　魏晋南北朝诗歌

第一节　建安诗歌与曹植

建安，是东汉末代皇帝献帝刘协的年号，共25年(196～220)。文学史上所说的建安文学比建安的实际时间较长，实际指的是汉末魏初这一段的文学。前后约50年左右。

汉末建安时期是我国社会文化的一个重要变革期和转型期。那既是一个风衰俗怨，世积乱离的时代，又是一个思想相对开放，俊才云蒸，大备于时的时代。兵火四起，军阀混战，生灵涂炭，民不聊生的社会现实，使生活其间的建安士子们饱尝了国破家亡，流离颠沛的痛苦。但同时，这一时代的必然要求也铸炼了他们企望海内清平，建功立业，“假高衢而驰力”的理想和怀抱。面对“白骨露于野，千里无鸡鸣”的残破社会，建安文士们哀痛不已，兴悟感发，哀怨著诗章，慷慨述怀抱，自觉地将深沉的笔锋伸向了历史现实的最深处，创作了大量的反映社会乱离，抒发功业理想，既有深刻的现实性，又有浓郁的抒情色彩的诗篇，形成了中国诗史上五言腾踊的局面。建安文人的诗歌无论是悯时悼乱、歌以述志，还是风月池苑、恩荣酣宴，大都表现出明显的志深笔长，梗概多气的特色，即清新刚健、慷慨雄豪之中透发出勃郁的悲凉之气。建安诗人的这一诗歌风格，后人曾概括为“建安风骨”。建安诗歌的出现，打破了汉代文人诗消寂的局面，第一次掀起了文人诗尤其是五言诗的创作的高潮，昭示着一个新的诗歌时代的到来。

建安诗坛是由众多文人支撑并达到繁荣的。其中最优秀的代表诗人是三曹(曹操、曹丕、曹植),七子(孔融、陈琳、王粲、徐干、阮瑀、应玚、刘桢)和女诗人蔡琰。

曹操(155～220),字孟德,沛国谯(今安徽亳县)人。生于宦竖之家,身存名士风采,是建安政治舞台上的一代枭雄。曹操不但是当时著名的政治家、军事家,也是一个雅爱诗章的文学家。他于戎马征战中横槊赋诗,“登高必赋,及造新诗,被之管弦,皆成乐章。”(《三国志·魏志·武帝纪》)他不仅重视诗歌创作实践,还广招人才,使许多饱学之士投聚于他的帐下。这为建安邺下文人集团的形成打下了坚实的基础。曹操是建安诗歌的重要实践者和开创者。

曹操现存诗20余首,皆是以乐府旧题写时事的乐府诗。从思想内容来看大体可分为三类:反映时代乱离和民生疾苦的现实诗;表现自己理想胸襟抱负的述怀诗;抒发年命之悲,幻想神仙生活的游仙诗。

曹操反映现实苦况的诗最值得重视。这些诗作形象的描绘了那一时代荒乱的社会和人民遭受的疾苦,称得上是建安时代浓缩的历史画卷。《薤露行》写董卓之乱导致国家的惨破。“贼臣持国柄,杀主灭宇京。荡覆帝基业,宗庙以燔丧。”伤世哀俗,悲慨凄婉。《蒿里行》写军阀混战带给人民的深重灾难。尤其是“铠甲生虮虱,万姓以死亡。白骨露于野,千里无鸡鸣”几句,纯用白描,不假雕饰,但又力透纸背,情蕴诗间,向来被人称诵。这些诗既具有非常强的概括力,又有强烈的艺术感染力,被明人钟惺誉为“汉末实录,真诗史也”(《古诗归》)。曹操的诗还抒发了士卒行役之苦和思乡之悲。《却东西门行》写久役将士对故乡的思念。《苦寒行》写军旅生活的艰辛和诗人内心的苦愁。作为征战四方的将帅,曹操能写出如此同情士卒和哀叹羁旅生涯的诗,是难能可贵的。同时,这些诗也在一定意义上反映了当时人民的思想情绪和内心痛苦,值得称道。

对现实乱离的悲叹必然激发对理想政治的追求。所以，曹操在诗中亦多表现自己理想的太平盛世和渴望统一天下的胸襟怀抱。《度关山》、《对酒》即是对理想之世的描绘。但更能感动读者的还是曹操的那些抒怀写志之作。《步出夏门行》中的《龟虽寿》、《观沧海》，或寓抽象的人生哲理于生动形象的比喻之中，或借景写怀，表现了诗人昂扬宏博的积极进取精神和人生态度，塑造了一个老当益壮、自强不息、胸襟宏大、立志天下的老将形象。其中《观沧海》一诗通篇写景，气势苍莽，是我国现存最早最完整的山水诗佳作，在诗歌史上有重要地位。《短歌行》是曹操晚年的代表作。诗于深沉低昂的情感回环中抒发了诗人对贤才的渴望和天下一统的渴盼。全诗慷慨之中充满悲凉之气，深沉之下映现昂扬之态，抒情真挚，写志深婉，很能代表建安诗歌的艺术风格。

曹操还有一些游仙诗。如《精列》、《气出唱》、《秋胡行》等。曹操本人是"性不信天命之事"的，他的游仙诗不过是借游仙的形式表达自己的人生失落的情绪。"不戚年往，忧世不治"，应该说是曹操此类诗歌所要表现的深层主题。

曹操的诗不但内容丰富深刻，而且艺术上也很有特色。曹操尽管存诗不多，但形式多样，有四言、五言、杂言等。尤其是他的四言诗，感情充沛，气势雄健，运笔自如，老练娴熟，使《诗经》之后四言诗又大放异彩。沈德潜说："曹公四言，于三百篇外，自开异响。"中肯地指出了曹操四言诗在我国诗史上的地位。

曹操诗多借乐府旧题写时事或抒怀抱，在中国古典诗史上是一个创举。如《薤露》、《蒿里》本是挽歌，曹操却用以描写现实的动乱，表达自己的哀痛。这对后世有很大影响。

曹操诗还善于比兴，注重写情。如："对酒当歌，人生几何？譬如朝露，去日苦多。""老骥伏枥，志在千里；烈士暮年，壮心不已。"语言凝练，比喻贴切，写情抒怀，生动形象，是历代传诵的名句。曹操诗善于将叙事和言情或言情和说理融为一体，如《短歌行》、《观沧海》等，形成了沉郁雄健、慷慨悲凉的艺术风格。

曹操诗的语言朴实无华，绝少雕饰，极为本色，提笔换气，纯熟自如，表现出诗人高度的驾驭语言的能力。曹操的作品有《魏武帝集》，通行本为中华书局排印的《曹操集》，近人黄节的《魏武帝魏文帝诗注》有曹操诗歌的注释。

曹丕(187～226)，字子桓，曹操次子。曾任五官中郎将、副丞相等职，操死，袭位魏王。后代汉称帝，世称魏文帝。有《魏文帝集》，其诗有近人黄节的《魏武帝魏文帝诗注》。

曹丕今存诗40余首。但无论是创作题材，还是创作风格，都同其父曹操有很大差异。沈德潜说："子桓诗有文士气，一变乃父悲凉之习矣。要其便娟婉约，能移人情。"(《古诗源》)如果说曹操更多的是受了汉乐府的影响的话，那么，曹丕诗则深受汉末文人诗地熏陶。曹操曹丕诗风的演变，标志着建安文人创作向抒情化、个性化更进一步的迈进。

曹丕诗在内容上有两点颇可注意。一是表现贵游子弟和当时文人集团成员怜风月、狎池苑的宴游生活和荡涤放情志的诗，如《芙蓉池作》、《善哉行》(又作《铜雀园诗》)等。反映了建安诗人在关注社会人生的同时对逞才尽性、旷放爽朗的精神生活的追求。曹丕的这类诗同建安七子和曹植同类题材的诗在创作上有共同的特色，即描写上极力铺陈"酒酣耳热，丝竹并奏"的畅朗华繁的热闹场面，遣词造句上注重艳色词的运用，尽量体现"诗赋欲丽"的特点，表现出明显的尚绮之风。六朝唯美诗风可以说是同此一脉相承的。它表现出的对诗歌形式美、辞采美、光色美的追求对六朝文学产生了重要影响。

曹丕诗歌内容的第二点是多描写男女之情和离愁别恨，如《杂诗·漫漫秋夜长》、《燕歌行》、《秋胡行》等。这类诗最能代表曹丕诗的创作特色。如《燕歌行》描写女子在秋夜里怀念远游在外的丈夫，诗将写景与抒情完美地结合在一起，刻画了一幅秋夜闺思图。整个诗歌写情缠绵悱恻、凄婉动人，音韵和谐，语言清丽，形成清丽婉转、低徊哀怨的艺术风格。胡应麟说："子桓《燕歌》二首，开千古妙境。"(《诗薮》)王夫之评此诗"倾情，倾度，倾色，倾声，古今无两"，颇为中肯。同时值得注意的是，《燕歌行》还是我国文学史上第一首完整的七言诗，对七言诗的发展做出了重要贡献。

总之，曹丕的诗以写情见长，表现出"洋洋清绮"的特色。另外，形式多样，也可说是曹丕诗的一大特点，表现出诗人多方面的艺术表现能力。

"建安七子"的说法最早见于曹丕的《典论·论文》。但七子并非全以诗才见长，在七子中诗歌创作成就最突出的是王粲和刘桢。其中王粲被刘勰称为"七子之冠冕"。

王粲(177～217)，字仲宣，山阳高平(今山东邹县)人。存诗二十多首，其中以《七哀诗》(共三首)最有名。第一首写董卓部将李傕、郭汜劫乱长安给人民带来的深重灾难。诗通过母子相弃的场面描写抒发了乱离之下亲人不能相保的哀痛，凄婉沉痛，真切动人。第二首写诗人久客荆州，思乡怀归的愁苦之情。王粲的诗情浓语质，悲慨多气，于苍凉之中又透出慷慨之风，很能体现建安诗歌的时代特色。其作品有今人俞绍初点校的《王粲集》。

刘桢(？～217)，字公干，东平人。存诗十余首。刘桢诗在当时有很高的声誉，钟嵘《诗品》称"陈思以下，桢称独步"。后世有人将其同曹植并称为"曹刘"，《赠从弟》三首是其代表作，尤其是其二：

> 亭亭山上松，瑟瑟谷中风。风声一何盛，松枝一何劲。冰霜正惨凄，终岁常端正。岂不罹凝寒，松柏有本性！

诗采用比兴的手法，借松树的形象来激励从弟自勉其身。托物喻人，气壮笔遒，很能表现刘桢"真骨凌霜，高风跨俗"(《诗品》)的个性。

其他如陈琳的《饮马长城窟行》，借秦代筑长城的史事，揭露繁重的徭役造成的人民的痛苦；阮瑀的《驾出北郭门行》写孤儿受后母的虐待，揭露封建家庭关系的冷酷无情等。这些都是建安时代反映乱离现实、民生疾苦的名篇。

建安时期惟一优秀的女诗人是蔡琰。蔡琰字文姬，汉末著名学者蔡邕的女儿。她的五言《悲愤诗》长达540字，是建安诗坛叙事诗杰作。诗通过对诗人坎坷辛酸的遭际的描写，揭露了军阀混战的残暴和罪恶，反映了广大劳动人民在荒乱现实中妻离子散、家破人亡、被侮辱被奴役的悲惨境遇，具有深刻的现实性和思想意义。此诗艺术成就也极高。它成功地塑造了一个饱经忧患屡遭痛苦，命运多舛的战乱中的妇女形象。诗歌善于通过典型的细节描写和细致的心理刻画来反映现实乱离，展现主人公的内心世界。如："马边悬男头，马后载妇女。""儿前抱我颈，问母欲何之？人言母当去，岂复有还时？阿母常仁恻，今何更不慈？我尚未成人，奈何不顾思！见此崩五内，恍惚生狂痴。号泣手抚摩，当发复回疑。"写情真挚，生动传神。全诗结构紧凑，线索清晰，沉郁悲慨，哀婉感人，达到了艺术性与思想性高度的统一，堪称我国古典叙事诗中的瑰宝。

沈德潜《古诗源》说："孟德诗犹是汉音，子桓以下，纯乎魏响。""七子"的创作正可谓处于"汉音""魏响"之间。他们反映现实的诗同曹操写现实的诗有异曲同工之妙，而他们的咏叹游乐的诗，则昭示着建安诗风的新的演进。以此来看，七子的创作不但在建安诗史就是在中国诗史上亦有重要的地位。

在建安时期，存诗最多，成就也最高的是被钟嵘《诗品》誉为"建安之杰"的曹植。

曹植(192～232)，字子建，曹操第三子，少聪敏好学，才华英逸，甚得其父曹操的宠爱。但由于他性格疏荡，"任性而行，不自雕励，饮酒不节"(《三国志·魏志·陈思王传》)，终于失宠。曹丕称帝后，他备受猜忌迫害，一再被贬爵徙封。曹睿继位后，尽管曹植屡屡上表请用自试，但处境并未改变，最终抑郁而死。曹植曾封陈王，死后谥思，故世称陈思王。今人赵幼文的《曹植集校注》较为详备。

曹植一生热衷功名，渴望“戮力上国，流惠下民，建永世之业，流金石之功”（《与杨德祖书》），但平生遭际坎坷，壮志难酬，这对其诗歌创作产生了深深影响。

曹植现存诗80余篇，大致可以曹丕称帝为界分为前后两期。前期因生活安逸平定，故诗中多充满英豪爽朗之气；后期因生活坎坷，遭受迫害压抑，诗中多流露凄楚悲慨之情。

曹植前期的诗尽管也有对社会破败的反映，如《送应氏》其一写董卓之乱给京城洛阳造成的“垣墙皆顿擗，荆棘上参天”的满目疮痍的荒破景象，抒发了诗人“气结不能言”的感伤之情，但更突出的是反映自己贵游雄放的公子生活和抒发自己雄心壮志的诗篇。前者如《公宴诗》、《斗鸡诗》、《名都篇》等；后者如《白马篇》、《鰕䱇篇》等。《白马篇》是曹植前期的代表作。诗塑造了一个忠勇双全，胸怀大志，为国献身的“幽并游侠儿”的少年英雄形象，寄托了诗人渴望建功立业的雄心壮志。全诗铺陈赡丽，气骨昂扬，精练华丽的描绘中充满逸气干云的英豪之气。朱乾《乐府正义》说：“此寓意于幽并游侠，实自况也。……篇中所云‘捐躯赴难，视死如归’，亦子建素志，非泛述矣！”所论极是。

曹植后期由于生活处境的变化和屡遭压抑迫害，诗歌创作同前期相比有很大不同，那就是作品中时常流露出悲哀愤怨之情。渴望建功立业仍是曹植后期创作的思想主题，但前期英豪雄放之气削弱了，更多的是壮志难酬的愤激不平，《杂诗》是这方面的代表。如其五：

仆夫早严驾，吾行将远游。远游欲何之？吴国为我仇。将骋万里途，东路安足由！江介多悲风，淮泗驰急流。愿欲一轻济，惜哉无方舟！闲居非吾志，甘心赴国忧。

其他如“烈士多悲心，小人偷自闲。国仇亮不塞，甘心思丧元。抚剑西南望，思欲赴太山”，都是这种思想情调的表露。

不过曹植后期更多的还是抒发自己的不幸，表现自己被迫害被压抑的痛苦。《赠白马王彪》、《野田黄雀行》、《吁嗟篇》等都是这方面的佳作。其中《赠白马王彪》最能代表曹植后期的创作特色。黄初四年(223)，曹植同白马王曹彪、任城王曹彰共赴京师朝觐，结果任城王暴死京师。在曹植同曹彪回封地时，又遭监国使者的限制，不许同行。此诗即是在此背景下“愤而成篇”的。诗共分七章。前三章重在写生离，后三章重在写死别。全诗通过对兄弟之间的离合之悲和生死之感的咏叹，抒发了作者的悲苦哀怨之情，同时，也揭露了统治者内部骨肉相残的残酷。这首诗采用章章蝉联的顶真格的艺术形式来表现诗人内心复杂曲折的思想感情，将叙事、写景、抒情、议论完美地结合起来，或比兴寓托，或直抒胸臆，形成了沉郁顿挫、悲壮淋漓的风格。

此外，曹植还写有不少情诗和游仙诗。如《七哀》、《美女篇》；《仙人篇》、《升天行》等，也很有特色。有些可能还寄托了诗人君臣不偶、怀才不遇的思想感情。

曹植的诗不仅表现了诗人丰富多彩的感情世界，而且在艺术表现上也取得了巨大的艺术成就，形成了独特的风格，对后代诗人产生过深刻影响。

首先，曹植的诗歌题材丰富，善于写情，具有多种多样的感情形态。无论是写志叙事，咏史抒怀，抑还是赠答饯别，他的诗都深蕴感情，给人一种气格浑雄的艺术感受。《白马篇》中对少年游侠的描绘，《杂诗》中对壮志难酬的抒发，《公宴》、《斗鸡》中对游乐生活的畅叙，皆蕴含着一种气骨。方东树说曹植诗“穷态极变”，“擅凌厉之才”，钟嵘说其诗“骨气奇高”，都准确地概括了曹植诗这方面的特点。

其次，曹植诗辞采赡丽，语言精粹，注重遣词练字，讲求对偶，大大地提高了诗歌语言的表现力，具有明显的文人化倾向。如“明月澄清影，列宿正参差。秋兰被长坂，朱华冒绿池。潜鱼跃清波，好鸟鸣高枝。”(《公宴》)“高树多悲风，海水扬其波。”(《野田黄雀行》)“仰手接飞猱，俯身散马蹄。狡捷过猴猿，勇剽若豹螭”等。再如《美女篇》本是摹仿《陌上桑》创作，但无论是辞采的运用还是感情的表现都较《陌上桑》更华丽幽渺。清叶燮曾评论说：“《美女篇》意致幽眇，含蓄隽永，音节韵度皆有天然姿态，层层摇曳而出，使人不可仿佛端倪。”这种手法的运用使曹植诗增色不少。

再次，曹植还善用比喻象征。这不仅增加了诗歌情感表现的丰富性，而且也使诗歌具有更高的艺术性。如：“鸱枭鸣衡轭，豺狼当路衢。”“人生处一世，去若朝露稀。年在桑榆间，影响不能追。”(《赠白马王彪》)《吁嗟篇》、《野田黄雀行》等更是通篇采用寓意象征的手法。这直接影响了正始年间阮籍诗的创作。

另外，曹植诗还工于起调，形式多样。

总之，曹植诗的艺术成就是多方面的。钟嵘《诗品》说它“骨气奇高，辞采华茂，情兼雅怨，体被文质”，可以说很准确地概括了曹植诗总的艺术特色。

第二节　正始和西晋诗歌

曹魏正始年间，朝廷日弱，政治危患，司马氏集团与曹爽集团各为私利的斗争异常激烈。司马氏擅权后，一方面高标儒家“名教”之治，一方面又大肆杀戮，排除异己，使“天下多故，名士少有全者”。再加上世风通达，玄学大盛，当时文人士子大都亲服老庄“自然”，反对礼法名教。世风政局的变化影响及诗歌，使其同建安时期相比在内容风格上有很大不同。最突出特点是功名进取之心减退，忧生超世之情日笃，诗风高浑超拔，旨遥意远。文学史上称魏末这一段的文学为正始文学，其代表作家是阮籍和嵇康。

阮籍(210～263)，字嗣宗，陈留尉氏(今属河南开封)人。阮瑀之子。曾任步兵校尉等职，故世称阮步兵。籍本有“济世志”，但由于政治险恶，人生维艰，他不得不遗落世事，佯狂放诞，实际上他的内心是异常痛苦的。《晋书》本传说他“时率意独驾，不由径路，车迹所穷，辄恸哭而返”。他虽生活方式放达不羁，不拘礼俗，但处世态度却非常“至慎”，“发言玄远，口不臧否人物”。阮籍人生行为的矛盾正是那个时代的扭曲所致。作品有陈伯君的《阮籍集校注》和黄节的《阮步兵咏怀诗注》。

阮籍是正始著名的诗人，其代表作是82首五言《咏怀诗》。另有四言《咏怀》13首。《咏怀诗》是魏晋易代之际险恶的社会现实政治挤压出来的以诗人血泪凝铸的一曲社会人生的悲歌，是诗人痛苦心灵的回声。诗以“言在耳目之内，情寄八荒之表”(《诗品》)的寓意象征的手法，抒发了阮籍的忧生伤世之痛，悲天悯人之哀和超尘脱俗之想，表现了诗人孤独、焦虑、苦闷、忧伤的内在思想感情，被誉为我国诗史上创作格调最高的旷世绝作！

《咏怀诗》的思想内容是极其复杂的。有的揭露了统治者荒淫误国的行径，如《湛湛长江水》、《驾言发魏都》；有的对虚伪的礼法之士进行了嘲讽和抨击，如《洪生资制度》；有的表现了时光流逝，盛世难再的哀叹，如《嘉树下成蹊》；有的则反映了诗人渴望超越世俗和痛苦，以求逍遥全真的思想意识，如《幽兰不可佩》、《殷忧令志结》等。但更多的是抒发诗人孤独焦虑的痛苦和生命难保、处境险患的哀伤。如《夜中不能寐》一诗，通过“独坐”、“独视”，“独闻”的描写，抒发了“忧思独伤心”的无可名状的痛苦。再如《一日复一夕》：

> 一日复一夕，一夕复一朝。颜色改平常，精神自损消。胸中怀汤火，变化故相招。万事无穷极，知谋苦不饶。但恐须臾

间，魂气随风飘。终身履薄冰，谁知我心焦。

这些诗作或隐晦寓意，或直抒心迹，表现了诗人深沉的人生悲哀，充满浓郁的哀伤情调和生命意识，无不给人以“陶性灵，发幽思”的人生启悟。阮籍的诗形象地展现了魏晋之际一代知识分子痛苦、抗争、苦闷、绝望的心路历程，具有深刻的思想意义和认识价值。

阮籍诗向以难解著称，被李善称为“百代之下，难以情测”。这同阮籍诗歌的艺术表现有很大关系。

阮籍诗多用比兴象征，寄托寓意的手法来抒情咏怀。他的诗或借古喻今，或托意神仙，或以史出意，用典兴感，给人一种情不定发，兴寄无端，又意态朦胧的艺术感受，形成了旨趣遥深，高古清奇的艺术风格。钟嵘说他“言在耳目之内，情寄八荒之表，厥旨渊放，归趣难求”，主要指此而言。

阮籍诗“深通玄理，妙达物情”，具有明显的玄言思辨色彩。如：“有悲则有情，无悲亦无思。”“乐极消灵神，哀深伤人情。竟知忧无益，岂若归太清。”抒情之中杂糅理思。东晋玄言诗的产生同此有一定的渊源关系。

另外，阮籍还是中国诗史上第一个大力创作五言诗的诗人，对五言诗的发展做出了贡献。他的诗被称为“阮公体”，对后世影响很大。

嵇康(223～262)，字叔夜，谯郡铚(今安徽宿县)人。因官中散大夫，故又称嵇中散。他少敏学，“冯宠自放”。崇尚老庄，攻击周孔，明确主张“越名教而任自然”，“非汤武而薄周孔”，反对司马氏。最终被司马昭所杀害。其作品有今人戴明扬的《嵇康集校注》。

嵇康存诗 60 余首，有四言、五言、六言。其中四言诗成就最高。清人何焯说他的“四言不为风雅所羁，直写胸中语”。陈绎曾说“嵇康人品胸次高，自然流出”。他的诗多表现自己“抗心希古”，自得无闷的逸乐之情。如《赠兄秀才入军》其四：

息徒兰圃，秣马华山。流磻平皋，垂纶长川。目送归鸿，手挥五弦。俯仰自得，游心太玄。嘉彼钓叟，得鱼忘筌。郢人逝矣，谁与可言。

全诗理情相得，托谕清远，表现了诗人游乐天地自然之道而忘怀世情的人生态度和自由自得、恬淡惬意的人生境界，是“魏晋风度”的形象写照。

嵇康临刑时写有《幽愤诗》。诗采用内心直白的抒情方式，并通过大量典事的运用，叙写了自己“性不伤物，频至怨憎”，“有志不就”的“幽愤”，非常能够体现嵇康创作“清峻”的特色。《幽愤诗》和《与山巨源绝交书》一样是了解嵇康生平思想个性的重要文献。

西晋诗歌指公元 265 年晋朝建立到公元 316 年西晋灭亡这 50 余年的创作。大体可分为晋初、太康、永嘉三个阶段。

晋初诗歌总的来看成就不高。代表诗人是傅玄和张华。

傅玄创作以乐府诗见长，而且多模拟之作，但风格温雅富丽，古质劲健，很有特点。《秋胡行》、《秦女休行》、《豫章行苦相篇》等都是其名作。其中《苦相篇》通过对女子出生、外嫁和婚后生活的描写，揭露了妇女地位低下和男尊女卑的不合理现象，表现了作者对妇女的同情，很有现实性。傅玄的诗善于叙事，深受汉乐府的影响。另外，比兴的运用也是他诗歌表现的一个很重要的特点。

张华是晋初名士。他的诗在内容上较傅玄宽泛。《轻薄篇》用铺排的手法揭露了当时士族权贵骄奢淫逸的腐败生活；《游猎篇》写统治者纵情游猎的放荡，有很强的现实性和批判性。《壮士篇》在哀叹人生之中抒发了“壮士怀愤激，安能守虚冲”的功业之心，透射出强烈的英风豪气。过去说张华诗“儿女情多，风云气少”是不全面的。张华的《情诗》五首很有特色，多用情景交融的手法写闺怨思妇之情，哀艳动人，感情真挚，很值得称道。不过张华有些诗有堆砌辞藻、对偶繁缛的毛病，读来乏味。

太康是晋武帝司马炎的年号。在太康元康时期，西晋诗坛出现了大批作家，诗歌创作呈现了一种繁荣景象。当时最有名的是三张(张载、张协、张亢)、二陆(陆机、陆云)、两潘(潘岳、潘尼)、一左(左思)。他们的创作过分追求华丽的词藻,形式工整,形成了形式主义的诗风。所以刘勰《文心雕龙》在谈及此时期诗歌时说它"采缛于正始,力柔于建安"(《明诗》),"体情之制日疏,逐文之篇愈盛"(《情采》)。陆机、潘岳是这种风气的代表诗人,并称"潘陆"。

陆机(261～303),字士衡,吴郡(江苏松江县附近)人。吴灭入晋。他的诗名重一时,被钟嵘称为"太康之英",但形式主义严重。内容空虚,脱离生活,形式上过分讲求华丽辞藻,铺排对偶,语言也缺乏生气。这种风气对六朝诗影响很大,所以清叶矫然说:"六朝排偶,始于士衡。"不过陆机还有一些写得较清新可读的诗。如他的有些拟古诗,虽不乏"缘情绮靡",但也寄情遥深,有一定的艺术感染力。钟嵘评这些诗为"五言之警策",还是比较合乎实际的。他的《赴洛道中作》是历来被人称道的名作,写诗人去国远行途中的所见所闻和亲身感受,文词华美,对偶工稳,即景抒情,清新自然。通行的有金涛声点校的《陆机集》。

潘岳与陆机齐名。但同陆机相比,潘岳的诗在追求词采华艳,绮丽工整的同时,也较注重抒情,感情真挚,哀婉动人。《悼亡诗》三首是其代表作。这是为悼念亡妻所作。物是人非的感喟,孤独悲哀的倾诉都非常真实感人。后世哀念亡妻的诗常用"悼亡"为题,都是受了潘岳此诗的影响。陈祚明《采菽堂古诗选》评价此诗说:"安仁情深之子,每一涉笔,淋漓倾注,宛转侧折,旁写曲诉,刺刺不能自休。夫诗以道情,未有情深而语不佳者;所嫌笔端繁冗,不能裁节,有逊乐府古诗含蕴不尽之妙耳。"十分中肯。

张协字景阳。他的诗钟嵘评价说:"词彩葱蒨,音韵铿锵。"多"巧构形似之言"。《杂诗》十首是其代表作。张协诗善于写景,而且语言精粹少病累。如:"朝霞迎白日,丹气临汤谷。翳翳结繁云,森森散雨足。轻风摧劲草,凝霜竦高木。密叶日夜疏,丛林森如束。"(其四)再如"秋夜凉风起,清气荡暄浊。蜻蛚吟阶下,飞蛾拂明烛”以及“青苔依空墙，蜘蛛网四屋”等。语言精巧，刻画细腻，高情远韵，蕴含其间。从此可以看出，晋人诗中写景成分大大增加了，这对山水诗的出现产生了重要影响。可以说，张协在山水诗发展史上占有重要的地位。钟荣称他为“旷代高手”，是有一定道理的。

在太康诗人中，能继承汉魏风骨，自制伟词，垂式千秋的是被称为一代作手的杰出的诗人左思。左思字太冲，临淄（今山东临淄）人。左思胸次高旷，出身寒微。虽因妹左芬被选入宫而迁居京师，但仕进无路，备受压抑，仅做过秘书郎之类的小官。现实等级森严的门阀士族政治，使左思的雄才高志无法施展。这种独特的人生经历铸造了左思诗歌的创作特色。

左思现存诗 14 首。《咏史》八首是其代表作。这些诗不是一时一地之作，它反映了诗人反抗现实、批判门阀制度、抨击黑暗政治的胸襟，同时，也显现了诗人由积极而消极的思想过程。

表现建功立业的宏伟抱负和功成不受爵的高尚情操是《咏史》的重要内容。如《弱冠弄柔翰》融议论于抒情之中，写自己“长啸激清风，志若无东吴”的功业理想和“功成不受爵，长揖归田庐”的情操。但“高志局四海，块然守空堂”，由于出身寒微而得不到重用，因此，他把笔锋转向了对门阀制度的抨击和揭露。如《郁郁涧底松》通过对比的手法揭露了门阀制度的不合理，抨击了“世胄蹑高位，英俊沉下僚”的士族政治。全诗比喻形象，对比强烈，极富有战斗性。《咏史》还表现了诗人对门阀士族的蔑视和反抗。如《皓天舒白日》：

> 皓天舒白日，灵景耀神州。列宅紫宫里，飞宇若云浮。峨峨高门内，蔼蔼皆王侯。自非攀龙客，何为欻来游？被褐出阊阖，高步追许由。振衣千仞冈，濯足万里流。

表现了诗人同统治者彻底决裂的态度。再如《荆轲饮燕市》中“高眄邈四海，豪右何足陈？贵者虽自贵，视之若埃尘。贱者虽自贱，重之若千钧”。通过对荆轲的歌颂，抒发了自己蔑视权贵，大胆反抗的精神。陈祚明说：“太冲一代伟人，胸次浩落，洒然流咏，似孟德而加以流丽，仿子建而独能简贵，创成一体，垂式千秋。其雄在才，而其高在志。”(《采菽堂古诗选》卷十一)于此可见。

左思诗虽名为咏史，实乃咏怀。借史事来抒发自己胸中不平之气是左思诗的显著特色。我国“咏史”诗始自东汉班固。但班诗大抵是一诗咏一事，很少变化。而左思《咏史》“或先述己意，而以史事证之；或先史事，而以己意断之；或止述史意，而史事暗合；或止述史事，而己意默然”(张玉谷《古诗赏析》)。变化多端，运笔自如，这对咏史诗是创造性发展。左思《咏史诗》标志着我国咏史类诗歌创作的成熟。

左思志高才雄，胸次高迈，所作诗歌格调高亢，意境雄浑，气势遒劲，极富有浪漫主义色彩。如“振衣千仞冈，濯足万里流”等，想象丰富，境界高远，而且生动传神。钟嵘称其诗歌的这种特色为“左思风力”。

左思诗多引史事，发泄不平，所以，钟嵘称其诗“文典以怨，颇为精切”。从写法上看，左思诗用典虽多，但不板滞，在注重词藻对偶的同时，更注重借典抒情，以典寓实，因而艺术上十分圆熟。

诗歌到了西晋末年永嘉时期，风格又有新的变化。受玄学影响，诗坛出现了一种专以借诗的形式来表达抽象哲理的玄言诗。钟嵘《诗品》说：“永嘉时，贵黄老，稍尚虚谈，于时篇什，理过其辞，淡乎寡味。”这只是就总的倾向而言。但永嘉毕竟是大乱之时，也有人写家国之痛，也有人抒超世之悲。前者是刘琨，后者是郭璞。

刘琨字越石，今存诗只有三首，即《扶风歌》、《答卢谌》、《重赠卢谌》，都是他在北方抗敌时所作。《扶风歌》表现他对故国的怀恋和人生艰苦的感叹，悲歌慷慨，豪壮多气。《重赠卢谌》抒发自己扶助晋室的怀抱和功业未成的感慨。刘琨诗不多，但思想性极高，而且诗风清刚悲壮。所以后人有“可怜并州刘越石，不教横槊建安中”的称誉。刘勰评其诗“雅壮而多风”，钟嵘评其诗“善为凄戾之词，自有清拔之气”都指此一特色而言。

郭璞字景纯，是两晋之际的重要诗人，钟嵘称他是“中兴第一”。今存诗20余首，以《游仙诗》14首为代表作。郭璞《游仙诗》多是借游仙以咏怀，抒发自己高蹈遗世或怀才不遇的思想情绪。如《京华游侠窟》通过“朱门何足荣？未若托蓬莱”的描写，表示自己“高蹈风尘外”，不愿仕宦求荣，咏叹之中流露出愤世嫉俗之情。《逸翮思拂霄》则抒发了诗人生不逢时、有志难成的感喟。因此，钟嵘说郭璞诗“文体相辉，彪炳可玩”，“词多慷慨，乖远玄宗”，“乃是坎壈咏怀，非列仙之趣也”。郭璞诗词采清丽，生动形象，如“云生梁栋间，风出窗户里”。相传“林无静树，川无停流”也是其名句。这同当时一般的玄言诗是不同的。郭璞诗抒情成分也很浓。刘熙载《艺概》说：“《游仙诗》假棲遁之言，而激烈悲愤，自在言外，乃知识曲宜听其真也。”这说明抒情咏怀仍是郭璞诗的主要倾向，尽管里面有浓郁的神仙旨趣和庄老思想的表现。不过，郭璞诗对东晋玄言诗有直接影响，这也是不可否定的事实。

第三节 东晋诗歌

东晋诗歌主要是承永嘉余绪而来。关于永嘉诗歌的风貌，钟嵘曾评论说：“永嘉时，贵黄老，稍尚虚谈，于是篇什，理过其辞，淡乎寡味。”这种风气到东晋，因时代政治的变异和清谈之风的盛行，以及各种因素的浸染，“因谈余气，流成文体”（《文心雕龙·时序》），形成了一种“虽各有雕采，而辞趣一揆”（《明诗》）的特殊诗体，这就是文学史上经常提到的玄言诗。玄言诗是一种滥觞于魏晋之际，孕育于西晋期间，定型并大盛于东晋之世，以阐释老庄玄理为旨归，诗风简淡的独特的诗歌。

玄言诗是主宰东晋诗坛的主要的诗歌形式，其代表诗人是孙绰和许询。

玄言诗是中国诗歌史发展的一个必经阶段，历载将百，而且作家众多。过去对玄言诗基本上是持否定态度的，认为它“辞意夷泰，诗必柱下之旨归，赋乃漆园之义疏”（《文心雕龙·时序》），“遒丽之辞，无闻焉尔”（《宋书·谢灵运传论》）。现在看来，尽管玄言诗在创作上的确有托意玄珠，酷不入情的毛病，但一概否定也是不恰当的。玄言诗至少在两个方面对后代诗歌创作产生过深刻的影响。一是玄言诗中大量的山水景物的描绘直接刺激了晋宋之际山水田园诗的产生，而且其表现手法也为后代山水诗作提供了借鉴；二是玄言诗尤其写得好的玄言诗所表现出来的闲淡雅逸的情趣和清淡疏朗的风格，以及理思入诗的创作手法，开拓了诗歌的境界，提高或者丰富了中国诗歌的创作品位和阅读品位。

山水诗的出现同玄言诗的流变有密切的关系。玄言诗为了说明其中蕴含的抽象的玄理，往往借山水景物的描写来表现之，即通过山水来参悟玄理。这必然使畅玄之际表现出明显的山水成分。如王玄之《兰亭诗》：“松竹挺岩崖，幽涧激清流，消散肆情志，酣畅豁滞忧。”再如孙绰的《兰亭诗》：“流风拂枉渚，停云荫九皋。莺语吟修竹，游鳞戏澜涛。”尤其是孙绰的《秋日诗》：

> 萧瑟仲秋月，飂戾风云高。山居感时变，远客兴长谣。疏林积凉风，虚岫结凝霄。湛露洒庭林，密叶辞荣条。抚菌悲先落，攀松羡后凋。垂纶在林野，交情远市朝。澹然古怀心，濠上岂伊遥？

创作上景思双行，将抽象的玄理寓于质实可感的山水形象之中，来表现诗人的生活情趣，这就为纯山水景物的描绘开启了一条必由之路。

如果考察山水诗的发展的话，可以发现它大致是沿着两条线索发展的。从观念演化来看，正始文人倡导的“越名教而任自然”

的生活方式和处世态度直接刺激了魏晋文人自然观的变化。自然有双重含义：一是自然而然，是一种思想行为的表现特征；二是真实的大千世界，即自然界，“任自然”，既要求自然而然地生活，又要求与大自然合一，从大自然中领悟自然而然的生活规则。如果说魏晋之际文人还主要是在第一义理上要求的话，那么，东晋文人已掺合进了第二义理的气质。在他们看来，只有体察自然，置身于自然之中，才能真正感悟自然的灵性，才能真正地自然而然的生活。这必然使山水在他们生活中占有很重要的地位。这种思想观念的变化为山水景物入诗准备了必要的思想条件。从景物描绘来看，山水景物的表现大致经历了由苑囿山水走向自然山水的过程。这两条线索在东晋玄言诗人那里开始合流，到谢灵运而趋向成熟，最终形成了山水诗的大盛。从这个角度看，玄言诗是有一定的历史功绩的。

另外，玄言诗的表现大都简淡清雅，境界空灵，如“萧萧山间风，泠泠积石溪”（湛方生《诗》），“高丘万丈峻，长湖千里清”（庾阐《还都帆诗》），“清泉吐翠流，渌醽漂素濑”（庾阐《三月三日诗》），“回沼激中逵，疏竹间修桐”（孙统《兰亭诗》）等。这些诗写景与理思交融，不但辞采英艳，而且境界清奇，处处显露出作者对自然的赏悟，表现出明显的闲淡清远的审美情趣。这对后世诗歌的境界开拓和审美情趣的表现也都有明显的影响。

总之，玄言诗作为我国诗歌史上的一个重要发展阶段，尽管它本身有许多不足，但其中的景物描写和所表现出来的情趣风格，对后世诗歌尤其是山水诗产生过重要影响，是不可一笔抹杀的。

第四节　南北朝诗歌

南北朝诗歌是继魏晋之后中古诗歌发展的又一重要阶段。根据政治、文化、地域、风格的不同，南北朝诗歌又分为南朝诗歌和北朝诗歌。

南朝诗歌是在对魏晋诗歌尤其是东晋玄言诗的革新和自身不断的新变中发展的。无论是思想内容还是艺术表现形式，南朝诗歌同此前的魏晋诗歌都表现出明显的不同。从内容来看，魏晋诗偏重言志述怀，多生死之感、时序迁流的抒发，南朝诗歌偏重应酬娱情、多山水景貌的描绘。从艺术表现形式来看，魏晋诗追求高古浑厚，气象一体，南朝诗则追求形式美、辞采美和光色美，注重辞藻、对偶、声律的运用。体制风貌的不同，使南朝诗歌形成了相对独立的发展阶段。

南朝诗歌处于富于新变的时代。纵览南朝一百六七十年诗歌的发展，大体经历了初、中、后三个比较重要的时期。初期主要是指刘宋时期以颜延之、谢灵运、鲍照为代表的元嘉诗歌的创作。中期主要是指齐梁之际以谢朓、沈约等为代表的永明新体诗时代。梁代的江淹、吴均、何逊等也是此时期重要的优秀诗人。后期则主要是指梁陈时期以萧纲、徐陵、庾信(在南朝时创作)、江总等为代表的宫体诗阶段。

晋宋之际是我国诗歌发展的重要的转型期。其明显的标志就是在形式上追求形式的整饬和藻采的华丽，“俪采百字之偶，争价一句之奇。情必极貌以写物，辞必穷力而追新”(《文心雕龙·明诗》)。从题材来看，它革新了东晋以来玄言占据诗坛的局面，诗歌开始由谈玄逐渐转向对山水自然的描绘，山水景物大量入诗。沈德潜说：“诗至于宋，体制渐变，声色大开”，“古之终而律之始也”。(《古诗源》)很中肯地指出了晋宋之际诗风变迁的轨迹。

南朝初期的诗歌创作即是在此风气之下进行的。当时主要的代表诗人是被称为“元嘉三雄”的颜延之、谢灵运和鲍照。此外，谢惠连、汤惠休等也是此时期著名的诗人。

颜延之(384～456)，字延年，与谢灵运齐名，并称“颜谢”。钟嵘有“谢客为元嘉之雄，颜延年为辅”(《诗品》)的评论，是当时公认的诗坛代表。但他的诗歌成就远赶不上谢灵运。颜延之诗歌最大的特点是刻意雕琢，讲究辞藻对偶和用典，缺乏生气。钟嵘评他的诗“句无虚语，语无虚字”，“体裁绮密”；鲍照说他的诗“铺锦列绣，亦雕绘满眼”(《南史·颜延之传》)，都恰当地指出了他诗歌创作的倾向。颜延之写得较好也为后人所称道的诗是《五君咏》，这一组诗分别对魏竹林七贤中的五个人进行了咏叹，如《阮步兵》：

阮公虽沦迹，识密鉴亦洞。沈醉似埋照，寓辞类托讽。长啸若怀人，越礼自惊众。物故不可论，途穷能无恸！

绝少用典，而且语言流畅，运情真切。其他如《北使洛》、《秋胡行》等也较著名。

谢灵运(385～433)，小名客儿，陈郡阳夏(今河南太康)人，是当时名声最大的诗人。其祖父谢玄曾参加淝水之战，乃东晋名将。灵运自幼聪慧，甚得祖父赏爱。18 岁袭封康乐公，故世称谢康乐。宋建，降爵为侯。少帝即位，出任永嘉太守。晚年任临川内史，因官吏弹劾起兵抗拒，最后在广州被杀。其作品有今人顾绍柏的《谢灵运集校注》。

谢灵运凭借门第之势，自视甚高，“自谓才能宜参权要”，但刘宋统治者并未给他重要的政治地位。所以常怀愤懑，纵情山水，肆意遨游，荒废职事。由于他有“寻山陟岭，必造幽峻，岩嶂千里，莫不备尽”(《宋书·谢灵运传》)的生活游历和较高的文化修养，所经之处莫不传写，创作了大量的山水诗。谢灵运是扭转玄言诗风、开创山水诗派的第一人。他的诗一变玄言诗苦涩说理的弊病，模山范水，形貌俱新，“名章迥句，处处间起；丽典新声，络绎奔会”(《诗品》)，给当时诗坛吹来了一股清新之气。

谢灵运的山水诗绝大部分是他任永嘉太守以后写的。诗人善于体察大自然的美，能够准确把握自然景物的特点，用富艳精工又不失自然清新的语言，细致逼真地刻画东南形胜的山水美景，给人以清新可爱的感受。如：

猿鸣诚知曙，谷幽光未显。岩下云方合，花上露犹泫。

——《从斤竹涧越岭溪行》

乱流趋正绝，孤屿媚中川。云日相辉映，空水共澄鲜。

——《登江中孤屿》

林壑敛暝色，云霞收夕霏。芰荷迭映蔚，蒲稗相因依。

——《石壁精舍还湖中作》

这些诗句或通过视角的转换，或运用细致的描绘，来展现大自然界山水景致的形象特征，描写入微，层次清晰，而且富有生动的气息，闪耀着清美的光辉。谢灵运的诗有些还能够将自然景物同心理情绪结合起来写，在写景之中流露出诗人的忧愁和愤懑。如《岁暮》："殷忧不能寐，苦此夜难颓。明月照积雪，朔风劲且哀。运往无淹物，年逝觉易催。"景中有情，语言也不加雕琢，清新自然。不过这种例子在谢诗中比较少见。

谢灵运诗在摹写山水时注重摹声绘色，讲求句法的骈俪，追求诗歌的辞采美、光色美和韵律美，表现出明显的刻意求新的特点。如："岩峭岭稠叠，洲萦渚连绵。白云抱幽石，绿篠媚清涟。"（《过始宁墅》）"春晚绿野秀，岩高白云屯。"（《入彭蠡湖口》）"石浅水潺湲，日落山照耀"等。从写法来看，炼词遣字不乏精巧，描物图貌，也生动传神，光色艳丽，韵律也较谐畅。但更多的是给人一种生涩之感，再加上他诗中玄言余绪并未褪尽，因此，有些诗就不免有酷不入情之嫌。

谢灵运诗在结构上多采用叙事——写景——说理的章法。如《石壁精舍还湖中作》，开头写游乐的路线及情趣，中间写归途中所见之景，最后写人生的感受和所悟玄理。这种结构章法因没有达到景谐理畅、情景相合的完美统一，再加上说理成分过于明显，破坏了诗的风格的完整，容易给人一种板滞、单调的感觉。但就其中的景物来看，还是比较形象生动的。

谢灵运诗给人最突出的印象是有句无篇。即使他历来为人称道的代表作《登池上楼》也存在这种毛病。他的许多诗不是以整篇取胜，而是其中的“名章迥句”给读者留下了深刻的印象。除上所引者外，其他如“野旷沙岸净，天高秋月明”（《初去郡》），“池塘生春草，园柳变鸣禽”（《登池上楼》），“扬帆采石华，挂席拾海月”（《游赤石进帆海》），“初篁苞绿箨，新蒲含紫茸。海鸥戏春岸，天鸡弄和风”（《于南山往北山经湖中瞻眺》）等等。这些诗句鲜明地体现了谢诗“极貌写物”、“穷力追新”的艺术倾向，对后世写景诗也产生过深刻影响。但于此同时，其过分追求对偶铺排、雕章琢句的倾向，也对后世形式主义诗风产生了一定的影响，齐梁之际永明体即是在此基础上进一步发展的。

总之，谢灵运的诗尽管有这样那样的不足，但他是我国诗史上第一个大力创作山水诗的诗人，他的山水诗打破了东晋以来玄言诗独占文坛的局面，扩大了诗的题材和艺术表现领域，在诗歌艺术技巧方面所作出的探索和取得的有益成就，也为后世诗歌提供了必要的借鉴。但他的诗很少反映社会，而且有些诗对性情的表现也不自然真实，这又是谢诗的不足。

在元嘉诗歌创作中，能够广泛反映社会现实，真实而强烈地抒发自己的内在思想情感，并在艺术上取得巨大成就的是鲍照。无论从思想性还是艺术性看，鲍照都称得上是南北朝时期最优秀的诗人。

鲍照(414？～466)，字明远，本上党人，后移家东海。家世寒微，身地孤贱。以诗为临川王刘义庆所赏识，任为国侍郎。后又历任海虞、秣陵、永嘉等县令及中书舍人之职。最后任临海王刘子顼的参军，故世又称为鲍参军。刘子顼阴谋作乱，鲍照也在江陵为乱兵所杀。今人钱仲联有《鲍参军集注》。

鲍照有逸气干云之志，功业报国之心，但生当荒乱之世，门阀士族炽烈之秋，才秀人微，备受压抑。家世、生活遭际的不同使鲍照的创作同谢灵运等人截然相反。他继承了汉乐府以来现实主义的精神传统，以诗来反映自己的压抑不平和愤慨，揭露门阀士族社会的黑暗和腐朽，感情愤烈，诗风遒劲，成为南北朝时期“上挽曹刘之逸步，下开李杜之先鞭”的重要诗人。

鲍照今存诗 200 余首，其中五言诗占一半以上，乐府诗 80 余首。就反映现实的深度和广度来看，他的五言诗不如乐府诗成就高。而最能代表鲍照诗歌创作艺术独特性的则是他的七言和杂言乐府诗。《拟行路难》18 首是其杰出的代表作。

《拟行路难》18 首内容相当丰富深刻。有的表现了男女离别之悲，抒发了诗人对被压迫妇女得不到爱情自由的深切同情，如《璇闺玉墀上椒阁》，通过女子“宁作野中之双凫，不愿云间之别鹤”的志向的描写，塑造了一个不贪图富贵而忠于爱情的女子形象。有的抒发了士卒从军征戍之苦和思乡怀人之情，如《君不见少壮从军去》等，抒情强烈，异常感人。有的表现了诗人人生的苦闷和无可奈何的悲叹，如《中庭五株桃》、《诸君莫叹贫》等。但最能反映诗人的反抗个性并且给人以心灵震撼的，还是他对门阀士族社会压抑人才的揭露和抒发自己强烈的激愤不满的诗。如：

> 泻水置平地，各自东西南北流。人生亦有命，安能行叹复坐愁？酌酒以自宽，举杯断绝歌路难。心非木石岂无感？吞声踯躅不敢言。

> 对案不能食，拔剑击柱长叹息。丈夫生世会几时，安能蹀躞垂羽翼？弃置罢官去，还家自休息。朝出与亲辞，暮还在亲侧。弄儿床前戏，看妇机中织。自古圣贤尽贫贱，何况我辈孤且直！

前首诗通过水泻平地随势趋流的比喻，抒发了诗人在门阀制度压抑下怀才不遇、愤懑不平的情怀。后一首则通过拔剑击柱，四顾茫然，弃置罢官，生性孤直的描绘，表现了诗人的反抗精神和傲岸不屈的个性。这组诗壮丽豪放，抒情强烈，形式自由灵活，音节错综激昂，语言瑰丽遒劲，富有浓烈的浪漫色彩。其创作风格对唐代歌行体产生过深刻的影响。

鲍照的五言乐府诗在思想内容上也相当深刻。《代东武吟》、《代放歌行》、《代结客少年场行》、《代贫贱愁苦行》等都是五言乐府中的名作。这些诗歌或反映劳动人民的悲苦生活和凄苦情绪，或揭露门阀士族制度不合理的社会现象，或反映统治者奢侈豪华的荒淫生活，或抒发贫贱者的沉沦之悲，较广泛而深刻地描写了那一时代的社会风貌。在骨力风神日流于弱的南朝诗坛，鲍照能够这样全面而真实地反映社会现实，这是很少见的。

在鲍照五言乐府中，最值得重视的还是他的那些反映边塞战争、征士戍卒生活的边塞诗。这些诗歌抒发了战士立志报国的豪迈气概和爱国主义精神。如《代出自蓟北门行》：

> 羽檄起边亭，烽火照咸阳。征骑屯广武，分兵救朔方。严秋筋竿劲，虏阵精且强。天子按剑怒，使者遥相望。雁行缘石径，鱼贯度飞梁。箫鼓流汉思，旌甲被胡霜。疾风冲塞起，沙砾自飘扬。马毛缩如蝟，角弓不可张。时危见臣节，世乱识忠良。投躯报明主，身死为国殇。

全诗通过战争气氛紧张的渲染和战争环境艰苦的描绘，表现了国难当头，战士誓死报国的忠勇气概。全诗格调雄壮高亢，场面描写开阔宏放，语言华丽劲健，风格雄健苍老，充满强烈的爱国主义激情。鲍照的边塞诗还反映了守边将士的艰苦环境、不幸遭遇和报国无门的痛苦。《代苦热行》通过“日月有恒昏，雨露未尝晞。丹蛇踰百尺，玄蜂盈十围。含沙射流影，吹蛊病行晖。瘴气昼熏体，菵露夜沾衣”的描绘，表现了士兵“生躯蹈死地”的不幸遭遇和生活环境的艰难。《代东武吟》则借一个老兵“少壮辞家去，穷老还入门。腰镰刈葵藿，倚杖牧鸡豚”的悲惨际遇，揭露了统治者的刻薄少恩，同时也抒发了报国无门的痛苦。鲍照的边塞诗境界开阔，鲜明生动，为唐代边塞诗创作提供了良好的范本。因此有人评价说鲍照作“边塞诗，用十二分力量，是唐人所祖”（钱仲联《鲍参军集注》引王壬秋语）。

鲍照的五言诗也不乏思想深刻之作。如《拟古》其三《束薪幽篁里》就是一首反映统治者对劳动者残酷剥削的诗篇。再如《幽并重骑射》通过对幽并少年武艺精超，气势豪迈的歌颂，表现了报国立功的情怀，同他五言乐府诗中的边塞诗有异曲同工之妙。鲍照还有许多清新自然，辞华而不弱的写景诗和抒情诗，如《赠傅都曹别》等都很有名。尤其值得注意的是他的一些五言四句的小诗，如《采菱歌》中的一首：“要艳双屿里，望美两洲间。袅袅风出浦，容容日向山。”语言清丽，写景清新，既有民歌的风味，又不乏文人的气质，对后世绝句有深远影响，反映了南朝文人对南朝民歌的学习和借鉴。

鲍照的诗感情奔放，气势遒劲，夸张大胆，想象丰富，善于浓烈气氛的渲染，表现出明显的浪漫主义特色。诗人一生深受压抑，甚感世路艰难。压力愈大，反抗力愈强，不平之气一旦喷发，就会像火山爆发一样奔腾不止。他的代表作《拟行路难》十八首最能体现鲍诗的这一创作倾向。萧子显《南齐书·文学传论》说他的诗“发唱惊挺，操调险急……倾炫心魄”，是基本符合实际的。鲍照诗的想象夸张也是很突出的。写苦热则有“身热头且痛，鸟堕魂来归。汤泉发云潭，焦烟起石圻”（《代苦热行》）；写忧愁易老，则有“流浪渐冉经三令，忽有白发素髭生。今暮临水拔已尽，明日对镜复已盈”（《拟行路难》其十三）。无不生动形象，给人以艺术感染。

鲍照诗造语新奇峻健，语言刚健而不失华赡，尤其是他的一些山水诗句，同谢灵运诗一样既有华丽的辞采美，又有动人的韵律美，体现了鲜明的时代特色。如“松色随野深，月露依草白”、“风起洲渚寒，云上日无晖”、“腾沙郁黄雾，翻浪扬白鸥”等等。杜甫称鲍照的诗“峻逸”。这些诗句的确有一种峻而且逸的特点。

鲍照对诗歌形式尤其是七言诗的发展也做出了重要的贡献。鲍照以前虽有七言诗的创作,但影响不大。而且这些诗多是逐句用韵,韵密调促,没有什么变化。鲍照是我国诗史上第一个大力创作七言诗的诗人。他的七言诗今存有近20首,杂言乐府也多以七言句式为主。这些诗歌不但思想性强,而且形式灵活。他的七言诗多是隔句用韵,而且用不断换韵的方法来组织篇章,韵律转换自如,具有抑扬顿挫之美。鲍照的七言乐府诗大大推动了七言诗体的发展,为唐代七言歌行体的兴盛铺平了道路。

南朝初期的诗歌创作本来就有追求诗歌语言形式美的倾向,刻意讲究辞句的整齐对偶。到了齐武帝永明年间,音韵学有了长足的新的发展。周颙发现汉字的平、上、去、入四种声调,著《四声切韵》。沈约等著名诗人又将音韵学的研究成果应用到诗歌创作中来,创立了"四声八病"之说,要求诗歌要力求平仄调协,音韵铿锵,词采华丽,对仗工整。这种新的诗歌创作形式的要求同晋宋以来诗歌中对偶的形式互相结合,形成了一种新诗体,诗史上称之为永明新体诗。永明体的出现是我国格律诗的开端,标志着我国诗歌从比较自由的"古体"向格律严整的"近体"的转变,它对唐代以后的诗、词、曲、文都产生了深远影响。永明新体诗在我国诗歌发展史上是有其贡献的。没有永明诗人对诗歌形式的大胆探索,就不会有音韵谐畅的唐代格律诗。永明体讲究音韵美追求形式美,也不可一概目为形式主义。至于齐梁陈时期诗歌多风花雪月、闺帏衽席的表现,主要责任也不是永明体所致,而是时代、阶级等各种因素影响的结果。总之,永明体对我国古代格律诗的形成和发展所做的贡献是不可否认的。

永明时期的著名文人是所谓的"竟陵八友"。即永明年间招纳在齐武帝次子竟陵王萧子良门下的八个著名文人:王融、谢朓、沈约、任昉,陆倕、范云、萧琛,萧衍等。其中诗名最高的是沈约和谢朓,但沈约的成就远不及谢朓。谢朓实际上是永明体最优秀的诗人。

谢朓(464～499),字玄晖,陈郡阳夏(今河南太康)人。祖母是著名史学家范晔的姐姐,母亲是宋武帝之女长城公主。曾任宣城太守,故后世又称他谢宣城。任吏部尚书郎时,因拒绝朝廷大臣和藩王的政变,被诬陷杀害,年仅 36 岁。近人郝立权有《谢宣城诗注》。

谢朓出身陈郡谢氏望族,同谢灵运同族。而且他的诗也深受谢灵运的影响,创作以山水诗见长。因而后代评论者往往将他同谢灵运并称为"二谢",称谢灵运为"大谢",谢朓为"小谢。"

谢朓现存诗歌 130 余首,其中四分之一是他在作宣城太守时所作。他的山水诗继承了谢灵运山水诗细致观察、逼真描绘的优点,又避免了谢灵运诗平板生涩的毛病,能够用清新自然、俊逸秀美的语言来描写山水自然,给人新颖清爽的感觉。如他历代传诵的名作《晚登三山还望京邑》:

> 灞涘望长安,河阳视京县。白日丽飞甍,参差皆可见。余霞散成绮,澄江静如练。喧鸟覆春洲,杂英满芳甸。去矣方滞淫,怀哉罢欢宴。佳期怅何许,泪下如流霰。有情知望乡,谁能鬒不变?

此诗描写春晚之景,江水静流,余霞绮天,鸟喧花繁,春意盎然,语言清美流转,音韵谐畅,风格清新秀丽,所写之景如在目前。沈德潜说:"玄晖灵心秀口,每诵名句,渊然泠然,觉笔墨之中,笔墨之外,别有一段深情妙理。"又说:"康乐每板拙,玄晖多清俊。"(《古诗源》)谢朓山水诗的确给人一种清俊的艺术感受。

谢朓的诗还善于将写情与写景结合起来,在山水景致的描绘中,融入自己宦海浮沉和仕途忧虑的人生感受,使景物之中表现出明显的主观情调。如:

> 江路西南永,归流东北骛。天际识归舟,云中辨江树。旅

思倦摇摇，孤游昔已屡。既欢怀禄情，复协沧州趣。

——《之宣城出新林浦向板桥》

大江流日夜，客心悲未央。徒念关山近，终知返路长。秋河曙耿耿，寒渚夜苍苍。

——《暂使下都夜发新林至京邑赠西府同僚》

前者写景之中流露了仕途惟恐遇祸的忧虑之情，渴望回避现实的政治态度和亲身山水的生活情趣；后者抒发了离别荆州旧好的感伤。都能做到情与景会，互相映衬。

同谢灵运相比，谢朓山水诗更加成熟。他的山水诗实现了审美主体和客体的浑融，写景之中，人物的神情意态活灵活现，如在目前。他的山水诗摆脱了玄言的成分，生活气息加浓了。他的山水诗克服了谢灵运繁富偶对的毛病，语言清新秀美，圆转轻灵。尤其是他诗中的写景名句，如："远树暖阡阡，生烟纷漠漠。鱼戏新荷动，鸟散余花落。"（《游东田》）"窗中列远岫，庭际俯乔林。月出众鸟散，山暝孤猿吟。"（《郡内高斋闲望答吕法曹》）"余雪映青山，寒雾开白日。暧暧江树见，离离海树出。"（《高斋视事》）既清新生动，又富有音节美，给人以深刻的印象。

作为永明体的最重要的优秀诗人，谢朓的诗歌自然会自觉地追求永明声律说的要求，但由于声律要求严而且繁，所以即使声律说的创立者沈约本人也没有做到。谢朓诗中完全合乎声律的并不多。比较重要的如《咏蔷薇》、《离夜》、《送江兵曹、檀主簿、朱孝廉还上国》等，都可视为五言律诗的雏形。其中《入朝曲》无论在形式、写景、意境等方面都有特点，是这方面的名作：

江南佳丽地，金陵帝王州。逶迤带绿水，迢递起朱楼。飞甍夹驰道，垂杨荫御沟。凝笳翼高盖，叠鼓送华辀。纳献云台表，功名良可收。

在他的诗中值得重视的还有那些模仿南朝民歌创作的五言四句的小诗。如：

佳期期未归，望望下鸣机。徘徊东陌上，月出行人稀。

——《同王主簿有所思》

绿草蔓如丝，杂树红英发。无论君不归，君归芳已歇。

——《王孙游》

夕殿下珠帘，流萤飞复息。长夜缝罗衣，思君此何极？

——《玉阶怨》

这些诗意境空灵透明，音韵婉转悠扬，表现出语浅意深、韵短情长的艺术风貌，对唐代的律诗绝句产生了直接的影响。严羽说："谢朓之诗，已有全篇似唐人者。"（《沧浪诗活》）宋赵紫芝说"玄晖诗变有唐风"。都中肯恰当地指出谢朓诗对后世的影响及在我国诗歌史上的地位。李白说："解道澄江净如练，令人长忆谢玄晖。"（《金陵城西楼月下吟》）"我吟谢朓诗上语，朔风飒飒吹飞雨。"（《酬殷明佐见赠五云裘歌》）唐代诗人是很赞赏谢朓的诗的。

在齐梁之际，除了永明体诗人群体外，江淹、吴均、何逊等也是当时较著名的诗人。

江淹（444～505），字文通，齐梁之际优秀诗人。少时孤贫。中年以后官运亨通。他的作品大多创作于中年以前，晚岁很少，所以《南史·江淹传》说他"晚节才思微退"，"时人谓之才尽"。

江淹的诗善于模拟。《杂体诗三十首》、《效阮公诗十五首》是其代表作。前者模拟汉至刘宋30位作家的作品，后者仿效阮籍《咏怀诗》的创作。这些作品虽然不可能完全表现作者自己的思想情感，但能够很准确地传达出所拟作家的情调风格。刘熙载《艺概·诗概》说："江文通诗有凄凉日暮，不可如何之意。此诗之多情而人之不济也。虽长于杂拟，于古人苍壮之作，亦能肖吻，究非其本色耳。"较中肯地指出了他这类诗的特点。通行本有明人胡之骥的《江文通集汇注》。

何逊（？～518），字仲言。何逊诗今存100余首，其诗风与谢朓相似，多山水自然景物的描绘，而且语言明净流畅，"情词婉转，浅语俱深”。如:“夜雨滴空阶,晓灯暗离室。相悲各罢酒,何时同促膝。”(《临行与故游夜别》)“居人行转轼,客子暂维舟。念此一筵笑,分为两地愁。露湿寒塘草,月映清淮流。方抱新离恨,独守故园秋。”(《与胡兴安夜别》)不但用语明畅,而且形式上更接近唐律。陆时雍《诗镜·总论》说:“何逊诗语语实际,了无滞色。其探景每入幽微,语气悠柔,读之殊不尽缠绵之致。”沈德潜《古诗源》说他的诗“渐入近体”,可谓的评。通行本为中华书局排印本《何逊集》。

吴均(469～519),字叔庠。家世寒微,性格孤直。他的诗在当时很有声名,《梁书·吴均传》说他的作品“文体清拔有古气,好事者或效之,谓之吴均体”,其诗的确有一种风云之气。如《胡无人行》:

剑头利如芒,恒持照眼光。铁骑追骁虏,金羁讨黠羌。高秋八九月,胡地早风霜。男儿不惜死,破胆与君尝。

语言朴质,很少雕饰,这在当时诗坛是很少见的。吴均《山中杂诗》也是历代称道的写景名作:

山际见来烟,竹中窥落日。鸟向檐上飞,云从窗里出。

纯用白描手法,构图清新,层次分明。杜甫的《绝句》“两个黄鹂鸣翠柳”明显地受此诗影响。

从梁朝中晚期开始直至陈朝灭亡,诗歌创作多以描写宫廷艳情和女性的衣饰、姿态为内容,形式上华缛绮丽,缺乏深刻的社会内容,这就是诗史上常提到的宫体诗时代。《隋书·经籍志·集部叙》说:“梁简文之在东宫,亦好篇什。清辞巧制,止乎衽席之间;雕琢蔓藻,思极闺闱之内。后生好事,递相放习,朝野纷纷,号为宫体。”萧纲、徐陵、张正见、江总等都是当时著名的宫体诗人。宫体诗虽然内容上无甚可取之处,而且往往还表现了当时文人沉湎女色的变态心理,但在写法上,宫体诗以细腻真实见长,能够通过精细绵密的描写来表现所描述的对象,见出诗人观察细微、用笔精真的艺术功力。如萧纲的《美女篇》:“佳丽尽在情,风流最有名。约黄能效月，裁金巧作星。粉光胜玉靓，衫薄拟蝉轻。密态随流脸，娇歌逐软声。朱颜半已醉，微笑隐香屏。”再如江总的《闺怨篇》：

寂寂青楼大道边，纷纷白雪绮窗前。池上鸳鸯不独自，帐中苏合还空然。屏风有意障明月，灯火无情照独眠。辽西水冻春应少，蓟北鸿来路几千。愿君关山及早度，照妾桃李片时妍。

尤其是江总的《闺怨篇》，出语自然，对仗工整，已接近七律。可以看出，宫体诗尽管思想情调不高，但在艺术表现手法和艺术创作经验上还是值得重视的，不可一笔抹煞。唐代诗歌正是在对梁陈宫体诗的扬弃和不断创新中走向繁荣的。

在梁陈时期，阴铿的诗歌亦很值得重视。如《江津送刘光禄不及》：

依然临江渚，长望倚河津。鼓声随听绝，帆势与云邻。泊处空余鸟，离亭已散人。林寒正下叶，晚钓欲收纶。如何相背远？江汉与城闉。

送别之情与晚照之景交融相合，很有意境。他的诗已有合唐律者，如《昭君怨》：

跨鞍今永诀，垂涕别亲宾。汉地行随尽，胡关逐胡新。交河拥寒雾，陇首暗沙尘。惟有孤明月，犹能送远人。

陈祚明《采菽堂古诗选》评阴铿诗说：“阴子坚诗声调既亮，无齐梁晦涩之习，而琢句抽思，务极新隽。寻常景物，亦必摇曳出之，务使穷态极妍，不步直率。此种清思，更能运以亮笔，一洗《玉台》之陋，顿开沈（佺期）、宋（之问）之风。”指出了他的诗对唐代诗人的影响。

当南朝诗歌不断新变和发展时，相对来讲北朝诗歌比较沉寂。至北魏孝文帝实行汉化政策，进行改革时，北朝诗坛也随之有了起色。东魏、北齐时，北朝诗歌日渐繁荣，出现了被誉为“北地三才”的温子升、邢劭、魏收。另外，由南而北的大批文人也为北朝诗坛增添了光彩。其中较著名的是王褒和庾信。

王褒字子渊，原是南朝宫廷诗人。到北方后，由于生活环境的变化，诗风也有所改变。现存诗四十余首，多描写边地风光及流落不归的生活情绪，寄寓了身在异国的悲凉感受。其最著名的是《渡河北》诗：

秋风吹木叶，还似洞庭波。常山临代郡，亭障绕黄河。心悲异方乐，肠断陇头歌。薄暮临征马，失道北山阿。

这是一首行旅述怀诗，写诗人北渡黄河，触景生情的羁旅漂泊之情。全诗语言朴素，格调苍凉，很有特色。

庾信(513～581)，字子山，南阳新野(今河南新野)人。早年同其父庾肩吾同事梁朝。诗文轻绮靡绝。他们父子同徐陵父子因皆倡导宫体，故时称他们的作品为“徐庾体”。梁武帝太清二年(548)侯景之乱，建康失陷，庾信逃奔江陵。元帝即位，官散骑常侍。承圣三年(554)，出使西魏。因魏梁交兵，被扣留。西魏亡后又仕北周，官至骠骑大将军，开府仪同三司，故世称庾开府。后终老北国。清人倪璠的《庾子山集注》较为通行。

庾信的诗歌因生活经历和创作风格的不同可明显分为两期。

前期的庾信是在富贵荣华、歌舞升平中度过的，又是重要的宫廷文学侍臣，所以，他的诗歌多描写宫廷生活，题材狭窄，风格绮靡，没有什么现实内容。《奉和山池》、《奉和示内人》等皆为奉和应制之作，代表了前期的诗风。

入北以后，由于生活环境，思想感情的变化，其诗歌内容风格也发生了转折。庾信后期的创作多抒写自己的亡国之痛、身世之悲和思乡之哀，感情真挚，风格苍老雄健，既有南朝诗歌华丽精巧的特点，又有北朝诗歌刚健清新的风韵，形成了一种瑰丽悲凉的艺术风格。杜甫说：“庾信生平最萧瑟，暮年诗赋动江关。”“庾信文章老更成，凌云健笔意纵横。”都是非常中肯的评价。

庾信现存诗300首左右，绝大多数是其北朝时的创作。其中最能反映他的生活、思想、感情，代表其诗歌创作风格的是《拟咏怀二十七首》。这是一组模拟阮籍《咏怀诗》的诗，集中表现了诗人的亡国之痛、身世之悲和思乡之哀，如：

榆关断音信，汉使绝经过。胡笳落泪曲，羌笛断肠歌。纤腰减束素，别泪损横波。恨心终不歇，红颜无复多。枯木期填海，青山望断河。

摇落秋为气，凄凉多怨情。啼枯湘水竹，哭坏杞梁城。天亡遭愤战，日蹙值愁兵。直虹朝映垒，长星夜落营。楚歌饶恨曲，南风多死声。眼前一杯酒，谁论身后名。

除《拟咏怀》外，庾信的一些小诗也很著名。如：

玉关道路远，金陵信使疏。独下千行泪，开君万里书。

——《寄王琳》

阳光万里道，不见一人归。惟有河边雁，秋来南向飞。

——《重别周尚书》

这些小诗境界开阔，感情深沉，风格苍凉，具有一种清新之气。

庾信是初步融合南北诗风的诗人。他的诗既有南方的秀丽工巧，又有北方的悲凉刚健，集六朝之大成，开初唐之诗路，对唐代诗歌的繁荣产生了直接的影响。

庾信的诗善于用典，灵活巧妙，“援古证今，用人若己”（《文心雕龙·丽辞》），增强了诗歌的艺术表现力。

庾信诗对仗精工，音律谐畅，华实相扶，情文兼至，灏气舒卷，变化自如，为律诗的形成和发展做出了贡献。刘熙载《艺概·诗概》说：“庾子山《燕歌行》开唐初七古，《乌夜啼》开唐七律。其他体为唐五绝、五律、五排所本者，尤不可胜举。”李调元《雨村诗话》说他的诗“乃六朝而后转为五古、五律之始”。恰当地指出了其诗在诗歌形式发展中的作用。

总之，庾信是南北朝最后一个优秀的诗人，是六朝最后集大成的诗人，也是唐代诗歌的先驱者之一，在我国诗歌史上起着重要的承前启后的作用。

第五节　南北朝民歌

南北朝时期是我国民歌继汉乐府民歌之后又一次繁荣灿烂的时代。南北朝民歌同南北朝诗歌一样可根据政治、文化、地域、风格的不同分为南朝民歌和北朝民歌。

南朝民歌现存约500首，分吴声歌、西曲歌、神弦曲三大类，绝大部分保存在郭茂倩的《乐府诗集·清商曲辞》中。吴歌约320多首，有《子夜歌》、《子夜四时歌》、《读曲歌》等部分组成，产生在长江下游以建业为中心的江南地区。西曲歌约140多首，产生在长江中游和汉水流域的荆、郢、樊、邓间。神弦曲共18首，是江南建业一带民间的娱神祭神曲。南朝民歌都产生于商业相对发达的江南都市，具有浓郁的市民生活情调，所以，从地域来看，它属于"都市之歌"。

南朝民歌的作者多是女子。有的是都市中的小商人妇，有的是达官贵人的婢妾，有的是出自娼妓之口，因此，南朝民歌又是典型的"女儿之歌"。

从题材内容来看，南朝民歌多是咏叹男女之情的"情爱之歌"。写男女之情是南朝民歌的主要特色。如：

今夕已欢别，合会在何时？明灯照空局，悠然未有棋。

——《子夜歌》

秋风入窗里，罗帐起飘飏。仰头看明月，寄情千里光。

——《子夜四时歌》

南朝民歌虽然内容比较单一，但较真切地表现了当时都市经济相对发达下的市民心态，尤其是在婚姻恋爱上的喜怒哀乐。这些作品有反映男女之间互相思念互相爱慕，甚而至于对爱情大胆追求的。如：

打杀长鸣鸡，弹去乌臼鸟。愿得连冥不复曙，一年都一晓！

——《读曲歌》

夜长不得眠，明月何灼灼。想闻欢唤声，虚应空中喏。

——《子夜歌》

华山畿，君既为侬死，独生为谁施？欢若见怜时，棺木为侬开。

——《华山畿》

也有反映女子婚姻恋爱的不自由和对负心男子哀怨忧愤的诗。如：

未敢便相许，夜闻侬家论，不持侬与汝。

——《华山畿》

夜来冒风雪，晨去履风波，虽得叙微情，奈侬身苦何！

——《夜度娘》

南朝民歌中还有表现商旅别行，夫妇乖离的作品。如：

送欢板桥湾，相待三山头。遥见千幅帆，知是逐风流。

——《三洲歌》

布帆百余幅，环环在江津。执手双泪落，何时见欢还？

——《石城乐》

在南朝民歌中，篇幅最长，艺术成就最高，最能代表南朝民歌创作特色的是保存在《杂曲歌辞》中的《西洲曲》。《西洲曲》，《乐府诗集》作为“古辞”，《玉台新咏》则认为是江淹所作，《诗境》、《古诗源》又认为是梁武帝所作。这大概是一首经过文人润色过的南朝民歌。全诗主要描写一个女子从春到夏对自己情人的思恋。但在描写中，善于通过细节的刻画和心理描写来表现女子内在心态。尤其是其中“开门郎不至，出门采红莲。采莲南塘秋，莲花过人头。低头弄莲子，莲子清如水。置莲怀袖中，莲心彻底红”的描写，将采莲与思人合而为一，一语双关，语言清新优美，情韵委婉深长，是历代传颂的名句。此诗堪称南朝民歌的压卷之作。

南朝民歌的艺术特点非常鲜明。从形式体制上看，它诗体短小，多五言四句，对后世五言绝句的形成产生了重要影响。它的语言清新自然，多用江南方言口语，增加了诗的民歌风味和地方色彩。从表现手法来看，它又常用比喻，善用谐音双关语。如以"莲"双关"怜"，以"丝"双关"思"，以"棋"双关"期"等，既增加了诗歌表情的含蓄性，又使诗歌具有一种清新婉丽的艺术风格，对南朝文人诗产生了直接的影响。

北朝民歌现存六七十首，主要保存在《乐府诗集》的"梁鼓角横吹曲"中。虽然，北朝民歌数量不及南朝，但题材内容较南朝民歌广泛得多，而且风格同南朝民歌也明显不同。

北朝民歌中有许多表现北方少数民族尚武精神的诗。如《企喻歌》：

> 男儿欲作健，结伴不须多。鹞子经天飞，群雀两向波。

前两句抒胸怀大志，表情直率逼人，后两句以鹞、雀作比来深化主题，形象生动。

对战争和民生疾苦的反映也是北朝民歌的重要思想内容。《企喻歌》中的《男儿可怜虫》写战争的残酷，"尸丧狭谷口，白骨无人收"，具有明显的反战情绪。正因为战争频仍，给人民带来了深重的灾难，所以，许多劳动者不得不离井背乡。如《陇头歌》：

> 陇头流水，流离山下。念吾一身，飘然旷野。
> 朝发欣城，暮宿陇头。寒不能语，舌卷入喉。
> 陇头流水，鸣声幽咽。遥望秦川，心肝断绝。

语言朴质，写情真挚，反映了战争残酷和统治者剥削压迫下劳动者大批流亡的现实。形象描绘中流露出无限的愤慨之情。

北朝民歌还有反映婚姻爱情的。如《折杨柳枝歌》：

> 门前一株枣，岁岁不知老。阿婆不嫁女，那得儿孙抱。

写女儿年大不嫁的幽愤，大胆率真，不假掩饰。再如《地驱乐歌》："驱羊入谷，白羊不前。老女不嫁，蹋地呼天。"同前首有异曲同工之妙，都反映了女子对婚姻爱情生活的渴盼和追求。

另外，对北方民族游牧生活和北国风光的反映，也很突出。如《敕勒歌》：

> 敕勒川，阴山下。天似穹庐，笼盖四野。天苍苍，野茫茫，风吹草地见牛羊。

写水草丰盛、牛羊成群的北国草原景色，景境辽阔，意境浑茫，呈现出一种雄浑壮丽的美，很有特色。

《木兰诗》是北朝民歌中最有代表性的民歌。它同《焦仲卿妻》并称为我国乐府文学史上的"双璧"。木兰是一个勤劳、善良、又英勇善战的普通的农家女，为了卫国保家，她毅然替年迈老父从军。在身经百战之后，她又不慕荣华富贵，而是回故乡过普通劳动者的生活。作品通过对木兰这个传奇式的女英雄形象的塑造，热情地歌颂了劳动妇女敢于冲破传统的男尊女卑的封建观念和她们纯洁高尚的情怀，同时，也赞颂了劳动者崇高的爱国主义情感，有深刻的现实意义和社会意义。

《木兰诗》是现实主义与浪漫主义相结合的诗篇。木兰既是现实生活中的人物，又是劳动者理想的化身。木兰形象的塑造集中表现了劳动者的审美理想。全诗结构谨严，剪裁合理，详略得当，语言朴素自然，善于用铺排手法和比喻来烘托气氛，具有高超的艺术表现力。

北朝民歌具有独特的艺术特色。它语言朴实，绝少雕饰，表情大胆，真率豪放，风格雄放刚健。体式上，北朝民歌虽也以五言四句为主，但还有七言、四言、杂言等形式，对七言诗体做出了贡献。尤其是当南朝诗歌被香泽绮罗充斥诗坛的时候，北朝诗歌更值得重视。

第二章　陶渊明

第一节　陶渊明的生平和思想

陶渊明(365～427),又名潜,字元亮,别号五柳先生。他死后,他的朋友颜延之在《陶征士诔》中曾送他“靖节”二字作为谥号,故而又称靖节先生、陶靖节。浔阳柴桑(今江西九江西南)人。他是晋宋时期著名的诗人、辞赋家、散文家,是一位对后世影响深远的大家。

陶渊明的曾祖陶侃是东晋开国元勋,官至大司马,都督八州军事、荆江二州刺史,封长沙郡公,祖父陶茂做过武昌太守。父亲早死,名不详。外祖父孟嘉是东晋名士。

陶渊明的一生大致可分为三个时期。

第一个时期,为在家读书时期。即晋孝武帝太元十七年(392)陶渊明 28 岁以前。由于父亲早死,他的家境比较贫苦。颜延之在《陶征士诔》中说他“少而贫病,居无仆妾,井臼弗任,藜菽不给。”但是,他的家教却很好。这一时期,他读了不少书,不仅有儒道两家的书籍,而且有不少神话、小说一类的“异书”。

第二个时期,为仕隐交替时期,即晋孝武帝太元十八年(393)他 29 岁到晋安帝义熙元年(405)41 岁。陶渊明 29 岁时,第一次出来做官,任江州祭酒。但是,由于“不堪吏职,少日自解归”。这样,他在家乡闲居了五六年。晋安帝隆安四年(400),他来到荆州,任荆州刺史桓玄的僚属，具体职务不详。此时桓玄正窥伺晋室江山，等待时机篡权。隆安五年(401)，他因母丧辞归。陶渊明这次归隐，除了母丧之外，还可从其这一时期他传世的《庚子岁五月中从都还阻风于规林二首》及《辛丑岁七月赴假还江陵夜行涂口》诗中看出他对自己就职桓玄属下的悔恨。陶渊明回乡的第二年(403)，桓玄东下，攻占建康，自称太尉。陶渊明在家乡开始“耦耕”。是年冬，桓玄篡晋，陶渊明在家闭门高吟。晋安帝元兴三年(404)，刘裕起兵讨伐桓玄，桓玄败走。刘裕入建康，被文武官员推举为镇军将军、都督八州军事、徐州刺史。陶渊明出任镇军将军刘裕的参军。同年，桓玄伏诛。义熙元年(405)，陶渊明转任建威将军、江州刺史刘敬宣的参军。八月，他出任彭泽县令。本来。他这次出仕是为归隐做些准备，不过，由于种种原因。他只做了 80 多天的彭泽县令，11 月即辞官归隐。这一时期，他创作了《癸卯岁十二月中作与从弟敬远》、《始作镇军参军经曲阿作》、《乙巳岁三月为建威参军使都经钱溪》、《闲情赋》、《晋故征西大将军长史孟府君传》、《归去来兮辞》等等。

第三个时期，为归田时期，即从晋安帝义熙元年(405)他 41 岁到宋文帝元嘉四年(427) 63 岁去世。陶渊明此次归隐，就再也没有出仕，一直过着躬耕自资的生活。归田之初，他的生活还比较优裕，家中有僮仆，温饱亦有保证。他的田园诗代表作《归园田居》5首即写于此时。义熙四年(408)，他的家庭遭受火灾。从此，他的生活日益贫困。义熙七年(411)，他移居南村，结识了殷景仁、周续之、刘逸民等人。人们曾把陶渊明与周、刘二人称作“浔阳三隐”。此期，他还和当时住在庐山东林寺的著名高僧慧远有过来往，但他与慧远等人的思想并不投合。义熙十一年(415)，著名诗人颜延之出任江州刺史刘柳的僚属，到达柴桑，与陶渊明过从密切，感情融洽。义熙末年，朝廷征召他为著作郎，他没有答应。晋恭帝元熙二年(420)年，刘裕篡晋自立，建立刘宋王朝。宋文帝元嘉三年

(426)，檀道济任江州刺史，亲自登门拜访。他谢绝了檀道济的劝说与馈赠。第二年(427)冬天，陶渊明在贫病交加中与世长辞。这一时期，是他的创作的丰收期。《归园田居五首》、《戊申岁六月中遇火》、《庚戌岁九月中于西田获早稻》、《移居二首》、《形影神三首》、《杂诗十二首》、《丙辰岁八月中于下潠田舍获》、《赠羊长史》、《饮酒二十首》、《咏贫士》、《拟古九首》、《桃花源记并诗》、《述酒》、《读山海经》、《咏荆轲》、《有会而作》、《挽歌诗三首》、《感士不遇赋》、《与子俨等疏》、《自祭文》等都作于此时。

陶渊明的思想比较复杂，但是，对社会人生的深切关心，对理想社会和理想人格的不懈追求，不苟合、不妥协的斗争精神，是陶渊明思想中最本质的一面。

对社会人生的深切关心。青少年时代的陶渊明，不仅有志士的胸怀，而且有豪侠的热血。他在诗中自叙："忆我少壮时，无乐自欢娱。猛志逸四海，骞翮思远翥。"(《杂诗》其五)"少时壮且厉，抚剑独行游；谁言行游近，张掖至幽州。"(《拟古》其八)由此可知，青少年时代的陶渊明，一心向往收复由胡人统治的中原地区。

陶渊明在他长达13年的时官时隐生涯中，固然有"为贫而仕"的一面，但是，这里也不排除他有为实现自己的理想和抱负而出仕的一面。他在桓玄、刘裕手下都做过参军，这在当时都是有可能参与军国大计的。可是，现实的黑暗使他无法施展自己的抱负，在这种情况下，他不得不抽身官场而归隐田园。他40岁时写作的《荣木》诗序中说："荣木，念将老也。日月推迁，已复九夏。总角闻道，白首无成。"诗中也说："先师遗训，余岂云坠；四十无闻，斯不足畏。脂我名车，策我名骥，千里虽遥，孰敢不至！"全诗表现出作者对功名事业的向往和不能及时建功立业的惆怅，这也从另一方面说明了陶渊明对社会人生的深切关心。

归隐之后，他也一再表现出对政局的关心，表现出理想不能实现的忧愤。著名的《杂诗》其二说："日月掷人去，有志不获骋；念此怀悲凄，终晓不能静。”想到自己的志向不能实现，竟然长夜不眠。

义熙十二年(416)八月，刘裕率领东晋军队北伐后秦姚泓。第二年八月，刘裕的部将王镇恶攻克长安，姚泓投降，后秦灭亡。这是东晋政权自淝水之战以来最显赫的一次胜利！消息传来，陶渊明十分兴奋。他写下了《赠羊长史》一诗：“愚生三季后，慨然念黄虞。得知千载上，正赖古人书。圣贤留余迹，事事在中都。岂忘游心目，关河不可逾。九域甫已一，逝将理舟舆。……”他不但讴歌着胜利，而且憧憬着游览北方失地。

对晋宋易代，陶渊明同样非常关心。鲁迅先生曾在《魏晋风度及文章与药和酒之关系》一文中说过：“但陶集里有《述酒》一篇，是说当时政治的，这样看来，可见他于世事也并没有遗忘和冷淡。”《杂诗》其三、《读山海经》其十一、十三，《拟古》其九等，也都说明他对于易代的关切。

总之，陶渊明一生始终没有忘怀社会人生，他并不是不食人间烟火的方外之士。对于他的归隐，《宋书·隐逸传》曾说：“自以曾祖晋世宰辅，耻复屈身异代，自高祖王业渐隆，不复肯仕。”后世许多人也都认为陶渊明的归隐是由于刘氏篡晋，这就等于把陶渊明当作晋世忠臣看待了。其实陶渊明归隐的主要原因不在于他对于晋室忠与不忠。如果把他的归隐看成是对某朝某代的忠诚，那倒真是低估了他。应当说，他对于晋宋两朝都是不满意的，他归隐的真正原因是因为他对整个社会现实的不满和失望。

对理想社会和理想人格的追求，毫不妥协的斗争精神，在他的许多诗中也有表述。“芳菊开林耀，青松冠岩列；怀此贞秀姿，卓为霜下杰。”(《和郭主簿》)“青松在东园，众草没其姿；凝霜殄异类，卓然见高枝。”(《饮酒》其八)这是托物起兴。“荣叟老带索，欣然方弹琴；原生纳决履，清歌畅商音；重华去我久，贫士世相寻。弊襟不掩肘，藜羹常乏斟；岂忘袭轻裘，苟得非所钦。赐也徒能辨，乃不见吾心。”(《咏贫士》其三)这是借古喻今。“清晨闻叩门，倒裳往自开。

问子为谁欤，田父有好怀。壶觞远见候，疑我与时乖：'褴褛茅檐下，未足为高栖；一世皆尚同，愿君汩其泥。''深感父老言，禀气寡所谐。纡辔诚可学，违己讵非迷。且共欢此饮，吾驾不可回。'"这是借寓言述志。而在《怨诗楚调示庞主簿邓治中》一诗中，他又直抒胸臆，发抒其郁愤不平之气。晚年，他还写了《咏荆轲》一诗，借助历史上的抗暴英雄，寄托自己的情怀。

综上所述，陶渊明的一生始终有一股济世与济世不成转而愤世的情怀。早年他"猛志逸四海"，中年他感慨"有志不获骋"，老年他赞扬刑天"猛志固常在"。这是他思想中最本质的一面。朱熹说他"豪放"，鲁迅说他有"金刚怒目"的一面，都正确地指出了他的思想中本质的一面。

陶渊明的思想中最引人注目的是他超凡脱俗淡泊自持的一面，而这一方面恰恰是诗人愤世嫉俗决不和统治者同流合污精神的另一种表现形态，是他看惯了乱看惯了篡，转而趋向平静的表现。陶渊明的这种"静穆"，正是对现实丑恶的一种反抗，他是以自己高洁的人格来鄙视整个黑暗丑恶的现实。

陶渊明思想中的这两个方面贯串于他的一生。但是，在不同的时期，这两个方面在他思想中所占的比重并不相等。从他的一生来看，越到晚年，他对现实的认识也就越清晰，越深刻。如果我们拿《桃花源记并诗》和《归园田居》、《归去来兮辞》作一比较，就可以明显地看出这种差别。《归园田居》、《归去来兮辞》在高歌田园的同时，还表现出一种比较浓厚的士大夫情调，《桃花源记并诗》却反映出诗人对现实的深刻的洞察和尖锐的批判。这种没有战争徭役，没有国家君臣，没有赋税剥削，人人劳动，自给自足的世外桃源，正是在战乱年代人民所向往的天堂，也是陶渊明对现实长期思考的答案。陶渊明之所以远远高出后世的许许多多的士大夫，这是一个重要的原因。

陶渊明思想的形成，一方面是环境使之然，另一方面也深受儒道两家的影响。他接受儒家思想的影响主要表现为以下三个方面:第一,他以大济苍生为己任,重视“进德修业,将以及时”。第二,他的归隐,既是对现实彻底失望的必然,也是实践儒家“达则兼善天下,穷则独善其身”的处世原则。这一处世原则正是孔子所提倡的“天下有道则仕,无道则隐”(《论语·泰伯》)。归隐之后,陶渊明更是以儒家“君子固穷”的思想自勉自励:“谁云固穷难,邈哉此前修”,“朝与仁义生,夕死复何求”(《咏贫士》),“历览千载书,时时见遗烈,高操非所攀,谬得固穷节”(《癸卯岁十二月中作与从弟敬远》)。第三,强烈的是非观念。儒家历来提倡善善恶恶,贤贤贱不肖。陶渊明在他的诗文中,歌颂屈原、贾谊、司马迁、袁安等人,讥刺利禄之徒,表现出明确的是非观。

对陶渊明思想影响较大的另一方面是道家思想。他接受道家思想的影响主要表现为:第一,以道家崇尚自然,反对矫饰的思想作为反对污浊、伪诈现实的思想武器。他把世俗社会看作是“尘网”、“樊笼”,与之相对应的即是“自然”。第二,陶渊明深受道家委运任化思想的影响。他对于生死、荣辱、穷达等现实问题采取一种旷达随缘的态度。“纵浪大化中,不喜亦不惧,应尽便须尽,无复独多虑。”(《形影神》)“既来孰不去,人理固有终。居常待其尽,曲肱其伤冲。迁化或夷险,肆志无窊隆。”(《五月旦作和戴主簿》)惟其如此,他在现实的困境中常常显得超脱拔俗。第三,道家绝圣弃智的社会理想,成为陶渊明批判现实的一种思想武器,他的桃花源理想中不无道家小国寡民理想的影响。第四,玄学自然观的影响。

陶渊明的作品比较重要的有清人陶澍注《靖节先生集》,近人王瑶的《陶渊明集》和逯钦立校注的《陶渊明集》。

第二节　陶渊明的文学成就

陶渊明现存的作品，计诗歌125首，其中四言诗9首，五言诗116首；文12篇，其中辞赋3篇，散文4篇，韵文5篇。

陶渊明的四言诗歌数量不多，成就也赶不上他的五言诗歌，但他的四言诗在文学史上自有其独特的地位。应当说他是在四言诗歌处于衰势之时重新给予它以新的活力的作家。明人许学夷《诗源辨体》说："陶靖节四言，章法虽本风雅而语自己出，初不欲范古求工耳……靖节无一语盗袭，而性情溢出矣。"可见，陶渊明的四言诗歌之所以有其价值，乃是因为他的四言诗歌抒发自己的真情实感，同时又不抄袭前的人陈词腐句。

陶渊明的五言诗歌成就最高。从内容上看，他的五言诗歌可以分为两大类，一类是继承汉魏以来抒情言志传统的咏怀诗，一类是他自创的田园诗。

五言诗起自汉乐府，到了东汉末年，五言诗成熟。陶渊明的贡献在于他把前人很少触及的平凡的田园生活引入了五言诗，极大地拓宽了五言诗歌的题材，拓宽了五言诗表现现实生活的领域，为后来田园派的发展奠定了基础。陶渊明的田园诗，包括他中年仕隐交替时期的《怀古田舍》、《劝农》以及归田后写的《归园田居》、《戊申岁六月中遇火》、《庚戌岁九月申中于西田获早稻》、《丙辰岁八月中于下潠田舍获》、《怨诗楚调示庞主簿邓治中》、《桃花源记并诗》等。

陶渊明早期的田园诗充满了对田园生活的热爱和赞美，就中以《归园田居》五首最为著名，而第一首"少无适俗韵"尤为人们所称道。此首前半写归田之因，充满了对官场的厌恶之情。他把官场称作"尘网"，比作囿鱼之"池"，"羁鸟"之笼。诗的后半写归田之乐，字里行间洋溢着对田园生活的歌颂与赞美。无论是简朴的宅园，宁静的村庄，还是充裕的时间，都使诗人感到无比欣慰，耳目一新。“种豆南山下”一首，更是直接描写了他亲自参加农业劳动的感受。此时诗人还没有尝到“山中饶霜露，风气亦先寒，田家岂不苦，弗获辞此难”的滋味，加之刚刚脱离官场，故而周围的一切都使他觉得新鲜可爱，好像月亮也是为了和他做伴，才被他带回村里来的。特别是“衣沾不足惜，但使愿无违”这一精细的心理刻画，写出了他和地道农民的不同。因为整天风里来雨里去的地道农民，决不会有这么浓厚的雅兴，而正是这一点，也写出了他和后世许多隐士的重要区别。“后人咏田园之句，虽极工巧，终莫能及”（张戒《岁寒堂诗话》）的根本原因正在于此。

陶渊明的田园诗最受后人称道的正是这类作品。但是，应当看到，陶渊明的这类田园诗，之所以把农村写得这么可爱，乃是因为他竭力把田园作为官场的对立面来加以赞美，同时也是他刚刚脱离官场，“乍释重负”所致。因为此时的诗人尚处在僮仆迎门，“有酒盈樽”的生活环境中，还没有领略到稼穑的艰辛，归隐的艰难，所以作者是按照自己的主观之意，把客观的田园风光摄取到诗中，半借助田园，半借助心境，创造了一幅幅宁静优美的农家图。因此，诗中所描绘的景物无不经过诗人主观审美的过滤，无不渗透着诗人的理想之光。因此，从这个意义上来说，他这一时期写的某些田园诗，有着较为浓厚的浪漫主义情调。

但是，现实的严酷很快就击碎了陶渊明对田园生活理想化的憧憬。四年后(408)他家遭到火灾，作者写了《戊申岁六月中遇火》诗；410 年又写了《庚戌岁九月申中于西田获早稻》诗。他此时的田园诗较之归田初期的田园诗，显然更接近了现实生活：“开春理常业，岁功聊可观。晨出肆微勤，日入负耒还。山中饶霜露，风气亦先寒。田家岂不苦，弗获辞此难。”尽管作者此时已经尝到了躬耕的艰辛，但是，他并没有后悔，“但愿长如此，躬耕非所叹”。416

年他写了《丙辰岁八月中于下潠田舍获》诗。此时他已归隐12年了,“贫居依稼穑,戮力东林隈。不言春作苦,常恐负所怀”。“姿年逝已老,其事未云乖。遥谢荷蓧翁,聊得从君栖。”表达了他归耕到底的决心。诗中的“饥者欢初饱,束带候鸡鸣”之句,有着浓厚的生活底蕴,没有生活体验的人是写不出来的。

随着归隐的继续,早期那种充满浪漫情调的田园诗消失了,代之而起的是一些浸透了他的生活经验的有着浓厚的现实主义色彩的田园诗。418年,陶渊明54岁时又写作了《怨诗楚调示庞主簿邓治中》诗。这首诗沉痛地回顾了自己一生行善,却屡遭坎坷的满腔悲愤。尤其是“夏日长抱饥,寒夜无被眠。造夕思鸡鸣,及晨愿乌迁”之句,写尽了他晚年生计的窘迫。这些田园悲歌,虽不及他早年的田园欢歌那么广为人知,但是,正是这些诗篇的存在,显示了诗人的成熟,也显示了诗人的坚贞。他并没有因为生活的艰辛而改变自己归隐的初衷,这正是这类作品的价值。

约在晋宋易代之际,陶渊明创作了他的不朽名作《桃花源记并诗》。从官场到田园,再从田园到桃源,表明了陶渊明思想的一次次飞跃。

桃花源理想的产生,有着现实的必然和作者个人认识的必然。汉末以来,战乱频仍,一些不能离开本土远迁他乡的北方民众,往往聚众入山,结坞自保,以防兵燹。最初这些堡坞仅仅带有军事性质,后来逐渐发展成为政治上独立,经济上自足,不与外界进行交换的行政生产相结合的单位。《三国志·魏志·田畴传》、《晋书·郗鉴传》、《晋书·李矩传》、《晋书·庾衮传》都有此类记载。而《晋书·刘毅传》、《宋书·夷蛮传·荆州蛮》还记载了陶渊明生活的江州、荆州一带百姓为了逃避赋税徭役,纷纷逃往深山幽谷的事实。《刘毅传》中记载了刘毅的上表:“江州以一隅之地,当逆顺之冲。自桓玄以来,驱蹙残败。至乃男不被养,女无匹对,逃亡去就,不避幽深。”《蛮夷传》云:“宋民赋役严苦,贫者不复堪命,多逃亡入蛮。

蛮无徭役,强者又不供官税。……所在多深险。"刘宋初年和陶渊明生活的时代非常接近,荆、江二州又是陶渊明的家乡一带。《桃花源记》中写的武陵即为荆州所辖。这些现实的生活为作者的创作提供了想象的基础。

魏晋以来的无君论思潮是桃花源理想产生的基础。魏晋以来,阮籍、嵇康、鲍敬言等人继承老子小国寡民的观点,并把它发展成无君论。阮籍认为:"盖无君而庶物定,无臣而万事理。""君立而虐兴,臣设而贼立。"(《大人先生传》)鲍敬言的《无君论》更是这种思潮的代表:"曩古之世,无君无臣,穿井而饮,耕田而食。日出而作,日入而息。""身无在公之役,家无输调之费,安土乐业,顺天分地。内足衣食之用,外无势利之争。"(葛洪《抱朴子·诘鲍篇》)这种无君臣,无租税,无徭役,丰衣足食,自然和谐的社会,显然对陶渊明的桃花源理想有着某种影响。

桃花源理想的产生是陶渊明长期躬耕生活和对现实长期失望的思想升华。陶渊明对现实社会的"八表同昏","大伪斯兴"怀有强烈的不满。他向往淳朴之世,可是现实却是"世俗久相欺"。掷冠弃禄以后,他懂得了"人生归有道,衣食固其端"的道理,尝到了"山中饶霜露,风气亦先寒"的滋味,同时也感到"庶无异患干","相见无杂言,但道桑麻长"的快乐。他固穷守节,躬耕自资,只希望"御冬足大布","但愿饱粳粮"。可是,现实却是"夏日长抱饥,寒夜无被眠"。现实的窘迫,使诗人不能不思考怎样才能免于贫困饥寒。往古社会的东户子、重华、羲农、黄虞不断出现在他的诗歌中,可以想见作者多么向往这些不愁衣食的远古社会。这种向往的不断升华,即是桃花源理想。同时,我们也要看到,"芳草鲜美,落英缤纷","土地平旷,屋舍俨然"的景物,"黄发垂髫,并怡然自乐"的生活气氛,桃源人民纯朴的精神世界,显然源于陶渊明长期的躬耕生活体验。如果仔细观察,《桃花源记》中的农村景物和《归园田居》中的农村景物非常相似,所不同者仅仅是取景角度而已,至于宁静和平的气氛则完全一致。

陶渊明的咏怀诗继承汉魏以来五言诗抒情言志的传统，反映了多方面的生活。这些作品主要有他中年游宦时期的行旅诗和归隐以后写的《杂诗》、《饮酒》、《咏贫士》、《拟古》、《读山海经》、《挽歌诗》等。

陶渊明中年的游宦行旅之作，主要是指他在刘裕、刘敬宣幕下时所作的《庚子岁五月中从都还阻风于规林二首》、《辛丑岁七月赴假还江陵》、《始作镇军参军经曲阿作》、《乙巳岁三月为建威参军使都经钱溪》等五首诗。这些诗作中反复出现的主题只有一个，那就是对田园的向往："久游恋所生，如何淹在兹。静念园林好，人间良可辞。""诗书敦夙好，园林无世情，如何舍此去，遥遥至西荆。""投冠旋旧墟，不为好爵萦；养真衡茅下，庶以善自名。""投策命晨装，暂与园田疏。""目倦川涂异，心念山泽居。望云惭高鸟，临水愧游鱼。""园田日梦想，安得久离析。"从这些诗作中可以看出，诗人身在仕途而心系田园的真实情怀。

《饮酒》20首是陶渊明咏怀诗中相当重要的一组诗。这一组诗写于陶渊明归田后12年。他以"饮酒"为题，表明诗人全身远祸的忧虑。魏晋时代，文人名士因卷入政治漩涡惨遭杀身之祸者比比皆是，陶渊明以醉人、醉言、醉态的面貌言志抒怀，其用心之良苦不言而明。这一组诗的中心内容之一，就是表明自己坚持躬耕自资的道路，坚持安贫守节的节操，傲视上层社会和豪门世族。其中"结庐在人境"一首向为人们所称道。这首诗最引人注目的是诗中所披露的那种淡然忘世的人生态度。后人称此诗"静穆"，此语不虚。但是，诗人内心的"静穆"并非不关注社会人生，这种"静穆"乃是诗人对现实社会彻悟透解之后的精神升华。宋人王安石说："渊明诗有奇绝不可及语，如'结庐在人境'四句，由诗人以来无此句。"只有太执着于人生，太关切社会，对现实彻底失望的人，才会有如此宁静的心态。

陶渊明的《杂诗》12首，除4首是中年行役之作外，其余皆50岁以后，渐入老境之作。内容多叹家贫年衰，力图自勉。这组诗中，最引人注意的是“白日沦西阿”和“忆我少壮时”二首。前一首写自己壮志未酬的悲愤：“日月掷人去，有志不获骋；念此怀悲凄，终晓不能静。”后一首以当年的壮志反衬如今的衰老：“忆我少壮时，无乐自欣豫，猛志逸四海，骞翮思远翥。”“荏苒岁月颓，此心稍已去。……气力渐衰损，转觉日不如。”

陶渊明并不可能完全做一个避世翁，尽管他归隐之后的生活日渐蹙迫，但是他仍然关注着现实。义熙十三年(417)，刘裕北伐后秦，破长安，灭姚泓，驻军关中。左将军朱龄石派遣长史羊松龄赴关中祝贺。陶渊明写了《赠羊长史》诗赠给羊松龄。诗中称“九域甫已一，逝将理舟舆”，表达了自己希望北上看看洛阳、长安两个古都圣贤遗迹的强烈愿望。现实生活中的重大事件仍然牵动着他的心。晋元熙二年(420)六月，刘裕废晋恭帝为零陵王，改年号为永初。第二年，即421年，刘裕以毒酒授张伟，让他鸩杀零陵王，结果张伟自饮而卒。刘裕继而派兵逾墙进毒酒，零陵王不肯饮，随即被杀。刘裕的作为使看惯了篡乱的老诗人悲愤难抑，遂用极其隐晦曲折的词语写下了《述酒》诗。此诗一改作者写诗不及政治的一贯态度，表达了诗人对零陵王的同情。他的另一首诗《咏荆轲》，借历史上的这位抗暴英雄表达了了他对暴君暴政的不满。朱熹说：“陶渊明诗，人皆说是平淡，据某看，他自豪放，但豪放得来不觉耳。其露出本相者，是《咏荆轲》一篇，平淡底人如何说得这样言语出来。”此诗正透露出诗人济世愤世的激情。可见，陶渊明并非平淡得忘掉了现实。他的《读山海经》组诗，同样有抒怀吐慨之作。尤其是“夸父诞宏志”与“精卫衔微木”二诗，赞美夸父与日竞走的精神，歌颂精卫和刑天不屈不挠的斗志，写出了陶渊明内心的激情。

陶渊明诗歌的文学成就主要有两点，一是平淡朴素的风格，二是自然隽永的意境。陶渊明诗歌平淡朴素的风格，早就为人们所认识。最早对陶诗进行评论的钟嵘曾说:“宋征士陶潜,其源出于应璩,又协左思风力。文体省净,殆无长语,笃意真古,辞兴婉惬,每观其文,想其人德,世叹其质直,至如‘欢言酌春酒’,‘日暮天无云’,风华清靡,岂直为田家语耶,古今隐逸诗人之宗也。”(《诗品》卷中)为他编集、作传、作序的昭明太子萧统说“其文章不群,词采精拔,跌宕昭彰,独超众类。抑扬爽朗,莫之与京。横素波而傍流,干青云而直上。语时事则指而可想,论怀抱则旷而且真。”(《陶渊明集序》)后来的评论家也多用质朴、平淡、自然评点陶诗的风格,如黄庭坚说他的诗“不烦绳削而自合”,朱熹说他的诗“平淡出于自然”,都是此意。陶诗平淡、朴素风格的形成有两个方面的原因。第一,他的作品所描写的对象,所抒发的感情,也即作品所表现的内容,都是普普通通的日常生活和处于这种生活中的恬静心境。他不去写那些怪异之事,也不故作惊人之论,抒发骇世之情。第二,他用朴素的语言,白描的手法,真率自然地表现这种普通生活和朴素之情,毫无斧凿之痕。陶渊明作品的语言在晋宋之际是独树一帜的。他擅长用不加绳削的接近口语的语言写景状物与抒发感情。钟嵘说他的作品语言是“田家语”,此言不虚。他的作品极少用修饰语,也极少用典。比如他的诗中的语言,色彩淡雅,至多是“青松”、“白日”之类。他的不少诗句,如“相见无杂言,但道桑麻长”,“晨兴理荒秽,带月荷锄归”,明白如话。他的不少诗歌,如《移居》、《责子》等,几乎不要任何注释,一读就懂。总之,陶渊明的诗歌从内容到形式都是那样平淡、朴素,独树一帜。

自然隽永的意境是陶渊明诗歌的又一特色。所谓意境乃是意象与情趣的融合,也即在客观的景象中融合有诗人主观的感受。陶渊明诗歌中的景物,与同时代的诸多作家不同,当时不少作家的写景只是刻板地写实,而他选取的景物不仅是实有之景,而且也是意中之景,不仅是一幅客观图画,而且也有象征、比兴之意。这就与六朝诗人拉开了距离,同时也和后世不少诗人不尽相同。陶诗的意境更多地具有主观色彩和人格力量，它是陶渊明心灵的具象化，是作者主观情趣的外化。如《归园田居》一诗中的田园景物，实际上写的是“郊居闲适之趣”（张戒《岁寒堂诗话》），个中饱含着诗人对田园的热爱，对官场的鄙弃之情，它是诗人旷达胸怀在自然中的印证。《读山海经》中的“孟夏草木长，绕屋树扶疏。众鸟欣有托，吾亦爱吾庐”以及《和郭主簿》中的“蔼蔼堂前林，中夏贮清阴。凯风因时来，回飚开我襟”都可以让人在读诗的同时领略到作者的情怀。

尤其可贵的是这两方面的特色又是紧密结合在一起的，形成了“常”与“奇”的和谐统一，这才是陶诗难以学到的真正原因。深得陶诗三昧的苏轼曾说：“渊明作诗不多，然其诗质而实绮，癯而实腴，自曹刘鲍谢李杜诸人，皆莫及也。”（《与苏辙书》）又说：“渊明诗初视若散缓，熟视有奇趣。如曰：‘暧暧远人村，依依墟里烟。狗吠深巷中，鸡鸣桑树巅。’又曰：‘采菊东篱下，悠然见南山。’大率才高意远，则所寓得其妙，遂能如此，如大匠运斤，无斧凿痕，不知者则疲精力至死不悟。”（李公焕《笺注陶渊明集》引《冷斋夜话》）苏轼的评论正确地指出了陶诗平淡与隽永相结合的特色。

陶渊明的辞赋共有 3 篇，即《归去来兮辞》、《闲情赋》与《感士不遇赋》。《归去来兮辞》是他辞官归隐初期的作品，全赋重在写归田之乐。萧统的《文选》选录此篇，欧阳修说：“晋无文章，惟陶渊明《归去来兮辞》一篇而已！”《闲情赋》是陶渊明辞赋中颇引后人争议的一篇。此赋仿张衡《定情赋》、蔡邕《静情赋》、阮瑀《止欲赋》而作。赋中铺陈了一连串爱情追求的幻想，想象大胆而惊人：“愿在丝而为履，附素足以周旋；悲行止之有节，空委弃于床前。”《感士不遇赋》是仿照董仲舒、司马迁等人的同题之作。此赋抒发士人不遇的悲愤感慨，感情激烈，表现自己“宁固穷以济意，不委曲而累己”的耿介品格。赋尾以“拥孤襟以毕岁，谢良价于朝市”作结，表达自己掷官弃禄的决心。总之，他的赋继承了魏晋抒情小赋的传统，以抒写情志为主，手法以自然畅达、洗尽铅华、不尚藻饰为特征。

韵文5篇，《扇上画赞》以四言韵语的形式，赞美了荷蓧丈人、长沮桀溺以至薛孟尝、周阳珪等著名隐士。《读史述九章》写他读《史记》之感。首章《夷齐》，二章《箕子》道出了“天人革命”的易代之感，其余各章则写管仲、鲍叔、程杵诸人。三篇祭文《祭程氏妹文》、《祭从弟敬远文》和《自祭文》，篇篇写得哀婉动人，同时也是了解作者生平思想的第一手资料。

散文4篇，即《五柳先生传》、《桃花源记》、《晋故征西将军长史孟府君传》和《与子俨等疏》。《五柳先生传》是他早年的作品，文章以诙谐的笔触，描绘了自己“闲静少言，不慕荣利”，“好读书，不求甚解；每有会意，便欣然忘食”，“性嗜酒，家贫不能常得”，“不戚戚于贫贱，不汲汲于富贵”的风貌，这篇自传体文艺散文对后世影响很大。《桃花源记》是陶渊明长期归隐的产物，这更是一篇极为值得重视的作品。《晋故征西大将军孟府君传》是他为自己的外祖父孟嘉写的一篇传记，全文用极省净的笔触写出了东晋名士孟嘉的风貌。《与子俨等疏》是他写给他4个儿子的一篇家常话，既说自己平生的志趣个性，也勉励几个同父异母的弟兄要互相友爱。文中，他的贫困的家境，爱好自然的情趣，坦率慈祥的个性，历历如在目前。总之，他的散文也具有通脱自然挥洒自如的风格。

第三节　陶渊明对后世的影响

陶渊明在我国文学史的影响是极为深远的。不论是他的为人，还是他的创作，都对后世产生了极大的影响。

从思想上来说，陶渊明对后世的影响主要是积极的。他的傲岸不屈的品格，旷达通脱的襟怀，对后世文人影响极大。他那乐天知命的生活态度对后世也有一定的消极影响。

从艺术上来说，陶渊明对后世的影响同样极为深远。在陶渊明生活的六朝时代，人们对陶渊明的创作，特别是对陶诗的成就评价并不高。颜延之为其作诔，仅称其“文取指达”。钟嵘也只在《诗品》中把他列为中品，评语也不过“文体省净，殆无长语，笃意真古，辞典婉惬”。萧统为其编集、作传、作序，但《文选》中陶诗入选却不及陆机诗歌数量多。陶诗真正的价值是随着时代的发展才逐渐被人们所认可的。陶渊明的独特贡献在于他比同时代乃至以后几代文人更早地发现和创造了浑融完整的诗歌意境。而陶渊明的同代人，乃至相当长一段时间的文人还处在追求崇尚形似的阶段时，陶渊明却早已创造了平淡隽永、浑融完整的意境，一个以崇尚神似为主的美学境界。这种美学境界显然是六朝诗人所不理解，也不懂得的，因此，陶渊明在六朝不为人们所重也就是必然的了。到了唐代，我国传统的美学观念发生了很大的变化，人们对艺术的要求，由追求形似发展到崇尚神似，从刻板写实发展到气韵生动；理想的艺术境界是形神兼备，融主客观为一体，充分表现作家的个性。经过宋元时期对神似和意趣的进一步追求，到明清两代，提倡纯主观的“神韵”说和“性灵”说又盛行一时，“传神”的艺术观又走向舍形求神的另一极端。所以，唐代作家才发现了陶渊明的创造，才认识到陶渊明诗歌的价值；惟其如此，陶渊明的文学史地位在唐以后越来越高也就是历史的必然了。

第三章　魏晋南北朝赋

第一节　魏晋赋

两汉文学的代表是汉赋。到了魏晋，五言诗的兴盛已使它成为当时文学创作的主体。赋在这一历史时期依然相当兴盛，许多优秀的诗人也是重要的赋家，同时也产生了不少传世佳作。

魏晋赋的发展，从总体上来看，继承的是东汉抒情小赋的创作道路。两汉以描写京殿、苑囿、田猎为主的体物大赋，在此期已基本销声匿迹了；同时在形式上出现了骈偶化的趋势。

建安诗歌是中国诗歌史上的一个辉煌的时代，建安辞赋同样是构成建安文学的重要方面之一。建安辞赋今存 150 余篇，超过现存的两汉辞赋(指完整和基本完整者)的总和。其中曹植一人的辞赋就有 50 多篇。建安辞赋和汉赋相比，在内容上有三个特点：第一，题材扩大。以“三曹七子”等人为代表的建安辞赋跳出了两汉辞赋的传统题材，重点描写普通人物，写日常情事，写一般生活用品，写动植物。第二，反映现实的功能加强。建安作家把赋从汉代“极声貌以穷文”(《文心雕龙·诠赋》)的轨道上拉向现实，特别是向现实政治靠拢。王粲的《浮淮赋》、阮瑀的《纪征赋》、徐傒的《西征赋》、陈琳的《武军赋》、曹丕的《临涡赋》等作品全都属于这一类。第三，抒情性的强化。建安赋作无论写人状物，都以抒情为主，这和建安诗歌的发展趋势是一致的。王粲的《登楼赋》和曹植的《洛神赋》，为此类作品的代表。前者融抒情与写景为一体，或以景物引发情感，或以景物渲染情感，情因景生，景因情设，总之，思乡与怀才不遇之情贯串全篇。曹植的《洛神赋》刻画人物体态和心理描写相结合，以抒写人神殊途的惆怅之情贯串全篇。

正始时期的辞赋作家主要有何晏、阮籍、嵇康等人。何晏的《景福殿赋》虽写宫殿，但在表现手法上却能跳出汉大赋“品物毕图”(《文心雕龙·诠赋》)的模式，写得精练生动。阮籍的赋继承并发展了建安抒情小赋的传统，铺写的成分大大减少，而以表现隐逸之情或刺时为主旨，如《猕猴赋》、《鸠赋》。嵇康赋的铺写成分稍重，但也以“感荡心志而发泄幽情”为最终目的。他的《琴赋》与汉代傅毅、马融、蔡邕的同名之作相比，抒情气氛浓烈得多。

西晋太康作家大都写辞赋，今存作品的数量超过建安。太康辞赋也以小赋为主，但在抒情性上却远不及建安、正始之作。这是因为：第一，太康作家喜爱模仿而缺少个性。如傅玄今存赋50余篇，其中有一半作品的题目都承袭前人。第二，多数作家注重文句的修饰雕琢，作品有文采而少情韵。潘岳的《西征赋》、《秋兴赋》，陆机的《豪士赋》、《文赋》，成公绥的《啸赋》，木华的《海赋》，俱为西晋赋作中的上乘之作。但是，它们的共同缺点是铺采摛文过度，导致藻饰太盛、华而不实。这一弊病和太康诗歌的缺点相一致。太康时期惟一一篇著名的大赋是左思的《三都赋》。此赋为作者倾十年之力而撰，当时声价极高，人们争相传抄，故有洛阳纸贵之说，但在艺术上并无多大的创造。

东晋辞赋，从整体上看，不像西晋辞赋那样雕琢繁缛，较为明快。如袁宏的《东征赋》夹叙夹议，富于气势，郭璞的《江赋》雄肆奔放。至于陶渊明的《闲情赋》、《归去来兮辞》诸作，更是东晋赋坛的佼佼者，其平淡自然的风格，为世罕见。但是，自正始时期开始的玄风，此时也开始浸染赋作，这就大大影响了赋的抒情功能。

从形式上看，魏晋赋与两汉赋相比，骈偶化的倾向逐渐增强。不仅上下句要讲究对偶整炼，而且出现了单句对、隔句对、长句对等诸种对偶形式。尽管此时骈赋所讲求的四六对和声律尚未出现，但两晋辞赋骈偶化的趋势已经相当明显。

第二节　南北朝赋

南朝辞赋指宋、齐、梁、陈四代的辞赋之作。从总体上看，此期的辞赋可以分为两类。一类赋作继承了魏晋抒情小赋的传统，而在表现技巧上有了新的突破，历来传颂的名篇多属此类。另一类赋作则远绍汉代散体大赋的传统，以“体物”为终极目的，铺张扬厉。此类作品，较少名作。

刘宋时期的著名赋家有颜延之、谢灵运、谢惠连、谢庄、鲍照诸人。谢灵运的鸿篇巨制有《山居赋》、《撰征赋》。《山居赋》铺叙过多，见其学而不见其人。他的《罗浮山赋》、《岭表赋》、《长溪赋》诸作，俱为模山范水之作，文笔比《山居赋》流丽，惜其已经不为完璧。稍后的谢惠连和谢庄，今存辞赋纯为咏物之作。谢惠连的《雪赋》和谢庄的《月赋》，清新隽永，为历来的读者所激赏。只有鲍照，是这一时期最杰出的辞赋家。他的《芜城赋》，以奇警峭拔的语言，强烈的对比，描写广陵的昔盛今衰，抒发作者万物共尽的人事沧桑之感，在六朝辞赋中独树一帜。他的《舞鹤赋》、《野鹅赋》、《尺蠖赋》，也都寄慨深远，而非游戏之作。

齐代的赋作数量较少，成就亦不如刘宋。

萧梁时代是南朝辞赋的全盛期，作家和作品的数量都远超前代。但不少辞赋的题材和风格与宫体诗几乎没有区别，闲情绮语，轻艳流荡。此时的作品篇幅短小，多用五、七言句夹杂四、六言句，类似诗、赋的混合。江淹是萧梁时期成就最高的辞赋家，他现存辞赋40篇左右，题材远较其他作家广泛，有些作品，如《待罪江南思北归赋》、《横吹赋》，其题材都是南朝辞赋中极少见到的。他的作品中有相当数量危苦之辞，和当时的宫体诗人的辞赋恰成对照。他的名作是《恨赋》、《别赋》，二赋久颂不衰，堪称双璧。

陈代仅存辞赋 20 多篇，只有徐陵的《鸳鸯赋》较为著名。

北朝辞赋指的是北魏、北齐、北周三代的辞赋，其作家作品的数量远不如南朝辞赋。

北魏现存辞赋大多产生于北魏后期。孝明帝元诩即位以来，北魏朝政日乱，一些文人开始利用辞赋抒情发愤。尽管这些作品从内容到形式都各异其趣，但都程度不同地带有模仿前人的痕迹。析而言之，可分三类：第一类，如元顺的《蝇赋》和卢元明的《剧鼠赋》，借物喻人，讥刺当世，接近东汉的赵壹的《刺世嫉邪赋》。第二类，如阳固的《演赜赋》和李骞的《释情赋》，写乱世之中的洁身自好之志，接近东汉张衡的《思玄赋》。第三类。如袁翻的《思归赋》，抒情意味最浓，手法亦近南朝江淹的赋作。如：

> 俯镜兮白水，水流兮漫漫。异色兮纵横，奇光兮烂烂。下对兮碧沙，上睹兮青岸。岸上兮氤氲，驳霞兮绛氛。风摇枝而为弄，日照水以成文。行复行兮川之畔，望复望兮望夫君。

文辞华美，情景交融，在北朝辞赋中较为罕见。

接续北魏而来的是东魏、北齐和西魏、北周，其中北齐的文化较高，作家亦较多，但未有传世的重要辞赋。

北周的情况与北齐不同，梁代著名作家庾信出使西魏，被扣北方，历来被视为北周作家。因此，北周的赋作远非北齐可比。庾信早在南方之时，就是著名的赋家，他的《春赋》、《荡子赋》、《灯赋》等，都有相当高的艺术技巧。入北以后，遭受乱离，身世飘零，乡关之思和亡国之痛成为他创作的主旋律，因此，赋作的内容充实，风格苍劲沉郁，成为六朝赋家的杰出代表之一。他的代表作《哀江南赋》，实为梁末历史实录，而感情的深挚和辞藻的华丽又非他人可比。他的《枯树赋》、《小园赋》诸作，艺术成就极高，历来被视为六朝赋作的代表，风靡北方，无人可望其项背。

第四章　魏晋南北朝的骈文和散文

第一节　魏晋散文

魏晋散文有两个显著的特色：一是抒情色彩越来越浓，表达社会政治见解和抒发个人感慨密切结合；二是骈偶化的倾向日渐明显，遣词造句等艺术技巧备受重视，散文体裁亦日趋多样化。其发展过程可分为建安黄初、魏晋之际、西晋、东晋四个阶段。

第一阶段，建安黄初时期。此期散文，以地域而论，曹魏为优，吴、蜀次之。以体裁而言，应用文为最，论辩散文次之。近人刘师培认为，曹魏散文与汉代散文之不同，在于：书檄之文，骋词以张势；论说之文，渐事研求名理；奏疏之文，质直而摒华。（《中国中古文学史》）

曹魏散文大家当首推曹氏父子。曹操的散文清峻通脱，质朴简约，如《让县自明本志令》、《求贤令》等。曹丕的书札清丽绰约，富有情韵意趣，如《与吴质书》、《与繁钦书》等。曹植章表，“独冠群才”（《文心雕龙·章表》）。如《求通亲亲表》、《求自试表》，情多哀怨；《与吴季重书》、《与杨德祖书》亦富抒情意绪，加之辞藻华美，雄冠一代。“建安七子”中，孔融文章多寓讥讽，如《与曹公书》、《难曹公制酒禁书》；而《荐祢衡表》、《与曹公论盛孝章书》，则又刚劲锋利。陈琳的书檄文最为杰出，《为袁绍檄豫州》、《檄吴将校部曲》两篇檄文，铺张扬厉，贯古及今，俱为传世之作。其他如繁钦的《与魏太子书》，吴质的《答魏太子》、《答东阿王书》，也都文笔轻灵，情致委婉。

蜀国散文家诸葛亮最为有名。他的《出师表》，情辞恳切，志笃文实，被誉为章表之英。

建安前后，出现了一批子书，这是儒学衰微、诸子复兴的产物。早期著作有荀悦的《申鉴》，往往借古讽今，指责曹操。后期有蒋济的《万机论》、杜恕的《体论》、刘邵的《人物志》、徐偞《中论》。其中刘邵的《人物志》是魏晋玄学产生过程中的一部重要著作。

第二阶段，魏晋之际。此期散文主要是论难之文，其次是书序之文。其内容或为玄理之辩，或为嫉世之辞。其文体风格，或清峻通脱，或富艳宏阔。由于时局险恶，情多压抑，蓄气于内，文章大多显得狷急深邃。

此期的散文家大体可分两派，一派为阮籍、嵇康，一派为王弼、何晏。阮籍长于论辩，他的名作《大人先生传》语重意奇，惊风骇俗，多发前人所未发。其他散文如《通易论》、《通老论》、《达庄论》、《乐论》多阐发道家之理，而才藻艳逸，托体高妙，行文奇偶相生。嵇康散文使气骋辞，明快犀利，立论新颖。如《管蔡论》、《与山巨源绝交书》、《难自然好学论》、《声无哀乐论》、《养生论》等。王弼、何晏的散文数量不多，深辨玄理，言约意深，虽曰精微，而动人心魄的力量则远不如嵇、阮。陈寿的《三国志》是此期最重要的历史著作，其中《诸葛亮传》、《华佗传》都极有特色。

书序类散文以李密《陈情表》最为杰出，词语恳切，笔调哀婉。向秀的《思旧赋》即景生情，凄神寒骨。

第三阶段，西晋时期。西晋散文有两大特点：一是骈偶化趋向更加突出，骈文作为一种文体已经成熟；二是各种文体纷纷出现。

西晋散文名家当首推陆机、潘岳。陆机是中国骈文的奠基人，他的《豪士赋序》、《叹逝赋序》、《吊魏武帝文》等作，说理与抒情相结合，成为当时骈文的典范之作。潘岳善写哀诔之文，他的《夏侯常侍诔》、《哀永逝文》俱为一时名作。欧阳建的《言尽意论》和裴颇的《崇有论》是哲学史上的重要篇章。

西晋时期还出现了一些俳谐之文，其中鲁褒的《钱神论》揭露金钱崇拜，成为传世名作。

第四个阶段，东晋时期。东晋文坛，盛行骈文，只有极少数作家仍用散文写作，或者以散驭骈。王羲之和陶渊明最为代表。

王羲之的散文不尚辞藻而多情致。《兰亭集序》感物抒怀，笔势飘逸。他的书信如《与会稽王笺》、《报殷浩书》、《遗谢安书》等，都写得自然天成。其余杂帖，短小精悍，文约义丰，隽永清醇，为六朝散文中不可多见者。陶渊明的散文共有 4 篇，即《桃花源记》、《五柳先生传》、《与子俨等疏》、《晋故征西大将军长史孟府君传》，真率超脱，明白省净。

东晋时期，玄学、佛学均很兴盛，道教理论亦日渐系统化。因此，出现了不少阐述或论辩玄理的文章。东晋的历史散文，纪传类无可称道，史论类中干宝的《晋武帝革命论》，袁宏的《三国名臣序赞》有影响。

第二节　南朝骈文

南朝骈文指宋齐梁陈四朝骈文。此期除部分论议奏疏之外，各种文章俱为骈文。

骈文之兴，源于东汉。到了西晋，骈文已经成熟。南齐永明年间，由于声律说的兴起，骈文完全定型成熟。其成熟的标志有以下三点：

第一，隶事用典更加繁富复杂。钟嵘在《诗品序》中评论当时文坛之风时说："词不贵奇，竞须新事，尔来作者，寖以成俗。遂乃句无虚语，语无虚字。"以至于文人相会，隶事以争胜负。文学作品，"全借古语，用申今情"（《南齐书·文学传论》）。骈文中的隶事用典之风，尤为昌炽。

第二，自觉追求声律的和谐。永明体的声律论，既适用于五言诗，也适用于骈文。所谓“一简之内，音韵尽殊；两句之中，轻重悉异”（《宋书·谢灵运传论》），本来是指五言诗的创作的，但是，用于骈文的创作，同样可以使骈文的音乐美得以增强。

第三，句式更趋整齐。四言句与六言句，整齐匀称而自然属对，所谓“四字密而不促，六字格而非缓。或变之以三、五，盖应机之权变也”（《文心雕龙·章句》）。骈文发展到南朝中后期，大多以四言六言之句为主，间或参以三言五言，使文章整饬之中而有错综。

南期骈文大家当推鲍照、江淹、刘峻、徐陵四人，沈约和任昉二人，名声极大，而实际成就稍逊。鲍照的《登大雷岸与妹书》是南朝骈文中最早描写山水的名篇。此文所描写的山水形象雄浑奇峭：

> 南则积山万状，负气争高，含霞饮景，参差代雄。凌跨长陇，前后相属。带天有匝，横地无穷。

此文的语言力求惊人，縋奇凿险。“烟云变灭，尽态极妍。”（许梿《六朝文絜》）他的《石帆铭》、《瓜步山楬文》亦是骈文名作，前者奇崛弘丽，后者在模山范水之中，寄寓了作者的人地寒微之慨。

梁代陶弘景（452～536）、吴均（469～520）的几篇写景短札也是历来传颂的骈文名作。陶弘景的《答谢中书书》：

> 山川之美，古来共谈，高峰入云，清流见底。两岸石壁，五色交辉；青林翠竹，四时俱备。晓雾将歇，猿鸟乱鸣；夕日欲颓，沈鳞竞跃。实是欲界之仙都。自康乐以来，未复有能与其奇者。

吴均的《与朱元思书》、《与顾章书》都写得简洁精致。丘迟的《与陈伯之书》，喻之以理，动之以情，历来为人所称道。其中描写江南春景四句，尤为出色：“暮春三月，江南草长，杂花生树，群莺乱飞。”江淹的《诣建平王上书》等文，骈骊之中间以单行散句，气格高古。刘峻的《辨命论》、《广绝交论》是骈体文中的议论文名作。

别成一体，嬉笑怒骂的俳谐之文，也得到长足的发展。孔稚珪(447～501)的《北山移文》，沈约的《修竹弹甘蕉文》，袁淑的《驴山公九锡文》俱为名作。其中《北山移文》后世传颂最广。文章写周颙当隐士时，自命清高，巢父、许由皆不放在眼里，而一旦皇帝的诏命来到，则“形弛神散，志变神动”，眉飞色舞，得意洋洋，其内心之卑下可睹。而当他再次经过北山之时，引起山灵的无比愤怒，于是，“丛条瞋胆，叠颖怒魄。或飞柯以折轮，乍低枝而扫迹”。全文妙想天开，讽刺辛辣。

徐陵是南朝最后一位骈文大家，他的《玉台新咏序》体现了骈文五色相宣、八音迭奏的特色，素为后人称道。

第三节 北朝散文和骈文

北朝文章指的是魏、齐、周三代之文。

北朝文学的兴起比南朝较晚，也远不如南朝文学发达。这是因为：1. 西晋灭亡之后，北中国长期陷于战乱，几乎无人从事文学创作。2. 北魏初年，由于鲜卑拓跋氏接受汉族文化的影响较少，统治者对汉文化又有偏见，不注重学习汉文化。因此，北魏初年北方几乎没有产生什么重要的文学作品。

孝文帝元宏迁都洛阳(494)之后，大力推行汉化，汉族士大夫逐渐开始从事诗文创作。但是，由于长期战乱导致的文化传统中断，他们不得不向南朝文人学习。到北魏灭亡前夕，出现了温子升，但其文章多为骈文，与齐梁骈文并无大的区别；和他齐名的是邢劭，其文风主要学梁代沈约；稍后的魏收，学习任昉。后于邢劭、魏收的祖鸿勋的《与阳休之书》，淡雅秀逸，在北朝文中算是佼佼者。

与东魏、北齐相对峙的西魏和北周，原有的文化还不如北齐繁荣。西魏攻占江陵，庾信、王褒等先后来到长安，这种情况才有改观。

庾信是整个南北朝最有成就的骈文作家，与徐陵齐名。他的写作技巧纯熟，使事、对偶、辞藻都达到相当高的水平。特别是他流寓北方之后，亲身经历了亡国的惨痛，故国之思和乡关之念，成为他入北后的创作主旋律。诗文风格一变而苍凉悲慨，沉郁顿挫。充实的内容与高超的技巧相结合，使他写出了许多传世的骈文名作。庾信的骈文以讲求对仗和处处用典为特征，其中《哀江南赋序》最为后人称道。此赋用典繁富，对仗工稳，既伤身世，亦悼梁亡，笔端极富深情。他的不少应用文也都是出色的骈文之作，如他的《思旧铭》，其中“所谓天乎，乃曰苍苍之气；所谓地乎，其实抟抟之土。怨之徒也，何能感焉”数句，呼天抢地，凄怆动人。

郦道元的《水经注》，杨衒之的《洛阳伽蓝记》，颜之推的《颜氏家训》是北朝三部重要的散文力作。

郦道元(？～527)，字善长，范阳涿鹿(今河北涿县)人。历任北魏刺史、御史中丞等职。他的《水经注》是为魏晋时无名氏《水经》所作的注释。是书与裴松之的《三国志注》，刘孝标的《世说新语注》为此期三部重要的注释，因为这三部书都保存了现已失传的魏晋南北朝时期的诸多文献，因而备受后人的珍视。此书最具文学色彩的是书中的山水描写片断。清人杨守敬、熊会贞的《水经注疏》和王国维的《水经注校》是此书较好的本子。

杨衒之(生卒年不详)，北平(今河北完县)人。曾任北魏抚军司马，北齐期城郡守等职。北魏迁都洛阳之后，大量修建佛寺。极盛之时，洛阳佛寺达1000多所。公元534年，孝静帝被高欢逼迫迁都邺城之后，这些佛寺大都毁于战火。公元547年，杨衒之因行役重过洛阳，见“城郭崩毁，宫室倾覆，寺观灰烬，庙塔丘墟”，“恐后世无闻，故撰斯记”。杨氏此书，目的不是为佛教作宣传，而是为了通过佛寺兴衰，揭露“王公相竞侵渔百姓”(《广弘明集》卷六)。此书最为精彩的部分是关于佛寺建筑的描写。比如永宁寺的描写就相当生动。书中还记载了类似志怪小说的宗教故事。今人周祖谟的《洛阳伽蓝记校释》和范祥雍的《洛阳伽蓝记校释》较为通行。

颜之推(约529～591)，字介，琅琊临沂(今山东临沂)人。初仕梁元帝，江陵败亡后，他由南朝辗转奔齐，官至平原太守。后仕周、隋。所著《颜氏家训》重在说理。其中的《文章篇》论及作者和时人的文学见解，观点近于刘勰。此书通行本有今人王利器的《颜氏家训集解》。

第四节　山水散文

魏晋南北朝是中国古代散文发展的中衰期。从整体上说，此期骈文取代散文成为这一时期文学的主要样式之一。但是，散文的中衰并不等于中古散文的发展就无创获，其中，晋宋山水散文的成熟是魏晋南北朝散文发展的一项重要成就。

论及魏晋南北朝的山水散文，人们会不约而同地想到郦道元的《水经注》，其实郦道元一生并未涉足江南，而《水经注》中最受后人称道的《江水注》诸文，俱为郦氏根据晋宋地记的山水描写加以辑录的。

《太平御览》卷53地部“峡”门记载：

> 盛弘之《荆州记》曰：旧云，自二(疑为“三”之误)峡取蜀，数千里中，恒是一山。此盖好大之言也。唯三峡七百里中，两岸连山，略无阙处，重岩叠嶂，隐天蔽日。自非停午夜分，不见曦月。至于夏水襄陵，沿溯阻绝。或王命急宣，有时云朝发白帝，暮至江陵，其间一千二百里，虽乘奔御风，不为疾也。春冬之际，则素湍绿潭，回清到(同“倒”)影。绝巘多生怪柏，悬泉

瀑布飞其间。清荣峻茂，良多雅趣。每晴初霜旦，林寒涧肃，常有高猿长啸，属引凄异，空岫传响，哀转久绝。故渔者曰：巴东三峡巫峡长，猿鸣三声泪沾裳。

又曰：南岸有重岭叠起，最大高崖间有石，色如人负刀牵牛，人黑牛黄，成就分明。此崖既大，加以江湍萦纡，回途经宿，犹望见之。行者歌曰：朝发黄牛，暮宿黄牛，三朝三暮，黄牛如故。

《水经注》卷 34 分别引用了盛弘之《荆州记》中的这两段文字（仅有个别文字稍有不同）。其实，这就是久负盛名的《水经·江水注》，由于郦道元并未注明材料的来源，因此，在相当长一段时间，人们都把它视为郦道元所作。其前一段文字，《艺文类聚》卷 7，刘孝标《世说新语·黜免篇注》，也有详略不同的记载；后一段文字，《艺文类聚》卷 7，《通典·州郡部》也都注明为盛氏《荆州记》所作而加以摘引。因此，这两段文字出自盛弘之《荆州记》而非郦道元所创当是确凿无疑的。

此类例证还可举出许多。

上述零简片断，远非盛弘之《荆州记》山水描写的全貌，但据此亦可看出盛弘之的《荆州记》在山水描写上的特殊贡献，和他对郦道元《水经注》的重要影响了。盛弘之其人，《宋书》无传，《隋书·经籍志（二）》称其为临川王侍郎。应当说他是晋宋地记作家中对山水散文的发展成熟做出过特殊贡献的作家之一。另一位对山水散文发展做出过特殊贡献的作家是东晋的袁山松。

袁山松，《晋书》卷 83 有传，史称他曾著《后汉书》100 篇，“善音乐”，为吴郡太守，死于孙恩之乱。对其地记之作《宜都山川记》却未加记载。

《水经注》卷 34《江水注》曰：

《宜都记》曰：自黄牛滩东入西陵界至峡口，一百许里，山水纡曲，而两岸高山重嶂，非日中夜半，不见日月。绝壁或千许丈，其石彩色形容，多所象类。林木高茂，略尽冬春。猿鸣至清，山谷传响，泠泠不绝。所谓三峡，此其一也。

将上文与《艺文类聚》卷6地部“峡”条，卷95兽部“猿”条，卷94兽部“牛”和有关三峡的三段记载相对照，可知《水经注》所说的《宜都记》当出自袁山松的《宜都山川记》，称其为《宜都记》乃是简称。

此类例证我们亦可举出许多。

其实，盛弘之的《荆州记》和袁山松的《宜都山川记》只是整个晋宋地记的一个代表，《水经注》所吸收的乃是整个晋宋地记山水描写的成果。

以晋宋地记为代表的山水散文有四个明显的特点：第一，自然山水作为独立的审美对象受到地记作者的审视；第二，晋宋地记创造了一系列生动鲜明的山水形象；第三，地记作者创造出描写自然山水的崭新语言；第四，展示了多种山水描写的手法。因此，这些地记作者是中国古代山水散文的真正的开创者。

如果我们把此期的山水散文和山水诗做一比较，则可发现，中国古代山水散文和山水诗是沿着两条截然不同的道路演进成熟的。山水诗脱胎于带有浓厚哲理色彩的玄言诗，山水散文则脱胎于带有明显地理色彩的中国古代方志前身的地记。

中国古代山水散文独特的发展道路带来了一系列的创获：

首先，这种发展道路为山水散文的发展创造了一个最少羁限的环境。地记，是纯粹的地理应用文字。作为应用文字，它既不必言志缘事，又无须载道缘情。作为地理应用文字，叙山记水本来就是地理著作中的分内之事。它使作家有可能放开手脚去精细地摹写水光山色。随着附加在山水之表的道德光环与灵怪色彩的日渐消退，随着山川自然日益成为地记作家独立的审美对象，一些具有创造精神的地记作者开始把他们的才华施展在模山范水之上，优秀的山水散文片断也开始出现在部分地记之作中。而此期的诗坛才子，囿于言志、缘情、载道、谈玄的规范，对山容水姿的描写至少比地记作者慢了一拍。

其次，这种发展道路使山水散文与孕育它发展成熟的母体——地记——之间的关系极其密切。

第三，这种独特的发展也种下了我国早期山水散文的非独立性。地记之中的山水散文不论如何成熟，无论其达到了何种的完美的程度，但它始终没有作为独立的文体出现在文坛之上，它们只是镶嵌在地理著作中一颗颗文学明珠。即使是郦道元采撷了这些散见在晋宋地记中的文学明珠之后，也未能使之独立成文，充其量不过是做了一次新的排列组合而已。它的真正独立要等到唐代古文运动的到来！

晋宋地记中山水散文的集中涌现，揭开了中国古代文学史上具有重要意义的一页。

第一，它是中国古代山水审美意识一次新的飞跃的显现。孔子的“知者乐水，仁者乐山”的著名美学命题和由此发展起来的“比德”说，代表了周秦两汉的山水意识，开创了古代山水文化中欣赏自然美的一个影响深远的流派。晋末宋初宗炳的“澄怀味道”的美学命题和“畅神”说，代表了魏晋南北朝时期的山水意识，开创了中国古代山水审美的另一个重要的流派。

但是，一个时代的审美意识，总是由两个系列组成的。一个是形象的系列，即体现时代审美意识的文学作品的形象系列；另一个是范畴的系列，即集中代表这一时代审美意识的新的美学范畴。晋宋之际，以“畅神”为特征的新的审美意识的理论表述，无疑是以宗炳为代表的。而以文学形象体现新的山水审美意识的代表则当之无愧地属于袁山松、盛弘之等地记作者。

第二，晋宋地记中优秀的山水散文片断是我国古代山水游记的重要渊源。山水游记，作为散文中的一个独特的品类，它的形成实际是多种因素相互影响，不断融合的产物。其中，对它的形成影响最大的无疑是山水散文。我国古代山水散文成熟于晋宋地记，从这个角度看，它显然是山水游记的重要渊源。

这种源与流的关系主要通过两种途径得以实现：一是通过郦道元的《水经注》，二是通过唐宋类书。《水经注》广泛利用晋宋地记的材料，采撷其优秀的山水散文片断入书；因此，《水经注》在荟萃和保存晋宋地记方面有着特殊贡献。由于《水经注》的广泛而持久的流传，对唐宋游记作家的影响自然十分巨大。唐宋类书如《艺文类聚》、《初学记》、《太平御览》诸书，保存了晋宋地记中的许多山水描写片断。唐宋文人推重类书，把它作为学诗著文的工具书和资料库，因此，类书中保存的优秀山水散文也得以广泛流传。

第五章　魏晋南北朝小说

第一节　魏晋南北朝小说的发展

“小说”一词最早见于《庄子·外物》篇：“饰小说以干县令，其于大达亦远矣。”唐人成玄英疏曰：“干，求也；县，高也。夫修饰小言、矜持言说，以求高名令问者，必不能大通于至道。”这里的“小说”指的是与高言宏论相反的没有什么理论价值的琐屑之谈，如同《庄子·齐物论》所说的“小言詹詹”和荀子所说的“小家珍言”，而没有什么文体意义。

汉代开始有小说家之称，大概起于刘歆的《七略》。班固的《汉书·艺文志》才将其列为“诸子略”中的一家，但仍将其视之为小道，他说：“小说家者流，盖出于稗官，街谈巷语，道听途说者之所造也。孔子曰：‘虽小道，必有可观者焉。致远恐泥，是以君子弗为也。’闾里小知者之所及，亦使缀而不忘，如或一言可采，此亦刍荛狂夫之议也。”桓谭《新论》也说：“小说家合丛残小语，近取譬论，以作短书，治身理家，有可观之辞。”(《文选》江淹《杂体诗》李善注引)他们所讲的“小说”实际上是指讲小道、小知的“丛残小语”。

《汉书·艺文志》著录了15家小说，今已全部亡佚。其中《伊尹说》、《鬻子说》、《黄帝说》、《封禅方说》、《虞初周说》等5种都以“说”命名。《青史子》一书，今存三条遗文，据此和班固自注，当时的小说的确包括了庞杂的内容。《伊尹说》和《百家》二书都有佚文可考。正如鲁迅先生所说：“诸书大抵或托古人，或记古事，托人者似子而浅薄，记事者近史而悠缪者也。”总之，汉人心目中的小说并不是一个文学概念，而是一个一般的文体概念。

至魏晋南北朝，小说开始成为一种颇有影响的文学体裁。这些小说大体可以分为志人小说和志怪小说两类。“志人”一词是从“志怪”一词推衍出来的，这类小说亦称轶事小说。志人小说记录人物的轶闻琐事、言谈举止；志怪小说记述神仙方术、鬼魅妖怪、地理博物和佛道灵异。

二者相较，志怪小说更值得重视。这是因为它的数量大，影响亦大。就数量而言，六朝志怪可考者近90种之多；就影响而言，后世小说在艺术想象和表现方法上无不受到志怪小说的沾溉和启迪。志怪小说草创于战国，初兴于两汉，繁荣于魏晋南北朝。因此，六朝志怪是在先秦两汉准志怪的基础之上发展起来的。没有前者，也就没有后者。但是，六朝志怪的兴盛又有着深刻的社会原因，这一时期的政治、经济、思想文化状况为志怪小说的繁荣提供了各种有利条件，同时也规定了此期志怪小说的时代特征。

六朝志怪小说繁盛的根本原因是宗教迷信的昌炽和其影响的广泛；其次，是谈风的盛行，促使了志怪故事的产生、传播和集中；第三，文人著述的活跃和文学创作的发展对志怪小说的创作繁荣和艺术水平的提高也产生了积极的推动作用。

魏晋南北朝是宗教迷信昌炽的时代，佛道两教都异常盛行。佛教自东汉明帝时传入中国，至六朝时始大盛。佛教让人寄希望于来世，而来世是无从验证的，因此，它具有很强的诱惑力。此期的统治者如三国的孙权、孙皓，魏明帝，晋元帝、明帝、孝武帝，宋文帝、孝武帝，齐竟陵王萧子良，梁武帝、简文帝、元帝，陈武帝、文帝、后主，都崇信佛教。佛理的玄奥精微，也非常适合士大夫的口味。六朝众多名士，如曹植、孙绰、许询、王羲之、谢灵运、颜延之、徐陵、魏收、颜之推等都是佛教的信仰者和爱好者。善恶报应，六道轮回，给了处于社会底层的百姓以某种慰藉，他们也希望从佛教中寻找到人生的出路。

道教是神仙思想和种种方术的混合物。它的长生不死、消灾灭祸的谎言对陷入人生苦闷的士大夫和泥途炭火之中的下层百姓也有很大的诱惑力。因此,魏晋南北朝道教盛行,宗派林立,道书渐多。著名道徒如东晋葛洪、齐梁陶弘景、北魏寇谦之相继涌现,君主、文士如孙权、曹操、曹丕、嵇康、郭璞、王羲之等都笃信道教。

佛道二教的盛行,促使一些教徒为宣扬法旨而自神其教,纷纷著书立说,鬼神之事,自然也就成为其书的必然内容。还有些信徒专门搜集记录鬼神怪异之事,这就直接导致了志怪小说的产生。

魏晋南北朝宗教迷信的昌炽造成鬼神迷信观念的深入人心,大批神鬼传说得以流传,这为志怪小说的发展提供了良好的素材和环境。六朝文人深受宗教迷信观念的影响,自然也深信这些荒诞不经的鬼神故事是真实可靠的。因此,他们便记录下这些神鬼怪异之事,"以发明神道之不诬"(干宝《搜神记序》),干宝的《搜神记》、颜之推的《冤魂志》、刘义庆的《幽明录》、《宣验记》,都是基于这样同一个目的写出来的。

魏晋南北朝谈风盛行。文士们不仅有清谈,而且还有闲谈。清谈是品评人物和研究玄理,闲谈亦称戏谈,其中有些内容和讲故事关系密切。文人学士的戏谈之风使各种传说故事迅速扩散,同时也使这些传说故事在一定范围内得到集中,文人们也就有可能把它们汇集成书,这也导致了志怪小说的大量产生。

魏晋南北朝是文人著述十分活跃的时代。魏晋以来,文人注重修史。作为史部杂传类的志怪小说受到人们的格外重视也就是必然的了。在文学创作上,六朝又是文学自觉的时代。文学自身的进步必然要影响到小说的创作上。此期的志怪小说或出于史家之手,或出于文学家之笔,但在不同程度上都受到文学描写技巧进步的影响。尤其是南北朝小说,语言清丽,叙述婉转,写景细腻,这是整个文学进步的表现。

志人小说的产生和清谈之风有着密切的关系。鲁迅先生说："汉末士流，已重品目，声名成毁，决于片言。魏晋以来，乃弥以标格语言相尚，惟吐属则流于玄虚，举止则故为疏放。……终乃汗漫而为清谈。渡江以来，此风弥甚……世之所尚，因有撰集，或者掇拾旧闻，或者记述近事，虽不过残丛小语，而俱为人间言动，遂脱志怪之牢笼也。"(《中国小说史略》)

如前所述，清谈，又叫清言。它的内容包括品评人物和谈论玄理两个方面。品评人物之风，是汉末清议的流绪，同时又和魏晋时期选拔人才的"九品中正制"密切相关。汉代的选举征辟制，使文人看重声名，特别是汉末，大名士对一般士人的品评，虽只有片言只语，但也往往关乎到一般士人的前途。魏晋以还，"九品中正制"的施行，使得大士族掌握了仕途之阶，一些著名的士族首领成为举世瞩目的中心人物，他们的言行自然成为整个社会舆论的中心，广泛流传在士人中间。

谈论玄理，即谈论老庄哲学(东晋后杂入佛理)。汉末、东晋，王朝统治的削弱，儒学的衰微，使思想界呈现出一派解放的趋势，被独尊儒术长期排斥的老庄哲学再度兴盛。同时，汉儒注经的繁琐哲学也使儒学自身走入绝境。研讨以老庄思想注释儒家经典的玄学，成为一种时代风尚。名士们互相诘难、讲解、研究玄学命题，如才性之辨、言意之辨等，更推动了谈玄之风的盛行。

在这种谈风的影响之下，流传于众口之中的名士言行不断地被人们记录下来，形成了独具风神的志人小说。士人为了获得仕进，就必须学习名士的言谈和风度，而记录名士言行的志人小说便成为仕进必读的教科书。一些帝王新贵们也非常重视它们，梁武帝就曾敕命殷芸编撰《小说》。于是，文人学士竞相以熟悉故事为学问，以示渊博，编撰志人小说遂成为一种时代风尚。

第二节　志怪小说

魏晋南北朝志怪小说的数量相当多，但今大多已失传。现存较为重要的有托名汉东方朔的《神异经》、《十洲记》，托名汉班固的《汉武帝故事》、《汉武帝内传》，旧题魏曹丕（一作张华）的《列异传》，旧题晋张华的《博物志》，晋干宝的《搜神记》，托名晋陶潜的《搜神后记》，题名晋王嘉撰、梁肖绮录的《拾遗记》，宋刘义庆的《幽明录》，东阳无疑的《齐谐记》，齐王琰的《冥祥记》，梁吴均的《续齐谐记》，北齐颜之推的《冤魂志》等。

今传所谓汉人小说，都不见于汉人记载，应当说绝大多数不是汉人的作品。只有东方朔的《神异经》，曾见汉人称引，但也未必出于东方朔之手。因此，我们将其统统列入魏晋南北朝小说加以叙述。

托名东方朔的《神异经》是模仿《山海经》而写的，但它侧重记载异物奇闻。《十洲记》记述祖洲、瀛洲等十洲风物。

托名班固的《汉武帝故事》和《汉武帝内传》都以汉武帝为中心，前者记录他的出生到谢世，其中记述了许多神仙怪异之事；后者详写汉武帝会见西王母之事。

《列异传》旧题魏曹丕所撰，此书今佚，鲁迅《古小说钩沉》有辑本。据鲁迅先生考证，是书当为魏晋人所作。

《博物志》旧本题名为晋张华撰。据王嘉《拾遗记》载，张华原作为 400 卷，晋武帝命其删节为 10 卷。此书主要记载异境奇物。

《搜神后记》10 卷，托名晋陶潜撰，此书记录鬼神灵异之事，有较浓厚的民间故事色彩。

《拾遗记》10 卷，晋陇西王嘉撰。王嘉，字子年，陇西安阳人，符秦时代的方士，《晋书》有传。《拾遗记》原有 19 卷，梁代肖绮改编为 10 卷,并且加上了论赞性质的"录"。此书从传说中的庖羲、神农一直至东晋,记载了许多神话、传说和名人异事。文笔绮丽。

《幽明录》30 卷,宋刘义庆撰,今佚。鲁迅《古小说钩沉》有辑本。此书也是记载鬼神怪异之事,但是其故事性较它书为强。

《齐谐记》七卷,宋东阳无疑撰,今佚。鲁迅《古小说钩沉》有辑本。《续齐谐记》一卷,梁吴均撰,今存。此书的艺术性相当高,叙述故事和刻画人物都有很高的成就。

《冥祥记》10 卷,齐王琰撰。鲁迅《古小说钩沉》有辑本。此书所载皆宣扬因果报应的故事,旨在劝人信佛。

《冤魂志》3 卷,北齐颜之推撰,今存。颜之推为北朝著名作家,曾著有《颜氏家训》。此书所记故事多出自旧籍,旨在引经史以说明因果报应之可信。

《搜神记》20 卷,是魏晋南北朝志怪小说的代表作。此书为干宝撰。干宝,字令升,新蔡(今属河南)人。《晋书》卷 82 有传,生卒年不详。东晋元帝时曾以著作郎领国史。家贫,补山阳令,迁始安太守。王导请为司徒右长史,迁散骑常侍。他写有《晋纪》20 卷,时称"良史"。另著《春秋左氏外传》,注《周易》、《周官》数十篇。《隋书·经籍志》还著录《百志诗》9 卷,《干宝集》4 卷。除《搜神记》外,余皆散佚。今通行本为汪绍楹校注本。

干宝笃信鬼神,他写《搜神记》的目的即是为了"发明神道之不诬"(《搜神记·自序》)。换言之,他搜神记异,是要给天命观提供例证,这就决定了本书不能不充斥宗教迷信观念。但是,由于所采故事有不少积极健康的神话传说和民间故事,因此本书也有不少积极健康的内容。

今本《搜神记》中 464 则故事,见于干宝以前的志怪书和其他书籍者约 200 则,其余则是"采访近世之事"。

《搜神记》的内容大体上可分为以下几个方面:

第一,神仙术士及其法术变化,主要集中在卷 1 到卷 3。第二，神灵感应，集中在第4、5卷，其中“董永”条记载董永和织女的故事，这就是著名的“天仙配”故事的本事。第三，妖祥卜梦，集中在第6至10卷。第四，物怪变化及灵奇之事，集中在第12、13卷。第五，鬼事及还魂事，集中在第15、16卷，其中有不少佳作，如吴王小女故事，卢充故事，王道平故事，河间郡男女故事等。第六，精怪事，载于第17、18、19卷。第七，报应故事，集中在第20卷，主旨讲善恶报应。第八，神话和其他怪异传说，集中在第14卷，如著名的蚕马神话。第九，历史传说，集中在第11卷，如韩凭夫妇，东海孝妇及干将莫邪等。其东海孝妇的故事则为后来关汉卿的《窦娥冤》所吸收。

《搜神记》的精华大体上可分为四类：

第一，鞭挞统治者的凶恶和残暴，表现人民的反抗斗争。这类作品以《干将莫邪》和《韩凭夫妇》为代表。前者记述楚国巧匠干将莫邪为楚王铸剑，反被楚王杀害，他的儿子长大以后，为父报仇的故事，表现了下层人民反抗残暴统治的坚强意志和英雄气概；后者叙述宋康王霸占韩凭之妻何氏，韩凭夫妇先后自杀的悲剧，揭露了统治者的荒淫，歌颂了韩凭夫妇生死不渝的爱情。

第二，表现劳动人民的善良、勇敢、乐于助人、勇于自我牺牲的精神。如《李寄斩蛇》，写越闽东部山区大蛇危害人民，平民少女李寄挺身而出，带着利剑和猎犬杀死大蛇，为民除害，表现了下层人民的勇敢和智慧。

第三，反映封建婚姻制度下青年男女为争取爱情幸福而斗争的故事。如《吴王小女》（又名《紫玉韩重》），写吴王夫差的小女紫玉与韩重相爱，私订终身，吴王不许，紫玉愤恨而死。后来韩重至紫玉墓前痛哭，和紫玉的灵魂相会，入冢三日三夜，尽夫妇之礼。韩重出墓，被捕入狱，紫玉的灵魂向吴王解释，吴王始放韩重。

第四，不怕鬼的故事。最著名者如《宋定伯捉鬼》，生动地描述了宋定伯捉鬼的故事。又如《宋大贤传》写宋大贤不畏狐魅，最终捉杀狐鬼。

《搜神记》中的糟粕是那些单纯宣扬鬼神存在的故事，如《阮瞻》写一向不怕鬼的阮瞻被鬼吓死的故事。

魏晋南北朝志怪小说在中国小说史上有着较大的影响。

首先，唐代传奇就是在六朝志怪小说的基础上发展起来的。初唐传奇《古镜记》即是以一个古镜为线索，贯串许多鬼怪故事而成篇的，从中可以明显地看出志怪向传奇的演进。初唐的另一篇传奇《补江总白猿传》也带有浓厚的志怪色彩，而猿猴盗取妇女这一原始情节也取自《搜神记》。唐传奇的《枕中记》取材于《搜神记》中的《杨林玉枕》，《南柯太守传》取材于《搜神记》中的《卢汾梦入蚁穴》，《柳毅传书》中柳毅到洞庭湖传书时以手击树的细节即取自《搜神记》中胡母班给河伯传书一节。

其次，中国小说史上的说狐道鬼派即肇始于六朝志怪。宋洪迈的《夷坚志》，明瞿佑的《剪灯新话》，清蒲松龄的《聊斋志异》，纪昀的《阅微草堂笔记》都和它有一脉相承的关系。蒲松龄在《聊斋自序》中还说“才非干宝，雅爱《搜神》”，将干宝视为志异的同道。

第三，魏晋南北朝志怪小说还给后世小说、戏剧提供了丰富的素材。罗贯中的《三国演义》和冯梦龙的《三言》都从《搜神记》中吸收了若干材料。宋话本和戏曲取材于六朝志怪的也不少。

第三节　志人小说

魏晋南北朝的志人小说主要有三国魏邯郸淳的《笑林》，东晋葛洪的《西京杂记》，裴启的《语林》，郭澄之的《郭子》，宋刘义庆的《世说新语》，梁沈约的《俗说》和殷芸的《小说》。其中，除了《西京杂记》和《世说新语》外，其余都已散佚。

《笑林》3卷，今佚，鲁迅先生的《古小说钩沉》有辑本。邯郸淳，一名竺，字子叔，颍川（今河南许昌）人。献帝初年，客居荆州，后归曹操。《笑林》所收皆为短小的笑话，开后世俳谐文字之先河。《隋书·经籍志》著录《解颐》和《启颜录》都是此类作品，惜其已经全部亡佚，惟《太平广记》一书尚存有不少佚文。

《西京杂记》2卷，托名刘歆撰写，实际当为晋葛洪所著。葛洪（284～364），字稚川，自号抱朴子，丹阳句容（今江苏句容）人。他始以儒知名，后好神仙导养之术，著有《抱朴子》、《神仙传》、《隐逸传》和《西京杂记》等。《西京杂记》记述西汉人物轶事，旁及宫室制度、风俗习惯等内容。此书所记昭君出塞和卓文君与司马相如故事屡为后人称引，影响很大。

《语林》，东晋裴启著。裴启，字荣期，河东人。此书专门收集“汉魏以来迄于今时言语应对之可称者，谓之《语林》”（《世说新语》注引《续晋阳秋》）。是书盛行一时，后因记载谢安言语失实，为谢安所轻诋，故而不再流行，至隋亡佚。《古小说钩沉》有辑本。

《郭子》，东晋郭澄之撰，今佚。郭澄之，字仲静，太原阳曲（今山西阳曲）人。郭澄之于东晋末年任南康相，后随刘裕，官至相国府从事中郎，封南丰侯。此书内容与《语林》相似，《古小说钩沉》有辑本。

《世说新语》今本3卷，宋刘义庆撰。刘义庆（403～444），南朝宋彭城（今江苏徐州）人。他本是宋武帝刘裕的弟弟长沙景王刘道怜的儿子，因为给道怜的弟弟道规作嗣子，遂袭封临川王。曾任荆州刺史，官至尚书左仆射、中书令。他尊崇儒学，晚年信佛。“为性简素，寡嗜欲，爱好文义。文辞虽不多，然足为宗室之表。……招聚文学之士，远近必至。”（《宋书·刘道规传》）《世说新语》原名《世说》，唐时称《世说新书》，依内容分为《德行》、《言语》、《政事》、《文学》等36篇。是书记录汉末到东晋的名士们的遗闻轶事，对王、谢、顾、郗等几个大家世族人物的玄虚清谈和疏放举动记载得特别详细。其中不少故事取自《语林》、《郭子》。梁代刘峻（字孝标）为之作注，引用古书达400余种，其中绝大多数为今世所失传者，因此很受当今学者的重视。近人余嘉锡《世说新语笺疏》，徐震堮《世说新语校笺》均为研读此书的重要注本。

《世说新语》虽然只是辑录人物轶事，但是它的选材、定目、编排、行文仍然表现出鲜明的儒家名教的倾向。全书开头四篇就是孔门四科的名目：德行、言语、政事、文学。此书大力鼓吹孝道，书中肯定的"方正"、"贤媛"也都是以儒家的伦理规范为标准的。

《世说新语》在标榜儒家名教的同时，又大力推崇老庄的"自然"。全书对士族人物颓废放荡的言语行为，常用赞赏的笔调加以描述。他们傅粉熏香、挥麈清谈、饮酒服药、恣情纵欲，都被作者当成一种值得欣赏的旷达风度而大加描述。

作为一部记录历史人物轶事的小说来说，《世说新语》有助于我们认识当时士族阶层的生活方式和精神面貌，具有很高的认识意义。

《世说新语》用大量篇幅记载了魏晋名士奇特的举动和玄妙的清谈，有助于我们认识"魏晋风度"和"名士风流"。魏晋名士标榜"雅量"、"豪爽"，讲究"容止"、"识鉴"、"任诞"、"简傲"。比如《雅量》篇记载：

> 顾和始为扬州从事，月旦当朝。未入顷，停车州门外。周侯诣丞相，历和车边，和觅虱夷然不动。周既过反还，指顾心曰："此中何所有？"顾搏虱如故，徐应曰："此中最是难测地。"周侯既入，语丞相曰："卿州吏中有令仆才。"

周侯的这种雅量大度实在令人觉得荒唐可笑，而且以这种方式来鉴别人才也是不可思议的。《任诞》篇还记载了魏晋名士刘伶纵酒放达，甚至于在屋内裸体活动。有人讥讽他，他竟说"我以天地为栋宇，屋宇为裈衣，诸君何故入我裈中？"这种名士风度即是纵酒放达，任诞不羁。同篇记载王子猷居山阴，雪夜忽忆剡县戴安道，即时乘舟而去，经宿而至。既至其门，不入而返。人问其故，王子猷说："吾本乘兴而来，兴尽而返，何必见戴？"

喜怒哀乐，不形于色，方不失名士风流。《任诞篇》记载谢安与人下围棋，忽得淝水之战的捷报，看后，他压下满心的喜悦，"默然无言"。人问何事，他带有一种毫不在意的口吻说："小儿辈大破贼。"另一位名士顾雍，与僚属下棋时得到儿子的死讯，"以手掐掌，血流沾褥"，还依然神色不变，直至客散。

崇尚清谈，亦是魏晋名士风流的重要内涵之一。《世说新语》有许多这方面的记载，如《文学》篇：

> 孙安国往殷中军许共论，往反精苦，客主无间。左右进食，冷而复暖者数四。彼我奋掷，麈尾悉脱落餐饭中，宾主遂至暮忘食。殷乃语孙曰："卿莫作强口马，我当穿卿鼻。"孙曰："卿不见决鼻牛，人当穿卿颊。"

由义理之辩到意气之争，可见双方的投入的程度。

讲究仪容修饰，神态超异，注意语言机警，简约有味，喜爱服药饮酒，也都是魏晋名士风流的内容。《言语》、《赏誉》、《品藻》、《任诞》、《排调》等篇对此多有记载。

《世说新语》反映了魏晋时期社会的黑暗，政治的腐败，豪门士族的穷奢极欲、凶残暴虐、贪婪悭吝。《尤悔篇》记载王导向晋明帝述说晋朝得天下的始末，特别讲到司马懿诛杀名族，培植同党，和文王司马昭杀高贵乡公曹髦之事，以至晋明帝听后以面覆床说："若如公言，祚安得长？"这就写出了统治阶级内部争权夺利、互相杀戮的黑暗。

《汰侈篇》集中反映统治者穷奢极欲的生活。王恺与石崇斗富，石崇竟然用蜡烛烧饭，用椒为泥。另一个士族王武子家用人乳喂猪，猪肉的肥美异于常味，以至连皇帝都感到太过分了。石崇宴客，以杀人劝酒为"阔"；王敦赴宴，以冷眼观杀人为"豪"，简直令人惊骇！

《俭啬篇》写司徒王戎，富贵无比，每晚却和夫人在烛下"散筹算计”。他的女儿出嫁，借了他的几万块钱，每次女儿回家他都不高兴，直到女儿还了钱，他才放下脸。他家有好李子，舍不得吃，卖又怕人得其良种，于是一一“钻其核”，而后出售。

《世说新语》也称颂了一些有作为的历史人物。如《自新篇》的周处，勇于改过；《言语篇》的“新亭对泣”写王导批评消极无为的庸人思想；《政事篇》写陶侃身居高位，不忘节俭；《简傲篇》记载嵇康不阿附权势，直言讥刺司马氏的心腹钟会；《方正篇》写何充不顾王敦的权势，直言批评王敦之兄王含的劣迹。

鲁迅先生在《中国小说史略》中谈及《世说新语》的艺术特色时说它“记言则玄远冷隽，记行则高简瑰奇”，这段话道出了本书的艺术上的总体特色，析而言之，本书的特色有以下三点：

第一，于短篇尺幅之中，通过对人物片言只语的记述，表现人物的性格。《世说新语》每则通常只有百十个字，多者也不过三四百字，但是作者却能在这寥寥数语之中，写活一个人的性格。如《俭啬篇》云：“王戎有好李，卖之恐人得其种，恒钻其核。”短短十六字就写出了王戎悭啬的本性。

第二，《世说新语》善于通过各种表现手法刻画人物。有的，通过对话写活人物。如《雅量篇》写谢安和孙绰等人游海遇到风浪，孙绰等人惊慌失措，而谢安却临危不惧，通过这一对比，显示谢安镇静从容的“雅量”。有的，通过对人物作漫画式的夸张写活人物。如《忿狷篇》通过对王蓝田吃鸡蛋时种种动作的夸张性描写，突出了他性急如火的特点。有的，运用富有个性化的口语来表现人物。如《赏誉篇》写王导见何充，“以麈尾指坐”，叫何充共坐：“来，来，此是君坐。”表现了王导对何充的器重。有的，把记言和记事有机地结合起来。如《雅量篇》写晋孝武帝见到彗星后的心情。他深夜入园对星空举杯祝酒说：“长星劝尔一杯酒，自古何时有万岁天子？”这种行动和语言把他见到彗星后故作旷达的心理表现得淋漓尽致。

第三，语言简约含蓄，隽永传神。《世说新语》采用晋宋时的口语入文，并且把通行的口语加以提炼，熔铸成生动活泼的文学语言，有些成语一直流传至今，如“登龙门”、“一往情深”、“吴牛喘月”、“管中窥豹”、“咄咄怪事”、“难兄难弟”、“拾人牙慧”、“传神阿堵”、“乘兴而来，兴尽而返”、“应接不暇”、“覆巢之下，岂有完卵”等。

《世说新语》在中国小说史上是一部有重要影响的志人小说。它开启了以记录人物轶事为主的笔记小说。如唐王方庆的《续世说新书》，刘肃的《大唐新语》(又名《大唐世说新书》，宋王谠的《唐语林》，孔平仲的《续世说》，明何良俊的《何氏语林》，李绍文的《明世说新语》，清吴肃公的《明语林》，李清的《女世说》，颜从乔的《僧世说》，王晫的《今世说》，民国初年易宗夔的《新世说》等，它们都是刘义庆《世说新语》的模仿之作。

《世说新语》为后世小说、戏剧提供了不少素材。如罗贯中的《三国演义》就吸取了《世说新语》中杨修解“黄绢幼妇”之辞，和曹植七步成诗的故事，丰富了小说的情节。元代关汉卿的《玉镜台》，秦简夫的《剪发待宾》，明人杨慎的《兰亭会》等戏剧都是根据《世说新语》的故事改编的。

梁沈约《俗说》3卷，今佚，《古小说钩沉》辑有50多条，内容与《世说新语》相似。

殷芸的《小说》原有30卷，至隋只存10卷，明初尚有，今佚。这是一部汇集前人小说的总集。所采故事按时代先后编次，引书注明出处，资料丰富，体例谨严。此书虽然已经亡佚，但由于它采录的古书大多为今世所失传者，其辑佚的价值可与刘峻的《世说新语注》相比，所以备受今天学者的重视，现有鲁迅、余嘉锡、唐兰、周楞伽四家辑本。

第六章　魏晋南北朝的文学理论批评

第一节　三国两晋的文学理论批评

三国两晋时期是中国古代文学理论批评获得长足发展的重要时期。此期由于老庄思想的流行，文学逐渐摆脱了经学的束缚，有了较大的发展，这就为文学理论批评的发展奠定了基础。

这一时期，文学理论批评出现了一些对后世有较大影响的著作，如曹丕的《典论・论文》、《与吴质书》，曹植的《与杨德祖书》，陆机的《文赋》，挚虞的《文章流别论》，葛洪的《抱朴子》外篇等。特别是《典论・论文》和《文赋》对后世产生了极其深远的影响。这些理论批评论著提出了一系列理论批评方面的新问题。

第一，关于文学的社会地位和作用的问题。儒家历来重德行而轻文章，两汉时期，由于儒家的地位的独尊，文学受轻视的现象相当普遍，甚而把文学视为"雕虫篆刻"。而此期曹丕的《典论・论文》视文章为"经国之大业，不朽之盛事"；葛洪的《抱朴子》外篇反对儒家轻视文章而注重德行的观念，指出"文章之与德行，犹十尺之与一丈，谓之余事，未之前闻。……本不必皆珍，末不必悉薄"（《抱朴子・尚博》）的观点。

第二，关于创作问题。曹丕在《典论・论文》中提出了"文以气为主"和"气之清浊有体"的命题，实际上提出了作家的气质、秉性对作品风格的影响这一重要问题。葛洪又进一步提出"才有清浊"（《抱朴子・辞义》）的命题。这些观点直接影响了刘勰《文心雕龙》

的风格论，而且成为中国古代文论中关于风格问题的一个重要命题。

第三，关于各种文体的特点与差异研究的深入。曹丕的《典论·论文》第一次提出了“夫文本同末异”的观点，而且对奏议、书论、铭诔和诗赋等四种文体作了区分。挚虞的《文章流别论》对各种文体源流、特点作了更为精细的分析。这些研究给刘勰《文心雕龙》的文体论以很大的影响。

第四，对文学批评的重视。曹丕的《典论·论文》认为一个人不可能熟悉各种文体，加之各人的才性不齐，因此“文人相轻”是不可取的，文学批评应当客观公正。曹植的《与杨德祖书》更表明了自己对文学批评的重视。曹丕的《典论·论文》和陆机的《文赋》是这一时期最重要的两篇文学理论批评专论。《典论》一书原有20篇，今存《自叙》和《论文》两篇。《典论·论文》对文学理论和文学批评的贡献主要表现在以下四个方面：

一、充分肯定了文学的价值和地位，并鼓励文人进行创作。

二、强调作家要有自己独特的个性和风格。

三、区分了文章的体裁：所谓“奏议宜雅”，“书论宜理”，“铭诔尚实”，“诗赋欲丽”即是这种努力。尽管他对文章体裁的区分并不十分恰当，但是，区分文体却是从他开始的。

四、提出了文学批评的态度：他反对“贵远贱近，向声背实”，“文人相轻”的陋习，主张“审己以度人”。

陆机的《文赋》是文学批评史上第一个把创作过程、方法、形式、技巧等问题提到文学批评议程上来的专论。其主要内容有三点：

一、论述了文学的创作过程。其中对于文学创作构思过程中的想象和感兴的论述尤为精辟。作家受到外界事物的激发和前人作品的启示，就会产生创作冲动，然后进入构思阶段。这一阶段要考虑结构、布局、剪裁、修辞等表现手法。驰骋想象、捕捉形象是构思中的重要环节，作家要发挥独创精神，做到"意""称物"。在分段布局，遣词命意中，要以意为骨干，文为枝条，做到"文""逮意"。

二、论述了写作技巧，尤其是修辞技巧中的诸问题。

三、文体区分问题。陆机的《文赋》把文体区分为10类，并且指出了各种文体的特点。他指出诗要"缘情"，赋要"体物"，也即诗要表现作者的感情，赋要强调体物图貌，这种观点比曹丕笼而统之地称"诗赋欲丽"要细致得多，同时也更能体现魏晋人的文学观。

陆机的《文赋》的最大缺点是他在一定程度上忽视了文学作品的思想内容，后来刘勰在《文心雕龙·总术篇》中说："昔陆氏《文赋》，号为曲尽，然泛论纤悉，而实体未该。"在《序志篇》中他又说"陆赋巧而碎乱"，这些批评还是恰当的。

今人张少康的《文赋集释》收罗详备，可资参考。

第二节　南北朝的文学理论批评

南北朝时期是中国古代文学批评发展史上的一个重要阶段。中国古代文学理论批评至此已经趋于成熟，并且达到了相当高的水平。南北朝的文学理论批评主要在南朝。

这一时期的文学理论批评的成就，主要表现在以下三个方面：

第一，出现了一批对后世影响巨大的理论批评著作。首先是《文心雕龙》的出现。刘勰的《文心雕龙》是中国古代文论史上第一部系统阐述文学理论的专著。它不仅是南朝以前古代文论发展史上的集大成之作，而且是整个古代文论史上一部最杰出、最系统、最重要的文学理论批评著作。其次，是钟嵘的《诗品》。钟嵘在《诗品序》中对文学创作中的许多重要问题做了自己的论述，它对后来的中国诗话的发展产生了重大影响。

南朝的其他批评家如沈约、范晔、萧统、萧绎、萧子显，北朝的祖莹、邢劭、颜之推，特别是颜之推的《颜氏家训·文章篇》专门论述了文学问题。

第二，产生了许多对后世文论发生重大影响的新概念。诸如风神、神韵、风韵、境、境界、形似、神似、取象、形象、风骨等新范畴都出现在这一时期。这些新的范畴的出现，是文学创作的繁荣，佛教造像艺术的盛行，以及形、神关系，言意关系的探讨，评品人物的风气等多种因素相互影响的产物。这些概念在当时并没有得到充分的阐述，有些还是出现在书论、画论之中，但是，它们所具有的巨大生命力，使它们对后世文学创作和文学理论产生了长远而深刻的影响。

第三，对文学的特点有了进一步的认识。这一方面表现在《文心雕龙》等文论著作对文学创作中一系列问题的精到论述中，而且表现在许多其他论著中。

比如萧统的《文选》，其选录的标准是“以文为本”(《文选序》)，而把经、史、子、集排除在外；对于史传之作，只取富有文采的论赞，要求“事出于沉思，义归乎翰藻”，这是一种将文学和其他著作区别开来的努力。

南朝的史学著作也多反映了这一进步。沈约的《宋书·谢灵运传论》认为文学创作不同于经史之作，它是“情兴所会”的产物，并认为谢灵运的创作是“兴会标举”。萧子显的《南齐书·文学传论》则认为“文章”是“情性之风标，神明之律吕”，这些认识更切合文学创作的规律和特点。

关于“文学”、“文章”和“文”、“笔”等概念的辨析和使用，同样也反映了当时对文学特点认识的进步。

“文学”一词在两汉，泛指儒学。魏晋之际，“文学”一词一方面继续指儒学，另一方面开始指文学。到南北朝，“文学”和“文章”更多地被当作同义词来看待。萧子显的《南齐书》特立《文学传》，而文中却称作“文章”，这标志着“文学”一词从泛指儒学开始演变为真正意义上的文学。

“文笔”之说，始于汉代，流行于南北朝。早期的“文笔”一词，是泛指诗赋、散文及各种应用文体，相当于汉代的“文章”。但是，由于文学和文学批评的发展，人们开始从文体的性质和形式上区别它们的差异。于是将“文笔”一词区分为“文”和“笔”两个词。刘勰的《文心雕龙·总术》中关于“文”“笔”的概括，反映了早期区分“文”“笔”二词的努力：“今之常言，有文有笔，以为无韵者笔也，有韵者文也。”到了梁代萧绎的《金楼子·立言》一文中，他认为屈原、宋玉等人的辞赋谓之“文”，而“笔”则指章奏之类的应用文，这种区分显然更切合文学的特点。

《文心雕龙》为刘勰(466？～539?)所作。刘勰，字彦和，祖籍东莞郡莒县(今山东莒县)人。早孤，笃志好学，家贫不能婚娶，依名僧僧佑，与之相处十余年，遂博通佛教经典。这一期间，刘勰在深研佛理的同时，又饱览经史百家之书和历代文学作品，从而“深得文理”。从近 30 岁时起，经过五六年的努力，于齐和帝中兴元年、二年(501、502)间，写成《文心雕龙》一书。梁武帝天监初入仕做记室、参军、东宫通事舍人等职，在兼东宫通事舍人期间，与昭明太子萧统交好。昭明太子死后，刘勰奉敕至上林寺撰经。经成之后，遂弃官为僧，法名慧地。不到一年，即去世。

《文心雕龙》共 50 篇，包括总论 5 篇，文体论 20 篇，创作论 19 篇，批评论 5 篇，最后一篇《序志》为作者的自序。范文澜的《文心雕龙注》和杨明照的《文心雕龙校注》、《文心雕龙校注拾遗》是本书较好的注本。

《文心雕龙》在文学理论上的贡献主要有以下方面：

第一，初步建立了用历史眼光分析评价文学的观念。《文心雕龙》认为，文学的发展变化，最终要受到时代及社会政治生活的影响，即所谓“时运交移，质文代变……歌谣文理，与世推移”，“文变染乎世情，兴废系乎时序。”(《时序》)但是，刘勰也没有忽视文学自身的发展规律，他在《通变》篇中，根据扬雄关于“因”“革”的观点提出了“通变”说，即文学创作中继承与创新的关系。他要求作家大胆创新，即“变”；但又认为任何“变”都离不开“通”，即继承。

第二，比较全面地阐述了内容和形式的关系问题，也即“质”和“文”人的关系。他在《情采》篇中说：“故情者，文之经；辞者，理之纬；经正而后纬成，理定而后辞畅，此立文之本源也。”因此，他主张“为情造文”，反对“为文造情”。

第三，总结了多方面的创作经验。诸如艺术想象、艺术构思、艺术风格，以及风骨、夸张、结构、剪裁、用事、修辞、含蓄和声律等。

第四，阐述了文学批评的态度标准和方法。《文心雕龙》的《知音》篇是中国文学理论批评史上探讨批评问题的较早的专篇文献。他反对“贵古贱今”、“崇已抑人”、“信伪迷真”等错误的批评态度，指出正确的批评态度应当是“无私于轻重，不偏于憎爱”。批评家应该有深厚的艺术修养，即所谓“操千曲而后晓声，观千剑而后识器”。

《诗品》是继刘勰的《文心雕龙》之后出现的另一部品评诗歌的文学批评专著，作者钟嵘。钟嵘（约468～约518），字仲伟，祖籍颍川长社（今河南许昌）人。齐代官至司徒行参军。入梁，历任中军临川王行参军、西中郎将、晋安王记室。《诗品》成书于梁代。今人曹旭的《诗品集注》是迄今最详备的注本。

《诗品》所论，主要是五言诗。全书共品评了两汉至梁代的诗人122人，计上品11人，中品39人，下品72人。

《诗品》对文学理论批评的重要贡献有：

第一，为五言诗的出现从理论上做了说明。由于《诗经》是四言体，经过汉儒对《诗经》的尊奉，在魏晋南北朝五言诗已经占据诗坛的情况下，理论批评在诗歌形式上仍然重四言而轻五言。甚至如刘勰的《文心雕龙·明诗》篇主要讲五言诗，可在行文中仍然说“四言正体”，“五言流调”，可见传统观点是如何的顽固。钟嵘的

《诗品》却说：四言诗"每苦文繁而意少，故世罕习焉"，而五言"居文词之要，是众作之有滋味者也"。这就完全肯定了五言诗出现的必然性。

第二，他继《文赋》和《文心雕龙》之后，更明确地提出了诗歌的"滋味"说。他认为：有滋味的诗才是好诗，诗歌要讲究"兴"，好诗应该"文已尽而意有余"。这一观点为司空图、苏轼直至王士祯等人所接受和发展，"文已尽而意有余"更成为后世对诗、文创作的共同要求。

第三，他反对齐梁诗风中的堆砌典故和刻意追求声律的不良倾向，主张"直寻"和自然和谐的声律。在这一方面，钟嵘也有失误，他忽视了讲求用典和声律是诗歌艺术发展到一定阶段的必然要求，因此他的批评难免有一些偏颇之词。

第四，关于作家的艺术流派和艺术风格的品评。钟嵘重视历代诗人之间的继承和发展关系，和不同艺术流派之间的区分，对不少具体作家和作品做过不少精当的批评；但是，由于他不重视生活阅历对作家的影响和作家思想艺术上的多样性和复杂性，因而使他的风格流派研究多有牵强附会之处，因而，招致后人不少非议。

第四编　隋唐五代文学

概　述

公元581年，杨坚迫使周静帝让位，自立为皇帝，建立了隋朝。公元589年，隋文帝杨坚派兵灭掉了南方最后一个王朝——陈，从此南北复归统一。隋朝从建国到覆亡，为时仅37年，其文化建设虽无突出成绩，但文帝反对形式主义的骈俪体及绮丽文风，实际上是文体文风革新的最早尝试。科举制度的实施，使得许多平民知识分子有了进身仕途的机会，客观上造就了不少文学人才，为唐代文学的大发展创造了条件。隋末，以隋炀帝杨广为首的统治集团奢侈淫靡，横征暴敛，激起了百姓的反抗情绪。隋末农民大起义，摧毁了隋王朝。

继起的唐朝，是中国封建社会最强大的一个王朝。唐建国初期，实行开明政治，推行均田制、租庸调法，加强府兵制，完善科举制。农业、手工业、商业、交通运输业繁荣兴盛。唐前期130余年，经济发展已达鼎盛。公元755年发生的"安史之乱"是唐帝国由盛而衰的标志,这场动乱大大地削弱了唐帝国的中央集权。唐中叶,政治、经济虽在一定程度上得到恢复,但由于藩镇割据、宦官专权,统治集团朽腐,人民负担沉重,恢复盛世的希望越来越渺茫。晚唐,各种社会矛盾日益激化,唐末,爆发了农民大起义,终于动摇和摧毁了李唐王朝的统治,从此中国又出现了分裂割据的局面。

公元 907 年,朱温废唐哀帝自立为帝,改国号为梁,史称后梁。继后梁之后,先后有后唐、后晋、后汉、后周等五个朝代统治中原一带。另有十国:吴越、吴、前蜀、楚、闽、南平、南汉、后蜀、北汉、南唐,占据江南、东南、西南、山西等地。五代十国的分裂局面延续了 50 余年。这段历史时期,黄河流域及其以北地带战事频繁,生产受到较大破坏,长江流域的南方各国则战事较少,经济有所发展。公元 960 年,建立了宋朝,中国复归统一。

隋唐五代时期,文化科学的发展主要以唐为标志。唐为时 290 余年,文学成就最为突出。诗达至中国古典诗歌的顶峰,散文取得了辉煌的成就,传奇标志着中国文言小说的成熟,词展示出勃勃生机。其前的隋和其后的五代,虽各有特色,但与唐相较,业绩均不显著。因此,考察隋唐五代文学,应以唐为主,兼及其他。

中国是诗的王国,唐诗是中国诗的王冠,是中国人的骄傲和自豪,是华夏文化中永不会湮没的精华,是世界文明史上永不会凋谢的奇葩。它袒露出人类与大自然同样广袤的胸襟,展现了汉语言文字无与伦比的魅力,构筑起一个中国精神的宫殿,吞吐出一个中国文化的长廊,它将永远震撼着不同性别、不同肤色、不同文化积淀的一代代生命。开启它,结识它,品尝它,融会它,你将拥有一个浩瀚幽邃的心灵世界。

一、唐诗的繁荣及原因

唐诗是中国古典诗歌的顶峰,其作品之丰、作家之众、风格之异、内容之赡、体裁之备，堪称空前繁荣。

清康熙年间编纂的《全唐诗》，便收作品 48900 多首。1982 年，中华书局又辑佚出版了《全唐诗外编》，总计作品已逾 5 万，真可谓“洋洋大观”，此乃作品之丰。

《全唐诗》收作家 2300 多位，其间名家辈出：舒卷自适的诗佛王维，痛饮狂歌的诗仙李白，忧国忧民的诗圣杜甫，“惟歌生民病”的通俗歌手白居易，力辟天地的鬼才李贺，逆传统而行的韩愈，意绪朦胧的李商隐，他如陈子昂、孟浩然、高适、岑参、王昌龄、柳宗元、刘禹锡、杜牧……数不胜数，此乃作家之众。

唐诗的风格绚丽多姿，可谓“横看成岭侧成峰，远近高低各不同”（苏轼《题西林壁》）。高适、岑参的豪壮，王维、孟浩然的冲和，李白的飘逸，杜甫的沉郁，韩愈的险怪，李贺的诡奇，贾岛、孟郊的寒瘦，元稹、白居易的俗浅，柳宗元的峭拔，杜牧的俊爽，李商隐的朦胧，温庭筠的婉丽……此乃作家风格之异。

唐诗的题材博大浩瀚。感时讽世，咏物托意，离别相思，乡情闺怨，山水田园，登临游览，战争边患，咏史怀古，游仙访道，题画赏乐，唱酬应制……此乃内容之赡。

唐诗诗体大备。古体则三言、四言、五言、六言、七言、杂言、乐府、歌行，近体则五绝、七绝、五律、七律、长篇排律，无所不备。

造成此等空前繁荣景象的原因，古今论者各抒已见，综其所述，主要有以下几个方面。

第一，国势之强大，经济之繁荣。唐代走至中国封建社会的顶端，成为当时世界上最强大的封建帝国。其国势之威，“曾令四夷皆服”（《旧唐书》），万国朝拜；其经济之繁荣曾致“公私仓廪俱丰实”，“齐纨鲁缟车班班”（杜甫《忆昔》）。这是影响整个民族心理素质的重要条件，是激发诗人灵感的契机。故而唐诗人胸襟博大，唐诗人追求浪漫；唐诗风格浑涵，唐诗境界浩渺，唐诗气势逼人，唐诗意象丰赡；唐诗洋溢着生机、青春、自信。这是唐诗的精髓，是唐诗君临中国诗坛的关键。

第二，南北文化的融合，中外文化的交流。唐代是一个大一统的王朝，是南北文化交融的汇合点，也是中外文化交流的高潮期。《隋书·文学传论》谈到南北文风之异时曾言："江左宫商发越，贵于清绮；河朔词义贞刚，重于气质。气质则理胜其词，清绮则文过其意。理深者便于时用，文华者宜于吟歌。"可见，南方文风趋于华靡，近乎阴柔之美；北方文风趋于质朴，近乎阳刚之美。唐人融北之刚劲、粗犷、厚重、质朴，汇南之华艳、绮靡、简约、纤弱，呈现出千姿百态的风格面貌。唐文化不仅兼容南北，而且贯通中外。唐代中外交通发达，中国与亚欧各国常有文化使者往来，域外文化的输入，开拓了唐诗人的艺术视野，给唐诗注入了极大的生机和活力，是促使唐诗内容乃至形式繁富多彩的重要因素之一。

第三，深厚的艺术积累。中国诗歌发展到唐已有1700余年的历史，从《诗经》到《楚辞》，从汉乐府到魏晋南北朝乐府民歌，从汉末兴起至魏晋趋于完善的文人五言诗到齐梁新体诗，为唐诗从内容到形式的大备奠定了雄厚的基础；为唐诗技巧的完美积累了深厚的经验；为唐诗空前繁荣的局面提供了丰实的营养。

第四，开放自由的政治氛围。在中国思想史上，唐代是一个以兼容并蓄、活跃开放而著称的朝代。唐统治者既大力提倡儒学，又极力弘扬道教，而且也不排挤舶来品佛教。儒释道三教并存并互相融合的宽松自由的社会气氛，使诗人在创作上较少束缚，可以各呈其才，从不同的角度，用不同的方法去观察、理解、阐释人生社会和自然社会。

第五，国之重诗，民之爱诗。唐朝重诗，首先表现在统治者爱诗。唐太宗有吟咏唱和之雅；武则天有亲赐龙袍之赏；唐玄宗有下辇迎诗人之举……上有所好，下必甚焉。其次表现在以诗取士，文人士子可以诗为进身之阶，故而无不努力习诗，形成全民习诗之风气。因此，宋代严羽《沧浪诗话·诗评》便言："或问唐诗何以胜我朝？唐以诗取士，故多专门之学，我朝之诗所以不及也。”唐人以诗唱酬，以诗赠别，以诗讽刺，以诗干谒，以诗调笑，以诗泄郁……唐人的生活中充溢着诗的气息。唐人上起帝王后妃、宰相公卿、刺史将军，下至樵夫舟子、僮仆婢妾、道士僧尼、三教九流，皆以会作诗、能赏诗为雅，唐人的追求里荡漾着诗的浪漫。此等氛围，是唐诗茂盛的肥沃土壤。

二、唐诗的发展和流变

关于唐诗的分期有诸种不同的说法，其中影响最大也较为通行的是元人杨士弘《唐音》首次提出而明人高棅《唐诗品汇》续加阐发的初、盛、中、晚“四唐”说。

我们所说的初唐，指自唐王朝建国至玄宗先天元年（618～712）；盛唐，指自玄宗先天元年至代宗即位（712～762）；中唐，指自代宗宝应元年至敬宗即位（762～825）；晚唐，指自敬宗宝历元年至唐亡（825～907）。

应该看到，文学史的发展阶段有很大的继承性、中介性和复杂性。就诗史整体而言，它是逐渐过渡变化的；就诗人个体而言，又经常处于两个时期的交叉结合点上，故应变通灵活地看待这种分法，而不宜过分机械，导致削足适履。

纵向看，初唐诗承上启下。一方面，它继续着六朝诗人未走完的路，将近体诗的艺术形式进一步完善，完成；另一方面，它自肌体内部反拨六朝之华彩，向原始自然艺术回归，呈现盛唐之音的先声。盛唐诗攀至中国古典诗歌的顶峰，一方面，它完成了自然美、人工美两大艺术潮流的精美融合，另一方面，它又预兆了新时代诗的种种特点。中唐诗变而求存，奇花异葩，竞相争艳，从而将原本清晰明净的诗歌线索拓而为立体，拓而为多元。晚唐诗既是结束又是开端。结束者，呈现出传统诗歌无可逆转的颓颜；开端者，更新了诗艺的内涵与外延，完成了诗向词的转变。

横向看，唐代是各种诗体全面发展的朝代。

五言古诗。初唐五古沿袭六朝，至陈子昂始革除积弊，恢复汉魏古朴浑厚的诗风。盛唐王孟五古清淡闲雅，直贯中唐韦柳。杜甫对五古进行大力开拓，随后元白、韩孟亦续有拓展。

七言古诗。大体说来，唐代七古的发展经历了三个阶段。初唐四杰用赋体改造七古，并揉进近体诗的格律，将六朝简单质朴的七古形式演变为一种体制宏阔，形式谐美、音调悦耳又血脉流动的长篇歌行。此后，七古的创作空前活跃，刘希夷、张若虚、宋之问、李峤、张说等，在四杰基础上进一步陶洗铅华，诗风转清空疏朗。这是第一阶段。盛唐，七古更上一层楼，涌现大批七古高手，如李颀、王维、高适、岑参、杜甫、李白尤为杰出。盛唐七古，一部分体制上仍走初唐路数，显示出骈与谐的特色，这类七古至中唐演变成元白的"长庆体"。大部分则取法形式自由的汉魏古诗，呈现出酣畅淋漓，纵横跌宕的特色。这是第二阶段。中晚唐七古，一方面在体制上排斥近体声律的同化吸引，在艺术上引进散文的表现手段，如韩愈；另一方面则突出强化委婉叙事的功能，如元白。晚唐诗人大多气格卑下，笔力纤弱，无力驾驭这种体裁，故令其逐渐衰微。

乐府诗。唐代乐府诗又分古题及新题两类。古乐府，指文人拟作汉魏六朝乐府古题的诗歌。自六朝后，文人乐府或陈词滥调，或艳情之作，逐渐走向衰微。入唐，在初、盛唐诗人的努力下，古乐府远绍汉魏，走出低谷，达到空前繁荣。唐古乐府较以往乐府，有如下变化：第一，与音乐基本脱节，不为入乐歌唱，只为无拘无束地表达自我感受。第二，拟古观念的突破，不依乐府古题的题意和本事写作，而是面向时代和生活。因此，唐人古乐府表现出极大的创造性。新乐府，乐府自从确立，始终沿袭乐府古题，至杜甫始突破这一传统，即事名篇，以新题写时事。之后，经过元结、顾况的发展，至中唐，经元白倡导，创作空前兴盛，形成规模可观的新乐府运动，影响波及晚唐。

总的看来，唐人古体，自元和后便逐渐衰落，近体诗成为人们关注的热点。

近体诗，又称格律诗，齐梁时即已酝酿，入唐后方开始成熟，最后定型于沈宋之手。格律诗定型后，唐人为区分格律诗与形式相对自由的古体诗，便称之为“近体诗”或今体诗。近体诗的形式主要有：五、七言律诗，五七言绝句和排律。

五律，最早出现的成熟的五律，当推王绩的《野望》，“五言律前此失严者多，应以此章为首”（沈德潜《唐诗别裁集》）。“四杰”崛起诗坛，五律方流行，故王世贞称“四杰”五言诗为“律家正始”（《全唐诗说》）。五律的定型，功归沈宋，因此，“五言至沈宋始可称律”。盛唐五律创作盛况空前，仅次于五古。孟浩然尤长于五言，王维被誉为“五言之宗匠”，杜甫五律更是“千古以还，一人而已”（胡应麟《诗薮》）。中晚唐时，人们喜作律诗，五律经孟郊贾岛等人之手，虽失盛唐清旷闲远，博大精深，但更见圆整精纯。

七律，唐前未见合律七言，成篇的七律，至沈宋方有，故胡应麟说“七言律滥觞沈宋”。沈宋之时，七律新起，未被普遍接受。至盛唐，七律作者渐多，其中王维、李颀最受后人推崇，胡应麟云：“盛唐七言律称王李”。即此，七律已完全成熟。但盛唐七律多应制唱酬，登临游览之作，且还未被人们所重视。杜甫是诗史上写七律的第一大家，可以说，七律至他境界始大，感慨始深，艺术方臻化境。此后，七律数量激增，成为堪与五律比肩的重要诗体。晚唐李商隐承杜甫而又青出于蓝，将这一形式发展到一个更加精纯的境地。

绝句，有古绝（不拘平仄）和律绝（合乎声律规则）之别。唐古绝不多，律绝至沈宋定型，而后流行，成为最活跃的诗体。初唐绝句不多，风格浑朴自然。盛唐绝句大放异彩，几乎无人不作，艺术日臻完美。确立了绝句注重“风调”，讲究含蓄蕴藉的艺术传统。盛唐绝句与初唐相较，发生了一些变化：其一，初唐绝句，喜用对偶，尤其是尾联；盛唐绝句则多以散行作结，三、四句构成转合，造成婉曲回环，句绝而意不绝的效果。其二，盛唐绝句发展了组诗体制，既扩大了绝句的规模，又保持了其小巧灵活的特点。中唐绝句作者更多，名篇迭出，各具风采。晚唐绝句，顺应了形式趋小趋短的艺术趋向，数量激增。内容有两点值得注意：一是咏史，一是爱情。前者显示出唐代末世忆昔怀旧心理的扩张，后者流露出诗词交接的端倪。

第一章 隋及初唐诗

隋代实现了南北政治的大统一，但是国祚不长，只有37年。隋代的诗歌，虽无多大成就，但有两点值得注意：其一，这个时期是诗歌从六朝过渡到唐朝的转折阶段；其二，由于南北政治统一，隋代诗人已把南朝诗歌的绮丽与北朝诗歌的质朴融为一体。

初唐近百年，其诗歌的发展呈现出明显的阶段性。前三四十年，基本上是"齐梁宫掖之风"的天下，王绩是例外，但不成气候。开元前五六十年，变化渐多，沈宋等完成近体诗的定型，陈子昂等扭转六朝遗风。

初唐诗，承上启下。其艺术走向，主要有两条线索：一是继续走六朝人未走完的路，发展、完善、完成近体诗的艺术形式，追逐人为艺术，如上宫仪，沈宋。一是从肌体内部反拨六朝之华彩、狭促，承陶潜、溯汉魏，呼唤《诗经》精神的回归，追逐自然艺术，如王绩、四杰、陈子昂。唐诗将人工美与自然美融而为一，完成了"大巧之朴"的艺术境界，初唐不啻有开创之功。

第一节 隋代诗歌

隋代，是一个南北文学交融的时代。

南方诗人一方面将轻靡的诗风带入北方，另一方面则向北方诗风之阔大沉厚转变。北方诗人一方面学习南方的文学，另一方面则对南方诗风作了自觉的矫正，把北人之贞刚气质，北地之阔大气宇融入精致工巧的语言形式之中。

当然，斐然成俗的积习，并非一时所能消弭，南方宫廷诗风，其时仍有着相当的影响。由于杨隋政权的短命，许多诗人由隋入唐，宫廷诗风也被引进初唐。这表明中国诗歌的发展，尚需一次对南朝诗风的大批判大扫荡。但是，在隋代诗歌中，仅仅炫弄文字的轻佻文风，毕竟趋向消歇了，一种既继承了南朝文字技巧，又灌注了北方刚健沉厚之气的新文风，开始代之而起，标志着中国诗歌正向另一高度迈进。

隋代诗坛，曾出现过几位有成就的诗人，其中以卢思道、薛道衡二人最知名。

卢思道(535～586)，字子行，范阳(今河北涿县)人。他为人俊辨，通脱不羁，才思敏捷，时人有“八米卢郎”之称。他是北周灭北齐以后入周及隋的诗人。北齐时曾官太子舍人、司徒录事参军。北周时授仪同三司。隋时官至散骑侍郎。以其终年在隋，文学史著作均将之算作隋代诗人。

卢思道的诗，词采华艳，深得庾信赞许，受南朝诗风的影响十分明显。如他的存诗中，有不少津津于女色描写的艳诗，如《美女篇》、《采莲曲》等。

卢思道的诗亦有超乎南风者，他写得好的诗正在于此，代表作如《从军行》、《听鸣蝉篇》等。尤其是《从军行》，以委婉多姿的笔调，运用骈俪排偶句法，把塞外战场的肃杀气氛和征人怀乡、思妇闺怨的情思和谐地融会在一起，显示出南北诗风的有机统一。所以，吴乔说：“北朝卢思道《从军行》，全类唐人歌行矣。”(《围炉诗话》卷二)

卢思道现存的全部诗作告诉我们，模仿追随南方诗人，仍然是这时北方诗人创作的主要倾向。与此同时，北士的“贞刚之气”，亦开始使他们的诗作放射出和南方诗歌不同的异彩了。

卢思道的作品，明人辑有《卢武阳集》。

薛道衡(540～609)，字玄卿，河东汾阴(今山西万荣县)人。和卢思道一样，他也经历了北齐、北周、隋三代。北齐时，曾为兵曹从事、太尉府主簿。北周时，任中书侍郎，摄陵州刺史。入隋，任内史侍郎等职。隋炀帝时为司隶大夫，因受猜忌，为杨广所杀。薛道衡少有才名，文雅纵横，为当世人所推重，与卢思道齐名，是隋诗人中最佼佼者。

薛道衡的诗受齐梁诗风影响颇深，但综观其作，他学南风较卢思道更得其精髓，既无过分绮靡之语，亦无露放粗笨之调，情辞婉转妩媚，气格要高朗得多。代表了北士学南诗而取得较好成绩的阶段。

薛道衡是北人，刚健厚重该是其当行本色，但是，他写得最好的诗，既非单纯追仿南风的靡弱之作，亦非代表北士特色的厚重之作，而是那些厚重中融隽逸，沉郁里出巧思，亦即汇南北之长的作品。集中最为人称道的《人日思归》、《昔昔盐》等便是其代表作。

《人日思归》："入春才七日，离家已二年。人归落雁后，思发在花前。"所说不过思归而已，其意十分平常。全赖感情沉郁、真挚，复因构思精致，字句映衬巧妙，从而形成了一种巧中见厚的特色。此一特色，正体现了熔精致与浑厚于一炉的诗歌发展方向。

新的美学时代将要到来的希望之光，正是在薛道衡的这些成功之作中，闪现着更大的亮度。

薛道衡的作品，明人辑有《薛司隶集》。

第二节　近体诗的确立及宫廷诗人

初唐承六朝之余绪，被梁陈宫体诗风梦魇一般地纠缠着，在华丽侧艳的模式里蹒跚、喘行，表现出文学发展所固有的承接性和延续性。其代表如上官仪、沈宋、文章四友。他们在承袭前代诗风的同时，又表现出极大的创造性，在近体诗完善、定型、确立的链条上拥有无庸置疑的重要地位，为盛唐诗歌的繁盛，准备了一份极精致的礼物。

上官仪（约 608～664），字游韶，陕州陕县（今属河南）人。贞观初年擢进士第，曾做过宫廷侍臣，深得太宗、高宗宠信，尤其是高宗朝显赫一时，后因见恶于武则天，下狱死。

上官仪现存诗 20 余首，绝大部分是奉皇帝诏命所作的“应制诗”。这些诗“以绮错婉媚为本”（《旧唐书·上官仪传》），歌功颂德，吟弄风月，辞采密丽，时人纷纷效仿、推崇，沿为风气，称为“上宫体”。

上官仪在诗史上的主要贡献，在于归纳了六朝以来诗歌创作艺术中的对仗手法，并给以定名。对仗之风自晋始，入齐梁而盛，至陈隋而极。刘勰《文心雕龙》专辟《丽辞》讨论这个问题。梁元帝萧绎把对仗提到至高无上的地位：“作诗不对，本是吼文，不名为诗。”（《诗评》）但在上官仪之前，并未有人将各种对仗手法给以总结，上官仪完成了这个任务，明确提出了“六对”、“八对”的法式。

六对即指：正名对——天地对日月，同类对——花叶对草芽，连珠对——萧萧对赫赫，双声对——黄槐对绿柳，叠韵对——徬徨对放旷，双拟对——春树对秋池。

八对即指：的名对——送酒东南去对迎琴西北来，异类对——风织池间树对虫穿草上文，双声对——秋露香佳菊对春风馥丽兰，叠韵对——放荡千般意对迁延一介心，联绵对——残河若带对初月如眉，双拟对——议月眉欺月对论花颊胜花，回文对——情新因意得对意得逐情新，隔句对——相思复相忆，夜夜泪沾衣对空叹复空泣，朝朝君未归。

这些法式成为后人作律诗的规范，科场评定甲乙的标准，对律诗形式的发展，影响极为深远。

沈宋，指武则天朝著名宫廷诗人沈佺期（约 656～713）和宋之问（约 656～715）。二人均有才无行，先后谗事武则天男宠张易之和太平公主，行径为文坛所不齿，后皆得罪，被贬边远地区。

沈宋的诗多为应制之作，类近上官。但政治上失意后，却写出一些颇具真情实感的作品。尤其是宋之问被贬岭南并被赐死于贬所前的最后几年中的作品，情真调苦，“所有篇咏，传布远近”（《旧唐书》）。沈宋之别在于：沈佺期气度宏大，尤长于七律，所作七律被胡应麟誉为初唐七律之冠；宋之问缜密精工，尤长于五律，其五言排律曾被胡应麟推为初唐之冠。

沈佺期的《古意》、《杂诗》三首，宋之问的《度大庾岭》、《题大庾岭北驿》、《渡汉江》等皆为名篇。

沈宋最为后人津津乐道者，乃是他们对律诗定型做出的重大贡献。沈宋在以沈约为代表的“永明体”的基础上，从消极的“八病”之说中探求出积极的平仄规律，由原来只讲求一句一联的音节协调，发展到全篇平仄的粘附。完成了“回忌声病，约句准篇”的任务。不仅使五律定型，而且使七律走向规范化，标志着近体诗艺术形式的确立，被后人誉为“词章改革之大机”（《诗薮》内编卷四）。

沈佺期的作品，明人辑有《沈佺期集》。

宋之问的作品，明人辑有《宋之问集》。

文章四友，指李峤、苏味道、崔融、杜审言。四人与沈宋几乎同时，皆武则天朝御用文人。四人中除杜审言沉沦下僚，余皆位跻通显。四人成就重在诗歌。由于狭隘的宫廷生活的圈囿，他们的作品多歌功颂德的应制之什和小巧弄笔的咏物之作。其主要成就在于积极采用当时人颇重的近体形式创作，写出了一些佳作；对近体格律、声病、对仗诸方探讨，如李峤所著《评诗格》、崔融所著《新定诗体》，在上官仪《笔札华梁》和元兢《诗髓脑》、《古今诗人秀句》、《宋约诗格》等书的基础上，对偶对修辞回忌声病等作了修正补充，使之更周密谨严；并利用他们在政界文坛的地位，有力地促进了近体诗格律形式的最后完成。

四友中以杜审言成就最高。

杜审言(约645～708),字必简,巩县(今属河南)人。杜审言是四友中遭遇最坎坷且品性极孤傲的一个,曾扬言自己“文可追屈宋,书可比羲之”。今传诗40余首,大半为近体诗。由于他身居宫廷时间较短,长年以小官客居他乡,故写了一些抒发个人情怀、颇少雕饰之作。其诗造语新奇,格律严谨,对促进律诗的建立与发展多有建树。清人王夫之曾言:“近体,梁陈已有,至杜审言而始于度。”(《姜斋诗话》卷下)杜审言的诗尤以五律取胜,其名篇《和晋陵陆丞早春游望》曾被胡应麟评为“初唐五言律第一”,五言排律《和李大夫嗣真奉使存抚河东》长达40韵,为初唐近体诗中第一长篇。

杜审言的作品,有《杜审言集》传世。

以上诸人虽未脱去齐梁余绪,但对近体诗形式的完善、完成和确立,做出了很大的贡献,是唐近体诗的重要奠基人。

第三节 齐梁诗风的被荡涤与陈子昂

在六朝诗风延续的同时,与这种靡曼浮艳诗风相对立,提倡自然、质朴、刚劲诗风的,先有王绩,继有初唐四杰,后有陈子昂。他们以其创作实践,多层次地反映社会生活,开拓了诗歌健康的发展道路。其中尤以陈子昂成就最大。

王绩(585～644),字无功,自号东皋子,绛州龙门(今山西河津)人。他由隋入唐,隋时,曾任秘书省正字、六合县丞。唐时,以原官待诏门下省,后弃官还乡。王绩为人放诞不羁,鄙弃儒学,乐读老庄,喜欢饮酒,崇拜嵇康、阮籍、陶渊明为人。他与上官仪几乎同时,在歌功颂德声,脂粉气弥漫的氛围中,他的诗以其清新的格调,质朴的语言,独树一帜,使人精神为之一振。

王绩现存诗58首,多为题酒、咏隐诗。题酒诗,寄情言怀者多,表现了一个失意文人的痛苦心声,所谓“兀然成一醉,谁知怀抱深”(《春晚园林》)。其《过酒家》“此日长昏饮，非关养性灵。眼看人尽醉，何忍独为醒”，运用反语抒发了类似屈原在《渔父》中抒发过的“举世皆浊我独清，众人皆醉我独醒”的愤世嫉俗的感情，透露出作者沉迷酒乡的原委。咏隐诗多表现作者避俗而满怀怨愤的复杂心情。其中部分描写山水田园之作，上承陶潜韵致，下开盛唐王、孟先河。如《野望》，尤似一首田园牧歌，远山、近树、牧人、猎马，光色调和，意境清远，朴实生动，是唐初较早的一首趋于成熟的五言律诗。

王绩作品，后人辑有《东皋子集》。

初唐四杰：指在唐代初期颇负盛名，且以文词齐名天下的四位文学家王勃、杨炯、卢照邻、骆宾王。

王勃(650～676)，字子安，绛州龙门(今山西河津)人。王勃幼年早慧，6 岁能文，15 岁上书指陈朝政，号为神童。17 岁中制科举，授朝散郎，后被召为沛王府修撰。因一篇《檄英王鸡》被唐高宗见怪，废官职，斥出沛王府。23 岁任虢州参军，因匿杀官奴坐罪当杀，遇赦免死，其父受牵连贬交趾令。王勃渡海省亲，溺水惊悸而亡，年仅 27 岁。作品有《王子安集》传世。

杨炯(650～约 693)，华阴(今属山西)人。12 岁被举为神童，后授校书郎，官至盈川令，时称杨盈川。其作品，后人辑有《盈川集》。

卢照邻(约 635～约 689)，字升之，号幽忧子，幽州范阳(今北京市附近)人。一生坎坷，贫病交加。青年时曾受邓王爱重，任新都尉，因患风疾，辞官。一度客居东龙门山，过着布衣藜羹的生活。终因病无医，自沉颍水而死。其作品，后人辑有《幽忧子集》。今有徐明霞点校《卢照邻集》。

骆宾王(约 640～卒年不详)，婺州义乌(今属浙江)人。7 岁能诗，初为道王李元庆府属，历任武功主簿、长安主簿、侍御史。武后时，数次上疏言事，被贬临海丞，怛郁不得志，弃官而去。后随徐敬业起兵反武，代作《讨武曌檄文》，一时传诵天下。后来徐敬业败死，骆宾王不知所终。其作品，清人陈熙晋《骆临海集笺注》最为详备。

四杰青少年时便才华横溢，名震遐迩。但恃才傲物，不肯屈媚流俗，仕途坎坷，穷愁潦倒。郁勃不平之气发而为诗，发而为文，便跳出齐梁窠臼，生出一股新气象。

在理论上，他们分别对齐梁诗风表示不满。如：王勃言六朝文坛“微言既绝，斯文不振”（《上吏部裴侍郎》）。杨炯批评当时文坛“骨气都尽，刚健不闻”（《王勃集序》）。卢照邻指责汉魏以后文坛“落梅芳树，共体千篇；陇水巫山，殊名一意”（《乐府杂诗序》）。提倡抒写真情实感。这些理论对齐梁轻艳浮靡的文风无疑是一个冲击。

四杰诗现存并不多，粗略统计，骆宾王 100 余首，王勃、卢照邻各 90 余首，杨炯 40 余首，总共不过 300 余首。但这些诗从内容到形式皆令人耳目一新。

就内容而言，他们突破了“绮错婉媚”的氛围，把诗歌从狭窄的宫廷移向了广阔的市井，从小小的台阁推向了无边的江山塞漠。赋予诗以新的生命力，新的风貌体魄。其登临送别之作一洗“黯然销魂”之传统格局，境界旷达开阔，如王勃《送杜少府之任蜀川》；其边塞诗传达出作者建功立业的雄心，境界雄浑悲壮，开盛唐边塞诗之先河，如杨炯《从军行》；其抒情感怀之作，真挚深沉，郁勃难申之气溢于言表，如骆宾王《在狱咏蝉》；其抨击现实之作深刻警策，发人深省，如卢照邻《长安古意》，骆宾王《帝京篇》等等。

就形式而言，四杰对五言律诗的定型，七言古诗的发展和成熟，功不可没。

四杰创作了大量的五言律诗，据统计，在四杰的作品中，五律多者占一半，少者亦在四分之一以上，他们在此领域中的探索及数量多、质量高的创作实践，为稍后于他们的沈宋将五律规范化，打下了良好的基础。

四杰顺应了大唐帝国蒸蒸日上的恢宏气象，封建士子奋发向上的阔大胸襟，诗本要求摆脱南朝，尤其是梁陈纤弱绮靡诗风，创造适应时代精神的一代唐音的趋向，在汉魏六朝以来，七古与赋交互影响，同步共进历史条件下，在七言歌行中大量揉进赋之因素，自觉地继承了汉魏以来诗歌重气的传统，创造出一种虽整密，却又血脉动荡、气势宏大的长篇歌行体，成为盛唐七古当之无愧的先行。如卢照邻的《长安古意》，骆宾王的《帝京篇》、《畴昔篇》，王勃的《临高台》、《采莲曲》等。

陈子昂(661～702)，字伯玉，梓州射洪(今属四川)人。少年时"驰侠任气"，交游皆博徒之辈。年至十七八尚未知书。谁知一入青年，便立志成人，学成满腹经纶。21岁离乡北上，入咸京，游太学，24岁举进士，上书论政得武后赏识，擢为右拾遗。曾两次出塞。34岁时因受乔知之事件牵连而入狱，不久获释，官复原职。38岁解职还乡，被受武三思指使的射洪县令段简陷害，屈死狱中，终年42岁。

陈子昂以其旗帜鲜明的理论，闪耀着现实主义和浪漫主义的诗篇，彻底荡涤了初唐近百年之久的浮靡文风，被誉为初唐诗文革新的旗手。明高棅称他"继往开来，中流砥柱，上遏贞观之微波，下决开元之正派"(《唐诗品汇》)。

就理论而言，陈子昂是初唐诗坛上第一个从理论上自觉提倡"汉魏风骨""风雅兴寄"，反对齐梁余风的诗人。

其《修竹篇序》言：

文章道弊，五百年矣，汉魏风骨，晋宋莫传，然而文献有可征者。仆尝暇时观齐梁间诗，彩丽竞繁，而兴寄都绝，每以永叹，思古人，常恐逶迤颓靡，风雅不作，以耿耿也。一昨于解三处见明公《咏孤桐篇》，骨气端翔，音情顿挫，光英朗练，有金石声。遂用洗心饰视，发挥幽郁。不图正始之音，复睹于兹；可使建安作者，相视而笑。

此文包括两方面的内容：其一，反对齐梁以来“彩丽竞繁，逶迤颓靡”的诗风。其二，主张诗歌复古（汉魏、诗经、正始），提倡“风骨”、“兴寄”。风骨，要求有健康充沛的思想感情，刚健质朴的诗歌风格；兴寄，要求有感而发，有寄托，有讽喻，发扬诗经以来的现实主义传统。其实质乃是以复古之音行革新之实。

此序是陈子昂诗论的纲领，是唐代文学革新的第一篇战斗性檄文。此后，李白的复古主张，中唐古文运动、新乐府运动，无不受其影响。

就创作而言，陈子昂的诗基本上是其诗歌理论的实践。其代表作有《感遇》38首、《蓟丘览古》7首和《登幽州台歌》等。他的这些作品基本上抒写了两大主题：

一、感慨时事，讽刺揭露现实。如反映征戍生活，抨击穷兵黩武的《朝入云中郡》、《丁亥岁云暮》、《朔风吹海树》、《苍苍丁零塞》等；痛斥武后挥霍民脂民膏，建造庙宇佛像的《圣人不利己》；鞭挞武后恐怖统治的《呦呦南山鹿》；借古讽今，谴责武氏集团荒淫纵乐的《昔日章华宴》、《荒哉穆天子》等。

二、抒发怀才不遇的愤懑，慨叹理想破灭。如《登幽州台歌》，深刻地描写了诗人的政治理想与社会现实的矛盾，高度概括了封建时代众多仁人志士的共同悲剧。无雕饰，无刻画，无铺陈，无词藻，无意象，只有一股情怀，喷射而出。《兰若生春夏》，借香草美人之古调，发才志淹逝之幽思，是怀抱，是遭际，是无奈。

总之，陈子昂拓宽了诗歌的题材，呼唤着自然艺术的回归，建立起朴质刚健雅正的诗风，无疑是开启唐风第一人。刘克庄说：“唐初王、杨、沈、宋擅名，然不脱齐梁之体。独陈拾遗首唱高雅冲淡之音，一扫六朝纤弱，趋于黄初、建安矣。”（《后村诗话》）其后唐代诸诗人无不把他看作前驱者来敬重。杜甫赞他：“有才继骚雅，哲匠不比肩。公生扬马后，名与日月悬。”（《陈拾遗故宅》）韩愈说：

“国朝盛文章，子昂始高蹈。”(《荐士》)

陈子昂的作品，有《陈子昂集》，今人徐鹏有点校本，另有今人彭庆生的《陈子昂诗注》。

第四节　初唐其他诗人

张若虚和刘希夷。

张若虚(约660～约720)，扬州(今属江苏)人。其生平不详，曾与贺知章、张旭、包融齐名，时称“吴中四士”。张若虚现存诗仅二首，即《代答闺梦还》和《春江花月夜》。《春江花月夜》写景与抒情相交织，春江花月夜的景致和思妇幽怨的闺情相融会，构思精妙，辞采清丽，音调和美，堪称千古绝唱，闻一多先生赞之为“顶峰上的顶峰”。

刘希夷(651～约680)，字延之，汝州(今属河南)人。他擅长闺帷之作，词情哀怨。代表作是《代悲白头翁》。诗中从花开花落的自然景物的变化，引发出青春短暂，人生无常的感叹。意境清新超远。其中“年年岁岁花相似，岁岁年年人不同”二句最为脍炙人口。

张、刘二人在文学史上的最大贡献，就是继四杰后进一步发展了七言古诗。他们顺应了当时诗坛鄙弃六朝诗风的趋向，在四杰歌行的基础上，进一步发扬其踔厉不平之气，却又适应当时愈益强烈的淘洗铅华的要求，汰繁就简，由密趋疏，去艳丽之饰，增清丽之韵，流宕的气势由内敛而外现，较四杰更清新疏宕。表现出一种从“四杰”歌行逐步蜕变的形态。启迪了盛唐大家“极尽变态”的七古创作的兴旺局面。

初唐晚期，有两位被称为“二张”的诗人：张说、张九龄，均有名篇传世，是初唐到盛唐承前启后的人物。

张说(667～730),字道济,洛阳人。曾官至左丞相,封燕国公。张说为人正直,喜奖掖后进。他文才出众,历任武后、中宗、睿宗、玄宗四朝。当时朝廷的重要文章,多出其手。与许国公苏颋齐名,世称燕许大手笔。张说的诗,除应制之作外,多朴实劲健。其名篇《邺都引》怀古咏史,意境高远雄浑,语言质朴刚健,与曹操的"对酒当歌,人生几何"有异曲同工之妙。

张说的作品有《张燕公集》。

张九龄(673～740),字子寿,韶州曲江(今属广东)人,世有张曲江之称。曾官至中书令,后因受李林甫排挤,被贬荆州长史。张九龄忠诚正直,敢于直谏,为相贤明,卓有政绩。其诗词采清丽,温渊淡雅,宋严羽称之为"张曲江体"。明代胡震亨说:"陈子昂独开古雅之源,张子寿首创清淡之派。盛唐继起,孟浩然、王维、储光羲、常建、韦应物,本曲江之清淡,而益之以风神者也。"(《唐音癸签》)被贬后之作,则趋于质朴遒劲,雄浑刚健。故清刘熙载认为他"独能超出一格,为李、杜开先"(《艺概》)。代表作《感遇》12 首与陈子昂同题类似,但在辞藻、韵致方面略胜子昂。五言律诗《望月怀远》是历代传诵的名篇。

张九龄的作品,有《张曲江集》传世。

初唐时期,还出现了几位沙门诗人,在诗坛上颇有影响。他们身在空门,心未死寂,以出世的眼光观照大千世界,将所见所闻所悟化入诗中,自成体式,别具风韵。其中佼佼者是王梵志。

王梵志(约 590～660),原名梵天,黎阳(今河南浚县东南)人。生平无考。其诗的特点主要表现在:(一)善于融口语俚词、方言俗谚入诗,率然成章,明白如话,暗含禅机。(二)吸取民间歌谣讥刺嘲讽的表现手法,透过深沉的戏谑和痛楚的调侃,针砭不公正的社会现实和人情世态,言近旨远。如写生之痛苦:"我昔未生时,冥冥无所知,天公强生我,生我复何为!无衣使我寒,无食使我饥,还你天公我,还我未生时。"写人际的伪善:"心里为欺谩,口中佯念佛。"

“哭人尽是分钱人，口哭无亲心里喜。”写世态的炎凉：“吾富有钱时，妇儿看我好。吾若脱衣裳，与吾叠袍袄。吾出经求去，送吾即上道。将钱入舍来，见吾满面笑。绕吾白鸽旋，恰似鹦鹉鸟。邂逅暂时贫，看吾即貌哨。人有七贫时，七富还相报。图财不顾人，且看来时报。”

王梵志开唐通俗派先声，日后寒山、拾得、丰干等直接继承这个流派，顾况、白居易、杜荀鹤、罗隐、皮日休、陆龟蒙等也多少承继了他的影响和表现手法。

王梵志的诗，现收存《敦煌掇琐》本中。

阵阵脚步声蹙近了，一个诗的新时代冲破晨间缭绕的迷雾，缓缓走来。

第二章　盛唐诗

盛唐，是我国历史上变化最为剧烈的一个时期，它既经历了繁荣昌和的开元盛世，又经历了险些使大唐基业毁于一旦的安史之乱。强大的国力，安康的社会，孕育了诗人们充满幻想的灵感，造就出大批浪漫主义色彩浓郁的诗篇；颠沛流离、哀鸿遍野的战乱，冶炼了诗人们承受苦难、承受盛衰逆转的意志，谱写出众多与祖国命运、与民族命运水乳交融的现实主义诗篇。这个时代，以其煌煌巨笔，展布了诗坛一个又一个壮阔的奇观。李白以其雄奇、飘逸的风范，令高山仰止；杜甫以其博大精深的气度，如日月经天；山水田园诗派以其淡泊幽雅的微笑，发出清旷轻盈的呢喃；边塞诗派以其雄浑豪壮的体魄，吼出浩气凌云的呼啸。他们用性情，用生命，共同编织出一个辉煌耀世的皇冠，共同创造出一个气势恢宏，浑厚雄壮的盛唐气象。

第一节　山水田园诗派

山水自谢灵运始成为独立的审美对象，田园自陶渊明起成为淡化、消释人生悲苦的港湾。它们给人类带来的精神愉悦愈来愈强烈。至盛唐，终于汇成一股喷涌的泉流，其作者之多，其篇什之众，史称“山水田园诗派”。

山水田园诗派崛起于盛唐，究其因缘，不外以下几个方面：

一、漫游形成风尚。国力强盛、疆域辽阔，社会安定，交通发达，此等氛围孕育了诗人们渴望更广阔的天地，把握更浩渺的宇宙的魄力。因此，盛唐很少有无漫游经历的诗人。胸中浸有山水在，挪自笔端成天地。

二、庄园经济发达。从西汉到魏晋，社会经济结构便发生了巨大变化，独立性很强的庄园经济迅速发展，成为一个历史时期的主要经济形态。到了盛唐，庄园经济更为发达。许多田园诗人都有不止一处庄园和别墅。庄园对于他们，既是物质保障，又是失意后舔慰伤口、掩息心灵动荡的理想休憩地。他们喜欢写田园，写田园里种下的一份恬适闲逸情致，以示不为红尘牵羁的心志。

三、隐逸之风盛行。隐逸的动机不同，有人借此邀名，曲线求仕；有人仕途沉浮，借此排遣、消弭郁闷；有人阅尽人间冷暖，渴望一片超迈是非物我的净土；有人得法天、法地、法自然的哲理启迪，寻觅返朴归真的人生境界……各怀心迹，殊途同归。在大自然的节奏里，在物我冥合的契机里，他们以不同的自我，用不同的观照，从不同的角度吟唱着自然山水赐予的美和悟。

山水在诗中出现，最初只是背景，继而成为比兴的媒介。至谢灵运后方为独立的审美对象。但早期，诗人在自然山水面前，显得被动多于主动，形似重于神似，状物高于达意，累于繁富，伤于细密。山水尚未完全与诗人合而为一。至盛唐，山水不再仅仅是审美对象，而成为诗人心灵、情趣、意志的化身。人和自然、情和景，契合交融，故而形似转而神似，繁富转而简淡，有句无篇转而浑融一体。至此，山水诗才臻于完美、纯熟。

田园诗自陶渊明而成境界，写闲适之情，写恬淡之境，写幽静之美。盛唐田园诗人更将这一境界推进极致。他们把田园看成是洁身自好、摆脱世纷的理想王国，他们用其内在精神和情感的净化力量，对这一环境加以美化，在这些诗中，生活中的种种矛盾和作者的情感冲突仿佛消失了，被遗忘了，所剩的只有对一己性情和个人精神生活的追求，对安谧恬淡的田园风光的欣赏，对超然物我，了无世纷的隐逸生活的满足以及对随遇而安、虚无寂灭人生观的自白。这是一座用复杂心态构筑起的自我保护的精神殿堂。

总之，山水田园诗派绘山水景致，摄田园风光，写隐逸生活，发闲情逸致。作者闲雅超旷，作品清幽恬静，尤以五言见长。代表人物王维、孟浩然。以此著名者还有储光羲、常建、綦毋潜、祖咏、裴迪等等。

继陶渊明之后，大力写作田园隐逸题材，并将之与谢灵运所开创，谢朓所发展的山水行旅题材结合起来，开盛唐山水田园诗风气之先的，当首推孟浩然。

孟浩然(689～740)，襄阳(今属湖南)人。他虽为学几十载，却未能入仕，以布衣终其生。王士源曾为之叹息："嗟哉！未禄于代，史不必书。"(《孟浩然集序》)在后人眼中，他近于一个超迈世事、不汲汲于富贵、不戚戚于贫贱、怡悦于山林白云之间的隐者高人。李白说他："红颜弃轩冕，白首卧松云。醉月频中圣，迷花不事君。"(《赠孟浩然》)然而，孟浩然并非真的对功业、显达无动于衷。"魏阙心常在，金门诏不忘"(《自浔阳泛舟经明海》)是他用世之心的自白；"当路谁相假，知音世所稀"(《留别王侍御维》)是他失意落魄心境的倾诉。命运捉弄，机遇乖违，淹泯了他的理想和追求，却成就了他隐者、高士的清誉。这其中的无奈和苦涩惟有诗人自心了知。所以他的诗时有起伏，时有骚动，时有孤寂之鸣。

孟浩然现存诗200余首。就体裁言，多为五言，尤擅长五律。就题材言，多为山水行旅、田园隐逸之作。

山水行旅之篇，意境多以冲淡清旷取胜。如《宿建德江》、《晚泊浔阳望香炉峰》等。其间亦有浑健、壮逸之篇什，如《与颜钱塘登樟亭望潮作》、《临洞庭赠张丞相》。但这种浑健、壮逸仍是束于冲淡宁静下的变调，未曾流于一泻无余，奔腾不羁。故而后人评曰："冲淡中有壮逸之气。"应该看到，孟浩然的山水诗，已不同于六朝对客体自然的简单摹写，而是突出主体感受，将客体的写景与主体的心绪交织在一起。后世诗与画逐渐抛弃形似而推崇"妙在似与不似之间"的艺术境界,在他的诗中已见端倪。

田园隐逸之篇,或写高士之孤怀,或写隐居之幽寂,或写登临之清兴,或写静夜之思虑。成功地创造出一个幽雅、恬静的意境以及与此意境相协调的"风神散朗"的抒情主人公形象。代表作如《春晓》、《过故人庄》、《夏日南亭怀辛大》、《夜归鹿门歌》等等。

孟浩然的诗,以清淡自然为总体风格。其表现是:第一,清高淡泊。喜写淡于利禄、乐于栖隐、自由闲适的生活情趣。第二,清静淡远。喜绘尘世之外、丘壑之间的幽静淡雅的环境。第三,素雅冲淡。首先是摒弃艳饰,无论写景还是抒情,喜用白描手法,语言简净,天然成趣。其次是自然浑成。他的诗多是不容分割的整体,少警策之句,得浑成之妙。故而闻一多先生说:"孟浩然不是将诗紧紧筑在一联或一句里,而是将它冲淡了,平均分散在全篇中,淡到看不见诗了,才是真正的孟浩然的诗。"(《唐诗杂论》)

由于孟浩然一生经历比较单纯,虽有失意却未曾真正置身于风云激荡的社会大潮之中,去体味沉浮莫测的苦难人生。所以他的诗始终未走出其生存状态的圈囿。故苏轼说他"韵高才短,如造内法酒手,而无材料"(《后山诗话》引)。其诗体也被牵制在娇小的范畴里,而乏鸿篇巨制。然而,孟浩然毕竟已踏入盛唐之宫殿,其情韵,其景致,其声色,已呈盛唐风范。

孟浩然的作品,有《孟浩然集》。

王维是山水田园诗人中成就最高的一位作家。他精通音律,妙能琵琶;其画乃文人画之始祖,南宗画之开山;其诗虽与孟浩然齐名,但艺术造诣远胜于孟浩然,堪与李白、杜甫比肩。此等多才多艺,时人无出其右,故而独步当时,王孙公子无不虚席以待。

王维(701~761),字摩诘,蒲州(今山西永济)人。他少有才名,蜚声于开元、天宝之间。时有"朝廷左相笔(指其弟王缙),天下右丞诗"之誉。早年,他颇有用世之心,曾言:"忘身辞凤阙,报国取龙庭。岂学书生辈,窗间老一经。"(《送赵都督赴代州得青字》)21

岁中进士，官太乐丞，后因事贬为济州司功参军。张九龄任中书令后，擢拔为右拾遗。他冀求匡时济世，有所作为，其诗也流动着一股昂扬振奋之气。但由于官场权利之争，他所敬重的贤相张九龄被挤出朝廷。在险恶的政治漩涡中，他的理想和追求逐渐幻灭。此后，官职虽时有升迁，但心中的热情却已熄灭，他选择了半官半隐的生活方式，采取"晚年唯好静，万事不关心"的处事态度，与几个好友徜徉于山林之间，"浮舟往来，弹琴赋诗，啸咏终日"。其诗歌创作也转向了大自然。安史之乱时，他被叛军所俘，强委官职。乱平后，因此得罪，降职为太子中允，后转为尚书右丞，故世称王右丞。晚年更趋于避世，"焚香独坐，以禅诵为事"(《旧唐书》)。

王维现存诗400余首。其诗内容之广泛，可谓前无古人。大致可分以下几类：

一、边塞游侠诗。此类诗多写于前期，意气飞动，意境开阔，颇具阳刚之气。代表作如《少年行》4首，写斗酒意气，写效死沙场，写冲天豪气，潇洒豪壮之气逼人。《观猎》写将军狩猎英姿，一气直下，轻快矫捷，虽恣肆，却中规，是五言律中的上乘之作。《使至塞上》，写边塞景致的粗犷、寥阔，堪为千古奇观。其中"大漠孤烟直，长河落日圆"二句尤为后世传诵。从这些作品中，我们看到的王维是一个意气风发的热血男儿。

二、咏怀抒情诗。此类作品，或抒写心志，感怀不遇，如《洛阳女儿行》、《济上四贤咏》等，激越之情溢于言表；或咏叹离别，如《送沈之福之江东》、《送元二使安西》等，深情绵邈，含蓄蕴藉；或写爱情，如《杂诗三首》、《相思》等，清雅自然，语淡而情浓。观此类作品，可见王维丰富多情的内心世界。

三、奉和应制诗。此类作品多为七律，气象阔大，场面宏丽。如《和贾至舍人早朝大明宫之作》，其中"九天阊阖开宫殿，万国衣冠拜冕旒"两句，大笔勾勒出大唐鼎盛时的威仪，为世代倾仰。

四、山水田园诗。此类作品，代表了王维诗的最高成就，其风神，其意象，其格局，最显诗人复杂的精神世界。

山水诗，有的雄浑壮阔，如《终南山》、《汉江临泛》、《晓行巴峡》等，作者着力于勾勒一幅画面，表现一种境界，给人以整体美感，而很少进行局部描摹。而他的多数山水诗，却呈幽闲古淡之色。他善于选择那些惟有闲静时才注意的景物，如月夜、流水、落花、深林、闲云、秋山等，借揭示物相的静谧之美而传达出闲适、从容、自得的心态。这些诗往往给人一种尘外高致的韵味，诗中的境界与人世有一段间隔，静得令人心悸，静得令人心澄。在这利欲竞奔的尘世里，读了它们，犹如一次洗去尘垢的沐浴，心旷神怡。其代表作如：《山居秋暝》、《辋川集》20 首、《皇甫岳云溪杂题》5 首、《过香积寺》等等。

田园诗，数量不多，但篇篇可诵。诗中所营造的恬静、和谐、亲切的气氛，令人悠然神往。如写田园风光："桃红复含宿雨，柳绿更带炊烟。"（《田园乐七首》之六）"漠漠水田飞白鹭，阴阴夏木啭黄鹂。"（《积雨辋川庄作》）"山下孤烟远村，天边独树高原。"（《田园乐七首》之五）写田园生活："牛羊自归村巷，童稚不识衣冠。"（《田园乐七首》之四）"花落家僮未扫，莺啼山客犹眠。"（《田园乐七首》之六）"田夫荷锄至，相见语依依。"（《渭川田家》）宛如世外桃源一般。

总之，王维的诗内容绚烂缤纷，随着题材的变换，风格亦异彩纷呈：山水田园诗恬淡，咏怀诗激越，抒情诗深沉，奉和应制诗宏丽。充分展示了他复杂而多姿的一生。

王维诗的艺术特色主要表现在以下几个方面：

一、诗中有画。对王维诗的评价，最著名莫过于苏东坡："味摩诘之诗，诗中有画。"（《书摩诘蓝田烟雨图》）此后，"诗中有画"，便成了王维诗的定评。

"诗中有画"这一特征在王维诗中的具体表现是：（一）构图美。"经营位置"是我国传统的画学六法之一，是画之总要。中国画的构图方式与西洋画的焦点透视不同，是散点透视，即通过一个总体意境，将不同的点连结起来，构成一幅和谐的画面，重的是神似而非形似。王维是文人写意画的开山之祖，深得其中三昧。所以他的诗，常常将个别的景象，统一在一种意境之下，以传达某种思虑和意念。如《渭川田家》将夕阳、牛羊、牧童、野花、田夫等散点笼罩在一个“归”字下，流露出“闲逸”之趣和作者的价值取向。《山居秋暝》用月、松、泉、石、竹、莲结构出一个雅静的境界，间缀以浣女、渔舟，突出了一份恬淡、安详、高洁的精神追求。《辋川集》20首，或表现对官场的厌倦，或抒写逃离宦海的适意，或忘情于自然的静谧，或沉思人生的真谛，最终归于“隐者志趣”这一大主题，宛如风景画。（二）色彩美。一方面，他善用多样化的色彩，逼真生动地表现自然界中的形形色色，再以统一的情调组成完整和谐的画面。如“桃红复含宿雨，柳绿更带炊烟”。粉红的桃花，翠绿的细柳，交织以迷濛袅娜的晨烟，构成一幅清新淡远的山村春晓图。“漠漠水田飞白鹭，阴阴夏木啭黄鹂。”水田布以广漠明静的淡彩，夏木涂以葱郁深沉的浓色，间以黄白点染，画面协调而明快。另一方面，注意客观对象的色彩与人的心情的联系，通过适当地着色，来渲染情绪，抒发情感，烘托气氛。由心理学的研究结果证明，从联想的心理机制出发，人对各种颜色都有特定的情感反应。如绿色，常给人安宁、平静之感，王维便喜用它营造恬静的氛围。如《萍池》：“春池深且广，会待轻舟回。靡靡绿萍合，垂杨扫复开。”白色飘飘渺渺，无定制、无端涯，王维喜写白云，透露舒卷自如的心绪。如：“白云回望合，青霭入看无。”（《终南山》）“行到水穷处，坐看云起时。”（《终南别业》）同时，他还注重色、光、态的有机组合。如“日落江湖白，潮来天地青”（《送邢桂州》）。“青”、“白”原非江湖、潮水的固有颜色，作者借夕阳返照下的色彩变化，突出了潮水汹涌澎湃、笼天遮地的态势。（三）层次美。画常常通过大小、远近、高低、虚实的层次感，使观者透过有限的空间，联想画面纵深处的阔大境界。王维诗中得益于画的层次美随处可见。如“端居不出户，满目望云山”(《登裴迪秀才小台作》)以小台小景写莽莽云山的博大气势,物小蕴大,意趣无穷。“江流天地外,山色有无中。”(《汉江临泛》)江流浩渺,山色迷濛,虚虚实实,令人浮想联翩,神驰象外。“明月松间照,清泉石上流。竹喧归浣女,莲动下渔舟。”(《山居秋暝》)高低参差,远近错落,错综灵活,流动有致。

二、以禅入诗。王维生长在一个佛教气氛浓郁的家庭。其母是虔诚的佛教徒,他本人亦曾受教于名僧,晚年更以禅诵为事,其名字皆得于佛经《维摩诘经》。禅学,作为他人生的一个组成部分,自然会影响到其诗歌创作。早在他生前,就有人称他“当代诗匠,又精禅理”(苑咸《酬王维序》),而后逐代皆有人论及。徐增:“摩诘精大雄氏之学,篇章字句皆合圣教。”(《而庵诗话》)王渔洋则将王维与李白、杜甫并称,誉之为“诗佛”。

诗与禅本属两种不同的意识形态,文学挖掘的是自然和人生的美,禅追求的是泯灭意志的空寂,归趣虽不同,但诗和禅都重视敏锐的内心体验,都提倡启示和象喻,都追求象外之象,言外之意,故而脉络相通。以禅入诗在王维诗中具体表现为:(一)恬淡的心境。禅宗一切的行为和动机,皆在探求生死不染、去住自由的境界。要达此境,须以“无念为宗”,随缘任运。王维诗中常常流露出一种恬淡随缘的心境。如“行到水穷处,坐看云起时。偶然值林叟,谈笑无还期”(《终南别业》)。完全是“云在青天水在瓶”的境界。随意地走,自在地坐,尽情地谈,没有既定的目的,纯以行动的悠闲、洒脱表现心境的淡泊、恬适。“木末芙蓉花,山中发红萼。涧户寂无人,纷纷开且落。”(《辛夷坞》)辛夷花恣放时何等烂漫,凋零时何等洒脱。既无生的过分喜悦,也无死的异常悲哀,得之于自然,又回归于自然,这正是作者内在精神的外化。(二)幽静的环境。禅宗求静心,心静,方能悟,悟方知人生的本质意义,以达永恒解脱的涅槃。王维喜欢写静,静的境界,静的氛围,以传达自心的澄静无染,身世两忘,万念皆寂。《鸟鸣涧》、《栾家濑》、《辛夷坞》、

《鹿柴》……哪一首不是静得让人屏息，静得令人只感受到一缕若有若无的游走在虚空的悟。（三）空灵的意境。禅学在空静的境界中发现自我的哲学观，不仅是文人脱离人类社会生活而皈依自然的最佳途径，而且也使人们在面对自然时，醒悟生命存在的真谛。王维诗中最成功之处，还不在写出了某种心境和环境，而在于借心境和环境传达出的令人玩味无穷的思致、哲理。《辛夷坞》让人心悸的不仅仅是得之自然、回归自然的律动，还有生命本体寂寞的生存状态；《鹿柴》让人看到的不仅仅是夕阳的自然回归，更透露出人生不可逆变的重复性；《鸟鸣涧》透过落花、鸟鸣映现出的不仅仅是一个幽静的境界，更诠释着闲如止水、静若空谭的人生终极。王维的这些诗，虽没有李白之激荡，杜甫之博爱，但其空灵的意境所蕴含的禅味机锋，像一股魔力，牵引着你去追寻，探求生命本体的终极意义。

三、以动衬静。唐代皎然言"静""非如松风不动，林狖未鸣，乃意中之静"（《诗式》）。故而，以动衬静的艺术手法，乃以静意观景，而后以动景达静意，表现一种"蝉噪林愈静，鸟鸣山更幽"的艺术境界。

王维是音乐家，深谙动静相衬的妙理和辩证关系。因此，写"静"的感觉，他舍弃了"幽寂"、"宁静"等正面形容，借动态、音籁以衬托。如："人闲桂花落，夜静春山空。月出惊山鸟，时鸣春涧中。"（《鸟鸣涧》）以花落、月出之动态，鸟鸣之声态，突出了云溪夜景的闲静。"明月松间照，清泉石上流。竹喧归浣女，莲动下渔舟。"以月照松间，舟行池面的动态，泉水呢喃，浣女哗喧的声态，突出了山居生活的恬静。《辛夷坞》以辛夷花自开自落的动态，写山中之寂静。"古木无人径，深山何处钟。"（《过香积寺》）以旋绕山林的钟声，写古刹的幽静……有了这声和动，王维的诗便避开了灰颓的死寂，平添袅袅腾腾的生气，流溢出生命的至高玄机。

总之，王维所创造的艺术境界，千百年来为后人津津乐道，成为我国古典诗歌中仰之弥高的艺术典范。如皎然的《诗式》、司空图的《诗品》、姜夔的《白石道人诗说》、严羽的《沧浪诗话》,一直到王士祯的《带经堂诗话》、马住的《秋窗随笔》,皆以总结王维为代表的艺术经验为主线结构成文。

王维的作品,有《王右丞集》,清人赵殿成《王右丞集笺注》是迄今为止较好的注本。

在开元、天宝之间,与王、孟诗风相近,以写山水田园景致和情趣为基调的诗人,还有储光羲、常建、綦毋潜、祖咏、裴迪等人。他们的作品《全唐诗》皆有收录。

储光羲的代表作有《田家杂兴八首》、《田家即事》、《钓鱼湾》等。

常建的代表作是《题破山寺后禅院》,其中"曲径通幽处,禅房花木深"二句清疏空灵,尤为人传诵。

綦毋潜的代表作有《春泛若耶溪》等。

祖咏的代表作有《终南山望余雪》等。

裴迪的代表作有与王维互为唱和的《辋川集》20 首等。

第二节　边塞诗派

描写边塞征戍生活的诗,自《诗经》便有,但边塞生活成为诗歌创作的普遍题材,几乎无一人不涉及它,并有成批的诗人以此擅名,从而形成一个流派,却惟盛唐独有。究其原因:

首先,唐朝重边功。尤其是玄宗,锐意用武,竭力用富有刺激性的措施激赏、宠幸边将,故时有"高官皆武臣"之说。从而激发起文人士大夫的从军热潮。

其次,盛唐国力强大,与周边各民族交往频繁。边塞奇丽的风物,奇异的生活习俗,吸引了大批生性浪漫的诗人。

第三，边塞战争的深刻影响。唐与周边民族几乎都有冲突，时有战争发生。无论这些战争的性质、胜败如何，频繁的战争本身必然给诗人提供丰厚的创作素材。

第四，国力和诗体均至盛极的产物。边塞诗虽古已有之，但在唐前气魄、气势、气格皆不成局面。先秦为数甚少；两汉虽武功卓著，但诗不发达；魏晋南北朝诗逐渐兴盛，但战乱频仍，国土分裂，生灵涂炭，边塞诗多充溢着厌战情绪及战争带来的苦难；惟唐挟文治武功之威，挟诗成熟繁荣之盛，成就出边塞诗前无古人，后无来者的大格局，其气势之盛，其气魄之雄，其气格之宏，乃"盛唐之音"绝对权威的佐证。

盛唐边塞诗的美学特征，可以"壮美"概之。表现在境界阔大、气势飞扬、景物奇丽、情调激昂，令人感到一种极为壮健的生命力。写景，则雄奇苍茫。"北风卷地白草折，胡天八月即飞雪。忽如一夜春风来，千树万树梨花开。"（岑参《白雪歌送武判官归京》）"轮台九月风夜吼，一川碎石大如斗，随风满地石乱走。"（岑参《走马川行奉送封大夫出师西征》）绝无扭捏、温婉之态。抒情，则慷慨豪迈。"万里不惜死，一朝得成功。画图麒麟阁，入朝大明宫。大笑向文士，一经何足穷。"（高适《塞下曲》）"功名只向马上取，真是英雄一丈夫。"（岑参《送李副使赴碛西官军》）岂见愁苦缠绵之状。

概而言之，边塞诗派的诗，以描写边塞征戍战争，边塞风土人情，以及战争带来的各种矛盾（如离别、乡情、闺怨等等）为主要题材，诗风悲壮，气势雄浑，尤擅七言。主要代表人物是高适、岑参。以此擅名的还有王昌龄、李颀、崔颢、王之涣、王翰等等。

高适（702～756），字达夫，渤海蓨（今河北景县）人。早年生计困顿，仕途失意，尝漫游幽燕，客居梁宋，混迹渔樵，甚而求乞为生。后受睢阳太守张九皋赏识、推举，中"有道科"，授封丘县尉，不久弃官而去。后客游河西，得河西节度使哥舒翰赏识，表为左骁卫兵曹参军、掌书记，安史之乱后，得肃宗重用，历任淮南节度使、西川节度使、左散骑常侍，封渤海县侯。故《旧唐书》说："有唐以来，诗人之达者，唯适而已。"

高适诗的内容，大致分为三类：

一、反映民生疾苦。高适长期落魄潦倒，有幸体验到最下层百姓的艰辛、苦难，从而写下了一批反映民生疾苦的作品。如《自淇涉黄河途中作十二首》其九，描写了自然灾害及苛捐杂税使农村一片凋敝的景象。《东平路中遇大水》写大水给百姓带来的深重灾祸。

二、慨叹身世不遇。高适半生坎坷，识尽人间炎凉，故而写了许多慨叹怀才不遇之作。如《别韦参军》、《行路难》、《邯郸少年行》等，流露了下层士子才智不得伸展的愤懑情怀。

三、边塞诗。高适集中以此类作品成就最高。或表现投笔从戎报效国家的理想，如《塞下曲》；或抨击武将的腐败，如《蓟中作》等；或描写边地风土人情，如《营州歌》；或揭露战争的残酷性，如《燕歌行》。尤其是代表作《燕歌行》，既歌颂了士卒勇赴疆场的爱国热情及无私的奉献精神，又揭露了将帅的腐败无能；既有对广漠苍凉的边塞景物的描绘，又有对战争残酷性的鞭挞；既有对征人思妇乡愁闺怨的同情，又有对军中苦乐不均的谴责。可谓盛唐边塞生活的一幅缩影。

高适的诗诗风沉实雄健，善用现实主义的创作方法，朴质的语言，直书所见所闻所感。气势充沛，感情真率，给人以粗犷厚重而又酣畅遒劲之感。他擅长七言歌行，在后人唐诗选本中，其入选率最高的几乎全是七言歌行。如《燕歌行》、《古大梁行》、《邯郸少年行》、《行路难》等。

高适现存诗 240 余首，有《高常侍集》。注本有今人刘开扬《高适集编年笺注》、孙钦善《高适集校注》。研究高适生平的著作有今人王达津《诗人高适生平系诗》、彭兰《高适系年考证》、周勋初《高适年谱》。

岑参(715～770),江陵(今属湖北)人,祖籍南阳(今属河南)。与高适齐名,并称“高岑”。出身于仕宦之家,幼年丧父,家境清寒,从兄受书。天宝三载(744)中进士,授任右内率府兵曹参军。天宝八载和天宝十三载曾两度出塞,寻求发展。前次赴安西,在安西节度使高仙芝幕府任掌书记,功名未遂。后次随北庭节度使封常清至北庭,任节度判官,得封常清激赏,仕途顺遂,创作也很活跃,集中许多著名的边塞诗便写于此时。肃宗朝,任右补阙,出为虢州长史,官至嘉州刺史,卒于成都。

岑参现存诗400余首,内容广泛,形式多样,其中最有价值,影响最大的是边塞诗。而他本人也是盛唐诗人中写作边塞诗最多,成就最大的一个。其边塞诗的内容大致可分:

一、描写战场生活。这类作品多从正面着笔,写军队的声威和将士的英勇。如《轮台歌》:“四边伐鼓雪海涌,三军大呼阴山动。”突出了战争生活的雄奇豪迈。

二、表达思乡之情。在这类作品中,作者常用平易清新的语言,相互映衬的手法,情景交融的境界传达绵绵乡思之情。如“凭添两行泪,寄向故园流”(《西过渭州见渭水思秦川》),“乡路渺天外,归期如梦中”(《安西馆中思长安》),“马上相逢无纸笔,凭君传语报平安”(《逢入京使》)皆千古传诵的思乡佳句。

三、描绘边地风光,反映边地习俗。这类诗是其边塞诗中最奇异绚丽,也最能代表其风格的一部分。它们写各民族的友好往来,如《赵将军歌》;写边地的音乐舞蹈,如《田使君美人舞如莲花北旋歌》;写边地的名胜、古迹、天险,如《题金城临河驿楼》、《登凉州尹台寺》、《题铁门关楼》;写边地雄奇瑰丽的自然风光,如《白雪歌》、《热海行》、《走马川行》、《火山云歌》、《天山雪歌》等等。我们从中可以看到完全异于内地的气候环境,民风习俗。这些内容不仅为过去的诗所未写,也为“古今传记所不载”。

岑参诗风奇丽。其表现在:(一) 立意之奇。岑参是浪漫主义诗人，他写边塞生活不着重于战争的苦难方面，而着重于战争的英雄主义和牺牲精神，流溢着一股慷慨豪迈、奋发激昂之气，如《走马川行》、《轮台歌》。他写送别，不洒离别之泪，不说空洞的祝辞，而是以天山、大碛、火山、热海为背景，以白雪、胡笳作衬托，随物取兴，即景抒情，如《天山雪歌送萧治归京》、《白雪歌送武判官归京》等。他写边地奇寒则缀以青青松柏，写大雪纷飞则点以猎猎红旗，表现出生命力的旺盛和心中浇不息的热情。(二) 言事之奇。他努力去摄取边地奇异的风光景致、风土人情。如“秋雪春仍下”、“三月无青草”、“八月即飞雪”的物候，“雨拂毡墙湿，风摇毳幕膻”的生活环境，“浑炙犁牛烹野驼，交河美酒金叵罗”的生活方式，金山、银山、白山、赤山、阴山、火山、雪海、热海等自然环境。应该看到，岑参诗中之奇是基于生活现实之中的，是边塞生活的真实表现，而不同于屈原的役使万物、李白的夸张想象、李贺的诡异险谲。(三) 造语之奇。岑参善于准确把握各种景物的特征，缀以奇语奇句。如写铺天盖地的雪：“忽如一夜春风来，千树万树梨花开。”写狂风卷石的壮观：“轮台九月风夜吼，一川碎石大如斗，随风满地石乱走。”写热海的酷热：“蒸沙烁石烧虏云，沸浪炎波煎汉月。”写茫茫无际的沙漠：“穷荒绝漠鸟不飞，万碛千山梦犹懒。”其语言多是前人未发，不经人道，新颖奇特而又生动逼真。(四) 用韵之奇。岑参尤擅七言，其用韵扬弃法度，随画面、随情绪、随意境的变化而灵活多变。他的诗有的句句押韵，一韵到底，有的三句一换韵，有的四句一换韵，更多的是两句、四句交替换韵而又变化无端。而且其韵脚声调之平仄也多变化。这种浓密的韵位和错综的韵脚所造成的急促起伏的韵律，与作品内容的奇异多变是相辅相成的。

高适、岑参虽同为边塞诗派的代表作家，但其作品风格、体制、艺术表现手法等多有差异，相较之下可见。

一、就内容而言：两人虽都着力于边塞战争生活及环境的描写，但高适多抨击、揭露战争的残酷，岑参多讴歌战争的胜利，岑诗中不少描绘边塞风土人情的作品，高诗中少见。在反映战争的深度方面，高适胜岑参一筹，在反映边塞生活的广度方面，岑参胜高适一筹，而且在边塞诗境界的开拓上，岑参做出了无与伦比的贡献。

二、就风格而言：两人诗风虽皆涉悲壮之域，但高适以描写战争的残酷为主调，近乎悲壮苍凉；岑参以歌颂献身精神为主调，近乎慷慨激昂。

三、就抒情方式而言：高适着力写主观感受，夹叙夹议，直抒胸臆；岑参着力于客观描写，描形状物，寓情于景。

四、就语言而言：高适尚质朴，不追求奇字奇句，以醇厚自然感人；岑参尚奇巧，刻意求奇求新，以新奇俊逸动人。

五、就体裁而言：二人虽都擅七言，但高适严整，对仗工稳；岑参奔放，长短不拘。

六、就创作方法而言：高适倾向现实主义，岑参近乎浪漫主义。

岑参的作品有《岑嘉州集》。注本有今人陈铁民、侯忠义的《岑参集校注》，其生平研究之作有近人赖义辉《岑参年谱》，闻一多《岑嘉州系年考证》，李嘉言《岑诗系年》。

王昌龄（约 698～756），字少伯，京兆长安（今西安市）人，一说他是太原（今属山西）人。开元十五年（727）中进士，补秘书郎。后迁江宁丞，再贬为龙标尉，故时有诗家天（一作夫）子王江宁、王龙标之称。安史乱后，王昌龄还乡途中遭刺史闾丘晓所忌而被杀。王昌龄善作七言绝句，他现存的 180 余首诗中绝句诗约占半数，故有“七绝圣手”之称。

王昌龄的诗基本上表现了两类主题：一是边塞生活，一是妇女生活。

其边塞诗善于刻画人物的思想感情，且“多能传出义勇”，可并高、岑而三，如《从军行》七首、《出塞》等。尤其是《出塞》，被奉为七绝压卷之作。

其反映妇女生活的诗，有从征人之妇方面写别情的闺怨诗，如《闺怨》、《青楼怨》等；有写深宫愁怨的宫怨诗，如《长信秋词》五首等；还有表现平凡家常妇女生活的，如《采莲曲》、《越女》、《浣纱女》等。

此外名篇还有送别诗《芙蓉楼送辛渐》等。

王昌龄的诗构思巧妙，善用烘托渲染之法，在尺幅之间涵括广阔的内容和深远的意境，令人玩味不尽。尤其是七绝，可"与李白争胜于毫厘之间，俱属神品"（王世贞《全唐诗说》）。

王昌龄的作品，明人辑有《王昌龄集》。

王之涣（688～742），字季陵，晋阳（今山西太原）人。少时有豪侠之气，常从禽纵酒，击剑悲歌，后折节读书，文名日振。

王之涣善写西北边地风光，其诗气势磅礴，语言奇警，流传甚广，常有艺人谱曲演唱。遗憾的是，他的诗现仅存6首，收录于《全唐诗》中，最著名的就是《凉州词》。此诗借写边地荒寒，隐喻朝廷不恤士卒，意境高远幽深，含蓄无穷，得历代诗评家称赞。

李颀（690～751），东川（今四川东部）人。开元十三年（725）中进士，曾授新乡县尉。因仕途未得通达，后隐居东川。

李颀现存诗120余首，成就是多方面的，但一般认为他的边塞诗最有功力，代表作是《古从军行》。此诗借旧题写时事，抨击唐王好大喜功，穷兵黩武。此外，有几首描写音乐的诗也很有特色，如《琴歌》、《听董大弹胡笳弄兼寄语房给事》、《听万安善吹觱篥歌》等。他还擅长描写人物，且大都是任侠和落拓不羁之士。如《赠张旭》、《别梁锽》等。

特别值得一提的是，李颀擅长七言歌行，七言律诗仅作7首，内容虽很单纯，但艺术上却较成功，代表作如《送魏万之京》，它格律谨严，音节浏亮，远远胜过"神情兴会，缛而未畅"的初唐之作。在盛唐诗人中，王维和李颀的七律最受后人推崇。如李于鳞说：

“七言律体，诸家所难，王维、李颀俱臻其妙。”（《艺苑卮言》卷四引），可见，七言律诗至王、李已臻成熟。

李颀的作品，现有《李颀诗集》。

崔颢（约704～754），汴州（今河南开封）人。开元二十一年（723年）进士，曾为太仆寺丞，后迁司勋员外郎。早期诗多陷于轻艳，后变而风骨凛然。其诗中成就最高者是边塞诗和写景抒情诗。其乐府短诗《长干曲》写男女相互爱悦之意，清新自然，广为传诵。其名篇《黄鹤楼》曾令李白无作而去，宋人严羽评曰：“唐人七言律诗当以崔颢《黄鹤楼》为第一。”（《沧浪诗话》）

崔颢现存诗40余首，明人辑有《崔颢集》。

王翰（生卒年代不详），字子羽，晋阳（今山西太原）人。他性直率，豪放不羁。他的诗，清华疏旷，多高昂壮丽之词。名篇《凉州词》以激越之调写军旅悲壮生活，千古传诵。

王翰现存诗仅13首，收录在《全唐诗》中。

第三章　李白

第一节　李白的生平和思想

李白(701～762),字太白,号青莲居士。盛唐伟大的浪漫主义诗人。李白祖籍陇西成纪(今甘肃天水县),其先代于隋末流徙西域,故而他生于中亚碎叶城(今托克马克,唐属安西都护府),5岁时随父迁居绵州彰明县(今四川江油县)青莲乡。李白自幼天资出众,“五岁诵六甲,十岁观百家”,“十五观奇书,作赋凌相如”。年轻时喜击剑任侠,轻财重施,曾历览蜀中名胜。25岁“仗剑去国,辞亲远游”,希冀通过交游干谒,一展“使寰区大定,海县清一”的宏愿。天宝三年(744)应诏赴长安,供奉翰林,贺知章见而惊为“谪仙人”。因其性格狂悖傲世,难与官场世俗相融,不足两年,便遭权贵谗毁,被“赐金放还”。离开长安后,李白再度拾起浪迹天下,诗酒自适的生活方式,曾与杜甫相会于汴州,携手共游梁宋胜迹,传为千古佳话。安史乱起,隐于庐山,后被永王李麟坚邀入幕府。由于兄弟争位,永王兵败身亡,李白受累入狱,被判流放夜郎(今贵州桐梓县一带),中途遇赦。61岁时,闻说李光弼东镇临淮,前往请缨,因病折返。次年,殁于族叔当涂县令李阳冰处。

在李白的一生中,有几点特别值得注意:

一、政治上的天真。李白受儒家济苍生、安社稷思想的影响,渴望成就“使寰区大定,海县清一”的丰功伟业。但又走了一条十分不切实际的入仕之途,不愿汲汲于科场,而想通过游说人主,直取卿相，一鸣惊人。他崇拜管仲、吕尚、鲁仲连、诸葛亮、谢安等富有传奇色彩的人物。“大鹏一日同风起，扶摇直上九万里。”（《上李邕》）正是他天真的政治理想的写照。纵观李白一生，他始终是一个沸腾着青春热血，历史上少见的永持着政治童心的人物。政治上的不成熟，使他常常处于自我与现实的尖锐冲突之中，处于不被世人理解的境地，“世人见我恒殊调，见余大言皆冷笑”（《上李邕》）。这使他更易于感受到孤独的痛苦，这种孤独感，与青春的梦幻交织，就形成了他的作品时而是极热烈的青春歌唱，时而是极深沉的痛苦呻吟的矛盾。

二、追求个性的自由。道家思想，尤其是庄子“睥睨万物”的批判精神，“逍遥游”的自由意识，“物物而不物于物”的自由理想，“齐生死，一物我”的超旷哲学，对李白性格的形成影响极为深刻。李白追求个性自由，追求自我实现以及对世俗的批判精神等，都可在庄子里找到源头。这种以个人为主体为本位，罢去拘束的个性追求，使他敢于平交诸侯，傲视帝王，言别人之不敢言，道别人之不敢道。“安能摧眉折腰事权贵，使我不得开心颜。”“我本楚狂人，凤歌笑孔丘。”（《庐山谣》）“王侯皆是平交人”（《少年行》）等等，无不闪烁着自由放逸的精神。

三、漫游、求仙、醉酒。娱游山水，寻仙访道，吟啸醉酒，三位一体，构成李白生活的主要内容。李白一生除中年时在长安，晚年时在永王幕府短暂的时光外，其余多在漫游中渡过。“五岳寻仙不辞远，一生好入名山游。”寻仙、漫游是他生活中密切相关的两个方面，而山水仙境也就成为李白诗中的重要内容。酒，是李白借以脱出人间羁绊的道具。“天子呼来不上船，自称臣是酒中仙。”（杜甫《饮中八仙歌》）在朦胧之间，他变成了彻底的自由人，至尊至大而与天地共一体。

第二节　李白诗的思想内容

李白现存诗近千首，内容广泛，总的来看，主要有以下几个方面：

一、吟咏自然山水。李白一生多半在漫游中度过，足迹遍及大江南北，黄河上下，留下了众多吟咏山水的作品。这些作品一方面表现了作者对大自然的狂热爱恋，流露出一颗寂寞孤独的心灵，在人世间找不到知音，转而向自然寻求抚慰、知解、契合的意绪，“相看两不厌，只有敬亭山”（《独坐敬亭山》）是也。另一方面，这些作品的意态飞动、跳荡，表现了作者渴望吸取大自然的豪壮之力发泄冲决人间束缚、追求个性解放与自由的豪情。“黄河西来决昆仑，咆哮万里触龙门”（《公无渡河》）；“黄河万里触山动，盘涡毂转秦地雷”（《西岳云台歌送丹丘子》）；“飞流直下三千尺，疑是银河落九天”：无不挟自然之气势，奏动荡不羁之心韵。王维诗以静为精髓，李白诗以动为精髓，一静一动，适得自然之神韵，此前此后，再无人至此悟境。此类代表作有《蜀道难》、《梦游天姥吟留别》、《望庐山瀑布》、《望天门山》等。

二、咏怀抒情诗。这类作品，又分三方面。其一，咏壮怀，拯物济世的雄心壮志。或直抒胸臆，如《上李邕》，直言其不可一世的政治抱负。不凡的气度，傲岸的性格，倜傥的风姿，力透纸背。或借历史人物抒发怀抱，如《梁甫吟》，借吕尚、郦食其一类传奇人物，驰骋其抱负理想。其二，咏郁怀，失意后的郁闷及矛盾心理。往往是希望和失望相交织，出世与入世相抗争，感情起伏跌宕。如《行路难》，郁塞时“不能食”，“心茫然”，却掩抑不住精神上的抗争：“长风波浪会有时，直挂云帆济沧海。”（《宣州谢朓楼饯别校书叔云》）时而为世事不遂而烦忧，时而自负才志，“欲上青天揽明月”；时而举杯消愁，时而罢去人间拘束，欲弄扁舟于五湖四海。如神龙变幻，透出内心的苦苦挣扎。其《将进酒》，忽悲人生“朝如青丝暮成雪”，忽振“天生我才必有用”之心志，忽堕“古来圣贤皆寂寞”之苦海，忽起卖马畅饮之洒脱。突兀起伏，可见心旌之动荡。其三，咏逸怀，对自由的向往，对权贵的鄙弃。“安能摧眉折腰事权贵，使我不得开心颜。”“人生在世不称意，明朝散发弄扁舟。”“且乐生前一杯酒，何须身后千载名。”“钟鼓馔玉不足贵，但愿长醉不复醒。”表现出一股冲决现实的渴望和力量。

三、反映时代风貌。此类作品关注现实和百姓、国家的前途命运，反映了其生存时代的方方面面。1. 描写边塞战争。有的表现对边塞生活的向往之情；有的歌颂将士们的英雄气概；有的反映戍边生活的艰苦；有的描写戍客思乡，征妇思夫；有的抨击战争的血腥和残酷。代表作如《战城南》、《子夜吴歌·长安一片月》。2. 抨击腐败现实。如《古风》第二十四首，通过描写宦官和斗鸡小儿恃宠骄恣、飞扬跋扈的嚣张气焰，揭露了是非颠倒，善恶不辨的现实。《乌栖曲》借吴王夫差之事讥刺玄宗的放纵淫乐。《答王十二寒夜独酌有怀》通过描写贤臣良将的被杀，嗜血边将、斗鸡小儿的得势，反映日趋衰败的朝政。3. 关注国家兴亡。安史之乱爆发后，李白写了不少反映战乱带来的灾难及自己渴望杀敌靖境，报国述志的作品。代表作如《古风》第十九首，《永王东巡歌》等。4. 反映百姓疾苦。李白在长期的漫游生活中，目睹下层百姓的疾苦，写了一些对他们的生活寄予深切同情的作品。代表作如《丁都护歌》、《宿五松山下荀媪家》。5. 表现妇女生活。描绘妇女形象是李白诗歌的重要主题之一。李白诗中有关妇女生活的篇目很多，在这些作品中，作者以细腻的笔触，刻画了各阶层妇女的性格，揭示了她们的精神世界，从而反映了唐代社会的一个重要侧面。有的写宫中女性，如《玉阶怨》、《怨情》、《清平调三首》等。有的写闺中思妇，如《子夜吴歌》、《独不见》。有的写庶女生活，如《长干行》、

《越女诗》等。

总之，李白的诗既向我们展示了一个失意文人复杂的心路历程，也向我们揭开了唐代社会的生活画卷，是诗人与时代交汇、撞击的结晶。

第三节　李白诗的艺术成就

李白的诗歌才气横溢，纯任自然，其艺术价值莫可量测，根据现有研究成果，概言其艺术成就，主要表现在：

一、强烈的主观色彩。李白的诗很少直接地反映现实生活，详尽地描写生活过程或具体事物，主要是通过诗人自我形象的塑造，自我情感的抒发，自我心灵的袒露，曲折地传达对客观现实的感受。他的大部分诗都是在自我歌唱，自我表现。悲伤时，他长歌当哭；喜悦时，他仰天大笑。他从主体情感的宣泄出发，通过个人心灵的窗口透视外在世界。时代的风云变幻也好，时人的浮沉跌宕也好，全由其浩歌悲吟之间流溢而出。即便是写景之作，亦无不经诗人情意改造，笼罩着一层浓郁的"人化"色彩。他完完全全从"我"的审视中，推出一个世界。

二、喷泻奔涌，变幻无端的抒情方式。李白的抒情方式，既不像杜甫沉郁顿挫，感情波涛反转回流于胸中，也不似李商隐半吞半吐，欲吞又吐，缠绵悱恻。而是以情贯注，以气导引，如决堤之水，喷涌而出，一泻千里，间以重峦叠嶂，变幻莫测，读之令你忘记语言，忘记诗本体，只感一股情在奔突，滔滔汩汩，忽悲忽喜，忽起忽伏，忽快忽慢，忽长忽短。犹如放浪形骸的舞蹈，壮浪恣肆的雷电，纵马疾驰的狂人。又似一支巨杵，搅拌起你心底的狂澜。《将进酒》、《宣州谢朓楼饯别校书叔云》、《行路难》、《梦游天姥吟留别》……无不波浪自涌，随风变幻。这种缘情流转，变幻无端的抒情方式，伴之以大起大落、大开大阖的结构形式，跳跃激荡，瞬息万迁的意象形态，于无形之中透露出现实与理想的矛盾冲突在诗人内心激起的巨大波动。

三、想象、幻想、夸张的表现手法。李白的大部分代表作，往往不是对客观现实的真实描绘，而是凭借主观想象和幻想构筑而成。它们遵循幻想而非现实的逻辑，“精骛八极，心游万仞”，来无端去无迹，光怪陆离。如《梦游天姥吟留别》、《蜀道难》、《远别离》、《梁甫吟》、《古风》第十九首等，无不体现出这个特点。这些诗编织的仙界、幻境，实则是作者精神追求的外现，是诗人给自己创造的一个现实中追觅不到的理想王国。李白诗中夸张的新奇与大胆，在中国古典诗歌中，堪称“前无古人，后无来者”。这些夸张往往随情而起，随感而兴。因为李白诗中情感起伏之大，情感激荡之强烈，非夸张不能胜任，不能应付。如扬壮远之怀抱，“大鹏一日同风起，扶摇直上九万里。假令风歇时下来，犹能簸却沧溟水”。自负文学才能，“兴酣落笔摇五岳，诗成啸傲凌沧州”(《江上吟》)。宣泄豪情逸兴，“俱怀逸兴壮思飞，欲上青天揽明月”(《宣州谢朓楼饯别校书叔云》)；“百年三万六千日，一日须饮三百杯”(《襄阳歌》)。惊叹塞北冬雪，“燕山雪花大如席，片片吹落轩辕台”(《北风行》)。倾仰庐山瀑布，“飞流直下三千尺，疑是银河落九天”，无不带有极强的感情力度。

四、清新自然，明白晓畅的语言特色。李白最反对“雕虫丧天真”，而崇尚“清水出芙蓉，天然去雕饰”的艺术境界。他的诗常常写得一片天籁，无造作，不虚饰，率直真切，朴素自然。如《静夜思》、《赠汪伦》、《山中与幽人对酌》等等，既“不劳雕章琢句，亦不劳于镂心刻骨”，随手拈来，纯任自然，冲口而出，自成绝唱。

五、尤擅七古七绝。李白现存诗作，包括五七言古诗、乐府歌行、五七言律绝等各种诗体。其五言古诗，如《古风》五十九首，近承陈子昂、张九龄，遥接汉魏风骨，苍劲雄浑，以古淡取胜。其五律雄健高远，可与孟浩然颉颃。其五绝玲珑剔透清空明静，惟有王维可比肩。其七律虽偶尔作之，也以气运词，别为一格。众体中成就最高者，当推七绝、七古。其七绝韵味醇厚，感情真率，卓绝千古，与七绝圣手王昌龄并雄。其七古罢去偶对与声律的束缚，惟意所之，随形曲折，以纵肆之笔调，参差之句式，抒激荡跳跃之性，显放达不羁之情，时人罕有其匹，后人难望项背。

总之，李白以其卓然不群的人格，浪漫不羁的情怀，雄奇飘逸的诗风，天才横溢的篇什筑就了屈原之后又一座浪漫主义丰碑，无愧“诗仙”之称。中唐李贺，宋代苏轼、陆游、辛弃疾，明代高启、杨慎，清代魏源、龚自珍，直至近现代的许多诗坛名家无不从李白诗中深受教益和启迪。李白所留给我们的，不仅仅是一篇篇闪烁着神奇魅力的诗，更重要的是他对个性自由的追求，将永远召唤着人类主体意识的回归。

李白有《李太白文集》传世。清人王琦的《李太白全集》36卷最为通行，今人瞿蜕园、朱金城《李太白集校注》为迄今最详备之注本。今人的研究著作主要有詹锳《李白诗论丛》、王运熙等《李白研究》、罗宗强《李杜论略》、裴斐《李白十论》等。

第四章　杜甫

第一节　杜甫的生平及创作道路

杜甫(712～770),字子美,因自称少陵野老,故世称杜少陵,曾任检校工部员外郎,故又称杜工部。祖籍襄阳(今属湖北),生于河南巩县瑶湾。盛唐伟大的现实主义诗人。杜甫出身于世代"奉儒守官"之家,先祖杜预是晋代名将、大儒。祖父杜审言初唐时曾任修文馆直学士。父亲杜闲曾任兖州司马、奉天县令。杜甫一生的经历及创作大致可分四个时期:

第一期:读书与漫游(35岁前)杜甫青少年时,正逢开元盛世,生活无忧无虑,以读书、游冶为事,经常周旋于文人雅士之间。20岁后,开始到各地游历,足迹涉及吴越、齐赵、梁宋、齐鲁等地,论文赋诗,纵马游猎,豪拓放浪。现存此时诗约20余首,主要描写个人生活和山川景物,充溢着年少气盛的浪漫色彩,代表作如《望岳》。

第二期:十年长安困守。此时唐王朝日趋腐败,玄宗耽于声色,内政付与文臣,外纷授予武将,忠良之士遭逐,奸邪之人持政。杜甫怀抱"致君尧舜上,再使风俗淳"的政治理想来到长安,应试落第,自荐无音,只好奔走于达官贵人之间,饱尝世态炎凉之苦,过着"朝扣富儿门,暮随肥马尘。残杯与冷炙,到处潜悲辛"的生活。直到天宝十四年(755),方得右卫率府兵曹参军这一看守兵器、管理门禁的微末官职。政治理想的破灭,使他对上层统治集团有了清醒的认识,生活的困顿寒寂,使他对百姓的悲苦感触弥深。由此生出的忧患意识,令他写出了大量深刻尖锐的作品,初步形成了自己的艺术风格,奠定了他成为伟大的现实主义诗人的基础。这时期的代表作有《兵车行》、《丽人行》、《自京赴奉先县咏怀五百字》等。

第三期:陷贼与为官。安史之乱起,叛军先后攻占了洛阳、长安,玄宗逃往四川,太子李亨在灵武即位,是为唐肃宗。杜甫将家眷安顿在鄜州羌村,只身奔赴灵武,不幸途中为叛军所俘,拘回长安。在长安他亲眼目睹叛军的烧杀劫掠,有感于国家的残破,妻儿的离散,写下了《哀江头》、《悲陈陶》、《月夜》、《春望》等名篇。肃宗至德二年(757)四月,他逃出长安奔往凤翔,得以谒见肃宗,授左拾遗,但不久便因疏救房琯忤怒肃宗,被诏命省亲,再次投入到动乱的现实之中,写下了著名的《北征》、《羌村三首》等诗。长安、洛阳收复后,他随朝廷回到长安,度过一段短暂的安定生活,写了几篇笔调欢畅的作品,如《洗兵马》、《和贾至舍人早朝大明宫》。肃宗乾元元年(758),杜甫再因房琯事受累,贬为华州司功参军,得与百姓共同体验安史之乱种下的苦难,写了名篇"三吏"、"三别"。肃宗乾元二年,他解官迁居秦州,迫于生计,不久又辗转至同谷,年底,流徙至成都,开始了西南漂泊生活。这一时期是杜甫现实主义创作的高峰时期。

第四期:西南漂泊。这一时期又分三个阶段:第一阶段,草堂期。在朋友的资助下,杜甫在成都西郊建成一座草堂,暂时安居。在成都 6 年,他大体经历了草堂幽居、梓阆流寓、入幕任职、辞归草堂等曲折过程,写了一些反映悠闲恬适的日常生活的作品,如《江村》、《客至》、《早起》等,这种诗对宋代士大夫影响很大,是中国古代后期文化的一大特色。但他也未忘怀国事民情,故园乡里,如《蜀相》、《茅屋为秋风所破歌》、《闻官军收河南河北》就是明证。第二阶段,夔州期。765 年 5 月,杜甫离开成都,次年四月至夔州(今四川奉节)暂居,过着农耕生活。这段时间,是他创作的高峰期,仅两年就留下 300 余篇作品。《观公孙大娘弟子舞剑器行》、《登高》、

《又呈吴郎》、《诸将五首》、《咏怀古迹五首》、《秋兴八首》等皆写于此。第三阶段，两湖期。768年正月，杜甫离开夔州，乘小舟沿长江而下欲归故里，但因藩镇四面割据，局势动荡不安，只能在湖南、湖北一带流浪漂泊，过着“饥借家家米，愁征处处杯”的生活。尽管如此，他仍系心于国事民情，写下了《岁晏行》、《登岳阳楼》等诗。770年，杜甫病死在破舟之上。总计，杜甫在西南漂泊期间共写了1000余首诗，其中大部分是近体律绝，抒情性增强，叙事性减少。

杜甫生活在唐王朝由盛转衰的大动乱年代，他始终守着儒家以天下为已任的准则，虽一生失意潦倒，却执着于“致君尧舜上，再使风俗淳”的理想，“穷年忧黎元，叹息肠内热”的责任，这使他的诗蕴含着同时代诗人所不及的深沉的忧患意识。其崇高价值，历久弥彰，无愧“诗圣”之誉。

第二节　杜甫诗的思想内容

杜甫的诗把整个动荡浩大的时代与个人的遭际合而为一，生动、广泛、深刻地反映了唐王朝由盛而衰的历史真实，故有“诗史”之称。其内容具体而言，主要表现在以下几个方面：

一、忧患国家兴亡。爱国，是杜甫诗中贯穿始终的主线，无论在朝在野，居富居贫，至死而不渝。杜甫诗中的爱国性，一方面表现在他关注朝政，对朝廷策略的弊端无情地抨击，如《兵车行》、《前出塞》，谴责穷兵黩武造成的血流成河，田野荒敝；对统治者荒淫误国痛心疾首，如《丽人行》、《自京赴奉先县咏怀五百字》，鞭挞玄宗的昏聩，外戚的奢靡，百官的朽腐。另一方面表现在其喜怒哀乐与国家盛衰兴亡共起伏。国家兴盛时，他由衷歌颂：“忆昔开元全盛日，小邑犹藏万家室。稻米流脂粟米白，公私仓廪俱丰实。九州道路无豺虎，远行不劳吉日出。齐纨鲁缟车班班，男耕女织不相失……"(《忆昔》)国家危难时,他忧思如焚:"乾坤含疮痍,忧虞何时毕。"(《北征》)"感时花溅泪,恨别鸟惊心。"(《春望》)大乱初定时,他欣喜若狂:"初闻涕泪满衣裳。""漫卷诗书喜欲狂。"(《闻官军收河南河北》)甚至晚年漂泊无依时,仍系心于国家的兴亡离乱:"戎马关山北,凭轩涕泗流。"(《登岳阳楼》)他的情感,始终系在国家的前途命运之上。

二、关注民生疾苦。爱民,是杜甫诗中又一重要主题。"穷年忧黎元"的情感,"以民为本"的思想,在他的诗中是处可见。关注百姓的疾苦存亡,倾诉百姓的理想愿望,是他毕生牵系的责任。"三吏"、"三别"、《蚕谷行》、《岁晏行》、《负薪行》、《佳人》等等,无不贯注着他对百姓困顿的生存状态的深切同情。在《自京赴奉先县咏怀五百字》中,他发出"朱门酒肉臭,路有冻死骨"的呐喊,由自己小儿饿死的悲剧,他想到失业徒、远戍卒的悲惨命运。在《茅屋为秋风所破歌》中,他倾吐出"安得广厦千万间,大庇天下寒士俱欢颜","吾庐独破受冻死亦足"的宏愿。由此我们可以看出作者博大深厚的胸襟。

三、慨叹身世遭际。杜甫虽然抱负远大,但终因与统治者不谐,坦直执拗的性格与仕途的奸佞伪诈不合,一生被摒弃在理想人生之外,潦倒落泊。故而他在诗中不时流露出对自身命运遭际的感慨悲叹。如:在《自京赴奉先县咏怀五百字》中,他以千回百折之笔表现了其理想人格与现实的冲突;在《同谷七首》中,他真实地记录了自己悲惨的生活处境;在《登高》里他悲吟出远离故国,漂泊老病的遭际;在《蜀相》中,他借咏诸葛亮发出"出师未捷身先死,长使英雄泪沾襟"的哀叹。在这些诗里,我们仿佛看到一个伟大仁厚的灵魂徘徊在无所依归的凄怆之中,仿佛看到一种人世间最美丽晶莹的品质被现实毁灭的悲剧。

四、赠答、怀人、咏物、写景。杜甫集中与友人赠答,怀人念旧的作品,感情真挚,见出作者忠厚多情的品质。如《月夜》、《月夜忆弟》、《梦李白》等。其咏物写景诗往往浸透着自身的情感命运。选景择物常出以“瘦”“病”“枯”，如《枯棕》、《病桔》等，笼罩着一层阴郁凄凉的色彩。

总之，在他的笔下，几乎任何事物都可拈来成诗，就其反映社会人生的广度和深度而言，唐代无人能与之匹敌。

第三节　杜甫诗的艺术成就

杜甫诗歌的艺术成就，一向为后人所钦仰，评论者甚多，概而言之，主要表现在以下方面：

一、现实主义的创作方法。杜甫继承了中国古典文学中的现实主义传统，并将现实主义的创作方法推进到一个前所未有的高度。其表现在：

第一，注重反映社会现实生活，挖掘社会生活的本质。

在杜甫现存的1400余首诗中，很少孤立地摹写景物或抒写内心情感而不牵涉时局和社会的。所以他的作品充溢着深厚的社会内容和浓郁的时代气息。掩卷而思，举凡当时的朝政大事，安史乱前的繁荣，乱后的凋敝，乱中的重大战役，唐王朝与周边少数民族的关系变化、百姓的生存状态等等，在他的诗中皆有触及。通过他的诗，我们可以清楚地看出唐王朝由盛到衰变化的历史轨迹。清人浦起龙曾说：“少陵之诗，一人之性情，而三朝（玄宗、肃宗、代宗）之事会寄焉者也。”（《读杜心解》）如反映开元盛世的《忆昔》，反映安史乱前社会政治状况的《丽人行》、《赴奉先咏怀》，反映乱中几次重大战役的《悲陈陶》、《悲青坂》及“三吏”、“三别”，反映大乱初定的《闻官军收河南河北》等等。杜诗的价值，不仅表现在其深刻的时代意义上，也表现在他对山川景物民风习俗的描写上。杜甫一生足迹遍历大半个中国，中年后流离秦、蜀、荆、湘之间，凡所经历之地，在他的诗中皆有生动翔实的描写。如《秦州杂诗》20首以及由秦入蜀的24首纪行诗，写一路风土形胜，历历如绘，所经之地，皆可按图寻索，不失其序，故昔人有“杜陵诗卷是图经”之誉。正因为他的诗能容纳历史，述陈时事，故有“诗史”之称。

第二，现实主义表现手法的运用。

1. 善于选择富有典型意义的事件和人物进行高度的艺术概括，通过个别反映一般。如：《兵车行》通过“行人”的谈话，道出万千征夫戍卒的共同遭遇和命运；《羌村》通过妻子乍见自己的反应，表现战乱中人们朝不保夕的心理状态；“朱门酒肉臭，路有冻死骨”将贫富悬殊这一巨大的社会内容，熔铸在两句诗中。

2. 善于将主观意识和思想感情融入客观的具体描写中。如《石壕吏》仅以“有吏夜捉人”一幕，反映了安史之乱的破坏性；《丽人行》写杨氏兄妹的服饰、饮食、行为，而讽意自见。

3. 善于运用富有个性化的语言——对话、独白，表现人物的性格和情感。如《新婚别》，新娘的独白透露了她特定的身份、特别的性格以及时人面对战乱的复杂心态。

4. 善于捕捉富有代表性的，足以显示事物本质及人物精神的细节加以描写。如《北征》通过描写小儿女的衣着、行为，既表现了儿童的天真烂漫，又表现出作者温情、慈爱的内心世界，同时也反映了当时社会生活的一个侧面。

5. 善于深入剖析自己曲折、矛盾的内心世界。如《赴奉先咏怀》开头用大段笔墨剖析了自己被摒弃于仕途之外后的复杂动荡的心理变化。

6. 以议论入诗。杜甫诗中无论五七言古体，还是五七言律绝，都有以议论入诗的现象。因此，清人叶燮说：“唐人诗有议论者，杜甫是也。杜五言古议论尤多，长篇如《赴奉先咏怀》、《北征》及《八哀》等作，何首无议论？”（《原诗》外篇下）其议论不仅多，而且精，并与叙事、抒情部分融合无间，成为全诗思想的聚光点。

二、沉郁顿挫的诗歌风格。“沉郁顿挫”四字，最早见于杜甫的《进雕赋表》，明清以后便成为评价杜甫诗风的定论。

清人吴瞻泰曰：“沉郁者，意也；顿挫者，法也。”（《杜诗提要》）也就是说，沉郁一般与作品的主题意境有关，顿挫则与作品的表现技巧有关。具体而言，沉郁指：第一，内容的博大精深。表现在对时代、社会、人生广博的容涵和深刻的思考。第二，感情的深沉浑厚。表现在对国家、民众、生活、自然，宽广、仁厚、深挚的爱和对理想人生、人格的执着追求。第三，题材的悲剧色彩。表现在诗中多伤时忧国之色，悲慨身世之情。透视出时代的悲剧、社会的悲剧、人生的悲剧和个体的悲剧。故昔人称杜诗强半言愁。顿挫指：第一，千回百折的表情方式。杜诗既不似豪放一泻千里，亦不似飘逸舒展从容，而是字斟句酌，时轻时重，时缓时急，时开时合，时起时落，时而波澜壮阔，激流勇进，时而蓄中不发，吞吐回旋。不仅长篇，如《赴奉先咏怀》、《北征》等开合震荡，起伏摇曳，顿挫有致；而且短篇，如《登高》、《江南逢李龟年》等也极蕴深微曲折，沉深莫测。第二，凝重的语言。杜诗语言经过高度锤炼，精确凝练，概括力强，达到字重思深的艺术境地，可谓“语不惊人死不休”。如：“星垂平野阔，月涌大江流。”（《旅夜书怀》）“垂”字极见原野平阔之象，“涌”字极见明月腾掷之态。“朱门酒肉臭，路有冻死骨。”更是字字掷地有声，力敌万钧。第三，抑扬的音韵。杜甫一方面将传统的抑扬平仄运用得出神入化，使近体格律达到炉火纯青的境界；另一方面开创拗体，有意破坏已臻圆熟的传统格式，再以特殊的办法加以补救，形成新的抑扬效果，给人以强烈起伏顿挫的节奏感，与内容、情感、谋篇布局的波澜变化相呼应。

三、集古今诗体之大成。我国古代诗体发展至盛唐已经相当完备，杜甫的贡献在于：

第一，承前，博采众家之长，集各体之大成。五古“尽有汉魏以来之长”（施补华《岘佣说诗》），七古被推为“上下千百年第一”（宋荦《漫堂说诗》)，五律“千古已还，一人而已”(胡应麟《诗薮》)，七律被尊为“七律之圣”(王世贞《艺苑卮言》)，绝句、乐府诗也都不同凡响，成为后人创作之典范。

第二，启后，发展变革，使各体突破前人藩篱达到新的极限。苏轼说:“故诗至于杜子美，文至于韩退之，书至于颜鲁公，画至于吴道子，而古今之变，天下之能事毕矣。”(《书吴道子画后》)事实证明，这一变，影响了杜甫身后一千多年的诗歌史。

首先，对古体诗，乐府诗的变革。

古体诗自汉魏至盛唐，各种题材，表现手法、风格流派层出不穷，“诗家能事都尽”(胡应麟《诗薮》)。杜甫在广采博收的同时，不落窠臼，别开生面。表现在:1. 题材的融合与拓新。五古，此前题材已相当广泛，建安诗人用以描摹社会动乱、民生疾苦;正始诗人用以抒写内心世界的矛盾冲突;陶渊明用以歌咏安宁恬静的田园生活;谢灵运用以刻画千姿百态的自然山水。虽然，未开垦的领域很少，但各有所偏，未能兼善。杜甫将上述题材统统纳入五古之中，叙述身世，眷恋友朋，审视古今，描绘山水，无施不可。特别是，他熔叙事、抒情、描写、议论于一炉，创作出《赴奉先咏怀》、《北征》等鸿篇巨制，使这种体裁的艺术功能得到最大限度的发挥。七古，此前主要围绕个人遭际抒发感慨。杜甫冲破传统题材的疆域，用七古写时事、发政论，甚而写书法、舞蹈、绘画等，前所未有。2. 把散文句法、章法引进诗中。五言诗句的节奏一般为“二三”，七言诗句的节奏一般为“四三”，杜甫为表达需要，往往打破常规，出以“一四”、“三四”等句式。章法也取法散文，一反常见的谋篇布局规范，有时叙事未了，忽然顿断，插入议论;有时抒情，欲尽未尽，忽入写景;有时顺叙，有时倒叙;虚虚实实，正反变化，转接无象，然而又无不意脉相通。如《醉时歌》、《缚鸡行》等。刘熙载认为，杜甫古体诗“节次波澜，离合断续”，乃“从《史记》得来”(《艺概·诗概》)。方东树也称杜甫古体诗有“似左氏、公羊、太史公文法者”(《昭昧詹言》)。其三,用拗句避律。杜甫有部分古体诗沿袭了初唐四杰之体,如《洗兵马》、《古柏行》呈对称均衡,和谐圆润之美。但他也作了避免律化的古诗,如《岁晏行》等,自觉地追求高古简劲,拗峭瘦硬的格调。自此,不入律与入律的两种古体诗便犹如一泾一渭,界限分明,在以后的发展中并行而不废。

乐府诗体自从确立,直到李白,始终沿袭乐府古题。偶有自立新题者,所咏却多为古事。个别写时事的,又多非实写,或假借古人古事,或运用想象之辞。自杜甫始,才突破这一古老传统,直接从现实中提炼题材,"即事名篇",用新题反映时事。如《丽人行》、《兵车行》、《悲陈陶》等等。如果说李白的乐府诗代表了古题乐府时代的结束,那么,杜甫的乐府诗则标志着新题乐府时代的开始。中唐白居易、元稹等对杜甫的新题乐府都给予很高的评价,承认他们所受到的启发。因此可以说,杜甫是中唐新乐府运动当之无愧的先导。

其次,对近体诗的建设。

1. 完善了七言律诗。近体诗中,杜甫对七律的贡献最为卓著。七律虽在初唐即已定型,盛唐后艺术渐臻成熟,但在杜甫之前,它并未引起诗人足够重视,无法同五律相颉颃。杜甫是诗歌史上第一个大量写作七律的作家,并多方面完善了这一诗体,表现在:一方面,开拓了七律的题材领域。七律原自应制诗的母体孕育而出,先天带有内容狭窄的毛病。初盛唐之作大体不出歌功颂德和唱和赠酬之类。杜甫改造了七律应制诗的性质,举凡时事政论、身世怀抱、风土人情、山川景物、文物古迹无不可用七律表现,可以说,七律至杜甫手中,境界始大,感慨始深。另一方面,提高了七律的艺术水平。初盛唐诗人运用七律多显拘谨,即使高手,亦只能做得自然匀称、典雅秀丽而已,未能体现个性特征。至杜甫,七律的运用方臻化境。其声律、词采、命意、结构无不精细稳贴,且笔力雄健、气势飞动、沉郁顿挫、风格鲜明,将七律的艺术水平推至空前高度。杜甫之后，七律数量激增，渐与五律比肩，其艺术成就，更后来居上，超逾五律，此等状况一直持续到清朝。

2. 创立了拗体律诗。拗体律诗是在近体诗定型以后，诗人有意识地不依平仄常格，变动平仄规律而写成的。拗体律诗仍算律诗，其字数、对仗必须合律，不合律的只是音调。杜甫多数律诗严守绳墨，但他也看出伴随和谐圆润而来的千部一腔，单调柔弱之弊，故在部分诗中力矫圆熟，有意突破平仄常格，做成拗体。如《送远》、《白帝城最高楼》等等。拗体律诗的创立，其意义在于打破律诗常格，在和谐圆润的形式中融进参差变化，拗折奇峭之类，从而丰富了格律诗的体格形式。晚唐时，律诗格调日卑，有些人便仿效杜甫，大力写作拗律以矫正。到宋代，仿效者更多，如苏轼、黄庭坚等人。黄庭坚尤变本加厉，明确主张"宁律不谐而不使句弱"，造成一种兀傲奇崛，生新瘦硬的格调。

3. 大量创作连章组诗。杜甫用五七言律绝创作了大量的连章组诗，这些诗内容丰富，组合方式多样，一首一种境界，而又绪脉相承，宛如一部部结构精巧的交响乐。代表作如《秦州杂诗二十首》、《秋兴八首》、《诸将五首》、《咏怀古迹五首》、《戏为六绝句》、《绝句漫兴九首》等等。

杜甫作品，有《杜工部集》，为北宋王洙编。注本以钱谦益《笺注杜工部集》，仇兆鳌《杜诗详注》，杨伦《杜诗镜铨》，浦起龙《读杜心解》较著名。中华书局《古典文学研究资料汇编·杜甫卷》，王嗣奭《杜臆》，施鸿保《读杜诗说》都有对杜甫其人其诗的评论。冯至的《杜甫传》，萧涤非的《杜甫研究》，傅庚生的《杜甫诗论》，朱东润的《杜甫叙论》是杜甫研究的重要著作。

概而言之，李杜堪称诗史上并峙的双峰，分别代表了中国艺术的两种审美倾向。如果说，李白更多地代表了盛唐精神，是中国古典诗歌的光辉总结；杜甫则更多地代表了未来，是下一个历史时期的先驱祖宗。正如李泽厚所指出的："李白、张旭等人为代表的'盛唐’是对旧的社会规范和美学标准的冲决和突破，其艺术特征是内容溢出形式，不受形式的任何束缚拘限，是一种还没有确定形式，无可仿效的天才抒发。”“以杜甫、颜真卿等人为代表的‘盛唐’，则恰恰是对新的艺术规范、美学标准的确定和建立，其特征是讲求形式，要求形式与内容的严格结合和统一，以树立可供学习和仿效的格式和范本。”“从而，美的整个风貌就大不一样了。那种神龙见首不见尾的不可捉摸，那种轶群绝伦、高华雅逸的贵族气派，让位于更为平易近人、更为通俗易懂、更为工整规矩的世俗风度。它确乎更大众化，更易普遍接受，更受广泛欢迎，人人都可以在他们所开创建立的规矩方圆之中去寻求美、开拓美和创造美。”（《美的历程》）这正是中唐诗歌的艺术走向。

第五章　中唐诗

中唐正处于中国古典诗歌发育得最为成熟，成就最为辉煌的时期之后。诗歌艺术本身发出既要继承、延续，又要变革求新的要求，而安史乱后，整个社会的动荡，也在外部催谷着诗歌的变革。于是中唐诗坛便呈现出百花竞发、不拘一格的局面。

这些各具特性的诗人，大致可归为几类：一类是以大历十才子、韦应物、李益、柳宗元、刘禹锡等为代表，更多地承继了盛唐余绪的诗人。他们虽给已经取得巨大成就的古典诗歌又添一缕光彩，却未对未来形成根本性影响，他们仍活在上一个时代。第二类，是以白居易为代表的新乐府诗人，如元稹、张籍、王建等等，他们继承、发展、夸大了杜甫以诗写史的一面，夸大了诗歌的政治功利作用，是对古典诗歌典雅、含蓄、贵族气质的破坏，其语言的通俗浅切，可谓五四新体诗之先声。第三类以韩愈为代表，下有孟郊、贾岛、李贺等等。他们继承、发展并夸张了杜甫"语不惊人死不休"的艺术追求，形成"奇崛险怪"一族，成为宋诗先声。在"奇崛险怪"引领下的李贺，另辟瑰丽华美一支，启迪晚唐"温李"诗风。

第一节　元白诗派

元白指元稹和白居易，二人齐名诗坛，曾共同倡导了新乐府运动。

元白诗派，指中唐以通俗浅切的语言，新乐府的形式，反映安史乱后的社会状况，对统治者如何振兴，如何使其王国长治久安以艺术的思考和回答，创造了“以俗为美”的艺术境界的一批诗人。这批诗人除元白外，还有王建、张籍等人。

在诗史上，提起元白诗派，是与新乐府及新乐府运动紧密相连的。

新乐府，即“新题乐府”，与古题乐府相对而言，是一种自命新题写时事的乐府诗。它由汉乐府的“感于哀乐，缘事而发”，发展为曹操等人的借古题写时事，再变为杜甫的“因事立题”、“即事名篇”，因此，杜甫是新乐府的创始者，后经元结、顾况的发展，至中唐在元白的大力倡导之下，加上李绅、王建、张籍等一批诗人的积极参与，形成一场规模不小的诗歌运动，史称“新乐府运动”。

对新乐府运动贡献最大的是白居易。

白居易(772～846)，字乐天，晚年号香山居士。其先人为山西太原人，后迁居下邽(今陕西渭南)，故白居易自称太原人，有时也自称下邽人。未冠时，便以《赋得古原草送别》得顾况激赏。29岁举进士，曾做过秘书省校书郎、翰林学士、左拾遗，直至44岁，仕途较顺利。故他的前期生活，以儒家兼济天下之志为主流。在朝中，他论政猛锐，抨击时弊，写了大量“救济人病，裨补时阙”的讽喻诗，如《新乐府》50首、《秦中吟》10首等。使“权豪贵近者相目变色”，“执政柄者扼腕”，“握军要者切齿”。所谓“有阙必规，有违必谏。朝廷得失无不察，天下利害无不言”是其写照。元和十年(815)，在左赞善大夫位上，因宰相被刺事件，白居易上疏直谏，权贵以他越职言事为名，贬为江州(今江西九江)司马。此后便开始了他后半期趋于避世的“世事如今口不言”的中隐生活，曾做过杭州、苏州刺史、知制诰、刑部侍郎等官。“穷则独善其身，达则兼济天下”，可视为他一生的概括。

白居易的贡献首先在于他建立了一套较为系统的现实主义诗歌理论。这些理论分别表述在《与元九书》、《新乐府序》、《读张籍古乐府》、《寄唐生》、《伤唐衢》等诗文中，归纳起来主要有以下几点：

第一，强调诗歌的社会功利作用。他认为诗歌应该“补察时政，泄导人情”，起到“救济人病，裨补时阙”的作用。因此提倡“文章合为时而著，歌诗合为事而作”，主张“为君为臣为民为物为事而作，不为文而作也”，希企“篇篇无空文，句句必尽规”，强调诗的“美刺”“教化”功能。

第二，重视内容与形式的统一，强调形式必须为内容服务。白居易反对徒事形式忽视内容的作风，认为“篇无定句，句无定字，系于意不系于文”，强调内容的决定性作用。他把诗的情感、语言声韵、意义分别比喻为“根情、苗言、华声、实义”，诗的根本是情，实质是义，优美的韵调，铿锵的语言惟有传达出真情、“实”“义”方能感人动人。

第三，强调生活是创作的源泉。白居易认为现实生活是触动灵感的引子，是启迪思想与情感的火花，是作品诞生的土壤和源泉。所以他说：“大凡人之感于事，则必动于情，然后兴于嗟叹，发于吟咏，而形于歌诗矣。”“事物牵于外，情理动于内，随感遇而形于叹咏。”

第四，强调语言的通俗质朴。白居易每作诗，命一老妪解之，解则录，不解则易，可见他对语言质朴无华的追求。他要求新乐府诗应“非求宫律高，不务文字奇”，认为“其辞质而径，欲见之者易谕也；其言直而切，欲闻之者深戒也；其事核而实，使采之者传信也；其体顺而肆，可以播于乐章歌曲也”。

白居易的诗论，与后来的文艺为政治服务，为人民大众服务的理论颇有近似之处。一方面，作为一个特定的充满危机时代的反映，有他存在、产生和发展的合理性与进步性，另一方面，他把文学作为政治的附庸，美刺教化的工具，忽视文学自身的审美规范，必然扼杀其生机，又有他的不合理性和非科学性。就是白居易本人的作品，艺术性最高、最优秀、最为后人传诵的作品也不是他本人极力推赏的以讽喻为目的新乐府诗。

白居易现存诗 2800 余首。他自己曾将它们分为四类:讽喻诗、闲适诗、感伤诗、杂律诗。

讽喻诗。白居易自释曰:“自拾遗来,凡所适所感,关于美刺兴比者,又自武德讫元和,因事立题,题为《新乐府》者,共一百五十首,谓之讽喻诗。”这批诗是他前期“兼济天下”的体现,是其诗论的具体实践。其特点是:首先,内容的深刻,题材的广泛。白居易的讽喻诗,可以说是中唐时期社会生活的真实画卷,朝政的腐败,藩镇的割据,百姓的苦难,外族的入侵,内忧外患,无不有所表现。如反映农民生存痛苦的《观刈麦》、《采地黄者》、《杜陵叟》;反映妇女悲惨命运的《井底引银瓶》、《母别子》;反映宫女幽闭怨旷之苦的《上阳白发人》;揭露赋税惨重的《赠友》、《重赋》;揭露宫市、进奉之弊的《卖炭翁》、《红线毯》;讥讽统治者荒奢生活的《轻肥》、《买花》;抨击边将腐败的《西凉伎》、《缚戎人》等等。其次,主题专一鲜明。白居易的讽喻诗多“一吟悲一事”,即一诗集中写一事,不旁涉,不另出别意,这是主题的专一;“首句标其目,卒章显其志”,即以诗的首句为题,并在题下注明诗的美刺目的,如《卖炭翁》,“苦宫市也”,而且利用诗的结尾突出重点,这是主题鲜明。其三,鲜明的对比,特别是统治阶级和平民百姓的对比。他常常尽情摹写统治阶级的奢靡生活,诗尾突然急转摆出百姓苦难的生活状态,通过强烈的反差,揭示贫富悬殊的社会实质,如《轻肥》、《买花》等等。其四,叙事议论相结合。讽喻诗大多是叙事诗,但叙述到最后,往往出以议论,作出明确评价,以示其志,如《红线毯》、《新丰折臂翁》等。其五,善用外貌和心理等细节塑造人物形象。如《卖炭翁》绘其外貌,“满面尘灰烟火色,两鬓苍苍十指黑”;写其心理,“可怜身上衣正单,心忧炭贱愿天寒”。成功地塑造了一个年迈、勤劳、贫寒的卖炭翁的形象,反映出中唐百姓苦难的生存状态。其六,语言的通俗浅切。这是白居易诗的一般语言风格,但在讽喻诗中更显突出。讽喻诗的缺陷在于过分重视其功利性，忽视文学的审美价值，过直过露过尽而乏含蓄蕴藉之致，太俗太浅太率而无醇厚精练之味。

闲适诗。白居易自释为："或退公独处，或移病闲居，知足保和，吟玩情性者一百首，谓之闲适诗。"闲适诗多描写风光，吟咏性情，清新明朗，自然朴素，代表作如《归田》、《观稼》等。

感伤诗。白居易自释曰："事物牵于外，情理动于内，随感遇而形于咏叹者一百首，谓之感伤诗。"代表作是后世广为传诵的长篇叙事诗《长恨歌》、《琵琶行》。《长恨歌》以唐明皇李隆基和杨贵妃玉环的爱情为主线，形象地再现了安史之乱前后的历史画卷，透露出作者对盛衰兴亡的社会人生的深沉思索。《琵琶行》将作者与琵琶女的身世遭遇交织在一起，表现了盛衰无常的人生悲剧，是作者被贬后对生命的哲理性悟觉。这两篇作品，皆以叙事的手法，艺术地反映了作者的时代感受，人生体味，揭示了历史与人生难以逆料的戏剧性，流露出无力改写历史与人生的悲哀和感伤，掩卷自思，发人深省。

杂律诗。白居易自释曰："五言、七言、长句、绝句，自一百韵至两韵者四百余首，谓之杂律诗。"这些诗多流连光景，应和唱酬之作。其中最被人传诵的诗句是《赋得古原草送别》中的"野火烧不尽，春风吹又生"，《自河南经乱关内阻饥兄弟离散》中的"共看明月应垂泪，一夜乡心五处同"等。

白居易对诗史发展的主要贡献，与其说是新乐府运动的理论和实践，毋宁说是其诗歌语言 通俗浅切的这一特色恰好弥补了与他同时的另一大诗派——韩孟诗派语言艰涩的不足，并远远地影响到未来，成为清末新诗运动及白话诗运动的先声。从这个角度而言，白诗也代表着未来。

白居易有《白氏长庆集》传世。现在通行本有顾学颉点校的《白居易集》，近人陈寅恪的《元白诗笺证稿》和岑仲夏的《白氏长庆集伪文》对白居易诗文多所考订。今人王拾遗《白居易生活系年》、朱金城《白居易年谱》翔实可靠。日本学者花房英树的《白居易研究》亦颇有见解。

与白居易关系密切,共同致力于新乐府诗的,还有元稹、张籍、王建、李绅等。

元稹(779～831),字微之,河南人。他与白居易友善,诗坛齐名,文学主张和诗歌风格颇有相似之处,且共同倡导了新乐府运动,故时称"元白"。

元稹在诗史上的主要贡献表现在:

一、他是最早注意到李绅的《新题乐府》并起而和之的诗人。他所创作的《新题乐府》12 首等真实地反映了民生疾苦,揭露了统治者的淫逸腐朽。代表作如《田家词》、《织妇词》、《估客乐》等等。

二、他与白居易共同创造了对后世影响颇大的"长庆体"。"长庆"是唐穆宗的年号,"长庆体"也有人称"七古新调"。从形式上看,它同初唐四杰七言歌行一脉相承,内容则变初唐以抒情状物为主为以叙事为主。白居易的《长恨歌》、《琵琶行》,元稹的《连昌宫词》便是代表作。这种偏重于叙事的七言歌行,元白以后仿效者不绝如缕,如晚唐韦庄的《秦妇吟》、清代吴梅村的《圆圆曲》等等。

三、创作了一些艺术价值不菲的优秀诗篇,如《行宫 》,仅五言四句,与白居易《长恨歌》有异曲同工之妙。瞿佑《归田诗话》评曰:"乐天《长恨歌》,凡一百二十句,读者不厌其长;元微之《行宫》诗,才四句,读者不觉其短,文章之妙也。"他写的一些艳诗和悼亡诗,虽被时人斥为"淫声媟语",但从诗歌史的角度看,不失为晚唐李商隐之先声。如"曾经沧海难为水,除却巫山不是云"(《离思》),"唯将终夜长开眼,报答平生未展眉"(《遣悲怀》)更是脍炙人口。

四、他是最早注意到杜甫创作成就的评论家。如《乐府古题序》、《唐工部员外郎杜君墓系铭并序》都给杜甫以高度评价,对后世影响很大。

元稹作品,有《元氏长庆集》。今人陈寅恪《元白诗笺证稿》,下孝萱《元稹年谱》可资参考。

李绅(771～846),早在"元白"提倡新乐府前,便写了《新题乐府》20首,可惜今已失传。现在《全唐诗》中收录其《追昔游诗》3卷,杂诗1卷。他的《悯农》二首最著名,历代流传不衰。

张籍(约767～830),字文昌,曾任水部员外郎、国子司业等职,故世称张司业 或张水部。王建(约767～830),字仲初。曾先后任过秘书郎、太常寺丞、陕州司马等职,故世称王司马。

张籍、王建皆出身寒微,仕途不遇,且年岁相仿,互相交好,各写了不少反映民生疾苦揭露统治者腐败的新乐府诗,故齐名诗坛,世称"张王乐府"。张籍的代表作有《野老歌》、《妾薄命》、《征妇怨》、《凉州词》等。王建的代表作有《田家行》、《水夫谣》、《织锦曲》、《簇蚕词》等。

张王乐府有不少共同点。他们都好用七言歌行体,篇幅不长却好换韵,绝少一韵到底,给人急管繁弦之感;好在诗的结尾两句用重笔突出主题,但较少主观议论,往往利用人物自白,或只摆摆事实,便戛然而止;语言以通俗明晰为主,但颇凝练精悍,故王安石叹曰:"看似寻常最奇崛,成如容易却艰辛!"与元白相较,各有千秋。

应该指出的是,张籍王建的诗,并非皆以反映民生疾苦为主要内容,通俗晓畅为主要特色 。他们有些诗写日常生活的感受,饶有趣味。如张籍《秋思》中"洛阳城里见秋风,欲作家书意万重。复恐匆匆说不尽,行人临发又开封"。王建写新嫁娘的"未谙姑食性,先遣小姑尝",《雨过山村》的"雨里鸡鸣一两家,竹溪村路板桥斜。妇姑相唤浴蚕去,闲看中庭栀子花"等,可视为宋人诗风先声。还有些诗表情委婉深曲。如张籍《节妇吟》:"君知妾有夫,赠妾双明珠。感君缠绵意,系在红罗襦。妾家高楼连苑起,良人执戟明光里。知君用心如日月,事夫誓拟同生死,还君明珠双泪垂,恨不相逢未嫁时。"王建《宫词》:"御厨不食索时新,每见花开即苦春。白日卧多娇似病，隔帘叫唤女医人。”其气氛、情调，近似晚唐五代。

张籍的作品，有《张司业集》。

王建的作品，有《王司马集》。

第一节　韩孟诗派

与元白诗派共同开拓了中唐这块奇特的艺术园林的是韩孟诗派，但二者特色正相反。元白重在内容，承杜甫“诗史”、“诗圣”之精神而下，韩孟重在形式，承杜甫“语不惊人死不休”之追求而高扬；元白的艺术走向是平易浅切，“以俗为美”，韩孟的艺术探索是奇崛险怪，“以丑为美”，“以文为诗”。韩孟诗派的代表人物是韩愈、孟郊，下有贾岛、姚合、卢仝、刘叉、马异等等。

韩愈（768～824），字退之，河内河阳（今河南孟县）人。他自称郡望昌黎，故世有韩昌黎之称。韩愈幼年即孤，由兄嫂抚养成人。后以进士及第，做过推官、博士、监察御史，曾随裴度征讨吴元济，入为刑部侍郎。因谏宪宗迎佛骨事而贬潮州刺史。穆宗时，召为国子祭酒，转京兆尹、兵部侍郎、吏部侍郎。韩愈毕生提倡儒家学说，排斥佛老思想，政治上拥护中央集权，反对藩镇割据，曾与柳宗元共同倡导了中唐古文运动。

韩愈的诗，求新尚奇，以奇崛险怪著称。表现在：

一、内容的“以丑为美”。丑，是社会生活、精神意识、自然物态中与美相对的现象的总和。如现实中的贪婪、残忍、凶狠，生活中的贫穷、饥寒、病态，精神上的绝望、孤独、创痛，感受上的恶心、恐惧、厌嫌，形体上的丑陋、怪异、畸变等，都是丑在不同领域的表现。

“以丑为美”在韩愈诗中又具体表现在：

第一，以敏锐的观察力发现和挖掘现实中的丑恶现象，并以犀利的笔锋披露和剖示它们，如世态的炎凉、人心的险恶、贤愚的倒置。且用大量的笔墨描写生活中的灾难与不幸，如饥饿、贫寒，以及生理上的不快感，如眼花、齿落、头秃、衰迈之相以及腥臊入口之苦，虾蟆惊眠之苦等等。

第二，擅长渲染和摹写丑陋、恐怖、怪异的现象，提醒人们去注意自然界中与美相对的事物。如劝朋友莫为失子过分哀恸时他写道："鸱枭啄母脑，母死子始蕃。蝮蛇生子时，坼裂肝与肠。"(《孟东野失子》)《陆浑山火》则写一场山林大火所造成的天摇地动，日月无光，神焦鬼烂，禽兽四奔的蛮悍之美。他甚至欣赏那些带有血腥杀气的美。如《元和圣德》诗以大段笔墨描写刘阓失败被俘后，在刑场上被凌迟灭族的血腥场面。甚至那些风光旖旎的优美山水，到了他的笔下也会变得粗猛、凶险。如他写洞庭湖："雾雨晦争泄，波涛怒相投。鸡犬断四听，粮绝谁与谋。"(《洞庭湖阻风赠张十一署》)

韩愈所生活的时代，已是一个非理想的、被颠倒的时代，现实与诗人的社会理想、人生愿望相冲突，造成了其思想深层的大动荡，从而产生了心理上的不平衡。因此，在颠倒的世界面前，他们用逆反的目光去审视它、反映它。如果说元白诗派试图通过堂吉诃德式的勇敢，幻想用诗去力挽日趋颓落的历史现实的话，那么韩孟诗派则十分清醒地通过制造深至的压迫感、沉重感和痛苦感，流露出心灵深处对未来的颤栗。

二、形式上的"以文为诗"。"以文为诗"兆端于杜甫，韩愈将其加以变本加厉的发扬。他的做法引起了诗体形式更显著的变化，因此，赵翼认为"以文为诗，自昌黎始"(《瓯北诗话》)。叶燮则进一步认为："唐诗为八代以来一大变，韩愈为唐诗之一大变。"(《原诗》)

韩愈的"以文为诗"表现在：

第一，运用散文化的句式。

“拗口”的句式在韩愈的作品中比比皆是，五言句有的变成了“一四”式，如“在纺织耕耘”，“苟异于此道”(《谢自然诗》)；有的变成“三二”式，如“官随名共美，花与诗俱新”(《和席八十二韵》)。七言句有的变成了“三四”式，如“嗟我道不能自肥”(《送区弘南归》)；有的变成了“一三三”式，如“命黑螭侦焚其元”(《陆浑山火》)。至于杂言，就更近于散文句式了，如《嗟哉董生行》参差错落，拗折盘梗，几乎彻底抛开了诗的节奏韵律，实“乃押韵之文耳”。

韩愈还故意大量使用文言虚字，如“之”、“其”、“者”、“于”、“而”、“乎”、“哉”、“矣”等，几乎用遍了。在诗中使用虚字，虽非韩愈首创，但就使用之广泛和频繁以及用虚字做韵脚的方法上说，他却是诗史上第一家。

第二，运用古文章法。

韩愈的诗着意在结构布局上下工夫，如古文一样讲究奇正虚实，纵横开合，转折呼应。如《八月十五日夜赠张功曹》，从诗题看，它是赠张署的，但真正属韩愈赠词的仅诗尾几句，张署的歌词反而占大半篇幅。从字面看，它的主旨似在劝说张署乐天知命，实则借张署之口发自己满腹牢骚。因此有人评此诗是“虚者实之，实者虚之”(汪琬《批韩诗》)，可见古文章法之妙。其他如《醉赠张秘书》、《病中赠张十八》、《雉带箭》、《石鼓歌》、《古意》、《岣嵝山》等皆是被人称道的以文章气脉入诗的显例。

韩愈诗中还喜用铺叙，如《南山诗》，连用五十一个“或”字领起的句子，描写四时之间终南的各种姿态。《月蚀诗》铺列东西南北四方之神。《谴疟鬼》历数医师、灸师、诅师、符师。这显然是受辞赋铺张扬厉之影响。

韩愈的诗有的还诗兼文体。如《招杨之罘》像简贴、《送区弘南归》像赠序，《调张籍》像诗论，《山石》像游记、《陆浑山火》像寓言志怪，《寄卢仝》像传记，《华山女》像传奇小说等等。

第三，摒除对句和律句。

对句和律句是诗歌形式技巧高度发展的产物，是完全诗化的成分。韩愈“以文为诗”便刻意对对句、律句加以排斥。如他的长篇古体往往通首散行，不用一个对句，有时还故意做得似对非对，可对而不对。至于律句，就更加罕见，其七古近70篇，只有《桃源图》、《游青龙寺赠崔大补阙》和《赠崔立之评事》三篇有少许律句。

在韵法上，他也与众不同，如果押的是宽韵，如《孟东野失子》，他便故意泛入旁韵，不拘常格，惟意所之，犹如江河中泛舟，从流飘荡，任意东西；如果押的是窄韵，如《病中赠张十八》，他反而存心不转韵，因难呈巧，好似在“畏途巉岩”上逞强斗狠，直逼险峰，令人喘息困难。一韵到底的诗，五古中不算新鲜，七古中却极少见，仅杜甫写过几首，从韩愈开始，方渐渐盛行。

第四，以议论入诗。

韩愈诗中大量地引入议论，如《谢自然诗》后半排斥道说，简直说着与《原道》一样的话；《荐士》前半无异是一篇中国诗歌史的总论；《赠崔立之》等于把《庄子·大宗师》的一段隐括成诗；《君子法天运》通篇均由《荀子》语句变化而成。

总之，韩愈诗在内容和形式上的辟新创奇，影响和带动了一批诗人，孟郊、贾岛、卢仝、李贺、马异、刘叉……都程度不同地尝试着把“非诗”的成分引入诗中。它们本身也许并不具有多高的审美价值，但它们对传统进行的破坏，却深深地影响到未来，成为宋诗之先河，为中国诗歌的发展开辟了另一个天地。

韩愈的文集以明代徐氏东雅堂翻刻的宋代廖氏世綵堂本《昌黎先生集》最为通行，诗集单行注本以今人钱仲联《韩昌黎诗系年集释》最为详备，单篇论文以近人陈寅恪《论韩愈》最为著名。

与韩愈诗风相近的，首推孟郊，世称韩孟。赵翼云：“中唐诗以韩、孟、元、白为最。韩孟尚奇警，务言人之所不敢言；元白尚坦易，务言人所共欲言。”（《瓯北诗话》）他既指出了韩孟与元白两支诗坛劲旅的差异，同时也道出了韩孟的共同点。但孟诗缺乏韩诗的万象森列、汗漫无垠的广阔与气势，故终难与韩诗平分秋色。

孟郊(751～814)，字东野，湖州(今属浙江)人。平生为穷困所扰，郁郁不得志，直至46岁方登进士之第。有《孟东野诗集》传世，华忱之校订的《孟东野诗集》较为通行，陈延杰的《孟东野诗注》可资研究。

与孟郊名字联系在一起的是贾岛，世有"郊寒岛瘦"之称。

贾岛(779～843)，字阆仙，范阳(今北京市附近)人。少年贫寒，屡试不第，曾出家为僧，法名无本，后受韩愈影响还俗。时有诗名，以苦吟著称。曾任长江主簿，世有贾长江之称。贾岛著有《长江集》，今人李嘉言有《长江集新校》。

孟郊、贾岛诗风相近，其表现在：

第一，二人的诗格都比较窄小，缺乏盛唐诗人乃至同代诗人奇丽壮美之气，故给人以局促之感。

第二，二人都曾绘声绘色描写穷愁、寒苦，故显贫寒病瘦之态。

第三，二人皆为著名的苦吟诗人，雕词琢句，呕心沥血，故呈窘迫之形。

孟郊代表作有《寒地百姓吟》、《古怨别》、《长安羁旅行》、《游子吟》等。

贾岛代表作有《题李凝幽居》、《剑客》、《寻隐者不遇》、《忆江上吴处士》等。

与贾岛齐名的还有一个诗人叫姚合，世称姚贾。姚合、贾岛的相似之处在于：多写寂寥、枯寂的闲适生活情调，诗格清苦，多短章，以炼字炼句取胜。对北宋初及南宋末影响很大。

韩孟与元白两派，对后世的影响都远远地超越了晚唐五代。直接作用于晚唐的诗人应首推李贺。李贺可以说起步于韩孟的奇警，却又避开了姚贾等人的枯涩，将奇警与瑰丽、荒诞结合，形成了瑰丽奇诡的境界，开了晚唐诗境之先声。

李贺(790～816)，字长吉，河南昌谷(今宜阳县)人，后世因称李昌谷。李贺是唐宗室郑王之后，其父名晋肃，因“晋”“进”同音，为避父讳，李贺终生未能参加进士考试。此事对李贺影响至深，后虽做了奉礼郎，但抑郁愁思终不得解脱，仅27岁便辞世。

李贺才智不凡，抱负远大，但世俗的偏见和同辈的嫉妒，使他被弃于世，加之生活在日落西山、苟延残喘的衰世，天性多愁善感，天生体质羸弱，又不善交际，理想与现实，人生与艺术的矛盾使他抑郁苦闷，只有深深地潜入内心活动中去。他常常骑着驴，背着破锦囊，游荡着寻觅他的诗句。诗成为他惟一可以表达心绪、倾诉心曲的对象。他在诗中写抱负，写失意，写不平，如《马诗》、《开愁歌》、《浩歌》、《秋来》、《致酒行》；写边塞，写百姓，写朝政，如《雁门太守行》、《老夫采玉歌》、《秦宫诗》；写梦幻，写鬼趣，写仙境，如《梦天》、《苏小小墓》、《天上谣》……他用奇谲瑰丽的艺术境界透视人生，透视社会，透视自然，展示了一个光怪陆离的精神世界，后人叹为“鬼才”，尊为“长吉体”。其不同凡响之处在于：

一、意象：带有极大的虚幻和想象成分。他喜欢在诗中津津有味地描摹其主观精神上浮现的各种幻景，善于捕捉瞬息之间的直观现象，突出强调官能的感受，用心理真实取代生活的真实，体现一种直觉、幻觉和自身情感的特殊融合。如“羲和敲日玻璃声”（《秦王饮酒》），“向前敲瘦骨，犹自带铜声”（《马诗》），“石脉水流泉滴沙，鬼灯如漆点松花”（《南山田中行》）等。尤其是《李凭箜篌引》，空山凝云，江娥啼竹，昆山玉碎，芙蓉泣露，石破天惊，瘦蛟起舞，人间天上，神话典故，令人目眩神迷。

二、审美：有意欣赏非自然的怪诞神秘。理性的空虚，使他常常像一个失魂落魄的孩子，棲棲惶惶地寻觅着能使自己身躯、灵魂栖息的归宿，但又寻觅不得，这是安史乱后整整一代人的普遍感受。现实中找不到，他便寻到了飘渺的仙界，因此他常以瑰丽的色彩描绘神仙的居所和生活。如《天上谣》，这里没有丑恶和死亡，永远是美丽和青春，浸注着诗人的无限憧憬和执着追求。在人世间找不到知音，他便去和鬼交朋友，因此他写冥界，写鬼魂，写死亡、寒冷和黑夜。透过这些描写，我们看到的是一个孤寂的灵魂凄苦的震颤，如《苏小小墓》，写苏小小的心情，即是写诗人的忧郁、空虚和无依。

三、情调：流溢着浓郁的虚无主义情绪。宇宙的变化无穷，人生的短促无常，常常在其灵魂深处交织成剧烈的冲突。因此"沧海桑田"、"人生短促"成为他思索宇宙人生这根链条上的两个四处流走的命题。透过它们，可以看出诗人生命中时常萌发的焦灼感和无奈感，如《梦天》、《苦昼短》、《将进酒》等。

四、结构：常常超越时间和空间自由地跳跃，想落天外，不拘法度。李贺的诗往往是联缀着印象和感觉的片断，局部可以达到细致入微的真实，而全体却不可思议地荒诞。好像他原有一面完整的镜子，却故意打成碎片，然后再随意地拣几片拼凑成一个新的光怪陆离的镜面；又好像他本就只有零锦碎绣，如和尚缝制百衲衣，却拼成了一件五光十色的袈裟。如《长歌续短歌》、《雁门太守行》皆是忽此忽彼，迷离惝恍，透出诗人思维的不定性和灵魂的无着无落。

五、语言：极力避免平淡，追求峭奇。一方面，他善写通感，仿佛与自然、事物建立着一种特殊而神秘的关系。如"独携大胆出秦门"，"天浓地浓柳梳扫"，"行处春风随马尾，柳花偏打内家香"，"天遣裁诗花作骨"等等，无不想落天外，笔补造化。

另一方面，竭力渲染对象的色彩情态。如写草，寒绿、颓绿、丝绿、凝绿、静绿。写花，笺红、冷红、愁红、老红、堕红。风有酸风，雨有香雨，泪有红泪，春有古春，新颖奇丽。

为造成刺激性效果，他还喜用"鬼"字，"泣"字、"死"字，以形成奇峭幽怨的境界。

陆游评："贺词为百家锦衲，五色炫耀，光夺眼目，使人不敢熟视。"（见［宋］范晞文《对床夜话》）

李贺的诗，直接影响到晚唐温李，而后间接影响到宋词，特别令人想起吴文英及吴文英一派的词。

李贺作品，有《昌谷集》，又有《李长吉歌诗》。旧注本有清人王琦的《李长吉歌诗汇解》，新注本有 1977 年出版的《李贺诗歌集注》。钱仲联《李贺年谱会笺》可资研究。

第三节　中唐其他诗人

虽然，元白、韩孟代表了中唐诗歌的艺术本质，但盛唐传统的延续仍是一股不可忽视的潮流，他们和元白，韩孟共同构织出中唐五彩斑斓的光环。刘长卿、韦应物、李益、柳宗元、刘禹锡等，便是这方面的代表作家。

至德、大历年间的诗坛上，存在着两类诗人。一类以元结、顾况为代表，他们主要在诗歌内容上发挥过渡作用。他们不再像盛唐诗人那样，强调对理想的追求，而开始着眼于现实人生。另一类诗人以“大历十才子”为代表，他们则是在诗歌艺术上发挥过渡作用，以平淡省净的风格代替了盛唐诗歌的奇伟壮丽。

元结(719～772)，字次山，号漫叟，河南鲁山人。顾况(？～806)，字逋翁，自号华阳真逸，海盐(今属浙江)人。

元结、顾况，诗承杜甫现实主义传统。元结主张，诗应具有美刺内容，“极帝王理乱之道，系古人规讽之流”(《二风诗论》)；诗应发挥其社会功能，“上感于上，下化于下”(《系乐府十二首序》)；诗应具有质朴自然之风，不必“拘限声病”，但求“道达情性”(《刘侍御月夜宴会诗序》)。这些理论，开白居易诗论之先声。元结的作品是其理论的实践。如早年所作《悯荒诗》、《系乐府十二首》、《补乐歌十首》等都是以现实为出发点，以感讽时事为目的的。晚年所作《舂陵行》、《贼退示官吏》也是本着“以达下情”，“以示官吏”的动机而写。他编的《箧中集》所收沈千运、王季友等七人的诗，皆是反映救时起衰用心的现实主义之作。

顾况的诗歌主张及创作与元结相近。他仿《诗经》体而写的《上古之什补亡训传十三章》，法《诗经》“小序”体例，取诗中首句一二字为题，并标明主题，为白居易《新乐府》“首章标其目”提供了范例。其中的《团》最有名。其他如《公子行》、《行路难》、《长安道》等，都有深刻的社会意义。

总之，元结、顾况是杜甫到元白之间的中介。

元结作品有《元次山集》，今人孙望有点校本。

顾况作品有《华阳集》。

大历十才子是唐代宗大历年间十位诗人的称谓，语见《新唐书·卢纶传》。十人指卢纶、吉中孚、韩翃、钱起、司空曙、苗发、崔峒、耿沣、夏侯审、李端。他们的诗多步王孟后尘，以吟咏山水田园、唱酬应制为主要题材，擅长五言律诗，格律规整，字句精工。但因过分求工求精，故渐失浑成之风，格调寝弱，气象促迫，流于平庸纤巧。大历十才子中成就最高的是钱起。

钱起(722～780?)，字仲文，吴兴(今属浙江)人，唐玄宗天宝十年(751)进士，官至尚书考功郎中、翰林学士。他与刘长卿齐名，与王维互有唱和，诗风也颇近王维，“体格清新，理致清淡”(《中兴间气集》)。其最为人称道之作是《省试湘灵鼓瑟》，末两句“曲终人不见，江上数峰青”，意境悠远，幽寂空灵，千古绝句。

钱起作品，有《钱考功集》。

刘长卿、韦应物以山水诗见称，是盛唐山水田园诗的余绪。

刘长卿(709～780)，字文房，河间(今属河北)人。唐玄宗开元二十一年(733)进士，官终随州刺史，故有刘随州之称。

刘长卿的诗多写山水隐逸之情，贬谪漂流之感。尤擅长近体，最工五律，故有“五言长城”之誉。

刘长卿写山水时见王维风范。如《寻南溪常山人山居》，幽静清新，饶有韵致。但他毕竟难以脱出中唐时代氛围的浸染，和大历十才子一样，目光日趋精细，气魄日趋狭滞，境界日趋窄促。如“春草雨中行径没，暮山江上卷帘愁”（《汉阳献李相公》）已无舒卷从容之气度。

刘长卿最为后人传诵之作是小诗《逢雪宿芙蓉山主人》。

刘长卿的作品，有《刘随州集》。

韦应物（737～792?），京兆（今西安市）人。早年任情使气，生活豪纵，安史乱后才折节读书，官终苏州刺史，世称“韦苏州”。

韦应物擅长写山水田园风物，是由王孟到柳宗元过渡的一个重要环节。因其诗风与柳宗元相近，故有“韦柳”之称，也有人将王、孟、韦、柳称为唐代山水诗的代表人物。韦应物写过不少“效陶”诗，世称“陶韦”。

韦应物的山水诗有盛唐王孟气息，往往从王维的幽静处入脚，却走进僻冷寒寂的境界，露出中唐萧瑟的端倪。如《寺居独夜寄崔主簿》：

> 幽人寂不寐，木叶纷纷落。寒雨暗深更，流萤度高阁。坐使青灯晓，还伤夏衣薄。宁知岁方晏，离居更萧索。

诗用“幽人”、“木叶”、“寒雨”、“流萤”、“青灯”等意象组合成充满感伤意味的画面，再加以“寂不寐”、“纷纷落”、“暗深更”、“离居”、“萧索”等内容，又平添几分寒意。其他如《寄全椒山中道士》、《滁州西涧》皆趣近高雅闲淡，迹近枯寂、冷瑟。

韦应物也有不少关注现实的作品。如《观田家》写农民困苦，《寄李儋元锡》写国势的衰微，百姓的流离失所。

白居易称：“近岁韦苏州歌行，才丽之外，颇近兴讽；其五言诗又高雅闲淡，自成一家之体。”（《与元九书》）

韦应物作品，有《韦苏州集》。

柳宗元（773～819），字子厚，河东（今山西永济）人，世称柳河东。唐德宗贞元九年（793）进士。曾任秘书省校书郎、集贤殿正字、监察御史里行等职。顺宗永贞元年(805),官礼部员外郎,参与王叔文为首的政治革新。永贞革新失败后,贬永州司马,十年后迁柳州刺史,卒于任所。

柳宗元与韩愈共同倡导了“古文运动”,世称韩柳,柳宗元现存诗,大都是贬永州司马和任柳州刺史时所作,故多抒发个人悲愤抑郁和离乡去国情怀。如《登柳州城楼寄漳、汀、封、连四州刺史》:

> 城上高楼接大荒,海天愁思正茫茫。惊风乱飐芙蓉水,密雨斜侵薜荔墙。岭树重遮千里目,江流曲似九回肠。共来百越文身地,犹自音书滞一乡!

诗中凝聚着由政治上的失意,环境上的蛮荒,处境上的凄凉,心境上的孤寂编织而成的浓重愁思。

他也写时事和民间疾苦。如《古东门行》揭露藩镇割据势力刺杀宰相武元衡的真相,《田家》反映农民的困苦及租税的苛重。

柳诗中最有特色的部分是山水诗。这些诗将自己的身世遭际及中唐的时代基调,溶入山水意象的血液之中,形成幽冷清峭的风格。如《江雪》:

> 千山鸟飞绝,万径人踪灭。孤舟蓑笠翁,独钓寒江雪。

这里没有生命,没有灵气,只有诗人独自伴着寒气凝止的江雪。这正是诗人心境及中唐诗境的写照。比之“野渡无人舟自横”的萧散闲淡,它注入了更多因痛苦而返归虚无的因素。

就韦柳对比而言,论体格,韦诗自然而若不经意,柳诗精严而颇见锻炼之功;论风神,韦诗平和淡雅,以闲婉胜,柳诗刻削峻洁,以清峭胜。韦诗之可贵,在于能在大历清淡而失之孱弱之后,专从陶潜“冲和”一路发展,清淡而不失浑成;柳诗之可贵则在元和雄深险怪之际,专从陶潜峻洁一面发展,兼融谢灵运、杜甫,刻炼中更见清淡之致。韦柳并称,是就二人为中唐之世,陶潜、王孟一派诗风最杰出的继起者而言。就这一诗派的流变而言,韦应物是正格的最后一个高峰,柳宗元则是变调的第一个代表。

柳宗元的作品，有《柳河东集》。通行本有《四部丛刊》影印《增广注释音辨唐柳先生集》，上海人民出版社排印本《河东先生集》、《四部备要》排印的《柳河东集》，中华书局的《柳宗元集》。

与山水诗一样，边塞诗至中唐也经历了相似的变化，其中最有代表性的作家是李益。

李益(748～827)，字君虞，陇西姑臧(今甘肃武威)人。曾北游燕赵间，为幽州刘济从事，居边塞十余年。官至礼部尚书。

李益从军的幽州河朔一带，中唐时已为藩镇割据之地，这里的边塞士卒迫于连年不断的内外战争，建功立业的英雄气概早已荡然无存。李益诗“今日边庭战，缘赏不缘名”(《夜发军中》)，清楚地说明了这种军心士气的变化。因此，李益的边塞诗，主要抒写的是戍边战士久戍思归的哀怨心情。这些诗已失去盛唐边塞诗乐观豪放的精神和情调，即使和王昌龄《从军行》中描写“边愁”的诗相比，也有凄凉感伤和雄浑悲壮之别。这不仅是诗人彼此风格的不同，也是时代气运使然。

李益的诗以七绝见长，其形象的完整丰富，韵味的含蓄深长，音韵的和谐婉转，语言的凝练自然，皆与王昌龄接近，所以后人常常把他和王昌龄相提并论。

李益的诗，如《从军北征》、《暖川》、《长干行》、《江南曲》、《喜见外弟又言别》等都很有名。尤为人传诵的是《夜上受降城闻笛》：

回乐峰前沙似雪，受降城外月如霜。不知何处吹芦管，一夜征人尽望乡。

委婉曲致地抒写了士卒久戍思归的心情，意蕴深长，情调感伤。

李益的作品，有《李益集》。

刘禹锡(772～842)，字梦得，洛阳(今属河南)人。德宗贞元九年(793年)进士。因参与王叔文永贞革新失败，被贬朗州司马，后改官连州、夔州、和州刺史，外放20余年。晚年迁太子宾客，世称刘宾客。

刘禹锡诗的总体特点，与盛唐诗风相近，明代周履靖说他"祖风骚，宗盛唐"(《骚坛秘语》)。因此，他的诗既不似白居易平易，也不似韩愈奇崛，而是以雄浑爽朗明快流畅为基本格调。

刘禹锡的诗，成就最高的主要有三类：

一、政治讽刺诗。刘禹锡的政治讽刺诗，多写得寓意深刻，辛辣犀利。如他贬谪中两次被召回京后写的两首诗：

紫陌红尘拂面来，无人不道看花回。玄都观里桃千树，尽是刘郎去后栽。

——《戏赠看花诸君子》

百亩庭中半是苔，桃花净尽菜花开。种桃道士归何处？前度刘郎今又来。

——《再游玄都观》

前一首以"玄都观"暗指朝廷，以"桃花"暗指朝中新贵，表面写明媚春光，赏花盛况，实则讥讽靠打击革新派而得势的守旧官僚。后一首用同样的手法，借景物全非的自然现象，喻新贵的红极一时又相继失势，讽刺更为辛辣。这类讽刺诗，往往用意双关，曲曲写来诗意深沉隽永。故王夫之说刘诗"深于影刺"(《唐诗评选》)，苏辙也说刘诗"用意深远，有曲折处"(《吕氏童蒙训》)。

刘禹锡的"深于影刺"还表现在其咏物诗上。如他谪居朗州时所写的《聚蚊谣》、《百舌吟》、《飞鸢操》、《白鹰》等，写的是昆虫禽鸟，揭露的却是达官贵人和权奸显宦的种种丑态，锋芒锐利，含蕴深远，余味无穷。

二、怀古诗。刘禹锡的怀古诗纯用律绝，吊古伤今，沉郁苍凉，感慨深沉。如《乌衣巷》：

朱雀桥边野草花，乌衣巷口夕阳斜。旧时王谢堂前燕，飞入寻常百姓家。

借一角一隅的景物和细节，流露诗人对历史的深沉思考，对人世沧桑的无限感慨。

其他如《西塞山怀古》、《石头城》等也是此中名篇。

三、民歌体诗。刘禹锡学习民歌，写下了大量清新活泼的民歌体诗，如《竹枝词》、《杨柳枝词》、《浪淘沙》等。这些诗保存了清新开朗的民间情调，采撷朴素生动的民间口语，运用俚歌俗调的形式，绘真景，抒真情，具有浓厚的地方色彩和天然风韵，脱尽文人习气。如《竹枝词》其九：

> 山上层层桃李花，云间烟火是人家。银钏金钗来负水，长刀短笠去烧畲。

寥寥数语，活画出一幅巴东山区春耕时节的风俗画，轻快的节奏，流畅的语言，开朗的诗情犹如一支随口而出的农家歌谣。再如《竹枝词》其二：

> 杨柳青青江水平，闻郎江上唱歌声。东边日出西边雨，道是无晴却有晴。

以“杨柳”起兴，以“晴”寓“情”的双关妙语，含蓄道出主人公迷惘而又思恋的微妙心态，读来倍觉“含思宛转”，语短情长。

刘禹锡的作品，有《刘宾客集》。通行的有《四部丛刊》本《刘梦得文集》，《四部备要》本《刘宾客文集》和上海人民出版社点校本《刘禹锡集》。

第六章　晚唐诗

晚唐是一个动荡不安的衰世，藩镇割据、宦官专权、牛李党争、农民起义，内外夹击，将唐王朝一步步逼向绝壁。处在这样一个可悲可叹、羸弱病态、岌岌可危的时代，多数诗人心理上都蒙着一层浓重的阴影。诗的气魄、格局，也随之衰减萎缩，显示出衰飒、幽冷的征象。

就内容而言，有三点值得注意：

一、对心理性灵深入细微的观照。晚唐诗人为逃避时代酿制的纷扰和烦恼，越来越深地潜入自我观照之中。他们写心态，写心绪，写情结，写情意，深刻而细微地剖析幽隐的心理变化和感受。仿佛精致于自我灵魂的雕刻，就可以忘却现实的苍白，就可以接续即将断裂的历史脉息。这是一次时代所逼迫的整体大逃亡，只不过逃亡的终极是心房。

二、对官能刺激的醉心和追求。晚唐诗人特别醉心于写香艳闺情，花团锦簇，纸醉金迷，透出对畸型繁华的迷恋和追求。末世、破亡，这是不能改写的规律，在这一规律的钳制之下，人们清楚地看到未来既定的结局和命运，体味到生命的渺小和无力。及时行乐是他们窒息前所能抓到的最后一个验证生命的契机，也是生命和时代撞出的最后一缕凄艳的光泽。这是另一种逃亡，不过这次逃亡的终极是酒与色的温柔之乡。

三、对往昔的追念和回忆。大量的“咏史”、“怀古”作品的涌现，是晚唐诗坛的一个重头话题。“咏史”和“怀古”的意义在于：诗人们通过对开元天宝前后的对比，付出一份对时代的惋惜、无奈和感伤。这是由历史美的回忆和现实美的消失相映产生的一种悲剧美。

就艺术走向而言，晚唐诗的努力方向不是气象的雄健阔大，而是艺术的幽深精微。时代不可逆转的颓势，使晚唐诗人感受到“补察时政”的不易和“为时”、“为事”而作的天真与无济于事，于是便消失了改变现实和重写历史的勇气，表现出对古代采风历史的漠视，对传统功利追求的淡薄，而神往于艺术的精致华美。仿佛只要沉浸在字句的精心雕琢和组合里，就能感受到主体精神的超然和解脱、创造和永恒。

就诗风而言，从宏观上分，大致有三大类型：第一类，质朴直率，多讽时刺世之作，代表作家有罗隐、皮日休、陆龟蒙、杜荀鹤、聂夷中等。他们一般被称为晚唐现实主义诗人。第二类，清淡自然，追慕王孟陶韦，代表作家有司空图。第三类，绮丽华艳，上承李贺，代表作家有杜牧、李商隐、温庭筠、韩偓等。此外还有学贾岛苦吟的，学韩愈奇警的等等。就影响及成就而言，质朴直率一流，未逾前人，不够别开生面；清淡自然一流，囿于律对句法，成就式微；苦吟者，取径窄狭，推敲过甚，新意不足；奇警者，追随者甚少，不成气候；惟有绮丽华艳一流名家辈出，尤其是杜牧、李商隐，足以自成一家，未囿于李贺门墙。故论晚唐诗的成就及影响，应以此派为主。

就晚唐诗的地位而言，一方面，它是古典诗歌的主流由抒情写景向叙事说理转折过程中的一股漩流。我国古典诗歌的发展，一直以抒情为主流，唐诗将这一传统推向高峰，是“以诗为诗”的典范。但“非诗”——以文为诗的因素自杜甫陆续引入诗中，经中唐形成潮流，至宋代成为主流。此后，中国古典诗歌便有唐诗、宋诗两大宗之论。奇妙的是，晚唐诗并未沿着中唐开辟的路继续前行，而是折回“以诗为诗”的传统。但它又非盛唐诗的整体回复，与盛唐诗所展示的气魄、气势、气度相较，未免显得视野窘局、笔力纤弱、情调凄伤。因此，晚唐诗只能算作盛唐抒情绝唱的回光返照，中国古典诗歌传统意脉的最后一幕。另一方面，晚唐又是沟通中唐与北宋之间的桥梁。中唐部分诗人精心结撰的风气到晚唐得到普及和深化,而晚唐精雕细琢的技巧,又为宋诗所吸取。

第一节　温李诗派

温李诗派,上承李贺,以绮丽华艳、深情绵渺见长。其代表人物是杜牧、李商隐、温庭筠、韩偓。四人中,杜牧清丽中兼豪宕峻峭风致,显出韩愈的某些影响,在"温李"一派里自成别调。韩偓年辈较晚,未脱温李势力范围,只是余响。因此,这一诗派的"正宗"应数温庭筠和李商隐。温李相较,温诗基本受六朝及李贺影响,藻采绮密,声情恻艳;李诗还吸取屈原、曹植、阮籍及杜甫的某些传统,有寄托遥深、沉郁顿挫的一面。所以温诗仅为一派之"正宗",而李诗却能逾此,综括了前人丰厚的艺术成果,熔铸成情深词婉的独特风格,达到了晚唐诗的高峰。

杜牧(803～853),字牧之,京兆万年(今陕西西安)人。诗与李商隐齐名,并称"小李杜"。杜牧是著《通典》的唐代名相杜佑之孙,家世历代仕宦,是一个清贵子弟。他 26 岁举进士,而后在江西、淮南一带做了 10 年幕僚,后迁京官,又出任黄、池、睦、湖等州刺史,内调为司勋员外郎,官终中书舍人。杜牧身上,纠集着末代的迷惘和矛盾。一方面他秉性正直,善于论兵,有经纶天下之志;另一方面他又倜傥风流,沉迷于秦楼楚馆。他的诗写得清丽旖旎,诗论却拘泥正统,令人难以置信。

杜牧的诗风流俊爽。其古诗、律诗学杜甫韩愈。古体诗多抒写理想抱负、关注社会政治之作,往往豪健跌宕、骨气遒劲,如《感怀诗》、《张好好》、《杜秋娘》、《华清宫三十韵》等,都是名篇。律诗,尤其是七律蕴藉朗健,时寓拗峭。杨慎说:"律诗至晚唐,李义山而下,惟杜牧之为最。"(《升庵诗话》)代表作有《早雁》、《河湟》、《九日齐山登高》等。

杜牧最擅长七绝，从数量和质量看，堪称晚唐第一高手。他的七绝清丽流美，意蕴悠扬，颇富神韵。内容也相当广泛，概而言之，表现在：

一、抒情诗。杜牧的抒情诗有很大一部分是表现自己风流倜傥、罗曼蒂克的生活经历的。如《寄扬州韩绰判官》、《遣怀》、《赠别二首》、《恨别》等等，写得浪漫空灵，情致缠绵，风韵旖旎。这些诗所描绘的都市生活，妓女、歌妓的恋情，以及间或散发出的轻狂意味，洋溢着市井文化气息，颇有些宋文化的味道，从这方面看，可以说杜牧与温庭筠同开了柳永之先声。

杜牧有些抒情诗杂思致于唱叹之间，寓风骨于流丽之中，如《泊秦淮》：

> 烟笼寒水月笼沙，夜泊秦淮近酒家。商女不知亡国恨，隔江犹唱后庭花。

将历史深沉的哀痛与现代都市景色融为一体，流露浓重的感伤和激愤的慨叹。

二、咏史诗。杜牧的咏史诗源刘禹锡同类诗而下，思致敏锐，含蓄深邃，往往出奇立异，发人之所未发，给人以俊爽峭健之感。如《赤壁》：

> 折戟沉沙铁未销，自将磨洗认前朝。东风不与周郎便，铜雀春深锁二乔。

借一件古物起兴，发"时无英雄，使竖子成名"之慨叹，以吐胸中抑郁不平之气，立意峭奇，出人意表。其他如《题桃花夫人庙》、《过华清宫》、《题乌江亭》、《金谷园》等皆此中名篇。

三、写景记行诗。杜牧的写景记行诗，清丽流转，气韵清拔，如《山行》：

> 远上寒山石径斜，白云深处有人家。停车坐爱枫林晚，霜叶红于二月花。

作者以横云断岭之法，将秋山秋景秋色写得绚烂明丽，浓郁中见出清新之美。尤其是后二句，不仅写出枫叶经霜耐寒的特质，且闪烁着诗人飘逸豪爽的个性魅力，读来令人生出朗健激情。其他如《江南春》、《秋夕》、《清明》、《将赴吴兴登乐游原一绝》等，各呈异彩，透出作者俊爽的才气，活泼的思致。

杜牧作品有《樊川集》。杜牧作品最通行的当推清人冯集梧《樊川诗集注》，今人缪钺有《杜牧传》和《杜牧年谱》。

李商隐(813～858)，字义山，号玉溪生，又号樊南生，怀州河内(今河南沁阳县)人。他早年受知于牛党的天平军节度使令狐楚，25岁中进士后，又被隶属李党的泾川节度使王茂元辟入幕府，并招为女婿，由此受牛党忌恨，坠入牛李党争的漩涡之中，终生不得解脱。故其虽有"欲回天地"的雄心，可惜"运与愿违"，一生困顿失意。曾任秘书省校书郎、弘农县尉等职，晚年辟为盐铁推官，客死荥阳。

李商隐现存诗近600首，其中最有特色的是抒怀诗、咏史诗、爱情诗。

一、抒怀诗。抒怀诗又含两方面的内容：其一，感愤深沉的政治诗，表现了作者对现实政治和国家命运的深切关注。如《有感二首》、《重有感》，斥责宦官乱政；《韩碑》、《井络》，反对藩镇割据；规模最大的《行次西郊作一百韵》，追溯了唐王朝治乱兴衰的历史，通过今昔对比，提出自己的政治理想。其二，述意委婉的抒情言怀诗。李商隐虽有远大的政治抱负，但始终未挣出牛李党争的夹缝，终生潦倒失意，因此写了许多自伤遭际之作。如《安定城楼》：

> 迢递高城百尺楼，绿杨枝外尽汀洲。贾生年少虚垂涕，王粲春来更远游。永忆江湖归白发，欲回天地入扁舟。不知腐鼠成滋味，猜意鹓雏竟未休。

心怀回天撼地的政治志向，身具敝屣荣利的狷介品质，却遭受猜忌压抑。夙愿难酬的愤懑之气流走在字里行间。同类作品还有

《泪》、《晚晴》、《天涯》等。他的不少咏物诗也蕴含着身世之感，如《蝉》、《落花》、《流莺》等。

二、咏史诗。咏史诗往往寓意精警，有的借古讽今，意味深长。如七律《隋宫》，感慨隋炀帝的荒淫误国，以警当世。《贾生》，讽刺汉文帝的昏聩不明，慨叹贾谊的不被重用，讽汉文实刺唐帝，怜贾生实悯自身。有的含蕴思致，委婉深隽，如《马嵬》：

海外徒闻更九州，他生未卜此生休。空闻虎旅传宵柝，无复鸡人报晓筹。此日六军同驻马，当时七夕笑牵牛。如何四纪为天子，不及卢家有莫愁？

借卢家莫愁与唐宫杨妃的命运对比，揭示了休戚变化、福祸相倚的历史规律，发人深省。

三、爱情诗。李商隐诗中，最为人传诵，影响最大的是爱情诗。爱情诗中最出色的部分就是无题诗。无题诗中，有的以“无题”命名，有的借诗中前二字为题，如《碧城》、《锦瑟》，也属无题之类。这些诗多以爱情相思为题材，意境要眇，情思婉曲，历来聚讼不已，争论的焦点便是有无寄托。无题诗的旨意确实朦胧奥曲，大致可分三类对待：

第一，实写男女之情别无寄托者。如“照梁初有晴”，写伉俪情深；“长眉画了绣帘开”、“寿阳公主嫁时妆”，乃题赠妓女的艳情诗。

第二，可确指为有寄托者。如“重帏深下莫愁堂”，借幽居未嫁的女子倾诉相思的痛苦，以抒发自己政治理想难以实现的感慨。“八岁偷照镜”，借少女待嫁的复杂心情，表达急于用世而又忧虑前途的矛盾心理。“何处哀筝随急管”，以美女的无媒难嫁，朱颜的见薄于时，寓才士不遇的感慨。

第三，寄托在有无之间者。如“相见时难别亦难”，通篇写爱情相思，意境浑然，看不出寄托的痕迹，但如单纯作爱情诗读，又觉它蕴藉深厚，意在言外。如辗转深沉的相思之苦，浓郁厚重的悲剧气氛，执着真切的感情追求，年华流逝无所依托的哀伤等等，无不令人想起作者一生矛盾、挣扎、追求、失意的隐痛。其他如“昨夜星辰昨夜风”、“来是空言去绝踪”、“飒飒东风细雨来”等等，写的多是失意的爱情，这和他失意沉沦的身世遭遇不无关系，因此这些诗虽无明确寄托，但总让人影影绰绰读到作者仕途间阻、政治上的追求屡遭挫折的身世感触。

总之，无题诗诸首虽内旨各异，但应该看到它们之间某些共通性。就内容言，它们大都以爱情生活中的悲剧性相思为主题，着重表现处于重重压抑之下难以舒解而又剪裁不断的撩乱情怀。这跟诗人的悲剧命运和晚唐时代的悲剧气氛是密不可分的。就表现形式言，它们常常略去对具体情事地描绘，而着力刻画、渲染微妙深致的爱情心理。而且事件与场景地描叙也常常打破一定的时空次序，随着心理活动的流程交错展现。大幅度的跳跃，加上虚实相间手法的应用，便使这些诗的意旨变得断续无端，迷离朦胧。

李商隐各种诗体皆有佳作，但成就最高，最能显示其神韵的是近体诗。尤其是七律，承继了杜甫的精严，融合了李贺的瑰丽，加上自己独特的艺术创造，形成深情绵邈、典丽精工的风格。其艺术特征具体表现在：

一、兴寄深微，托意空灵。李商隐的诗旨意深曲，常常给人一种朦胧迷离的美感，这是由多种因素造成的。第一，创造性地运用比兴寄托手法。传统的比兴方式，如“虬龙以喻君子，云蜺以譬谗邪”（《文心雕龙·辨骚》），往往借物象来比喻某种具体的人事和观念，而且经过长期的积淀，已成套语，寓意显而易见。李商隐则借形象的整体寄寓某种情绪和感慨，往往很难坐实它的喻指，只能通过联想来感受和品味其中可能包孕并暗示出的某些微妙而不易明言的人生体验和情绪心理，因此，其托意是模糊而不确定的。第二，李商隐好用典，且用典的方式有别传统。李商隐以前，诗人用典，不过偶尔一二处，不曾句句用典，而且多是明用，只要注明典故，诗意便显明了。李商隐的诗常常逐句用典，用典的手法则是暗用、借用或活用。有时典故本身所代表的意义，又不是作者试图在诗中显示的意义，即使注明了典故，诗意仍模糊难辨。第三，衔接意象的手法跳荡不拘，如天空游丝，似断非断，似续非续，难以捉摸。第四，略去具体情事的明晰线索，着重烘托渲染情绪、心理、感受。因此，他的诗显得深微幽奥，空灵隐晦，旨意难明。仅《锦瑟》一诗，便有咏人、咏物、悼亡、爱情、怀旧、自伤身世、自题诗集等各种意解。无怪乎金人元好问会说"诗家总爱西昆好，独恨无人作郑笺"(《论诗绝句》)了。

二、对近体诗形式的进一步完善。李商隐把近体诗的形式发展到一个更加成熟、精纯的境地。表现在：

第一，韵律的浑圆流走。一方面，他喜用双声叠韵。诗中用双声叠韵，古已有之，但如李商隐那般大量使用却属罕见。如"远路应悲春晼晚，残宵犹得梦依稀"(《春雨》)，"悠扬归梦惟灯见，濩落生涯独酒知"(《七月二十九日崇让宅宴作》)，"未容言语还分散，少得团圆足怨嗟"(《昨日》)等等，双声叠韵与平仄、对仗相配合，吟来珠圆玉润，曼妙动人。另一方面，他常采用复词重言。"复词"指词在诗中的重复，"重言"指短语在诗中的重复。本来，律绝限于字数，是忌讳词语重复的，一怕造成"文繁意少"之弊，二怕音节凝滞不畅。李商隐技巧地使用了复词重言，不仅无损于诗情的表达，且造成回环往复，婉转低徊之妙。如："君问归期未有期，巴山夜雨涨秋池。何当共剪西窗烛，却话巴山夜雨时。"(《夜雨寄北》)"锦瑟无端五十弦，一弦一柱思华年。"(《锦瑟》)"昨夜星辰昨夜风，画堂西畔桂堂东"(《无题》)等等，无不给人一种回肠荡气、水绕山环的美感。

第二，属对的精严工巧。李商隐对仗的工切巧妙是有目共睹的。如："空闻虎旅传宵柝，无复鸡人报晓筹。此日六军同驻马，当时七夕笑牵牛。"(《马嵬》)不仅词与词对，且妙在词拆开来，单字仍相对。而且他还善设色属对，用典属对。属对的方法也多种多样，或上下句对，或隔句对，或当句对等，无不精严工巧。

第三，虚字的运用。近体诗律法严格，很容易写得板滞局促。李商隐的诗大多流转畅适，很大程度上得力于虚字的灵活运用。如："已断燕鸿初起势，更惊骚客后归魂。"(《赠刘司户蕡》)"纵使有花兼有月，可堪无酒又无人。"(《春日寄怀》)"玉玺不缘归日角，锦帆应是到天涯。"(《隋宫》)"如何四纪为天子，不及卢家有莫愁！"(《马嵬》)这些虚字或表示递进、转折、假设、因果等关系，或表示设问、反诘等语气，不仅在内容上起到承转作用，使得意脉贯注流走，而且在音节上也平添顿挫之效，使声律更婉转和谐。

总之，李商隐的诗以深微朦胧的意境，惝惚凄迷的情感，断续迷离的意象，蕴义厚远的典故，珠圆玉润的节奏，瑰丽华彩的语言，筑构了一个中国自有诗以来从未有过的美轮美奂的境界。它似是六朝诗的华美，而又比之蕴义精深；它似是杜诗的深情，而又比之曲奥；似韩愈之奇而弃之险；似李贺之瑰而弃之诞。他不仅名重于当代，也受崇于后世；不仅风行于诗坛，也荫及于词界。宋代西昆体专以标榜李商隐为宗旨，江西诗派"以故为新"，"脱胎换骨"的不二法门，得自于他博采故实和死典活用手法的启示。婉约词派的表现手法及艺术风格由其诗风生化而来，后人论词强调"非寄托不入，非寄托不出"与他的工于比兴寄托也有渊源关系。因此，在唐诗人中，不能说李商隐是最伟大的诗人，但却可以说他是对后世影响最深远的唐代诗人之一。

李商隐的作品，有《李义山诗集》。李商隐作品的注本以清人冯浩的《玉溪生诗集笺注》、《樊南文集详注》，钱振伦《樊南文集补编》最受后人称道，近人张采田的《玉溪生年谱会笺》为研究其生平的重要资料。

温庭筠(812～870?)，原名岐，字飞卿，太原祁(今山西祁县)人。温庭筠才思敏捷，"凡八叉手而八韵成"，时号温八叉。他生性放达，恃才傲物，喜豪赌狂饮，好为恻艳之词，流连秦楼楚馆，又替人在考场做枪手，故名声不好，屡试不第，终身困顿。曾为方城县尉，官终国子监助教，世称温方城或温助教。温庭筠兼工诗词，诗与李商隐齐名，并称温李，词与韦庄齐名，并称温韦，成就主要是词。

温诗的艺术渊源主要是南朝的吴歌西曲、梁陈宫体诗和李贺诗，还有其时新兴的清丽艳缛的曲子词风。如《湘宫人歌》：

> 池塘芳意湿，夜半东风起。生绿画罗屏，金壶贮春水。黄粉楚宫人，方飞玉刻鳞。娟娟照棋烛，不语两含嚬。

可以看出上述诸方面的影响。

虽然诗评家一般都同意温诗风格是以瑰丽浓艳为主，但在这方面，义山诗较温诗更有价值，因而多数选本舍温取李，同时倾向于选录温的咏史怀古诗和山水行旅诗。其咏史怀古诗沉郁、清健、深厚，如《过陈琳墓》、《经五丈原》、《苏武庙》等。其山水行旅诗体物工细，意境清朗，别具一格，如《利州南渡》、《碧磵驿晓思》、《商山早行》等。《商山早行》中"鸡声茅店月，人迹板桥霜"一联，情景交融，状难写之景如在目前，含不尽之意见于言外，是极负盛名的佳句。

温庭筠诗风与李商隐相近，其繁密浓丽胜过义山，而用意委婉、寄托遥深则有所不及；不如义山雅正，却又比义山清浅。李商隐只是因其诗境与词相似而被称词之先驱，温庭筠则既有似词的诗，又是词的重要作家，完成了诗到词的过渡。

温庭筠的作品有《温飞卿诗集》

韩偓(844～923)，字致尧，小字冬郎 ，自号玉樵山人，京兆万年人。童时曾即席为诗，一座尽惊，李商隐因赠诗云："雏凤清于老凤声。"唐昭宗龙纪元年举进士，历官翰林学士、兵部侍郎等职。在朝时深得昭宗信任，内预密谋，外争国是，屡触逆臣之锋，死生患难，百折不渝，史称唐末完人。后因忤朱全忠，被贬出朝。

韩偓诗内容并不单纯，在朝时写过不少精彩绮丽、恻艳清巧的闺阁燕呢之作，并编有《香奁集》。因集中多裙裾脂粉之语，故称之为“香奁体”。后人也就把专以妇女身边琐事为题材的作品，通称为“香奁体”。《香奁集》中作品技巧娴熟，有较高的艺术性，如《已凉》：

碧阑干外绣帘垂，猩色屏风画折枝。八尺龙须方锦褥，已凉天气未寒时。

自外而内，层层推进，描绘了一个华丽而精致的香闺，通首布景不露情思，而情思自见言外，深受李商隐无题诗影响。

被贬谪后，多写怀旧忆昔之作，时有反映战争疮痍及民间疾苦的诗句。《四库全书总目提要》云：“其诗虽局于风气，浑厚不及前人，而忠愤之气，时时溢于语外，性情既挚，风骨自遒，慷慨激昂，迥异当时靡靡之音。”就是指这部分作品。

韩偓作品有《韩内翰别集》。

第二节　晚唐其他诗人

除温李诗派外，晚唐还有许多各具特色的诗人，他们共同组成了晚唐诗坛的大合唱。在这里我们仅介绍几位在文学史上有一定影响的作家。

皮日休，字袭美，又字逸少，自号醉吟先生，襄阳人。曾参加过黄巢起义军，写过不少讥时刺世之作。《正乐府十篇》是中唐新乐府在晚唐的遗响。《橡媪叹》、《农父谣》、《哀陇民》等是其中的代表作。他的怀古诗也折射出忧时愤世的情绪，如《馆娃宫怀古》、《汴河怀古》等。

陆龟蒙，字鲁望，苏州人。举进士不第，曾任苏州、湖州二郡从事，后退隐松江甫里。自号江湖散人、甫里先生，又号天随子。陆龟蒙讥时愤世之作的数量及锋芒都不及皮日休，但也有独到之作，如《新沙》、《筑城词》、《刈获歌》等，讽世颇为尖刻。

皮陆二人结交后，互相唱和，尝自编其唱和之作为《松陵唱和集》，故并称皮陆。集中不少吟赏风物、流连光景的优游恬淡之作，可见二人在愤世嫉俗之外，还有闲旷的一面。

皮陆二人还喜作各种体式的诗，他们的诗集中都有一卷《杂体诗》，包括杂言诗、齐梁诗、回文诗、四声诗、双声叠韵诗、离合体诗、古人名诗、六言诗、问答诗等，可谓别开生面。这些诗虽多属文字游戏，不能作为唐诗的发展，但却表现了皮陆二人对诗歌形式的浓厚兴趣。

皮日休的作品，有《皮子文薮》。

陆龟蒙的作品，有《甫里先生集》。

聂夷中(837～884?)，字坦之，河东(今山西永济)人。唐懿宗咸通十二年(871)进士，曾任华阴县尉。聂夷中家境贫寒，仕途又很不得意，"奋身草泽，备尝辛酸"(《唐才子传》)，对下层百姓的疾苦有深刻的了解，故现存30余首诗，皆以剖析社会为主题，揭露统治者的醉生梦死，替百姓发出不平的呼声。所以杨慎说他的诗"有三百篇意"，胡震亨也说他的诗"尤关教化"。这些诗语言朴素浅显，意旨颇为深刻。代表作《公子家》、《咏田家》，通过对不同阶层的两个家庭苦乐的描写，浓缩地展现了末世的腐败和没落，倾注着诗人强烈的爱憎：

> 种花满田家，花发青楼道。花下一禾生，去之为恶草。
>
> ——《公子家》

> 二月卖新丝，五月粜新谷。医得眼前疮，剜却心头肉。我愿君王心，化作光明烛。不照绮罗筵，只照逃亡屋。
>
> ——《咏田家》

杜荀鹤(846～907)，字彦之，号九华山人，池州石埭(今属安徽)人。他出身寒微，46岁中进士，未得官职。唐亡，依朱温，为翰林学士，仅五日即卒。曾自称"江湖苦吟士，天地最穷人"。

杜荀鹤是晚唐现实主义诗人中成就最突出的一位。他的诗深刻地反映了黄巢大起义后社会的动荡和黑暗及百姓的生存痛苦。如《山中寡妇》：

> 夫因兵死守蓬茅，麻苎衣衫鬓发焦。桑柘废来犹纳税，田园荒后尚征苗。时挑野菜和根煮，旋斫生柴带叶烧。任是深山更深处，也应无计避征徭。

通过描写一个寡妇的悲惨生活，暴露了唐末兵祸及赋税给百姓带来的苦难。再如《再经胡城县》：

> 去岁曾经此县城，县民无口不冤声。今来县宰加朱绂，便是生灵血染成！

深刻揭露了地方官吏靠镇压百姓，残杀无辜而得以加官晋爵的血淋淋的现实，激愤之情溢于言表。其他代表作，如《乱后逢村叟》、《蚕妇》、《旅泊遇郡中叛乱示同志》等，都从不同侧面反映了唐末的社会现实。

杜荀鹤专攻近体，现存300余首诗中，无一篇古体。近体中，又以七言律诗最多。这些诗艺术上虽不够精工谨严，但他不用典故，不堆砌辞藻，而是把律诗的声律对偶与浅近通俗的语言结合起来，平易委婉，如话家常，可视为律诗的通俗化。他虽未沿用乐府古题，也未自创新题，但他用近体写时事，其创作精神与新乐府运动是一致的。

杜荀鹤作品，有《唐风集》。

罗隐(833～909)，本名横，字昭谏，新登(今属浙江)人。屡试不第，遂归居乡，改名隐。晚年依吴越王钱镠，曾官谏议大夫等职。

罗隐诗多为近体，绝句往往托物寓志，语含讥讽，冷隽新奇。如《蜂》：

> 不论平地与山尖，无限风光尽被占。采得百花成蜜后，为谁辛苦为谁甜？

无情地讽刺了那些不劳而获者。他的七言律多抒发个人感怀及讽时讥世之作。

罗隐的作品有《罗昭谏集》。

司空图(837～908),字表圣,河中虞乡(今山西运城)人。晚唐咸通末年进士,曾任中书舍人等职。黄巢大起义后,隐居于中条山王官谷。朱温废唐自立,他不食而死。

司空图的诗较近王孟一派,主要写山水隐逸之情,但他毕竟生活在一个不可能从容追慕陶渊明、王孟的人格及诗风的时代,因此他的诗常常在清淡自然中夹带着孤寂和伤感。在文学史上,他主要以诗论著名。

司空图的诗论主要见于《诗品》和几封论诗书简,其中最负盛名的就是《诗品》。诗歌有品,自梁代钟嵘《诗品》开始,它主要从批评的角度看问题,重在探溯诗歌的源流,品评优劣等第。司空图的《诗品》,则着眼于诗歌艺术哲学及艺术规律的探索。它把诗分成"雄浑"、"绮丽"、"含蓄"、"旷达"等二十四品,每品用一首四字十二句的诗来表述,在诗歌理论研究中开创了一种特殊的体例。

《诗品》的核心是强调诗歌的"韵外之致","味外之旨",要求通过以少总多的艺术概括、情景交融的表现手法,创造余味无穷的诗歌境界。这种"韵味说",经过宋人严羽"顿悟说",清人王士祯"神韵说"的发挥,对后世创作产生了很大的影响。

司空图的作品,有《司空表圣文集》。

韦庄(836? ～910),字端己,京兆杜陵(今陕西西安)人。唐昭宗乾宁元年(894)进士,曾任校书郎等职。后入蜀为西川节度使王建掌书记。唐亡,王建称帝,国号蜀,庄为相,卒于蜀。

韦庄与韩偓同为唐诗殿军,尤善填词,与温庭筠齐名。他一生经历了黄巢起义、军阀混战、唐朝灭亡和分裂局面形成的全过程,故诗中多怀旧伤时之作,带有浓重的沧桑感慨。他的诗介于清淡与清丽之间,以清丽为主。

韦庄诗中最著名的是那首失传近千年后,于本世纪初在敦煌石窟重见天日的，长达1360余字的叙事名篇《秦妇吟》。这首诗是唐代规模最大的叙事诗，也是反映唐代政治现实的最后一首史诗。此诗以国都长安为中心，以一贵家姬妾秦妇的亲身经历为线索，叙写了广明元年(880)十二月至中和三年(883)三月这段时间内发生的重大事件：黄巢起义军攻破并占领长安，统治者的仓皇出逃；唐军的反攻及失败；长安城在兵燹中遭受的创伤；兵祸中田野村庄的破落荒残……作者通过描写秦妇在战乱中的遭遇，从侧面反映了由于黄巢农民起义的冲击，致使唐王朝分崩离析这一重大历史事件。此诗声谐语俪，条畅明白，浅显如话。在艺术上明显导源于白居易的"长庆体"歌行，但又别出机杼，从古乐府民歌中吸取营养，使得这首诗于清辞丽句之中，洋溢着浓郁的民间文学气息。这就不仅继承，而且发展了白居易的诗风，把号称"千字律"的"长庆体"歌行的语言艺术，提到了一个新的高度。韦庄因此诗而被称作"秦妇吟秀才"。

韦庄作品，有《浣花集》。

晚唐的诗人，除上述之外，还有张祜、许浑、李群玉、雍陶、吴融、秦韬玉、女诗人鱼玄机等等。

纵观晚唐诗坛，除小李杜外，多数作者只是前一时期某家诗风的追随者，总的说来呈衰退趋势。正是："夕阳无限好，只是近黄昏。"

第七章　唐代散文

第一节　古文运动的酝酿

散文在唐代有很大发展，尤其是以韩愈、柳宗元为代表的古文运动，成就辉煌，在文学史上占有特别重要的地位。

唐代以前，无所谓“古文”。这个概念至韩愈始明确，其含意是指以先秦两汉散文为楷模的单行奇句、质朴自然、生动活泼的文章体裁，是与魏晋以来占据文坛统治地位的骈俪文体相对立的一种文体。

所谓“古文运动”，是指中唐时期从贞元至元和这二三十年间兴起的以韩、柳为代表的文学革新思潮，同时也是恢复儒道正统地位的社会思想运动，其目的不仅是反对骈文，扫除浮靡之风，更在于整饬世风，挽救社会危机，巩固大唐王朝的统治秩序。

古文运动的出现并非一朝一夕之功，它经历了一个长时期的酝酿过程，是几代人努力的结果。

骈文形成于“文学自觉”的魏晋时代，它引导作家注意探讨文学创作的内部规律和文体的特点，在追求文章的形式美，讲究声律、对偶等方面，对文学的发展曾起过积极作用。但由于士族文人生活空虚，写不出内容充实的作品，只好片面地一味追求形式上的骈辞俪句，刻意修饰词藻，堆砌典故，使创作走上了形式主义道路。到了齐梁时代，骈文形式固定化，成了束缚思想、阻碍文学发展的桎梏。因此文体改革势在必行，只是时间迟早的问题。

早在骈文盛行时期，文学复古的思想就已萌芽。西晋名士夏侯湛曾用散体写了《昆弟诰》，北朝西魏文帝宇文泰曾命孙绰仿《尚书》作《大诰》，孙绰写的《六条诏书》等文，亦全用单笔，实开文章复古之端倪。北齐颜之推提出文章应“以古之制裁为本，今之辞调为末”（《颜氏家训·文章篇》）。南朝齐、梁时刘勰《文心雕龙》揭举“宗经”、“征圣”和“明道”的旗帜，裴子野《雕虫论》批评骈文“摈落六艺”，“非止乎礼义”的倾向。隋朝李谔曾上书文帝要求革除骈文“轻薄”之体，文帝于“开皇四年，普诏天下，公私文翰，并宜实录”（《隋书·李谔传》）。但终因骈俪之风积重难返，士人响应者少，改革之举成效甚微。

隋唐之际，王通在《中说》中明确指出作文必须“上明三纲，下达五常”，“征存亡，辩得失”，“贯乎道”，“济乎义”（《中说·天地篇》），视声律与词华为“末流”，这在理论上已开中唐“文以载道”的先声，比李谔更进一步，对后世影响较大。唐朝初年，令狐德棻、李百药、魏征、刘知几等人大力批判六朝淫丽文风，反对骈文体制，在创作中也力求做到“言近而旨远，辞浅而义深”，追求使读者能“望表而知里，扪毛而辨骨”（《史通·叙事》）的效果。陈子昂更是大张复古旗帜，对诗文革新均贡献较大，有“横制颓波”，“天下翕然，质文一变”（卢藏用《陈子昂文集序》）的作用，正如陈振孙所评：“子昂诗文，在唐初实首起八代之衰者。”（《直斋书录题解》）尽管如此，骈文的陈腐风气仍然笼罩文坛。直到盛唐天宝之后，萧颖士、李华、贾至、元结、独狐及、梁肃、柳识、沈既济、柳冕等人继起，复古思潮进一步高涨，古文在理论、实践两方面都有了较大推进，预示着古文运动的高潮即将到来。他们都主张研习经典，皈依儒道，“用三代文章，律度当世”（独孤及《赵郡李公中集序》）。强调“文本于道”（梁肃《李翰前集序》），“经术之外，略不婴心”（萧颖士《赠韦司业书》）。同时，在创作方面，这时也出现一些散文佳作，如王维的《山中与裴秀才迪书》，苏源明的《秋夜小洞庭离宴序》，元结的《九疑图记》、《右溪记》等，语言清新自然，简洁明朗，抒情寄怀，生动形象，实开柳宗元游记散文之先河。又如元结的《五规》等文，构思奇巧，笔锋犀利，含意深刻，对后世小品文亦有影响。总之，这一时期的复古思想虽然理论上还不够系统和明确，散文创作也没有形成与骈文相抗衡的势力，但这种努力毕竟给文坛带来了生气，为稍后即起的古文运动的高潮在各方面都作好了充分的准备。

第二节　古文运动的高潮

古文运动能够在中唐德宗贞元至宪宗元和年间出现，是有其深刻的社会政治原因的。安史之乱是大唐王朝由兴盛走向衰落的转折点，以后虽然经几十年的恢复，经济有所复苏，到贞元、元和时期，表面上出现了号称“中兴”的太平局面，但是各种社会矛盾并未得到解决，危机仍然严重。藩镇割据，宦官专权，党争激烈，边患不断；佛老泛滥，儒学失统，思想混乱；骈文依然盛行，颓靡之风未减，这些都不利于巩固唐王朝的统治和社会的发展。所以一些有识之士为了挽救社会危局，奋起进行改革，王叔文的政治革新，白居易等人倡导的新乐府运动，以及韩愈、柳宗元等人倡导的古文运动，都是在这种背景下发生的。

就文学的发展趋势来看，中唐以前反对骈文、提倡复古的思想宣传，已经为散文的发展开辟了道路。这时古文运动高潮已呈水到渠成之势，韩、柳等人正是在总结前驱者们经验的基础上，提出了自己更为系统、更为完整的理论主张的。在他们的大力提倡和影响下，一大批作家纷纷响应，致力于古文创作，形成了足以左右文坛的作家群体，气势浩大，很快确立了散文在文坛上的统治地位，取得自魏晋以来第一次战败骈文的伟大胜利。在这些作家中，许多人有名当世，与韩、柳同时的有吕温、刘禹锡、吴武陵、白居易、张籍、樊宗师等，稍后的有李汉、李翱、皇甫湜、沈亚之等韩门第子，以及柳宗元的众多追随者，如韦中立、元公谨、严厚舆等。他们之间或为朋友，或为师生，关系亲密，互相支持，经常以书信形式商讨文体革新的理论，切磋写作技巧，对推动古文运动的深入开展、完善古文运动的理论体系有重大作用，影响深远。

韩、柳等人关于古文运动的理论，主要内容有以下几个方面。

首先，在内容与形式的关系上，主张文道合一而以道为主。这是古文运动的理论核心。韩愈说："愈之为古文，岂独取其句读不类于今者耶？思古人而不得见，学古道则兼通其辞；通其辞者，本志乎古道者也。"（《题欧阳生哀辞后》）柳宗元说："文者以明道，是固不苟为炳炳烺烺，务采色，夸声音，而以为能也。"（《答韦中立论师道书》）李汉说："文者，贯道之器也。"（《昌黎先生集序》）这都明确指出"明道"是目的，"为文"是手段；道是内容，文是形式。但以内容为主，并不等于要轻视形式，韩愈说："愈之志在古道，又甚好其言辞。"（《答陈生书》）柳宗元说："道假辞而明。"（《报崔黯秀才论为文书》）"言而不文则泥。"（《答吴武陵论非国语书》）所以要求文道合一，以文载道。

其次，从"明道"出发，要求作者加强修养，提高自身素质。其主要途径是学习先秦两汉古文，继承先儒的道统与文统。韩愈说："行之乎仁义之途，游之乎诗书之源，无迷其途，无绝其源，终吾身而已矣。"（《答李翊书》）"口不绝吟于六艺之文，手不停披于百家之编。"（《进学解》）这样才能做到"根之茂者其实遂，膏之沃者其光晔，仁义之人，其言蔼如也"，"气盛则言之短长与声之高下者皆宜"（《答李翊书》）。柳宗元亦认为，为了"明道"，必须溯源于五经，并旁及诸子史传，才是继承道统，借鉴经验，创作文章的正确途径。（参看《与韦中立论师道书》）

再次，主张文章应该有感而发，反映现实。如韩愈说"大凡物不得其平则鸣"，"人之于言也亦然，有不得已者而后言，其歌也有思，其哭也有怀”。认为先秦两汉作者是“最其善鸣者也”(《送孟东野序》)。柳宗元说:“贤者不得志于今，必取贵于后，古之著书者皆是也。”此亦是“不平则鸣”之意。韩、柳所以要强调这点，意在反对六朝以来的无病呻吟、矫揉造作的不良文风。

再次，反对模拟抄袭，主张革新独创。关于文体革新的理论是韩、柳古文理论的精华部分，他们在这方面的论述颇多。如韩愈说:创作“当其取于心而注于手也，惟陈言之务去”(《答李翊书》);学习古人，当“师其意，不师其辞”,“能者非他，能自树立不因循者是也。有文字来，谁不为文，然其存于今者，必其能者也”(《答刘正夫书》)。他一再强调独创，反对抄袭，指出“惟古于词必己出，降而不能乃剽贼”(《樊绍述墓志铭》);为文当“因事陈词”,使“文章言语，与事相侔”(《上襄阳于相公书》),做到“文从字顺”(《樊绍述墓志铭》),合乎自然语气，“不以雕琢为工”(《答李秀才书》)。柳宗元也明确反对“贵辞而矜书，粉泽以为工，遒密以为能”(《报崔黯秀才论为文书》)的不良文风，主张文以达意为上，“引笔行墨，快意累累，意尽便止”(《复杜温夫书》)。

韩、柳关于古文的理论，深刻地论证了古文复兴的合理性和必要性，提高了士人对古文运动意义的认识，增强了战胜骈文不良风气的信心，并为古文运动指明了方向，这对古文运动高潮的兴起和战胜骈文的文坛霸主地位，都具有重大作用，其意义及影响决不限于有唐一代。

第三节　韩愈散文

韩愈、柳宗元是古文运动的倡导者和实践家，他们不但在古文理论上各有建树，而且在散文创作上都取得了巨大成就，成为千余年来人们尊崇和学习的楷模。这一节里先述韩愈的散文。

韩愈的散文，内容丰富复杂，题材广泛多样，形式各体兼备，在各个领域中都取得了很高的成就。苏轼称赞他“文起八代之衰，而道济天下之溺”（《潮州韩文公庙碑》），不为过誉。

议论文在韩愈散文中占有突出地位，不仅数量多，而且影响大，有许多论文达到了思想与艺术的完美统一，成为古今传诵的名篇。如《原道》一文，是韩愈崇尚儒学、反对佛老的代表作品。文中追溯了儒学道统的源流，回顾了佛老泛滥冲击儒学的历史，对佛老之学的虚伪性和僧道生活的寄生性进行了深刻的揭露与批判，在当时具有明显的针对性和极强的战斗精神。文章大量使用排句，造成磅礴气势；结构谨严，逻辑缜密，论证有力，给人以痛快淋漓之感。《原毁》通过对“古之君子”与“今之君子”在“责己”“待人”方面不同态度的对比描写，揭露了当时士大夫中间普遍存在的毁谤后进之士的恶劣风气，进而分析产生此风的原因，并在此基础上提出应该公正用人的主张；文章立意明确，层次清晰，语言平易，句式灵活，不引经据典，不雕字琢句，在当时实属别开生面之作，使人耳目一新。《师说》针对当时士人耻于从师的陋习，通过正反两方面的论证，阐明自己关于师道的新观点，指出师有“传道、受业、解惑”的重要作用。“人非生而知之者，孰能无惑？”“无贵无贱，无长无少，道之所存，师之所存也。”“弟子不必不如师，师不必贤于弟子；闻道有先后，术业有专攻，如是而已。”这些新的观点，在当时确有警世骇俗的作用，且言语明白畅达，思想深刻，具有深入浅出的特点，大大增强了说理的鲜明性与感染力，至今仍为人们所传诵。《杂说》四篇，构思精巧，设喻贴切，形象生动，寓意深遥，笔风或委婉，或矫健，均能说理透辟，具有启发性。《进学解》和《送穷文》，用对话形式，以自嘲为自夸，以反语为讽刺，议论风生，流畅自如；语言骈散结合，生动活泼，趣味盎然，感染力强。其他像《答李翊书》、《送孟东野序》等文，形式短小，议论精深，亦为古代文学论文中的名篇。

韩愈的叙事文中亦有不少名篇，如《张中丞传后叙》就是其例，文中记述许远、张巡、南霁云等人固守睢阳，英勇抗击安史乱军的事迹，歌颂了他们不屈不挠的斗争精神。文章绘声绘色，夹叙夹议，生动传神，感人至深。特别是对张巡等人昂然就义的情节描写，充满英雄豪气，可歌可泣。其他像碑铭类中的《柳子厚墓志铭》、《试大理评事王君墓志铭》等文，都是叙事佳作，前者选取典型事件，突出叙述柳宗元一生的不幸遭遇，用带有浓厚感情色彩语言，将主人公形象生动地描绘出来；后者叙述天下奇男子王适的生平事迹，带有传奇性质，人物形象栩栩如生。

韩愈的抒情散文也很出色，如《祭十二郎文》，堪称千古绝唱。文中叙述作者与十二郎自幼成长的种种遭遇，虽然都是生活琐事，但却字字含泪，句句动情，一片悼念之情，跃然纸上，不禁催人泪下，具有很高艺术魅力。

总之，韩愈散文的成就是多方面的。他是继司马迁之后在历史上最有影响的一位杰出的散文大家，确是扫除骈文的形式主义文风，开创散文发展的新时代，恢复和弘扬散文的优良传统当之无愧的主帅，功不可掩。正如他的学生李汉所说："先生于文，摧陷廓清之功，比于武事，可谓雄伟不常者矣。"(《昌黎先生集序》)其文雄奇奔放，波澜壮阔，既富曲折变化，又流畅明快，语言简练准确，文笔生动传神，对后世散文的发展，起到了示范起例作用。

第四节　柳宗元散文

柳宗元是中唐时期与韩愈并称的另一杰出的散文大家。他的散文亦是形式多样，各体兼备，尤以游记散文和寓言见长。

柳宗元的议论文章，最重要的是哲学论文和政治论文。前者如《天说》、《蜡说》，表现了作者唯物论思想；后者如《封建论》、《六逆论》等，论述作者进步政治见解，论据充分，析理透彻，结论有力，在当时思想界影响很大。另外，像《答韦中立论师道书》等以书信形式写成的文学论文，观点新颖，思想深刻，是古文运动中著名论著，影响深远。

柳宗元的传记散文，大都取材于社会下层的小人物，通过对他们不幸生活遭遇的叙述，揭露社会矛盾，为受压迫者鸣不平，表现了作者同情人民疾苦的人道主义精神，具有明显的进步意义。如《捕蛇者说》通过永州之民争捕毒蛇以入官抵偿租税事实的叙述，揭露"赋敛之毒，有甚是蛇"的社会现实，深刻地批判了封建剥削的残酷性。文中蒋氏自述祖孙三代捕蛇的悲惨遭遇及其仍不愿放弃捕蛇恢复旧赋的情景，无限凄婉，令人不忍卒读。《童区寄传》反映了当时柳州地区抢掠儿童、贩卖人口，官吏"因以为己利"的恶习歪风，歌颂了儿童区寄机智勇敢、不畏强暴的反抗精神，字里行间流露出作者愤世嫉俗的思想感情。文章语言朴实精练，故事情节曲折生动，善于通过典型行动和人物语言的描写来表现人物的心理和性格特征，很有特色。其他如《宋清传》、《种树郭橐驼传》、《梓人传》等，艺术上各有独到之处。另外，《段太尉逸事状》是一篇真人真事的传记名篇，全文记述了段秀实的三件逸事：诛杀郭郗部下扰市害民的十七名无赖；卖掉自己惟一的坐骑代农民偿还旱岁之谷，并亲为被打伤的农民敷药哺食；不与地方军阀通贿，把叛逆朱泚送给他女婿的三百匹大绫，束之司农治事堂的大梁上。文中着力表现段秀实仁厚、刚正的性格，歌颂他不畏强暴、廉洁爱民、临财不苟的高尚品质与坚贞节操，描写生动，剪裁精当，无论记事记言，都曲尽其妙，文笔酷似司马迁。

柳宗元的寓言成就很高，在我国寓言文学史上占有突出地位。如《三戒》、《蝜蝂传》、《罴说》等，均为讽喻现实的名篇，矛头直指封建官僚、贪财上爬之徒。故事短小精悍，寓意深长、夸张而不失实，具有明确的针对性；形象生动，构思巧妙，幽默诙谐，耐人寻味，文学价值极高，千百年来广为流传，有的已成为生活中人们常用的成语，如“黔驴技穷”等。

柳宗元的山水游记是其散文中成就最高、影响最大的一类作品，在文学史上占有突出地位，作者在一首诗中说：“投迹山水地，放情歌《离骚》。”(《游南亭夜还叙志七十韵》)所以借描写山水形象来抒写自己的不幸遭遇和对黑暗现实的不满情绪，是柳宗元的游记散文的一大特点。如在《愚溪诗序》中说：“余以愚触罪，谪潇水上，爱是溪……故更之为愚溪。”又名丘为“愚丘”，泉为“愚泉”，沟为“愚沟”，池为“愚池”，堂为“愚堂”，岛为“愚岛”，亭为“愚亭”，实际上这些景物，“嘉木异石错置，皆山水之奇者”，并不愚；作者又说自己“颇以文墨自慰，漱涤万物，牢笼百态，而无所避之”，实为有才，只是由于“不合于俗”，才被贬谪。字里行间，渗透着对现实的不满和郁愤之情。

柳宗元的游记散文，以《永州八记》最为著名。这些作品文笔清新秀丽，富有诗情画意，善于将写景与抒情融合一体，观察精确细致，摹写生动简洁，艺术个性十分鲜明。如《钴鉧潭西小丘记》运用比拟手法，将小丘上的群石比作饮溪的牛马、登山的熊罴，肖貌传神，活灵活现；又将天色、水声、空灵的境界、幽静的气氛都赋以灵性，使其人格化，与作者耳目心神默契相会，情景融合，奇妙无比。又如《至小丘西小石潭记》，全文仅用193字，就记述了游览的全过程，把所闻、所见、所感都生动地展现在读者面前，状物生动，摹景真切。清澈的潭水，奇异的潭石，青翠的树蔓以及水中的游鱼，潭底的日影，无不跃然在目，使人如临其境，感受到它的幽静气氛，体会到一种高洁的意趣，真可谓妙笔传神，匠心独到。

综上所述，可知柳宗元的散文达到了很高的艺术境界。无论在当时及以后，皆有很大影响。韩愈说：“衡湘以南为进士者，皆以子厚为师。其经承子厚口讲指画为文词者，悉有法度可观。”(《柳子厚墓志铭》)清人刘熙载说：“昌黎之文如水，柳州之文如山，浩乎沛然，旷如奥如。二公殆各有会心。”(《艺概·文概》)柳宗元的散文，同韩愈的散文一样，都具有划时代的意义。

第五节 古文运动的衰落

古文在中唐时期兴盛数十年，到了晚唐，随着时代的变化，古文又开始衰落，骈文又恢复了文坛的统治地位，这种局面直到北宋中叶欧阳修、曾巩、王安石、三苏等人掀起了声势浩大的第二次古文运动高潮之后，才有了根本性的改变。

中唐以后，社会矛盾不仅没有缓和，而且更加尖锐，藩镇割据的局面已经形成，国家分裂无可挽回，而且爆发了大规模的农民起义。严酷的现实击破了士大夫们借宣传儒道来挽救国家的希望，对古文运动失去了信心。加之后起的古文家又缺乏韩、柳那种开阔的眼界和一往无前的气概，理论上片面发挥韩愈、皇甫湜的奇险说，把古文引导到狭小琐细的道路，成为少数隐者抒写生活情趣的工具，与社会现实拉开了距离，失去韩、柳古文内容深广的特点，因此，古文的衰落是不可避免的。这时虽然还有一些人如舒元舆、孙樵等仍在坚持古文创作的，亦不乏佳作出现，但终因寡不敌众，文坛的盟主地位无可奈何地让给骈文了；他们只不过是古文运动的殿军而已。晚唐时期最有价值的，是皮日休、陆龟蒙、罗隐等人所创作一批讽刺小品文，被鲁迅誉为“正是一塌糊涂的泥塘里的光彩和锋芒”（《小品文的危机》）。

皮日休工诗擅文，均受韩愈影响。他的散文多采用小品的形式，借古讽今，抒写愤慨，大胆抨击黑暗政治，揭露封建道德的虚伪性，文笔犀利，具有强烈的战斗性。如《原谤》先从民怨天毁尧说起作为陪衬，然后笔锋陡转，直指封建皇帝，最后点明全文主旨，认为人民憎恨暴君有理，恨到极点，甚至杀死他并诛灭其族也不算过分。这种思想情绪是农民起义前夕的阶级矛盾激烈的反映。其他如《读司马法》、《鹿门隐书》等文，都是托古讽今，十分尖锐。

皮日休作品今存有《皮子文薮》十卷。

陆龟蒙亦工诗擅文，与皮日休齐名，世称“皮陆”。他的散文尖锐泼辣，颇多愤世嫉俗之词；尤其是那些讽刺小品，或用譬喻、寓言，或借历史故事，托物寄讽，指桑骂槐，词锋机智，笔调冷隽，表现出很高的艺术技巧，达到了思想与艺术的高度统一。如《野庙碑》先从“碑”字说起，引出“悲”字作为通篇线索，构思奇妙。文中对贪官污吏尽极嘲讽之能事，嬉笑怒骂，淋漓尽致。《招野龙对》一文以寓言形式，通过野龙与二龙的对话，表现作者对依附权贵的小人的轻蔑与嘲讽，警告他们必然会落个可悲的下场。手法曲折，语言尖刻，具有很强的战斗力。

陆龟蒙的讽刺散文，大都收在《笠泽丛书》中。其作品除了四卷本的《笠泽丛书》外，尚有补遗一卷，《甫里先生集》十九卷行世。

罗隐善属文，诗风峻拔，名于天下。一生著述颇多，今多散佚不传，惟《两同书》、《谗书》及诗集《甲乙集》行世。今本《罗昭谏集》八卷，乃清人张瓒将其诗文杂著合编而成，已非原貌。

罗隐散文以“所以警当世而戒将来”(《谗书》重序)的讽刺小品成就最高，一般形式短小，语言明快，笔锋犀利，嬉笑怒骂，涉笔成趣。如《越妇言》取材于《汉书·朱买臣传》，借题发挥，托朱买臣妻之口，对那些热衷于功名利禄，却标榜什么“匡国致君”、“安民济物”的无耻之徒进行辛辣的讽刺，立意新颖，构思巧妙。其他如《辩害》、《英雄之言》、《说天鸡》等，也都是寓意深刻、形象生动、说理透彻、针砭有力的佳作，表现出强烈的批判精神，饱含着作者的人生体验和对不合理现实的愤慨之情。正如方回在《谗书》跋中所说：罗隐的小品是“愤懑不平之言，不遇于当世而无所以泄其怒之所作”。

总之，在晚唐古文衰落、骈文复起的环境中，小品文却以它那新颖的形式、深刻的思想、独特的风格，闪烁着艺术之光，为散文在文坛上坚守了一块阵地，在文学史上理应有它的地位。

第六节　古文运动的地位

唐代古文运动是我国散文发展史上的一个转折点。它继承和发扬了先秦两汉古文的优良传统，取得了战胜骈文长期统治的第一次胜利，开创了散文发展的新局面。这次运动不仅恢复了散文的历史地位，而且扩大了散文的实用范围，在传统的著书立说之外，还常用于日常生活中的写景抒情、托物言志等，产生了游记散文，提高寓言品位，对后世文学的发展影响巨大。

唐代古文运动中涌现出一大批有才华的散文作家，创作了大量优秀作品，成为后世作家学习的典范。其中尤以韩、柳散文最为突出，成为后世的文学革新的光辉榜样。

韩、柳等人的古文理论奠定了我国散文创作的理论基础，不仅在当时有广泛影响，而且对北宋诗文革新运动，以及明清之际的文学创作，都起到指导作用。

古文运动虽然在晚唐时期走过一段弯路，但在北宋中叶之后，再次复兴，之后一千多年，散文便成了文坛的主流。这个传统的建立，首功应该归于唐代古文运动。

第八章 唐传奇和变文

在漫长的历史时期中，我国的小说创作始终在"残丛小语"里徘徊，处于记述民间传说宗教神话及历史人物生活断片的较幼稚的阶段。直到唐代，才进入较成熟的时期，产生了传奇小说。所以鲁迅先生说："小说亦如诗，至唐代而一变，虽尚不离于搜奇记逸，然叙述宛转，文辞华艳，与六朝之粗陈梗概者较，演进之迹甚明，而尤显者乃在是时则有意为小说。"(《中国小说史略》)

称小说为传奇，始自晚唐裴铏小说集《传奇》一书，宋以后人遂以之概称唐人小说。

第一节 唐传奇兴起的原因

唐传奇的产生及勃兴有着多方面的因素。

首先，唐代社会生产力的发展，促进了商业经济的发达，城市经济的繁荣和市民阶层的兴起。新的社会关系所衍生的新的文化娱乐取向，催谷了传奇这种带有市民审美趣味的文体。

其次，唐代文人士子遣兴娱乐和呈才延誉双方面的需要，促进了唐传奇的勃兴。唐代文人士子，在科举考试前后，常常集中在京城及各大城市中活动，以扩大声名及交游。他们参加各种大小宴会，在这些游宴活动中，赋诗题咏固然是一种呈才遣兴的方式，但讲述新奇故事，并就这一故事赋诗撰文，在中唐也蔚为风气。因此，便有人将传奇集用来行卷，作为进身之阶，冀求被人赏识。正如南宋赵彦卫《云麓漫钞》所记："唐世举人，先藉当世显人以姓名达诸主司，然后投献所业，逾数日又投，谓之温卷。如《幽怪录》、《传奇》等皆是也。盖此等文备众体，可见史才、诗笔、议论。”这对传奇小说的创作无疑起到了推波助澜的作用。

第三，传统的文学成就及唐代文化的高度发达，为唐传奇的创作提供了丰厚的艺术营养。唐传奇一方面承继了魏晋南北朝志怪小说、轶事小说的创作经验，另一方面又打破了志怪的藩篱，吸取《史记》以来传记文学的艺术成就，并杂糅了赋体的某些特征，使本来只是粗陈梗概的小说，体制更为阔大，波澜更加曲折，人物性格更加鲜明，故事情节更加完整。而唐代变文、俗赋、话本、词文等通俗文学的盛行，以及高度发达的诗歌，中唐古文运动、新乐府运动，都直接或间接地影响到唐传奇的创作。正是在各种文学形式和创作观念的影响之下，致使唐传奇既有美妙的意境，又有细致的刻画，既有丰富的想象，又有如实的描绘，从而形成了诗歌与散文结合，抒情与叙事结合的独特风格。

第二节　唐传奇的发展

今存唐代传奇小说，数量不少，其中流传较广的有几十篇。这些作品大都收入宋初李昉等编集的《太平广记》里，他如《文苑英华》、《太平御览》、《全唐文》等总集类书中也收载了一些。

唐传奇的发展，大致可分三个时期：

一、初盛唐时期，这是传奇的发展初期。

初期的传奇创作，处于从形成到成熟的过程中，内容和六朝志怪小说相去不远。以人世故事为题材的作品极其罕见，尤其与盛期传奇创作形成明显对比的，是这一时期反映男女之情的题材占比重较小。艺术虽不够成熟，但已逐渐注意到形象的描绘与结构的完整。初期创作的传奇，传世的不多，现在能见到的只有王度的

《古镜记》、无名氏的《补江总白猿传》和张鷟的《游仙窟》。

《古镜记》是现存最早的初步具备了传奇主要特征的作品。作者王度，太原祁人，乃初唐诗人王绩之兄。《古镜记》记述了一面古镜降妖、伏兽、显灵、治病，以及反映阴阳变化的诸种灵异。就内容言，它所述仍是志怪，但故事性加强了；就结构言，全文始终以古镜为中心，以叙述者王度为线索，叙述中再穿插叙述，将许多独立的小故事组织成一篇作品，其结构之复杂和严谨远胜过以往小说；就人物形象言，也较志怪生动，其中某些妖精的形象已初具个性，接近人世，不再像志怪那样徒以怪诡取胜，文字也颇有文采。汪辟疆称它："上承六朝志怪之余风，下开有唐藻丽之新体。"（《唐人小说》）

《补江总白猿传》作者已不可考。故事说梁将欧阳纥携妻南征，途中其妻被猿妖所盗，欧阳纥经过一番历险，终于杀死白猿，救回娇妻。但纥妻时已有孕，不久产一子，貌似猿猴而聪悟绝人。后欧阳纥被杀，江总收养其子，长大后，果然工文善书，名重当世。就内容言，《白猿传》未脱命皆前定之类宿命论，但全文有波澜，有高潮，布局严谨，文字优美，艺术技巧较《古镜记》又前进一大步。

《游仙窟》作者张鷟。此文国内曾失传很久，直到清末，才有人自日本抄录，带回国内。故事自叙奉使河源，与神女邂逅，宴饮调笑，寻欢作乐的故事，再现了唐代文人纵酒狎妓的生活真实。作品虽然意境不高，文字轻佻，但文章不拘一格，融骈文、散文、诗歌及俚语俗谚为一体，不仅为六朝志怪所无，且后来续出的许多传奇亦不见。而且在写景、抒情、描摹物态上，都显得相当细腻生动。

二、中唐时期，这是传奇创作的盛期。

这一时期，是传奇创作的黄金时代，作者云兴，佳作霞蔚，奠定了唐传奇在后世与唐诗被并称为"一代之奇"的地位。此期的特点是：第一，反映现实的作品占据了主要地位，即使谈神说怪，也往往具有社会现实内容。第二，爱情题材的骤然勃兴。这一时期的传奇，一反初期爱情题材十分贫弱的状况，绝大多数作品都以爱情为题材，在这些作品中，作者所着重渲染的都是恋爱双方中女性的一方，使我国小说中初次涌现出一批形象生动、性格鲜明，以不同形式热烈追求自由恋爱的女子形象。第三，传奇作者进一步接触到对人物外貌、内心秘奥的刻画，写作技巧，表现能力大大提高。这一时期流传下来的作品很多，其中著名的有：沈既济的《任氏传》、《枕中记》，元稹的《莺莺传》，白行简的《李娃传》，蒋防的《霍小玉传》，李朝威的《柳毅传》，李公佐的《南柯太守传》，陈鸿的《长恨歌传》、《东城老父传》等等。

反映现实生活的作品有《枕中记》和《南柯太守传》。

《枕中记》写穷书生卢生在邯郸逆旅中，借道士吕翁的青瓷枕入睡，梦中经历了生平热烈追求的"出将入相"的辉煌，梦醒后，才发觉只不过蒸熟一顿黄粱饭的工夫，于是大彻大悟，万念俱息。

《南柯太守传》写淳于棼醉后入梦，被槐安国招为驸马，出任南柯太守，后因与檀罗国交战失败，公主又随之谢世，而被谗遣送出国。淳于棼醒后寻踪发掘，始知梦中之地乃蚁穴。从此深悟人生虚幻，栖心道门，不问世事。

两篇主题类似，都是借一个热衷功名的士人在梦中历经荣辱猝变的故事，抒发人生如梦的感慨，流露出世思想。但因作者以否定的态度，反映了士人们对功名利禄的热衷，再现了官场勾心斗角的黑幕，所以客观上具有一定的讽世意义。

以爱情为主题的作品，在唐传奇中成就最高。

《任氏传》和《柳毅传》，都是具有神怪色彩的爱情小说，但又充溢着人间社会的清新气息。《任氏传》，故事写贫穷落拓，托身于妻族韦崟的郑六得狐精任氏为外室。后韦崟得知任氏绝色，仗富贵去调戏，施以暴力而未逞。任氏的坚贞感动了韦崟，从此三人常不拘形迹，一起游玩。一年多后郑六携任氏往外县就一武职，途中任氏被猎犬咬死。以往志怪，作者多强调神怪性的一面，《任氏传》则着力刻画任氏“家本伶伦”的人性的一面。在以往的狐精故事中，狐精多以妖媚惑人的形象出现，任氏却是一个贞洁刚强、聪明机智、可敬可爱的狐精形象，与千年后《聊斋志异》中那些狐精形象相互辉映，开启了后世小说戏曲中常赋予妖精以美好形象的风气。《柳毅传》，故事写落第举人柳毅为备受夫家凌辱的龙女传书洞庭湖，使龙女在叔父钱塘君的救援下重返娘家，后经一番曲折后终于与柳毅结为夫妇。作者通过柳毅仗义送信、毅然拒婚等情节，突出地描写了他的刚强坚毅，与先前爱情传奇中那些荏弱懦怯的男主人公形成鲜明对比。作者对龙女虽着墨不多，却成功地刻画出一个追求自由恋爱的女子的生动形象。对钱塘君的描写，是这篇传奇中最精彩的部分，他敢于置天帝之命而不顾，掣断金锁玉柱去泾河救援侄女；他能无视伦理纲常，吞下泾河小龙为侄女另择佳婿。在这一明显具有叛逆者气质的理想人物身上，反映出作者反封建的思想倾向。

《霍小玉传》写一个追求真挚爱情的倡门女子霍小玉被情人李益遗弃终于饮恨而亡的悲剧。此文的结构颇具匠心，全文以霍小玉临终前与李益相会为悲剧冲突的高潮，在高潮前有层层烘托，高潮后有余波尾声，使故事波澜起伏，曲折有致。作品对人物的描写也层次井然，极为出色。霍小玉的痴情固然被描写得神情逼肖，李益的负心也被描写得合乎生活逻辑而生动逼真。故明人胡应麟曾推崇此文“尤为唐人最精彩动人之传奇”。

《李娃传》写某荥阳公子在赴京应举时爱上妓女李娃。在他耗尽囊赀后，鸨母设计甩掉了他，以至他沦为乞丐。后李娃毅然自赎其身，与之同居。在李娃的照料、督促下，荥阳生终于科举及第，并官至方面大员，李氏亦受封为汧国夫人。作者虚构了一个娼妓与所爱士人圆满结合并获得最高荣耀的带有浓厚浪漫色彩的喜剧性结局，以此来表达自己对倡优女子处境的同情和品格的赞美。这结局虽然有悖于生活真实，但其理想之大胆，也不失为一种对现实生活的挑战。

《莺莺传》写张生与同时寓居蒲州普救寺的崔莺莺相爱，在婢女红娘的帮助下莺莺终以身相许。后张生赴京应试，遂弃之别娶。作品通过崔莺莺对张生始而峻拒，继而委身，终于哀求的转变过程，成功地塑造了一个既矜持又多情的生动的妇女形象。即使着墨不多的红娘，也具有耐人寻味的生动性。但此文后半篇结构松散，末尾又为张生始乱终弃的行为辩解，在一定程度上损害了作品的艺术感染力。

以历史故事为题材的传奇，在这一时期成就不很高。如郭湜的《高力士传》、姚汝能的《安禄山事迹》等，多写统治阶级人物故事，并杂以神怪。值得一提的是陈鸿的《长恨歌传》和《东城老父传》，客观上反映了唐玄宗骄奢淫逸的生活实况，有一定的认识价值。

三、晚唐时期，这是唐传奇逐渐衰落的时期。

这一时期传奇创作的主要特点是：第一，传奇集的盛行。这种现象的产生，一方面是文人进一步重视传奇体裁，较长时间从事传奇创作，作品增多的自然发展结果，另一方面也与当时以传奇集行卷的风气日盛密切相关。其时著名的传奇集有牛僧儒《玄怪录》、李复言《续玄怪录》、牛肃《纪闻》、薛用弱《集异记》、袁郊《甘泽谣》、裴铏《传奇》、皇甫枚《三水小牍》等。第二，爱情题材的衰落和侠义题材的盛行。爱情题材的勃兴，曾是传奇盛期最基本的特色，但这一题材进入晚唐后便逐渐衰微。后期传奇，即使涉及男女之情，所强调的也常是人与神鬼妖精遇合的奇异。随着爱情题材的衰歇，新的题材开始萌生，其中最主要的便是侠义题材。侠义的雏形在盛期传奇中便已出现，如《霍小玉传》中的黄衫豪士，但真正身怀绝技、武艺超群神奇莫测的侠客形象，却始见于晚期传奇，如杜光庭《虬髯客传》、袁郊《红线传》、裴铏《聂隐娘》、《昆仑奴》等。这类题材，显然是在当时藩镇各养刺客的历史环境中产生的，随着晚唐社会矛盾的急剧激化，寄托着人们除暴安良、扭转乾坤幻想的仙侠、义士，反映着社会秩序崩溃的侠盗等都络绎参加进来，侠的形象不断丰富，不断演变，豪侠类题材便逐渐在传奇创作中蔚为大观。第三，神怪色彩日趋浓厚。晚唐鬼神故事沿着讽刺和说教两个方向发展，并逐渐轶出传奇的范围，或与志怪合流，或接近于讽刺小品文。另一些注重搜集帝王将相和名士才子轶事遗闻的作品，则失去了传奇的情趣和结构，走上了碑史别传的路子。这些异变，反映了传奇体制的分化瓦解，宣告了传奇创作的衰微没落。

第三节　唐传奇的地位和影响

唐传奇的产生，标志着中国小说的发展已逐渐趋于成熟。一方面，唐传奇比较全面地采用了史传文学的手法，把一个人前后完整的一段生活，甚至一生的经历都描绘下来，形象地表现出人物微妙的思想感情和性格特征。另一方面，它体制简短却有长篇小说的规模，其中大量出现的惊奇情节、丰富想象及生活细节的细致刻画，对后世戏曲小说创作都有很大的借鉴意义。同时，唐传奇还以简洁、准确、丰富、优美的语言，把古代散文的巨大表现力，发挥到淋漓尽致的地步。从此，小说正式形成了自己的规模和特点，成为一种独立的文学样式。而且出现了一批专门从事传奇创作的作家，促进了小说在艺术上的丰富和提高。

唐传奇对后代文学的影响很深，主要表现在戏曲、小说方面。

唐传奇的不少故事，敷演成后代戏曲的题材，如沈既济的《枕中记》演为元代马致远的《黄粱梦》，成为家喻户晓的故事。元稹的《莺莺传》演为董解元和王实甫的《西厢记》，成为我国古典戏曲中的名作。白行简的《李娃传》，则演为元代石君宝的《李亚仙诗酒曲江池》、明代薛近兖的《绣襦记》。李朝威的《柳毅传》演为元代尚仲贤的《柳毅传书》、李好古的《张生煮海》。蒋防的《霍小玉传》则分明是汤显祖《紫钗记》、《紫箫记》的基础。

唐传奇对后世小说的影响，更多地表现在小说题材的开拓和艺术手法的成熟上。如《任氏传》一反以往妖精惑人的观念，塑造了一个贞洁刚坚、聪明机智的狐精，显然是《聊斋志异》的先导。《莺莺传》、《霍小玉传》等以爱情为题材的传奇，开启了后世爱情小说的风气。《李娃传》的曲折情节，擅长细节描写、用对比手法烘托人物等技巧也广为后世小说作者所借鉴。

第四节 变文

变文是唐代的通俗文学之一，又简称为“变”。它指的是唐代的俗讲僧和民间艺人讲说故事的底本。因其发现于敦煌藏经洞，故又称敦煌变文。

变文的产生是为了宣讲佛经故事，所以它最早出现在寺院之中，由俗讲僧宣讲佛经中富有文学意味的故事。后来，为了吸引听众，使深奥的佛理经义通俗化，宣讲中也加入了一些非宗教的内容；而且，还出现了一些职业的民间艺人，以变文的形式讲唱历史故事、民间传说和现实题材。这样，变文就由宗教宣传的工具而演变成一种民间文艺。

这种文体的特点是有说有唱、韵散结合。散文和韵文的结合有两种方式：一种是以散文讲述故事，而以韵文重复歌唱所讲的内容，有助于加深听众的印象；另一种是用散文串起情节，而用韵文铺写故事，二者互相补充。变文的韵句一般用七言诗，间或杂有三言、五言、六言句式。变文在表现上较多地继承了辞赋家铺叙的手法，而文笔粗犷，以刚健清新见长。变文在讲唱时，还配有图画。这些图画和变文的内容相配合。部分敦煌变文写本还题有“平”、

“侧”、“断金调”等字，估计是指演唱时要用“平调”、“侧调”、“断金调”。这样，变文可视为音乐、图画和讲唱相互配合的一种民间文艺。可见，变文是一种向综合艺术过渡的文学形式。

变文的内容包括讲唱佛经故事和讲唱世俗故事两类。讲唱佛经故事的变文又有两种形式：一种是先引一段经文，然后边说边唱，敷衍铺陈。如《维摩诘经讲经文》，或称《维摩经变文》，就是把“佛告文殊师利，汝行诣维诘问疾”这十四个字的经文，进行艺术加工，扩展成三五千字的变文。情节曲折，绘声绘色，极富想象。另一种是直接讲唱佛经神变故事而不引经文，一般只依据佛经里的一个故事或一种经说，便恣意发挥。如《大目乾连冥间救母变文》、《降魔变文》。《降魔变文》写佛弟子舍利与外道六师斗法的场面，奇象异景，千变万化。舍利弗先后变成金刚、狮子和鸟王，战败六师幻化的宝山、水牛和毒龙。这种惊人的构思，奇妙的想象，惊心动魄的斗法场面，已开《西游记》、《封神演义》等神魔小说的先声。

讲唱世俗故事的变文，又可分为讲唱历史故事、民间传说和现实生活两类。前者如《伍子胥变文》、《王昭君变文》和《孟姜女变文》等。后者如《张义潮变文》、《张淮深变文》。前者对遭受邪恶势力迫害者给以深切的同情，对丑恶的社会现实和虚伪的人情世态给以揭露、谴责。后者歌颂抵御异族入侵的英雄，赞扬他们勇猛顽强的战斗精神。

变文对唐代传奇的创作具有一定的影响。唐初传奇《游仙窟》通篇以散文叙事，以韵语对话，这和变文散韵夹杂、唱白并用的形式基本一致。中唐是传奇的繁荣期，也是俗讲、转变、说话的昌盛期。此时，出现了更多散韵合体的传奇，如李朝威的《柳毅传》、元稹的《莺莺传》、陈鸿的《长恨歌传》等。这些作品明显受到变文的影响。另外，从唐传奇到宋、元以后的话本，那种长篇铺陈叙事的手法，也和变文相通。

变文的发现，填补了中国文学史上的一个空白，从变文中我们可以找到后世许多文学形式的源头。如后世的诸宫调、宝卷、鼓词、弹词等讲唱文学和杂剧、南戏等戏曲文学，都受到过变文的影响。同时，变文也为我们提供了后世许多文学题材的根据。如伍子胥、孟姜女、王昭君变文，后来均被改编成多种戏曲。

第九章　唐五代词

第一节　词的起源

词是“曲子词”的简称，是随着隋唐燕乐的兴盛而起的一种音乐文学。从音乐方面说曲和词本是一个事物不可分离的两个方面：曲指乐曲、曲调；词指歌词。清人刘熙载《艺概·词曲概》中说：“词，即曲之词；曲，即词之曲。”词是配合曲的文字。

词有许多调子，每调有一个名称，称作词调，又叫词牌，如[菩萨蛮]、[念奴娇]等。由于配合不同的乐曲歌唱，每调的句数、每句的字数，以及用韵的位置、字声的平仄，都有一定的格式。比之五七言诗，词最显著的特点是绝大多数词调的句子都长短不齐，因此又称为“长短句”。为了乐曲的反复吟唱，每调一般分为上下二阕，称为上阕、下阕，或上片、下片。也有不分阕的单调，如[十六字令]、[望江南]等小令；也有分作三片的，如[兰陵王]、[瑞龙吟]；分作四片的，如[莺啼序]。词的数量有多少人们至今还没有一致的认识，清代初期，万树作《词律》，计收词调 660 调，1180 余体。之后的《钦定词谱》共收词调 826 调，2306 体。从今天见到的唐宋词(包括敦煌词)的词调约有 1000 调左右。

词调不同，说明音乐形式不同。一定的词调反映了一定的声情。如[破阵子]激昂雄劲，辛弃疾曾用此调，人们称之为“壮词”；也有的词曲婉娇艳，如[剔银灯]，晏几道[鹧鸪天]曾用“[银灯]一曲太妖娆”加以形容。一般来讲，词的文情应与曲调的声情相合，才能相得益彰，格外动人。

从《诗经》开始，中国诗歌就建立了与音乐相结合的传统。唐宋词配合的音乐主要是燕乐。燕乐是隋唐时代的新乐。燕乐，亦称作宴乐，即宴享之乐，用于朝廷宴会，公私宴集及娱乐处所。隋唐燕乐的产生是以中国传统的清商乐、民间音乐为基础，融合了西域的胡乐以及道曲、佛曲等音乐形式而形成的。燕乐的乐器以琵琶为主，琵琶有28调，音律变化繁多，五七言诗体不容易与它配合，长短句的歌词就应运而生。《旧唐书·音乐志》："自开元以来，歌者杂用胡夷、里巷之曲。"所谓胡夷之曲即当时外国和边疆少数民族的乐曲，如[苏幕遮]、[菩萨蛮]等；所谓里巷之曲是当时民间流行的俚曲小调，如[渔歌子]、[望江南]等。

在词产生前，乐工、歌伎们常采用文人齐言体诗作歌辞。词产生、定型后，唐人以五七言近体诗入乐的情况仍普遍存在。这就是"声诗"，或称"歌诗"。为了使齐言的律诗绝句与参差的乐曲相适应，乐工、歌伎们便采用了和声、虚声、泛声等方法。沈括《梦溪笔谈》解释这种现象说："诗之外又有和声，则所谓曲。"朱熹也说："古乐府只是诗中间添却许多泛声。后来怕失了那泛声，逐一填个实字，遂成长短句。今曲子便是。"词调中像[浪淘沙]、[雨霖铃]、[抛毬乐]等原来都是七言绝句体，后来却演变为长短句的词调。

词由于要配合曲调歌唱，因此音乐性比较强，虽然今天它已不能合乐歌唱，读时仍容易琅琅上口；而词调的上下分阕，反复吟唱的形式，又比较适合于一些触景生情或今昔对比的抒情小诗的写作，这些又进一步形成了词调的特征，使它成为在五七言诗以外另辟蹊径的一种新诗体。

第二节　敦煌词与早期文人词

隋唐燕乐曲词大多创自民间。早期的民间词与其他形式的民间文学作品一样，大多数已湮没亡佚。幸有本世纪初发现的敦煌词，才使我们有条件认识早期民间词的风貌。

1900 年敦煌鸣沙山第 288 号石窟（藏经洞）被打开，沉埋千年之久的二万余卷珍贵文献遂重见天日。在敦煌文献中，有数百首词曲，其中的《云谣集杂曲子》其成书年代至少比《花间集》早 30 年左右，是我国第一部词的总集。

敦煌词在词史上有着不可替代的特殊价值。敦煌词为我们提供了词的初期民间状态，填补了词史发展的重要空白阶段。

敦煌词大多无写作年代，从作品内容加以考察，最早的作品约产生于盛唐时期，最晚的作品大概出于五代。敦煌词多无署名，除少数文人作品外，多为民间词。敦煌词作者众多，题材广泛。“有边客游子之呻吟，忠臣义士之壮语，隐君子之怡情悦志，少年学子之热望和失望，以及佛子之赞颂，医生之歌诀，莫不入调。”（王重民《敦煌曲子词集叙录》）敦煌词所反映的社会生活内容也相当广泛，举凡时政大事、生民疾苦、战争动乱、贫富不均乃至日常生活、闺房调笑等，它都有所描绘、有所反映。例如下面一首表现战争形势和爱国激情的[菩萨蛮]：

> 敦煌古往出神将，感得诸蕃（番，后同）遥钦仰。效节望龙庭，麟台早有名。　　只恨隔蕃部，情恳难申诉。早晚灭狼蕃，一齐拜圣颜。

敦煌词中有不少是由歌妓传唱的，词中真切地表达了她们内心的不平。如[望江南]：

> 莫扳我，扳我太心偏。我是曲江临池柳，者（这）人折去那

人扳，恩爱一时间。

词里那任人扳折的杨柳正是当时受尽侮辱的妓女们的确切比喻。又如[抛毬乐]：

珠泪纷纷湿绮罗，少年公子负恩多。当初姊姊分明道，莫把真心过与他。子细思量着，淡薄知闻解好么？

这首词不仅写出少年公子的负恩给她们带来的痛苦，写出这些共同处在受损害地位的姊妹们的互相同情和支持，还写出她们在痛定思痛时的认识提高。那是前此乐府民歌里所少见的。

从艺术上看，敦煌词的突出特点是体现了词体初期阶段的某些特征。感情真切，表现自然质朴，生活气息浓厚，想象丰富，比喻贴切，语言通俗生动。但也存在俚俗、轻薄、粗率的毛病。如[捣练子]：

堂前立，拜词（辞）娘，不角（觉）眼中泪千行。劝你耶（爷）娘小（少）怅望，为吃他官家重衣粮。

通首皆是“大白话”，且多“别字”和俚语。

另外，词体的不定型亦是一大特点。如有衬字、字数不定、平仄不拘、叶韵不定、咏题名等。例如同载于《云谣集》的几首[凤归云]，字数分别为81、84和78字，由此可见其词体型态之一斑。

盛唐、中唐时期，一些诗人开始尝试运用这种在民间流行的“曲子词”进行创作。虽然写词的诗人还是少数，却对后世产生了重要影响。

填词的诗人最著名的首推李白。李白的词据《尊前集》、《全唐诗·乐府》等典籍的载录约有18首。其中最为后人称道的是下面二首：

平林漠漠烟如织，寒山一带伤心碧。暝色入高楼，有人楼上愁。　　玉阶空伫立，宿鸟归飞急，何处是归程？长亭更短亭。

——[菩萨蛮]

箫声咽，秦娥梦断秦楼月。秦楼月，年年柳色，灞陵伤别。

乐游原上清秋节，咸阳古道音尘绝。音尘绝，西风残照，汉家陵阙。

——[忆秦娥]

这两首词一直享有很高的声誉，宋人黄昇称二词为“百代词曲之祖”(《花庵词选》)。自从明代胡应麟开始怀疑二词为伪作以后，对其作者问题聚讼至今。这二首词意兴高远，气象恢宏，艺术手法纯熟，与同时及中唐人的词作相比，风格有明显的差异。这正成为怀疑其伪作的主要理由。虽然对这二首词的争论还在继续，但其艺术价值之高，对后世影响之大则是公认的。

中唐前后，由于民间词的广泛流传，一部分比较接近下层社会的诗人开始了词的创作。张志和、韦应物是较早的作家。张志和的[渔歌子]五首，描绘水乡风光，在理想化的渔人生活中，寄托了自己爱自然、慕自由的情趣，与盛唐山水诗人的作品有其一致之处。如第一首：

西塞山前白鹭飞，桃花流水鳜鱼肥。青箬笠，绿蓑衣，斜风细雨不须归。

韦应物和戴叔伦的两首[调笑令]是最早的描写边塞景象的文人词。韦作是：

胡马，胡马，远放燕支山下；跑沙跑雪独嘶，东望西望路迷。迷路，迷路，边草无穷日暮。

戴作是：

边草，边草，边草尽来兵老。山南山北雪晴，千里万里月明。明月，明月，胡笳一声愁绝。

韦词里的胡马实际是一个远戍绝塞、无家可归的战士的象征。戴词更通过雪月交加的场景，衬托出久戍边疆的兵士的愁恨。这些作品又使我们联想起盛唐边塞诗人的作品，虽然情调上已没有那么悲壮。

就韵味的富有变化、声律要求的严格，以及句调的更为长短参差看，韦、戴二词继承了近体诗讲究声律的精神，而摆脱了近体诗句读整齐的形式，从而在更大程度上表现出词调的特点。

白居易、刘禹锡是中唐时期写词较多的作家。他们的词里有些描写爱情的作品，如白居易的[长相思]：

> 汴水流，泗水流，流到瓜洲古渡头，吴山点点愁。　思悠悠，恨悠悠，恨到归时方始休，月明人倚楼。

刘禹锡的[潇湘神]：

> 斑竹枝，斑竹枝，泪痕点点寄相思。楚客欲听瑶瑟怨，潇湘深夜月明时。

既流转如珠，又含意不尽，它表现了民间词调的特色，同时看得出这些优秀诗人的加工。又如白居易和刘禹锡的两首[忆江南]：

> 江南好，风景旧曾谙。日出江花红胜火，春来江水绿如蓝，能不忆江南？

> 春去也，多谢洛城人。弱柳从风疑举袂，丛兰裛露似沾巾，独坐亦含嚬。

则通过自然景物的烘托，直接袒露了诗人的襟怀，但离民间歌词的情调却远了。

盛、中唐时期的文人词在题材内容上没有民间词那样丰富，而以闲适、隐逸为多，在艺术形式上表现出向民歌学习的倾向，文人词进一步形成独特的风格，还有待于后来词家的探索。

第三节　温庭筠和花间派词人

《花间集》是五代后蜀人赵崇祚编的一部词总集。共十卷，选录晚唐、五代词人18家词作共500首。是最早的也是规模最大的唐五代文人词总集。后世词家奉《花间集》为词的鼻祖。如宋人陈振孙说:《花间集》为"近世倚声填词之祖"(《直斋书录解题》)。作词多以《花间》为宗,论词常以《花间》为准。花间词婉丽绮靡的风格,因此也就成了词的传统风格,对后世词的发展起了深远影响。通行本有李冰若《花间集评注》,华连圃《花间集注》和李一氓《花间集校》。

《花间集》所收的18家词人中,温庭筠、皇甫松为晚唐人,其余都是五代时人。在18人中,温庭筠为"《花间》鼻祖"(王士禛《花草蒙拾》),是开花间词风的人,其他词人都有意模拟、学习温词风格。温庭筠可视为花间派的代表。

温庭筠的诗明显受到齐梁绮艳诗风的影响。他不仅多作齐梁体乐府诗,还进一步将齐梁体用于新兴的燕乐曲辞。以齐梁体入词,成为温词的一个特色。

温庭筠的词成为"花间派"的典型代表,主要体现在以下几个方面:

首先是题材的艳情性。温词内容多写女子容貌、形态、服饰、情态及闺房情景。如其[菩萨蛮]14首全以女子为题材。其第一首:

> 小山重叠金明灭,鬓云欲度香腮雪;懒起画蛾眉,弄妆梳洗迟。　照花前后镜,花面交相映;新贴绣罗襦,双双金鹧鸪。

上片写思妇睡梦初醒,见枕屏而引动离情,因此懒画眉,迟梳洗;下片写思妇从鹧鸪成双兴起无限孤独之感。词中对女子的情感与心理活动的描摹极为细腻。词的风格上承南朝的宫体诗风,下开五代花间词人的风气。从敦煌词里的15首[菩萨蛮]看,题材相当广泛,可是在温庭筠以后,晚唐五代词人填这个调子的不少,风格上与温词一脉相传,离不了红香翠软,可见他影响的深远。

温庭筠的部分描写闺情的词，如[望江南]：

梳洗罢，独倚望江楼，过尽千帆皆不是，斜晖脉脉水悠悠，肠断白蘋洲。

又如[更漏子]：

玉炉香，红蜡泪，偏照画堂秋思。眉翠薄，鬓云残，夜长衾枕寒。　梧桐树，三更雨，不道离情正苦。一叶叶，一声声，空阶滴到明。

表现妇女的离愁别恨相当动人。由于温庭筠在仕途上屡遭挫折，对于那些不幸妇女的处境还有所同情，通过这些不幸妇女的描绘流露出了他怀才不遇的心情。他在词的意境的创造上又有特殊成就，因此这些词在过去时代曾赢得某些不幸妇女和怀才不遇的文人的爱好。

温词特点的第二个方面是在词的意境创造上。他善于选择富有特征的景物构成艺术境界，表现人物的情思。如"照花前后镜，花面交相映"是一个色彩鲜明的小镜头，它不仅衬托出人物的如花美貌，也暗示她的命薄如花。又如"斜晖脉脉水悠悠"的凄清景象，也暗示行人的悠悠不返，辜负了闺中人的脉脉多情。

语言的华美精练，工于雕琢是其第三个特点。温词中常用"金"、"钗"、"锦"、"绣"、"香"、"玉"、"翡翠"、"凤凰"之类的字眼，辞藻极为秾丽。他还非常讲究炼字、炼句，功力深湛。像"懒起画蛾眉"的"懒"字，一笔描出满怀怨情的睡美人。"弄妆梳洗迟"的"迟"字、"偏照画堂秋思"的"偏"字等，经过精心雕镂，达到了炉火纯青的地步。因语言的精练，所以温词有含蓄之长，有时也难免有晦涩之弊。

温庭筠在词史上有着重要的地位。首先他是第一个专力作词的文人。在他之前虽有刘禹锡、白居易等文人填词，但不过是偶尔染指，并不全力为之。至温庭筠始专力作词，至此，词这一韵文样式为文人们所广泛接受。其次，词在温庭筠之前，体式上，还是以五七言句式为主；格调上，还未完全脱去民歌风味。而温词所用大量词调，不仅句法参差错落，突破了五七言句法，而且音律颇严，有法度可循。从此以后，词调基本成熟定型。

《花间集》中所载其他17家词人，词的风格内容与温庭筠大体一致，后世因称为花间词人。花间词人对词体的认识，可从欧阳炯作的《花间集序》中得到了解：

杨柳大堤之句，乐府相传；芙蓉曲渚之篇，豪家自制。莫不争高门下，三千玳瑁之簪；竞富尊前，数十珊瑚之树。则有绮筵公子，绣幌佳人，递叶叶之花笺，文抽丽锦；举纤纤之玉指，拍按香檀。不无清绝之词，用助娇娆之态。自南朝之宫体，扇北里之娼风。何止言之不文，所谓秀而不实。

花间词人中，除了温庭筠、皇甫松、和凝、孙光宪外，14人都集中在西蜀。五代战乱之时，西蜀依恃山川的险固，受战祸较少。花间词人们偏安一隅，弦歌饮宴，纵情声色。他们奉温庭筠为鼻祖，作词题材也限于闺情离怨，花间樽前，风格绮靡、浓艳。又片面发展了温词雕琢字句的一面，而缺乏意境的创造。具体而言，花间词人中又颇有差异，其中也不乏有独特艺术品位者。

韦庄词与温庭筠齐名，并称"温韦"，同为花间派领袖。韦庄词在内容题材上与温庭筠有颇多相似之处，清人陈廷焯指出："端己词凄艳入骨髓，飞卿之流亚也。"(《云韶集》)如其描写艳情的《江城子》：

恩重娇多情易伤，漏更长，解鸳鸯。朱唇未动，先觉口脂香。缓揭绣衾抽皓腕，移凤枕，枕檀郎。

像此类作品在韦庄词中，仅占很少部分。从总体风格看，韦庄词虽多以男女情爱为题材，却表现出他的特点。首先，韦庄的情词写得情真意深，与其他花间词人写酒边樽前男欢女爱的取乐闲情相比，韦词中充满了个人生活的真切情感。如[女冠子]二首：

四月十七，正是去年今日。别君时。忍泪佯低面，含羞半敛眉。　　不知魂已断，空有梦相随。除却天边月，没人知。

昨夜夜半，枕上分明梦见，语多时。依旧桃花面，频低柳叶眉。　　半羞还半喜，欲去又依依。觉来知是梦，不胜悲。

这两首词通过别后梦中的一次相会，表现对前情的留恋和别后的凄凉。据宋杨湜《古今词话》载，说韦庄有一"宠人"，被王建"托以教内人为词，强庄夺去，庄追念悒怏。"以上两词，或许就是思念这位"宠人"所作。我们从词中正可体察作者的情真意切。

韦庄词的第二个特点是风格清疏。与温庭筠词的绮靡秾艳相比，韦词显得清丽疏淡。如[菩萨蛮]二首：

人人尽说江南好，游人只合江南老。春水碧于天，画船听雨眠。　　垆边人似月，皓腕凝霜雪。未老莫还乡，还乡须断肠。

劝君今夜须沉醉，尊前莫话明朝事。珍重主人心，酒深情亦深。　　须愁春漏短，莫诉金杯满。遇酒且呵呵，人生能几何。

没有雕缋满眼的辞藻，没有浮艳软靡的气息，直抒其情，清新自然。清人周济曾用比喻来形容温、韦词的不同特点："毛嫱、西施，天下美妇人也，严妆佳，淡妆亦佳。粗服乱头，不掩国色。飞卿，严妆也；端己，淡妆也。"（《介存斋论词杂著》）以浓妆艳抹比温词，以清丽疏淡比韦词还是较为贴切的。

韦庄词以疏淡清新的风格，在倚红偎翠的浮艳词占统治地位的风气下，自树一帜，并且开启了文人词摆脱"男子而作闺音"而自抒情怀的传统。其影响及于后世许多大家，如南唐冯延巳、李煜等，可说是花间词里的别调。

第四节　李煜和南唐词人

五代时期，与西蜀花间词人同时而稍晚，还有一批词人集中在当时南唐的首都金陵，这就是文学史家所称的南唐词人。重要作家有冯延巳、李璟和李煜，以李煜的成就为最高，影响也最大。

南唐在李昇统治时期曾经扩充国境到湖北、湖南和浙江的部分地区。金陵、扬州本来是长江下游最繁盛的都市，这时经济继续有所发展，中原人士有不少到这里来避乱，南唐的国君又都比较爱好文学，因此南唐的文化发展也比其他割据一方的国家强一些。陈世修在《阳春集序》中说：

> 金陵盛时，内外无事，朋僚亲旧或当宴集，多运藻思为乐府新词，俾歌者倚丝竹歌之，所以娱宾而遣兴也。

南唐词主要是在这种生活基础上产生的，它与欧阳炯在《花间集序》里所描写的并没有什么两样。然而南唐在中主李璟的后期就面临周、宋的威胁，国势日弱，终至委靡不振。这些没落小王朝的君臣，既不能励精图治，振作有为，即使还强欢作乐，苟且偷安，却不能不流露出他们绝望的心情，这就构成了南唐词的感伤基调。它和那些依恃山川的险固而流宕忘返的西蜀词的表现又稍有不同。

冯延巳(904～960)，一名延嗣，字正中，广陵(今江苏扬州)人。曾官至宰相。多才多艺，工诗词，尤以词著称于世。其词集名《阳春集》。南唐词人正处于花间温韦之词风转变的关键时期，冯延巳正是这个时期的代表人物。清代的冯煦说他"上翼二主，下启晏、欧，实正变之枢纽，短长之流别"(《唐五代词选叙》)，说明了冯延巳在词史上的地位。

冯延巳的词，内容虽多写男欢女爱、离别相思的情事，但与花

间词人的作品已大有不同。突出的特点是:冯词在抒写艳情的同时,体现了深沉的忧患意识。如其[采桑子]:

笙歌放散人归去,得宿江楼。月上云收,一半珠帘挂玉钩。　　起来点检经由地,处处新愁。凭仗东流,将取离心过橘洲。

词中表现了作者感怀时序变化,引发了人生无常的无限空虚之感。冯词虽取材艳情,注重的却是人的内心感情的开掘与抒发,而很少浮艳轻薄的描写,因此所表现出的感情极沉郁深厚,常给人身世感慨的联想。如其代表作[鹊踏枝]:

谁道闲情抛掷久?每到春来、惆怅还依旧。日日花前常病酒,不辞镜里朱颜瘦。　　河畔青芜堤上柳,为问新愁,何事年年有?独立小桥风满袖,平林新月人归后。

几日行云何处去?忘了归来,不道春将暮。百草千花寒食路,香车系在谁家树?　　泪眼倚楼频独语,双燕飞来,陌上相逢否?撩乱春愁如柳絮,悠悠梦里无寻处。

这些词跟花间词人不同的地方是逐渐摆脱了对于妇女的容貌、服饰的描绘,而着重抒写人物内心无可排遣的哀愁。作者把词中人的"闲情"、"春愁"写得这样缠绵悱恻,隐约流露出他对南唐没落王朝的关心和忧伤。王国维曾评价冯延巳的词说:"正中词虽不失五代风格,而堂庑特大,开北宋一代风气。"(《人间词话》)即是说冯词虽然在题材、内容上仍沿袭花间传统,但思想感情已深化为对人生、社会的感叹。

与其表达的思想情感相一致,冯词语言风格上也呈现出清丽、典雅的特点。如[南乡子]:

细雨湿流光,芳草年年与恨长。烟锁凤楼无限事。茫茫,鸾镜鸳衾两断肠。　　魂梦任悠扬,睡起杨花满绣床。薄幸不来门半掩,斜阳,负你残春泪几行。

以冯延巳为代表的南唐词风，上承花间，下启北宋，在词史上占有重要地位。冯词肇始的感伤情绪，成为南唐词的基调，抛却雕饰、堆砌，以清丽面貌出现，对李璟之扫除华艳、李煜之出色白描，均起向导作用。

李璟(916～961)，字伯玉、史称中主。李璟生性庸弱，政治上无甚作为，但富于文学才华，今存词不多，却有较高艺术价值。其代表作是两首[摊破浣溪沙]：

手卷真珠上玉钩，依前春恨锁重楼。风里落花谁是主？思悠悠。　青鸟不传云外信，丁香空结雨中愁。回首绿波三楚暮，接天流。

菡萏香销翠叶残，西风愁起绿波间。还与韶光共憔悴，不堪看。　细雨梦回鸡塞远，小楼吹彻玉笙寒。多少泪珠无限恨，倚阑干。

内容还是离愁别恨，但境界更阔大，感慨也更深沉了。据传，宋代王安石曾把后一首的“细雨梦回鸡塞远，小楼吹彻玉笙寒”两句视为小词之最佳者。清代王国维曾称赞后一首“菡萏”二句有“众芳芜秽，美人迟暮”之感。可见此词的艺术感染力。

李煜(937～978)，字重光，为南唐最后一位君主，史称李后主。他多才多艺、工书，善画，洞晓音律，诗、文俱佳，他的深广的艺术素养为词作的成功提供了基础。当李煜 961 年继中主即位时宋已代周建国，南唐形势更岌岌可危。他在对宋委曲求全中过了十几年苟且偷安的生活，还纵情声色，侈陈游宴。南唐为宋所灭后，他被俘到汴京，过了二年多的囚徒生活，终于在 978 年的七夕，被宋太宗派人毒死。

李煜的一生以降宋作囚为界，明显地分为前后二个时期，前后期生活的巨大变化影响了他的创作，使他前后期的词呈现出不同的风貌。

前期词主要是他宫廷生活的记录，或写宫中豪奢生活，或写他个人艳情风流。如[浣溪沙]：

红日已高三丈透，金炉次第添香兽，红锦地衣随步绉。佳人舞点金钗溜，酒恶时拈花蕊嗅，别殿遥闻箫鼓奏。

通宵达旦的歌舞，纸醉金迷的生活，衬托出亡国之君的昏庸。他的另一首[菩萨蛮]竟直写他与小周后的偷情：

花明月暗笼轻雾。今宵好向郎边去。刬袜步香阶，手提金缕鞋。　　画堂南畔见，一向偎人颤。奴为出来难，教郎恣意怜。

据马令《南唐书》记载：当大周后病重亡时，后主与大周后之妹小周后发生私情。这首词正是二人幽会的记录。下片语涉狎昵，与花间艳词相比，犹有过之。

在南唐内外危机深化的过程中，李煜逐渐也感觉到他无法摆脱的没落命运，因此在部分词中不觉流露出沉重的哀愁。如[清平乐]

别来春半，触目柔肠断。砌下落梅如雪乱，拂了一身还满。　　雁来音信无凭，路遥归梦难成。离恨恰如春草，更行更远还生。

这首词相传是亡国前不久的作品，虽然还是伤离念别的传统题材，但从“拂了一身还满”的落花和“更行更远还生”的春草里已可以感觉到他心情的沉重。

南唐的亡国使他丢掉了小皇帝的宝座，也使他的词创作产生了很大的变化。这段由南唐国主转变为囚徒的经历，使他不能不从醉生梦死的生活里清醒过来。面对残酷的现实，在词里倾泻他“日夕以眼泪洗面”的深哀巨痛，像下面这些词里所表现的：

四十年来家国，三千里地山河。凤阁龙楼连霄汉，玉树琼枝作烟萝。几曾识干戈？　一旦归为臣虏，沈腰潘鬓消磨。最是仓皇辞庙日，教坊犹奏别离歌，垂泪对宫娥。

——［破阵子］

帘外雨潺潺，春意阑珊。罗衾不耐五更寒。梦里不知身是客，一晌贪欢。　独自莫凭栏，无限江山。别时容易见时难。流水落花春去也，天上人间。

——［浪淘沙］

前一首记述了当年被俘北上时的情景，后一首表现自己囚徒生活的悲惨哀伤。后期的词中再无前期词中亵玩、享乐的意味，而交织着国破山河易主，被拘做阶下囚的社会、人生的沉痛感。

李煜词虽仅存三四十首，却赢得了“词中之帝”（王鹏运语）、“词中南面王”（沈谦语）的盛誉。这是与其艺术上的巨大成就分不开的。

李煜词艺术上的突出特点就是情真。后主词之所以在千载之下仍能令人叹赏不已，主要便在于他极纯真地表达了自己的所怀所感。王国维在《人间词话》中称后主词“不失其赤子之心”。后主词无论是前期或是后期，表达情感从不虚饰、率直纯真。也正是因为这种因素，使他的词与读者产生了深刻的沟通，在读者心中产生了共鸣。

其次，后主词境界阔大、意境深远是其获得较强艺术感染力的又一重要原因。如其著名的词作［虞美人］：

春花秋月何时了，往事知多少？小楼昨夜又东风，故国不堪回首月明中。　雕阑玉砌应犹在，只是朱颜改。问君能有几多愁，恰似一江春水向东流。

最后一句用一比喻，把愁恨表现到极致，同时喻体的壮阔景象使作者思想感情进一步升华。另外如“春花秋月何时了”，“四十年来家国，三千里地山河”，“自是人生长恨水长东”等名句都具有高度的概括力及表现力。

第三，与后主词情真的特点相联系，他善于用白描的手法抒写他的生活感受。后主词没有深奥的典故，没有晦涩的怪句，没有特殊的语法。如“小楼昨夜又东风，故国不堪回首月明中”，“梦里不知身是客，一晌贪欢”，“故国梦重归，觉来双泪垂”，“车如流水马如龙，花月正春风”等名句均不假雕琢，纯用白描的语言使读者感到特别亲切。清人周济曾对后主词作过很形象的评价，他说：“毛嫱、西施，天下美妇人也，严妆佳，淡妆亦佳，粗服乱头，不掩国色。飞卿，严妆也；端己，淡妆也；后主则粗服乱头矣。”(《介存斋论词杂著》)所谓“粗服乱头，不掩国色”，正是指后主词自然天成、不假雕饰的特点，愈是自然，愈是动人。

李煜词在词史上具有划时代的意义。《人间词话》说：“词至李后主而眼界始大，感慨遂深，变伶工之词而为士大夫之词。”《花间集》的作者固然都为文士，但其词作题材内容不出风月脂粉，其作用限于饮席应歌，乐筵按曲，仍不脱“伶工之词”的身份。李煜前期词亦未摆脱红香翠软，但入宋之后，却洗净宫体与倡风，以词写他的自身经历和生活实感，多家国之慨，把词引向言志抒怀的抒情诗方向，而成为“士大夫之词”。

白本松　王立群　孙克强　主编

简明中国文学史稿

（下册）

河南大学出版社

主　编　白本松　王立群　孙克强
副主编　张进德　杨国安　任　光
编　委　(以姓氏笔画为序)
王立群　白本松　任　光　孙克强　张　弛
张一木　张进德　杨国安　曹炳建

编写说明

一、为了满足普通高校教学和高教自学考试的需要，我们编著了这部教材。

二、本书依时代先后共分为九个部分（编），上册包括先秦文学、秦汉文学、魏晋南北朝文学、隋唐五代文学；下册包括宋辽金文学、元代文学、明代文学、清初至清中叶文学、近代文学。每个时代的文学，先于概述中介绍该时代文学发展的基本情况，之后再按文体分类叙述。为了突出重点，重要著作、大作家及重要流派，均设立专章或专节。叙述时力求作到知识性、理论性、系统性的有机结合；语言力求简洁明快、深入浅出。为了节省篇幅，作家生平介绍力求简要，作品评述尽量少引原文。重要作品可参阅我们编写的与本书为配套教材的《中国古代文学作品选简编》（全二册）。

三、本书的编写大纲由编委集体讨论商定，然后分头撰写初稿，最后由主编、副主编统阅定稿。撰写分工为：

孙克强　第五编概述（部分）、第二章、第四章、第六章

张进德　第六编概述、第一章、第三章、第四章、第五章、第六章，第七编概述、第一章、第二章、第四章、第五章、第六章、第七章、第八章，第八编概述、第一章、第二章、第三章第三、四节

杨国安　第五编概述（部分）、第一章、第三章、第五章、第七章

任　光　第六编第七章，第七编第九章，第八编第八章，第九

编第一章、第二章、第三章、第四章、第五章、第六章、第七章第一、二、三、四节

张一木　第六编第二章，第八编第三章第一、二节、第四章、第七章

曹炳建　第七编第三章，第八编第五章、第六章，第九编概述、第七章第五节

四、本书力求反映近年来学术界新的研究成果，于各家观点多有吸收，难以随文一一注明，谨附言于此，以志谢忱。

五、本书是在河南省自考委及河南大学有关领导的指导下编写的，在编定过程中得到河南大学出版社的大力支持，谨于此一并致谢。

六、由于我们水平所限，书中定存在许多错误、缺点，恳希专家、读者批评指正。

编委会

1995 年 7 月

目　录

第五编　宋辽金文学

第六编　元代文学

第七编　明代文学

第八编　清初至清中叶的文学

第九编　近代文学

第五编　宋辽金文学

概　述

公元960年，殿前都检点赵匡胤在开封东北的陈桥驿发动兵变，夺取了后周政权，建立了宋朝。此后经过太祖赵匡胤、太宗赵光义两朝君臣的努力，逐步扫清了南北方的一些割据政权，成为中国历史上又一个统一的封建王朝。

从北宋建国，到南宋覆亡，南北宋共计319年之久。在这300多年中，宋朝人民不仅创造了丰富的物质文明，而且创造了灿烂的精神文明。在文学上"唐宋"齐名，学术上"汉宋"并称，绘画上"宋元"并提，都少不了宋代，可见，两宋数百年在中国文化史上占有重要的地位。

宋初的统治者接受了晚唐五代以来"君弱臣强"的历史教训，采取了一系列加强中央集权的措施。在军事上，先是"杯酒释兵权"，之后又对军制进行了变革：设置枢密，掌管战时调动兵马的大权，但平时手中并不掌握军队；把强大的军队调作禁军，地方上只剩老弱，难以和中央对抗；实行更戍法，把京师驻军经常派往各地戍守，使兵将之间难以建立深厚的关系。这些措施虽有效地防止了藩镇割据、武将跋扈，形成了宋初“百年承平”的局面，有利于经济文化的发展，但也大大地削弱了军队的战斗力，所以在北方少数民族的武力威迫下，宋人始终挺不起腰杆来。和版图辽阔、武功显赫的汉、唐比起来，宋朝的开国气象相形见绌，显得软弱、局促，宋代文学中从没出现过汉代大赋那种铺张扬厉的气势和盛唐诗歌那种开阔恢宏的气象就与此有关。

由于军队的战斗力受到削弱，加上北宋王朝在军事配置上实行“守内虚外”的政策，边防空虚，辽、西夏、金、元等少数民族便乘虚而入，大举南侵。在外族入侵的强大军事压力下，宋代的统治者不是奋起抗击，而试图以割地赔款来平息干戈，对外政策也越来越卑逊，从“奉之如骄子”，进而“敬之如兄长”，直至最后“事之如君父”。但并非所有的人都甘心忍受屈辱，不少有志之士是力主抗战的，战与和的矛盾十分尖锐。由于民族矛盾日益激化，宋代文学中的忧国情绪也越来越沉痛激切，特别是“靖康之变”后，收复中原、洗雪国耻、抒发忧国之心和报国之情的作品成为一时文学的主调。陆游的诗、辛弃疾的词分别在诗词的领域里唱出了爱国主义的最强音。

为了笼络读书人，也为了使权力分散，宋代实行又宽又滥的科举制度，广开做官门路，形成一支庞大的官僚队伍。加上军费的开支和大量的对外赔款，“冗官冗费，官俸兵饷，入不敷出”，形成沉重的财政负担。统治阶级为了转嫁矛盾，加紧了对农民的勒索，农民负担沉重，“春秋生成一百倍，天下三分二分贫”（张咏《悯农》），阶级矛盾日渐激化。在这种情况下，一些正直、有良心的作家敢于正视现实，代受苦的农民立言，使宋代文学具有一定程度的现实主义精神。

到了北宋中叶，社会内部的各种矛盾、社会制度的种种弊端更加明显。为了缓和矛盾，拯救危机，实现富国强兵的理想，官僚阶层中的一些有识者试图对某些制度进行改革，如仁宗朝范仲淹主持的庆历新政，神宗时王安石的熙宁变法等。这些改革代表了中小地主阶级的利益，也给农民、手工业者带来了一定好处，但却遭到了保守势力的反对，革新和保守两种势力展开了激烈斗争。特别是围绕着王安石的新法，新旧党进行了旷日持久的党争，到后来恶性发展，愈演愈烈。北宋的诗文革新就是在这种历史背景下展开的。

北宋前期和平安定的内部环境，农业、手工业的发展，使北宋的商业有了雄厚的物质基础，出现了许多繁华的大都市，像汴京、成都、汉中等。宋金对峙时期，南方的杭州等地仍呈现着畸形的繁荣。发达的都市经济土壤，促成了宋词的迅速成熟。同时，为适合市井百姓文化娱乐的需要，城市中出现了众多的勾栏瓦子，为各种民间伎艺的发展提供了条件，说话、说唱、杂剧、院本等艺术形式深受欢迎，话本、诸宫调、戏曲等通俗文学因此取得了一定成绩。

此外，理学的兴盛、印刷业的发达也都对宋代文化和文学的发展有着深刻的影响。

随着封建文化的全面发展，宋代文学也取得了巨大的成就。诗文创作的数量远远超过了唐代，而且质量并不逊色，尽管宋诗已呈现出走下坡路的趋势。词这种音乐文学在宋代更是迅猛发展，由唐五代的初始、简单的形态达到鼎盛。小说、戏剧得到初步发展，酝酿着一个新的高潮。总之，宋代是古代文学繁荣的时代，也是包含着危机、孕育着变化的承前启后的时代。

经过漫长的发展和积累，中国的诗歌终于在唐代形成了一座雄伟壮丽的高峰。在这座高峰面前，宋人并没有知难而退，而是奋力开拓，认真钻研，终于走出了一条属于自己的道路，树立了自己的形象。严羽在《沧浪诗话》中把宋诗的特点概括为“以文字为诗，以才学为诗，以议论为诗”，这是十分中肯的评价。和唐诗相比，唐诗重神韵，宋诗重气骨；唐诗气象阔大，宋诗钻研甚深；唐人重形象，宋人好议论；唐人工比兴，宋人爱用典；唐人以热烈饱满的感情去感受生活，宋人则以冷静客观的态度去体察生活：总的说来，宋诗虽未能超出唐诗，但其成绩也不可低估。

宋词历来与唐诗、元曲并称，被誉为“一代之文学”，即宋代文学的代表。宋初的词直接继承五代南唐的风格，词调仍以小令为主，题材不出花间樽前、闺襜绣闱，风格婉约绮丽。然而由于北宋封建文化的高涨和文人政治地位的提高，在范仲淹、欧阳修等的部分作品中，即景抒怀言志，气象已自不同，到苏轼更矫首高歌，时见奇怀逸气，在婉约词家之外别立豪放一宗，开南宋张孝祥、辛弃疾爱国豪放词的先河。尤其是辛弃疾的作品，悲歌慷慨，志气昂扬，足以警顽起懦，激励人心，成为南宋词坛的高峰。

随着北宋初年社会的稳定，城市经济的发展，市井间竞逐新声，词调也随之产生变化，随着短调小令的逐渐定型，长调慢曲得到了进一步的发展。柳永采用教坊新腔和都邑新声，创作大量慢词，并在内容、情调、表现手法等方面迎合市民、歌妓、乐工的欣赏要求，在当时传唱最盛。同时也带来了词坛的变化。北宋中后期，周邦彦精通音律，创制慢曲，以其典雅工丽而又音节和谐的词作成为格律派的代表。南宋姜夔继承了周邦彦讲究格律的传统，而又引入江西诗派的瘦硬峭拔的风格，形成姜夔特有的“清空”、“骚雅”的特色。被称为婉约派之宗的李清照，论词强调“别是一家”，写词颇为“当行”“本色”，将词的声情之美与自己的真情实感完美地结合在一起，取得超越须眉的艺术成就。宋词在晚唐五代词的基础上，开拓题材，创新艺术，成为中国文学史上的又一个高峰。

宋代的散文作家们继承了韩柳古文运动的精神，使古文在和骈文的斗争中取得了最终的胜利，深刻地影响了后来散文史的发展方向。宋代散文本身也硕果累累，历来为人称道的“唐宋八大家”中，宋代就占了六家。宋代散文也讲“文道合一”，但这里的

“道”，既包括儒家的“道统”观念，又包含着关心现实的思想，因而宋代散文的现实性、政治性更强。宋人摒弃了韩愈及其后学“怪怪奇奇”的一面，发展了他“文从字顺”的一面，形成了平易自然、婉转流畅的风格，在表情达意上更为便利，因而也得到了后代更为广泛的模仿学习。

北宋城市经济的繁荣促使娱乐场所的发展，一些大都市里出现了群众游艺场性质的“瓦肆”或“瓦子”，经常演出说话、说唱、杂剧、院本等艺术，使两宋时期的话本小说、说唱诸宫调和戏曲，继承唐代通俗文学的发展，取得更为重要的成就。

与北宋王朝同时，东北地区还有由契丹族建立的辽国以及后来建国的金。辽与北宋对峙了 166 年，金与南宋对峙了 109 年。辽、金在与宋人的长期交往中逐渐接受了汉文化，其文学创作也颇有可观者。尤其是金元好问在我国文学史上享有盛誉。

第一章　北宋诗

第一节　宋初诗坛概况

五代时期，兵戈不息，斯文凋零。在这种战乱的环境中，五代的诗歌自然难以有所建树，不过沿袭唐人旧习而已。宋统一全国后，一时仓猝之间，这种局面仍未能扭转。宋初诗歌也以因袭模拟为主，但依其模拟的对象、方法不同，大致可分为三个流派，即白体、晚唐体和西昆体。

五代时就有一些人专学白居易的诗，宋初的白体诗实在是五代这些诗人的延续。《蔡宽夫诗话》中说："国初因袭五代之余，士大夫皆宗白乐天诗，故王黄州主盟一时。"明确地指出了白体的渊源所自。

白体诗在宋初流行了数十年，这一派的主要作者多是五代时的旧臣，如徐铉、徐锴、李昉等。他们的创作中，唱和应酬的诗占了很大分量，内容上多学白居易晚年流连光景、表现闲适情趣的诗。艺术表现上也以白居易为宗主，不用险韵、奇字，不雕琢，不苦炼，作风较为平易自然，但也时时流于浅淡无味。王禹偁是这一派中较为晚起的诗人，但却诗名最大，成就最高。

王禹偁(954～1000)，字元之，济州钜野(在今山东省)人。太平兴国八年(983)进士。曾在朝中任左司谏、知制诰。他遇事敢言，敢于臧否人物，因而在八年中曾三次遭贬。曾出知黄州，故世称王黄州。他是白体诗人的后起之秀，但他不像其他白体诗人，只学白居易流连光景、浅切平易的一面，而同时继承了杜甫、白居易关心民生疾苦的一面。他曾在一首诗中说："本与乐天为后进，敢期子美是前身。"这正是他高出侪辈之处。他在朝任职时写的《对雪》，在被贬商州时写的《感流亡》等作品，都表现了他对下层民众深切的关注和同情。《对雪》先写自己在寒雪天气中悠闲的生活，然后由己及人，想到在冬雪中运送粮草的民工和边塞上御敌的将士，想到他们此时的寒冷和苦楚，诗中最后写道：

> 深为苍生蠹，仍尸谏官位。蹇谔无一言，岂得为直士？褒贬无一词，岂得为良史？不耕一亩田，不持一只矢，多惭富人术，且乏安边议。空作对雪吟，勤勤谢知己。

这可以说是封建时代正直官吏的内心独白，其深刻、诚恳的反躬自责确实令人感动。

王禹偁还有大量写景抒情之作，这些诗大都写得平易自然，纡徐流丽，如《寒食》、《清明》等，《村行》更是一个很好的例子。这首诗写于商州被贬期间，作品以从容不迫、平易自然的笔调，描写了秋日傍晚山原间壮美瑰丽的景色，隐隐流露出被贬后的苦闷和忧伤。整首诗的语言、形象、意境、格调既不同于杜甫七律的法度森严，又不同于李商隐七律的密丽精工，而深得白居易近体诗的神髓；而其字句的整炼、风格的沉郁又非那些应酬唱和的白体作者可以望其项背。

到了太宗雍熙年间，晚唐体突然崛起，当时的主要诗人都不约而同地走上了这条道路。这一派的主要作家有魏野、潘阆、林逋、寇准、九僧等，多数是些隐士、僧人。

在创作上，这一派诗人以晚唐的贾岛、姚合为榜样，把主要精力放在五言律的写作上，内容仍以点缀描写景物为主，体裁和内容都很狭隘，缺少变化和波澜，给人以千篇一律之感。欧阳修在《六一诗话》中曾记载了这样一个故事：

> （九僧时）有进士许洞者，善为词章，俊逸之士也。因会诸

> 诗僧分题。出一纸，约曰："不得犯此一字。"其字乃山、水、风、云、竹、石、花、草、雪、霜、星、月、禽、鸟之类，于是诸僧皆阁笔。

九僧的诗是怎样一种格局，于此可知了。

这一派中影响较大的是林逋。林逋(967～1028)，字君复，钱塘(今浙江省杭州市)人。他是一个有名的隐士，结庐于西湖的孤山，梅妻鹤子，20 年足不入城市。他的诗风格清淡，意趣高远。《山园小梅》中"疏影横斜水清浅，暗香浮动月黄昏"是他很有名的句子，诗句通过烘托映衬的手法，在清幽的境界中刻画梅花的风姿神韵，形象丰满，形神兼备，深为后来欧阳修、黄庭坚所赞赏，姜夔更以暗香、疏影为名，自度咏梅之曲。

学白居易，学贾岛、姚合，晚唐五代即已有之；而奉李商隐为宗师，效法模拟，成为一时风气，则始自宋代的西昆体。从这个意义上讲，昆体才算是属于宋人自己的诗。

昆体兴盛于真宗朝，主要作家有杨亿、刘筠、钱惟演等人。景德二年(1005)，真宗命杨亿等人编纂一部名为《历代君臣事迹》的千卷巨著(即后来的《册府元龟》)，参加编写的人员都聚集在收藏古籍的秘阁中，彼此常互相唱和。后来杨亿把这些唱和的诗编订成集，根据古代典籍中昆仑山之西有玉山册府的记载，定名为《西昆酬唱集》，西昆体即由此得名。

昆体作者的目的是为应酬僚友，点缀优游的侍臣生活，由于这些作家的生活内容单调狭隘，写出来的作品也缺乏深广的生活内容和深厚浓烈的情感。自己的文官生活，古代的宫廷故事，是他们常写的题目，此外还有大量的写景咏物之作。

昆体是特定背景下的产物。宋兴 60 年来，天下太平，经济得到了发展，社会出现了繁荣气象。西昆诗人生活在这样的时代，社会的繁荣不知不觉影响到了他们的审美趣味。苏舜钦在《石曼卿集序》中说："祥符(真宗年号)中，民风豫而泰，操笔之士率以藻丽为胜。"可见，昆体的出现并非偶然；而杨、刘馆阁学士的身份，对他们的作风也有直接影响。于是，富丽精工的李商隐诗自然成了他们模仿的榜样。

昆体作家很注重从形式上模仿李商隐。李商隐好为近体诗，昆体作家也以写作律诗为主，《西昆酬唱集》中收诗247首，没有一首古体诗。李商隐以华丽著称，昆体作家更是变本加厉，诸如银烛、玉壶、仙署、丹台、粉闱、绛阙之类的字眼，充斥了《西昆酬唱集》，所以方回在《瀛奎律髓》中指出："凡昆体，必于一物之上，入金玉锦绣等字以实之。"李商隐爱用典，昆体作者在这方面也有过之而无不及，凡写一件事物，必要用有关的人名、年代、故事加以装饰，有些诗如杨亿《述怀感事》30韵及刘筠的和作，都是较长的排律，仍句句用事，尤费苦心。此外，李商隐对偶的工整也是昆体作家极为推崇并竭力模仿的。然而，昆体作家学的只是义山诗的躯壳，至于义山诗的深情绵邈、哀感真挚，就不那么投合他们的脾胃了。

昆体的弊病是明显的，缺乏真实情感的熔铸，又太堆砌，太雕琢。张表臣《珊瑚钩诗话》中说："西昆体非不佳也，而弄斤操斧太甚，所谓七日而混沌死也。"正说到了昆体的痛处。然而，由于杨、刘的作风适合了一时的审美情趣，加上他们馆阁学者的身份，西昆体却风靡一时，后进学者争相效仿，"杨刘文彩，耸动天下"（《六一诗话》），在宋代前期诗坛上产生了深远的影响，余风及于仁宗朝的晏殊和二宋等人。

第二节　欧阳修和梅尧臣、苏舜钦

西昆体虽风靡一时，但终于招致了来自朝野的批评和攻讦。宋代推行文治，统治者希望文学能为宣传儒家的伦理等级思想、加强中央集权服务，而宋代的"士人政治"也增加了知识分子的责任感，他们以明道致用为己任，故而宋代前期的文化思想中，功利主义的精神曾一度占了主导。唯美主义的西昆体与此种文化精神格格不入，遭受攻击是很自然的。真宗在大中祥符二年(1009)曾下诏力黜浮华，后来石介的《怪说》更对昆体进行了激烈的抨击。但彻底扫荡西昆残余，建立自具特色的宋人的诗，却是欧阳修及其同伴们完成的事业。

欧阳修(1007～1072)，字永叔，号醉翁，晚号六一居士，庐陵(今江西省吉安)人。他4岁丧父，自幼孤贫，母亲郑氏用荻杆在沙地上教他识字。仁宗天圣八年(1030)进士及第，从此步入仕途。早年的欧阳修在政治上充满了奋发有为的精神，在范仲淹实行"庆历新政"时，坚定地站在改革派方面，并因此被贬为滁州知州。到了晚年，他历任枢密副使、参知政事等职，社会地位的提高，使他在政治上渐趋保守，在王安石变法的时候，成了反对新法的旧派人物。

欧阳修是中国文化学术史上开一代风气的人物，也是北宋中叶的文坛盟主，苏轼曾把他称为"今之韩愈"，这是毫不夸张的。他在诗、词、散文、史传文学、文学批评等方面，都有很高的成就，在宋代诗风的转移中，也起着十分重要的作用。叶梦得《石林诗话》中说："欧阳文忠公诗，始矫昆体，专以气格为主，故言多平易疏畅。"正确地指出了欧阳修对宋代诗风转变所起的关键作用。

欧阳修的诗歌贯彻了他一贯的文学思想，表现出关心社会民生、关心时代政治的精神。他的《食糟民》、《南獠》、《边户》等都是现实性很强的作品。在《食糟民》一诗中，他把官吏们"日饮官酒诚可乐"的生活和百姓"釜无糜粥度冬春"的困境加以对比，官吏们把农民辛勤耕作生产出的粮食征去酿酒，使农民只好到官府中买酒糟充饥，官吏们不仅不感到愧疚，反而把卖给农民酒糟看作自己的恩德，对此作者感到十分不安和痛心。

欧阳修还有大量抒写个人生活情绪、亲朋酬和应答的诗。这类作品平淡的比较多，但也有一些诗，如《晚泊岳阳》、《黄溪夜泊》、《戏答元珍》等，能够用平淡秀丽的诗句，抒发亲切动人的生活感受。一些写景抒情的诗句，往往能创造出出人意外的新颖意境。“春风疑不到天涯，二月山城未见花”（《戏答元珍》），“雪消门外千山绿，花发江边二月晴”（《春日西湖寄谢法曹歌》）等，都是如此。

欧阳修曾暗以韩愈自比，而以石延年比卢仝，苏舜钦比张籍，梅尧臣比孟郊。就诗风而言，这些类比未必妥当，但也可见，他们这些人是以韩孟一派自期，对当日浮华的诗坛，力图做出些摧陷廓清之功的。欧阳修对韩愈推崇备至，他在《六一诗话》中曾说：“退之笔力无施不可……然其资谈笑，助谐谑，叙人情，状物态，一寓于诗，而曲尽其妙。”他自己的诗走的也是韩愈一路，古体诗尤其如此，他的《凌溪大石》、《石篆》、《紫石砚歌》等显然是模仿韩愈的，但这是特例。一般地说，欧阳修的古体诗以气运笔，也吸收了韩诗的散文化、议论化，却力避韩诗的险怪和生僻，显得平易而流畅。近体诗则摆脱昆体雕琢堆砌之病，清新自然，富于情韵。他和梅尧臣、苏舜钦一起，开拓了宋诗的新路子。

梅尧臣（1002～1060），字圣俞，宣城（在今安徽省）人。苏舜钦（1008～1048），字子美，开封人，祖籍梓州铜山（今四川省中江县）。两个人的遭际都较为坎坷不幸。梅尧臣潦倒一生，长期做县令、主簿之类的小官。苏舜钦进士及第后，曾任大理评事、集贤校理等职，后因政治上同革新派接近，庆历新政失败后，被借故诬陷削职为民，隐居苏州沧浪亭。

梅、苏二人是欧阳修关系亲密的诗友，他们对诗坛上浮华空虚的习气深为不满。梅尧臣就曾指责当时的诗坛：“尔来道颇丧，有作皆言空，烟云写形象，葩卉咏青红。”（《答韩三子华、韩五持国、韩六玉汝见赠述诗》）主张诗歌应该向《诗经》、《楚辞》学习，要“因事有所激，因物兴以通”，“不独识鸟兽，而为文字工”。梅尧臣自己的诗正是对这种主张的实践。同时，他对下层民众的痛苦有着较为深切的体会，有不少揭露官吏剥削，同情农民处境的作品。如《汝坟贫女》、《田家语》等，都表现了在赋税、徭役压迫下农民的悲苦处境；《小村》、《岸贫》则以白描的手法写出了农民破产、农村凋敝的情景。《陶者》这样写道："陶尽门前土，屋上无片瓦。十指不沾泥，鳞鳞居大厦。"只有短短20个字，却形象而冷峻地概括了尖锐的阶级对立。

苏舜钦的创作中也颇多感时伤事之作，如他的《城南感怀呈永叔》，描写了严重的自然灾害下饿殍遍地的情景："十有八九死，当路横其尸。犬彘咋其骨，乌鸢食其皮。"并用对比的手法，斥责了达官贵人们的空谈误国。《吴越大旱》、《己卯冬大寒有感》等，都痛斥麻木昏聩的官僚，而对天灾人祸下苦难的民众深致同情。《庆州败》写宋军在和西夏的战斗中丧师辱国的行径，在对主帅无能、将士怯弱的描写中，流露着一个爱国志士心中的激愤之情。和梅尧臣含蓄深沉的作风不同，在这类诗中，苏舜钦的感情是激烈而外露的，更加直截痛快，慷慨激昂。

当然，在梅、苏的集子里，写景抒情的作品也很多。即使这些诗作，二人的风格也是迥然不同的。对这两位诗友的创作，欧阳修曾有过精当的评论："圣俞、子美齐名一时，而二家诗体特异：子美笔力豪隽，以超迈横绝为奇；圣俞覃思精微，以深远闲淡为意。各极其长，虽善论者不能优劣也。"（《六一诗话》）就他们对宋诗的影响而言，梅尧臣在平淡中时见新颖工巧之句，苏舜钦在豪健中颇有议论风发之气，宋诗的风貌也已呈露。叶燮说："开宋诗一代之面目者，始于梅尧臣、苏舜钦二人。"（《原诗·外篇》）这话自有其一定的道理。

第三节　王安石和苏轼

欧、梅、苏诸家之诗，扫清了宋初诗坛一味模拟因袭、华而不实的习气，在继承前人的基础上，为宋诗拓开了新路。在这条路上继续前行，使宋诗的面目更加鲜明和富于个性的，是王安石和苏轼。

王安石(1021～1086)，字介甫，号半山。曾封荆国公，故世称王荆公。卒谥文，又称王文公。抚州临川(在今江西省)人。22岁中进士，历任地方官，颇显矫世变俗之志。神宗即位后，锐意改革，于是命王安石参知政事，后又任为同中书门下平章事，主持变法。王安石充分显示了一个政治家的胆略和气魄，毅然推行了青苗、农田水利、免役、市易、保甲等新法，试图通过理财和整军，实现国家的富强。由于新法触动了大官僚、大地主的既得利益，王安石受到了以司马光为首的守旧派的激烈反对，被迫两次辞职。晚年退居江宁，神宗去世后，司马光执政，尽废新法，王安石忧愤而卒。

王安石是一个政治家，他常常用政治功利的眼光来看待文学。他极为推重杜甫、韩愈和欧阳修，而对天才横溢的李白颇有微辞，是因为他“诗词十句九句言女人酒耳”(《冷斋夜话》卷五)。从这种文学观念出发，王安石早年创作了大量的政治诗。这些诗涉及了广泛的生活面，提出了许多尖锐的社会问题，表现了他对人民的深切同情和对国事的关注。他的《河北民》描写了和辽、西夏邻近的边民的悲惨处境，也流露出对宋王朝对外政策的不满。诗的最后写道:“汝生不及贞观中，斗粟数钱无兵戎。”愤激的语言中透露着自己的政治理想，表达了变法的强烈愿望。此外，如《收盐》写官逼民反的现实，《叹息行》对遭镇压的反抗者表现了同情，都显示出一个政治家认识的深刻。而《阴山画虎图》和《白沟行》则对宋王朝在外族武力威逼下的麻木不仁深表不满。

王安石还有不少咏史怀古的作品，诗人常通过对历史人物功过得失的评价，表现出自己的政治见解和政治抱负。这类作品中，往往有新颖独特的看法，显示了诗人独特的个性和超群的识见。"今人未可非商鞅，商鞅能令政必行"（《商鞅》），对商鞅的变法进行了大胆的肯定；"一时谋议略实行，谁道君王薄贾生"（《贾生》），则表现了一种坚持变法、不计个人得失的宽阔胸怀。但咏史诗中的不少作品和他直陈时事的政治诗一样，缺乏艺术上的感染力。相对说来，倒是他的《明妃曲》二首，刻画细致，感情真挚，凄恻动人，含蓄优美，具有较高的审美价值，因而给人的感受更深。这两首诗在当时就广为传诵，欧阳修、司马光、刘敞、曾巩等人都有和作。

王安石罢相退隐后，流连山水，咏诗学佛，生活环境和个人情趣的变化，自然地影响到他的诗歌创作。大量的山水诗和禅理诗取代了早期的政治诗，不少描写山水的名篇成功地表现了大自然的美，这些诗常用律绝的形式写成，艺术上更加成熟了。宋代最有权威的苏轼、黄庭坚、杨万里、严羽等都对他这些写景的小诗赞不绝口，《宾退录》里甚至说他的诗"归蒋山后乃造精绝，比少作如天渊相绝矣"。像他的《书湖阴先生壁》、《泊船瓜洲》、《北山》、《江上》等，都是情景妙绝的好诗。

> 茅檐常扫净无苔，花木成畦手自栽。一水护田将绿绕，两山排闼送青来。
>
> ——《书湖阴先生壁》二首之一

> 京口瓜洲一水间，钟山只隔数重山。春风又绿江南岸，明月何时照我还。
>
> ——《泊船瓜洲》

这些优美的小诗观察细致，修辞巧妙，意境清新，含蓄别致，成为后来一些人模仿的榜样。

总的来说，王安石的近体诗俊逸而又平易近人。而古体诗受韩愈影响很深，爱在诗中发议论，喜欢用散文化的句法，造硬语，押险韵。王安石无书不读，学问渊博，诗中很讲究用典，有时他的诗便成了搬弄典故的游戏，测验学问的考题，这一点和后来的江西诗派倒是很有些相似。

和王安石差不多同时，而更能代表宋诗特色的诗人是苏轼。他是继欧阳修之后的又一个文坛领袖，在诗、词、文、赋、书法、绘画等方面都有很高的造诣，以他无施不可、汪洋恣肆的雄富才情把宋代文学推向了高峰。宋代前期就开始的诗文革新，到他这里终于结出了丰硕的果实，而且，他也深刻地影响了北宋后期的文坛。他的出现，不仅说明了我国民族文化传统的博大精深，也标志着孕育他的北宋社会文化所达到的新高度。

苏轼(1037～1101)，字子瞻，号东坡居士，四川眉山人。他一生经历了仁宗、英宗、神宗、哲宗、徽宗五朝，主要在11世纪的下半期。这是北宋承平繁荣的时期，又是社会危机日渐严重的时期，反映在政治上，便形成了新旧党激烈而持久的党争，苏轼的一生就是在党争的漩涡里度过的。

苏轼自幼天资聪颖，7岁知书，10岁能文，20岁时文章即已“纵横无不如意”。嘉祐二年(1057)与胞弟苏辙同榜中进士，传为美谈。嘉祐六年(1061)又中制科，从此踏上仕途。苏轼对当时的社会危机是有所认识的，他应试时写的一些策论里，就提出了一系列的改革措施。但他主张“渐变”，反对“骤变”；强调“任人”，而反对轻易变法。所以当熙宁年间，王安石开始变法时，苏轼便站在守旧派的立场上，不断地上疏反对新法。由于和王安石政见不合，他请求到地方上去任职，做过杭州通判，密州、徐州的知州。在任地方官时，他目睹新法实际推行中产生的一些弊端，写了不少讽刺新法的诗歌，因此招致了新党中某些人的打击。元丰二年(1079)七月，他刚调任湖州不久，便遭弹劾被捕入狱，这就是有名的“乌台诗案”。审讯到十月初才结束，结果20多人受到牵连，苏轼被贬为黄州团练副使。

元丰八年(1085)三月，神宗去世，哲宋即位，太皇太后高氏临朝，旧党控制了政权。苏轼被调入京城，官职屡屡升迁。苏轼虽属旧党，但对司马光“专欲变熙宁之法”的做法十分不满，曾和司马光当面争论。他在元祐初年的政治主张，不仅得罪了新党，也得罪了旧党，旧党中的一些人甚至要以他为王安石第二了。在这种情形下，苏轼多次请求外任，频繁地出朝入朝。元祐八年(1093)，太皇太后去世，哲宗亲政，旧党再度受到贬斥，苏轼首当其冲，先贬英州知州，还未到英州，又被贬往惠州。绍圣四年(1097)四月，新党加重对元祐党人的处罚，62 岁的苏轼竟被远贬至海南岛，直到徽宗继位才遇赦北归，不久卒于常州。

苏轼的思想在中国古代文人中是极具代表性的，他融合儒、释、道三家智慧，形成了自己触处生春、无施不可的人生态度。他热爱生活，执着人生；又超然物外，不累于物。他对待人生是严肃的、认真的，有时又游戏人间，玩世不恭。在仕途顺利时，他能够积极进取，有所作为；遭受打击时，又善于自我解脱，决不一味地悲苦抑郁，而始终保持着一种平静、开朗、乐观的心境。宋代有人称他为“坡仙”，这是很能概括他的心理状态的。苏轼诗文词的大量创作，不仅多方面地反映了当时的社会生活，更是他丰富深刻又活泼生动的思想与人格的体现。

苏诗保存到现在的有 2700 多首。他的诗有着极丰富的社会人生体验作基础，与词和散文相比，表现的天地更加广阔。他的有些作品揭露、批判了帝王、贵族、官僚们的贪婪残暴和巧取豪夺，如《荔枝叹》就对从古到今那些“争新买宠”的权贵进行了激烈的抨击，《许州西湖》指斥地方官僚们不顾连年灾荒，为了春游发动民工开湖的恶劣行径等。他也有不少反映民生疾苦的作品，不过，这些诗往往和他反对新法的政治态度有关。像《山村五绝》，就采用了讽刺的手法，写出了盐法、青苗法等在实际推行中产生的弊端。

《吴中田妇叹》则借农妇之口，以形象的描写，反映了新法实施后钱荒米贱给农民带来的灾难。

这类诗从数量上到质量上，并不足以代表苏诗的基本风貌。苏诗中数量最多、影响最大的是那些抒发个人情怀、歌咏自然景物的诗。苏轼的抒情诗中佳作颇多，这些诗或写对乡土的怀念，或写对亲友的情谊，或写日常生活中的细微感受，往往交织着对宦海浮沉的厌倦，对人生哲理的思考，也常表现着他对人生的执着、对生活的热爱，流露着他置荣辱穷通于度外的旷达洒脱的乐观主义态度，展示了他真实、丰富而活泼的个性。他善于在平常的生活中，细致深刻地感受一些亲切动人的东西，并加以艺术的表现。如他的《和子由渑池怀旧》：

> 人生到处何所似？恰似飞鸿踏雪泥。泥上偶然留指爪，鸿飞哪复计东西？老僧已死成新塔，坏壁无由见旧题。往日崎岖还记否？路长人困蹇驴嘶。

在对往日一段生活情景的追忆中，诗人敏感地体味到一种梦幻般虚无缥缈的惆怅，对人生奥秘的沉思和由此产生的细微的情绪变化交织在一起，既温暖又凄黯，意境浑融圆美，“雪泥鸿爪”便成了形容人生的妙喻之一。而《食荔枝》、《纵笔》等等，则表现了苏轼超脱旷达的另一面：

> 白发萧散满霜风，小阁藤床寄病容。报道先生春睡美，道人轻打五更钟。
>
> ——《纵笔》

远贬蛮荒之地，小阁藤床，老病交加，这是多么悲凉凄苦的境况，而他依旧是高卧横眠，坦然面对生活的磨难。在他被贬往海南后写作的大量诗歌中，都贯穿着这种超然自得的情趣，“精深华妙，不见老人衰惫之气”（苏辙《追和陶渊明诗引》）。

苏轼的写景诗格调与抒情诗又有不同，大多笔意爽健，格调流畅，很富于美感，洋溢着他对自然、对生活的热爱。一些写景的小诗如《六月二十七日望湖楼醉书》、《饮湖上初晴后雨》、《惠崇春江晚景》等等，都鲜明生动、活泼有趣。篇幅长一些的写景诗如《新城道中》、《题宝鸡县斯飞阁》等，则在奔放的格调中运入丰富的想象，时有新颖工巧的美妙意境。

治宋诗者，往往“苏黄”并称，苏轼和黄庭坚是最能代表宋诗特色和成就的两位诗人。

苏轼以旷绝一世之才，写诗和作文一样，如“万斛泉源，不择地而出”，一方面如行云流水一样奔放流走，另一方面又“从心所欲，不逾矩”，形成了他自然旷放、挥洒自如的艺术风格。读他的诗既可以获得淋漓酣畅的美感，也可以感受到作者写作时左右逢源、得心应手的快感。当然，形式的不同，心境的变化，使他的诗风也呈现出不同的姿态。他的长篇古诗往往“放笔快意，一泻千里”（《瓯北诗话》卷五），显得极为奔放豪迈，近体诗则显得圆美流动。晚年在海南写作的一些诗，则颇受陶、柳诸家的影响。

能够以天才的联想和想象，新颖多姿的比喻，把寻常的景物写得精警动人，在寻常的意思里横出奇趣，这是苏轼的大本事。他写金山寺晚间的江天奇景，忽而联想到这是“江山如此不归山，江神见怪警我顽”，赏花时岁月逝去的嗟叹在他的笔下是“人老簪花不自羞，花应羞上老人头”，奇妙的联想把平常的意思表现得深刻而新奇。他的比喻以丰富、贴切、新鲜见长，郊野初晴的景象是“岭上晴云披絮帽，树上初日挂铜钲”，夜间的明月被他写成是“谁为天公洗眸子，应费明河千斛水”。在他的诗中还常见到“博喻”的手法，如《百步洪》写水波奔泻：“有如兔走鹰隼落，骏马下注千丈坡，断弦离柱箭脱手，飞电过隙珠翻荷。”四句诗七种形象，错综利落，反复为喻，形神兼备地描绘出水流奔腾而下的气势，也表现着作者汪洋恣肆的才情。

宋诗“以文字为诗，以才学为诗，以议论为诗”的特点，在苏诗中已表现得十分明显。赵翼在《瓯北诗话》中说：“以文为诗，自昌黎始，至东坡益大放厥词，别开生面，成一代之伟观。”苏诗中劲健的气格和笔意，变化曲折的结构都得益于以文为诗，议论成分的加重对他抒写的自由、格调的流畅也有帮助。“以才学为诗”的主要表现是用典，苏轼曾批评孟浩然“韵高而才短，如造内法酒手而无材料”(《后山诗话》)，他自己也很喜欢在诗中排比典故，有时难免有逞才使气的毛病，造成一些消极的影响。

第四节　黄庭坚与江西诗派

苏轼的创作对北宋后期文坛产生了深刻影响，黄庭坚、秦观、张耒、晁无咎就是出自苏轼门下的著名作家，被称为“苏门四学士”。黄庭坚虽兼擅词与书法的盛名，而主要成绩在诗歌方面，他开创的江西诗派，是宋代声势最大、影响最为久远的诗歌流派，在很大程度上左右了整个宋诗的面貌。

黄庭坚(1045～1105)，字鲁直，洪州分宁(今江西省修水)人，英宗治平四年(1067)中进士。因喜爱舒州三祖山上山谷寺石牛洞，自号山谷道人。他的政治态度受苏轼影响，属于旧党。元祐年间曾任起居舍人、秘书丞兼国史编修。绍圣年间新党复用，被贬为涪州别驾，故又自号涪翁。后来又被撤销一切职务，流放宜州编管，卒于宜州。

在致力创作的同时，黄庭坚提出了不少关于作诗的见解和方法，成为江西派的创作纲领。他的诗论大致包括了以下几个方面的内容：

在诗歌表现的内容上，黄庭坚受“温柔敦厚”的诗教影响较深，主张以诗歌抒写君子平正敦厚的性情，表现具有高度修养的道德人格，反对在诗歌中锋芒毕露地针砭时政。在《书王知载〈朐山杂咏〉后》中，他说：

诗者，人之性情也。非强谏诤于庭，怨忿诟于道，怒邻骂座之为也。其人忠信笃敬，抱道而居，与世乖违，遇物悲喜，同床而不察，并世而不闻，情之所不能堪，因发于呻吟调笑之声，胸次释然，而闻者亦有所劝勉。比律吕而可歌，列干羽而可舞，是诗之美也。其发为讪谤侵凌，引领以承戈，披襟而受矢，以快一朝之忿者，人皆以为诗之祸，是失诗之旨，非诗之过也！

这种主张固然与他温厚沉毅的个性、含蓄蕴藉的审美趣味有关，另一方面，也与当时新旧党争的险恶环境有关，苏东坡的“乌台诗案”便是对这主张从反面做的一个注释。

黄庭坚很重视读书和知识的积累。他在《答洪驹父书》中说："自作语最难。老杜作诗，退之作文，无一字无来处。”读书多了，学问大了，诗就容易写好了。他的这种主张主要是针对宋初的晚唐体、西昆体而发的，黄庭坚认为他们的诗歌境界所以狭隘，是由于读书少，眼界、胸襟都不够开阔。如此针砭晚唐、西昆，并未找到主要弊病，以流为源，片面地强调阅读的重要性，而不敢直面丰富生动的社会人生，便只好带着他的追随者们走进那平静而死寂的书斋中了。黄庭坚这一主张，成为江西诗派的重要原则，他们的诗中典故连篇，使王安石、苏轼以来宋诗本来就很浓重的书卷气进一步加重了。

与此相联系，在学习前人创作的方法上，黄庭坚有“点铁成金”、“夺胎换骨”的说法。“点铁成金”是化用前人语言的方法，“夺胎换骨”则是化用前人构思和立意的方法。这是被江西派奉为法宝，却又为后人诟病的地方，金代的王若虚在《滹南诗话》中，便把这为许多人津津乐道的方法，斥为“特剽窃之黠者也”，这显然有些过分。实际上，黄庭坚是很重视“以故为新”，“自成一家”的。他强调在师法前人时要经过自己的陶冶熔炼，要有发展变化，在继承中求新求变，他自己的诗也确是这样做的。至于他的后学们，也确有才力不足，公开到古人集中去打家劫舍的，这就不能完全归罪于山谷了。

在艺术趣尚方面，黄庭坚很有些中唐韩孟诗派的精神，不写艳情，不用前人俗滥的技巧和字眼，主张“宁律不谐不使句弱，宁用字不工不使语俗”(《题意可诗后》)，好奇尚硬，去陈反俗，追求一种新奇硬峭的诗风。他发展了杜甫的拗体律诗的体制，大力地创作拗体律诗，拗律从此也成为江西派衣钵相传的家法了。

黄庭坚的创作是他诗论的实践。他的诗确有片面追求技巧、以奇奥取胜的形式主义倾向，但另一方面，又有着值得人重视的显著特色，蕴涵着一个有志节的文人反世俗的坚挺风骨。当他受到真情实感的激发，在一定程度上摆脱刻意好奇的作风时，也时有清新流畅、格高意深的佳作，如《登快阁》、《寄黄几复》、《雨中登岳阳楼望君山》等。“春风桃李一杯酒，江湖夜雨十年灯”，两句诗函括了与朋友十年间的交情，句法新奇，情意深厚；“落木千山天远大，澄江一道月分明”，纯净的语言写出了旷阔的秋景，也写出了诗人坦荡阔略的胸怀。在这些地方，他刻意认真的作风，他所苦心钻研的技巧和作品的情感相结合，造成了完美的艺术境界。

黄庭坚的诗论给人以新奇之感，他新奇雄健、风骨耸峭的诗作也一扫“嘲风月，弄花草”的华丽空虚的积习而风味别具，为诗歌创作拓出了新路。在北宋后期险恶的政治环境下，有不少人躲进书斋，不问世事，山谷这一套东西很投合他们的意识形态和艺术趣味，于是得到了广泛的响应，形成了一个声势颇大的诗歌流派。

两宋之交的吕本中曾戏作《江西诗社宗派图》，以黄庭坚为首，下列陈师道、潘大临等25人为法嗣，其中陈师道等并不是江西人，但他们的诗深受黄庭坚影响，又因黄庭坚和派中多数作家都是江西人，故而称为江西诗派。在北宋末和南宋，江西派的范围不断扩大，成员越来越多。到了宋末元初，方回在《瀛奎律髓》中又倡为“一祖三宗”之说。江西诗派是以学习杜甫相号召的，故尊杜甫为一祖，而奉黄庭坚、陈师道、陈与义为三宗，江西诗派的体系更加庞大完整了。

在《江西诗社宗派图》中，陈师道被列为这一派中的第一位门徒，而且他在当时是与黄庭坚并名的。在后来的宋诗评论中，他不仅被看作是江西派的代表，在整个宋诗中也占有一定的地位。

陈师道（1053～1102），字无己，又字履常，号后山居士，彭城（今江苏省徐州市）人。曾任徐州、颍州教授，秘书省正字等职，一生穷困潦倒，而耿直有节操。早年师事曾巩，元祐初受知于苏轼，因而和旧党有一定联系。

陈师道十分推崇黄庭坚，他说自己早年"于诗初无诗法"，后来见了黄庭坚的诗，十分喜爱，便把从前写的诗付之一炬，倾心学黄。他苦吟的工夫，更过于黄庭坚，据说每当他登临得句，便急匆匆赶回家中，用被子蒙住头苦思冥想，家人知道他在作诗，赶忙把猫狗赶出屋去，小孩儿也要暂时放到邻居家。在学黄的过程中，他逐渐认识到黄诗"过于出奇"的毛病，因而能一定程度上加以克服，自觉地学习杜诗一些技巧。

陈师道主张诗文写作应该"宁拙毋巧，宁朴毋华"。他的诗在句律上力求简古，省去一切多余的词汇，以达到"语简而益工"的境界。在语言上，他接受了山谷"以俗为雅"的主张，语言质朴古拙。个性鲜明，风骨磊落，意境新而雅，文字简而妙是他的长处。他的诗虽没有黄庭坚那样雄厚，但思力的深刻和情感的深沉都有过于黄。

陈师道的五言诗成就较高。由于他孤介的个性，沉顿下僚的命运，他对社会持着一种疏远而冷漠的态度，诗作的内容不免有所局限。但他表现个人生活的一些五言诗，感情却深厚朴挚，读之如闻其声，如见其人，时如高天鹤唳，时如寒虫悲吟，诗人奔走风尘、饥寒交迫的情状如在目前。像他的《别三子》、《示三子》、《寄外舅郭大夫》等，写骨肉之情、离合之感，发自肺腑的真挚情感确是感人至深的。在艺术上也摆脱了刻意求工的雕琢之病，显得和谐淳朴。

第二章　北宋词

第一节　北宋前期的词人

词自晚唐转入文人手中，经过五代发展至北宋初期，已成为文人喜爱的抒情文学形式。《花间集》词所代表的词风成为词体的传统风格：内容多描写花间樽前、男欢女爱和相思离别；体裁多用小令，风调婉约香弱，表现手法多用比兴点染。北宋前期的词人大多沿袭此种风格，尤以晏殊、晏几道为突出代表。南唐词人已初步摆脱了花间词人的影响，开创新气象。抒怀言志这类常在诗文中加以表现的内容，亦开始尝试写在词中。范仲淹、欧阳修等少数作家在部分词里表现了新的风格，到了苏轼就开创了和婉约派对立的豪放词派。慢词长调本产生于民间，但作品不多。慢词在唐五代到北宋初期一直很少有文人染指，而生活在社会下层的柳永从民间汲取营养，将慢词发展到一个新的阶段，打破了小令一统天下的局面。

晏殊(991～1055)，字同叔，抚州临川(今属江西)人，14岁以“神童”被荐入试，赐同进士出身，从此仕途显达，累官至宰相。晏殊一生顺达，生活优裕，与之相适应，诗酒也就成为他一生艺术生活的中心。据叶梦得《避暑录话》记载，晏殊“喜宾客，未尝一日不燕饮，每有嘉客必留，亦必以歌乐相佐，谈笑杂出。”他的《珠玉词》大部分是在这种富贵优游的生活中产生的，因此流连诗酒，歌舞升平就成了这些词的共同内容。艺术风格上，晏殊词突出的特点是富贵闲雅，雍容大方。如[浣溪沙]：

一曲新词酒一杯，去年天气旧亭台，夕阳西下几时回？

无可奈何花落去，似曾相识燕归来，小园香径独徘徊。

春酒新词，亭台香径，花开花落，燕去燕归的景物变换却勾起词人淡淡的愁思。词中从平淡从容的描写中透出富贵雍容的气派。

晏殊对南唐词人冯延巳的词作颇为欣赏，《中山诗话》说："晏元献尤喜江南冯延巳歌词，其所自作，亦不减延巳。"从晏殊的词作中确可看到冯延巳和南唐词风对他的影响。但晏殊所处的时期是北宋初年社会表面承平的时期，他的词，虽也不免会因伤春悲秋而流露出寂寞衰迟之感，却没有像冯词里所透露出的亡国前夕的忧伤。晏殊词集《珠玉词》存词约 130 余首，其中不乏千古传诵的名句，如"无情不似多情苦，一寸还成千万缕"，"昨夜西风凋碧树，独上高楼，望尽天涯路"等等。

晏殊词上承晚唐五代，下启北宋，对当时和后代都产生了重要影响，清人冯煦说："晏同叔去五代未远，馨烈所扇，得之最先。故左宫右徵，和婉而明丽，为北宋倚声家初祖。"(《蒿庵论词》)

晏殊的幼子晏几道(1030？～1106?)，字叔原，与晏殊合称"二晏"。晏几道出身高贵，青少年时代有过一段富贵风流的生活，但中年以后却渐陷于贫困潦倒。这种生活经历的变化，使他的作品带有一种凄凉感旧的色彩。晏几道为人颇重感情，词作中表现的感情也比较深沉、真挚。如下面两首：

梦后楼台高锁，酒醒帘幕低垂。去年春恨却来时，落花人独立，微雨燕双飞。　记得小苹初见，两重心字罗衣。琵琶弦上说相思，当时明月在，曾照彩云归。

——[临江仙]

彩袖殷勤捧玉钟，当年拚却醉颜红：舞低杨柳楼心月，歌尽桃花扇影风。　　从别后，忆相逢，几回魂梦与君同。今宵剩把银釭照，犹恐相逢是梦中。

——[鹧鸪天]

这两首词都是写与情人的别后相思，由景入情以景衬情，前首以寂寞的环境透露出孤凄之情，后一首把离别之苦与相逢之乐交织，感情深挚真切。

小晏词以逼似《花间》词著称，如宋人陈振孙说“可追逼《花间》。”（《直斋书录解题》）但《小山词》与“花间”传统的绮艳之作相比华而不俗，婉而情深，有其独特的艺术品格。

二晏词以小令见长，晚唐五代以来所形成的传统词风，经他二人之手达到了新的高度。

北宋初年的其他一些作家，也不乏脍炙人口的小令传世，如寇准的[踏莎行]“春色将阑”，潘阆的[酒泉子]“长忆西湖”、钱惟演的[玉楼春]“城上风光莺语乱”等等。其共同特点是接受西蜀、南唐词风的影响，以清丽淡雅的辞句来写景抒情。但他们都只是偶尔弄笔，缺乏独特风格和整体声势。

较早为宋词开辟新意境的是范仲淹和欧阳修。

范仲淹（989～1025），字希文，吴县（今属江苏）人。曾官至枢密副使、参知政事。他是怀有远大抱负的政治家。他的词虽仅五首，但表现了开阔而深沉的意境，为北宋豪放词派导夫先路。像下面这首[苏幕遮]：

碧云天，黄叶地，秋色连波，波上寒烟翠。山映斜阳天接水，芳草无情，更在斜阳外。　　黯乡魂，追旅思，夜夜除非，好梦留人睡。明月楼高休独倚，酒入愁肠，化作相思泪。

这首词上片所描绘的秋色，下片所抒发的乡愁，是向来词家多次重复过的内容，却依然能给人比较新鲜的感受。由于作者胸襟的开朗和感情的真挚，可以直书所见，直写所感，而不像有些婉约派词家的扭捏作态。他的[渔家傲]通过边塞的凄清景象表现边防将士忧国的深心，更上承唐人的边塞诗，为宋词开拓了新的领域。

> 塞下秋来风景异，衡阳雁去无留意。四面边声连角起，千嶂里，长烟落日孤城闭。　　浊酒一杯家万里，燕然未勒归无计。羌管悠悠霜满地，人不寐，将军白发征夫泪。

此词为作者镇守西北边疆时所作。全词感情复杂沉郁，笔力凝重遒劲，在北宋初年词坛上独具一格。

欧阳修词多达200余首，是当时写词较多的作家。欧词大部分是描写爱情的作品，同他在诗文里所表现的庄重严肃的儒家面目大不相同，这部分词受晚唐五代词风影响，“无愧唐人《花间集》”，且与冯延巳词比较接近。词家向来将他与晏殊并称“欧晏”。其词亦可视为北宋初小令的代表作。如[踏莎行]

> 候馆梅残，溪桥柳细，草薰风暖摇征辔。离愁渐远渐无穷。迢迢不断如春水。　　寸寸柔肠，盈盈粉泪，楼高莫近危栏倚。平芜尽处是春山，行人更在春山外。

此词在抒发游子思家之情的同时，联想到闺中人的登高怀远，并致其劝慰之意，流露了词人对思妇心情的体贴。又通过离愁不断如春水的妙喻和行人更在春山外的设想，构成了清丽而芊绵的意境。

欧阳修很注意从民间歌词中吸取养料，如其[渔家傲]两组各12首分咏12个月的节物风习，[采桑子]一组13首描绘游览颍州(今安徽阜阳)西湖的景物情事，采用了民间流行定格联章体的形式。试举两首[采桑子]：

> 轻舟短棹西湖好，绿水逶迤，芳草长堤，隐隐笙歌处处随。
> 无风水面琉璃滑，不觉船移，微动涟漪，惊起沙禽掠岸飞。

> 画船载酒西湖好，急管繁弦，玉盏催传，稳泛平波任醉眠。
> 行云却在行舟下，空水澄鲜，俯仰留连，疑是湖中别有天。

清新自然、明快爽朗，与民间词一脉相承。

欧阳修在词的题材方面做了有益的开拓，把言志抒怀这些在传统观念中应由诗文来表达的题材引入词中，或写宦路风波，或述友朋阔别，或记湖山之游。表现的不再是曼舞轻歌间的愁思，而是作者豪迈坦荡的胸怀和饱经仕途风波后的深沉感慨，意境往往是开阔雄放的。如[朝中措]《平山堂》：

平山栏槛倚晴空，山色有无中。手种堂前垂柳，别来几度春风。　　文章太守，挥毫万字，一饮千钟。行乐直须年少，尊前看取衰翁。

在词中突出了作者豁达迈远、至老不衰的形象。再如[玉楼春]：

尊前拟把归期说，未语春容先惨咽。人生自是有情痴，此恨不关风与月。　　离歌且莫翻新阕，一曲能教肠寸结。直须看尽洛城花，始共春风容易别。

此词是作者任满离开洛阳时与诸友告别之作，“人生自是有情痴，此恨不关风与月”，声明自己的词所表达的“情”与“恨”与以往词中的风花雪月不同，是士大夫的豪气。王国维曾评此词“于豪放之中有沉著之致”，可谓有见。

欧阳修在部分即景抒怀的词里，洗刷了晚唐五代以来的脂粉气味和婉约情调，使词格向清疏峻洁方面发展。欧词已开始突破了词的传统题材的表现手法，跟当时诗文革新运动的精神取得某种程度的联系，为后来苏轼一派豪放词开了先路。

欧阳修在继承传统，开拓新境二方面都起到了积极的作用，前人说他“疏隽开子瞻，深婉开少游”（冯煦《蒿庵论词》），是比较全面地概括了他在宋词发展中的地位的。

第二节　柳永

柳永，字耆卿，原名三变，后改名永，因排行七，人称“柳七”，崇安（今属福建）人。曾任屯田员外郎等小官，世称“柳屯田”。柳永的生卒年难以考定。由于他社会地位低下，正史中缺少记载，今据笔记和他词作中的零星线索，知他生活于宋真宗和仁宗朝，与范仲淹、晏殊同时而稍早。

柳永少年离家到汴京应试，由于擅长词曲，熟悉了许多歌妓，并替她们填词作曲，受到歌妓、乐工的推誉，很快成为当时最负盛名的“通俗歌曲作家”。柳永在汴京常与狂朋怪侣、歌妓舞女一起出入于歌楼酒馆，表现了一种浪子作风。在科场失意后，柳永在词中发泄半是牢骚、半是放纵的情绪：“且恁偎红翠，风流事、平生畅。青春都一饷。忍把浮名，换了浅斟低唱。”（[鹤冲天]）柳永的牢骚和放纵引起了仁宗皇帝更大的反感，一句“且去浅斟低唱，何要浮名？”便把柳永从进士榜上画掉，他由此落第。柳永在受了这种打击之后，别无出路，就只好以开玩笑的态度，自称“奉旨填词柳三变”在汴京、苏州、杭州等都市过着一种流浪的生活。直到晚年，他改名为柳永，才考取进士，在浙江的桐庐、定海等处做过几任小官。晚年死于润州（江苏镇江县）。

柳永宦途坎坷，一生辗转漂泊。他将身世之感与羁旅情思交织一起，写下了许多具有浓重感伤色彩的羁旅行役词。[雨霖铃]是此类词的代表作。

> 寒蝉凄切，对长亭晚，骤雨初歇。都门帐饮无绪，方留恋处，兰舟催发。执手相看泪眼，竟无语凝咽。念去去千里烟波，暮霭沉沉楚天阔。　　多情自古伤离别，更那堪冷落清秋节。今宵酒醒何处？杨柳岸晓风残月。此去经年，应是良辰好景虚设。便纵有千种风情。更与何人说！

这首词写离情别绪，达到了情景交融的艺术境界。上阕因景生情，下阕因情设景：“今宵酒醒何处？杨柳岸晓风残月。”萧疏衰飒的自然环境与主人公的内心苦楚相交织，凄婉动人。以至于“杨柳岸晓风残月”竟成为柳永词的象征。（见俞文豹《吹剑录》）

柳永善于描写都市繁华，他游遍半个中国，流连四方都会，汴京、杭州、苏州等大城市在他笔下“承平气象，形容曲尽”（陈振孙《直斋书录解题》语）。如他描写杭州的[望海潮]词尤其著名。

东南形胜，三吴都会，钱塘自古繁华。烟柳画桥，风帘翠幕，参差十万人家。云树绕堤沙，怒涛卷霜雪，天堑无涯。市列珠玑，户盈罗绮，竞豪奢。　　重湖叠巘清嘉，有三秋桂子，十里荷花。羌管弄晴，菱歌泛夜，嬉嬉钓叟莲娃。千骑拥高牙，乘醉听箫鼓，吟赏烟霞。异日图将好景，归去凤池夸。

相传金主完颜亮读此词后，为杭州的美丽繁华所吸引，竟“起投鞭渡江之志”（见《鹤林玉露》），此事虽未必可靠，却可以想见这首词的社会影响。

柳永词中有不少描写妓女的词，有些写得猥亵淫秽，因而后人称“屯田词在小说中如《金瓶梅》”（陈锐《袌碧斋词话》）。如[菊花新]“欲掩香帏论缱绻”直写男女床第之欢，清人李调元评道：“柳永淫词莫逾于[菊花新]一阕。”（《雨村词话》卷一）。也有些词中表达对歌妓不幸生活的同情。如[迷仙引]“才过笄年”写她们盼望早脱苦海，过正常的夫妇生活；在[斗百花]、[定风波]里又曲折细致地传达出她们被一些轻薄少年欺骗的痛苦心情。柳永在当时曾长期被看作有才无行的文人受到种种歧视和排挤，因此他对“同是天涯沦落人”的歌妓往往怀有同情，以一种平等的态度看待她们，这一点与一些高官显贵写妓女的词作有明显的不同。

柳永在词史上具有重要地位，并产生深远的影响。他对词的贡献主要表现为：

首先他发展了慢词。从敦煌曲子词看，慢词早就在民间流行，但文人却很少染指。柳永长期生活在市民阶层中，接受了当时歌妓、乐工们的影响，大量创制慢词。他一方面“变旧声，作新声”，将旧调名翻新，由小令、中调衍为慢词；另一方面“奏新曲，谱新词”，自己创制了大量新调慢词。这就为词家在小令之外提供了可以容纳更多内容的新形式。

其次是铺叙手法的运用。柳永之前,词家多采用花间体小令,由于体制短小,尺水兴波,手法上多用比兴,追求含蓄,讲究余韵不尽的效果。柳永在慢词这相对扩大的载体中,“铺叙展衍,备足无余”(李之仪《跋吴思道小词》),熔叙事、抒情、写景于一炉,丰富了词体的艺术表现手法。

再次是柳词的语言特点。柳永大量吸收市井口语入词,一扫晚唐五代词人的雕琢习气。吸收市井语言入词,是为了适合市民群众的口味,有通俗、明白的一面,惟其如此,才会有“凡有井水饮处,即能歌柳词”(叶梦得《避暑录话》卷下)的效果;同时也有鄙俚、“词语尘下”(李清照《词论》)的一面。柳词的语言除了“俗”的特点外,还有“雅”的闪光之处。如[八声甘州]中“渐霜风凄紧,关河冷落,残照当楼”数句,被苏轼评为“不减唐人高处”。(见赵令畤《侯鲭录》)

柳永是北宋第一个专力写词的作家,他扩大了词的题材,发展了词的体制,丰富了词的表现手法,尤其是他将已经“雅化”的词体与市井生活结合起来,开创了词创作的新局面。柳永之后,词人无论承认与否,都受到他的影响,如秦观、周邦彦、吴文英,以至苏轼、辛弃疾等。在中国文学史上柳永的影响还不仅限于词坛,对后世的小说、戏曲也不无影响。

第三节　苏轼

自晚唐西蜀花间体形成以后,词的题材格调已大体定型,虽有李后主变伶人之词为士大夫之词的实践,有柳永又进一步将词的内容扩大到社会的更大范围的努力,但词的天地仍十分狭小,大体仍在春花秋月、闺襜绣阁、离别相思的范围内。到了苏轼,他以诗文革新运动的精神来填词,在词的题材、风格、语言、音律等领域进行了大胆的开拓和创新，从此词史翻开了新的一页。对于这一点宋人已看得很清楚。如胡寅说：

> 眉山苏氏，一洗绮罗香泽之态，摆脱绸缪宛转之度，使人登高望远，举首高歌，而逸怀浩气，超然乎尘垢之外，于是《花间》为皂隶，而柳氏为舆台矣。
>
> ——《酒边词跋》

对苏词的新气象，北宋的陈师道曾用“以诗为词”（《后山诗话》）加以评论，我们对陈师道此语的褒贬含义姑置不谈，但就苏轼对词的认识以及苏词所体现出的特点而言，“以诗为词”确是较为准确的概括，以诗为词意味着词境的空前扩大，作家个性的突出和语言、音律和风格解放。苏轼打破了传统观念中诗词的分界，把以前人们所认为只有在诗中才能加以表现的内容，带入词的天地，“指出向上一路，新天下耳目，弄笔者始知自振”（王灼《碧鸡漫志》卷二）。苏轼词的革新所带来的影响是巨大的。

一、开拓题材

苏轼词给人印象最深的是抒情词。或豪壮、或旷放、或飘逸。如[江城子]《密州出猎》写他在射猎中所激发的要为国杀敌立功的壮志。

> 老夫聊发少年狂，左牵黄，右擎苍。锦帽貂裘，千骑卷平冈。为报倾城随太守，亲射虎，看孙郎。　酒酣胸胆尚开张，鬓微霜，又何妨。持节云中，何日遣冯唐？会挽雕弓如满月，西北望，射天狼。

全词感情奔放，气势雄壮，语调高昂。苏轼此类豪放词被后人称为“自有横槊气概，固是英雄本色”（徐釚《词苑丛谈》），对后世豪放词，尤其是辛派词人产生了巨大影响。豪壮风格虽是苏轼极具影响的创调，但数量较少。最能代表苏轼思想性格特点的豪放词是那些旷达、飘逸的抒情词。如[水调歌头]：

明月几时有？把酒问青天。不知天上宫阙，今夕是何年。我欲乘风归去，又恐琼楼玉宇，高处不胜寒。起舞弄清影，何似在人间。　　转朱阁，低绮户，照无眠。不应有恨，何事长向别时圆？人有悲欢离合，月有阴晴圆缺，此事古难全。但愿人长久，千里共婵娟。

此词作于苏轼为避开汴京的政治漩涡而出知密州时，词中表现出作者达观超脱的思想境界和人生态度。再如[定风波]：

莫听穿林打叶声，何妨吟啸且徐行。竹杖芒鞋轻胜马，谁怕？一蓑烟雨任平生。　　料峭春风吹酒醒，微冷，山头斜照却相迎。回首向来萧瑟处，归去，也无风雨也无情。

作者对自然界的倏忽变化，表现出从容坦然的态度，全词也因此而显示出一种旷达飘逸之致。

借怀古抒情是苏轼对词的题材开拓的又一种方式。怀古词往往最能显示苏轼的思想性格特征。如[念奴娇]《赤壁怀古》：

大江东去，浪淘尽，千古风流人物。故垒西边，人道是，三国周郎赤壁。乱石穿空，惊涛拍岸，卷起千堆雪。江山如画，一时多少豪杰。　　遥想公瑾当年，小乔初嫁了，雄姿英发。羽扇纶巾，谈笑间，强樯灰飞烟灭。故国神游，多情应笑我，早生华发。人生如梦，一樽还酹江月。

词中描写了赤壁战场的雄奇景色和周瑜、诸葛亮等英雄人物的形象，表达了作者报国的豪情和壮志不得施展的感慨。像这样的怀古词在苏轼以前和同辈词人的作品中是无法读到的。

用词来悼亡，尤其是来表达对亡妻的悼念之情，更是苏轼的首创。试读[江城子]：

十年生死两茫茫，不思量，自难忘。千里孤坟，无处话凄凉。纵使相逢应不识，尘满面，鬓如霜。　　夜来幽梦忽还乡。小轩窗，正梳妆。相顾无言，唯有泪千行。料得年年肠断处，明月夜，短松岗。

男女之情是词的传统题材和内容，但用词来写夫妻之情的，苏轼之前未曾有过。作者一反过去情词的秾艳、香软的风格，而写得朴厚真切，愈发感人至深。

苏轼作词，几乎达到了无情不可写、无意不可入的程度。值得一提的还有苏轼创作了一些描写农村生活的词作。他的农村词充满了生活情趣和泥土的气息。如他的[浣溪沙]五首就是专写农村风光的。试举其中的二首：

麻叶层层苘叶光，谁家煮茧一村香。隔篱娇语络丝娘。
垂白杖藜抬醉眼，捋青捣麨软饥肠。问言豆叶几时黄。

簌簌衣巾落枣花，村南村北响缫车。牛衣古柳卖黄瓜。
酒困路长惟欲睡，日高人渴漫思茶。敲门试问野人家。

二、艺术成就

第一，开创豪放词风。

苏轼以前，婉约词风一统词坛，虽然有个别作家的个别作品突破了婉约之风，如我们前面所介绍的范仲淹、欧阳修的一些作品已显示出与传统香软绮靡风格的不同特点，但终未形成能与传统婉约词风相对峙的新风格。苏轼将其全新的思想感情、意境韵致、结构语言带入词中，形成了全新的风格，这就是豪放词风。从此豪放作为词坛的一种新的风格模式开始确定，与婉约风格双峰并峙影响后世。苏轼作为豪放词派的创立者在词史上奠定了他应有的地位。

第二，风格多样。

苏轼的豪放词，包含有豪壮、旷放两种风格，具体表现是豪壮者感情激昂，气势豪迈，场面阔大，音调奔放；旷放者意境清空，格调疏朗，韵致悠远。二者因为都突破了婉约风格的常规而被称为豪放，视为别调。虽然苏轼的豪放词颇引人注目，但苏词中数量最多的还是婉约词，这些词也达到了很高的艺术水平。如其名作[水龙吟]《次韵章质夫杨花词》：

似花还似非花，也无人惜从教坠。抛家傍路，思量却是、无情有思。萦损柔肠，困酣娇眼，欲开还闭。梦随风万里，寻郎去处，又还被莺呼起。　　不恨此花飞尽，恨西园落红难缀。晓来雨过，遗踪何在？一池萍碎。春色三分：二分尘土，一分流水。细看来，不是杨花，点点是离人泪。

此词借咏杨花写相思之情，幽怨缠绵，置之婉约词中亦属上品。明代的王世贞说："至咏杨花[水龙吟慢]，又进柳妙处一尘矣。"（《艺苑卮言》）

苏轼对宋词的发展起了重要作用，在词史上的影响是深远的。首先，他开拓了词的题材内容。他把文人士大夫比较宽阔的生活内容带到了词中，把士大夫相当深刻的思想哲理引进了词里，使词体获得了进一步发展的新天地。其次，苏轼为词坛开创了一种新的风格和美感。他的豪放词虽不多，但所产生的影响却是巨大的，从此词坛就不再是婉约风格的一统天下了。再次，苏轼提高了词的品味，提高了词体的地位。从苏轼开始，词可与诗相提并论，词的"小道"、"卑体"的形象逐渐开始改变，词的雅文学地位开始确立。

第四节　北宋后期的词人

经过宋初二晏、欧阳修等人的努力，晚唐五代流传而来的令词，又得到了新的发展；柳永创制慢词，以俗为其特色，赢得了下层市民的普遍欢迎，完成了词风第一次大转变；苏轼以横放杰出之才，以诗为词，使词体面目一新，完成了词风第二次转变。但苏轼的豪放词在当时受到的肯定远比批评少，不少人认为苏词创为别调非本色。苏轼之后，词坛呈现群星闪烁的繁荣局面。苏轼门下的黄庭坚、秦观以及贺铸等人没有走豪放词的道路，仍沿袭花间南唐旧韵，并着力学柳永风调。直到周邦彦出，词坛才又呈现出新面貌。

秦观(1049～1100)，字太虚，后改字少游，号淮海居士，扬州高邮(今属江苏)人。哲宗元祐初，因苏轼的推荐而为太学博士，兼国史院编修。绍圣初，新党执政，他连遭贬斥，最后被徙南海雷州。遇赦北返，死于滕州。

秦观与黄庭坚、张耒、晁补之同为“苏门四学士”。诗、词、文、赋兼擅，词的成就最大，有《淮海词》，又名《淮海居士长短句》。

秦观词的思想内容较为狭窄，多表现男女恋情，离情别绪，伤春悲秋，虽然仍是传统内容，但秦词有其特点：写女性多取同情、尊重的态度并“将身世之感，打并入艳情”(周济《宋四家词选》)，因而他的情词带有鲜明的惆怅伤感的个性色彩，情致较深。如[满庭芳]：

> 山抹微云，天连衰草，画角声断谯门。暂停征棹，聊共引离尊。多少蓬莱旧事，空回首、烟霭纷纷。斜阳外，寒鸦万点，流水绕孤村。　　销魂，当此际，香囊暗解，罗带轻分，漫赢得、青楼薄幸名存。此去何时见也？襟袖上、空惹啼痕。伤情处，高城望断，灯火已黄昏。

词写作者与所恋歌妓的离别之情。作者把他离别时的感伤情绪和寒鸦流水、灯火黄昏等凄清景象融成一片，在意境上和柳永的[雨霖铃]相近，可以看出柳词对他的影响。据载，苏轼曾举此词中“销魂当此际”之句批评秦观“学柳七作词”(见《高斋诗话》)，并戏云：“山抹微云秦学士，露花倒影柳屯田。”宋人常“秦柳”并称，足见秦观与柳永的词有某些相似之处。但题材相似，品格未必等同。秦词写情而不溺于情，对女性的感情真挚而不狎亵。所以王国维之语颇有道理：“词之雅郑，在神不在貌。永叔、少游虽作艳语，终有

品格。”(《人间词话》)

再如他的[鹊桥仙]:

纤云弄巧,飞星传恨,银汉迢迢暗度。金风玉露一相逢,便胜却、人间无数。　　柔情似水,佳期如梦,忍顾鹊桥归路。两情若是久长时,又岂在、朝朝暮暮。

词写牛郎织女一年一度在星前月下的美满会合和离别时的长期怀念,它实际是以超人间的形式表现人间男女的私自结合。在当时严酷的封建统治之下,带有一定的理想色彩。

秦观从被贬谪逐外到去世的六七年间,一直过着颠沛流离,饱经忧患的生活,这时期写下的表达贬谪和羁旅行役之苦的作品极为沉痛悲凉。如[踏莎行]即为这类词的代表作:

雾失楼台,月迷津渡,桃源望断无寻处。可堪孤馆闭春寒,杜鹃声里斜阳暮。　　驿寄梅花,鱼传尺素。砌成此恨无重数。郴江幸自绕郴山,为谁流下潇湘去。

全词以清婉哀苦之笔将屡遭贬谪的绝望伤心之情表现得极为沉痛。

秦观词突出的艺术特征就是善于通过凄迷的景色,婉转的语调表达感伤的情绪。如[千秋岁]:

水边沙外,城郭春寒退,花影乱,莺声碎。飘零疏酒盏,离别宽衣带。人不见,碧云暮合空相对。　　忆昔西池会,鹓鹭同飞盖,携手处,今谁在?日边清梦断,镜里朱颜改,春去也,飞红万点愁如海。

通篇情思哀怨,景色凄迷,语言和婉。前人说:“子瞻辞胜乎情,耆卿情胜乎辞,辞情相称者,惟少游一人而已。”(《古今词话》引蔡伯世语)此词即是“辞情相称”的代表作。

秦观词在后世一直被奉为婉约词的典范之作,并被称为“宋一代词人之冠”(李调元《雨村词话》)。清代陈廷焯说:“秦少游自是作手。近开美成,导其先路;远祖温、韦,取其神不袭其貌。”(《白雨斋词话》卷一)指出了他在婉约派发展过程中的重要作用。

贺铸(1052～1125),字方回,曾自号"庆湖遗老"。原籍山阴(浙江绍兴),生长卫州(河南汲县)。他出身贵族又与皇宗室结姻,但他赋性耿直,意气豪侠,喜谈当世事,不肯为权贵屈节,因此浮沉下僚,郁郁不得志。晚年筑室横塘,隐居苏州。有《东山词》。

贺铸词突出的特点是风格的多样。宋代张耒曾经评论其词:"其盛丽如游金、张之堂,而妖冶如揽嫱、施之祛,幽洁如屈、宋,悲壮如苏、李。"(《东山词集序》)如他写相思幽情的[青玉案]为其代表作:

> 凌波不过横塘路,但目送芳尘去。锦瑟华年谁与度?月台花榭,琐窗朱户,只有春知处。　　碧云冉冉蘅皋暮,彩笔新题断肠句。试问闲愁都几许?一川烟草,满城风絮,梅子黄时雨。

此词为贺词中婉约风格的典型之作。尤其词结句"一川烟草,满城风絮,梅子黄时雨",连用三个意象,将愁思表现得曲婉深致,作者也因此句的工妙,而获得"贺梅子"的雅号。

贺铸青壮时为武将,40岁时方由苏轼等人举荐改任文职。如其人才兼文武,贺铸词也兼擅婉约和豪放。其豪放词首推著名的[六州歌头]:

> 少年侠气,交结五都雄。肝胆洞,毛发耸。立谈中,死生同。一诺千金重。推翘勇,矜豪纵。轻盖拥,联飞鞚,斗城东。轰饮酒垆,春色浮寒瓮。吸海垂虹。闲呼鹰嗾犬,白羽摘雕弓,狡穴俄空,乐匆匆。　　似黄粱梦,辞丹凤;明月供,漾孤篷。官冗从,怀倥偬,落尘笼,簿书丛。鹖弁如云众,供粗用,忽奇功。笳鼓动,渔阳弄,思悲翁。不请长缨,系取天骄种,剑吼西风。恨登山临水,手寄七弦桐,目送归鸿。

词中用激越苍凉的音调,表现了有心报国而无路请缨的惆惆不平之气。南宋张孝祥、辛弃疾、刘过等都有继作,可以想见它对这些爱国词人的影响。

贺词善于融化前人诗句、诗意，熔铸成典雅、崭新的语言。宋代的王铚说："贺方回遍读唐人遗集，取其意以为诗词。"如其[梦江南]小令，就化用了唐代孟浩然、沈佺期、韩偓等诗人的诗句。近人夏敬观评此词："多以唐人成句入词，有天衣无缝之妙。"

第五节　周邦彦

周邦彦(1056～1121)，字美成，号清真居士，钱塘(今杭州市)人。他青年时期就博涉百家之书，才学富赡，但因生活放浪，不为州里所用。元丰六年(1083)他29岁时，献《汴都赋》称颂新政，得到神宗皇帝的赏识，推为太学正。后曾为国子监主簿。哲宗时除秘书省正字，历校书郎、考功员外郎、卫尉宗正少卿，兼议礼局检讨，以直龙图阁知河中府。徽宗时曾知隆德府、明州，入拜秘书监，进徽猷阁待制，提举大晟府。后又知顺昌府，徙处州。病死于扬州。有《片玉集》，存词约180首。

大晟府是宋徽宗崇宁年间建立的国家音乐机关。其主要任务一是整理研究古音、古调，二是创制新曲。周邦彦曾任大晟府提举官，万俟咏任制撰，田为任典乐、乐令。他们所制的曲调即大晟乐，依曲调而填的词世称大晟词。

周邦彦作为大晟府的首长，精于音律，"妙解音律"是其特长。他也以此自负，曾自命其堂为"顾曲堂"。① 周邦彦在词律方面颇有贡献，创制了许多新调。张炎《词源》说："美成诸人又复增演慢曲、引、近，或移宫换羽为三犯、四犯之曲，按月律为之，其曲遂繁。"

① 用"曲有误，周郎顾"之意。《三国志·吴·周瑜传》："瑜少精意于音乐，虽三爵之后，其有阙误，瑜必知之，知之必顾，故时人谣曰：'曲有误，周郎顾。'"

又严格了词律的要求：调有定句，句有定字，不独严分平仄，即仄声上、去、入三声亦不容相混。为治词者提供了音律的准绳。

周邦彦词的内容相当狭窄，绝大多数仍是表现离情别绪、春花秋月的题材，但也确有一些抒发身世感慨或咏物抒怀的佳作，具有寄托深沉的特点。如果从柳永、苏轼以来词的题材逐渐开拓的趋势以及用词反映社会生活面的宽广来看，周词无疑是一个倒退；但从对传统题材思想感情的深度开掘和内容与形式的完美结合方面看，周词无疑取得了超越前人的巨大成就。

周词的艺术成就主要表现在以下几个方面：

第一是浑成。这是周邦彦词的最主要的特点，包括词的情境浑融，气格浑厚和运用成语的浑化无迹。张炎说："美成词只当看他浑成处。"（《词源》）清代的戈载说："清真之词，其意淡远，其气浑厚，其音节又复清妍和雅，最是词家正宗。"（《宋七家词选序》）指的都是周词那种情境浑融的特色。如其著名的[兰陵王]：

> 柳阴直，烟里丝丝弄碧。隋堤上、曾见几番，拂水飘绵送行色。登临望故国，谁识京华倦客？长亭路，年去岁来，应折柔条过千尺。　　闲寻旧踪迹，又酒趁哀弦，灯照离席。梨花榆火催寒食。愁一箭风快，半篙波暖，回头迢递便数驿，望人在天北。　　凄恻，恨堆积。渐别浦萦回，津堠岑寂。斜阳冉冉春无极。念月榭携手，露桥闻笛。沉思前事，似梦里，泪暗滴。

这首词景物描写与感情抒发融为一体，既咏柳又抒情，把自己的怀才不遇、漂泊失意的身世之感与无人珍惜、为人攀折抛弃的柳枝融为一体，充分体现了"浑成"的特点。

化用前人诗句入词，是清真词的一大特色，也是他浑成的又一种表现形式。宋代陈振孙说"美成词多用唐人诗，檃括入律，浑然天成"（《直斋书录解题》卷十七）即是指此而言，如其[西河]《金陵怀古》主要是檃括刘禹锡名诗《石头城》和《乌衣巷》而成。[满庭芳]“风老莺雏”则化用了杜甫、刘禹锡、白居易、杜牧等众多唐人诗句。

清真词的第二个特点是慢词善于铺叙，长于勾勒。前文曾作过介绍，柳永作慢词，长于铺叙手法，但柳永的铺叙往往流入一种平铺直叙。而周邦彦作慢词既继承了柳词之长，又加以发展，慢词显出曲折回环、开阖动荡的特点，使词境朝着更为深曲细腻的方向伸展。如其名作[六丑]“正单衣试酒”结构独特，既层层变化、环环相扣，又一笔赋陈到底。作者寓灵活多姿的描写、妖娆缠绵的抒情于整体性铺叙之中，显示出构筑长篇的非凡艺术功力。

周邦彦不仅慢词出色，小令也写得较清疏明快，警策动人。如[苏幕遮]：

> 燎沉香，消溽暑。鸟雀呼晴，侵晓窥檐语。叶上初阳干宿雨，水面清圆，一一风荷举。　　故乡遥，何日去？家住吴门，久作长安旅。五月渔郎相忆否？小楫轻舟，梦入芙蓉浦。

周邦彦在词史上是一位继往开来的大家。清代陈廷焯说：“词至美成乃有大宗，前收苏、秦之终，后开姜、史之始，自有词人以来，不得不推为巨擘。”(《白雨斋词话》)周邦彦开创了格律派，南宋姜夔、史达祖以及吴文英、王沂孙、张炎，全由此一脉相承。词的格律化，增加了词的文学美、音乐美、形式美，推动了词的创作，但也带来了形式主义的隐患。

第三章 南宋诗

第一节 江西体的新变

形成于北宋末的江西诗派影响了整个南宋诗坛，江西体与反江西体的对抗、代兴，是南宋诗歌发展的一条重要脉络。

实际上，对江西体的变革早在北宋韩驹的诗论中就渐露萌芽了。南渡前后，时代的巨变更使陶醉于雕章琢句的江西派诗人们受到震撼，他们的目光从自我的天地里投向了激烈动荡的时代和社会，他们不仅仅从格律、句法上模拟杜诗了，而体会到了杜诗忧国忧民的真精神。在艺术上，他们对一味奇峭瘦硬的风格的尊崇，也开始怀疑和动摇了，在一种审美逆反心理的支配下，渐渐地讲起"悟入"和"活法"了。这种转变的倾向，在陈与义、吕本中、曾几等人的理论和创作中已可以清楚看到。方回在《瀛奎律髓》中论三家诗说："嗣黄、陈而恢张悲壮者，陈简斋也；流动圆活者，吕居仁也；清劲雅洁者，曾茶山也。"可见此三人虽上承黄、陈，而已渐变黄、陈了。

陈与义(1090～1138)，字去非，号简斋，洛阳人。北宋末曾任文林郎、太常博士等职。靖康难后，避乱南奔，辗转至都城临安。曾任吏部侍郎，累官至参知政事。他是江西派的后起之秀，方回曾把他奉为江西派的"三宗"之一。

陈与义早年的诗和其他江西诗人一样，对时代社会较为冷漠，以表现个人情趣和留连光景之作为多。靖康之变后，在颠沛流离之中，他深切地体会到了安史之乱时杜甫诗歌的境界，与杜诗国破家亡、天涯沦落之感发生了共鸣，自然而然地学起了杜甫那类苍凉悲壮的作品。他在逃难的第一首诗《发商水道中》，就这样说："草草檀公策，茫茫杜陵诗。"这可以说是他后期诗作的纲领。

简斋后期写了许多感怀家国的作品，他的《次韵尹潜感怀》慨叹国中无人，致使皇帝逃难蒙尘，《伤春》批评了南宋初朝臣的误国，表彰了奋起抵抗金军的向子諲。这些诗和杜甫感怀时事的七律，从思想到艺术上都很相似。他的《牡丹》这样写：

> 一自胡尘入汉关，十年伊洛路漫漫。青墩溪畔龙钟客，独立东风看牡丹。

虽是一首咏物诗的题目，却有家国兴亡、天涯漂泊的沉痛感慨在内。

简斋作诗推重苏轼和黄庭坚，更佩服陈师道，把对这些人的揣摩学习作为学习杜甫的阶梯。但他的创作实践却和黄、陈颇有不同。他的古体诗近于黄、陈，近体诗却超越黄、陈而直追杜甫，他注意到了杜甫律诗洪亮沉著的声调，所以他前期的诗虽意思不深，却词句明净，音调响亮。在学习黄、陈的同时，他能够博观约取，诗风较为圆活，不专以瘦硬取胜。他吸取了黄、陈忌俗的优点，又避免了黄诗嗜好用典的毛病。所以严羽在《沧浪诗话》中评陈与义的诗是"亦江西之派而小异"。

吕本中(1084～1145)，字居仁，寿州(今安徽省寿县)人。祖籍东莱，故学者称为东莱先生。绍兴六年(1136)赐进士出身，曾任中书舍人兼侍讲，因力主抗战，触怒秦桧，被劾罢职。

吕本中少年时就刻苦学诗，并把黄庭坚作为学习的榜样，《江西诗社宗派图》就出自他手。但到后来，他对少年时雕章琢句的作法渐生不满，对同派中人模拟黄诗的流弊也有所认识，于是开始对诗派的理论进行修正。在绍兴元年(1131)写给曾几的一封信中，他谈道："此事须令有所悟入，则自然度越诸子。""近世江西之学者，虽左规右矩，不遗余力，而往往不知出此，故百尺竿头，不能更进一步，亦失山谷之旨也。"（《苕溪渔隐丛话》前集卷四十九）从左规右矩的模拟到"悟入"，强调的重心已在暗暗转移了。在绍兴三年(1133)写的《夏均父集序》中，他进一步提出了"活法"的理论：

学诗当学活法。所谓活法者，规矩备具，而能出于规矩之外，变化不测，而亦不背于规矩也。是道也，盖有定法而无定法，无定法而有定法。知是者，则可与语活法矣。谢玄晖有言："好诗流转圆美如弹丸"，此真活法也。

由学到悟，从有法到无法，度越黄、陈，不窘一律，这是对山谷诗论的发展，也是江西派诗论中极有价值的意见。他提倡流转圆美的风格，力图以此补救黄、陈一味瘦硬、朴拙之失，这是江西派发展到极致的一种必然。

吕本中的诗虽未能完全摆落黄、陈影响，但却不像一般江西诗人那样艰涩，显得较为轻松醒豁。如他的《九日晨起》、《春晚郊居》、《柳州开元寺夏雨》等，都是语言清新、音节流转的佳作。而且，在靖康之变前后，吕本中也有不少诗反映了时代的危难多艰，写出了自己在丧乱中沉痛的心情。如《丁未二月上旬四首》、《兵乱后杂诗》、《还韩城》等，在一定程度上改掉了前期江西派脱离现实的弊病。

和吕本中年辈相当且关系密切的曾几，也是江西派中承前启后的人物。曾几(1084～1166)，字吉甫，赣州(今江西省赣县)人，徙居河南。北宋末曾为校书郎，南渡初历任江西、浙西提刑。高宗绍兴八年(1138)因与兄曾开力排和议，触忤秦桧被罢官，寓居上饶茶山寺，自号茶山居士。秦桧死后，复召为秘书少监，仕至敷文阁待制。卒谥文清。

曾几论诗推尊杜甫，也很推重黄庭坚。在他的诗中，曾多次把黄庭坚与杜甫并提："工部百世祖，涪翁一灯传。""老杜诗家初祖，涪翁句法曹溪。”他曾把黄庭坚的诗集读得烂熟，也曾向前辈韩驹、同辈的吕本中请教过诗法，可见他与江西派关系的密切。但他好像更多地接受了吕本中论诗的观点，在《读吕居仁旧诗有怀其人作诗寄之》中，他说：“居仁说活法，大意欲人悟。”“其圆如金弹，所向若脱兔；风吹春空云，顷刻多态度。”所以他的《茶山集》中的诗，就不像黄庭坚那样好用僻典，好谈禅理，风格峭硬，而是词意明白，风格轻松，形象也较为丰富。

曾几是陆游倾心师事的爱国主义诗人，他不仅传授了陆游诗法，也向他灌输了爱国主义思想，他在赠陆游的诗中说：“问我居家谁暖眼，为言忧国只寒心。”(《雪中陆务观数来问讯用其韵奉赠》)在艰难的处境中，仍忧心忡忡地关怀国事，爱国热忱令人感动。他的《寓居吴兴》，更以比兴的手法表现了对风雨飘摇的国势的担忧，对怯懦无能的君臣的讽刺，沉痛低徊中饱含着激愤。

曾几也有一些诗表现了对民众疾苦的关心，他的《夏夜喜雨》这样写道：“凉风急雨夜萧萧，便恐江南草木凋。自为丰年喜无寐，不关窗外有芭蕉。”他的《苏秀道中自七月二十五夜大雨三日秋苗以苏喜而有作》中，有“千里稻花应秀色，五更桐叶最佳音”的诗句，同样地翻新出奇。雨打芭蕉，梧桐夜雨一向是使人添愁加闷的境界，在曾几的耳中，反成了美妙动人的音乐，因为他想到了田间渴望甘霖的人们。这样的思想境界是和他对杜诗的学习分不开的。

像宋代许多文人一样，曾几对于山水林泉的兴趣更大。在这方面，他有许多很有韵味的诗，如《三衢道中》：

> 梅子黄时日日晴，小溪泛尽却山行。绿阴不减来时路，添得黄鹂四五声。

这类清圆活泼的小诗，在某种程度上已开了杨万里的先河。赵庚夫在《读曾文清公集》中曾评价曾几的诗：“新如月出初三夜，淡比汤煎第一泉。”“清淡”，正是曾几这类诗独具的风貌。

曾几的诗作在南宋诗坛上影响很大，南宋的大诗人陆游、萧德藻都曾师事茶山，江西派的后劲“上饶二泉”（赵蕃，号章泉；韩淲，号涧泉），也和曾几有着师承渊源。可见曾几在江西派中承前启后的作用。

第二节　杨万里和范成大

继陈、吕、曾三人之后，在思想和艺术上进一步冲破江西派藩篱的是“中兴四大诗人”。四大诗人是指南宋前期诗坛上的四位著名诗人：尤袤、杨万里、范成大和陆游。但南宋人对四大家的认定尚有异同，也有人加入萧德藻而称为五大家的。方回《送罗寿可诗序》曾把这五人都算到了江西派里，但有识之士却体会到了他们各自独具的风格和精神，尤袤就曾谈到：“近世人士喜尚江西，温润有如范致能者乎？痛快有如杨廷秀者乎？高古如萧东夫，俊逸如陆务观，是皆自出机杼，亶有可观者。又奚以江西为？”（《白石道人诗集自序》引）五人中，尤、萧留存下来的作品较少，杨万里、范成大、陆游则对诗风的转变起到了重要作用。

杨万里（1127～1206），字廷秀，号诚斋，江西吉水人。绍兴二十四年（1154）与范成大、张孝祥同榜进士。曾任太常博士，出知漳州、常州，提举广东常平茶盐公事。韩侂胄当国时，他屡次上书指斥时政，为当权者所忌，家居15年不出。后韩侂胄草率北伐，诗人忧愤而死。杨万里通经学，重名节，人品高尚正直，有着自己的信念和操守。他一生最服膺张浚的“正心诚意”之学，故把居舍命名为“诚斋”。诚斋是一位多产的作家，据说他一生作的诗有两万多首，流传下来，保存在他的《诚斋集》里的有四千多首。

诚斋的诗开始也是学江西派的，后来认识到江西派的弊病而另寻途径。在《荆溪集》（《诚斋集》中的九种诗集之一）自序中，他叙述了自己的创作道路：

予之诗，始学江西诸君子，既又学后山五字律，既又学半山老人七字绝句，晚乃学绝句于唐人。……戊戌（淳熙五年，1178）三朝，时节赐告，少公事。是日作诗，忽若有悟，于是辞谢唐人及王、陈、江西诸君子皆不敢学，而后欣如也。试令儿辈操笔，予口占数首，则浏浏焉无复前日之轧轧矣。自此每过午，吏散庭空，即携一便面，步后园，登古城，采撷杞菊，攀翻花竹，万象毕来，献予诗材，盖麾之不去，前者未陇，而后者已迫，涣然未觉作诗之难也。

从此，诚斋走上了一条师法自然的道路。他说"点铁成金未是灵"，认为"学诗须透脱，信手自孤高"。由于这些新的认识，他留下来的诗很少有江西派那种"搜猎奇书，穿穴异闻"的毛病，形成了独具一格的"诚斋体"。

"诚斋体"的特点十分鲜明。首先，它富于幽默诙谐的机趣。这和诚斋对待生活的态度有关，他对生活取一种旁观、欣赏、玩味的态度，只觉得生活中有很多有趣之处，便时常流露出觉得好玩的诙谐意味。与此相联系，丰富新颖的想象是"诚斋体"的又一特点，他善于捕捉自然景物的特点，用拟人化的手法加以表现，显得生动有趣。例如，他写云遮山峰是"一峰忽被云偷去"，写山映斜阳是"好山万皱无人见，都被斜阳拈出来"。"诚斋体"的语言自然活泼，他学习了民歌的语言，并广泛地吸取民间的口语、俗语、俚语入诗，这也增加了诗的趣味性。从形式上看，诚斋最擅长的形式是绝句。

诚斋是一个关心国家命运的诗人，绍熙元年（1190）他奉命迎接金人使者，途中写成的《初入淮河》四绝句，就集中地反映了大好河山被割裂、人民被隔离的现实，流露了沉痛的心情和无限感慨。他也写过一些反映劳动人民生活的诗，但他和民众在感情上却是疏远的。

相对于社会生活而言，诚斋对自然景物的兴趣更大。自然界中的一切，大至高山大川，小至草木虫鱼，都引起他观察和描写的兴致。姜夔在寄给他的一首诗中说:“年年花月无闲日,处处山川怕见君。”(《送〈朝天续集〉归诚斋时在金陵》)这虽是戏言,却道出了诚斋诗的中心内容。而且,他的一些表现自己心境的诗也是通过景物描写完成的。

莫言下岭便无难,赚得行人错喜欢。正入万山圈子里,一山放出一山拦。

——《过松源晨炊漆公店》

梅子留酸软齿牙,芭蕉分绿上窗纱。日长睡起无情思,闲看儿童捉柳花。

——《闲居初夏午睡起》

前一首写途中情景,后一首写闲适的心情,景物描写形象而有趣,语言也轻快流畅。

在经历了江西诗派近百年的笼罩后,人们对那种瘦硬劲峭、艰深僻奥的作品已经感到厌倦了,“诚斋体”如一阵清风,给人以新鲜轻松的感受,这就是杨万里声名大盛的原因。但杨万里过于看重自然景物,也过于信赖那种信手拈来、脱口而出的即兴式的创作方法,所以他的诗平淡一般化的较多,可以说首首可读,却没有什么惊人的杰作。

范成大(1126~1193),字致能,号石湖居士,吴郡(今江苏省苏州市)人。少孤贫,独力支撑家计,料理两个妹妹出嫁后,才致力于学。绍兴二十四年(1154)中进士,曾任秘书省正字,吏部员外郎等职。孝宗乾道六年(1170),假资政殿大学士的身份出使金国,不辱使命,全节而归,受到朝野称赞。回国后在静江、成都、明州、建康等地历任地方长官,仕至参知政事,晚年退居苏州郊区的石湖别墅。

和杨万里过分重视自然、而忽略社会生活的倾向不同,范成大则对社会生活有着充分的关注。他对现实和政治有较多的接触,对人民的疾苦也相当关心。他年轻时仿效王建新乐府作的四首诗:《乐神曲》、《缫丝行》、《田家留客行》、《催租行》,都真实地反映了农民生活和农村现实。后来写的《后催租行》更为出色,全诗借一个农夫之口,描写了在自然灾害和封建租税的双重压迫下,农民破家荡产卖儿卖女的凄惨生活,在貌似平静客观的叙写中充满了深切的同情和冷峻的批判。

乾道六年(1170)范成大出使金国,不仅出色地完成了使命,而且根据沿途见闻,写成了72首绝句诗。这些诗从不同的侧面,集中地表现了诗人的爱国思想。诗作谴责了北宋君臣的昏庸误国,抒发了黍离之悲,表达了对历史上抗敌卫国的英雄们的敬仰之情,描写了沦陷区人民受到的残酷压迫和侮辱,传达了他们驱逐敌人、收复国土的渴望。如《州桥》:

州桥南北是天街,父老年年等驾回。忍泪失声询使者:“几时真有六军来?”

典型的地点,刺痛人心的场面,写来似不甚着力,却极为真切的表达了遗民盼望恢复的心情,也曲折地流露着对屈辱投降政策的深刻不满。此外,像《双庙》、《清河店》、《翠楼》等篇,也都极具代表性。

晚年隐居石湖后,范成大写了不少田园诗,其中《四时田园杂兴》60首是他作为一个田园诗人享盛名、定身价的代表作。这组诗一反以前田园诗那种牧歌式的传统,而有着实实在在的真切体验和观察,他把自己的心置于现实的泥土之上,把表现士大夫情趣的田园诗和表现农民疾苦的新乐府式的诗融为了一体。他写鲜美的四时景物,写农村的土风民俗,写农民的生活和劳动,写他们耕作的辛勤、收获的欣喜,也写他们受到的敲骨吸髓的赋税剥削。

土膏欲动雨频催,万草千花一晌开。舍后荒畦犹绿秀,邻家鞭笋过墙来。

蝴蝶双双入菜花,日长无客到田家。鸡飞过篱犬吠窦,知有行商来买茶。

昼出耘田夜绩麻，村庄儿女各当家。童孙未解供耕织，也傍桑阴学种瓜。

黄纸蠲租白纸催，皂衣旁午下乡来。长官头脑冬烘甚，乞汝青钱买酒回。

在这些作品里，田园诗不仅有着泥土的气息，而且还充满了血汗的气息，获得了生命，扩大了领地。从艺术表现上看，诗人虽无意求工，却自然生动，清新轻巧，笔墨中洋溢着田野的土膏露气。

范成大的诗显然受有江西派的影响，他的一部分诗词汇生硬，用典颇多，而且喜欢用辞典，用佛典；但他又济以和婉，形成了自己婉而能峭的诗风。他表现农村生活的作品，却学习了元白、张王的作风，并吸收北宋和唐人七绝的优点，更为华美，更有韵味。杨万里曾评他的诗"清新妩丽"，指的主要是他这类诗。

第三节　陆游

在民族矛盾十分尖锐的南宋前期，诗人陆游以他激昂悲壮的声调，唱出了爱国御侮的时代精神。

陆游(1125～1210)，字务观，号放翁，越州山阴(今浙江省绍兴市)人。出身于一个世代为宦、富有学术和文学传统的地主家庭里。他的青少年时代是在家乡度过的，父亲陆宰和其朋辈们都是具有爱国思想的知识分子。生活在这样的环境中，他自幼就感受着抗金复国的思想。

绍兴二十三年(1153)，陆游到都城临安参加进士会试，名列第一，但第二年复试时，却因"喜论恢复"被奸相秦桧除名。直到秦桧死后，才被起用为宁德县主簿，后又在朝廷担任大理寺司直、枢密院编修等职。孝宗起用抗金宿将张浚进行北伐，陆游也积极投身于这次抗金事业中，但不久北伐失利，陆游也以“交结台谏，鼓唱是非，力说张浚用兵”的罪名被罢职还乡。

在家乡度过了几年窘困的闲居生活后，乾道五年(1169)末，陆游才得到夔州通判的一个微职。任期满后，陆游欣然接受了力主抗战的川陕宣抚使王炎的邀请，到他的幕中赞襄军务，并随王炎到了当时的抗金前线南郑一带。这是陆游第一次走上抗金前线，他一变夔州时的萧索颓唐为发扬蹈厉，铁马秋风豪情飞扬的军营生活使诗人胸怀开张。他走遍了以南郑为中心的西北边境地区，接触了抗金的士兵和人民，了解了金人的情况，坚定了抗战信心。他考察了汉中的地势和民情，并向王炎提出了进取中原的策略。但苟安求和的朝廷调走了王炎，陆游也被调回了成都。淳熙二年(1175)，范成大任成都府路安抚使兼四川制置使，陆游到他的幕府中担任了一名参议官。陆游一腔郁闷无处发泄，便诗酒放旷，不拘礼法，同僚们对他的狂放有所议论，他便干脆自称为“放翁”了。

淳熙五年(1178)，陆游被召东归，曾在福建、江西担任过管茶管盐的地方官。淳熙七年(1180)，被劾落职，虽一度再次起用，但绍熙元年(1190)又被免职，这时他已经66岁了。从这时一直到去世，他在故乡度过了闲适而又贫困的20年。这时他与普通人民有了更多接触，写下了大量表现农村风光、农民生活的诗。嘉定三年(1210)，86岁的诗人抱着“但悲不见九州同”的遗憾与世长辞了。

陆游的《剑南诗稿》中保存了9300多首诗，在这数量惊人的诗作中，爱国御侮是一个基本的主题。他那种为多难的祖国而歌唱、而呼喊的一贯到底的精神，不仅远远地高出了他同时代的诗人，在整个中国文学史上也是少有的。

抒发以身许国、恢复中原的理想，表达高昂的斗志和必胜的信心，是陆游爱国主义诗歌的重要内容。陆游终生的愿望就是献身国家，恢复中原，他早年的《夜读兵书》中写道："平生万里心，执戈王前驱"，中年的诗中仍这样写"报国计安出，灭胡心未休"(《枕上》)，直到他 82 岁时，这种杀敌报国的激情仍丝毫未减，"一闻战鼓意气生，犹能为国平燕赵"(《老马行》)。这种理想就是在睡中梦中也没有忘记，老了病了也从不灰心。他不像当时空谈心性的士人，也看不起那些"但欲口击贼"的空谈家，他要亲自投身到杀敌报国的前线上，即使战死沙场也在所不惜。他的许多诗都表现着这种"一身报国有万死"的牺牲精神和高昂斗志，《金错刀行》以光芒四射的金错刀自喻，声调慷慨，意气激昂。《十一月四日风雨大作》虽作于"僵卧荒村"之时，但至死不渝的报国热忱，却使自然界的凄风冷雨，在梦中化作了千军万马气吞山河的壮阔意象，自然深刻，又奇崛无比。

但一味屈膝求和的统治者，却使这个以身许国的抗战志士"报国欲死无战场"，于是，诗人把揭露、批判的锋芒指向了压制抗战、投降误国的统治者。他怀着愤怒的心情谴责着，呼喊着，"诸公尚守和亲策，志士虚捐少壮年"(《感愤》)，"战马嘶槽枥，公卿守和约"(《醉歌》)。他在成都时写的《关山月》中，将前方战士的报国无路、沦陷区人民的忍死等待，与统治阶级的文恬武嬉、不思恢复加以对比，更显得沉痛悲愤，深刻有力。他的《追感往事》(其五)这样写：

诸公可叹善谋身，误国当时岂一秦？
不望夷吾出江左，新亭对泣亦无人。

偏安江左的小朝廷里不仅没有管仲、王导一流的人物，连周顗那样为国事哭泣的人也没有了，时事如此，真可以让人扼腕长叹了。

南宋一代，投降主和的路线占了主导地位，因此，陆游的爱国诗篇里经常流露出壮志难酬的深沉慨叹，交织着抑郁悲凉的情绪。他的《书愤》、《夜登千峰榭》、《登赏心亭》等诗，都集中表现了这种心情。《书愤》是他晚年退居故乡所作，这首诗追忆了往岁的壮志和壮举，而今呢，“塞上长城”的愿望已成泡影，功业未建，徒落得满头华发。感慨万端的诗人用沉郁悲凉的调子沉吟着英雄失路的悲歌。

除了表现爱国御侮的主题外，陆游诗歌表现的天地是很广阔的。他的许多作品抒写了日常生活中的情景和感受。他善于用闲适细腻的文笔，在似乎不经意之中，发掘出平淡的生活中蕴含的浓郁的诗意，贴切地描写出眼前景物的情状和情味。《临安春雨初霁》、《剑门道中遇微雨》是这方面极具代表性的作品。陆游还写过不少反映农民和田园生活的诗，最为人传诵的是他的《游山西村》。

和当时多数人一样，陆游学诗也是从江西派入手的。他最初私淑吕本中，后来又师事曾几，吕、曾二人的理论和创作对他都深有影响。但入蜀后铁马秋风的生活和他浪漫豪放的个性使他终于冲出了江西派的藩篱。他认识到江西派雕琢奇险和模拟因袭的弊病，也认识了创作与生活的关系，他的作风发生了转变，形成自己鲜明的特色。

陆游的诗植根于现实的土壤中，真实地反映了南宋前期的社会状况和时代精神，从本质上讲是现实主义的。但在艺术表现上，陆游又有着浓厚的浪漫主义色彩。他素有“小李白”之称，性格豪放飞扬，写起诗来常常是笔酣墨饱，兴会淋漓。他善于用浪漫的想象、大胆的夸张来表现奇伟不平的内心世界和郁勃不可遏抑的激情，“手把白玉船，身游水晶宫，方我吸酒时，江山入胸中。”（《醉歌》）“天为碧罗幕，月作白玉钩，织女织庆云，裁成五色裘。披裘对酒谁为客，长揖北辰相献酬。”（《江楼吹笛饮酒大醉中作》）这是怎样的气魄和胸怀！陆游记梦的诗很多，他常借梦境驰骋在现实中无法实现的理想里，倾泻自己奔腾的激情，这些诗也具有很强的感染力。

陆游诗歌的风格是不断发展变化的。早年的诗多方面学习古人，没有跳出江西派“点铁成金”、“夺胎换骨”那一套，逞才思，重技巧。入蜀后，诗风一变而雄放宏肆。晚年退居家园，风格转趋平淡。成熟后的放翁诗，无论是雄浑悲壮的还是闲适细腻的，都表现着诗人对时代、对生活的关注和热爱，感情饱满，兴趣浓厚，精气充沛。

陆游诗歌的语言，历来公认的是其晓畅平易，精练自然，所谓"清空一气，明白如话"（《瓯北诗话》卷六），"能于易处见工"（《艺概·诗概》）。当然，这主要是相对于江西派而言的，实际上，除了他晚年的一些诗与白居易相似外，陆游的诗歌语言是经过千锤百炼的。但他的"炼"，"不在乎句险语曲，惊人耳目；而在乎言简意深，一语胜人千百。……观者并不见其炼之迹，乃真炼之至矣。"（《瓯北诗话》卷六）陆游的诗也用典，但他的用典多取自《晋书》、《世说》、《庄子》、《诗》、《骚》、杜诗之类，不用僻典，且能运化无迹，故虽用典而不害其平易明白。

陆游的诗各体皆工，近体诗特别是七律更为人推重。舒位在《瓶水斋诗话》中曾说："尝论七律至杜少陵而始盛且备，为一变；李义山瓣香于杜而易其面目，为一变；至宋陆放翁专工此体而集其成，为一变。凡三变，而诸家之为是体者，不能出其范围矣。"也有许多批评家对陆游七律中偶句的工整、用典的贴切极为欣赏。前人的作品中常用平列对，而陆游的偶句则多用流水对，往往能随手拈来，自然工巧。明清时代，陆游的诗句常被作为对联，悬挂在许多人家的厅房书斋里。

陆游的诗在艺术上也不无弊病。有些诗过于直露而缺少含蕴，晚年所作，词意和句法也有芜杂重复之处。但这些并不影响他作为一个伟大的爱国主义诗人在文学史上的崇高地位。

第四节 南宋后期诗歌

南宋后期，宋金对峙的局面相对稳定下来，前期诗歌中那种爱国御侮的激愤呼声渐趋低沉，文人们重又沉湎于诗酒放浪、悠游林泉的生活情趣中。长期笼罩诗坛的江西派已趋末流，不少诗人对江西体颇感厌倦，企图另出手眼，自辟蹊径。在这种背景下，出现了永嘉四灵和江湖诗派。

“永嘉四灵”是指南宋后期，生活在永嘉（今浙江省温州）地区的四位诗人：徐照（字灵晖）、徐玑（字灵渊）、赵师秀（字灵秀）、翁卷（字灵舒），因为四人名字中都有一个“灵”字，创作旨趣又相投，故称“永嘉四灵”。四人中，徐照、翁卷都布衣终生，赵师秀和徐玑做过几任小官。

四灵把诗作为陶写性情的工具，由于他们的生活阅历较为狭窄单调，生活情趣偏于闲适琐碎，所以作品以山水林泉、羁旅情思、应酬唱和之作为主。从艺术上看，四灵有意处处与江西为敌，他们从晚唐的贾岛、姚合入手，作品中多用白描，少用故实，诗风较为平易。在体裁上，四灵专工五律，于五律中间两联尤其用功。但总的来说，他们的诗格局小，变化少，缺乏深沉阔大的气象，本来壮丽的河山，一到四灵的笔下，就都成了精致的盆景。所以，严羽就曾批评他们“只入声闻辟支之果”（《沧浪诗话·诗辨》）。

四灵的七绝不多，倒有一些意境完整的佳作，如翁卷的《乡村四月》，赵师秀的《约客》等，都写得新颖灵巧，自然圆美，历来为人传诵。

由四灵推而广之，又有了所谓“江湖诗派”。理宗宝庆二年（1226），杭州书商陈起刊刻了《江湖集》，以后又陆续刻了《江湖续集》、《江湖后集》等书，收入了刘克庄、刘过、戴复古等许多诗家的作品，后来遂称集中所收作家为“江湖派”。这些人多数是些落第文人，因功名不得意，只得沦落江湖之上。他们湖海飘零，因人作客，游览山水，往来唱和，一时蔚成风气。由于南宋后期时局黑暗，他们以江湖相标榜，多少含着与当权者不合作的态度，加上他们的有些作品也确实对现实有所不满，刺激了当局，陈起因而得罪流放，《江湖集》的版也被劈了。

实际上，江湖派人数众多，流品也很杂。有的关心时局，喜论大略；有的洁身自好，不问世事；也有的等而下之，以诗文干谒公卿，以为生计，如无所得，则谤毁要挟，不一而足。他们的创作趋尚也不完全一致，他们中的许多人感受了四灵的影响，也有人仍学江西体。其中刘克庄、戴复古等人，颇有关心时局之作，有一定成绩。

到了南宋覆亡前后，文天祥等人浸蘸着血泪，唱出了宋诗悲愤哀怨的感人尾音。

文天祥(1236～1282)，字履善，又字宋瑞，自号文山，江西吉水人。他是南宋末年一位伟大的民族英雄、政治家和爱国诗人。他20岁举进士第一，历官至江西安抚使。德祐元年(1275)，元军进逼临安，文天祥起兵勤王，临危受命为右丞相、枢密使。临安朝廷瓦解后，文天祥率部转战南方，图谋恢复，终因敌我力量悬殊，于祥兴元年(1278)十二月在海丰五坡岭兵败被俘。元人将他押解至燕京，在狱中，文天祥表现了崇高的民族气节，在元人的威逼利诱下，富贵不淫，威武不屈。元人无计可施，终于将他杀害。

在德祐元年(1275)以前，文天祥的诗和当时其他文人并没有什么两样。但随着时代和社会的巨变，文天祥亲身体验了民族危难、家国兴亡，作品的内容和艺术都发生了深刻转变。他后期的创作主要收在《指南录》、《指南后录》、《吟啸集》里，共有诗370多首，如果加上他狱中集杜诗的200首，则有570多首。这些诗都闪烁着动人的爱国主义思想的光辉，一方面激昂奋发，忠肝义胆，为了拯救时艰，百折不挠；而五坡岭被俘后，他的声调则在沉痛凄凉中交织着凄厉高亢、充满了大义凛然的民族气节。《过零丁洋》、《金陵驿》、《正气歌》等，都是他后期有代表性的作品，表现了他坚定不移、视死如归的爱国意志，在艺术上或直抒胸臆，或情景交融，沉雄苍凉，极为真挚感人。

宋亡前后的谢翱、林景熙、郑思肖、汪元量等人，或写宋亡史实，或抒亡国之痛，或寓故国之思，都流露着真挚的爱国情怀。低徊的声音回荡在沦亡的国土上，令人黯然，也令人沉思。

第四章　南宋词

第一节　李清照

李清照(1084～1155?)，号易安居士，山东济南人。父亲李格非以文章受知于苏轼，母亲王氏也知书能文。李清照出身书香名门，少时即能诗文，有才名。18岁，与太学生赵明诚结婚，二人感情至笃。明诚精通金石考古，夫妇共同校勘古书，唱和诗词，鉴赏书画鼎彝，生活比较美满。靖康之变，夫妇携金石书画南渡，兵荒马乱中，赵明诚病死，所携文物也损失殆尽。她就辗转漂流于杭州、越州、金华一带，在孤苦中度过了晚年。

李清照是诗、词、散文都有成就的作家，但是最擅长的还是词。她曾写过一篇文章，表达自己对词和当代词坛的见解，后人题为《词论》(今见《苕溪渔隐丛话》后集卷三十三)。这是宋人最早的一篇论词专文，影响很大。《词论》主张"词别是一家"，与诗歌、散文等其他体裁相比有其独特的要求，如词要协律，须典雅、有风致。以此为标准，她批评了苏轼词"往往不协音律"，为"长短不葺之诗"；批评柳永词"词语尘下"，不够典雅。李清照的词学观虽有一定保守性，但其对词体特征的认识还是颇为精当的。

李清照的词可以南渡为界，分为前后二期。前后期内容、风格颇异。前期词描写她在少女、少妇时期的生活，如[如梦令]：

常记溪亭日暮，沉醉不知归路。兴尽晚回舟，误入藕花深处。争渡，争渡，惊起一滩鸥鹭。

词里描绘的藕花深处的归舟和滩头惊飞的鸥鹭，活泼而富有生趣。再如[点绛唇]：

蹴罢秋千，起来慵整纤纤手。露浓花瘦，薄汗轻衣透。见客人来，袜刬金钗溜。和羞走，倚门回首，却把青梅嗅。

表现了她少女生活的活泼、天真甚至有点淘气的情态。婚后的少妇生活同样洋溢着温馨的气息，虽不免也有夫妻分离之苦，但不过是淡淡的愁思和感伤。试读下面两首词：

红藕香残玉簟秋，轻解罗裳，独上兰舟。云中谁寄锦书来？雁字回时，月满西楼。　花自飘零水自流。一种相思，两处闲愁。此情无计可消除，才下眉头，却上心头。

——[一剪梅]

薄雾浓云愁永昼，瑞脑销金兽。佳节又重阳，玉枕纱厨，半夜凉初透。　东篱把酒黄昏后，有暗香盈袖。莫道不消魂，帘卷西风，人比黄花瘦。

——[醉花阴]

二词背景相同：明诚外出，作者思念丈夫。词中委婉而含蓄地表达了闺中的寂寞和离情。词中写离情别绪正是传统的内容，但以往如温、韦、晏、欧等人，“男子而作闺音”，所写的闺情词不过代人抒情的代言体，李清照的这些词把自己内心世界真切地揭示出来，具有女性特有的细腻感情和特有的表现方式。也正是因为她表达了对爱情生活的向往和对大自然的热爱，也招来了封建卫道士的批评和斥责，她的词在当时就被斥为“无顾藉”、“无检操”。

从靖康元年起，是李清照的后期。她连续遭到国破、家亡、夫死的苦难，过着长期的流亡生活。其作品主要是表达她个人的不幸遭遇，词风也从前期的妍丽、清新变为缠绵凄苦、沉哀入骨。如其[永遇乐]：

落日熔金，暮云合璧，人在何处？染柳烟浓，吹梅笛怨，春意知几许。元宵佳节，融和天气，次第岂无风雨？来相召，香车宝马，谢他酒朋诗侣。　　中州盛日，闺门多暇，记得偏重三五。铺翠冠儿，捻金雪柳，簇带争济楚。如今憔悴，风鬟雾鬓，怕见夜间出去。不如向帘儿底下，听人笑语。

此词是作者晚年寓居南方时作。适逢元宵佳节，门外一派繁华热闹，而作者内心充满了国破家亡的凄凉。词中多用对比，产生了情与景的强烈反差。感情凄切沉痛，既突破了其前期作品仅仅表现离别相思的局限，也突破了婉约词缺乏深广的社会内容的局限。

李清照词艺术上取得很高的成就。她的词自成一家之风，被后人誉为“易安体”。首先是她善于塑造抒情主人公形象，通过完美的意境烘托，并把外部情态与内心世界结合起来，丰富了人物形象。其次是语言运用。她善于运用浅近、清新的语句，创意出奇，善于提炼日常口语，采用白描手法来表情达意。如[如梦令]：

昨夜雨疏风骤，浓睡不消残酒。试问卷帘人，却道海棠依旧。知否，知否，应是绿肥红瘦。

李清照词叠字的运用更为出色。[声声慢]可称为典范之作：

寻寻觅觅，冷冷清清，凄凄惨惨戚戚。乍暖还寒时候，最难将息。三杯两盏淡酒，怎敌他，晚来风急。雁过也，正伤心，却是旧时相识。　　满地黄花堆积，憔悴损，如今有谁堪摘？守着窗儿，独自怎生得黑。梧桐更兼细雨，到黄昏，点点滴滴。这次第，怎一个愁字了得！

首句即用 14 个叠字，后又用“点点滴滴”4 个叠字，是前无古人的创举。这一连串的叠字加强了节奏感，起到了急促、铿锵的艺术效果，清代徐釚说：“首句连下十四个叠字，真似‘大珠小珠落玉盘’也。”(《词苑丛谈》)

李清照的词被后人视为婉约派正宗。清代王士禛说“婉约以易安为宗，豪放惟幼安称首”。因而李清照和辛弃疾被称为“二安”。沈谦也说：“男中李后主，女中李易安，极是当行本色。”(《填词杂说》)李煜和李清照二人又被合称为“二李”。都是突出了她的婉约风格特色。其实，漱玉词中也不乏豪放之作。如[渔家傲]以“天接云涛连晓雾”展示了开阔的气度和丰富的想象力。李清照以她杰出的创作成就，取得了在文学史上的崇高地位。她不仅在女性文学家中称冠，即使与男性同列也毫不逊色。清代李调元说她“不徒俯视巾帼，直欲压倒须眉”(《雨村词话》)，可谓有见。

第二节　南宋前期的词人

靖康之变，北宋倾覆，赵构继立，朝廷南迁。神州陆沉，山河破碎的局面激发了爱国文人的报国豪情，而南宋朝廷的偏安投降政策，奸臣当道的局面又使文人们失望消沉。在这种交织着正义与邪恶、光明与黑暗的时代，诗人们笔下词风便产生了既有战歌的激昂奋发、慷慨悲壮，又有牧歌的淡逸超脱、闲适清疏。其实，后一种不过是前一种变化形式，是壮志不得伸展、愤世嫉俗的变态表现。

南宋前期，一批词人积极投身于反抗民族压迫的爱国斗争之中，强烈的爱国主义精神在词中得到充分体现，作品内容由对自身的关心转向对国家民族命运的关注，甚至以词为武器呐喊呼号。风格也由北宋末年的闲适绮艳转向慷慨激昂。这些词人上承苏轼的思想、艺术传统，下开辛弃疾爱国词派的先河。其代表人物是张元干和张孝祥。

张元干(1901～1070)，字仲宗，号芦川居士、真隐山人，永福(今福建永泰)人。曾为李纲幕僚，助李抗金。李纲罢官，他亦株连获罪。后高宗用秦桧为相，他不屑与奸佞同朝，愤而辞官。

张元干的代表作是二首[贺新郎]。一首写于绍兴八年(1138)，宋高宗要向金拜表称臣，李纲上书反对无效，张元干写了这首词寄给他，支持他的抗金主张。其下片云：

十年一梦扬州路。倚高寒，愁生故国，气吞骄虏。要斩楼兰三尺剑，遗恨琵琶旧语。谩暗涩、铜华尘土。唤取谪仙平章看，过苕溪、尚许垂纶否？风浩荡，欲飞举。

后来胡铨上书请斩秦桧等国贼，因之遭贬；众官畏，不敢与胡来往。张元干却特写了另一首[贺新郎]相赠：

梦绕神州路，怅秋风、连营画角，故宫离黍。底事昆仑倾砥柱，九地黄流乱注，聚万落千村狐兔。天意从来高难问，况人情易老悲难诉；更南浦，送君去。　凉生岸柳催残暑，耿斜河，疏星淡月，断云微度。万里江山知何处，回首对床夜语。雁不到书成谁与？目尽青天怀今古，肯儿曹恩怨相尔汝？举大白，听金缕。

前一首直抒胸臆，表达了报国无门的愤慨。后一首含蕴沉郁，上片写中州沦丧，下片抒与胡铨的深厚情谊。这二首词充分体现了张元干豪放词的特点。《四库全书总目提要》评二词云："慷慨悲凉，数百年后，尚想其抑塞磊落之气。"

张孝祥(1132～1169)，字安国，号于湖居士，历阳乌江(今安徽和县)人。高宗时举进士第一，曾因事忤秦桧下狱。秦桧死后释罪。张孝祥作诗文努力学习苏轼。据说他"尝慕东坡，每作为诗文，必问门人曰：比东坡如何？"(《四朝闻见录》)他的词风也与苏词颇有相似之处，他的词多感怀时事，充满慷慨激昂的爱国主义激情。

绍兴三十一年(1161)，金主完颜亮领兵南侵，被宋将虞允文击溃。张孝祥听到这消息，写了一首热情横溢的[水调歌头]，并表示自己也要乘风破浪，击楫中流，誓师北伐：

雪洗虏尘静，风约楚云留。何人为写悲壮？吹角古城楼。湖海平生豪气，关塞如今风景。剪烛看吴钩，剩喜燃犀处，骇浪与天浮。　忆当年，周与谢，富春秋。小乔初嫁，香囊未解，勋业故优游。赤壁矶头落照，肥水桥边衰草，渺渺唤人愁。我欲乘风去，击楫誓中流。

隆兴元年(1163),张浚的北伐军在符离溃败,南宋统治集团又重新走向妥协投降的道路,他在建康写了首[六州歌头]词:

长淮望断,关塞莽然平。征尘暗,霜风劲,悄边声,黯销凝。追想当年事,殆天数,非人力;洙泗上,弦歌地,亦膻腥。隔水毡乡,落日牛羊下,区脱纵横。看名王宵猎,骑火一川明,笳鼓悲鸣,遣人惊。　　念腰间箭,匣中剑,空埃蠹,竟何成!时易失,心徒壮,岁将零。渺神京,干羽方怀远,静烽燧,且休兵。冠盖使,纷驰骛,若为情。闻道中原遗老,常南望翠葆霓旌。使行人到此,忠愤气填膺,有泪如倾。

全词在急促的节拍中传达出奔迸的激情,并通过关塞苍茫、名王宵猎、壮士抚剑悲慨、中原遗老南望等一幕幕鲜明的场景,反映出时代的特征,具有强烈的艺术感染力量。相传张浚那时正招集山东、两淮忠义之士于建康,上书反对和议。张孝祥在建康留守席上赋此词,张浚为之感动而罢席。

张孝祥词豪放之外,也不乏清旷之作,其风格意境与苏轼词颇为相似,这也是他有意为之的结果。如[念奴娇]《过洞庭》,就俨然是一篇小型的《赤壁赋》。

洞庭青草,近中秋更无一点风色。玉鉴琼田三万顷,着我扁舟一叶。素月分辉,明河共影,表里俱澄澈。悠然心会,妙处难与君说。　　应念岭表经年,孤光自照,肝胆皆冰雪。短发萧骚襟袖冷,稳泛沧溟空阔。尽挹西江,细斟北斗,万象为宾客。扣舷独啸,不知今夕何夕!

此词作于遭谗罢官北归过洞庭湖时,词中塑造了自己高洁的形象。词的意境优美,冰雪一般的忠肝义胆和表里澄澈的湖光月色完全达到了水乳交融的地步。

南宋前期的爱国词人还有一些本是著名的主战派将领或士大夫,如岳飞、李纲、胡铨等,他们都不是以词知名,但由于他们主张抗金的态度最坚决,他们词里所表现的爱国思想和奋发有为的精神，往往为一般词家所不及。其中传诵千古的岳飞[满江红]词，是这方面最有代表性的作品。

怒发冲冠，凭栏处、潇潇雨歇。抬望眼，仰天长啸，壮怀激烈。三十功名尘与土，八千里路云和月。莫等闲、白了少年头，空悲切。　　靖康耻，犹未雪。臣子恨，何时灭。驾长车踏破，贺兰山缺。壮志饥餐胡虏肉，笑谈渴饮匈奴血。待从头收拾旧山河，朝天阙。①

八百多年来，岳飞的[满江红]一直是家弦户诵的名篇，在外患频仍的历史时代里，曾经起着难以估量的鼓舞斗志的作用。

此外如李纲的[苏武令]“塞上风高”，胡铨的[好事近]“富贵本无心”都充分表现了豪迈的英雄气概和顽强的战斗精神。

南宋初期的抗金斗争形势，时而激烈，时而相对和缓。一部分词人当看到形势渐趋稳定，投降派掌权，对现实感到无能为力时，他们不愿与权奸同流合污又想明哲保身时，就转而在园林、山水中寄托他们的精神生活，在词里表现了萧然自得的态度。他们的词作思想复杂，艺术上特色显著。这一派的代表人物是朱敦儒。

朱敦儒(1081～1159)，字希真，号岩壑，洛阳人。北宋时颇有清高之名，南渡后避乱到岭南。绍兴三年(1132)应召到临安，赐进士出身，官秘书省正字兼兵部郎官。后因“专立异论”，与主战派大臣李光交通，被劾罢官。后来又一度被秦桧笼络，任鸿胪少卿，为时论所不满。桧死后，他遭废黜。其词集名《樵歌》。

朱敦儒词最具特色的是他南渡后隐居不仕时的模山范水，吟咏遁世生活的作品。他曾写了首[鹧鸪天]为自己画像：

我是清都山水郎，天教懒慢带疏狂。曾批给露支风敕，累

① 近年来对[满江红]词的作者是否岳飞、争论较为激烈。首倡否定观点的是近代学者余嘉锡(见《四库提要辩证》卷二三)后继者有夏承焘等；肯定者以邓广铭为代表。至今学术界尚未有一致意见。

奏留云借月章。　诗万首，酒千觞。几曾着眼看侯王？玉楼金阙慵归去，且插梅花醉洛阳。

以潇洒之笔写其疏狂胸怀，颇有诗仙李白的风神气度。他曾在嘉兴城南一带经营了别墅，过着世外桃源的生活，正如他的[好事近]《渔父词》中所表现的：

摇首出红尘，醒醉更无时节。活计绿蓑青笠，惯披霜冲雪。　晚来风定钓丝闲，上下是明月。千里水天一色，看孤鸿明灭。

景色的清淡自然与他萧然世外的闲散心情正相一致。

处在当时时事多变的年代，朱敦儒也不可能一味清旷超逸，家国沦亡的悲凉凄苦也时常流于笔端。如[采桑子]：

扁舟去作江南客，旅雁孤云。万里烟尘，回首中原泪满巾。　碧山对晚汀洲冷，枫叶芦根。日落波平，愁损辞乡去国人。

词中体现的亡国之悲、忧国之情说明了他对国事时政的关注，由此亦可看出，他的清旷超逸不过是对现实的曲折反映。

朱敦儒的词艺术成就较高，南宋时已有人对他十分推崇。汪莘说："余于词所喜爱者三人焉：盖至东坡而一变……二变而为朱希真，多尘外之想，虽杂以微尘，而其清气自不可没。"(《方壶诗余自序》)他的词不假雕琢，不事堆砌，不加粉饰，境界阔大高远，语言清雅隽朗，笔势挥洒自如，与当时笼罩词坛的典雅精工的词风截然异趣。以朱敦儒为代表的清旷超逸风格的出现，丰富了词坛的风格形式，对后世词的发展产生了一定的影响。

第三节　辛弃疾

一、生平

辛弃疾(1140～1207),原字坦夫,改字幼安,号稼轩居士,历城(今山东济南)人。辛弃疾的生平可分为四期。

(一) 南归以前(23 岁以前)

辛弃疾出生那年,宋室南渡已 13 年。他的家乡历城已是金人的占领区。北方人民的灾难在他童年生活中留下了深刻的印记。辛弃疾天资聪颖,少即能诗文;膂力过人,武艺高强,素有“青兕”之称。绍兴三十一年(1161)金主完颜亮南下侵宋,济南农民耿京聚众 20 多万起义,青年的辛弃疾也组织了 2000 多人参加,并在军中掌书记。完颜亮南侵失败后,辛弃疾劝耿京和南宋王朝联系,在军事上配合行动,进一步反击敌人,并代表起义军到建康去见宋高宗。在他从南宋北归时,叛徒张安国已谋害了耿京,并劫持了部分起义军投降金人。辛弃疾得到这消息,率部下 50 人驰骑直入张安国 5 万人的大营,缚张安国置马上,当场又号召了上万的士兵反正,长驱渡淮,奔向南宋。

(二) 南渡初为官时期

辛弃疾本以为南归后大有可为,可以一展光复宏图,未料南朝小朝廷为求偏安,采取妥协的方针,使辛弃疾英雄无用武之地。南归之初,他被解除武装,任江阴军签判;所率万余义军,竟作了南宋流民。隆兴元年(1163)张浚出兵北伐,败于符离,南宋王朝又倾向对金和议。辛弃疾这时不顾自身官职的低微,写成《美芹十论》献给宋孝宗。论文前三篇详细分析了北方人民对女真统治者的怨恨,以及女真统治集团内部的尖锐矛盾。后七篇就南宋方面应如何充实国力，积极准备，及时完成统一中国的事业等，也都提出一些具体的规划。后来虞允文作宰相，他又写了《九议》献给他。《九议》除包括《美芹十论》里一些重要论点外，更根据刘邦、项羽率吴楚子弟北上灭秦的史实，驳斥存在于士大夫间的“吴楚之脆弱不足以争衡于中原”的谬论。批评了盲目主战者妄图速胜，立志不坚者经不起失败的极端情绪。辛弃疾的这些意见虽没有为南宋王朝所采纳，但仍可以看出他对形势认识的清楚和对统一祖国事业的关心。这和他词里所表现的爱国主义精神是息息相通的。

在这期间，辛弃疾历任滁州知州，建康留守参议官、京西转运判官、湖南安抚使等职，不到10年，职务调动11次。频繁的调动，不能久于职守而有所建树，英雄失意，使他内心充满郁闷。辛弃疾的远大政治抱负和不与投降派妥协的政治态度，以及他在南宋统治集团里的孤危地位，使他在政治上屡受打击，也使他在这时期写的词里交织着种种复杂矛盾的心情，形成辛词所特有的豪壮而苍凉、雄奇而沉郁的风格。[水龙吟]《登建康赏心亭》是这一时期的代表作。

楚天千里清秋，水随天去秋无际。遥岑远目，献愁供恨，玉簪螺髻。落日楼头，断鸿声里，江南游子。把吴钩看了，栏干拍遍，无人会，登临意。　　休说鲈鱼堪脍，尽西风，季鹰归未？求田问舍，怕应羞见，刘郎才气。可惜流年，忧愁风雨，树犹如此！倩何人，唤取红巾翠袖，揾英雄泪。

（三）闲居带湖、瓢泉时期

淳熙八年(1181)，辛弃疾因言官弹劾而落职退居江西上饶的带湖。并取“人生在勤，当以力田为先”的意义，自号稼轩（见《宋史·辛弃疾传》）。这时他爱庄子的文章与陶渊明的诗，对政治流露了厌倦的心情；但由于他一直期望把一生贡献给统一祖国的事业，表面上他好像过着一种悠闲自得的生活，内心还是愤愤不平的。这期间，朝廷曾一度起用辛弃疾为福建提点刑狱，不过二年光景，又一次遭谏官弹劾而被革职。罢官后他定居瓢泉。虽然他对官场毫无留恋,寄情山水颇有自适之感,但他并没有走向消沉,爱国情怀变得更加忧愤深广了。

(四) 晚年参与北伐时期

宁宗嘉泰三年(1203),64 岁的辛弃疾忽然被朝廷起用为两浙东路安抚使,出知绍兴府。这主要是因为宰相韩侂胄正想乘蒙古部族对金国后方形成的威胁之机,对金用兵来提高自己的威望,起用了一些主张抗金的人。这样辛弃疾又一次应召出山。

辛弃疾对这次起用抱有很大希望。他来到镇江,一面派遣人到金国侦察形势虚实,一面准备招募沿边士兵来训练,这年秋天他登临北固亭,想起京口一带的英雄业绩,也想起了自己青年时期的战斗生活,写下了一首生气勃勃的[永遇乐]《京口北固亭怀古》词:

> 千古江山,英雄无觅、孙仲谋处。舞榭歌台,风流总被、雨打风吹去。斜阳草树,寻常巷陌,人道寄奴曾住。想当年,金戈铁马,气吞万里如虎。　　元嘉草草,封狼居胥,赢得仓皇北顾。四十三年,望中犹记、烽火扬州路。可堪回首、佛狸祠下,一片神鸦社鼓。凭谁问,廉颇老矣,尚能饭否?

词中表达了他老当益壮的热忱。可惜辛弃疾到镇江刚满一年,就因言官的弹劾而罢职,他只好重回故宅闲居。开禧三年(1207)年九月十日,他怀着规复中原的宏愿,抑郁以殁。据说他在临死时大呼:“杀贼!杀贼!”(《康熙济南府志》)

二、辛词的思想内容

辛弃疾的创作以词为主,《稼轩词》有词 600 多首,不但在数量上超越前人及同时期的作家,而且在思想内容上也表现出极大的丰富性。生活在半壁河山沦入敌手、强敌虎视眈眈的宋金对峙时期,辛弃疾的词不再是词人之词,而是作为一名爱国志士的心声。他的词中爱国主义与战斗精神为主旋律。他的爱国词或表达自己的报国之志，或发表对时局的看法，对国家命运的关心。感情深厚，格调高昂。

在辛弃疾的爱国词中，首先引起我们重视的是那些表现自我经历、自我形象、自我感触的词，词中塑造了自己的爱国志士的形象。如[鹧鸪天]的上片：

> 壮岁旌旗拥万夫，锦襜突骑渡江初。燕兵夜娖银胡鞣，汉箭朝飞金仆姑。

描写了自己青年时期统率千军，铁甲轻骑，勇猛杀敌的形象。但是杀敌立功已成为往事，黑暗的现实使他怀才不遇，于是他在词中抒发了自己壮志难酬的苦闷与悲愤。如[八声甘州]：

> 故将军饮罢夜归来，长亭解雕鞍。恨灞陵醉尉，匆匆未识，桃李无言。射虎山横一骑，裂石响惊弦。落魄封侯事，岁晚田园。　谁向桑麻杜曲，要短衣匹马，移住南山。看风流慷慨，谈笑过残年。汉开边、功名万里，甚当时、健者也曾闲。纱窗外，斜风细雨，一阵轻寒。

词中用汉飞将军李广的故事抒发自己现实的感慨。李将军一生英名，老来失意与自己英雄无用武之地正相仿佛。另如他晚年写的[生查子]《题京口郡治尘表亭》更羡慕夏禹的“悠悠万世功，兀兀当年苦”。可是由于他的志业、才能在南归后一直不能实现和发挥，这就不能不使他在词里表现愤慨和不平。他和汤朝美的两首[水调歌头]词：“笑吾庐，门掩草，径封苔。未应两手无用，要把蟹螯杯。”“短灯檠，长剑铗，欲生苔。雕弓挂壁无用，照影落清杯。”正是这种思想的表现。

评议时局，议论世事，关心国家命运，陈述恢复大业。这是辛弃疾爱国词的主要内容。他热情赞扬抗金斗争，鼓吹收复失地，北伐中原。如[南乡子]《登京口北固亭有怀》：

> 何处望神州？满眼风光北固楼。千古兴亡多少事，悠悠，不尽长江滚滚流。　年少万兜鍪，坐断东南战未休。天下

英雄谁敌手？曹刘，生子当如孙仲谋！

词中歌颂了三国孙权能够保卫东南，战胜强敌，具有借古喻今的意味。辛弃疾对被分裂的北方十分怀念，词里不但经常出现“西北有神州”，“西北是长安”等句子，还对沦陷区的人民和河山表达了同情思念之情。如[菩萨蛮]《书江西造口壁》：

郁孤台下清江水，中间多少行人泪。西北望长安，可怜无数山。　　青山遮不住，毕竟东流去。江晚正愁余，山深闻鹧鸪。

他对南宋苟安局面表示了强烈的反感。他讥刺南宋小朝廷是“剩水残山无态度”（[贺新郎]《陈同甫自东阳来过余……》）痛斥投降派，批判苟且偷安的投降政策。如[摸鱼儿]：

更能消几番风雨，匆匆春又归去。惜春长怕花开早，何况落红无数。春且住，见说道，天涯芳草无归路。怨春不语。算只有，殷勤画檐蛛网，尽日惹飞絮。　　长门事，准拟佳期又误，蛾眉曾有人妒。千金纵买相如赋，脉脉此情谁诉！君莫舞，君不见，玉环飞燕皆尘土！闲愁最苦，休去倚危栏，斜阳正在、烟柳断肠处。

以玉环、飞燕的可悲结局警告弄权误国、骄横一时的权贵奸小，以斜阳、烟柳点出投降派日薄西山、前途黯淡的趋势。

辛弃疾的爱国词题材十分广泛，怀古咏史也是常用形式。如前引[水龙吟]《登建康赏心亭》、[永遇乐]《京口北固亭怀古》和[南乡子]《登京口北固亭有怀》等都是。下面再举一首[水龙吟]《过南剑双溪楼》：

举头西北浮云，倚天万里须长剑。人言此地，夜深长见、斗牛光焰。我觉山高、潭空水冷、月明星淡。待燃犀下看，凭阑却怕，风雷怒，鱼龙惨。　　峡束苍江对起，对危楼、欲飞还敛。元龙老矣，不妨高卧，冰壶凉簟。千古兴亡，百年悲笑，一时登览。问何人又卸、片帆沙岸，系斜阳缆。

借用雷焕的宝剑在双溪落水化龙，光射斗牛的传说，表现他要求统一祖国的壮志；又借用温峤在牛渚燃犀下照，看见水底怪物的传说，表现他对那些在黑暗中活动的人物的顾虑。

用祝寿词表达爱国之心、报国之志是辛弃疾的创造。[水龙吟]《为韩南涧尚书寿》即是一例：

渡江天马南来，几人真是经纶手？长安父老，新亭风景，可怜依旧。夷甫诸人、神州沉陆，几曾回首！算平戎万里，功名本是，真儒事，公知否？　　况有文章山斗，对桐阴，满庭清昼。当年堕地，而今试看，风云奔走。绿野风烟，平泉草木，东山歌酒。待他年整顿乾坤事了，为先生寿。

除爱国词外，辛充疾还写了很多其他内容的词，也都是脍炙人口的佳作。如描写农村日常生活的[清平乐]《村居》：

茅檐低小，溪上青青草。醉里吴音相媚好，白发谁家翁媪？

大儿锄豆溪东，中儿正织鸡笼。最喜小儿无赖，溪头卧剥莲蓬。

好似一幅清新的村俗图画。其他如表现闲适的[水调歌头]《盟鸥》，写男女爱情的[祝英台近]《晚春》等都颇受后世好评。表现出辛词题材广泛和内容丰富的特点。

三、辛弃疾的艺术成就

辛弃疾继承了苏轼豪放的词风及南宋初期爱国词人的战斗传统，进一步扩大词的题材，几乎达到了无事无意不可以入词的地步。为了充分发挥词的抒情、状物、记事、议论的各种功能，他创造性地融会了诗歌、散文、辞赋等各种文艺形式的优长，丰富了词的表现手法与语言技巧，从而形成辛词独特的风格，“能于剪红刻翠之外，屹然别立一宗”(《四库全书总目提要》)。

辛词艺术上的独特成就首先表现在极大地发展了豪放词风，

将激昂的内容与豪放的风格完美地统一在一起。南宋的刘克庄评论辛词说:"所作大声镗鞳,小声铿鍧,横绝六合,扫空万古,自有苍生以来所无。"(《辛稼轩集序》)即指出了辛弃疾豪放词的特点和历史地位。辛词豪放特色的形成有多种因素,最突出的是雄奇阔大的意境创造。他亲身经历的战斗和他远大的政治抱负,使他词里所表现的常是阔大的场景,战斗的雄姿以及那些具有坚强性格的事物。他爱不怕霜欺雪压的梅花、梗梗磊落的长松、堂堂直节的劲松;他写长剑是"倚天万里",写长桥是"千丈晴虹"([沁园春]《期思卜筑》)。他笔下的青山,像万马奔腾驰骤,像巨犀拔海而出。这些生动而夸张的描绘与想象构成辛词豪放风格的特征。豪放风格的形成还表现在独特的艺术手法。辛弃疾善于运用想象、象征、夸张的浪漫主义手法,使人物的形象和感情能在更广阔的时空中驰骋。如脍炙人口的[破阵子]《为陈同甫赋壮词以寄之》:

> 醉里挑灯看剑,梦回吹角连营。八百里分麾下炙,五十弦翻塞外声。沙场秋点兵。　　马作的卢飞快,弓如霹雳弦惊。了却君王天下事,赢得生前身后名,可怜白发生。

这首词在梦境中驰骋激情,把立功报国的理想表现得淋漓尽致。又用梦境与现实的巨大反差表现了壮志难酬的愤慨。清代陈廷焯说辛词"气魄雄大,意境却极沉郁"(《白雨斋词话》卷一),可谓有见。

辛词风格的豪放为人所瞩目,但其婉约之作也取得了很高的成就,表现出他艺术创作风格的多样化。刘克庄在肯定其豪放词后又说:"其秾纤绵密者亦不在小晏、秦郎之下。"他写言情词不失缠绵悱恻又清新疏旷。如其名作[青玉案]《元夕》:

> 东风夜放花千树,更吹落,星如雨。宝马雕车香满路,凤箫声动,玉壶光转,一夜鱼龙舞。　　蛾儿雪柳黄金缕,笑语盈盈暗香去。众里寻他千百度,蓦然回首,那人却在、灯火阑珊处。

其次表现在比兴寄托的手法上。由于辛弃疾是从北方“归正”来的军人。① 他的恢复中原统一中国的政治抱负既和偷安江南的小朝廷不相容，他政治上的孤危地位和屡遭毁谤的身世又警戒他不能肆意逞辞，这就使他有时不能不采取幽隐曲折的比兴手法，表现他百折不回的战斗精神。他词中或者以景物节序起兴，或者咏古起兴，或者托儿女之情，写君臣之事。如前引[摸鱼儿]“更能消几番风雨”以“玉环飞燕”喻投降派权贵，以“斜阳”“烟柳”，讽刺昏暗王朝。据罗大经《鹤林玉露》记载，孝宗看了这首词后“颇不悦”。可见皇帝也看出了这首词的比兴用意。

第三，语言特色。辛词语言极富创造性，突破了词与诗歌、散文不同的语言界限。他不仅把前人的诗句、词句融入自己的词中，还汲取了经、史、子、小说的语言精华，铸成了雄深雅健的崭新的语言。他又善于运用通俗的口语，使词风清新流转。如[西江月]《夜行黄沙道中》：

> 明月别枝惊鹊，清风半夜鸣蝉。稻花香里说丰年。听取蛙声一片。　　七八个星天外，两三点雨山前。旧时茅店社林边，路转溪桥忽见。

现代学者顾随说：“‘七八个星天外，两三点雨山前’一联，粗枝大叶，别具风流。”（《稼轩词说》）即指出此词以口语入词，别具韵味。

大量用典是辛词又一大特点。词的体裁受到格律、字数的限制，有时很难把曲折复杂的情事表达出来。而能于古事中觅得与此情事相合者熔铸于词中，既能加深和扩展作品的内在容量，又可使读者产生广阔的联想。辛词通过用典达到了这种艺术效果。后人评论说：“辛稼轩别开天地，横绝古今，《论》、《孟》、《诗小序》、《左氏春秋》、《南华》、《离骚》、《史》、《汉》、《世说》、选学、李杜诗，拉杂运用，弥见其笔力之峭。”（吴衡照《莲子居词话》）总的说来，辛词的

① 南宋王朝歧视那些从北方归来的人物，称他们为“归正人”。

用典凝练贴切，技巧高妙，但有时也有“掉书袋”的毛病，即滥用书本材料来炫耀自己的渊博。岳珂曾当面指出他的[永遇乐]《京口北固亭怀古》词“微觉用事多耳”。辛弃疾也意识到这一点，接受批评，并说：“君实中余痼。”（见《桯史》）

辛弃疾的词，尤其是爱国豪放词，在南宋末期，以至后世都产生了强烈、深远的影响。辛词和陆游的诗是鼓舞南宋人民的反对妥协投降，力争抗金胜利的一对号角，在当时就产生了很大影响，而且后来每当民族危机深重的时候，它们的影响就越大。辛词将苏轼开创的豪放词风推上高峰，自此之后“词派有二：一曰婉约，一曰豪放。……豪放唯幼安称首。”（王士禛《花草蒙拾》）豪放词派成为可与传统的婉约词派双水分流的词学流派。

第四节　辛派词人

与辛弃疾同时的陈亮和刘过，和稍后的刘克庄、刘辰翁等，在词的创作上或有意模仿，或受其影响，形成了南宋中叶以后声势最大的词流派，后世称为辛派或爱国词派，这些词人则为辛派词人。

作为文学流派，他们的创作具有一些明显的一致性，如内容上多表现爱国热情，词风格豪放，语言上较少婉约派词人的雕琢习气，又带来了恣肆粗犷的作风。在词牌的选择上，喜欢采用带有古诗或散文意味的[水调歌头]、[念奴娇]、[贺新郎]、[沁园春]等长调，讲格律而不拘守格律，喜用散文句式，大量吸收经史诗文语言。但也有与辛词不同之处，他们没有辛弃疾那样的政治抱负与战斗经历，词中所反映社会的深度和广度不如辛词；艺术上也不及辛词精练，风格粗豪有余，清逸不足。

陈亮（1143～1194），字同甫，号龙川，婺州永康（今属浙江）人。南宋著名学者，以政论闻名。他和辛弃疾有深厚的友谊，同为抗战派。在辛弃疾退处上饶时，他曾从浙江东阳去看他，同游鹅湖，极论世事。他别后又与辛弃疾互相赠词寄意，写[贺新郎]酬和，传为词坛佳话。陈亮的词为：

老去凭谁说？看几番、神奇臭腐，夏裘冬葛！父老长安今余几？后死无仇可雪，犹未燥、当时生发！二十五弦多少恨，算世间、那有平分月，胡妇弄，汉宫瑟。　树犹如此堪重别！只使君、从来与我，话头多合。行矣置之无足问，谁换妍皮痴骨？但莫使伯牙弦绝！九转丹砂牢拾取，管精金，只是寻常铁。龙共虎，应声裂。

字里行间，有一种爱国激情喷薄而出，那是可以和辛弃疾原唱旗鼓相当的。他的[念奴娇]《登多景楼》，批评南朝王谢诸人只争门户私计不能长驱北上收复中原，借以表示他对南宋王朝的不满，是现传《龙川词》里较有代表性的作品。

危楼还望，叹此意今古几人曾会。鬼设神施，浑认作天限南疆北界。一水横陈，连冈三面，做出争雄势。六朝何事，只成门户私计？　因笑王谢诸人，举高怀远，也学英雄涕。凭却江山，管不到河洛腥膻无际。正好长驱，不须反顾，寻取中流誓。小儿破贼，势成宁问强对。

陈亮上书宋孝宗说："京口连冈三面，而大江横陈，江旁极目千里，其势大略如虎之出穴，而非若虎之藏穴也。……天岂使南方自限于一江之表而不使与中国而为一哉！"又说"二圣北狩之痛，盖国家之大耻，而天下之公愤也。……若只与一二臣为密，是以天下之公愤 而私自为计，恐不足以感动天人之心，恢复之事亦恐茫然未知攸济耳。"这些议论都可和词意互相发明，都寄希望于宋孝宗有所作为，北伐收复中原。

叶适《书龙川集后》载，陈亮每写成一首词，往往感慨地说："平生经济之怀，略已陈矣！"这正说明了他的填词绝不是遣兴娱乐，而是直接披露个人的政治抱负，抒发抗战救国的雄心壮志的。

在艺术上，陈亮词与辛词的不同之处是往往大声疾呼，明指直陈，而较少采取诗人比兴的手法，因此缺乏辛词的沉郁含蓄。

刘过(1154～1206)，字改之，号龙洲道人，吉州太和(今江西太和)人。他的生平、气节、词风均与陈亮相似，因而人称为“二龙”(龙川、龙洲)。刘过崇拜辛弃疾，作词师法辛词豪放。辛弃疾任浙东安抚使，招他作幕僚，他以一首[沁园春]作答：

> 斗酒彘肩，风雨渡江，岂不快哉！被香山居士，约林和靖，与坡仙老，驾勒吾回。坡谓“西湖、正如西子，浓抹淡妆临照台。”二公者，皆掉头不顾，只管传杯。　　白言“天竺去来，图画里峥嵘楼阁开。爱纵横二涧，东西水绕；两峰南北，高下云堆。”逋曰“不然，暗香浮动，不若孤山先访梅。须晴去，访稼轩未晚，且此徘徊。”

这首词摆脱词的传统手法，用散文笔调自由抒写。用白居易、林和靖、苏轼三人对话组织成篇，三人又非同时之人。这种新奇的结构、大胆的想象是改之词所独具的。

总的说来，刘过词豪放雄迈有余，沉郁顿挫不足。清代冯煦说：“龙洲自是稼轩附庸，然得豪放，未得其婉转。”(《蒿庵论词》)此评还是比较合乎实际的。

南宋中叶以后，继承辛弃疾的词风而成就较大的是刘克庄。

刘克庄(1187～1269)，字潜夫，号后村，福建莆田人。他生活在南宋末年，在诗词里经常流露的是对人民疾苦和国家危机的关心。如其代表作[贺新郎]《送陈子华赴真州》：

> 北望神州路，试平章这场公事，怎生分付？记得太行兵百万，曾入宗爷驾驭。今把作握蛇骑虎。君去京东豪杰喜，想投戈，下拜真吾父。谈笑里，定齐鲁。　　两河萧瑟惟狐兔。问当年祖生去后，有人来否？多少新亭挥泪客，谁梦中原块土？算事业须由人作。应笑书生心胆怯。向车中闭置如新妇。空目送，塞鸿去。

真州治所在今江苏仪征，当时是靠近抗金前线的要地，刘克庄对前往知真州的陈子华寄予厚望。上片对陈子华北去统领“豪杰”，“定齐鲁”充满殷切期望，下片则对照地鞭挞了偷安半壁的南宋统治者。全词表现了作者的爱国豪情。刘克庄十分推崇辛词，自称从小就会背诵辛词，他曾为辛弃疾集作序，称赞辛词“大声镗鞳，小声铿鍧，横绝六合，扫空万古”风格的崇高历史地位，他自己作词也“总不涉闺情春怨”（[贺新郎]），后人评为“与稼轩相类”（毛晋《后村别调跋》）。下面这首词，可见其特色之一斑。

国脉微如缕，问长缨何时入手，缚将戎主？未必人间无好汉，谁与宽些尺度？试看取当年韩五：岂有谷城公付授，也不干曾遇骊山母，谈笑起，两河路。　　少时棋柝曾联句，叹而今登楼揽镜，事机频误。闻说北风吹面急，边上冲梯屡舞，君莫道投鞭虚语。自古一贤能制难，有金汤便可无张许？快投笔，莫题柱。

——[贺新郎]《实之三和，有忧边之语，走笔答之》

他发展了辛词的豪放一面，又增加忧愤悲凉的色彩。但缺乏深厚的内蕴和沉郁的意境。究其原因，一是与其他辛派词人一样，缺乏辛弃疾的“真气”；二是时代已至南宋末期，复兴之事已属渺茫，是时代的局限。

到了南宋政权覆亡前后，由于民族矛盾的尖锐，辛弃疾的词风又在文天祥、邓剡、刘辰翁等的词里得到继承。他们的词有许多是在南宋王朝亡后写的，亡国之痛使他们的词一派愁苦之音，已不再有辛、刘的豪情壮气了。

第五节　姜夔

姜夔（1155？～1221？），字尧章，号白石道人，江西鄱阳（今江西波阳)人。他早岁孤贫,依姊而居。以后漫游湘、鄂、苏、杭、湖州等地,一生未曾做官,一直过着清客游士的生活。他人品至高,与一般以文字干谒权贵、名流来求功名富贵的江湖游士、清客文人截然不同。当时人们评论他"翰墨人品皆似晋、宋之雅士"(周密《齐东野语》卷十二载《姜尧章自叙》)。他于诗、文、词无所不精,音乐、书法也造诣甚高。曾备受当世闻人——如萧德藻、杨万里、范成大等——的赏识,但却始终不能博取一官半职,而只能转徙依附于他人门下,最后终于穷死江湖。

姜白石词集名《白石道人歌曲》,与周邦彦词的风格有接近的一面,史称"周姜",也受到辛弃疾词风的影响。姜夔既不同于阴柔的婉约词,更不同于阳刚的豪放词。南宋张炎曾称其词风为"清空"、"骚雅",具有其独特的审美特征和词史地位。

姜夔词的题材较广泛:感时、咏物、恋情、抒怀、写景、记游、节序、交游、酬赠等,而以前三种为主。

第一,感时伤世之作,以[扬州慢]为代表作:

> 淮左名都,竹西佳处,解鞍少驻初程。过春风十里,尽荠麦青青。自胡马窥江去后,废池乔木,犹厌言兵。渐黄昏,清角吹寒,都在空城。　　杜郎俊赏,算而今,重到须惊。纵豆蔻词工,青楼梦好,难赋深情。二十四桥仍在,波心荡、冷月无声。念桥边红药,年年知为谁生?

这首词的小序说:"入其城(扬州)则四顾萧条,寒水自碧。暮色渐起,戍角悲吟。予怀怆然,感慨今昔,因自度此曲。千岩老人以为有《黍离》之悲也。"作者来到扬州,看到这座曾极度繁华的历史名城多次遭到金人侵扰,已破败不堪,感慨今昔,极为沉痛悲凉。这是白石爱国感情的表现。

第二是咏物词。白石词以咏物词最多,如咏梅的有 28 首,咏柳的有 25 首。白石或借咏物以自标高洁的人格,或有深沉曲婉的寄托。他的《疏影》、《暗香》是词史上的咏物名篇。下举《疏影》一词。

> 苔枝缀玉，有翠禽小小，枝上同宿。客里相逢，篱角黄昏，无言自倚修竹。昭君不惯胡沙远，但暗忆、江南江北。想佩环、月夜归来，化作此花幽独。　犹记深宫旧事，那人正睡里，飞近蛾绿。莫似春风，不管盈盈，早与安排金屋。还教一片随波去，又却怨、玉龙哀曲。等恁时、重觅幽香，已入小窗横幅。

此词为咏梅，咏物而不滞于物。由梅花产生联想，把梅的品格、精神与自己的性格结合起来，寄托了作者的理想品格，表现了作者经历的坎坷世路，努力逃避现实，在风花雪月的天地里，孤芳自赏的情调。

第三是恋情词。姜夔在青年时期，曾与合肥一位弹琵琶的女子有过一段缱绻缠绵的恋情，后来，中年的作者再次过合肥，但情侣已经离开。对恋人，白石一直未能忘怀。如下面[鹧鸪天]中所表现的：

> 肥水东流无尽期，当初不合种相思。梦中未比丹青见，暗里忽惊山鸟啼。　春未绿，鬓先丝，人间别久不成悲。谁教岁岁红莲夜，两处沉吟各自知。

感情真挚，一往情深，全无艳情词的软香媚亵之态。

姜夔词在艺术上取得了很大的成就。对后世产生了深远的影响。

姜夔的艺术成就首先表现在“清空”“骚雅”的风格特色上。宋代张炎十分推崇姜夔的词，说姜夔“不惟清空，又且骚雅”，“读之使人神观飞越”(《词源》)。所谓“清空”是与“质实”相对而言的，张炎说：“词要清空，不要质实。清空则古雅峭拔，质实则凝涩晦昧。”(同上)具体到姜夔来说是指意念的空灵，意境的清幽。抒情则入其真而出其疏，咏物则遗其貌而取其神。白石词中没有露骨的情语和对物体细腻的刻画，却能引发人的联想、体会物体的神韵。至于“骚雅”，主要是指姜夔继承《诗经》、《楚辞》的传统，运用比兴、寄托表达他的思想感情。“清空”和“骚雅”的结合，即形成了姜夔以清幽空灵的意境表达他伤世感怀情志的特点。如上引[扬州慢]用“废池乔木”、“清角吹寒”、“波心冷月”、“桥边红药”等荒凉景物，抒发对乱后扬州的今昔之感。[暗香]用“竹外疏花，香冷入瑶席”，既写梅花的高洁，也表现自己的超凡脱俗。

其二，音乐性强。姜夔精通音律，善于创调，他的词音律考究，富于音乐美，在这一点上他继承了周邦彦的传统。但周的词律为的是唱腔流美，而姜夔则重在声律和谐。他在[长亭怨慢]的小序中说：“予颇喜自创曲，初率意为长短句，然后协以律。”这就是说，先根据需要表达的内容写出歌词来，然后再推敲格律，配制歌谱，而非以律害词，以词害意。把文词的文学美与声律的音乐美完美地相结合是姜夔的过人之处。《四库全书总目提要》说姜夔“精深华妙，尤善自度新腔，故音节文采并冠绝一时”，就指出了这一特点。

第三，语言特点。姜夔精于选字、铸词、炼句。姜夔早年学诗师法黄庭坚，填词也用江西派诗法来锤炼语言，因而姜夔语言有清刚峭拔、瘦硬凝练的特点，后人评论他“句琢字炼，归于醇雅”（汪森《词综序》），即是此意。语言上多用单行散句，声律上间用拗句拗调，适当纠正向来婉约派词人平熟软媚的作风，给读者一种清新挺拔的感觉。姜夔词中多用典，如[暗香]、[疏影]几乎全篇是典，他也能做到“僻事实用，熟事虚用”（《白石道人诗说》），自有其特色。

姜夔词在当时及后世产生了极大的影响。白石之后，向风慕义者，一时蜂起，形成了南宋后期左右词坛的一个重要词派。南宋人陈模曾记述当时词坛风气说：“近时作词者只说周美成、姜尧章等。”（《怀古录》）从元代一直到清代中叶以白石为宗者代不乏人。清初朱彝尊说“词莫善于姜夔”（《黑蝶斋诗余序》），浙西词派把推崇姜、张（炎）作为立派的旗帜。其影响之深远由此可见。

姜夔能于婉约、豪放之外别立“清空”“骚雅”一宗，既不同于北宋末年以来的绵丽软媚，又不同于辛派末流的粗犷叫嚣，而成为词体的第三种风格。清人对词派认识即如此：“词胜于宋，自姜、张以格胜，苏、辛以气胜，秦、柳以情胜，而其派乃分。”（《词学集成》卷五引蔡小石语）对丰富、发展词的风格形式有重要的贡献。

第六节 姜派词人

姜夔的清雅词风在南宋末期产生的影响，较之辛派有过之而无不及。追慕白石词风者，形成了姜派词人群。正如后人所指出的：

> 词莫善于姜夔，宗之者张辑、卢祖皋、史达祖、吴文英、蒋捷、王沂孙、张炎、周密、陈允平、张翥、杨基，皆具夔之一体。
>
> ——朱彝尊《黑蝶斋诗余序》

姜派词人约有如下的共同点：第一，就渊源论，他们都远祖周邦彦，近宗姜夔；第二，他们都精通音律，注重词的音乐美，因而又被称为格律派；第三，讲究琢句炼字，使事用典；第四，他们大都有较为相似的社会地位：身居下僚，或流落江湖，或浮沉宦海。词中每以比兴寄托手法抒发伤时感世之情。姜派词人中成就较高者为吴文英和张炎。

吴文英（1200？～1260?），字君特，号梦窗，四明（今浙江宁波）人。一生未第，曾为权贵门客，是终生不得志的清客词人。吴文英的词现存 340 首，数量虽多，但题材较为狭窄，多为感旧怀人，伤今念古之作，也有一些感时伤世或文期酒会的应酬之作。梦窗词多写恋情，抒发自己缠绵缱绻的情怀和落泊失意的情绪是其主要内容。

吴文英对于词学有较为系统的主张，沈义父的《乐府指迷》中记载了吴文英的词法，主要有四点：（一）音律欲其协，不协则成长短之诗；（二）下字欲其雅，不雅则近乎缠令之体；（三）用字不可太露，露则直突而无深长之味；（四）发意不可太高，高则狂怪而失柔婉之意。在协律、求雅、琢句炼字等方面都可以看出他受周邦彦、姜夔的影响。但吴文英虽为姜派词人，却仍有自己的独特风格，清代张祥龄说："词至白石，疏宕极矣，梦窗辈起以密丽争之。"（《词论》）吴文英词的主要风格特色就是"密丽"。主要表现在以下几个方面：

首先是虚实的问题。张炎论词是提倡清空，反对质实的。他认为吴文英的词是"质实"的典型，其词如"七宝楼台，眩人耳目，碎拆下来，不成片段"（《词源》）。清空是指意境清疏空灵，抒情的语意和线索较明显；质实是指意境的浓密华丽，抒情的脉络较隐晦。应该说密丽风格也有其审美价值。如其[声声慢]描绘园林："檀栾金碧，婀娜蓬莱，游云不蘸芳洲。"寻常的建筑、柳丝、水涯在梦窗笔下显得光怪陆离。梦窗词还喜用典，有时用典太僻造成读者无法索解，给人以晦涩的感受。

其次是词的结构问题。梦窗词打破了传统的结构方式，他的叙述往往使时间与空间、写实与想象交错杂糅，如其名作[莺啼序]：

> 残寒正欺病酒，掩沉香绣户。燕来晚，飞入西城，似说春事迟暮。画船载、清明过却，晴烟冉冉吴宫树。念羁情，游荡随风，化为轻絮。　　十载西湖，傍柳系马，趁娇尘软雾，溯红渐招入仙溪，锦儿偷寄幽素。倚银屏，春宽梦窄，断红湿、歌纨金缕。暝堤空，轻把斜阳，总还鸥鹭。　　幽兰旋老，杜若还生，水乡尚寄旅。别后访六桥无信，事往花委，瘗玉埋香，几番风雨。长波妒盼，遥山羞黛，渔灯分影江宿，记当时、短楫桃根渡。青楼仿佛。临分败壁题诗，泪墨惨淡尘土。　　危亭望极，草色天涯，叹鬓侵半苎。暗点检，离恨欢唾，尚染鲛绡；亸

凤迷归，破鸾慵舞。殷勤待写，书中长恨，蓝霞辽海沉过雁，漫相思，弹入哀筝柱。伤心千里江南，怨曲重招，断魂在否？

[莺啼序]为梦窗自度曲，240字，为词中最长调。全词四片，一片伤春，二片忆旧，三片寻迹，四片凭吊。词中线索不是直线发展而是随着意识情感的流动起伏跳跃，转换自由。后人评此词“通体离合变幻，一片凄迷，细绎之，正字字有脉络”（陈洵《海绡说词》）。

梦窗词在词史占有一定的地位。清人周济说他“返南宋之清泚，为北宋之秾挚”，即在南宋词人的主流风格之外别树一帜，与北宋词风有暗合之处。这种评价还是合乎实际的。

张炎（1248～1322?），字叔夏，号玉田，晚号乐笑翁。祖籍秦州成纪（今甘肃天水），后居临安（今杭州）。他出身于一个大贵族、大官僚的家庭。其六世祖张俊为“中兴四将”之一，封清河郡王。曾祖张鎡，为南宋中期著名文人，父亲张枢也工诗词，晓音律。张氏门第豪华，家有园林、声伎，宾朋游宴之盛，甲于都下。然而当张炎29岁时，临安被元人占领，他的祖父被杀，父亲不知下落，妻妾流亡。国破家亡的巨大变故，彻底改变了他的生活。从此他流落江湖，四处漂泊。

张炎词的内容多写家国之痛，身世之感，充满了故国之思。如[思佳客]：

梦里瞢腾说梦华，莺莺燕燕已天涯。蕉中覆处应无鹿，汉上从来不见花。　　今古事，古今嗟。西湖流水响琵琶。铜驼烟雨栖芳草，休向江南问故家。

词中充满物是人非的深沉的悲慨。

张炎是写咏物词的高手，下面这首[南浦]《春水》使他获得了“张春水”的雅号：

波暖绿粼粼，燕飞来、好是苏堤才晓。鱼没浪痕圆，流红去、翻笑东风难扫。荒桥断浦，柳阴撑出扁舟小。回首池塘青欲遍，绝似梦中芳草。　　和云流出空山，甚年年净洗，花香不了。新绿乍生时，孤村路、犹忆那回曾到。余情渺渺，茂林觞咏如今悄。前度刘郎归去后，溪上碧桃多少！

全词摹景、状物、抒情，都扣住“春水”二字，婉转相生，风致妍然，极尽咏物之妙。

张炎论词极推姜夔，所作之词，风格的清虚俊爽，情调的凄怆缠绵，确与姜夔最为接近。然而张炎在师法姜夔的同时“未尝不转益多师”（刘熙载《艺概》评张炎语），形成自己的独特风格。邓牧曾评张炎词说：“美成、白石逮今脍炙人口，知者谓丽莫如周，赋情或近俚；骚莫若姜，放意或近率。今玉田张君，无二家所短，而兼所长。”（《张叔夏词集序》）张炎摒弃了姜白石词中“放意或近率”的劲健峭拔，将其“清空”发展为流丽、疏爽。

张炎不仅是一个词人，而且还是一位出色的词论家。他写的《词源》一书，和沈义父所写的《乐府指迷》同是中国文学批评史上最早的词论专著。

《词源》分上下两卷，上卷是音律论，详解五音十二律和八十四调等问题。下卷是创作论，有自序、音谱、拍眼、制曲、句法、字面、虚字、清空、意趣、用事、咏物、节序、赋情、离情、令曲、杂论和《杨守斋作词五要》共 17 篇。在创作论中，张炎以“雅正”和“清空”为基石。《杂记》说：“词欲雅而正，志之所之，一为情所役，则失其雅正之音。”以此为标准，他对代表下层市民阶层思想情趣的柳永俗词，和表现爱国主义精神的辛弃疾、刘过的豪放词都持否定态度。可见张炎的雅正说既有可取之处，又带有很大的局限性。“清空”是张炎对风格的最高要求，他认为姜夔词最有清空的特点（已见前述），他自己的创作也实践了这一点。

张炎的创作和理论对后世产生了重要的影响。他与姜夔并称“姜张”，后人将他二人的词合刊称为《双白词》（白石、白云），他和姜夔所代表的清空词风在后世的词史上不断受到推崇，清代的浙西词派统治词坛时甚至“家白石而户玉田”，可见影响之大。

第五章　宋代散文

第一节　欧阳修与北宋散文

宋初文坛承晚唐五代的余习,一时名手多工骈体。文风浮艳卑弱。西昆体的产生,更助长了这种华美而空虚的不良习气。

在浮艳文风盛行的同时,不断有作家站出来自觉地加以抵制,从柳开、王禹偁到穆修、石介,一直有人喊着"革弊复古"的口号。其中王禹偁的散文创作有一定成绩,他的《待漏院记》、《唐河店妪记》等文章,不仅有着坚实的思想内容,写作上也打破了骈俪华艳的习气。但柳开、石介等人,创作上既无突出成绩,论文时又带着太浓的道学气味,所以未能产生太大的影响。直到欧阳修出,高倡复古革新,文坛风气才为之一变。

早在西京留守推官任上,欧阳修就和尹洙等人致力于平易质朴的古文的写作,他们相互鼓舞,补缀校定韩愈的文集以扩大影响,逐渐形成了声势。欧阳修在散文复兴的过程中起了关键作用,他很善于团结同志,奖引后进,和他同辈的尹洙、苏舜钦,晚辈的曾巩、王安石、三苏等,都站在了复古革新的方面,形成了强有力的创作队伍。他不仅以自己的理论和实践为散文的发展指出了正路,还利用嘉祐二年(1057)知贡举的机会,打击了华丽和怪僻的文风。经过 30 年的努力,到了仁宗嘉祐末年,浮艳空虚的文风扫地以尽,古文最终战胜了骈文,确立了自己的主导地位。影响所及,赋和骈文也起了变化。

欧阳修的复古革新理论，既上承韩愈，又具有自己鲜明的特色。在文与道的关系上，为了和当时浮艳的文风相对抗，欧阳修虽也认为“有道”和“能言”是两回事，但他比韩愈更强调道，甚至认为“道胜者文不难而自至”(《答吴充秀才书》)，有道就有文，忽视了文的独立价值，这似乎与道学家论文的腔调十分接近。不过，欧阳修理解的道和道学家讲的道并不一样，内容要宽广一些。他指斥当时文士“弃百事不关于心”的脱离现实的作风，把关心现实生活中的“百事”作为行道的基础，这就超出了“道统”观念的范围，把作者引导到了现实中来。在文章风格上，欧阳修在与西昆体及后来的“涩体”文风的斗争中，发展了韩愈“文从字顺”的一面，摒弃了他“怪怪奇奇”的一面，建立了平易晓畅、委曲婉转的文章风格。欧阳修的这些主张，适应了当时的文坛形势，对散文复兴运动起了指导作用。

欧阳修还以自己的创作为散文复兴做出了楷模。他一生写了大量散文，而且种类颇多。他的书信、序跋、杂文中的许多作品，都以议论为主，间或杂有小叙。其中不少是和当时的政治斗争有关的，如《原弊》、《朋党论》、《与高司谏书》、《五代史伶官传论》等，都直接地配合了当时的政治斗争，表明了作者的政治态度。这些议论文章有的笔锋犀利，如刀斩斧斫，像《纵囚论》便把唐太宗“纵囚”的佳话一笔扫倒。但更多的时候，是纡徐舒缓，如潺潺细流，《五代史伶官传论》就是很有代表性的一篇。这是一篇具有现实意义的史论文，作者把简练的叙事与议论结合为一体，结构开合抑扬，曲折回环，语言唱叹有情，顿宕生姿，极富于说服力和感染力。

欧阳修还有许多叙事、怀人、写景的文章，如《泷岗阡表》、《祭石曼卿文》、《醉翁亭记》、《秋声赋》等。这些散文往往更富于文学意味，善于用简练的笔墨，渲染出浓厚的抒情氛围，结构上更加千回百转，摇曳生姿。如在《秋声赋》里，他先以生动的文笔，对无形的秋声进行了形象传神的描绘，不仅具有诗情画意的美感，而且渲染出浓重的神秘气氛，与后面的人生慨叹和谐统一在一起。《醉翁亭记》写滁州山间朝暮四时的不同景色和自己与滁人游山的欢乐，层次分明而疏落有致，语言自然流畅，一唱三叹，情韵饱满四溢。

总之，平易流畅，丰满圆润，行文婉曲变化，感情色彩浓厚，为人所称道的"六一风神"正是欧阳修的特色所在。这和他标榜的韩愈散文有着显著的不同：韩文如波涛汹涌的长江大河，欧文恰像婉转纡曲的溪流；韩文富于刚阳壮美之气，欧文更多优柔从容之趣。在唐宋八大家中，欧阳修确实是最有特色、影响最深远的大家之一。

第二节　曾巩、王安石和苏轼

曾巩、王安石和三苏都出自欧阳修门下，他们不仅把散文革新进一步推向深入，而且也各以自己的特色卓然名家。其中苏轼的成绩尤为突出，在宋代的散文作家中，他是仅有的可以与欧阳修比肩的人物。

曾巩（1019～1083），字子固，建昌南丰（在今江西省）人。嘉祐二年（1057）欧阳修知贡举时，与苏轼、苏辙兄弟同榜中进士第。做过馆阁校勘、通判、知州等职，仕至中书舍人。他曾整理、校勘过《战国策》、《说苑》、《新序》、《李太白集》等多种古籍，以文才受到欧阳修的赏识，是著名的唐宋八大家之一。

曾巩的文学成就主要在散文方面，他的文章受欧阳修影响较大。但他长期在馆阁中任职，近十年的学者生涯和温厚沉潜的个性，使他的散文自具特色。他的文章缺少欧阳修文章中那种激烈的政治内容，而有着很浓的书卷气，以"古雅"、"平正"见称。无论叙事议论，都冲和平淡，委曲周详，布局谨严完整，节奏舒缓不迫，语言简净，思致明晰。《战国策目录序》、《先大夫集后序》、《宜黄县县学记》、《墨池记》等都是他具有代表性的作品。他的《墨池记》围绕着大书法家王羲之一件细小的轶事，阐明勤学对于增进学术、修养道德的重要性。文章不事描写，而以议论为骨架，反复唱叹，委婉含蓄。

王安石在八大家中是以政论文见长的。他的政论文一般都有着充实的社会政治内容，如《上仁宗皇帝言事书》、《本朝百年无事札子》、《答司马谏议书》等直接鼓吹推动变法的文章，揭示了社会潜在的危机，批评了逸豫无为的风气，剖析了当时行政的弊端，都深入骨髓，切中要害，表现了一个政治家敏锐深刻的眼光和刚毅果敢的风度。他的《答司马谏议书》针对司马光对新法的指责，从四个方面一一进行反驳，表示了坚定不移的变法信心。文章理正辞严，又措词得体，不枝不蔓，矫健有力。

王安石的政论文，无论长篇短制，结构都很严谨，论证严密，说理透彻，语言简练，风格雄健峭劲。他较少写景抒情类的文字，文章的艺术感染力似嫌不足，但那简劲峭折的风格中，仍显示着一个政治家风骨凛然的人格。

王安石有一些脍炙人口的小品文，历来以思力深刻、笔力强劲为人称道，如《读孟尝君传》、《书刺客传后》、《伤仲永》等，或三言两语扫倒成说，或从小事引发哲理，真有尺幅千里之势。

眉山三苏父子在唐宋八大家中占了三位，这实在称得上文学史上的奇观。三苏的文章各有特色，“老苏”（苏洵）长于论辩，有战国纵横家余习；“小苏”（苏辙）则“汪洋淡泊，深醇温粹”，颇有秀杰之气；苏轼更是才情洋溢，冠绝一代。南宋科考场上流传有“苏文熟，吃羊肉；苏文生，吃菜羹”的俗谣，可见对苏轼散文生熟的程度简直可以决定士子的命运了。

苏轼论文与欧阳修一脉相承，主张文章应言之有物。但在苏轼的时代，古文已较为普及，苏轼便更加重视文章的独立价值。在《答谢民师书》中，他曾引用欧阳修的话，把文章比作市有定价的精金美玉,《答刘沔书》中也把文章比作金玉珠贝,这就比王安石视文章为“器之有刻镂绘画”的功利主义见解高出许多。在文章形式方面,苏轼强调“辞达”,把它当作文章的最高境。所谓“辞达”,是指文章能准确晓畅地表达自己的意思,传达事物的精神。要做到“辞达”,首先要认真观察,深切体物,使所要表达的内容“了然于心”,这已是很不容易了,“千万人不一遇”。然后就要调动各种手段,把“了然于心”的内容准确表达出来,“了然于口与手”。辞能达意,文章便不可胜用了。与这种“辞达”的主张相适应,苏轼提倡一种自然流畅的文风,认为文章应当“如行云流水,初无定质。但行于所当行,常止于不可不止,文理自然,姿态横生”(《答谢民师书》)。摆脱拘束和格套,让文笔随着思想自由流淌,虽不刻意求工,但在自然的流走中却符合着文章写作的规律,曲尽文章之妙。

苏轼的文章体裁众多,多数文章都能做到文理自然,姿态横生,形成了他散文的一贯特点。

苏轼一生写了许多政论和奏议,其中应试时写的25篇《进策》、《思治论》、《上神宗皇帝书》等较为有名。这些文章都针对当时的社会危机,对各种错综复杂的矛盾和关系进行分析,并提出自己的对策。在写作上,这类文章有孟轲之风,也带有战国纵横家的习气,说理透彻,洋洋洒洒,气势雄健,纵横恣肆。他的史论文也颇不少,以应试时写的25篇《进论》和《志林》中的《留侯论》、《平王论》、《商鞅论》等较为有名。这些史论文表达的见解虽然未必切当,但在写作上却更善于随机生发,翻空出奇。所以明代的钟惺就不无夸张地说:“有东坡之文,而战国之文可废也。”(《东坡文选序》)

苏轼文集中还有大量的杂记、书札、杂说、小赋等文章,这类文章内容丰富,文学意味很浓。它们往往融叙事、写景、抒情、议论为一炉,信手拈来,随意挥洒。作者浩博的学识,丰富的想象,取貌传神的高超技巧,使这类文章的知识性、趣味性、艺术性达到了完美结合。从中我们可以看到作者坦荡的胸怀、自由乐观的个性，也可以看到他对社会人生、文学艺术的种种体验和精到见解。所以明人袁宏道更看重这类文章："坡公之可爱者，多其小文小说。使尽去之，而独存其高文大册，岂复有坡公哉!"(《〈苏长公合作〉引》)

在苏轼的记体散文中，亭台楼阁记占了很大分量。以前的这类文章，如范仲淹的《岳阳楼记》，欧阳修的《醉翁亭记》等，多以写景为主，以情景交融来表达思想感情。苏轼却以叙述、描写、议论错杂并用为特点，布局变化多端，不拘一格。如《超然亭记》，劈头先来一段游于物内或游于物外的议论，造成一种飘忽的意绪，然后进入叙事。《放鹤亭记》则在行文中间，突然从题外拈出一个"酒"字，与国君之好鹤对比，说明"南面之乐"不如"隐居之乐"。其他记体类文章也各具神态。《石钟山记》借石钟山命名由来的考察，生发出"事不目见耳闻而臆断其有无"是不行的这一论点，水到渠成，结构自然而完整。《筼筜谷偃竹记》则由晒图勾起回忆，在真挚感情的抒发中，也表达了精到的文艺见解。他《志林》中的一些文字，如《黄州访海棠》、《夜月寻张怀民》等，则在片断日常生活的记述中，用极简洁的文笔，鲜明而又仿佛是不经意地点染出一种活泼的情调和心境，令人回味不尽。

他的书札如《答秦太虚书》、《答参寥书》等，或谈个人生活，或谈论文艺创作，或叙写被贬后的处境、心情，都毫不造作，写得亲切有味。杂说如《日喻说》、《稼说》等，则善于用浅显、贴切的比喻阐发道理。赋在宋代，随着散文影响的日益扩大而渐趋散化，形成具有韵散相间为特点的文赋，赋体的发展进入一个新时期，文赋的特点在欧阳修的《秋声赋》中已较为明显，到了苏轼的前后《赤壁赋》就更进了一步。《前赤壁赋》写作者面对赤壁的月光水色，乐极生悲、由悲复喜的心情变化，表现了挣脱苦闷、超脱自我的心路历程，诗情、画意、哲理水乳交融。作品虽仍采用主客对话的形式，却摆落了传统赋体的板滞和绮靡，注入了更多的散文成分，如行云流水一样清新流畅，自由活泼，完全是一篇优美的散文诗了。

第三节　南宋散文概况

北宋的古文运动取得了出色成绩，但在北宋末年，由于新党严禁苏文，文坛一度颇为寂寞。南渡后，苏文解禁，古文继续发生深刻的影响，以奇句单行为特征的古文成为文坛的主导形式。而南宋前期激烈的民族矛盾和后来各种学派间的论争，给散文带来了新的特色。

南渡前后，民族危机严重，抗金御侮成为诗词等文学形式的共同主题，政论性的散文更成为打击投降、激励抗战的直接武器。抗金名将和爱国志士们上书言事或誓师北伐的文章，发正义之呼声，忠勇慷慨，彪炳史册。宗泽的《乞毋割地与金人疏》、岳飞的《五岳祠盟记》、李纲的《论天下强弱之势》、胡铨的《戊午上高宗封事》等等，无不秉笔直书，沉痛激昂，而无暇于词句的锻炼和技巧的雕琢。这种思想和艺术上的特色，在宋末文天祥、郑思肖等人的创作中也有体现。

孝宗乾道、淳熙年间，朱熹的道学派得到发展，而陆九渊的心学和陈亮、叶适的浙学也同时兴起，形成南宋前期三大学派的鼎足之势，学派之间曾以当面辩论和通信著述的方式进行过论争。朱熹和陈亮之间就曾展开过哲学上的义利之辩和政治上的王霸之争，两派对待社会、文学的不同认识，导致了散文的不同风格。

朱熹（1130～1200），字元晦，一字仲晦，晚年自号晦庵。原籍徽州婺源（今属江西省）人，其地古为新安郡，有紫阳山，故自称新安人，别号紫阳。因他长期寄居于福建建阳的考亭，所以人称考亭先生，称其学派为闽学。他一生做过几任地方官，但主要精力却用在学术研究和传授上，著述宏富，门徒众多。他继周敦颐、二程之后，进一步发展了理学，成为宋代理学的集大成者。

朱熹恪守道学家“文以载道”的观念，斤斤计较道统与文统，重道轻文的倾向十分明显。他不仅骂倒韩、欧，而且集中攻击苏轼。他说：“文是文，道是道，文只如吃饭时下饭耳。……苏文害正道甚于老佛。”（《朱子语类》卷一三九）“道者文之根本，文者道之枝叶。惟其根本乎道，所以发之于文皆道也。三代圣贤文章皆从此心写出，文便是道。今东坡之言曰：‘吾所谓文，必与道俱’，则是文自文而道自道，待作文时，旋去讨个道来，入放里面，此是他大病处。”（同上）道是根本，文是从道中流出来的，因此作者应当以义理为主，不应究心于华彩。他甚至认为刻意钻研写作华美的文章，是件极可耻的事情。在朱熹这种理论指导下，一些尊崇道学的人竟仿照禅宗的语录体来作文，破碎粗陋，毫无艺术价值可言，严重地妨害了南宋散文的发展。

不过，朱熹本人毕竟是个学养深厚的学者，他曾潜心玩味《诗经》、《楚辞》，为之作了详审的笺注，并且对韩愈文集做过认真的考订。他论先秦以降的诗歌往往颇有见地，也能领会韩柳欧苏古文的好处。实际上，在他的写作实践中，并不完全排除文辞和技巧。他很推赏曾巩文理缜密、语言峻洁的特点，称之为“曾南丰体”。自己的文章也和曾巩接近，长于说理议论，一些记事记游的文字也颇为人传诵。《记孙觌事》记叙孙觌向金人写降表的事，文字极简练，而人物靦颜媚敌的丑态已活现纸上。《百丈山记》写山中的涧水、瀑布、日光、云色，描摹细致而鲜明，语言清新而简洁，是一篇优美的游记散文。

和道学派只讲仁义、讳言功利的学说相对立，陈亮、叶适为代表的浙东学派在思想上倡言实事和实功，讲学注重施于实用，对礼乐兵农、军事财政、地形水利等学问，都广泛涉猎，深下工夫；在政治上则主张改革内政，更加强烈地要求抗金复国。在哲学论争和实际的社会政治生活中，他们的散文创作也取得了一定成绩。

陈亮少有抗金复国之志，好言王霸大略，以经济之才自负。他对自己的评价是："堂堂之阵，正正之旗，风雨云雷交发而并至，龙蛇虎豹变见而出没，推倒一世之智勇，开拓万古之心胸。"(《甲辰答朱元晦书》)把这几句话移来评价他那些气势纵横、慷慨激昂的政论文，也是完全合适的。淳熙五年(1178)，他连上孝宗皇帝三书，十五年(1188)，又上第四书，批评时弊，畅论恢复。其中以《上孝宗皇帝第一书》尤为著名，在书中，他建议统治者应"痛自克责，誓必复仇，以砺群臣，以振天下之气，以动中原之心"，要运用兵家"奇变"，建立攻守据点，以图报仇雪耻。他指责了在士大夫中苟且偷安的情绪，批评那些空谈性命的道学家是"风痹不知痛痒之人"。这些文章词不险怪，体不诡异，但堂堂正正，气象宏富阔大，具有很强的说服力和鼓动性。他的《中兴遗传序》、《酌古论·诸葛孔明》、《送徐子才赴富阳序》等文章，也都贯穿着经济事功的精神和开合阔大的气象。

叶适(1150～1223)，字正则，自号水心居士，永嘉人。出身于贫寒之家。淳熙五年(1178)中进士，在朝廷和地方历任官职，但未被重用。他是坚决的主战派，在建康任军政长官时曾有效地组织了对抗金人的军事行动。晚年退居温州城外的水心村，潜心研究，继承并发展了永嘉学派的思想传统，鼎足于朱、陆之间，自成一派。

叶适是个比陈亮更为实际的爱国者和政治家，他也曾不断地向统治者上书言事，其中《上孝宗皇帝札子》最有代表性。在这道札子中，他首先指出"二陵之仇未报，故疆之半未复"是"天下之公愤，臣子之深责"，然后分析敌我形势，认为敌人并非真正强大不可攻，关键在于"我自有所谓难，我自有所谓不可耳"。只要统治者力图振作，则一切的难和不可，"期年必变，三年必立，五年必成，二陵之仇必报，故疆之半必复，不越此矣！"通篇上书表现了作者坚定的爱国主义情感和意志，也表现了作者指陈时弊、倡言改革、积极备战的务实精神。他的另外一些政论文如《治势》、《民事》、《财计》、

《兵权》、《上执政荐士书》等，也都不尚空言而具有很强的现实性。

叶适的散文“在南渡卓然为一大家”(《四库提要》)，其政论文尤为重要，它们大抵根源于经史，注目于现实，分析细密而有条理，语言简朴而气象厚重博大。他的碑版和记叙文也很为人称道。

南宋后期的散文，继承了前期道学派和浙东派的传统。道学派以朱熹为典范，强调文以载道，以说理见长，代表作家是真德秀、魏了翁等人；而陈耆卿、吴子良等人，则继承了浙东派的传统，论辩记序的文章都富于务实精神。

早在北宋时期，写作随笔漫录的笔记文已渐成风气，到了南宋，笔记更成了一种重要的著述形式。从内容上看，笔记无所不包，举凡读书心得，生活琐事，世情风俗，风景名胜，朝野掌故，历史传说，名人轶事等，都可以写到笔记中。从形式上看，这种文体下笔自由，长短不拘，形式灵活，生动有趣，可读性强，所以为后代一些读者喜爱。

南宋的笔记作者中，有不少是中下层知识分子，他们的接触面广，所以能够对朝野各阶层生活的情态有所反映。如孟元老的《东京梦华录》、吴自牧的《梦粱录》、周密的《武林旧事》等，记载两京的风土人情，朝野趣事，具有很强的史料价值，知识性、趣味性都很浓。此外，洪迈的《容斋随笔》、王明清的《挥麈录》、罗大经的《鹤林玉露》，也都是著名的笔记作品。笔记文中的有些段落，简洁生动，本身就是优秀的散文小品。大量的笔记散文，是南宋文学中一份珍贵的值得开掘的遗产。

第六章　宋元话本

第一节　话本的产生

话本即“说话”人演出的底本，是一种新兴的市民文学，属于白话小说。

话本在唐宋人的口语中含有故事的意思，所以说话就是讲故事，等于后世的说书。这种伎艺在宋代非常盛行，影响很大，从事这种职业的人称为说话人。有的艺人把自己讲唱的故事记录下来，或请人帮助整理出来，便由口头创作发展为书面文学，因此产生了话本。因为它是用口语讲述和记录的，这就成了白话通俗小说的开端。

说话盛行于宋代，但在唐朝已经萌芽，中唐元稹在《酬白学士代书一百韵》里有“翰墨题名尽，光阴听话移”的诗句，白注说：“又尝于新昌宅说‘一枝花话’，自寅至巳，犹未毕词也。”可知“一枝花”的故事在当时已为成型的说话名目了。

说话在宋代大规模发展，是与城市商业经济的繁荣发展，市民对于文化娱乐的要求不断提高相联系的。在宋代汴京、杭州等都市里，出现了许多用于伎艺表演的勾栏瓦舍。说话及其他伎艺同在这里演出。

说话依据所表述的题材和主题，形成了四种主要的家数（派别）。南宋的耐得翁《都城纪胜》“瓦舍众伎”条记载：

> 说话有四家：一者小说，谓之银字儿，如烟粉、灵怪、传奇、

说公案，皆是朴刀杆棒及发迹变泰之事；说铁骑儿，谓士马金鼓之事。说经，谓演说佛书，说参请，谓宾主参惮悟道等事。讲史书，讲说前代书史文传、兴废争战之事。最畏小说人，盖小说者，能以一朝一代故事，顷刻间提破。

四家之中，以小说、讲史的影响最大。小说的底本称为小说话本，常常被称为小说，又称为“短书”；讲史的底本为讲史话本，自元代开始叫做“平话”。“平话”讲述长篇历史故事，取材于历史，后来发展为章回体的长篇小说。

话本小说的体制结构可分为四个部分，即题目、入话、正话和篇尾。题目是根据正话的故事来确定的，是故事内容的主要标记，最初是以人名、地名、诨名、物名为题，后来为了使表演的内容更加醒目，更有吸引力，便把题目化为七言或八言的句子，而成为话本的题目。入话是正文之前的一段闲话，或一个小故事，在小说话本中叫“得胜头回”①，在讲史话本中称为“讲史开篇”。入话通常都用诗或词为开头，之后加以解释，然后引入正话。入话有肃静听众、启发听众和吸引、聚集听众的作用。正话即故事的正文，是话本的主要部分。正话的文字，由散文与韵文两种文字组成，散文用来讲述，主要是叙述故事；韵文，包括诗词、骈文，或诵或唱，有疏通、衬托、描绘、品评的作用，以补散文叙述的不足。煞尾在正文情节结局之后，由说话人自己出场，总结全篇主旨，或对听众加以劝诫，或对人物、事件进行评论。煞尾通常以诗结，与入话的序诗形成前后照应，结构完整。

宋代话本的体制结构是说话人在口头创作和表演时适应听众的要求而加以改善、固定下来的，它在适应听众的欣赏习惯，掌握听众的欣赏心理等方面确有匠心安排。这种形式对后世的小说形式产生了重要的影响。

---

① “得胜头回”意为旗开得胜，取吉利之意。

第二节 宋元话本的思想内容

宋元话本[1]数量很多，但流传至今的仅 40 余篇，其原因就在于在当时，话本属俗文学范畴，不能进入雅文学的殿堂，因而俗文学自生自灭的规律也适用于话本。

“小说”是说话中影响最大的一家。由于“小说”多就现实生活汲取题材，形式短小精悍，内容新鲜活泼，因此最为群众所欢迎。现存宋元话本的“小说”，包括《京本通俗小说》的一部，《清平山堂话本》中的大部，和《喻世明言》、《警世通言》、《醒世恒言》中的小部分。

现存的“小说”话本以爱情、公案两类作品为最多，成就也最高。

以爱情婚姻为题材的作品，反映了妇女在封建社会的痛苦命运和不幸遭遇，也表现了她们为争取婚姻自由，追求幸福生活所做的反抗和斗争。如《碾玉观音》和《闹樊楼多情周胜仙》是这类小说中成就较高的作品。《碾玉观音》中的璩秀秀是裱褙铺璩公的女儿，被咸安郡王买作“养娘”后爱上了碾玉匠崔宁，就趁王府失火，双双逃至潭州安家立业。后因郭排军告密，郡王抓回秀秀处死，她的鬼魂又和崔宁在建康府同居，最后并惩处了郭排军。作品中秀秀为争取爱情而斗争的精神表现得非常突出；同时通过对咸安郡王的刻画，揭示了封建统治者的凶残本性。

《闹樊楼多情周胜仙》中女主人公周胜仙在金明池上遇到范二郎后，二人“四目相视，俱各有情”，于是她大胆巧妙的表露了自己的爱情，后相思成疾，又因父亲的阻挠而郁闷致死，死而复苏，再去

---

① 今存之宋元话本，多已难确考其作于宋或元，故姑置于本编中介绍。

樊楼寻找范二郎，范二郎误以为鬼，失手将其打死，范二郎因此吃了官司，周胜仙又以鬼魂出现，与范二郎在梦中结为夫妻，并设计救出范二郎。女主人公对婚姻地执着追求，体现了市民阶层反封建的要求。其他如《快嘴李翠莲》描写一个性格泼辣、口齿伶俐的女性与封建礼教的尖锐冲突，最后为社会所不容而削发为尼，揭示了封建社会里妇女的悲惨命运。

公案类的作品反映了当时复杂的社会矛盾，揭示和鞭挞了腐朽的封建吏治。《错斩崔宁》和《宋四公大闹禁魂张》是这类小说中较有特色的作品。《错斩崔宁》描写崔宁和陈二姐，因十五贯钱而引起的谋杀冤案，被昏官判死的悲惨遭遇。作品揭示了封建吏治的昏庸腐朽，草菅人命。作者在篇末愤怒地谴责封建官吏说："这段冤枉，仔细可以推详出来；谁想问官糊涂，只图了事。不想捶楚之下，何求不得！"并告诫他们："做官切不可率意断狱，任情用刑，也要求公平明允，道不得个死者不可复生，断者不可复续。"这愤怒的谴责与警告表达了当时广大人民的心愿。《宋四公大闹禁魂张》描写了赵正、宋四公等一些侠盗，不仅惩罚了为富不仁、视钱如命的财主张富，而且偷走了钱大王的三万贯财物和白玉带，当面剪走京师府尹身上金鱼带的"挞尾"和马观察的一半衫褛，大闹东京。表现了侠盗们的轻财尚义、机智灵巧，一定程度地反映了广大群众反对剥削压迫的思想侧面。

其他如《简帖和尚》中通过一个还俗的和尚写假信骗取皇甫殿直妻子的故事，反映了封建社会中善良妇女任人摆布的惨状，批判了官吏的昏聩残酷。《汪信之一死救全家》，突出了汪信之报国御敌的志向，赞扬了他的爱国热情。

讲史话本大都是根据史书敷演成篇的。现存宋元讲史话本有《新编五代史平话》、《大宋宣和遗事》和《全相平话五种》。

《新编五代史平话》，曹元忠的跋说是"宋巾箱本"，但其中不避宋讳，大约是经元人翻刻时修改过的。该书内容，大致依据史书，叙述五代兴亡本末，描写了军阀割据、连年战乱，一定程度地反映了人民的疾苦，也接触到民族矛盾的一些问题。其中包括有关黄巢、朱温、刘智远、郭威等人的故事。民间故事色彩比较浓厚。

《大宋宣和遗事》，大约也是宋人旧本经元人之手有所增益的。该书的内容从历代帝王荒淫失政之事说起，叙述北宋的政治演变，重点在写宋徽宗的荒淫及金人入侵，浸透了作者对黑暗政治的愤懑之情。全书分元、亨、利、贞四集，大致可分十节：其一，历代帝王荒淫；其二，王安石变法；其三，蔡京当权；其四，梁山泊诸英雄聚义；其五，宋徽宗与妓女李师师故事；其六，林灵素道士的进用；其七，京师繁华；其八，汴京失陷；其九，徽、钦二帝被掳；其十，宋高宗建都临安。其中梁山泊聚义故事话本色彩最浓，对梁山泊故事的轮廓、中心结构，已有较系统的描写。可以说是目前已发现的把水浒故事串联成整体的最早的资料。

《全相平话五种》，包括《武王伐纣平话》、《七国春秋平话》（又名《乐毅图书》）、《秦并六国平话》、《前汉书平话》续集（又名《吕后斩韩信》）和《三国志平话》。内容大抵依据正史，中间又加入了许多民间流传的故事，也有不少虚构的部分。作品描绘了一些统治者的形象，如纣王的荒淫残暴，秦始皇的兼并野心，刘邦的刻薄无赖，曹操的老奸巨猾。其中以《三国志平话》成就较高，它已粗略具有了《三国志通俗演义》的主要情节和形成拥刘反曹的基本倾向，但内容和描写都比较简陋。

话本作者的思想比较复杂，各篇表现的思想很不一致，有些作品还存在着较多消极落后的成分。如宣传因果报应、封建迷信，也有不少庸俗无聊的内容。

第三节　宋元话本的艺术成就

在宋元话本中，以小说话本的艺术成就最高，在艺术上比之它以前的小说已有很多新的发展，其艺术成就主要表现在以下几个方面：

第一，情节曲折，故事性强。在情节的安排上，善于使用伏笔，造成悬念，取得引人入胜的艺术效果。如《简帖和尚》的开头，读者只见枣巷口的小茶坊中来了个“浓眉毛、大眼睛”的官人。当皇甫殿直在家时，这“官人”派人送简帖与礼品给皇甫妻杨氏，引起皇甫的怀疑，把妻子休了。杨氏含冤莫白，准备跳水自尽，却遇上一个自称是她姑姑的老太婆，把她带回家，逼着她嫁给那个“浓眉毛，大眼睛”的官人。后来这“官人”向杨氏泄漏真相，说他本是个和尚，因见杨氏貌美，就设计买通老太婆诱骗她。杨氏听了之后，“捽住那汉，叫声屈”。这一“屈”，喊出了杨氏内心的冤愤，也激起了读者的共鸣。作者就以这样巧妙的布局步步引人入胜。

第二，小说话本也很注重人物形象的刻画，并善于通过对人物活动以及人物的言行的细致刻画来表现人物，塑造了许多生动鲜明具有个性的人物。如《碾玉观音》中的秀秀与崔宁，《闹樊楼多情周胜仙》里的周胜仙。《错斩崔宁》中当刘贵借钱回来，因陈二姐开门迟了，就骗她说已经把她卖了。到夜间刘贵睡后，作者这样描写陈二姐：

> 那小娘子好生摆脱不下：“不知他卖我与甚色样人家？我须先去爷娘家里说知。就是他明日有人来要我，寻道(到)我家，也须有个下落。”沉吟了一会，却把这十五贯钱，一垛儿堆在刘官人脚后边，趁他酒醉，轻轻的收拾了随身衣服，款款的开了门出去……

通过这种人物心理活动和动作描写，给我们留下了一个善良、驯顺而没有社会地位和人身自由的贫家女子的印象。

第三，作者还通过富有戏剧性的对话，表现人物性格特征。《碾玉观音》中秀秀、崔宁逃出王府后的一段对话，就是一个很好的例子：

> 秀秀道："你记得也不记得？"崔宁叉着手，只应得喏。秀秀道："当日众人都替你喝采：'好对夫妻！'你怎地到（倒）忘了？"崔宁又则应得喏。秀秀道："比似只管等待，何不今夜我和你先做夫妻？不知你意下何如？"崔宁道："岂敢！"秀秀道："你如道不敢，我叫将起来，教坏了你。你却如何将我到家中？我明日府里去说！"

在上述对话中，秀秀追求爱情时所表现的主动泼辣的性格，和崔宁的憨厚、怯懦的个性都鲜明地呈现在读者的面前。这些不同性格特征又是和他们各自不同的身份、经历相吻合的。

宋元话本是中国小说发展史上的一个崭新阶段，有承前启后的重要地位。宋元话本，特别是小说话本，大多是用口语写作，开白话小说之先河，开始了我国文学语言上的一个新阶段。宋元话本的体制结构、情节艺术、刻画人物形象的手法等对后世小说、戏曲产生了深远的影响。同时，各类话本的故事题材，又往往被后世小说、戏曲作家所取资。如《水浒传》由《花和尚》、《武行者》及《大宋宣和遗事》而来，《三国演义》即由《三国志平话》而来。明清文人的"拟话本"之作，更是直接模仿宋元话本的明显事例。

第七章　辽金文学

第一节　辽金文学概况

辽是契丹族建立的国家，后梁末帝贞明二年(916)建国，徽宗宣和七年(1125)为金所灭，和北宋对峙了166年。辽的经济较为落后，在政治、经济、文化方面都以模仿汉人为主。辽国统治者并不重视文学，并且曾经下令禁止书籍输出，不准民间刻印图书，因而保存下来的文学作品很少。辽圣宗以后，作者渐多，文体稍繁，但仍无法与中原地区相比。当北宋作家在文学上不断创新的时候，辽国的作者还只能模仿唐五代的笔法，写一些诗词，或是费力地排比着典故，作一些骈体文章。

值得一提的倒是两位女性作家，一位是道宗的皇后萧观音，一位是天祚帝的文妃萧瑟瑟。萧观音姿容绝佳，精于艺文。当她在对道宗皇帝的宠爱感到绝望时，曾写了十首《回心院词》，抒写了宫中生活的苦闷和幽怨。她把这十首词交给宫廷艺人赵惟一制曲，并和他产生了感情，因此触怒道宗，被迫自尽。文妃萧瑟瑟的名声虽没有萧观音大，但她的《咏史诗》借古讽今，忧国伤时，却值得一读。

金是女真族建立的国家，建于徽宗政和五年(1115)，十年后连续灭了辽和北宋，进入中原，与南宋对峙了109年，至理宗端平七年(1234)，为蒙古人所灭。金代文化也深受汉文化的熏染，文学和北宋文学有着很深的渊源关系。金代的诗歌由于元好问编的《中州集》而得到保存，散文和词却已难看到全貌了。

金代文学的发展大致可分为三期。第一个时期是建国初期，即金太宗、熙宗时期。这时，女真族刚刚进入中原，为了提高文化水平，竭力罗织辽、宋文人。宋朝被派出使金国的有名诗人往往被扣留在那里，这些人构成了当时文坛的主力，代表人物如宇文虚中、吴激等。他们的作品中往往充满了去国的哀思和屈事异国的内心矛盾。

第二个时期是金世宗、章宗时期。这时宋金议和，民族矛盾趋于缓和，加上金朝统治者对知识分子采用羁縻政策，文人们不敢再接触现实问题，文坛上出现了歌舞升平的气象。赵秉文是此期较有成就的诗人，他的一些作品如《长白山行》，敢于面对现实，揭露贵族们的腐化生活，有一定的积极意义。

第三个时期从金宣宗南迁到国亡。这时金国已很衰败，战事频繁，赋税沉重，局势动荡不安。文人们再不能躲进自己的天地里过闲适日子了，他们开始把目光投向灾难深重的社会，反映时势危难、民生疾苦成了这时期诗歌的基调。元好问就是这个时期，也是整个金代文学中成就最高的诗人。

除了诗歌创作外，金代的院本杂剧和诸宫调也有较高成就。金院本使杂剧进一步走向民间，大量的院本杂剧为元杂剧提供了丰富的题材。金代的诸宫调流传到现在的只有一部《西厢记诸宫调》，却是金代文学中最有光彩的一部分。

第二节　元好问

元好问(1190～1257)，字裕之，号遗山，太原秀容(今山西省忻县)人。祖系出自拓跋魏(鲜卑族)。父亲元德明以诗知名，老师郝天挺是著名学者。元好问于金兴定五年(1221)中进士，做过县令、左司都事、行尚书省左司员外郎等职。金亡不仕,隐居乡里,致力于金代史料的搜集,并编纂了金诗总集《中州集》。

元好问8岁能诗,又得名师指导,年轻时就名震京师。他受杜甫《戏为六绝句》的启发,曾作了《论诗绝句》30首,评论了从汉魏直到宋代的许多重要诗人和流派。他肯定、赞扬了建安以来的优良传统,崇尚刚健雄壮、清新自然、真实朴素的诗风,反对纤巧、险怪、雕琢的风气。他的评论眼光正大,见解高明,褒贬合宜,因而具有很大影响。他本人的创作也很好地实践了自己的主张。

元好问的诗继承了古代诗歌关心现实的优良传统,他的《宛丘叹》、《虎害》、《雁门道中书所见》等诗,都暴露了金末社会的黑暗和混乱,流露着对民众的深切同情。在他的全部创作中,写得最好、影响最大的是其"丧乱诗"。这些诗广泛而深刻地反映了金朝衰亡的史实,从金朝南迁汴京直到灭亡,20年间几乎所有的军国大事,在他的诗中都有表现,和着他绝望、沉痛、郁结的感情,留下了一部国破家亡的伤心的诗史。就其艺术的概括力和感染力而言,这些诗是完全可以上继杜甫安史之乱时期的作品的。清代赵翼在《题遗山诗》中说:"国家不幸诗家幸,赋到沧桑句便工。"指的就是他这类诗。《岐阳》、《壬辰十二月车驾东狩后即事五首》、《癸巳五月三日北渡三首》等,都是很有代表性的作品。《岐阳》三首之二是这样写的:

> 百二关河草不横,十年戎马暗秦京。岐阳西望无来信,陇水东流有哭声。野蔓有情萦战骨,残阳何意照空城。从谁细向苍穹问,争遣蚩尤作五兵?

此诗写蒙古兵攻陷岐阳后的惨景。凭高远眺,只见雄关险塞,一片荒凉,岐阳方面的音信已经断绝。残阳如血,笼罩着尸骨累累的空城,天惨地悲,陇水也似在呜咽悲哭。无辜的人民遭受残害,国家的前途日见无望,沉痛凄黯的感情在悲壮苍凉的意境中表现出来。

元好问的写景诗也有特色,不少作品构思奇特,气势开阔,描写生动。如《台山杂咏》写台山的云雾："山云吞吐翠微中，淡绿深青一万重。"《颍亭留别》中写别时情景的"寒波淡淡起，白鸟悠悠下"，也是为人传诵的名句。《游黄华山》更以壮丽飞动的气势写出了祖国山川之美。

一般的说，金人的诗是无法与宋人相提并论的，但元好问却是个例外，他卓出的成绩连以评诗著称的方回也不得不表示敬佩。他的诗以丰富的生活内容作基础，情感真挚，意境沉郁阔大，风格浑厚刚健，语言高华却没有华而不实的毛病。他的绝句、七古、七律都有造诣，七律成就尤高，论者以为可以上追杜甫。他的诗作。为金代诗歌在中国文学史上争得了地位。

元好问的词学苏轼，描写北国风光和感伤时事的词较为出色。散文、短篇小说也有一定成绩。

第三节 《西厢记诸宫调》

诸宫调是流行于宋金时期的讲唱文学，它用同一宫调的若干曲牌联成短套，再以不同宫调的短套联成长套，杂以叙述，说唱故事，故称诸宫调。又因它用琵琶等弦索伴奏，也叫"搊弹词"。它起源于北宋末年，据说是民间艺人孔三传首创的。在宋金对峙时期，这种形式得到了发展，元以后因为杂剧流行，它便渐渐衰落了。

《西厢记诸宫调》，又名《西厢搊弹词》或《弦索西厢》、《董西厢》，是现存诸宫调中最完整、艺术价值最高的一种，它为杂剧《西厢记》的出现奠定了坚实的基础。《西厢记诸宫调》的作者是董解元，解元是金、元时期对读书人的敬称，不是他的名字。他的生平事迹已不可考，只是从钟嗣成的《录鬼簿》中知道，他是金章宗时候的人。

《西厢记诸宫调》是根据唐人元稹的传奇小说《莺莺传》改编而

成的，但它却创造性地从根本上改变了小说的主题：由原来的赞赏张生的风流韵事，为他“始乱终弃”的行为辩护，变成了揭露封建礼教和封建婚姻制度的罪恶，歌颂青年自由恋爱、婚姻自主的反封建思想。诸宫调以莺莺和张生的相偕出走以至获得“美满团圆”，代替了小说中的悲剧结局。

在《董西厢》中，作者为了更有力地表现新的主题，有意地改造了原小说中的一些人物形象，创造了一批新的形象，从而组成了两组关系错综又鲜明对立的人物。莺莺不再是委屈求全、逆来顺受的弱者，而成了一个大胆追求爱情、具有叛逆性格的女子，她以自许婚事、私会、出走等激烈行为表示了对母命的反抗。张生也被改写成了一个不仅才华出众，而且有情有义、忠于爱情的正面人物。小说中的红娘本是个普普通通的丫头，但在《董西厢》里，作者却赋予了她智慧、正义感和斗争性，从而使这个地位卑贱的丫头成为令人瞩目的形象。而小说中本不重要的老夫人，则被改写成了封建礼教和封建婚姻制度的维护者，是青年一代争取婚姻自主的障碍，作者深刻地揭示了她虚伪、自私、欺诈的性格。《董西厢》中新增了法聪和郑恒等形象，法聪具有见义勇为、助人为乐的侠气，郑恒则是个丑恶自私的贵公子。

《董西厢》一共使用了 14 个宫调，193 套组曲，结构宏伟，故事情节更加丰富生动，曲折多变。作者不仅改变了原作的结局，而且发挥丰富的艺术想象力，增加了佛殿奇遇、月下联吟、张生闹道场、兵围普救寺、张生害相思、莺莺问病、长亭送别、村店惊梦等一系列重要情节。作品围绕主题的需要，以崔、张与老夫人的矛盾为主线，穿插崔、张二人的爱情纠葛，巧妙地组织起一连串复杂的戏剧冲突，使故事情节波澜起伏，引人入胜。

《董西厢》的心理刻画十分真实细腻，其中对莺莺思想矛盾的刻画尤为成功。莺莺是个贵族小姐，头脑中的礼教观念比张生更重，她在争取婚姻自由的斗争中遇到的阻力也更大。作品从她开始的面斥张生直至最后把礼教斥为小节，细致地表现了她思想迂回曲折、充满了矛盾的发展过程，使人感到真实、深刻、可信，符合人物的性格和生活的规律。

《董西厢》还善于通过景物描写来渲染气氛，表现人物内心情绪，《长亭送别》一节是运用这种手法最成功的一段。细雨凉风，衰柳寒蝉，雁阵悲唳，红叶满川，绘声绘色的描写中，把一对刚刚结合、又要分离的恋人的心情刻画得淋漓尽致。此外，诸宫调中的曲词和说白也都生动流畅，优美动人。

《董西厢》也有它的缺点，主要是情节不够集中，有些人物的性格不够和谐，使用的方言也太多，但这毕竟是次要的，无损于它的巨大成就。可以说，没有《西厢记诸宫调》，杂剧《西厢记》的出现是不太可能的。

第六编 元代文学

概 述

公元1127年,金人攻克汴京,北宋灭亡。赵构在临安建立了南宋政权,宋、金对峙的局面从此开始。这时,散居塞外、精骑善射的蒙古民族正处在氏族社会向奴隶社会的变革时期。1206年,成吉思汗统一了蒙古各个部落,创立了蒙古帝国,随后西征东侵,挥师南下,灭夏伐金。到了1234年,成吉思汗的第三子窝阔台灭掉金国,占据了黄河流域。1271年,成吉思汗的孙子忽必烈(元世祖)取《易经》乾元之义,改国号为大元,1279年灭了南宋,完成了全国的统一。

元朝的统一,在中国历史上具有重大意义。它结束了我国历史上自唐末以来长达三四百年的分裂割据局面,顺应了多民族国家走向大融合的历史趋势。元朝疆域广阔,各民族之间经济、文化的交往也比较频繁。元代的代表文学元曲在某种程度上说,也是民族融合的产物。元蒙贵族的向外扩张,客观上也打通了中外交通，加强了中外关系。中国的四大发明传入西方，商品远销世界各地，西方的科学技术也陆续传入中国。元代统治者对农业生产的态度也经过了一个由歧视到重视、由破坏到扶植的过程，一度遭到严重破坏的农业得到了一定程度的恢复和发展。统治者为了满足自己消费的需要，又把大批的手工业者集中到城市，设立各种手工业作坊，并有专门的管理机构。随着农业和手工业的发展，元代城市经济出现了繁荣的局面。大都（今北京）、彰德、汴梁（今开封）、杭州、苏州、广州等都是闻名的大城市，成了杂剧等艺术发展、繁荣的理想场所。

然而，元王朝又是靠武力征服建立起来的，这个政权有它特有的反动性。元蒙贵族为了维护自己的特权，防止人民的反抗，故意制造民族隔阂。他们基本上按照征服的先后把全国人民分为蒙古人、色目人、汉人、南人四个等级，在政治、经济、法律上规定有不同的待遇，推行民族歧视政策。各级官僚机构的正职由蒙古人、色目人充当，汉人、南人只能担任副职；汉人、南人不准随身携带武器，不准习武、集会等等；并且对汉族知识分子入仕的途径加以种种限制。元灭金以后，废除科举达70多年，使大批知识分子沉郁下僚，沦于社会底层，当时有"八娼九儒十丐"之说。元代出现了大量反映权豪势要横行霸道、人民的生命财产毫无保障、知识分子走投无路、穷愁潦倒的作品，就是这种黑暗政治的直接产物。元蒙贵族还通过各种手段掠夺土地，最初是把大量的土地辟作牧场，使大批农民失去土地、沦为奴隶，后来虽然改变了对农业生产的态度，但贵族、官僚、官府、皇亲、功臣以及寺院道观又通过占有大量土地保持其特权地位，劳动人民负担着名目繁多的赋税、徭役。文化思想方面，蒙古统治者一方面接受儒家思想，提倡程朱理学，另一方面又各教并重，利用宗教来麻痹人民，佛教、道教、基督教、回教、犹太教等教得以传播，尤其是佛、道两教更受统治者的青睐。这种情况在元代文学中都有典型的反映。元朝末年，政治极端黑暗，民族矛盾、阶级矛盾更加尖锐，加上天灾连年不断，终于在1351年爆发了席卷全国的农民大起义，最后朱元璋建立明朝，取代了元的统治。

元代诗歌作家很多，作品也不少，但成就却远逊于元曲。与元曲作家不同，诗歌作家大都饱学经书，浸淫理学，创作以六经为宗，主张扶世教化的诗旨，加上他们在艺术上一味模汉魏仿盛唐，所以不可能取得大的成就。真正接触到重大的社会问题，直接反映社会黑暗及下层人民疾苦的作品很少，而大量的是咏史、咏物、怀古、题画之作，歌颂隐逸生活的作品也占相当的数量。元初，只有刘因、戴表元、赵孟頫等人写出了一些内容比较充实的作品。仁宗延祐年间，号称四大家的虞集、杨载、范梈、揭傒斯的作品内容空虚，成就不高，倒是马祖常、萨都剌等少数民族诗人写出了一些内容充实的作品。在后期诗坛上，王冕的创作取材广泛，语言质朴，气骨高奇，颇有成就；而名气最大的诗人杨维桢则多取材于史事与神话，文字藻饰，追求新异，不免失之怪诞、晦涩。元代散文创作以模仿唐宋为风尚，缺乏创新精神，受程朱理学的影响十分明显。即是号称古文两大家的姚燧和虞集，作品也多为碑志、应制之类，典雅有余，而缺少情致。

元代的小说创作在继承宋代话本的基础上有所发展，但保存的作品大都经过了明人的加工，年代亦难确定。惟讲史话本《全相平话五种》确知为元至治年间（1321～1323）刊行，对后世的《封神演义》、《东周列国志》、《三国演义》等小说产生了积极的影响。

真正代表元代文学成就的是元曲。元曲有广义、狭义之分。广义的元曲包括杂剧和散曲，狭义的元曲则专指杂剧。散曲可以说是元代产生于北方的一种新诗体，与戏曲相比，它不具备表演特点，没有宾白和科介。散曲作家的成分比较复杂，风格也多种多样。散曲主要用于宴席间歌唱，所以艳曲相对较多，但也有不少写景、抒情、怀古、叹世以及讽世、刺时的作品。杂剧代表了元代文学的主要成就，在文学史上，取得了与唐诗、宋词相比肩的地位。杂剧作家大都“门第卑微”、“职位不振”，生活于社会下层，其作品广泛地反映了元代的社会生活，具有鲜明的战斗性和人民性，艺术上也取得了突出的成就。

除杂剧之外，南戏是在南方产生、发展的另一个大剧种。元末杂剧衰微，南戏代之而起，出现了《荆钗记》、《白兔记》、《拜月亭》、《杀狗记》四大名剧，元顺帝时高明《琵琶记》的问世，则标志着南戏发展的顶峰。它们为明清传奇的艺术形式奠定了坚实的基础。

第一章　元杂剧概述

第一节　元杂剧的高度繁荣

王国维在《宋元戏曲考·序》中说："凡一代有一代之文学：楚之骚，汉之赋，六代之骈语，唐之诗，宋之词，元之曲，皆所谓一代之文学，而后世莫能继焉者也。"元曲中杂剧的成就更为突出。杂剧是一种综合艺术，它产生于中国北方，由宾白、科范、曲文三者结合而成，以代言体形式进行故事表演。

元代是一个立国不足百年的短命王朝，但作为一代代表文学的元曲，却取得了足以与唐诗、宋词相颉颃的辉煌成就。主要表现在：

一是出现了大批优秀的作家。元代杂剧作家究竟有多少人，是一个无法准确统计的数字。元人钟嗣成《录鬼簿》记载有姓名可考的作家为 80 人；明初朱权的《太和正音谱》记载有 76 人；另有"娼夫不入群英"的作家 4 人；今人邵增祺《元明北杂剧总目考略》录元代杂剧作家 88 人；庄一拂《古典戏曲存目汇考》统计为 97 人。前期作家绝大部分是北方人，后期作家大部分是杭州人。大都（今北京市）和杭州分别成为前、后期杂剧作家的集中之地，分别是前后期杂剧繁荣的中心。关汉卿、王实甫、马致远、白朴、石君宝、高文秀、李直夫、郑廷玉、纪君祥、戴善夫、张国宾、李好古、李行道、康进之、孟汉卿、宫天挺、郑光祖、乔吉、秦简夫等作家都在元杂剧创作领域取得了令人瞩目的成就。其中关汉卿、马致远、白朴、郑光祖有“元曲四大家”之誉。这些作家大都“门第卑微”、“职位不振”，生活于社会下层，了解下层人民的呼声，对政治的黑暗、特权阶层的横行不法、民生的疾苦有深切的体察，通过杂剧创作反映出了一系列本质性的社会问题。

二是产生了大批优秀的作品。《录鬼簿》著录杂剧452本；今人傅惜华《元代杂剧全目》著录有姓名可考的杂剧作品500本，加上50本佚名作品，共计550本，元明之际的无名氏作品187本，合计737本；《古典戏曲存目汇考》记载有名字可考的杂剧作家的作品536本，元明佚名作家作品419本，合计为955本，其中元代杂剧大约有700本。关汉卿、高文秀、郑光祖、王实甫、马致远、乔吉等人的创作均在10种以上。遗憾的是这些作品大多数都散佚了，但从臧懋循《元曲选》、隋树森《元曲选外编》等书籍中所保存下来的不足200种杂剧作品可以看到，元杂剧所反映的社会生活相当广泛。有的作品控诉元代政治的黑暗，揭露贪官污吏的草菅人命、权豪势要的横行不法，如《窦娥冤》、《蝴蝶梦》等；有的抨击罪恶的娼妓制度，如《救风尘》、《金线池》等；有的将笔触伸入到家庭婚姻生活，如《秋胡戏妻》、《潇湘雨》等；《拜月亭》、《墙头马上》、《西厢记》、《倩女离魂》则肯定青年男女对自由爱情的追求，将批判的锋芒指向了封建婚姻制度；在神话题材的创作中，《柳毅传书》、《张生煮海》堪称双璧；《李逵负荆》、《单刀会》、《赵氏孤儿》、《汉宫秋》、《梧桐雨》等取材于历史故事或流传故事的杂剧，也赋予了较强的现实内容。此外，隐居乐道、神仙道化剧也占有相当的比重。

作为一种成熟的戏曲艺术，元杂剧的体裁完备，风格多样。悲剧、喜剧、正剧无所不有。分别以关汉卿、王实甫、马致远为代表的本色派、文采派、清丽派的创作异彩纷呈，各具特色，形成了一种令人目不暇接、美不胜收的创作局面。

三是书会组织的出现。如大都书会、玉京书会、元贞书会等都是当时著名的杂剧创作团体。这种杂剧专业创作团体的诞生，是元杂剧繁荣的标志之一。

四是出现了职业剧团和众多的杂剧演员。元代的杂剧剧团以演戏为职业，除了有比较固定的演出场所外，还经常走州闯府，搬演杂剧。如“大行散乐忠都秀”剧团、“尧都大行散乐人张德好”剧团、“东平散乐王金榜”剧团、“梁园末尼蓝采和”剧团等等。据夏庭芝《青楼集》及其他资料的统计，元代有姓名可考的杂剧演员约80多人，如梁园秀、珠廉秀、天然秀、赛廉秀等演员演技精湛，为杂剧艺术的繁荣做出了重大的贡献。剧团和演员的职业化，也是杂剧艺术繁荣的重要标志。

第二节　元杂剧的体制

元杂剧剧本的结构一般是四折一楔子，剧末加题目正名。

楔子本来是木工的行业术语，作用是打入木器的榫合处以加固其结构。元杂剧借用其义，把加在主要场子之前或之间的短小的、独立的而又是全剧发展所必要的场子，称为楔子，相当于现代戏剧中的序幕或过场戏，其作用是为剧情的展开作些必要的交代，使剧情更加严密紧凑。元杂剧一个剧本一般用一个楔子，但有时根据剧情表达的需要可以用两个楔子，也可以不用楔子。楔子里的情节一般都很单纯，人物的唱词也很简单（一般只唱一二支曲子，不用套曲）。

折是剧情发展过程的段落，一折相当于后世戏剧的一幕或一场。折又是个音乐单元，即每一折唱一个宫调里的一些曲牌，组成一套，四折共用四个宫调。元杂剧的四折戏一般相当于一个故事矛盾冲突发展过程中开端、发展、高潮、结局四个阶段。元杂剧一般一本四折，但有时为了描写比较复杂的生活，也会打破框框，增加折数或本数。如《赵氏孤儿》五折，《西厢记》五本二十折。

题目正名多附在每个剧本之末，它不是元杂剧剧本的有机组成部分。通常是两句或四句对偶的句子，一般是对全剧内容的简练概括，表明剧情提要，确定剧本名称。通例是以正名之末句作为剧本的名称，或者更简略，仅以正名末句最后三字或四字作为剧本的简称。如关汉卿的《单刀会》，题目是“孙仲谋独占江东地，请乔公言定三条计”，正名是“鲁子敬设宴索荆州，关大王独赴单刀会”。“关大王独赴单刀会”是本剧剧名，“单刀会”则为简称。

元杂剧的文学因素主要包括曲词和宾白两大部分。

曲词又叫曲文，即人物的唱词，是元杂剧剧本的主要组成部分。它是按照剧情需要的曲牌填写的文字。其作用主要是让剧中人物抒发感情，还可以描写景物、环境，贯串关目。每一折里所有的曲词，都要押同一韵脚。根据表达的需要，可以比较自由地加入衬字，使曲词的含义更完满，更晓畅，更生动活泼。大量地采用当时的方言俗语，是元杂剧曲词的显著特点。

徐渭在《南词叙录》中说：“唱为主，白为宾，故曰宾白。”宾白即人物的道白，作用主要在于叙事。宾白可分为有韵的诗白与无韵的散白两大类。前者多用于人物的上下场，有定场诗、下场诗等；后者常见的有独白、对白、背白、旁白、带白等等。

在元杂剧剧本中，唱词前面都要标明宫调与曲牌的名称。宫调又称调门，是我国古代音乐调名的总称，作用是限制管色（音色）的高低，类似于现代乐曲有所谓 A 调、C 调之说。在元杂剧中常用的有正宫、黄钟宫、仙吕宫、中吕宫、南吕宫等五宫和商调、越调、双调、大石调等四调。由于调门高低不同，因而不同的宫调在表达感情方面就有很大的差异。作家在创作中根据剧中人物不同感情表达的需要，去选择恰当的宫调。元杂剧每折只用一个宫调。

曲牌即曲之调名，每一曲牌都有一定的曲调、唱法，字数、句法，平仄等也有基本定式，杂剧作家依声填词，组成套曲。元杂剧每一折里所用的全部曲牌，必须同属于一个宫调。一个曲牌重复使用前一个曲牌，要用“幺”或“幺篇”来表示。

在元杂剧剧本里，要标出上场人物的身份类型，即其所属的角色。元杂剧的角色可分为四大类：一曰末。末是扮演剧中的男性人物，分为正末、副末、外末、冲末、小末、末泥等，其中正末扮演剧中的男主角，由正末主唱全剧的剧本叫末本。二曰旦。旦是扮演剧中的女性人物，分为正旦、副旦、外旦、老旦、大旦、小旦、贴旦、色旦、搽旦、二旦、花旦等。其中正旦扮演剧中的女主角，由正旦主唱全剧的剧本叫旦本。三曰净。往往扮演剧中反面人物或滑稽可笑的人物。净又有副净、二净、丑之分。四曰杂。指除了末、旦、净三类角色之外的其他登场角色，其称谓与人物的性别、年龄、身份、职业、社会地位等有一定联系。如皇帝称驾，官员称孤，老年男子称孛老，老年妇女称卜儿，地痞流氓、鸡鸣狗盗之徒称邦老，男孩称俫，女孩称旦俫，农家女孩称禾旦，书生称细酸，女鬼魂称魂旦，男鬼魂称魂子，随从人员称祗从等等。有些临时上场的人物，无法派入角色的，就直呼其名。

一角主唱全剧是元杂剧演出的一个突出特点。一般情况下，全剧由正末或正旦唱到底，其他角色只有科白，没有唱词。这种演唱形式对主要人物形象的塑造十分有利，但带来的局限性是其他人物得不到应有的刻画，限制了作品对生活的反映，舞台气氛也往往显得单调。个别作家在创作中打破了这种不合理的体制，有时让正末或正旦在不同的折中扮演不同的人物，有时由正末、正旦分折主唱。

元杂剧剧本中用“科范”、“科”来表示演员的表演动作或表情，如“把盏科”、“哭科”；有时还用以表示舞台指示或舞台效果，如“庙倒科”、“内作起风科”等。

第三节　元杂剧繁荣的原因

元杂剧的高度繁荣，是诸多条件共同促成的。

第一，城市经济的繁荣，为元杂剧的繁荣提供了社会环境和物质条件。广大市民阶层的娱乐要求，刺激了元杂剧的繁荣；瓦舍勾栏的出现，促使戏剧走向大庭广众，推动了戏剧的发展；演出队伍的职业化，也有赖于城市经济作后盾。元代城市经济的发展正为这一切准备了充裕的物质条件。

第二，作家和演员的共同努力。元代科举被废弃，知识分子失去了进身之阶，沦于社会底层。不少知识分子不甘沉沦，把毕生精力投入到杂剧创作中。这样，元代出现了一支新型的、庞大的杂剧作家队伍。他们组成书会，交流创作经验，有的还合作编写剧本；他们对社会的黑暗有切身体验，故能写出优秀的剧目；作家一般都具有较高的文学修养，具备多方面的才能；他们还和民间艺人结合，相互促进，有的还亲自登台演出，有利于剧本质量的提高。演员的登台表演，使剧本得以流传。

第三，民族之间的文化交流。元代疆域广大，国内各民族之间以及元政府与世界其他国家、民族之间的交往比较频繁。各民族乐曲、语言、风俗等相互交流、影响，对元杂剧的繁荣也起了一定的作用。

第四，文化政策的相对宽松。一种文艺样式是否能生存和发展，是与统治阶级的好恶及其所制定的文化政策有着密切关系的。蒙古民族是个逢宴必有歌舞的民族，元杂剧在大都的兴盛，曾引起了统治者的极大兴趣。《马可波罗行记》中就记载有元朝宫廷宴席散后“演剧以娱众宾”之事。元杂剧繁荣的元世祖时期，政治相对稳定，文化政策虽然苛严，但在具体执行时却比较宽容，以言治罪的文字狱并不常发生。这就为元杂剧的创作、演出提供了良好的社会环境。

第五,元杂剧的繁荣,也是我国古典戏曲艺术长期孕育、发展的结果。原始歌舞中已包含有戏曲的某些因素;春秋战国时期倡优的模仿表演,也对戏曲有一定影响;汉代百戏的产生,标志着戏曲的萌芽;六朝及唐代的歌舞戏、参军戏,在戏曲的表演内容及角色行当的分工方面产生了积极的作用;宋代的杂剧和南戏,是后世戏曲的雏形;金院本和诸宫调,则对元杂剧有直接影响。元杂剧正是在吸收前代各种文艺样式的优点、融合前代各种表演艺术形式的基础上而形成的一种完整的代言体戏曲。

第四节　元杂剧的衰微及其原因

元杂剧经过 20 多年的繁盛之后,大约到了元成宗元贞、大德年间(1295～1307),繁荣中心逐渐由大都移到了杭州。从大德末年到元王朝灭亡这 60 年左右的时间,元杂剧进入了衰微期。其表现是:

作家作品数量减少。据曹本《录鬼簿》的记载,元代前期有姓名可考的杂剧作家 56 人,创作出 348 个剧本;而后期有姓名可考的作家只有 24 人,写了 104 个剧本。并且后期没有出现特别优秀的作家。王国维曾说,后期“除宫天挺、郑光祖、乔吉三家外,殆无足观”(《宋元戏曲考》)。

作品质量降低。后期的杂剧作家已经失去了前期作家那种直面现实人生、抨击社会黑暗、反映下层人民痛苦、表达被压迫者理想与愿望的创作精神,作品严重脱离现实生活,或者从史书上寻找创作题材而缺乏现实的寄托,或者宣扬封建伦理思想、进行道德训诫,或者歌颂山林隐逸,或者钟情于神仙道化,或者在因果报应的庸俗模式中兜圈子。在艺术上单纯追求词藻的典丽工巧，形式主义倾向日趋严重。

元杂剧衰微的原因是多方面的。

首先是因为文人境遇的改变。由于民族矛盾的相对缓和，元蒙统治者由轻视汉儒转变为利用、笼络汉儒。到了仁宗之世，又采取了一系列礼遇儒生、推崇儒学的措施，恢复了自灭金以来一直废弃的科举制，使文人对统治阶级产生了幻想，他们在杂剧创作中滋长了脱离现实的倾向。

其次，经济中心的南移，使大批北方作家南迁。受到南方社会风气和文风的影响，杂剧作家多注重于反映家庭内部矛盾，艺术上则追求曲词的工丽华美和情节的曲折离奇，这就限制了杂剧的进一步发展。

再次，统治阶级加强了对杂剧艺术的干涉和利用。他们一方面干涉那些有碍于他们统治的杂剧的演出，另一方面则提倡诸如《尸谏灵公》之类的宣扬封建陈腐观念的作品，这在一定程度上也影响了杂剧的创作。

最后，一剧四折一楔子，一人主唱的体制，也限制了杂剧对复杂生活的反映。一剧四折表演一个完整的故事，结构紧凑，冲突集中，也基本符合矛盾发展的规律，但并非生活中的每一事件都可以用开端、发展、高潮、结局的模式来套。一人主唱的演唱形式，能使主要人物得到集中的刻画，但其他角色有时甚至是很重要的角色得不到相应的表现，不能充分发挥作用，这就限制了杂剧对生活本质的揭示。

总之，盛极一时的元杂剧，由于其本身的局限，再加上种种外部原因，便逐渐走向衰微，其地位逐渐为南戏所取代。

第二章　关汉卿

第一节　关汉卿的生平与创作

关汉卿是我国戏曲史上一位伟大的戏曲家，是元代杂剧作家中最优秀的代表。他大约生于13世纪初，卒于元代大德年间，号已斋，大都（今北京）人。清乾隆时重修的《祁州志》说他是祁州伍仁村人。祁州即今河北省安国县，地方上一直流传着他的许多传说，安国很可能是他的原籍。他晚年到过杭州，写了一套散曲歌咏杭州的繁华。[南吕·一枝花]《不伏老》是他的带有自叙性质的套曲，在故意夸张描写自己于勾栏妓院的浪漫生活时，真实地流露出他对当时社会的不满情绪，同时也表示了愿将自己的终生献给杂剧事业的决心。他不仅是个作家，也是个有丰富舞台实践经验的艺人。“躬践排场，面敷粉墨……偶倡优而不辞”（《书录鬼簿后》），反映他不仅生活于书会才人中，与演员亲密交往，而且还亲自登台演出。

关汉卿在当时的戏剧界有着显著的地位和广泛的影响，如当时北方青年杂剧作家高文秀有“小汉卿”之称，而南方戏剧作家沈和甫被称为“蛮子汉卿”，就足以证明。

关汉卿写了60多种杂剧，大多数已经散佚。流传下来的杂剧中，曲白完整的有15个，科白残缺的有3个，只保存着单支曲词的有两个。其中有的作品是否关汉卿作，人们尚有不同意见。

关汉卿还是著名的散曲作家，不过其成就远不如杂剧。

第二节　关汉卿杂剧的思想内容

关汉卿杂剧的思想内容大致可分为三类。第一类是歌颂人民的反抗斗争、揭露社会黑暗和统治者的残暴的作品。如《窦娥冤》、《蝴蝶梦》、《鲁斋郎》等。《窦娥冤》是关汉卿的代表作，被誉为"即列之于世界大悲剧中亦无愧色"的杰作。窦娥形象是一个崭新的形象，其性格中的反抗特征是十分突出的。窦娥与婆婆围绕"招赘"事所展开的一连串戏剧矛盾冲突，生动地表现了窦娥对婆婆的关心、规劝，她对婆婆的责备、嘲讽、顶撞，与母体故事"东海孝妇"中孝妇的百依百顺有极大的区别，人物形象所具有的重要社会意义是前所未有的。作品除了描写窦娥对婆婆的责备外，还描写了她对张驴儿和官府的反抗。对于张驴儿的调戏、诬陷、逼婚，窦娥从未妥协、屈从、就范，而是针锋相对地斗争。凶恶残暴的官府动用酷刑，她也没有丝毫的屈服，凛然道："则我这小妇人毒药来从何处也?"可是为了救婆婆，她屈招了，"画了伏状"，因此被判死刑。这真是天大的冤枉，真正的杀人犯一点也没有受到触动，无辜的她却遭到如此不幸。面对黑暗野蛮的世道，面对善恶不分、清浊不辨、是非混淆的梼杌、官府，聪明的窦娥采取了委婉的指桑骂槐之法，[滚绣球]一曲借骂天地鬼神痛骂官府："有日月朝暮悬，有鬼神掌著生死权。天地也，只合把清浊分辨，可怎生糊涂了盗跖颜渊：为善的受贫穷更命短，造恶的享富贵又寿延。天地也，做得个怕硬欺软，却元来也这般顺水推船。地也，你不分好歹何为地?天也，你错勘贤愚枉做天！哎，只落得两泪涟涟。"她发下的三桩誓愿，也正是她对官府完全绝望之后转而向天地乞求希望、光明和正义的合乎逻辑的表达方式，她坚信天地会以奇迹昭示她的冤枉，会以巨大的威力惩创官府，三桩誓愿的发出，是在表明自己的极大冤枉，同样是对官府的斗争、反抗和控诉。《蝴蝶梦》同样歌颂了人民的反抗斗争。剧中主角王婆婆的三个儿子为了替父报仇，打死了皇亲葛彪，在必须要一个儿子抵命的情况下，王婆婆忍着内心的悲痛，留下前房生的儿子，把自己亲生的儿子拿去抵命。她为了要求官府秉公判案，敢于当面骂包待制“官官相卫”、“胡芦提”，而当包拯判决要王三抵命时，她还吩咐王二和他父亲的鬼魂同心合力，“把那杀人贼（葛彪）推下望乡台”。王婆婆就是这样一个有强烈的复仇精神的坚强的母亲，也是一个具有宽阔的无私心怀的慈母。《鲁斋郎》在揭露社会黑暗和统治者的残暴方面显得更深刻。鲁斋郎是权豪势要，是元代蒙古贵族的形象：“嫌官小不做，嫌马瘦不骑”，见人家好的玩器，拿来玩玩。人家有骏马雕鞍，派人牵来骑上几日，而且他自己说这样做是本分的，那么他不本分起来就更可怕了。他敢于在光天化日之下抢掠别人钱财、妻女，动不动挑人眼，剔人骨，剥人皮。而且胆有天来大，“将官府敢欺压”，连包拯对这个罪大恶极之人也要三思而行，包拯深知鲁斋郎受皇帝的保护、包庇。鲁斋郎抢走了银匠李四的妻子，还告诉李四说：“你的浑家我要带往郑州去也，你可拣那个大衙门里告我去。”作者深刻揭露了统治阶级当权派与广大被压迫人民之间不可调和的矛盾。鲁斋郎见到六案孔目张珪的妻子有几分颜色，就公然命令他：“把你媳妇明日送到我宅里来。”张珪竟丝毫不敢反抗，结果只落得“一家儿瓦解星散”。作品艺术地概括了那些依附统治阶级当权派的下层吏目性格的两面性特征，在一定程度上批判了对压迫者一味忍受和退让的行为。而且在关汉卿的笔下，一些贪官污吏、流氓恶霸尽管在开始的时候气焰不可一世，但最后总逃不出正义的惩罚。

第二类主要是描写下层妇女的生活和斗争，特别是妓女的反抗斗争，突出她们在斗争中的勇敢和机智。比较典型的作品有《救风尘》、《金线池》、《谢天香》、《诈妮子》等。《救风尘》最有代表性，是一部杰出的喜剧。写的是赵盼儿搭救她的同伴宋引章，与纨绔子弟周舍展开斗争的故事。赵盼儿是个美丽、机智、老练而又富有义气的妓女，她也曾幻想、憧憬着同一个知心的男人过自由、幸福的生活，但残酷的现实，使她深知妓女嫁人的不易："待嫁一个老实的，又怕尽世儿难成对；待嫁一个聪俊的，又怕半路里轻抛弃。"长期受人玩弄的屈辱生活使她看透了有钱的子弟们所惯用的那套伎俩，对他们保持着冷静的头脑。因此当她得知结拜妹妹宋引章要嫁给周舍时，便再三忠告："你道这子弟情肠甜似蜜，但娶到他家里，多无半载周年相弃掷。早努牙突嘴，拳椎脚踢，打得你哭啼啼。""恁时节船到江心补漏迟，烦恼怨他谁？事要前思免后悔。我也劝你不得，有朝一日，准备着搭救你块望夫石。"宋引章没有接受劝告，落得一进门便吃五十杀威棒，受尽折磨，只得写信向赵盼儿求救。赵盼儿出于同情，出于义气，挺身而出。她准确抓住了周舍好色贪财、喜新厌旧的致命弱点，决定用风月手段去搭救宋引章。她对于自己的美丽足以征服周舍充满了自信，安排下周密计划，使周舍一步一步地走进她的圈套。周舍曾用欺骗手段娶到了宋引章，赵盼儿"即以其人之道，还治其人之身"，用同样的手段救出了宋引章，制服了这个流氓，从而收到了大快人心的喜剧效果。《金线池》里的妓女杜蕊娘，《谢天香》里的妓女谢天香，《诈妮子》里的婢女燕燕，都是聪明伶俐、为追求幸福生活而斗争的妇女形象。作者通过她们的悲惨命运，鞭挞了封建统治阶级的虚伪和残暴。《望江亭》、《拜月亭》写的虽不是下层妇女，但风格与上述作品是相近的。《望江亭》写权贵杨衙内谋夺白士中的妻子谭记儿，向皇帝请得势剑金牌，前来拿办白士中。谭记儿闻讯，不但毫无惧色，而且胸有成竹地来对付这个恶霸。一方面劝慰鼓励丈夫，一方面自己于中秋节之夜，乔扮渔妇，以切鲙献新为名，来到望江亭，尽情捉弄了杨衙内，赚得他的势剑金牌和尚方文书，从而粉碎了他的阴谋毒计，成功地保护了丈夫和自己。《拜月亭》写的是大家闺秀的爱情故事，是富有抒情气息的爱情剧。王瑞兰和蒋世隆在患难中相遇、结识并结婚，王瑞兰的父亲强行拆散了这对新婚仅三个月的夫妻。王瑞兰回家后痛恨父亲、思念丈夫，在夜晚独自对月祷告，愿父改变初衷，愿丈夫平安无事。作品歌颂了大家闺秀王瑞兰对爱情的坚贞，也指责了阻碍他们婚姻自主的封建家长制，同时也反映了战乱带给人民的灾难。

第三类是歌颂历史英雄的杂剧，以《单刀会》的成就为最突出。剧作写的是鲁肃为了索还荆州，约请关羽过江赴会，打算以三计索回荆州，但最后全都落了空。作品歌颂了关羽的智勇双全。剧中的主角关羽一直到第三折才出场。在头两折里通过乔国老和司马徽之口渲染了他的英雄业绩和盖世威风，造成了强烈的戏剧气氛。

当鲁肃定下了三条妙计准备索还荆州去找乔国老商量时，乔国老不仅说"荆州断然不可取"，而且还把关羽的勇猛夸赞了一番：

> 他上阵处赤力力三绺美髯飘，雄赳赳一丈虎躯摇，恰便似六丁神簇捧定一个活神道。那敌军若是见了，吓的他七魄散，五魂消。（云）你若和他厮杀呵。（唱）你则索多披了几副甲，剩穿上几层袍，便有百万军当不住他不剌剌千里追风骑，你便有千员将，闪不过明明偃月三停刀。
>
> ——第一折［金盏儿］

鲁肃听了并不死心，又去请司马徽做陪客。司马徽不仅不同意取荆州，还历述了关公斩颜良、诛文丑、刀挑征袍出许昌的种种英勇事迹。

到了第三折关羽一出场，就激昂慷慨地对关兴、关平唱出了四支曲子，回述着一幕幕历史，对事业充满了英雄的自豪。第四折是全剧的高潮，关羽单刀赴会，面对着滚滚东去的大江，抒发了豪迈的胸怀：

> 大江东去浪千叠，引着这数十人，驾着这小舟一叶。又不比九重龙凤阙，可正是千丈虎狼穴。大丈夫心别，我觑这单刀会似赛村社。

——第四折[双调·新水令]

水涌山叠,年少周郎何处也?不觉的灰飞烟灭。可怜黄盖转伤嗟。破曹的樯橹一时绝,鏖兵的江水犹然热,好教我情惨切!(云)这也不是江水。(唱)二十年流不尽的英雄血!

——第四折[驻马听]

来到江东之后,关羽单刀直入,以自己的威武和正义慑服了鲁肃,最后怀着胜利的喜悦,在苍茫的暮色里,扬帆而归。

《西蜀梦》写关羽战死荆州,张飞又中途遇害,刘备遂尽起西蜀之师,为两人报仇雪恨的故事。《哭存孝》写五代南唐大将李存孝为康君立、李存信谗害致死的故事,是历史题材的作品。

第三节　关汉卿杂剧的艺术成就

关汉卿在杂剧创作方面所取得的艺术成就是巨大的、多方面的。

关汉卿塑造的人物形象数量之多,范围之广,典型化程度之高,在我国古典戏剧作家中是首屈一指的。他笔下的人物大多数是个性鲜明、血肉丰满的。赵盼儿、宋引章、谢天香和杜蕊娘都是妓女,却有各自独特鲜明的性格。赵盼儿有着突出的泼辣性格,与上厅行首谢天香的软弱迥异;久历风尘的杜蕊娘同缺乏社会经验的宋引章也有明显的差别。他能根据不同生活遭遇刻画出不同性格特征的人物。同样被鲁斋郎夺去妻子的银匠李四和六案孔目张珪,其态度是那样地不同。劳动者李四,尚敢于去郑州告状,而张珪这个为虎作伥的胥吏在鲁斋郎煊赫的权势面前,却只能忍气吞声,俯首听命。

关汉卿的杂剧广泛而深刻地反映了元代的社会生活,揭示出一系列带有本质性的社会矛盾。他不仅写了人民的苦难,而且充分地表现了人民的反抗斗争精神，这一点就是李白、杜甫、白居易等也难望其项背。反抗斗争的人民在他的笔下又常常是胜利者，所以他的作品很能鼓舞人民的斗争意志。在《窦娥冤》、《救风尘》、《望江亭》、《单刀会》等作品中的主要人物身上，集中了人民的智慧，寄托了作者的理想，体现了现实主义和浪漫主义的结合。赵盼儿、谭记儿在制服敌人过程中所表现出来的机智，是当时人民群众斗争智慧的集中体现和合理的夸张。《窦娥冤》的第三折，通过浪漫主义的情节，把窦娥的反抗精神写得那么惊天动地，而监斩官显得却是那么渺小。关汉卿通过鲜明的舞台艺术形象，对受迫害的人民寄予同情和希望，对迫害者表现了无比的藐视。

关汉卿的可贵之处不仅在于他写了不少表现妓女反抗斗争的戏，而且同过去一些文人写的嘲风弄月、男女相爱之类的妓女题材之作大有区别。他笔下的妓女都有聪明的才智，对琴、棋、书、画、吹弹、歌舞无不通晓。他不仅写出了妓女的痛苦，而且写出了妓女的反抗斗争。

关汉卿杂剧结构紧凑集中，关目处理独具匠心，非常适合舞台的演出。因为他是“躬践排场、面敷粉墨”的“当行”的戏剧家，在场面安排上，一切和主题思想无大关系的描写都被略去，以便突出那些和主题思想密切相关、具有典型意义的事件。因此他的剧作通过二三个主要人物，几个重要场面，就能展示出元代社会的重要侧面。如《窦娥冤》的“楔子”写到窦娥被送到蔡家做童养媳，之后窦娥的结婚、丈夫的去世、守寡等一系列情节，作者都没有让它在正式场面出现，而只是在第一折分别由蔡婆和窦娥先后作了简要交代。这便可腾出一些重要场面，去表现窦娥与张驴儿、桃杌之间的冲突，从而突出了元代社会吏治的黑暗和广大人民的反抗斗争。在关目处理上，他一方面能从不同的人物的处境出发，展开冲突，引向高潮；一方面又移步换形，变化多端，使人不易预料情节的发展。如鲁斋郎把玩厌的李四妻子转送给张珪之后，李四去郑州探望张珪，张珪在诉说自己不幸遭遇的同时，介绍他和自己的新妻子相见，使李四夫妇不期而遇，不仅出现了悲喜交集的场面，同时引发出张珪与李四间的新的戏剧冲突。

关汉卿杂剧在语言的运用上也是非常出色的。他是本色派的代表人物，其戏剧语言“字字本色”，朴素自然，毫无雕琢的痕迹，而且生动活泼，有浓厚的生活气息和艺术韵味。所以他写的悲剧血泪涟涟，如泣如诉，感天动地；他的喜剧妙趣横生，令人拍案叫绝。他的戏剧语言最符合剧情和人物性格的要求，需要雄壮的就雄壮，需要妩媚的就妩媚，需要俚俗的就俚俗，需要艳丽的就艳丽，需要文雅的就文雅。而且他善于把古代文词和人民的口语熔为一炉，形成“文而不文，俗而不俗”的语言风格，在演出时能收到雅俗共赏的效果。

第三章　王实甫及其《西厢记》

第一节　王实甫的生平与创作

《西厢记》是元杂剧中爱情戏的杰作。元人钟嗣成的《录鬼簿》和明初朱权的《太和正音谱》都把此剧归于王实甫名下。

王实甫是元代最优秀的杂剧作家之一，其生平事迹不可详考。《录鬼簿》说他"名德信，大都人"，并把他列于"前辈已死名公才人"之列，说明他从事杂剧创作活动的时间较早，且与关汉卿的时代相去不远。从他的[商调·集贤宾]《退隐》套曲推知，他早年曾混迹官场，但后来惧于官场倾轧，退隐在家，过着比较富裕、优游的生活，至少活了 60 岁。又据元末明初贾仲明为王实甫写的[凌波仙]吊词中"风月营密匝匝列旌旗，莺花寨明揗揗排剑戟，翠红乡雄纠纠施谋智。作词章风韵美，士林中等辈伏低"几句，可知他经常出入于勾栏妓馆，与歌伎、演员交往密切，在杂剧创作方面技高一筹，为当时剧坛领袖人物。

王实甫的杂剧创作，据《录鬼簿》著录有 14 种，保存至今的有《西厢记》、《破窑记》、《丽春堂》3 种，《芙蓉亭》、《贩茶船》只有残曲流传。此外，还有散曲套数两套，残套一套，小令一首。《西厢记》是他的代表作。贾仲明[凌波仙]吊词称赞道："新杂剧，旧传奇，《西厢记》天下夺魁。"

第二节 “西厢”故事的演变

《西厢记》杂剧描写的是张珙和崔莺莺的爱情故事。从这个故事滥觞到王实甫杂剧的问世，经过了唐、宋、金、元四个朝代的发展演变。

唐代元稹的传奇小说《莺莺传》是“西厢”故事的源头。《莺莺传》讲的是张生游于蒲州，在普救寺与姨母“崔氏妇”相遇。在乱军“大掠蒲人”之际，幸赖张生与蒲将党羽有旧，崔氏母女才幸免于难。张生在崔氏答谢他的宴席上迷恋上了表妹莺莺，便百般追求，并求婢女红娘相助。经过种种波折，莺莺冲破了封建礼教的束缚，与张生私下结合。时间不长，张生到长安赴考，抛弃了莺莺，并把莺莺诬蔑为“妖孽”、“尤物”。据考证，这个故事是元稹根据自己的风流往事写成的。元稹对张生这种始乱终弃的行为不仅不加以谴责，反而在篇末称赞他为“善补过者”，并且发了一通“女人祸水”的谬论，其用意是不言自明的。然而，《莺莺传》所产生的社会效果与元稹的创作意图却是完全相悖的。人们阅读作品，反倒认清了封建文人道德的沦丧、卑污的灵魂，把同情给予莺莺这个不幸的少女。

宋代，崔、张恋爱的故事在社会上广泛流传。文人们或在创作中引用《莺莺传》的诗句，或对它进行再创作。在这方面保存下来的作品有秦观、毛滂的《调笑转踏》和赵令畤的[商调·蝶恋花]鼓子词，尤其以后者成就最高。“鼓子词”是用鼓伴奏的一种说唱伎艺，一个节目不管有几段唱词，均用一个词调反复咏唱。赵令畤的作品由 12 首[蝶恋花]词和插在各首词前后的散文说白组成。前者是作者的创作，后者除了首尾两段外，基本上删节、概括《莺莺传》的文字，起着连贯、过渡故事情节的作用。赵令畤在作品中虽然保留了崔、张的悲剧结局，但对这种结局表示出极大的遗憾，并否定张生对莺莺的诋毁之语，对张生的行为给予了批判，对莺莺流露出了深深的同情，这就从根本上克服了《莺莺传》中“思想”与“形象”的悖反现象。

宋金对峙时期，崔张故事通过各种文艺样式广泛流传。如南宋话本中有《莺莺传》，宋“官本杂剧段数”中有《莺莺六幺》，金院本中有《红娘子》，南戏里有《张珙西厢记》等。遗憾的是这些作品都未能流传下来。

到了金章宗(1190～1208)时期，董解元的《西厢记诸宫调》的问世，崔张故事获得了新的生命。《西厢记诸宫调》对传统的崔张故事作了如下改动：其一，改变了故事结局。把《莺莺传》中轻薄文人张生对女性始乱终弃所造成的悲剧改变成了崔张二人为争取婚姻自主，共同向封建礼教进行冲击，在爱情遭到破坏时双双出走并终于如愿以偿的喜剧。其二，矛盾冲突和主题的改变。将原作中崔张之间的冲突，改变为崔张二人与封建势力的代表人物老夫人之间的冲突，这就从根本上摒弃了原作所宣扬的“女人祸水”的腐朽说教，而表现出反封建礼教、反封建婚姻制度的主题。其三，对原作某些情节的改动。如原作中莺莺是在“寺警”以后才有“待月西厢下”之举的，这显然是为了报答张生对她母女的活命之恩；而在《西厢记诸宫调》中，则处理为“寺警”之前二人已有“月下联吟”之举，彼此已生爱慕，那么“寺警”以后莺莺的所作所为就具有追求自由爱情的性质了。其四，人物性格的变化。原作中张生是个轻薄无行文人，而在《西厢记诸宫调》中被改塑成了一个忠于爱情的志诚君子；原作中消极忍让、十分软弱的贵族少女莺莺被改塑成了一个能够冲破封建礼教羁绊、甚至要以生命来维护自由爱情的女子；把原作中无关紧要的老夫人作为崔张的对立面来描写，又新增加了郑恒、法聪等人物，并且大大加强了红娘在故事中所起的重要作用，把她写成了一个极富于正义感、极有智慧、热心助人的人物。

这一切都为王实甫创作《西厢记》杂剧奠定了坚实的基础。

董解元的作品中也存在着明显的不足。如张生有时过于软弱,并且是主动提出赴考;写“寺警”对阵厮杀的笔墨花费了几乎六分之一的篇幅,显得有失轻重。这些缺憾在王实甫的《西厢记》杂剧中基本上都得到了克服。王实甫以《西厢记诸宫调》为蓝本创造出的《西厢记》杂剧,达到了“西厢”题材的最高成就。

第三节 《西厢记》的思想内容与人物

恩格斯在《家庭、私有制和国家的起源》一书中论述古代欧洲的婚姻制度时指出:“对于骑士或男爵,以及对于王公本身,结婚是一种政治的行为,是一种借新的联姻来扩大自己势力的机会;起决定作用的是家世的利益,而不是个人的意愿。在这种条件下,关于婚姻的最后决定权怎么能属于爱情呢?”这个论断同样适应于我国的封建社会。封建婚姻的实质是讲求门当户对,形式上是父母之命、媒妁之言。这种不合理的婚姻制度,造成了无数的人间婚姻悲剧,它必然遭到人们尤其是青年一代的强烈反对。《西厢记》正是于此表现出了巨大的进步意义。崔张二人的恋爱,彼此倾慕的是对方的容貌、才华,而根本没有财产、门第、家世等在封建婚姻制度看来至关重要的因素;他们的结合是出于当事人自己的意志,也没有父母命、媒妁言的程序。这样,他们的恋爱、结合,无论在本质上还是在形式上都与封建婚姻制度、封建礼教的要求背道而驰,也必然遭到封建势力的阻挠。因此,《西厢记》中张生、莺莺与老夫人之间的冲突,实质上是要求婚姻自主的青年一代与维护封建礼教、封建婚姻制度的封建势力的冲突。王实甫旗帜鲜明地站在封建叛逆者一方,通过对崔张二人悲欢交织的爱情故事的描写,歌颂了青年男女为反抗封建礼教束缚、争取自主婚姻而进行的斗争,揭露了封建礼教的冷酷、虚伪及其对青年一代的摧残迫害，否定了封建婚姻制度的合理性，表达了“愿天下有情的都成了眷属”的进步理想。

老夫人是封建礼教、门阀婚姻制度的维护者。她“治家严肃”，有“冰霜之操”，按照封建礼教的要求对莺莺进行严格管教，并派红娘去对她“行监坐守”。顽固坚持封建门阀观念，是她一切行为的出发点。面对丈夫去世、门庭冷落的现实，她渴望通过联姻来维持门第，重振家业。而与尚书之子郑恒的联姻，符合门阀利益的需要。在孙飞虎兵围普救寺的危急关头，她之所以采纳莺莺提出的“与英雄结婚姻”的建议，除了要活命之外，还有重要的考虑：“虽然不是门当户对，也强如陷于贼中”，可见她的出发点仍是门第观念。大难过后，她变卦赖婚，根源是嫌张生地位卑下，不合门当户对。当崔张二人私下结合之事泄露之后，她被迫承认了他们的关系，怕的是经官会“玷辱家门”，“恐辱没了俺家谱”。她不甘心把女儿嫁给一个穷书生，立即逼张生去应试，对张生说：“俺三辈儿不招白衣女婿，你明日便上朝取应去。……得官呵，来见我；驳落呵，休来见我。”剧本也没有把老夫人脸谱化，而是让她按照自己的性格逻辑行事。作为母亲，她又非常爱怜女儿，如她在“好生困人”的“暮秋天气”让红娘陪莺莺去佛殿上散心解闷，“寺警”时她不同意莺莺提出的“献身全家”之计。但她爱的具体内容就是用封建礼教去管束莺莺，这与正值青春年少的莺莺的追求恰恰相反，她爱得越深，给莺莺带来的痛苦就越大。总之，作者通过老夫人这个以慈母面目出现、极力维护门阀利益和封建礼教的人物形象的塑造，揭露了封建礼教的冷酷和虚伪，鞭挞了不合理的封建婚姻制度。

莺莺是我国古典戏剧文学中最早出现的追求婚姻自由、叛逆封建礼教的贵族少女的典型。她不仅具有无比美丽的外貌，更具有崇高的内在品质。孙飞虎兵围普救寺，扬言要索她为妻，否则，“伽蓝尽皆焚烧，僧俗寸斩，不留一个”，在这危难关头，她提出献身“贼汉”，保全众人，表现出一个贵族小姐少有的献身精神。

作者花费了大量的笔墨，细致入微地描绘了莺莺青春意识的觉醒以及她对封建礼教的叛逆过程。她出身于相国之家，受到的自然是严格的封建教养。金丝笼般富贵、不自由的生活，给她造成了无比的痛苦。她一出场就唱道：

可正是人值残春蒲郡东，门掩重关萧寺中，花落水流红，闲愁万种，无语怨东风。

这段伤春曲，隐隐约约地透露出她对自己所处环境的不满。这种不满到游殿与张生相遇时，便迸发出了爱情的火花。她表面上对红娘实际上对张生说道："寂寂僧房人不到，满阶苔衬落花红。"当红娘催她离开时，她故意"回顾觑末"，并且"眼角儿留情"（张生唱词）。这与"非礼勿视"等封建教条是格格不入的。当红娘告诉她张生自报家门的傻话之后，她不仅没有生气，反而要红娘"休对夫人说"，说明她已留意张生的多情。张生月下吟诗挑逗，红娘告诉她吟诗之人"便是那二十三岁不曾娶妻的那傻角"，她称赞对方所吟是"好清新之诗"，并依韵相和；张生撞将出来，她"陪着笑脸儿相迎"，这表明她已接受了张生的求爱。做道场时，她泪眼偷瞧张生，并对红娘说"那生忙了一夜"，称赞张生"外像儿风流，青春年少；内性儿聪明，冠世才学"。自见了张生，她"神魂荡漾，情思不快，茶饭少进"，陷入情网而不能自拔，埋怨"小梅香服侍的勤，老夫人拘系的紧"，无人"把针儿将线引，向东邻通个殷勤"。"寺警"以后，她看到张生忠厚志诚，又能仗义救人，便把爱情许给了他。老夫人转危为安赖婚时，她非常气愤，让红娘去告诉张生："好共歹不着你落空"，决心以身相许。后来终于写下简帖，亲赴张生书斋，与他私下结合。

莺莺的叛逆性格，还突出表现为她对门第观念、功名富贵的蔑视。在追求自由爱情的过程中，她始终没考虑张生的门第与自己是否相配，爱的是张生的痴情和才华。在《长亭送别》一折，她把功名斥为"蜗角虚名，蝇头微利"，并说"但得一个并头莲，煞强如状元及第”，告诫张生：“此一行得官不得官，疾便回来。”由此可见，她是把爱情看得高于功名富贵的。

当然，作为深受封建文化熏染的相府千金小姐，莺莺在追求自由爱情的过程中，不可能一下子冲破礼教的桎梏，而存在着情与礼的矛盾。她的局限性突出表现在闹简与赖简这两件事上。看到红娘从张生处捎来的简帖，她本来又惊又喜，但却佯装发怒，斥责红娘不该带来简帖；她明明最怕老夫人知道她和张生暗地来往，却偏偏拿向老夫人出首来吓唬红娘；她本来是写简帖和张生约会，但却当着不识字的红娘说是写回书要张生“下次休是这般”；明明是她约张生跳墙幽会，但当张生来到后她又狠狠地教训了他一顿。这些做作、假处，是她追求爱情过程中复杂的内心世界的典型反映，完全符合一个贵族少女的性格特征及其思想、行为逻辑，符合历史真实与艺术真实。

张生是《西厢记》中塑造的又一个封建礼教的叛逆者。他藐视门第界限，大胆追求与崔莺莺在爱情基础上的婚姻。他为了爱情而决定“不往京师应举”，把爱情置于功名利禄之上，赁居西厢、借故搭斋、月下吟诗、寺警时挺身而出……为了达到见到莺莺、与莺莺结合的目的，他几乎运用了一切可能运用的手段。莺莺说他是“志诚种”，正是就他对爱情的执着、专一而言的。其次，他身上有浓厚的书呆子气，也即红娘说的“傻角”。如他见到红娘，便自报家门说：“小生姓张，名珙，字君瑞，本贯西洛人也，年方二十三岁，正月十七日子时建生，并不曾娶妻。”这话固然让人觉得“傻气”，但它正是说话人心眼实在、志诚老实的表现。爱情受到挫折，他就无比痛苦，而一旦有了一线转机，他又忘乎所以，由衷地高兴。他的另一种性格特征，就是在斗争中表现出一定程度的软弱性和缺乏应付实际事务的能力，红娘嘲讽为“银样镴枪头”。老夫人赖婚，他尽管又气又恼，但又无计可施，甚至想自寻短见。他依约跳墙去幽会，但却被莺莺训得无言以对。不过，他在这些挫折面前没有退缩，最后终于以自己的执着、志诚博得了莺莺的爱慕，取得了爱情的胜利。

红娘虽是个地位卑下的婢女，但作者用了超过莺莺、张生的笔墨塑造这个人物。她聪明机智，热情泼辣，富有正义感和斗争精神，是剧中对封建礼教最具有冲击力量的典型。“寺警”以前，她一方面作为婢女服侍莺莺，一方面按照老夫人的吩咐对莺莺“行监坐守”，并不想对崔张有什么帮助。如崔张二人佛殿相遇、月下联吟，都是她催促莺莺离开的。“寺警”以后，当她看到老夫人出尔反尔、不顾崔张二人彼此爱慕而赖婚时，正义感被激发了起来，同情、支持崔张二人的正当追求，冒着被“打死”的风险，为他们二人出谋划策，传书递简。张生表示以后要“多以金帛拜酬”，她怒斥道：“你个馋穷酸俫没意儿，卖弄你有家私，莫不图谋你的东西来到此？先生的钱物，与红娘做赏赐，是我爱你的金赀？”并说“我虽是个婆娘有志气”。在帮助他们二人时，莺莺却事事瞒着她，并对她动怒、发火，张生也曾埋怨过，说她办事“不用心”，这使她感到委屈，“两下里做人难”，但她不计较这些恩怨得失，一方面热诚帮助他们，一方面对他们的弱点直言不讳地嘲讽、批评。她俏皮地说张生是“文魔秀士，风欠酸丁”，有时“酸溜溜螫得人牙疼”，嘲笑张生的迂阔、软弱性及书呆子气，说他是个“花木瓜”、“银样镴枪头”，目的是让他在挫折中振作起来。她嘲笑莺莺的“假意儿”，批评她的心口不一。莺莺“闹简”时，她不仅大胆反驳，而且机智地以假对假，使莺莺服输。

红娘形象最具光彩之处，表现在她与老夫人之间的冲突方面，尤其是“拷红”那场戏。老夫人得知崔张二人之事以后，首先气势汹汹地拿她是问，但她理直气壮地把责任归到老夫人身上，抓住老夫的赖婚失信、怕家谱受辱这两点，陈以利害：

信者人之根本。……当日军围普救，夫人所许退军者，以女妻之。……兵退身安，夫人悔却前言，岂得不为失信乎？既然不肯成其事，只合酬之以金帛，令张生舍此而去，却不当留请张生于书院，使怨女旷夫，各相早晚窥视，所以夫人有此一端。目下老夫人若不息其事，一来辱没相国家谱，二来张生日后名重天下，施恩于人，忍令反受其辱哉？使至官司，夫人亦得治家不严之罪。官司若推其详，亦知夫人背义而忘恩，岂得为贤哉？

老夫人不得不承认："这小贱人也道的是。"在红娘面前败下阵来。在第五本，她先是以理开导前来争婚的郑恒，当郑恒骂张生"穷酸饿醋"、胡搅蛮缠时，她予以针锋相对的回击："君瑞是君子清贫，郑恒是小人浊民。""你值一分，他值百十分，萤火焉能比日轮？"并在老夫人面前为张生辩解。总之，她始终站在封建叛逆者崔张一边，对他们的结合起了至关重要的作用。

第四节 《西厢记》的艺术成就

《西厢记》在艺术上取得了突出的成就，为后世戏剧创作提供了宝贵的经验。

《西厢记》突破了元杂剧的体制，表现出了大胆的革新精神。元杂剧的通例是四折一楔子演一个完整的故事，而《西厢记》写了五本二十折。用多本杂剧连演一个故事，这在当时是一种创举。

在演唱方面，《西厢记》突破了元杂剧一人主唱的框框。剧中有对唱、分唱等。如第二本莺莺、惠明、红娘三人主唱，第四本第四折张生、莺莺对唱。作者根据剧情需要，让不同的角色主唱，以便更广泛、更深刻地反映生活的本质，更有效地展开矛盾冲突，这种情况在元杂剧中也是十分罕见的。

《西厢记》在人物塑造方面取得了杰出的成就。不仅作品中的几个主要人物如张生、莺莺、红娘、老夫人等形象鲜明、栩栩如生，就是次要人物如惠明、法本、郑恒等人，也都眉目清晰，各具特点，给人留下难忘的印象。作者善于在错综复杂的矛盾冲突中、波澜起伏的情节中去充分展示人物性格。张生对爱情的执著追求、既勇又怯，莺莺性格中情与礼的矛盾，红娘的机智、泼辣等等，无不是在情节的发展中逐步得到深刻的揭示。作者还善于通过细致入微的心理描写，来揭示人物的性格。即使短短的道白，也往往有着丰富的心理内涵。如第三本第二折"闹简"，莺莺看到红娘捎来的张生的简帖，心里本来很高兴，但却佯作十分矜持，在发了脾气、遭到红娘的反驳后，她对红娘说："红娘，不看你面时，我将与老夫人看，看他有何面目见夫人？虽然我家亏他，只是兄妹之情，焉有外事？红娘，早是你口稳哩，若别人知呵，什么模样？"把莺莺那种搭讪、掩饰、担心的神态、心理写得惟妙惟肖。此外，作者把元杂剧一人主唱这种体制上的局限性作为一种塑造人物的手法，通过主唱人物的唱词来表现其他人物，通过主唱者的眼睛来兼写他人。如崔张二人的心事，在很多情况下是通过红娘的眼睛、唱词写出来的；莺莺的美丽，通过张生之眼写出；张生的书呆子气，通过红娘的唱词表现。

《西厢记》结构严谨，情节曲折，冲突激烈。崔张从佛殿相遇、彼此钟情到私订终身、被迫分离一直到最终团圆，五本二十折一气呵成，不枝不蔓，场次洗练。即如"寺警"中惠明送书等表现看来与崔张故事关系不大的情节，也都成了情节展开中不可或缺的组成部分。它们不仅成为红娘对崔张由不支持转变为支持的重要契机，而且促使崔张爱情的合法化，推动了情节的发展。就情节的演进来看，老夫人由危难关头的许婚，到大难过后的赖婚，得知了崔张私下结合后再度许婚，听信了郑恒的谎言再度赖婚。一波三折，跌宕多姿。就张生来说，从佛殿与莺莺一见钟情，到月下联吟痴心追求，幽会被呵斥陷入绝望，私订终身相亲相爱，再到老夫人逼试、郑恒破坏，在走向团圆之前确实走过了一条艰难曲折的历程。就全剧的冲突来看，不仅存在着以莺莺、张生、红娘为一方同老夫人为另一方的主要的冲突，而且莺莺、红娘、张生之间也存在着一条冲突线，这是次要的冲突。两条线索有主有次，交错展开，相辅相成。

《西厢记》的语言华丽而富有文采。朱权在《太和正音谱》中说“王实甫之词如花间美人”，主要是针对《西厢记》的语言而言。首先，作者善于选择和熔化古代诗词里优美的词句，提炼民间生动活泼的口语，熔铸成自然、华丽而又具有浓厚生活气息的曲词。如《长亭送别》一折的[正宫·端正好]，化用范仲淹[苏幕遮]中的句子，用一组深秋季节的景物，衬托离别之情；同折[滚绣球]、[叨叨令]两支曲子则朴素自然，口语性强，生活气息浓，加上排比的句式和重言叠词，淋漓尽致地表达出莺莺在送别张生时那种痛苦、复杂的心情。其次，人物语言高度个性化。如第一本第二折张生初次与红娘相见时二人的对话以及剧中各个人物的唱词都具有这种特点。

第四章　元代其他杂剧作家作品

第一节　前期其他作家作品

一、白朴　马致远　纪君祥

白朴(1226～1306 以后)，字仁甫、太素，号兰谷，祖籍隩州(今山西省曲沃县)。其父白华，金哀宗时任枢密院判官，金朝著名文人。金哀宗天兴元年(1232)，蒙古兵围攻汴京。次年春，京城变乱，7 岁的白朴“仓皇失母”，随父执元好问到山东避难，后从学于元好问。金亡后，与其父定居真定(今河北省正定县)，深受杂剧艺术的熏陶。元世祖中统二年(1261)，他谢绝了中书右丞相史天泽的举荐，宋亡后徙居建康(今江苏省南京市)，寄情诗酒山水之间。他与关汉卿、马致远、郑光祖并称“元曲四大家”。

据《录鬼簿》所载，白朴作杂剧 16 种，今存《梧桐雨》、《墙头马上》、《东墙记》3 种。其散曲存小令 37 首，套数 4 套，词集《天籁集》今传。《梧桐雨》、《墙头马上》为其代表作。

《梧桐雨》是在白居易的《长恨歌》、陈鸿的《长恨歌传》等有关李隆基与杨玉环故事为题材的作品的基础上，兼采唐宋以来有关李、杨故事的遗闻轶事创作的。剧本以安史之乱为背景，通过对李、杨爱情悲剧的描述，既谴责了唐明皇目不识人、荒淫享乐、误国殃民的罪过，也表达了作者对异族入侵造成中原离乱的愤慨，曲折地表现了金亡的历史，同时寄托了作者幼经丧乱、亲人离散、备尝屈辱的种种悲苦以及追怀往日的故国之思。剧本从不同的侧面对唐明皇进行了揭露和讽刺。先写他在太平之日贪图安逸、纳儿媳杨玉环为己妃的荒淫行径；接着写他在用人方面的失误，把失误军机、按律当斩的安禄山委以重任，为安史之乱埋下了祸根；再写他倦理朝政，沉溺于声色歌舞之中，给国家带来了无穷的灾难。作者显然是把他作为祸乱的罪魁来描写的。然而，作品又在一定程度上流露出了对唐明皇的同情，这尤其表现在第四折对唐明皇由盛而衰的凄凉处境的描写，以及对唐明皇深挚思念杨贵妃的渲染方面。联系白朴在元蒙伐金过程中国破家亡、“仓皇失母”的遭遇，不难看出作者寄寓其中的沧桑之叹。

《梧桐雨》的曲词华美、富赡，充满诗情画意。尤其是第三折、第四折的一些曲子，善于创造情景交融的意境，用充满抒情意味的笔调，细腻、深刻地刻画出人物的内心世界，取得了突出的成就。

《墙头马上》是元代四大爱情剧之一，描写裴少俊和李千金的爱情故事。剧本歌颂了青年男女为争取婚姻自由而进行的斗争，塑造了大胆追求自由爱情、勇敢地同封建家长作斗争的李千金形象。李千金虽然出身贵族，但却率直、泼辣，敢作敢为。她在花园墙头看见裴少俊，就毫不掩饰地表示了自己的爱慕之情，并以诗相约；当他们的幽会被嬷嬷撞见后，她理直气壮地为自己的行为辩护；后来她随裴少俊私奔，在裴家后园生活 7 年，生儿育女，当裴尚书发觉、用“聘则为妻、奔则为妾”斥骂时，她以“天赐”姻缘相顶撞，坚信自己行为的合理性，并对少俊迫于父命写休书的行为进行严正的谴责。少俊得官后要求与她重作夫妇，她不肯答应，并把裴尚书狠狠奚落了一番。作品把批判的矛头指向了封建家长，暴露了封建礼教的罪恶。

马致远，号东篱，大都人。青少年时代热衷功名，但仕途蹉跎，混迹官场 20 多年，只做了个从五品的江浙行省务官，后来退隐山林，隐居而终。他曾参加元贞书会，有“曲状元”之称，与李时中、花李郎、红字李二合写《黄粱梦》杂剧。所作杂剧15种，今存《青衫泪》、《荐福碑》、《陈抟高卧》、《汉宫秋》、《岳阳楼》、《任风子》等7种。他又以写散曲著称，近人辑为《东篱乐府》。

《汉宫秋》是马致远杂剧的代表作，敷演王昭君出塞故事。此故事见于《汉书·元帝纪》、《汉书·匈奴传》和《后汉书·南匈奴传》。史料所载的昭君出塞和番是一种政治联姻，对密切当时的民族关系起了促进作用。但就昭君个人的遭遇来说是不幸的。她在汉"入宫数载，不得见御，积悲怨"，入番后为两代单于之妻。晋代葛洪《西京杂记》叙述这个故事时出现了画工毛延寿这个人物，他向昭君索贿不成，竟点破昭君的美人图。唐宋以来，昭君和亲故事被文人们反复吟咏，不少作品对昭君出塞寄予了深切的同情，在一定程度上流露出了民族意识和作者的愤懑。马致远的《汉宫秋》，并不是单纯敷演历史上的和亲事件，也不是照搬流传故事，而是根据时代的需要，对王昭君故事进行了改动。一是改变了历史背景，将汉代汉强番弱的历史改为番强汉弱，昭君出塞是在匈奴武力胁迫之下进行的，并突出了昭君对祖国深挚的感情。二是将毛延寿的身份由画工改为中大夫，索贿不成，事情败露，就携图叛逃，唆使匈奴攻汉，这就更深刻地揭露了统治阶级的腐朽，突出了民族矛盾的尖锐。三是改变了昭君的结局，对昭君形象进行了再创造。将正史记载的昭君到番邦生子育女，为两代单于阏氏改为未到匈奴便投江自尽，表现了她对民族压迫的抗议，歌颂了她的民族气节。经过这些改动，就使作品具有了鲜明的时代特征，赋予故事以新的主题。本剧以民族矛盾为背景，以王昭君的悲剧命运为线索，歌颂了昭君的爱国行动和民族气节，鞭挞了民族败类的叛国投敌行径，曲折地表达了元代人民反抗民族压迫的斗争精神和要求民族和睦的良好愿望。剧本善于通过典型环境表现人物的典型心理，曲词富有意境美和音乐感，为历来的评论家所称道。

马致远今存的其他杂剧，或写神仙度脱（如《岳阳楼》、《任风子》、《黄粱梦》)，或写隐居乐道(如《陈抟高卧》)，或写失意文人的坎坷遭遇(如《荐福碑》、《青衫泪》)。这些作品流露出了一定的消极思想，但它抒发了元代文人的愤懑与不平，表现出作者对丑恶现实的深恶痛绝，对认识元代的社会生活有着不可忽视的意义。

纪君祥，一作纪天祥，大都人，生平事迹不可考。所作杂剧 6 种，今存《赵氏孤儿》，《松阴梦》有残曲流传。

《赵氏孤儿》是一出慷慨激越的历史大悲剧，它敷演春秋时代晋国赵盾与屠岸贾两个家族的矛盾斗争，表现正义与邪恶的较量。此剧主要根据《史记》中《晋世家》、《赵世家》、《韩世家》的有关记载，兼采《左传》所提供的史料，并从现实的要求出发，对历史素材加以艺术性的集中、概括、想象、夸张和虚构。作品通过屠岸贾与程婴、公孙杵臼之间"搜孤救孤"的矛盾冲突，谴责了邪恶势力的残暴狠毒，歌颂了程婴、公孙杵臼等人为正义而勇于献身的崇高精神，表现出了广大人民不屈不挠的斗争意志和强烈的复仇观念，这与元代民族矛盾异常尖锐的现实是有直接关系的。

《赵氏孤儿》成功地塑造了一系列人物形象。如忠实、善良、有强烈正义感的程婴，老练、沉着、正直的公孙杵臼，刚烈忠直的韩厥以及暴虐狡猾的屠岸贾等，个个形象鲜明，栩栩如生。全剧矛盾冲突惊心动魄，以剧中人物所倾泻的对忠良的无限同情与对奸邪的强烈复仇情绪，构成了全剧浓烈的悲剧气氛，以歌颂英雄人物的自我牺牲精神构成了全剧悲壮的基调。它虽是悲剧，但基调高昂，自始至终贯穿着一种磅礴、高昂的正义精神。

二、康进之　高文秀

元代取材于北宋宋江起义的杂剧有 20 多种，今传 6 种，以康进之的《李逵负荆》与高文秀的《双献功》为代表。

康进之，棣州(今山东惠民)人，生平事迹不详。所作两种杂剧，均取材于"水浒"故事，今存《李逵负荆》。

《李逵负荆》写歹徒宋刚、鲁智恩冒充宋江、鲁智深，抢走了杏花庄酒店王林的女儿满堂娇。李逵听了王林的哭诉，引起了他与宋江、鲁智深的误会；后来找王林对证，真相大白，李逵奉命抓住歹徒，兄弟重归于好。这是一个歌颂性喜剧，通过李逵和宋江之间的一场误会性的戏剧冲突，赞扬了李逵忠于起义事业、珍惜梁山荣誉、同情人民苦难、嫉恶如仇、又勇于改错的优秀品质，歌颂了梁山泊起义军与人民群众的血肉关系。

作品成功地刻画了李逵这一形象。剧本一开始，就通过[混江龙]这段唱词，渲染出李逵对梁山泊一草一木的热爱以及对聚义事业的纯朴感情。当他一听说宋江、鲁智深抢了民女，便怒不可遏，回到山上指着二人大骂，并要砍倒写着"替天行道"的杏黄旗，后来又立下军令状，与宋江以头相赌，这充分表现出他对起义事业的忠诚，对人民利益的坚决捍卫。作品还通过王林让女儿给自称是义军领袖的人递酒、在李逵面前揭发"宋江"、"鲁智深"抢自己女儿的事实、得知李逵处境危险就火速上梁山送信救人等情节，写出了人民群众与义军的鱼水关系。剧本用"误会法"构成戏剧冲突，即由王林的误会造成李逵的误会，生发出李逵与宋江的误会，产生了闹山、对质等令人捧腹但又合情合理的情节，逐步把矛盾推向高潮；又由误会的被发现，引出李逵负荆请罪的行动；直到最后惩办了坏人，误会消除，冲突才告结束。作品中对质的场面，写得一波三折，很富戏剧性，并对刻画人物性格起了重要的作用。

高文秀，东平(今山东东平)人，生平事迹不详，有"小汉卿"之誉。所作杂剧 32 种，其中写"黑旋风"的戏就有 8 种，堪称写水浒戏的专家。《双献功》是他的代表作。

《双献功》写李逵用计智救孙孔目的故事。李逵奉宋江之命护送孙孔目夫妇到泰安烧香，孙妻郭念儿与奸夫白衙内私奔。孙孔目到官府告状，坐堂的竟是白衙内，自己反被打入死囚牢中。李逵假装家人探监，用蒙汗药麻醉了狱卒，救出孙孔目，最后又杀掉奸夫淫妇,带着两颗人头回梁山庆功。作品中的李逵与传统故事以及后来的《水浒传》有很大不同。他不仅武艺高强,见义勇为,而且善施计谋,虑事谨慎,可谓智勇双全。另外,作品对权豪势要仗势欺人、社会秩序混乱不堪的现实也有较深刻的揭露。

三、石君宝　杨显之

石君宝,平阳(今山西临汾市)人,生平事迹不详。所作杂剧10种,今存3种,以《秋胡戏妻》最为有名。

《秋胡戏妻》是根据流传故事创作的。春秋时,秋胡婚后3天被征去当兵,一去10年不归。其妻罗梅英种田养蚕,维持生计。李大户倚财逼她为妻,她坚决拒绝。一日梅英到桑园采桑,秋胡得官归乡,二人在桑园相遇,但彼此已不相识。秋胡以金饼诱惑,调戏梅英,遭到罗梅英的痛骂。当梅英知道这就是自己盼望多年的丈夫时,一面斥骂他的行径,一面向他索要休书。后来婆婆以自杀胁迫,她才勉强与秋胡相认。汉代刘向的《烈女传》最早记载了这个故事,到晋代葛洪《西京杂记》卷六又作了复述,唐代则有《秋胡变文》。石君宝将流传故事中的悲剧结局改变为经过调解夫妻相认。作品通过罗梅英的遭遇,反映出封建社会兵役制度、高利贷剥削、恶势力的迫害以及官吏的荒淫等给广大人民尤其是妇女所带来的痛苦和灾难,赞扬了罗梅英忠于爱情、蔑视权贵、勇于反抗的优秀品质。罗梅英虽为普通女子,但在选择婚姻对象时,看重的是彼此的情投意合:“男女成人……结下婚姻,则要的厮敬爱相和顺”,而不为金钱财势所左右。结婚以后,她忠于爱情,历尽艰辛,侍奉婆母。李大户的威逼、利诱,不能使她动摇;秋胡以金饼调戏,她大骂他是“沐猴冠冕,牛马襟裾”,咒他“地灭天诛”,“吃万剐的遭刑律”。当她到家后发现多年不归的丈夫就是在桑园调戏自己的人时,越发不能容忍,坚决向他索要休书,要“整顿我妻纲”,显然是要为妇女扬眉吐气。

杨显之，大都人，与关汉卿为“莫逆之交”(《录鬼簿》)，常与关汉卿研讨剧作，“号为杨补丁”(贾仲明[凌波仙]吊词)。所作杂剧8种，今存《潇湘雨》、《酷寒亭》两种，前者影响更大。

《潇湘雨》是一个描写家庭婚姻变故的杂剧，写张翠鸾随父张天觉赴江州贬所，渡河时翻船，父女失散。渔夫崔文远救了翠鸾并认作义女，后来嫁与侄子崔通为妻。崔通考中状元，另娶了主考官之女。翠鸾寻至崔通任所，崔通不仅不认，反诬其为逃婢，将她发配到沙门岛，并嘱咐解差途中害死翠鸾。翠鸾一路上受尽折磨，夜宿临江驿，与已升为廉访使的父亲相遇。翠鸾借父亲之力抓住了崔通夫妇。本欲将崔通处死，后在崔文远请求之下，加上“一女不二适”的顾虑，与崔通仍结为夫妇，主考官之女则被罚为奴婢。作品谴责了崔通富贵弃妻、趋炎附势、负心忘本的丑行，对他的阴险毒辣以及卑污的灵魂揭露得入木三分。剧本以翠鸾与崔通言归于好解决矛盾，揭示出了封建社会男女不平等、妇女深受礼教压迫的社会问题，惟写张翠鸾对主考官之女的敌视，削弱了作品的思想价值。剧中对张翠鸾发往沙门岛途中带枷冒雨行走的描写颇为感人；第四折父女重逢形成了全剧的高潮，在关目处理上也显得匠心别具。

四、尚仲贤　李好古

在元杂剧作家中，尚仲贤和李好古都是以写人神相爱故事而闻名。他们创作的《柳毅传书》与《张生煮海》，堪称元代神话剧的“双璧”。

尚仲贤，真定(今河北正定县)人，生平事迹不详。曾为江浙行省务官，所作杂剧10种，今存《三夺槊》、《柳毅传书》、《气英布》3种，《柳毅传书》最有名。

《柳毅传书》取材于唐人李朝威的传奇小说《柳毅传》。作品借神与人的婚姻纠葛，曲折地反映了现实生活中家庭婚姻的一些矛盾冲突。泾河老龙纵容儿子虐待媳妇,责罚龙女三娘去泾河岸边牧羊,也正是现实中丈夫虐待妻子、公婆虐待媳妇的曲折反映。剧本通过对龙女三娘的不幸遭遇的描写,表现出作者对受苦受难的女性的同情。龙女三娘在艰难的境遇中苦苦挣扎,柳毅的仗义救人、见义勇为,钱塘君的暴躁粗鲁,都给人留下难忘的印象。全剧共四折,第一折龙女牧羊,第二折二龙相斗,第三折龙宫盛宴,第四折成婚喜庆,场景奇谲变幻,多姿多彩,具有引人入胜的艺术感染力。

李好古,生平事迹不可考,所作杂剧3种,今存《张生煮海》。此剧写潮州儒生张羽寓居石佛寺,清夜抚琴,龙女琼莲闻声而来,彼此爱慕,约定中秋相会。张羽等不得中秋之日,追随龙女而去。途中遇到仙姑毛女,始知龙女的身世。毛女将银锅、金钱、铁勺等三件法宝赠给张羽,让他去煮干大海,制伏龙王,娶琼莲为妻。张羽如法行事,老龙王熬不过,只得招张羽至龙宫与琼莲成婚。剧本表现了古代劳动人民征服大自然的美好幻想,歌颂了青年男女追求自由爱情、反抗封建势力的斗争精神。第四折琼莲唱道:“愿普天下旷夫怨女,便休教间阻,至诚的一个个皆如所欲。”点明了全剧的主题。

五、郑廷玉、武汉臣及其他作家

郑廷玉,彰德(今河南省安阳市)人,作杂剧23种,今存《后庭花》、《看钱奴》等5种。《看钱奴》是一个著名的讽刺喜剧,取材于晋代干宝《搜神记》卷十“张车子”故事。贫民贾仁掘得宝藏致富后十分悭吝贪财,他又廉价买了周荣祖之子为义子。20年后,贾仁病死,周荣祖父子相聚,发现贾仁所掘的窖藏银子上有周家祖先的钤记,始知本是周家祖产,贾仁只是做了20年看钱奴而已。剧中周荣祖为“一念差池,合受折罚”,而平时不敬天地的贾仁因在佛前祈求福禄,神灵遂将周家福力借与他20年,后来物归原主。尽管作品中有对神佛威力和宿命论思想的宣扬，但由于作者将故事放到贫富悬殊、善恶对立的现实生活中去描写，这就赋予了作品较强的现实意义。作者采用讽刺喜剧的夸张手法，通过贾仁买子反向卖子的周荣祖索要“恩养钱”、买鸭挝油、狗攋指头一气成病、嘱咐儿子在他死后用马槽发送免得买棺材、借斧断尸等情节，淋漓尽致地揭露了守财奴的刻薄悭吝、为富不仁。其次，作品也流露出了对世道不公的不满：“似这等无仁义愚浊的却有财，偏着俺有德行聪明的嚼齑菜……”周荣祖对财主的痛骂，正道出了穷人对不平社会的愤怒与诅咒，明人徐复祚的杂剧《一文钱》、清代吴敬梓的《儒林外史》等无不受到它的影响。郑廷玉的《后庭花》杂剧写包公审理两起人命案的故事，情节比较复杂。作品揭露了元代社会秩序的混乱和官官相护的社会现实，触及到了司法吏治问题，有助于人们加深对封建社会官僚政治的认识。

武汉臣，山东济南人，作杂剧 10 种，今存《生金阁》、《老生儿》两种。《生金阁》写书生郭成进京求取功名，权豪势要庞衙内抢夺了他的宝物生金阁，并要霸占他的妻子李幼奴。郭成不从，被庞衙内铡死。庞府李嬷嬷同情李幼奴，也被丢进井中淹死。郭成冤魂不散，追打庞衙内，并向包拯诉冤。包拯设计赚出生金阁，并安排被救的李幼奴前来告状，庞衙内终于伏法。剧本赞颂了包公的智慧，揭露了权豪势要横行不法的罪恶，也涉及了元代知识分子的处境和出路问题。

李行道，一作李行甫，名潜夫，绛州（今山西省新绛县）人，所作《灰阑记》是一本较好的包公戏，主要写包公“智勘”马员外妻妾争夺孩子和家产、并涉及人命案的故事。烟花妓女张海棠从良后嫁与富翁马均卿为妾，生育一子，致使马妻嫉妒。马妻与赵令史通奸，合谋毒死马均卿，反嫁祸于海棠。为谋夺家产，马妻又买通证人，强称海棠之子为自己所生。海棠被苦打成招，判为死罪。后来包公详推案情，设下“灰阑拽子”之计。包公由海棠宁输官司也不忍拽伤孩子判定小孩为其所生,并以此作为突破口,审清了此案,使坏人受到了惩处。作品歌颂了包拯明断是非的智慧,鞭挞了黑暗的吏治,对倚强凌弱、欺诈浇薄的社会风气也作了一定程度的揭露。

李直夫,女真族人,本姓蒲察,人称“蒲察李五”,寄居德兴府(今河北省涿鹿县),曾官湖南肃政廉访使。作杂剧12种,今存《虎头牌》。剧本写金国金牌上千户山寿马镇守边塞,屡建奇功,升为天下兵马大元帅,敕赐双虎符金牌,许他便宜行事,可将原来的素金牌子送给信任之人。抚养他长大的叔父银住马索求素金牌,去镇守夹山口子。银住马贪酒误事,丢了夹山口子。山寿马坚决执行军纪,拒绝众人说情,判处银住马斩刑,后来得知银住马失地后曾率兵追赶敌兵,夺回被掠去的人口马匹,才将功折罪,改判杖刑。次日,山寿马与妻子担酒牵羊,去为叔父“暖痛”,叔父责怪他,他说:“打叔父的不是侄儿,而是皇帝所赐的虎头牌。”银住马方不记仇。这是元杂剧中一部独具风格的作品。剧本歌颂了女真族高级将领山寿马执法严明、不以私废公的优良品质,从山寿马在处理叔侄、侄婶、夫妻和上下级关系中,揭示了严肃的军法问题。作品还描写了女真人的一些生活习俗,如银住马的嗜酒如命、妇女亦善骑射等。[阿那忽]、[也不啰]、[忽都白]、[唐兀歹]等女真曲调的运用,也使作品增添了浓厚的民族色彩。

无名氏的《陈州粜米》是元代著名的公案戏,也是元代包公戏的代表作。元代民族矛盾、阶级矛盾都非常尖锐,广大人民受到社会上各种黑暗势力的欺压,他们有冤无处申,于是便幻想清官出现为其主持正义,这样便出现了一批歌颂清官的杂剧。元代后期,水灾、旱灾、蝗灾频频发生,统治阶级的横征暴敛无疑又使本已穷困潦倒的人民雪上加霜。为缓和矛盾,元蒙统治者也实行过所谓的“赈恤”,但赈灾官吏往往乘机克扣,中饱私囊。赈恤反而给百姓带来了重重苦难。《陈州粜米》虽取材于宋代包拯的传说故事,但实质上围绕官府开仓粜米事件，反映出元代人民在天灾人祸交迫下的悲惨遭遇。

《陈州粜米》写陈州大旱三年，刘衙内举荐儿子小衙内和女婿杨金吾去开仓粜米赈灾，并请得御赐紫金锤惩治“刁民”。刘、杨二人擅自抬高米价，大肆搜刮。贫民张𢡟古与他们争辩，却被小衙内用锤打死。张𢡟古之子小𢡟古到开封府告状，府尹包拯微服私访，查明了真相，为受难者伸了冤。剧中的张𢡟古是一个富有反抗精神的贫苦农民的典型代表。他性格倔强，不畏强暴，大骂贪官是“吃仓廒的鼠耗，咂脓血的苍蝇”，指责他们是“饿狼嘴里夺脆骨，乞儿碗底觅残羹”，是“于民有损，为国无益”的“害民的贼”。面对小衙内的迫害，他宁死不屈：“我便死在幽冥，决不忘情！”嘱咐儿子找包公告状。作者对张𢡟古这种不屈不挠的反抗精神进行了热情的歌颂。剧中的包公，是一个刚直不阿、嫉恶如仇、机智幽默、血肉丰满的人物。他历经宦海沉浮，一生惩治权豪势要，想要急流勇退：“则怕为官不到头。”“不如及早归山去。”“我是个漏网鱼，怎敢再吞钩？”但当他得知刘、杨二人的罪恶行径后，与百姓分忧的念头又坚定起来，决心去惩治贪官污吏。作品还描写了包拯的机智、幽默、风趣以及斗争智慧。随从张千埋怨跟着他一天吃三顿“落解粥”，他提出要用宝剑为张千“压饫”；他为刘、杨的嫖妓笼驴，摸清了他们的犯罪事实；他计斩杨金吾，让小𢡟古为父报了仇，并使刘衙内的赦书成了小𢡟古的护身符。此剧结构严谨精巧，剧情发展富有波澜，人物唱词基本上都是当时口语的提炼，既符合人物身份，又显得生动活泼，富有表现力。

第二节 后期其他作家作品

一、郑光祖 乔吉

郑光祖，字德辉，平阳襄陵（今山西省临汾市）人，做过杭州路吏，死于杭州。《录鬼簿》说他“为人方直，不妄与人交”，“名香天下，声振闺阁，伶伦辈称‘郑老先生’，皆知其为德辉也。”可见他是个享有盛名、深受人们喜爱的著名作家。周德清《中原音韵》把他与关汉卿、白朴、马致远并列，后人称为“元曲四大家”。所作杂剧存目 18 种，今传 8 种，多取材于男女爱情和历史故事。《倩女离魂》为其代表作。

《倩女离魂》取材于唐代陈玄祐的传奇小说《离魂记》，并根据主题表达的需要，对原作进行了加工改动。一是矛盾双方的改动。将原作中王宙、倩娘为一方与张镒为另一方的矛盾，改为张倩女只身一人一方面与封建礼教的代表人物老夫人进行斗争，一方面战胜王文举对自己半拒半迎的矛盾心理以及封建意识，使矛盾冲突更加尖锐，倩女的形象更为动人。二是矛盾性质的改动。将原作张镒“莫知其状”造成王宙与倩娘的悲欢离合改为李氏的门阀观念间阻二人的爱情，从而使作品表现出鲜明的反礼教、反门阀观念的主题。张倩女是个大胆追求自由幸福生活的女性。她对王文举一片痴情，再加上离愁的痛苦，便使她卧病在床，灵魂离体，化做另一个倩女追随王文举而去。剧本一方面写倩女的灵魂追随王文举，战胜了他的犹豫、封建意识；另一方面，写倩女的躯体卧病在家，与封建家长的功名、门第观念作斗争。一身一魂彼此映衬，集中地表现了封建社会青年女子性格的两个方面：在封建礼教禁锢下内心的痛苦与对自由美好生活的强烈追求。又通过对张倩女取得两个重要回合胜利的描写，批判了封建礼教、封建家长制的罪恶，歌颂了广大妇女追求自由爱情、冲破礼教束缚的正义行动。剧本语言华丽流畅，极富抒情气息，人物的内心隐曲得到了细腻的刻画。

乔吉，一作乔吉甫，字梦符，号笙鹤翁，又号惺惺道人，山西太原人，流寓杭州。《录鬼簿》说他"美容仪，能词章，以威严自饬，人敬畏之"。作杂剧 11 种，今存 3 种，《两世姻缘》较为著名。此剧取材于唐代范摅的《云溪友议》，写书生韦皋和妓女韩玉箫的两世姻缘故事，批判了门第观念，歌颂了韩、韦真挚的爱情。作品中玉箫对韦皋的恋情十分真切，这在一定程度上反映出妓女沦落青楼的痛苦生活和从良的愿望。奉旨成婚的大团圆结局，是其主要不足。

二、宫天挺　秦简夫

宫天挺，字大用，大名开州（今河北省大名县）人，曾为学官，做过钓台书院山长，后为权豪中伤诬陷，虽获辨明，终不见用，后客死常州。所作杂剧 6 种，今存《范张鸡黍》、《七里滩》。

《范张鸡黍》取材于《后汉书·范式传》，写东汉范式与张劭的生死交谊故事。范、张二人痛恨奸佞盈朝，不苟仕进。王韬将孔嵩的万言长策"改了头尾"署上己名，依仗做官的岳父而得官。张劭病亡，范式千里送葬。尚书第五伦奉旨召范式、孔嵩等人为官，王韬受杖责终身废锢。作品歌颂了范、张重然诺、讲信义、生死不渝的真挚友情，对那些胸无才学却凭借各种关系而窃居高位的谗佞之徒进行了尖锐的嘲讽，把抨击的矛头直指官场和科场：

> 有钱的无才学，有才学的却无钱。有钱的将着金帛干谒那官人每，暗暗的衙门中分付了，到举场中各自去省试殿试，岂论那文才高低？
>
> 只随朝小小的职名，被这大官人家子弟都占去了。赤紧的又有权豪势要之家，三座衙门，把的水泄不通。
>
> ——第一折

联系作者的生平可知，范式的牢骚正是宫天挺胸中块垒的倾泻。

《七里滩》写东汉隐士严子陵不慕荣华而甘愿过“靠岭偎崖，撒网担柴”的渔樵生活，这固然表现了作者对现实政治的消极态度，但严子陵对光武帝刘秀征召的公然拒绝，以及“你也不是我的君，我也不是你的卿，咱两个一尊酒罢先言定。……你则是十年前沽酒刘秀，我则是七里滩垂钓的严陵”等表白，显然是对传统君臣观念的叛逆，读者也可以隐约看出作者所寄寓其中的对现实的愤懑。

秦简夫，大都人，生平事迹不详，作杂剧 5 种，今存 3 种，《东堂老》为其代表作。

《东堂老》写扬州富商赵国器被不务正业的儿子扬州奴一气成疾，临终托孤于人称“东堂老”的好友李实。扬州奴在父亲死后，受无赖的引诱，十年间将全部家产挥霍罄尽，沦为乞丐。在东堂老的规劝下，扬州奴省悟了勤俭持家之道，浪子回头，恢复家业。剧本歌颂了东堂老严肃、诚恳、忠人之托的品质，提出了“交友宜慎”的现实问题。作品所宣扬的勤俭持家、艰苦经营、挣钱致富的商品意识在元杂剧中是比较突出的，这在封建社会自有其独有的思想价值。李实攀今引古教训儿子：“那做买卖的有一等人肯向前，敢当赌，汤风冒雪，忍寒受冷；有一等人怕风怯雨，门也不出。所以孔子门下三千弟子，只子贡善能货殖，遂成大富。怎做得由命不由人也。”并回忆自己艰苦的创业经历：“想着我幼年时血气猛，为蝇头努力去争。哎哟，使的我到今来一身残病。我去那虎狼窝不顾残生，我可也问甚的是夜甚的是明，甚的是雨甚的是晴？我只去利名场往来奔竞，那里也有一日的安宁？投至得十年五载我这般松宽的有，也是我万苦千辛积攒成，往事堪惊。”不相信命运，凭着自己辛勤劳动、艰苦经营致富，这不仅是元代扬州、汴梁等城市商品经济繁荣的折射，而且为明代宣扬商业思想、小商人意识的作品的出现开启了先河。

第五章　元代散曲

第一节　散曲的兴起与体裁

南宋后期，词逐渐僵化、衰微，都市的歌女伶工们为了谋生，就在旧的歌曲中求变化，从新兴起的民间小调中寻找演唱资料。宋金对峙时期，战乱频仍，民族矛盾尖锐，契丹、蒙古、女真等少数民族马上弹奏的乐曲传入我国北方地区。这样，一种体裁上与词相似但比词远为灵活自由的新诗体——散曲便在北方地区形成了。它先是与词分道扬镳，到元代终于蔚为大国，取代了词对文坛的统治地位。

散曲是在吸取其他姊妹艺术营养的基础上逐步发展完善起来的。从周德清《中原音韵》中所记载的某些曲牌如[者刺古]、[唐古歹]等来看，少数民族乐曲对它有一定影响。其次，它又受到民间"俗谣俚曲"的影响，根据元人燕南芝庵在《唱论》中所述，不少曲牌都有明显的地域性特征。散曲最初在市民中流传，所以又叫"街市小令"。而从[采茶歌]、[山坡羊]等曲词来看，它们有的显然来自农村。另外，宋词对它也有明显影响，有的曲牌与词牌完全相同，有的名称虽异但有相同或相近的格律。

曲与词都是合乐的歌辞，形式上均为长短句，但它们毕竟不是同一种文学体裁，有着诸多的区别。词多为双调，分上下阕；曲一般不分上下阕，只是单支的曲子。词用韵疏，可以隔句押韵；曲用韵密，几乎句句都要押韵，有的甚至一句六字三韵，须一韵到底。

词韵平仄一般不能通押，曲韵平上去三声互叶，可以通押。词的韵脚不能用重复的字，曲的韵脚则不受此限制。词里有入声字，元代北曲中没有入声字。词一般不用衬字，曲则多用衬字，衬字一般加在句首、句中，不能加在句尾。散曲的对仗形式要比词丰富得多，两句对、四句对、三句对、连珠对、隔句对等等，不一而足。此外，词宜雅而忌俗，曲则雅俗皆可；词宜庄而忌谐，曲则庄谐杂出；词多含蓄，曲多直露。

小令是散曲的基本单位，它又叫“叶儿”，是独立的只曲，通常以一支曲子（即用一个曲牌）为一首。它是按照不同的曲调创作的，每一个曲调都有个名称，如[沉醉东风]、[豆叶黄]等。小令的特点是形式短小，语言精练、通俗，写景言情，自由活泼。如果作者要表达比较复杂的内容，一首小令中容纳不了，还需要再填一调或两调才能将意思表达完整，这就出现了带过曲。带过曲就是把两三个宫调相同而音律又恰能衔接的曲调连结在一起填写（但最多只能填三调），各支曲子同押一韵。其中以两调最为通行。带过曲可以用“带过”、“带”、“过”或“兼”等字相联，如[雁儿落带过（带）（过）（兼）得胜令]。它的组合有一定规律，不能随便搭配，元人使用过的有 34 种，其中以中吕宫的[醉高歌]带[红绣鞋]、[十二月]带[尧民歌]、双调的[雁儿落]带[得胜令]、南吕宫的[骂玉郎]带[感皇恩]、[采茶歌]等最为常见。这是小令的变体，传统的分法还把它算在小令范围内。

套数又称散套、套曲，是由若干支同一宫调的曲牌联缀而成的组曲。套数的组成有以下特点：（一）必须由两个以上的只曲组成；（二）同一套数的各支曲子一般要属于同一宫调，“借宫”现象很少见（宫调不同而管色相同者可以借宫）；（三）全套各支曲子必须同押一韵；（四）各支曲子的联缀有一定的顺序，一般前有引子，后有尾声（煞调）（如果以带过曲作结，尾声可以省略），中间缀以若干支曲子。套数的名称一般以第一曲及所属宫调来定。如[正宫·端正好]套等。

根据隋树森《全元散曲》辑录，元代有姓名可考的散曲作家210多人，辑得元人小令3853首，套数457套(不包括残套)。散曲的内容大致包括以下几个方面：(一)反映当时重大社会问题、具有鲜明时代精神的作品。这类作品揭示了阶级矛盾、民族矛盾的不可调和，批判了统治阶级的昏聩残暴，揭露出当时社会上的各种怪现象以及龌龊的社会风气，对被压迫者寄予了深切同情。(二)感叹人生短暂、富贵无常，歌颂山林隐逸，宣扬及时行乐的思想。这类作品尽管表现出一定的消极倾向，但从侧面透露出知识分子在元蒙贵族野蛮统治之下精神上的痛苦以及不与现实同流合污、洁身自爱、保身远祸的人生态度。(三)描写男女风情、闺阁春意的作品，虽不免有色情的嫌疑，但它们在男女关系方面所表现出的冲破封建礼教束缚、提倡自由结合的新意识以及反对门第观念、门阀婚姻的精神，包含着可贵的进步因素，闪烁着民主思想的光辉。(四)写景咏物之作，具有很高的艺术价值。

与杂剧的情况类似，元代散曲的发展大致也可以分为前后两期。从金末到元成宗大德年间为前期，作家的活动中心在大都；从武宗至大年间到元末为后期，创作中心移至杭州。

第二节　前期散曲作家

关汉卿、白朴、马致远、王和卿、卢挚等人是前期主要散曲作家。他们的作品接近民歌，风格质朴自然，意境高远清新，语言生动活泼，有着比较充实的思想内容。

关汉卿的散曲今存小令57首，套数13套。

关汉卿长期生活在下层社会，与歌女伶工们有着密切交往，对他们的生活十分了解。他的散曲有很大一部分是描写男女爱情与离愁别恨的，对女性心理的刻画尤其出色。如[双调·新水令]《题情》、[中吕·古调石榴花]《怨别》等，描写深刻细腻，感情真挚委婉。[双调·沉醉东风]《别情》对凄婉的别离场景的描绘真切动人：

> 咫尺的天南地北，霎时间月缺花飞。手执着饯行杯，眼阁着别离泪，刚道得声"保重将息"，痛煞煞教人舍不得，好去者望前程万里。

[南吕·一枝花]《不伏老》是关汉卿散曲的代表作。他把自己比喻为"铜豌豆"，历数自己的各种才能，故意夸张地描写了自己在勾栏中的放诞生活，实际上是对当时压抑人才的社会的抗议与挑战。作品比喻生动，语言泼辣，淋漓尽致地渲染了自己倔强的性格。

关汉卿散曲对景物的描写也很成功。南宋灭亡后，他到了杭州，写了[南吕·一枝花]《杭州景》套数，对杭州城的繁华与钱塘、西湖的秀丽景色作了生动、逼真的描绘，为历来评论者所称道。

白朴的散曲今存小令37首，套数4套，内容大抵是叹世、咏景和男女情爱之类。艺术上以清丽见长。他的叹世之作如[仙吕·寄生草]《饮》，咏景之作如[越调·天净沙]《春》、《夏》、《秋》、《冬》，闺情之作如[仙吕·点绛唇]套曲，都是比较有名的篇子。还有一些描写男女爱情的小令，吸取了民间情歌的优长，风格泼辣明快。如：

> 从来好事天生险，自古瓜儿苦后甜。奶娘催逼紧拘钳，甚是严，越间阻，越情忺。
>
> ——[中吕·喜春来]《题情》

将一个感情热烈、蔑视礼法、大胆追求爱情的女子形象描写得非常成功。

马致远是前期遗留作品最多的散曲作家，其成就为元代之冠。据任讷《东篱乐府》辑录，他有小令104首，套数17套，内容大致可分为三类：

一是表现自己身世与思想的作品，抒发了对现实社会的不满情绪。如他在《金字经》中说："空岩外，老了栋梁材。""夜来西风里，九天雕鹗天，困煞中原一布衣。悲，故人知未知？登楼意，恨无上天梯！"表达了怀才不遇的悲哀之情以及对自己落拓潦倒的深深感慨。"白发劝东篱，西村最好幽栖"，流露出了对隐逸生活的由衷向往。"无也闲愁，有也闲愁，有无闲愁得白头"，忧愤徘徊的情绪流诸笔端。

二是吟咏景物、抒发感情之作。他小令的代表作[天净沙]《秋思》被誉为"散曲之冠"、"秋思之祖"（《中原音韵》），王国维称它"纯属天籁，仿佛唐人绝句"（《宋元戏曲考》）。作品以凝练的笔法，描摹出一幅苍凉萧瑟的秋郊夕照图，烘托出漂泊天涯的游子的凄苦情怀，情景水乳交融。尤其是前三句十八字九个名词，亦无一虚词，九种景物和谐地组织在秋日夕阳之下，色彩鲜明，画面清晰，给人以驰骋想象的余地。此外，他的[双调·寿阳曲]《山市晴岚》、《远浦帆归》等曲，在描绘景物、点染气氛方面也有匠心独运之处。

三是现实意义较强、讽世刺时之作。[双调·夜行船]《秋思》套曲，从秦汉魏晋的更替兴衰说到眼前争名夺利的社会现实，指出了王侯将相和功名富贵的虚幻无常，对富家儿守财奴进行了辛辣的嘲讽。用"密匝匝蚁排兵，乱纷纷蜂酿蜜，急攘攘蝇争血"的排句，对名利场中的无耻之徒极尽嘲讽。他的[般涉调·耍孩儿]《借马》将一个爱马如命的吝啬鬼形象刻画得惟妙惟肖。此外，马致远尚有部分恋情之作，大多能写得清新动人而较少脂粉俗气。

总之，马致远是散曲创作领域影响最大的一家。他的主要贡献在于提高、扩展了散曲的意境，开拓了散曲的题材。其散曲声调和谐优美，语言清新本色，风格豪放洒脱，善于捕捉形象以熔铸诗的意境，标志着散曲从勾栏演唱向文人自我陶写的转化。

卢挚和王和卿是前期专以写散曲著名的作家。卢挚（约 1243

～1315后)，字处道，一字莘老，号疏斋，涿郡(今河北涿县)人，官至翰林承旨。诗与刘因齐名，文与姚燧比肩。《全元散曲》收其小令120首，以"怀古"为题的较多。如《洛阳怀古》、《夷门怀古》、《吴门怀古》等，寓有时势兴衰的深沉感喟。部分向往闲适的隐居生活、描写田园风光的作品，如[双调·蟾宫曲]《田家》，清新爽朗，全用口语。他的散曲风格明丽自然，贯云石在《阳春白雪序》中谓"疏斋媚妩如仙女寻春，自然笑傲"，当为的评。

王和卿，大名(今属河北省)人，与关汉卿同时。现存小令21首，套数1套。其性格"滑稽佻达"，善于诙谐讽刺。他的散曲具有民歌的活泼生动，著名的[仙吕·醉中天]《咏大蝴蝶》、[双调·拨不断]《大鱼》想象奇特，语言生动，诙谐有趣。不过，王和卿有些作品近于戏谑调笑，内容流于庸俗，不免带有俳优习气。

第三节 后期散曲作家

散曲发展到后期，走向了拘韵度、讲格律的典雅阶段。张可久和乔吉是这方面的代表。

张可久(约1280～1348后)，字小山，庆元(今浙江省宁波市)人，曾做过小吏，仕途上很不得志，便纵情声色，放浪山水。他专写散曲，有《今乐府》、《吴盐》、《苏堤渔唱》、《新乐府》4种。《全元散曲》辑其小令855首，套数9套，数量为元人第一。

张可久长期为吏，志不获伸，不免使他抑郁感伤，在散曲中或借古伤今，或托物寓意，表达出对黑暗现实的不满。[庆东原]《和马致远先辈韵》对穷通无定、世态炎凉的现实发出了深深的感叹。[卖花声]《怀古》咏道："美人自刎乌江岸，战火曾烧赤壁山，将军空老玉门关。伤心秦汉，生民涂炭，读书人一声长叹。"对百姓的疾苦寄予了同情。[醉太平]《感怀》中说："水晶环入面糊盆，才沾粘便滚。文章糊成了盛钱囤，门庭改做迷魂阵，清廉贬入睡馄饨，葫芦提倒稳。”对黑白混淆、贤愚不分的黑暗现实进行了深刻的揭露。

对归隐生活的描写与歌颂，在张可久散曲中占大量的篇幅。如[落梅风]《碧云峰书堂》、[沉醉东风]《秋夜旅思》等，表达出对田园隐居生活的渴望，客观上反映出元代知识分子沉郁下僚、志不获展的现实。

张可久有不少写景之作，取得了很高的成就。如：“云冉冉，草纤纤，谁家隐居山半掩？水烟寒，溪路险，半幅青帘，五里桃花店。”（[迎仙客]《括山道中》）精致优美，对旖旎明媚的江南风光的描写独具匠心。他的[南吕·一枝花]《湖上晚归》套数，运用丰富的比拟和想象，勾勒出西湖优美的晚景，在汲取前人诗词名句的基础上加以变化创新，情景水乳交融，境界幽雅恬静，李开先誉它为“千古绝唱”，当不为溢美之词。

张可久是元代散曲“清丽派”的代表作家。他的作品讲究音韵格律，注重词句锤炼及对仗的工稳，运用诗词做法并熔铸诗词名句入曲，力图做到典雅，是曲风由自然真率转向清丽雅正这一转捩点上的关键人物。

乔吉的散曲成就高于杂剧。《全元散曲》辑其小令 209 首，套数 11 套，数量仅次于张可久。他一生落拓江湖，自称“烟霞状元”、“江湖醉仙”。这种生活经历在他的散曲中有所反映。如[绿幺篇]小令就是他落魄江湖的身世的写照。在[卖花声]《悟世》、[玉交枝]《闲适》、[天香引]《芳草多情》等曲中，寄予了对现实的不满情绪。但他作品中占绝大多数的，则是那些啸傲山水、闲适颓放以及青楼调笑的作品，消极颓废的思想比较明显。

乔吉描写山川景物的小令，取得了比较突出的成就。如他的代表作[水仙子]《重观瀑布》：

> 天机织罢月梭闲，石壁高垂雪练寒，冰丝带雨悬霄汉，几千年晒未干。露华凉，人怯衣单。似白虹饮涧，玉龙下山，晴

雪飞滩。

词句诡丽，想象大胆，从各个方面、各种角度详尽而形象地描绘出了瀑布的壮观奇妙，给人以身临其境之感。

乔吉的散曲以婉丽见长，风格与张可久接近，但不同的是他在讲究音律、词藻的同时，不避俗俚语，具有奇巧俊丽、雅俗兼备的特点。

睢景臣、张养浩、刘时中是元代后期现实主义散曲作家，他们的创作在整个元代曲坛上占有重要的地位。

睢景臣，一作睢舜臣，字景贤，扬州人，生平事迹不详。今存散曲套数 3 套，其代表作[般涉调・哨遍]《高祖还乡》是元人散曲中的名篇。它在《史记・高祖本纪》有关刘邦衣锦还乡记载的基础上反其意而用之，没去写刘邦衣锦还乡的荣耀，而是通过一个乡民的观察以及对刘邦早年无赖行径的回忆，抹去了皇帝头上的神圣光环，还这位“真命天子”以狗偷鼠窃、赖债欠账、倨傲无礼的流氓无赖的本来面目，否定了君权的神圣。对既寓武备吓唬人民又壮观瞻以表庄严的皇帝的车驾仪仗进行了调侃，同时也对王乡老、赵忙郎之流的趋炎附势极尽嘲讽。套曲结构紧凑，层次清晰；运用“代言体”形式，显得真切可感；寓庄于谐，取得了强烈的讽刺效果。

张养浩(1270～1329)，字希孟，号云庄，山东济南人，曾任监察御史、礼部尚书等职。他为官清正廉洁，直言敢谏，主张革除吏弊，为权贵所嫉，遂弃官归隐。文宗天历二年(1329)关中大旱，他被拜为陕西行台中丞前往救灾，到任仅四月，积劳成疾，死于任所。散曲有《云庄休居自适小乐府》传世，《全元散曲》辑其小令 161 首，套数两套。

张养浩的散曲多是他辞官归里所写。由于他饱经宦海沉浮，所以在部分作品中对官场的险恶、仕途的黑暗作了比较真切的描绘。如：“才上马齐声儿喝道，只这的便是送了人的根苗。直引到深坑里恰心焦。祸来也何处躲？天怒也怎生饶？把旧来时威风不见了。”([中吕·朱履曲]《警世》)[山坡羊]《潼关怀古》是其代表作：

> 峰峦如聚，波涛如怒，山河表里潼关路。望西都，意踌躕，伤心秦汉经行处，宫阙万间都做了土。兴，百姓苦！亡，百姓苦！

这首小令通过作者亲临潼关的所见所思所感，揭示了历代封建帝王兴衰更替，到头来只有百姓遭殃的实质，表达了作者对黑暗现实的不满以及对民生苦难的深切同情。作品造意深远，言约义丰，熔悲情壮景于一炉，汇古今兴亡于一体，是一首意义深刻、脍炙人口的佳作。

刘时中，江西南昌人，生平不详。他的作品保存下来的只有两套[正宫·端正好]《上高监司》。一套由15支曲子组成，一套由34支曲子组成。前套反映了元代天历年间江西大旱、百姓吞吃树皮、儿女离散、饿殍满地的悲惨处境，并揭露了那些富豪大户勾结官吏、趁火打劫的罪行，真切地反映了元代黑暗的社会现实。后套陈述元代钞法和库藏的积弊，对胥吏和市侩沆瀣一气、营私舞弊、藏奸弄猾、荒淫无耻的行径进行了深刻的揭露。这两套散曲直接取材于重大的时事，不仅为我们了解元代的社会生活提供了典型真实的材料，而且在元代散曲中独树异帜，打破了散曲的篇幅限制，开拓了散曲的题材范围。

第六章 南戏

第一节 南戏概述

南戏是宋元时代用南曲歌唱的戏文，又称戏文、南曲戏文或南戏文。因它发祥于浙江温州地区，所以又称为温州杂剧或永嘉杂剧。

南戏萌芽于南方民间的“村坊小曲”，初为歌舞小戏。徐渭在《南词叙录》中说：“永嘉杂剧兴，则又即村坊小曲而为之。”“其曲，则宋人词而益以里巷歌谣。”关于南戏产生的时间，历来有两种不同的说法。明代祝允明《猥谈》中称“南戏出于宣和(1119～1125)之后，南渡之际(1127)”，徐渭《南词叙录》则说“南戏始于宋光宗朝(1190～1194)，永嘉人所作《赵贞女》、《王魁》二种实首之”。这两种说法相去70余年，正说明了它由原始状态的村坊小戏逐渐成长演变为较为完整的戏剧形式的过程。元统一后，北杂剧成为一代代表文学，南戏在吸收其他姊妹艺术养料的基础上不断充实完善自己。元末北杂剧衰微，南戏代之而起，出现了新的创作高峰。

南戏和北杂剧的区别主要表现在以下几点：

剧本结构不同。杂剧的结构是四折一楔子，南戏则不分折而分“出”，“出”的多少不限，视剧情而定。南戏的第一出通常叫“副末开场”或“家门大意”，由副末和后台即将出场的角色互相问答，向观众介绍剧本主旨和剧情梗概，引出正戏。从第二出开始，各个角色才相继出场，逐步展开情节。

音乐系统不同。杂剧的音乐属于北曲，宫调、音律限制严格，一折限用一个宫调，曲调高亢；南戏的音乐属于南曲，是在宋词和温州地区市井俚俗小曲的基础上发展起来的，没有严格的格律，后来虽然有了宫调，但一出中可数变宫调，曲调轻柔婉转。

曲词用韵不同。北曲没有入声字，南曲则平上去入四声并用；杂剧一折要一韵到底，南戏一出中则可以换韵。

演唱形式不同。杂剧分旦本、末本，一剧一人主唱；南戏各个角色都可以唱，并且可以二人对唱，数人合唱。

角色不同。杂剧的角色有末、旦、净、杂四大类，南戏则有生、旦、净、丑、外、末、贴七种角色。

除此之外，南戏将杂剧中提示人物动作、表情的"科"写作"介"；杂剧以弦乐伴奏为主，南戏以管乐伴奏为主。

根据各种资料的统计，宋元南戏存目 230 多种。流传下来的只有 17 种，这又分为两种情况：一是基本保持戏文原貌的，有《张协状元》、《宦门子弟错立身》、《小孙屠》、《白兔记》、《琵琶记》等 5 种。其中前三剧收录在《永乐大典》中，今人钱南扬有《永乐大典戏文三种校注》。《张协状元》是保存至今的最早的南戏剧本，题为"温州九山书会"编撰（"九山"是永嘉西城的地名），一般认为是南宋的作品。二是经过后人较多加工的作品，共有 12 种。主要有《荆钗记》、《拜月亭》、《杀狗记》、《赵氏孤儿》等。其他 200 多种或有残曲流传，或完全散佚。

从南戏剧目及保存的作品可以看出，南戏取材广泛，内容丰富，比较全面地反映了宋元时代的社会风貌。其思想内容大致包括以下几个方面：一是描写爱情婚姻、家庭故事的剧作，约占三分之一以上。这类作品或者歌颂自由爱情，提倡婚姻自主，或者描写"婚变"，批判男子的富贵移妻。二是以社会乱离为背景的家庭伦理剧，描写了宋末元初特定的社会风貌，反映了人们追求幸福生活的愿望。三是取材于历史故事，歌颂民族英雄、爱国志士，鞭挞奸邪、卖国者的作品，在民族矛盾尖锐激化的宋元时代具有积极的现实意义。不过，在南戏二百多年的发展历程中，也出现了不少维护封建秩序、宣扬封建道德观念及宿命论思想以及表现神仙道化内容的作品，消极的倾向比较明显。

第二节 高明的《琵琶记》

高明(1307? ～1371?)，字则诚，自号菜根道人，浙江瑞安人。瑞安旧属永嘉郡，永嘉亦称东嘉，后人因称他为东嘉先生。他出生在一个世代书香之家，青年时期以学识渊博著称。元顺帝至正五年(1345)考中进士，先后做过处州录事、江浙行省丞相掾等职，为官正直，不避权贵，关心民瘼，深得百姓拥戴。方国珍在浙东起义时，他被任命为“平乱”统帅府都事，因与主帅“论事不合”，“避不治文书”。后来方国珍接受招安，欲聘他为幕僚，他力辞不从，从此解官隐居宁波栎社镇之沈氏楼，闭门谢客，以词曲自娱。《琵琶记》当完成于这一时期。朱元璋即位后召他到南京编修《元史》，他以疾辞，不久病卒。

除《琵琶记》外，高明尚有戏文《闵子骞单衣记》，今不传。诗文集《柔克斋集》20卷也已散佚，仅存50多篇。

高明的思想比较复杂。他不满黑暗政治，同情民生疾苦。在《题画虎》、《乌宝传》等作品中，他指斥“人间苛政”，抨击元王朝的宝钞政策。“几回欲挽银河水，好与苍生洗汗颜”(《游宝积寺》)，则闪烁着人道主义的思想光辉。《赵承旨题岳王墓韵》中，他慷慨激昂地抒发了黍离之悲，对宋王朝的昏聩、岳飞父子的愚忠给予了批判。作为一个深受儒家思想熏染的正统封建知识分子，他又有浓厚的伦理思想，如《孝义井记》、《王节妇诗》等篇，都是颂扬孝义、表彰贞节贤德之作。当他历经仕途波折，看清了官场黑幕之后，那种菲薄名利、恬淡自守的思想意识又占据了上风。这些思想在他的代表作《琵琶记》中都有比较充分的反映。

《琵琶记》写书生蔡伯喈新婚两月，奉父命赴京应试。中状元后，牛丞相奉旨招他为婿，他以家有父母妻室辞婚，继又向皇帝辞官，均不获准，被迫入赘相府。适值家乡连遭荒旱，家庭生活的重担全由妻子赵五娘承担。赵五娘暗吞粃糠，将求得的赈米侍奉公婆。年迈的双亲盼子不归，气饿而死。赵五娘剪发卖钱，埋葬公婆，后背琵琶弹唱乞讨，上京寻夫。幸赖牛氏贤德，使其夫妻重聚。最后以一夫二妇归家庐墓三年、一门旌表结束。

《琵琶记》是高明根据长期在民间流传的故事改编的。徐渭《南词叙录·宋元旧篇》中有称为"戏文之首"的《赵贞女蔡二郎》名目，演"伯喈弃亲背妇，为暴雷震死事"。金院本中有《蔡伯喈》名目。南宋陆游《小舟游近村，舍舟步归》诗写道："斜阳古柳赵家庄，负鼓盲翁正作场。身后是非谁管得？满村听说蔡中郎。"可见故事早在民间流传。元代《金钱记》、《老生儿》、《铁拐李》、《村乐堂》等杂剧中，都曾提及赵贞女罗裙包土建坟茔的典故。高明大致保留了原故事的躯壳，而对"弃亲背妇"的情节作了翻案，即把蔡伯喈对父母"生不能养，死不能葬，葬不能祭"这"三不孝逆天大罪"和再婚牛府的负义行为用"三不从"来开脱，这"三不从"即不肯赴考父亲不从，辞婚牛丞相不从，辞官回乡奉养父母皇帝不从，把他的罪过归咎于客观环境。这样一来，作品的内容就发生了很大的变化，蔡伯喈也成了一个忠孝两全的正面人物。

《琵琶记》是一部内容上精华与糟粕并存的作品。它对封建道德的宣扬是十分明显的。剧本第一出，作者就借副末之口，批评了"琐碎不堪观"的"佳人才子"、"神仙幽怪"之作，然后提出自己"不关风化体，纵好也枉然"的创作意图，并提醒观众对《琵琶记》要"另做眼儿看"，"只看子孝共妻贤"。这说明他是要借作品来宣扬封建伦理道德，在舞台上给人们树立孝子贤妻的榜样。但是，作者在设置“三不从”情节来塑造忠孝的典型时，却使作品实际上呈现出了另外一方面的意义：造成蔡家悲剧及蔡伯喈与赵五娘人生幸福破灭的根源正在于他辞试、辞婚与辞官的不被应允，正在于当时人们所信奉的封建伦理道德。蔡伯喈本不想弃亲背妇，但是“孝”的观念驱使他身不由己地去求富贵；考中后又在“忠”的观念的左右下长期滞留京师，以致造成了一系列的家庭悲剧。蔡伯喈考中状元，给家庭带来的不是荣耀和幸福，而是亲死家破的灾难。作品在客观上显示出功名利禄与家庭幸福的对立，“事君”与“事亲”也即“大孝”与“小孝”的矛盾，暴露出封建道德的不合理性。剧中蔡公临终时对儿子的怨恨、张广才对蔡伯喈“三不孝逆天大罪”的痛骂，蔡婆对儿子“纵然衣锦归故里，补不得你名行亏”的指责以及蔡伯喈本人“何如免丧亲，又何须名显贵？可惜二亲饥寒死，博换得孩儿名利归”的唱词，不仅在客观上表现出对封建道德一定程度的批判，而且表现出菲薄名利的思想。其次，作者在描写蔡伯喈的处境的同时，对势压当朝、专横自私、大施淫威而强迫蔡伯喈入赘的牛丞相进行了揭露和讽刺，就是对强逼蔡伯喈做官的皇帝也不无微词。此外，作品在描写赵五娘时，用意在于借这个形象宣扬封建道德，但为了表现她在悲惨、艰难的处境中的坚贞孝行，就为她设置了令人难以忍受的客观环境，这势必涉及元代的社会现实。因此，作品对灾荒之年农村生活的惨象也作了逼真的描绘，揭露了现实的黑暗以及下层官吏鱼肉乡里、贪污中饱的罪行，表达出作者对在暴政和灾荒之下痛苦挣扎的广大人民的深切同情。

赵五娘是剧中塑造得最为成功的人物。作为一个普通女子，她身上体现了中国妇女吃苦耐劳、纯朴善良、坚韧不拔的传统美德和克己待人的牺牲精神。新婚两月的丈夫迫于父命进京赴考，她自然依恋难舍、内心痛苦，但她把这种痛苦埋藏在心底，担负起了持家养亲的重担。在灾荒的岁月，她典卖衣衫首饰供奉公婆，含羞忍泪去请“赈粮”，背着双亲吃糠充饥。公婆死后，她剪下头发，沿街叫卖；罗裙包土，自筑坟台。她在这种艰难岁月中所表现出来的那种刚强性格以及勇于承担苦难、不惜自我牺牲的精神，是感人至深的。尽管作者的出发点是要把她塑造成“孝妇”的典型，给这个人物安排了许多有浓厚封建道学色彩的台词，但不少生动具体、真实典型的情节却在相当程度上冲淡了这种说教，使这个形象显得真实感人。

蔡伯喈是个软弱、动摇、充满矛盾痛苦的封建知识分子，是个希望忠、孝两全而实际上却未能忠也未能孝的人物。他本欲在家侍亲尽孝，但迫于严父指责进京赴试；心中惦记发妻但又屈从权贵而“强就鸾凤”；身居官位但又时刻思念自己的父母；生活在富贵之中，内心却充满了痛苦；满腹牢骚，但又不能有半点作为。这个悲剧形象暴露了封建道德自身的矛盾及其不合理性。

《琵琶记》卓越的艺术成就主要表现在两个方面。其一，曲词以本色为主而又文采斐然。明代王世贞评价说：“则诚所以冠绝诸剧者，不唯其琢句之工，使事之美而已。其体贴人情，委曲必尽；描写物态，仿佛如生；问答之际，了不见扭造：所以佳耳。”（《艺苑卮言》）作者善于通过人物的语言，逐步深入地展现他们的性格特色及其细微的心理活动。如历来为人所称道的《糟糠自厌》一出赵五娘背着公婆吃糠充饥时所唱的[孝顺歌]、[前腔]等曲，仿佛从生活中随手拈来，将人物的内心隐曲表现得委婉尽致。她从糠的难咽，联想到自己和糠一样的命运；以糠和米由两相依到被人簸扬异处、一贱一贵，联想到自己和丈夫的不同处境和相见无期，朴素自然，沉郁哀怨，比喻形象贴切。作者又能根据剧情的不同要求和人物的不同身份来安排不同的曲词。如描写牛府的豪华生活，曲词华丽典雅，而写饥荒的凄苦情境则质朴无华；蔡伯喈、牛氏的语言典雅蕴藉，而蔡公、蔡婆、张广才的语言则富有村俗生活气息。其次，戏剧结构严谨，双线交错发展。剧情依男女主人公在两地的处境，分成两条线索交错递进。一边是蔡伯喈在京师一步步地陷入功名富贵的网罗，一边是赵五娘在陈留郡肩荷家庭生活重担在苦难中挣扎；一边是蔡伯喈杏园春宴，一边是赵五娘临妆感叹；一边是锦衣玉食、新婚宴尔，一边是吞吃糠粃、愁恨无穷。蔡牛两家，一贫一富，一苦一乐，相互映衬，对比鲜明强烈。不仅在客观上暴露出贫富悬殊、苦乐不均的社会矛盾，加强了全剧的悲剧气氛，而且很好地服务于人物形象的塑造，使蔡伯喈和赵五娘的性格和内心情感，在乐与悲、喜与忧的两相对比中得到更加充分的揭示。

《琵琶记》的出现振兴了古老的南戏，为南戏这种艺术形式的发展奠定了基础。有人称它为戏文中的"绝唱"（何良俊《四友斋丛说》），有人誉之为"曲祖"（魏良辅《曲律》），许多剧作家在创作中将它视为范本。它还被译成了法、日等多种文字，影响世界剧坛。

第三节 "荆""刘""拜""杀"

元末明初的南戏作品，除《琵琶记》外，《荆钗记》、《刘知远白兔记》、《拜月亭》、《杀狗记》最负盛名。它们合称"四大本"或"四大传奇"，简称"荆、刘、拜、杀"，其中以《拜月亭》成就最高。

《拜月亭》一般认为是元人施惠（字君美）作，系根据关汉卿《闺怨佳人拜月亭》改编而成。原本已不存，今存本以万历世德堂刊本最接近古本原貌。《幽闺记》是它较好的加工、写定本。

《拜月亭》突破了才子佳人戏一见钟情、淫邀艳约的俗套，把蒋世隆与王瑞兰的爱情故事放在蒙古伐金的重大历史变故中展开，着力描写了蒋、王二人在患难相扶、生死与共中建立起来的纯洁、坚贞爱情，反映出乱离的时代气氛以及民族压迫、统治者的昏庸给人民带来的深重灾难。朝中和战之争，江湖好汉的活动，招商店主人、店小二的精神面貌无不借蒋、王的爱情故事得到充分的描绘。蒋、王二人的结合，既是他们在患难中感情发展的结果，也是时代造成的，但作为封建家长的王镇在木已成舟的情况下仍要按照门当户对的标准去给女儿另寻亲事，这种描写一方面鞭挞了王镇的挟权倚势、贪富欺贫，另一方面也批判了封建伦理道德的悖谬情理以及封建婚姻制度的不合理性。

《拜月亭》的艺术成就突出表现在两个方面。一是构思奇巧，通过“偶然”、“巧合”来展开情节。王夫人母女、蒋世隆兄妹失散，蒋世隆寻呼“瑞莲”而瑞兰误听为呼己而应、患难中结伴而行，王夫人与瑞莲同病相怜、相互认作母女，这些情节发生在兵荒马乱的背景下，既出人意料又在情理之中，让人觉得奇巧而不荒诞。正是这种巧合，使人物命运发生了始料不及的变化，故事情节也顺着人们预想不到的方向发展。二是对人物心理的刻画非常成功。如在写王瑞兰这个人物时，写她与母亲失散、遇到蒋世隆时主动提出“权说是夫妻”的建议，但到旅店蒋世隆提亲时她又故作回避，被父亲强行拖走时内心的幽怨以及归家后对蒋世隆的深挚思念等等，都显得真实可信，人物的内心隐曲得到了淋漓尽致的表现。此外，剧本语言本色天然，朴素无华，无论是曲词还是道白，不仅符合人物身份，充分展示了人物的性格特征，而且富有生活气息，有极强的表现力。

《刘知远白兔记》为永嘉书会才人编撰，原本不存，现今流传者为明人改本。剧本写五代时后汉开国皇帝刘知远的故事，鞭挞了嫌贫爱富、贪婪残忍的势利小人，对李三娘的不幸遭遇寄予了同情，并对她受尽折磨但矢志不二、坚强不屈的品格作了成功的刻画，同时对刘知远重婚岳府、负心忘旧的行为也不无微词。作品文字质朴自然，语言明晓如话，不少描写如“逼书”、“说计”、“看瓜”、“汲水”等极富生活气息，很好地表现了人物性格，有强烈的戏剧性。

《荆钗记》一般认为是元代柯丹丘作，写南宋王十朋与钱玉莲的悲欢离合。剧本歌颂了王十朋、钱玉莲不因富贵贫贱而转移的坚贞爱情，描写了他们对权贵、豪绅的反抗精神，抨击了权相、富豪的罪恶。剧本情节曲折跌宕，关目生动，但艺术描写则失之粗糙，曲词也有俚俗粗鄙之嫌。

《杀狗记》系根据萧德祥的《杀狗劝夫》杂剧改编而成，一般认为是元末明初人徐畛改编。剧本以宣扬封建伦理思想为主旨，对贤妻、悌弟进行了赞扬，封建说教气息很浓。但它暴露了封建宗法制家庭内部的矛盾，警诫世人不可妄交酒肉朋友，有一定的社会意义。杨月贞的贤惠，孙荣的忠厚，孙华的浪荡，柳隆卿、胡子传的无赖都被描写得比较生动。但作品关目幼稚可笑，语言上用典过多。在“四大传奇”中，《杀狗记》成就最低。

第七章　元代诗文

第一节　元代诗文发展概况

有元一代，杂剧和散曲取代了诗文在文坛上的传统地位。诗文虽然在一些士大夫作者手中未绝其宗祧，但大体上只是在前人的轨辙中徘徊，缺乏另辟蹊径的创新精神。

元初的诗文作者，多是金、宋遗民。他们在朝代鼎革的巨变中，饱尝了亡国破家的悲痛，因而常在历史的反思中流露出浓厚的民族意识。主要代表作家有刘因、赵孟頫等人。这些作家与蔑视礼教、厕身娼楼勾栏的杂剧作家不同，都是些程、朱理学的尊崇者，其诗风或沉郁苍凉，或质实古朴；其散文基本上恪守古文家文道并重的主张，以韩、欧为依归。

元统治者为消弭以汉族为主的各族人民的反抗，而"仪文制度，遵用汉法"，并在仁宗延祐元年(1314)恢复科举，重开知识分子仕进之门。虽在取仕标准上带有民族歧视的规定，却使一些知识分子安于现状。于是表现士大夫情趣的作品开始充斥文坛，文风因之一变为刻镂声色，讴歌承平。这一时期的代表作家有虞集、杨载、范梈、揭傒斯等人。

元代后期的诗文，在风格上表现为纤弱浮靡。少部分作家面对日趋激化的阶级矛盾、民族矛盾，看到蒙古贵族的统治已陷于空前危机，预感到天下将乱，于是揭发社会黑暗，抒写人民的苦难与悲愤，呼唤民族意识，便成了创作的主旋律，风格表现为昂扬质朴。

代表作家有王冕等人。

第二节 元代诗文主要作家作品

初期作家主要有刘因、赵孟頫。

刘因(1249～1293),字梦吉。初名骃,字梦骥。河北容城人。元世祖至元十九年(1282),应召入朝,官承德郎、右赞善大夫。不久以母病辞官。至元二十八年(1291),再被征召,以疾辞。元世祖因称其为"不召之臣"。卒于家。有《静修先生文集》。

刘因尊奉程、朱,虽身居蒙古贵族统治的北方,而心系南宋。他在《登武遂北城》、《武当野老歌》、《观梅有感》、《海南鸟》、《感事》等诗篇中,都表达了对宋朝深挚而沉痛的眷念之情。他在《白沟》诗中写道:

> 宝符藏山自可攻,儿孙谁是出群雄?幽燕不照中天月,丰沛空歌海内风。赵普元无四方志,澶渊堪笑百年功。白沟移向江淮去,止罪宣和恐未公。

全诗通过对历史的反思,总结了宋朝帝王们不能继承太祖收复燕云的遗志,而一味采取守内虚外的妥协政策,终至覆亡的教训。

刘因重视志节,他在《拟古》诗中,描绘、嘲讽了趋炎附势的无耻文人:"多少白面郎,屈节慕身肥。奴颜与婢膝,附势同奔驰。吮痈与舐痔,百媚无不为。丈夫宁饿死,岂无需臑斯。鸿鹄凌云志,燕雀安能知。二禽登寥廓,尺鷃笑藩篱。世态尽伥鬼,吾将谁与归。"大概也是出于这种认识。他在《秋莲》诗中写道:"拟欲青房全晚节,岂知白露已秋风。"表现他被迫出仕元朝的无可奈何的憾恨。此外,他还写了一些反映百姓苦难生活的诗篇。

刘因推崇欧阳修、苏轼、黄庭坚的诗,创作上深受元好问的影响,于自然古朴之中,蕴含着深邃不平之气。

刘因的散文也有一定特色。《辋川图记》中，借责备王维于安史之乱中的失节而自明心迹。在《上宰相书》中，表现了既要苟全性命于乱世，又要保持操守的复杂悲凉的心情。文章质朴而多道学气。

赵孟頫(1254～1322)，字子昂，号松雪道人、水精宫道人。宋朝宗室。工诗文，尤精书画，有《松雪斋集》。

赵孟頫入元后，官至翰林学士承旨，封魏国公。他与一些被迫屈服于元朝的士大夫一样，常为自己的失节而愧疚。“谁令堕尘网，宛转受缠绕。昔为水上鸥，今为笼中鸟。哀鸣谁复顾，毛羽日摧槁。”(《罪出》)“齿豁头童六十三，一生事事总堪惭。”(《自警》)就是这种心态的写照。在他晚年的诗作中，破家亡国之感尤为强烈。《岳鄂王墓》是其中的代表作：

> 鄂王坟上草离离，秋日荒凉石兽危。南渡君臣轻社稷，中原父老望旌旗。英雄已死嗟何及，天下中分遂不支。莫向西湖歌此曲，水光山色不胜悲！

对南宋君臣谴责的同时，饱和着后悔莫及的历史沉思，读来催人泪下。赵孟頫写诗重寄托，强调比兴手法，风格流畅、华美。

成宗大德以后，随着元蒙统治的相对稳定，一些隐居江湖的知识分子，开始出来效力于新朝。正如袁士元《题寒江独钓图》诗中写的：“堪笑江湖几钓徒，朝来相唤暮相呼。只今风雪蒙头处，回首烟波一个无。”但是，在元朝民族歧视政策下，汉族知识分子只能任副职、或有名无实的文官，有时还会遭到不测之祸，所以他们在言不由衷颂扬承平的背后，仍然沉浸在国破家亡的悲哀之中。这一时期的代表作家有虞集等人。

虞集(1272～1348)，字伯生，仁寿(今属四川)人。宋亡后，侨居临川崇仁(今属江西)。大德元年(1297)，被荐为大都路儒学教授。其后历任集贤修撰、国子祭酒等职。著有《道园学古录》、《道园类稿》、《平猺记》等。与杨载、范梈、揭傒斯在诗坛并称元代四大家。

虞集的诗被人称道的，多是些抒发兴亡之感，怀念故国的篇什。如《挽文山丞相》：

> 徒把金戈挽落晖，南冠无奈北风吹。子房本为韩仇出，诸葛宁知汉祚移。云暗鼎湖龙去远，月明华表鹤归迟。不须更上新亭望，大不如前洒泪时。

通过融会于诗中的大量典故，妥帖、婉转地讴歌了民族英雄文天祥的节操，并表达了深沉、凄楚的故国之思。有人论这首诗说："读此诗而不泣下者几希！"

虞集既为文坛首领，当时宗庙、朝廷的典册，公侯将相的碑铭多出于他手。这类充斥着程、朱思想，应酬溢美的文字，没有什么文学价值。而其褒扬殉国烈士的《陈炤小传》，赞美坚守民族气节为"霜降冰涸而松柏后凋，沙砾汰除而黄金独耀"的《答刘桂隐书》，则可与其表现民族意识的诗歌相映生辉。

元帝国大一统的版图，促进了民族间的文化交流和融合。于是在文学领域内涌现了一批用汉语创作的少数民族作家。如萨都剌、揭傒斯、耶律楚材、马祖常、迺贤、高克恭、余阙等人。其中以萨都剌成就最高。

萨都剌（约1305～1355），字天锡，号直斋，蒙古族。祖父因军功留镇云、代，遂为雁门（今山西代县）人。泰定四年（1327）进士，官至燕南河北道肃政廉访司经历。传其晚年曾投方国珍幕下。著有《雁门集》。

萨都剌担任的官职高不过七品，还因弹劾权贵而遭贬谪，这使他得以了解到社会底层人民生活的痛苦，并写出一些真实反映时代面貌的作品。如《鬻女谣》、《织女图》、《早发黄河即事》等诗。《早发黄河即事》，写农民生活的悲惨："炊烟绕茅屋，秋稻上垅丘。尝新未及试，官租急征求。两河水平堤，夜有盗贼忧。"写纨绔子弟生活的奢华："斗鸡五坊市，酣歌最高楼。绣被夜中酒，玉人坐更筹。”通过这两种反差强烈的生活画面的对比，揭示了社会的极端不公，和劳动者与剥削者尖锐的阶级对立。在《过居庸关》诗中写道：“上天胡不呼六丁，驱之海外消甲兵。男耕女织天下平，千古万古无战争。”反映了广大人民渴望和平，反对战争的愿望。另外，萨都剌写得清丽如画，具有生活实感的山水诗，和粗犷壮美的塞外风情诗也颇为人称颂。

元代早期词人，多为金、宋遗民，其作品仍保持前代余韵，而后虽不乏作者，但蹈袭多，创新少。到萨都剌，很能光大苏、辛词风，常作清旷雄奇的境界，被誉为“有元一代词人之冠”。其代表作[百字令]《登石头城》、[满江红]《金陵怀古》等，充满着对历史沧桑、人生短暂的感慨，韵调苍凉悠远。

元朝末年，广大农民已经被逼得“不愿为农愿为盗”（朱德润《水深围》）的地步，于是爆发了大规模的农民起义。这一时期，尽管多数文人对农民造反感到恐惧，但同情农民，揭露现实黑暗，仍然成了他们笔下的主旋律。代表作家有王冕、杨维桢、倪瓒等人。

王冕（1287～1359），字元章，浙江诸暨人。家贫苦学，善画梅，工诗。后隐居九里山（今浙江绍兴），自食其力。朱元璋攻绍兴时，召其为谘议参军，不久病卒。著有《竹斋诗集》。

王冕一生未仕，淡泊名利。他在《墨梅》诗中，借梅以咏志：“我家洗砚池边树，朵朵花开淡墨痕。不要人夸好颜色，只留清气满乾坤。”表明了不与世俗同流合污的节操。王冕的诗多反映苛政下劳动人民悲惨的命运。如《伤亭户》，写一家盐户，大儿采薪葬身虎腹，小儿死于修筑盐场，田赋已经竭尽所有，盐吏又来催逼盐税：“今朝分运（盐官）来，鞭笞更惨毒。灶下无尺草，瓮中无粒粟。旦夕不可度，久世益何福！夜永声语冷，幽咽向古木。天明风启门，僵尸挂荒屋。”这种令人怵目惊心的惨状，在当时是有其典型意义的。在写法上明显地借鉴了杜甫的《石壕吏》。作者继承了杜甫、白居易悲天悯人的现实主义传统。在《悲苦行》中，他痛惜兵役、官税下卖儿鬻女，衣食无着的劳动人民，为他们而大声疾呼："安得壮士挽天河，一洗烦郁清九区，坐令尔辈皆安居！"另外，在《劲草行》中，通过赞叹生命力顽强的劲草，讴歌了"汉家不降士"的忠魂，呼应了元初诗文中的民族意识。

王冕的诗在反映现实生活上有一定深度，语言朴素而不假雕饰，但在学习盛唐诗的过程中，缺乏艺术的独创性。

杨维桢(1296～1370)，字廉夫，号铁崖，浙江会稽(今绍兴)人。泰定四年(1327)进士，官至建德路总管府推官。后避乱徙居钱塘。明初应召纂修礼乐书志，不久请归。著有《铁崖先生古乐府》、《复古诗集》、《东维子文集》。

杨维桢在元末文坛上是负有盛名的人物，他强调诗品与作者人品的一致性(《赵氏诗录序》)，推重古诗和陶渊明、杜甫、李白、李贺的诗，但反对从形式上步趋古人，其诗号为"铁崖体"。他的古乐府诗深受李白、李贺影响，"骎骎将逼盛唐"(宋濂《元故奉训大夫江西等处儒学提举杨君墓志铭》)，风格雄奇怪丽。如《庐山瀑布谣》："银河忽如瓠子决，泻诸五老之峰前。我疑天仙织素练，素练脱轴垂青天。便欲手把并州剪，剪取一幅玻璃烟。相逢云石子，有似捉月仙。酒喉无奈夜渴甚，骑鲸吸海枯桑田。居然化作十万丈，玉虹倒挂清泠渊。"

杨维桢也有一些反映民生疾苦和世态冷暖的诗。如《海乡竹枝歌》、《贫妇谣》、《食糠谣》、《盐商行》等。

杨维桢也工散文。在散文写作上，宋濂称其："非先秦、两汉弗之学，久与俱化，见诸论撰。如睹商敦周彝、云靁成文，而寒芒横逸，夺人目睛。"(同上)其代表作有《耕间堂记》、《槐阴亭记》等。

元代诗文，难与唐、宋颉颃，但以杨维桢为代表的作家对明代文坛上的复古运动影响至深。

第七编　明代文学

概　　述

元末的暴政与吏治的极端腐朽，使阶级矛盾和民族矛盾都异常尖锐，加上水、旱、蝗、疫等自然灾害，终于使天下大乱，豪杰竞起。方国珍、韩山童、刘福通、徐寿辉、郭子兴、朱元璋、张士诚等相继打出了反元的大旗。这些英雄们一方面将斗争的矛头直指腐败的元王朝，另一方面他们之间也互相攻伐吞并。1368 年，朱元璋建立了大明王朝，替代了元政权，完成了全国的统一。

明代文学的发展趋势犹如一个马鞍形。元明之际是个繁荣期，繁荣过后是长达一个多世纪的冷落萧条、萎靡不振，之后又出现了极度昌盛的局面。传统诗文的成就相对低微，而小说、戏曲等通俗文学则取得了辉煌的成就。从明初到正德末年以前，是明代文学发展的前期，嘉靖以后到明亡，是明代文学发展的后期阶段。不同时期的文学有着大异其趣的特质，表现着鲜明的时代特色。这种情况和不同时期社会政治、经济、文化以及哲学思潮的发展变化有着密不可分的关系。

元明之际的社会大动荡，促成了古典现实主义文学高潮的出现，孕育出文坛的朵朵奇葩。在反元的风暴席卷全国之时，那些胸怀天下的才智之士，大多都卷入了农民起义的洪流之中。他们或者直接参与农民战争，施展自己的济世怀抱，实现自己的人生价值；或者为避兵燹而行踪飘忽，接触到政治黑暗、战火联绵所造成的民不聊生、尸横荒野的现实。时代迫使作家去思索社会与人生的一系列问题，探讨社会动荡、民生多艰的原因以及由乱致治的途径。罗贯中、施耐庵、宋濂、刘基、高启等就是这动荡的岁月涵育出来的优秀作家。罗贯中的《三国演义》和施耐庵的《水浒传》以其宏大的结构、精湛的艺术、深邃的内涵，揭开了中国小说史上崭新的一页。作品对豪杰的礼赞、对暴政的抨击、对仁政理想的向往以及对治乱的冷峻反思，与这种动荡的时代有着直接关系。诗文领域，宋濂、刘基、高启等人的创作真实地反映了当时广阔的生活。宋濂、刘基的寓言体散文，以犀利的笔锋，辛辣的笔调，对社会上的诸多丑恶现象进行入木三分的嘲讽；他们的部分传记体散文，故事紧凑动人，人物形神毕肖，语言浑朴精练，取得了较高的成就。戏曲方面，不少作家改杂剧为南戏，不同程度地融入了作者的时代感受，杂剧作家则有贾仲明、杨景贤等人。就当时文坛总的审美特征来看，一洗元代后期典丽雕琢的纤弱文风，而代之以遒劲奔放、质朴自然、豪健雄浑的阳刚气格。

朱元璋鉴于元亡的教训，即位后采取了一系列缓和矛盾、发展经济、巩固政权的措施。通过移民垦荒、兴修水利、减轻赋税、实行军屯、解放工奴、简约商税等，使在战火中一度遭到破坏的社会经济较快恢复，并出现了繁荣的局面。但文学的发展却呈现出相反的态势，即从元明之际的高潮一下子跌入了低谷，这种情况一直延续了一百多年。具体表现是：长篇小说创作几成绝响；剧坛萎靡不振，杂剧创作贵族化、宫廷化，传奇创作伦理化、八股化。朱权、朱有燉、丘濬、邵灿等人便是这方面典型的代表。诗文方面则是蝉缓冗沓、雍容典雅、歌咏升平、粉饰太平的台阁体统治文坛。这种物质生产与精神生产极不协调局面的出现，是由多种因素促成的。首先，恐怖、黑暗的政治统治扼杀了文艺创作的生机。朱元璋进一步加强了封建专制主义的独裁统治，废除三省制和丞相制度，在中央设立六部，直接对皇帝负责，形成皇权的绝对专制。锦衣卫、东厂、西厂等特务机构的设立，使臣民百姓的一言一行都受到监视，文人们不敢畅所欲言地表达自己的观点。其次，文化思想上的严酷统治，也成了文艺创作的桎梏。明统治者推行八股取士的科举制度，用反动腐朽的程朱理学规范知识分子的思想；开设文华堂，广储文学人才；召集天下文士，编纂大型类书；屡屡兴起文字狱，迫害杀戮那些心怀芥蒂的文人。这种高压与怀柔手段的并用，一方面使文人们看到了仕宦的希望，热衷于功名富贵；另一方面也使他们在创作中顾虑重重，免触时忌，惧怕因文字而罹祸。当然，经济的发展繁荣也使部分文人忘乎所以，失去了对民族和社会的危机感和忧患意识，这也是造成文坛沉寂的原因之一。

明代中叶以后，社会情况发生了显著的变化，文学创作也随之出现了新的气象。

就社会状况来看，一是统治集团荒淫腐朽，各种社会矛盾尖锐激化。在统治阶级内部，首辅之争、皇室与藩王之间的内讧以及改革派与保守派、东林党与阉党之间的斗争日趋激烈。经济的繁荣刺激了统治者贪婪的欲望，他们掠夺土地，建立皇庄官庄，加重赋税，对工商业大肆掠夺，阶级矛盾尖锐激化，如火如荼的农民起义、城市民变此起彼伏。边防涣散，西北的鞑靼、东南的倭寇屡犯边境，民族矛盾逐步加剧。二是随着经济的进一步发展繁荣，到了万历年间，在东南沿海一带出现了“机户出资，机工出力，相依为命”(《万历实录》)的资本主义生产关系的萌芽。这种新的经济因素的滋长，必然带来社会意识的巨大变革。三是城市规模的扩展与市民队伍的壮大。市民阶层在意识形态领域有着与封建阶级格格不入的要求,他们反对封建束缚,追求个性自由,这必然反映到文学作品中来。四是在思想文化领域,反对崇拜圣贤偶像,提倡个性解放的浪漫思潮兴起,泰州学派对程朱理学发起了猛烈的攻击,李贽、汤显祖、袁宏道、冯梦龙等高举反道学、倡人欲的大旗,肯定人们"好货好色"的本性,批判理学的虚伪荒谬,抬高为正统文人所不齿的通俗文学的地位,这对文学观念的更新及通俗文学的发展起到了至关重要的作用。

明中叶以后的文坛,出现了崭新的创作局面,各种文学形式争妍斗艳。诗文方面,先是出现了前七子、后七子的复古运动,荡涤了台阁体空廓、浮泛的劣习,成了文坛霸主;唐宋派、公安派继之而起,极力纠正前、后七子的模拟剽窃之弊,并在创作上取得了一定的成就。戏曲方面,出现了徐渭、康海、王九思等优秀的杂剧作家以及汤显祖、梁辰鱼、李开先、沈璟等著名的传奇作家。以汤显祖为代表的临川派与以沈璟为代表的吴江派就传奇的音律等问题展开了激烈的论争,推动了传奇的发展。《牡丹亭》、《宝剑记》、《鸣凤记》、《浣纱记》等对剧坛的影响十分深远,尤其是汤显祖的《牡丹亭》,代表了明代传奇的最高成就。伴随着戏曲的繁荣,戏曲理论著作也大量出现。小说方面,出现了众多的长篇小说与短篇小说集。前者如代表我国浪漫主义神话小说最高成就的作品《西游记》,文学史上第一部文人独立创作的以家庭生活为描写对象的、代表世情小说最高成就的作品《金瓶梅》,冯梦龙、熊大木等人的历史演义和英雄传奇等等;后者以冯梦龙的"三言"与凌濛初的"二拍"成就最为突出。此外,散曲、民歌也都取得了可喜的成就。

明代文学具有自己独特的特色。首先,从内容上来说,反抗黑暗政治,抨击暴政,鞭挞权奸,歌颂仁政,歌颂英雄主义精神,批判封建礼教,张扬人的个性,诅咒世态炎凉成了进步文学的共同倾向。其次,从形式上来看,各体皆备,且以通俗文学的创作为主流,其中小说、戏曲的成就最为突出。其三,创作方法上,现实主义与浪漫主义都取得了长足的发展,并且在不少作品中,这两种创作方法体现出不同程度的结合。

第一章 三国演义

第一节 《三国演义》的成书过程和作者

《三国演义》全称《三国志通俗演义》，是一部以描写三国时代魏、蜀、吴三个统治集团之间矛盾斗争为主要内容的历史演义小说。其成书主要来自三个流传系统，即以西晋陈寿《三国志》与南朝宋人裴松之为《三国志》所作的“注”为中心的历史系统，宋元以后的话本系统和杂剧系统。

晋至隋以前，三国故事在历史系统流传。陈寿的《三国志》比较完整地记录了三国的历史，后来裴松之博引群书200余种，补正《三国志》简略和脱漏的缺陷，丰富了原作的内容。同时的《裴子语林》、《殷芸小说》、《世说新语》等书也辑录了一些三国人物奇闻佚事。

隋唐以后，三国故事主要通过话本系统和杂剧系统流传。唐人刘知几《史通·采撰》中有“诸葛犹存”一目，并认为三国故事“皆得之于行路，传之于众口”。李商隐《骄儿》诗有“或谑张飞胡，或笑邓艾吃”句，可见至迟在晚唐，三国故事已在民间广为流传。宋代“说话”艺术发达，据《东京梦华录》载，北宋出现了“说三分”的专门科目和专说“三分”故事的艺人霍四究。苏轼《志林》载：“王彭尝云：‘涂巷中小儿薄劣，其家所厌苦，辄与钱，令聚坐听说古话。至说三国事，闻刘玄德败，频蹙眉，有出涕者；闻曹操败，即喜唱快。’”拥刘反曹的倾向已十分明显。元代至元年间出现的《三分事略》和至治年间刊印的《三国志平话》,是据同一部书删节而成,也是今存讲说三国故事的最早话本。其中后者约八万字,已初具《三国演义》的结构规模、艺术造型和情节框架,有着浓郁的民间文学色彩及鲜明的拥刘贬曹倾向,在《三国演义》的孕育过程中起着承上启下的作用。

三国故事在隋代已被搬上舞台。《大业拾遗记》中的《水饰图经》载,隋炀帝观看"水饰",有"曹瞒浴谯水、击水蛟……刘备乘马渡檀溪"等三国人物故事。宋元时代,出现了大量的敷演三国故事的戏剧。院本有《赤壁鏖兵》、《襄阳会》、《大刘备》、《骂吕布》等,南戏有《关大王独赴单刀会》、《刘先主跳檀溪》。据《录鬼簿》等书的记载,元代"三国戏"有30多种,"桃园结义"、"过五关斩六将"、"三顾茅庐"、"赤壁之战"、"单刀赴会"、"白帝城托孤"等重要情节已经具备,它们为罗贯中加工写定《三国演义》提供了重要的依据。

罗贯中正是在话本、戏曲的基础上,结合民间传说,同时又大量吸收《三国志》和裴松之"注"的材料,结合自己丰富的生活经验,创作出了这部中国长篇小说的开山之作。

罗贯中的生平资料目前知道得很少。一般认为,他名本,贯中为其字,号湖海散人,杭州人,祖籍太原。《录鬼簿续编》说他"与人寡合",明代王圻《稗史汇编》谓罗贯中是"有志图王者",因值朱元璋这样的"真主"统一了天下,便"传神稗史"。罗贯中大约生当元末乱世,有宏大的抱负,曾参加反元斗争,明王朝建立后,则致力于小说创作。清代徐渭仁《徐钠所绘水浒一百单八将图题跋》又说他曾作过吴王张士诚的幕客。虽出于臆想或传闻,但亦不无可能。

罗贯中的创作,《西湖游览志余》称他"编撰小说数十种",又相传他有《十七史演义》的巨著。除《三国演义》外,今存署名罗贯中编著的小说还有《隋唐两朝志传》、《残唐五代史演义传》、《三遂平妖传》,此外还有杂剧《宋太祖龙虎风云会》、《忠正孝子连环谏》、《三平章死哭蜚虎子》。

《三国演义》现存最早的版本是明嘉靖年间刊印的《三国志通俗演义》，全书24卷240则，每则有一个七言标题。此后新刊本大量出现，它们基本上保持了嘉靖本的原貌，或改变卷数，或补上插图，或增加眉评、总评，或改变其名称。清代康熙年间，毛纶、毛宗岗父子吸取众版本之长，在文字、回目、情节等方面对嘉靖本作了修改、加工，并加上评语，遂成为最流行的本子。毛氏父了加工的本子，艺术上大大提高了，但帝蜀寇魏的正统思想也大大加强了。

第二节 《三国演义》的思想内容

《三国演义》描写了东汉中平元年(184)到西晋太康元年(280)近一百年的社会政治生活。作品通过对三国时代错综复杂的矛盾斗争的描绘以及各类人物形象的塑造，反映了东汉末年朝廷腐朽、军阀混战、生灵涂炭的黑暗社会状况，谴责了封建统治者的奸诈、残暴和丑恶，歌颂了圣君、贤相、良将的品德和才能，反映了人民在动乱年代的痛苦生活以及渴望仁政的愿望，同时对三国时代各种斗争的经验作了形象的总结。

歌颂仁政，鞭挞暴政，是小说的重要思想内容之一。作者生值元末的动荡年代，目睹了军阀混战给百姓带来的灾难，对社会的黑暗、民生的疾苦有深切的了解，所以能够在继承前代有关三国故事的传说、创作尤其是《三国志平话》所表现出来的正统观念的基础上，结合时代的要求，借拥刘反曹反映出人民的爱憎和向背。三国故事在长期流传的过程中，人们往往从自己对理想君主的愿望出发，赋予刘备以各种美好的品质。罗贯中基于此，塑造了刘备这个仁慈爱民、宽厚仁义以及知人善任、礼贤下士的仁君形象。刘备早年就怀有“上抱国家，下安黎庶”之志。他诚笃敦厚，忠于友谊，他和关羽、张飞的交谊，慎始全终，生死不渝。他求贤若渴，爱惜人才，知人善任。为请诸葛亮出山，他不辞跋涉，三顾茅庐，后来对孔明一直待以师礼，以军国重任委之。马超归附他时有“如拨云雾而见青天”的知遇之感，赵云更是满怀赤忱地对他说：“云奔走四方，择主而事，未有如使君者。今得相随，大称平生，虽肝脑涂地，无恨矣。”他胸怀光明磊落，不肯将“妨主”的“的卢”马转送他人；拒绝别人的建议而送徐庶到曹营与母团聚，“宁死不为不仁不义之事”。“以民为本”的思想在刘备身上也体现得特别深刻。他深知“举大事者”必须取信于民，因此每到一地，就广施仁政。初作安喜县尉，他就“与民秋毫无犯”，“民皆感化”；在徐州，亦得百姓拥戴；在新野，百姓用“新野牧，刘皇叔，自到此，民丰足”的歌谣来称颂他；在当阳长坂坡曹操大军追击、命在旦夕之时，他仍不肯抛弃拖累行军的数十万百姓。在作品中，作者是把刘备与曹操对比来描写的，通过刘备之口说：“操以急，吾以宽；操以暴，吾以仁；操以谲，吾以忠，每与操相反，事乃可成。”刘备身上所体现出来的这些特点，都在一定程度上反映了人民的意愿。而作者实际上也是在借此形象力图把儒家道德理想转化为政治理想，实现理想化、道德化的政治。因此，仅用“正统”来涵括刘备这一形象，涵括小说的拥刘反曹倾向是失之偏颇的。它表达的实际上是一种比正统要进步得多的“仁政”思想。作为刘备的对立面，曹操则是一个众恶所归的暴君，是个奸诈、诡谲、凶狠、残暴、多疑、善忌、嗜杀成性的极端利己主义者。他一生所信奉的哲学是“宁教我负天下人，休教天下人负我”。幼年时，他就以诬叔骗父换得“恣意放荡”的便利。刺杀董卓不成，他仓惶逃命，受到吕伯奢盛情款待，但他因多疑而连杀吕家八口，后来明知错杀又惟恐报复、逃命不及而杀死吕伯奢；伐袁术时为解决缺粮的燃眉之急，暗中命仓官王垕用小斛发放军粮，然后又“借”王垕之头平息众怒；他一面命令军士捕杀逃避敲冰拽船苦役的百姓，一面却又让“投首”的百姓去山中藏避；害怕睡觉时遭人暗算，便诡称自己“梦中喜欢杀人”，使替他盖被的近侍刀下丧命。为报私仇而兴兵血洗徐州，命令“但得城池，将城中百姓尽行屠戮”；为清查在许都纵火谋反的耿纪、韦晃的余党，他更是诱人自投罗网，用诡诈的手段杀害了三百多名无辜者。他借黄祖之手杀了辱骂过他的祢衡，以“惑乱军心”为借口杀了才高于他的杨修。总之，作者从多侧面揭示出了他的奸雄本质。当然，作品也没有把他简单化。他既有奸雄的一面，又有“能臣”的一面，但他政治上的雄才大略、远见卓识，完全是和个人野心分不开的。他目光敏锐，善于识人，21 回与刘备“煮酒论英雄”，他一言就能概括出袁术、袁绍、刘表、孙策、刘璋之流的要害。十八路诸侯讨伐董卓，他是实际的组织者。他不以门阀高低、出身贵贱取人，用人惟才，关羽温酒斩华雄，是他在众诸侯面前力保关羽出战。他还深通兵法，常能以少胜多，失败时不气馁，能沉着应变，反败为胜。“大宴铜雀台”时，他自豪地说：“如国家无孤一人，正不知有几人称帝，几人称王”，一代奸雄的气魄、风度，栩栩如生，跃然纸上。

对“忠义”的讴歌礼赞，也是《三国演义》的主要内容，这主要体现在作者对西蜀的一大批人物如关羽、张飞、赵云、马超、黄忠五虎将尤其是关羽的歌颂、赞扬方面。小说中的关羽，简直就是勇武和忠义的化身。他是一位疆场驱驰、所向无敌、骁勇异常的良将。温酒斩华雄、过五关斩六将、单刀赴会、水淹七军，都表现出他超群绝类的胆略和威武不屈的气概。他又是个忠义英雄，忠于桃园结义的盟誓，与刘备、张飞情同手足，生死与共。屯土山陷入绝境，他提出“三约”，缺一不成。曹操为了笼络他费尽了心机，但他身在曹营心在汉，不为高官厚禄、金钱美女所动，一打听到刘备的消息，便挂印封金、过关斩将而去。对于关羽身上所表现出来的忠义，应该一分为二地看待。一方面作者既然在刘备身上寄托了自己的仁政思想，那么关羽对刘备的尽忠尽义，也就成了对一种正义事业的忠诚以及在“义”的驱使下团结一致、共同对敌的正义之举，是一种值得肯定的道德规范，而不能仅仅解释为对一家一姓的盲目忠诚。但另一方面，这种忠义又有其狭隘的一面，也即它是以个人恩怨为基础的。关羽在华容道上放走曹操，“拼将一死酬知己”，显然是不顾“知己者”所代表的是哪一种力量，只要对己有恩就必报答的错误之举。清代统治者封关羽为“伏魔大帝”、“关圣帝君”，宣扬关羽的“忠义”，各种江湖帮会也往往以“桃园结义”相标榜，正是利用了“忠义”思想中消极的一面。关羽的致命弱点是政治目光短浅，高傲自大，刚愎自用。他不听诸葛亮的告诫而破坏了吴蜀联盟，最后终于败走麦城，送掉了性命。张飞遇害、刘备兵败，以至于西蜀事业的由盛而衰，都与他有着直接、间接的关系。

《三国演义》描写了三国时期的政治、军事、外交斗争，通过一系列形象生动地再现了各种斗争的经验、智慧和战略战术，诸葛亮是这方面集中的代表。毛宗岗在《读三国志法》中称他是“古今来贤相中第一奇人”，把他的“智”与曹操的“奸”、关羽的“义”并称为“三绝”。作者一反《三国志》“亮才于治戎为长，奇谋为短；理民之干，优于将略”的记载，而将他写成治戎与奇谋兼长、理民之才干与为将之谋略皆高的全才。在小说中，他是个政治、军事、外交无所不精的典型。作者既突出地描写了他对刘备的“忠贞”，又赞美了他的经天纬地之才，表现了他“鞠躬尽瘁，死而后已”的精神。他首先是一个赤胆忠心的贤相，善于治国，政绩卓著。为报答刘备的“三顾”之恩和“托孤”之重，他竭忠尽智，坚贞不渝，从博望坡到五丈原，为蜀汉霸业建立了巨大的功绩。他不仅是个杰出的政治家，而且是个杰出的军事家、外交家。高卧隆中，他就胸怀全局，对东汉末年的形势了如指掌，初见刘备就向他提出了据蜀联吴抗曹的战略决策，要他先取荆州为家，后取西川建立基业，以成鼎足之势，然后再去谋图中原，并西和诸戎，南抚彝越。为了贯彻这个战略，他冒着生命危险，只身赴江东，游说孙权，舌战群儒，缔结了吴蜀联盟，取得了赤壁之战的胜利。他精通战略战术。博望火攻、智取汉中、安居平五路、七擒孟获 、六出祁山，都表现了他的足智多谋。

他还能从实际出发，对战略战术加以灵活机动地运用。有名的"空城计"，将他的神机妙算、料事如神写得淋漓尽致。他上通天文，下晓地理，在斗争中能够运用广博的知识，巧妙利用自然条件，牢牢掌握主动权，达到预期目的。作者对诸葛亮神机妙算的描写，大部分是合情合理的，但也确实存在有神秘主义的荒诞不经的成分，正如鲁迅批评的"状诸葛之多智而近妖"。除诸葛亮外，西蜀的庞统、姜维，东吴的周瑜、陆逊，魏国的曹操、司马懿等，都是长于谋略的人物。作者通过些人物，使各种斗争经验得以再现，同时也体现出鲜明的崇尚智谋的倾向。

第三节 《三国演义》的艺术成就

《三国演义》不仅是最早出现的长篇章回小说，而且代表了历史演义小说的最高成就。

首先，它开创了虚实结合、以史实为骨干、以虚构为血肉的历史演义小说的创作传统。继它之后，历史演义小说大量出现，中国历史上各个朝代的兴衰几乎都在演义小说中得以再现。这些小说一方面遵循历史发展的过程，使读者了解了不少历史知识，同时又能在具体描写中进行合乎逻辑的艺术化处理，给人以美的陶冶。

其次，既宏伟壮阔、又精细缜密的艺术结构。在长达百年的三国时期，活跃着无数的历史人物，各种事件纷繁复杂。作者在描写时，一方面着眼于历史事实，另一方面又注意艺术情节的连贯，根据自己对历史人物、历史事件的态度，把蜀汉作为中心，抓住三国矛盾斗争的主线，井然有序地展开情节，使作品显得脉络清晰，主次得体。小说大致可分为五个部分。1—9 回，写宦官、外戚争权夺势；10—33 回，写曹操逐鹿中原，扫荡群雄，统一北方；34—50 回，写赤壁大战，天下三分；51—115 回，集中写刘备集团的活动，以及刘备死后，诸葛亮治理蜀国，南征北战；116～120 回，写司马篡位，三分归晋。至于各部分中间山峦重叠，此起彼伏，山外有山，峰外有峰，则又随处可见。毛宗岗说它的结构是“天造地设”，并把它形象地比喻为“同树异枝，同枝异叶，同叶异花，同花异果”，给予了高度的评价。

小说的艺术风格主要表现为阳刚之美，但又不乏阴柔之趣。为作品的题材所决定，作品充满着粗犷刚烈、宏伟磅礴、豪迈奔放、昂扬雄健的壮美基调，但作者在场面描写或塑造人物时，又穿插了一些高雅、潇洒、俊逸、风流的描写。就前者来说，作品对诸葛亮所隐居的隆中景物的渲染，显得清俊雅致，充满诗情画意；就后者来看，关羽、张飞固然是战场上叱咤风云的猛将，但刮骨疗毒的情节，又出神入化地写出了关云长高雅的儒将风度，举荐庞统、义释严颜、智取瓦口隘等情节则显示出张飞精明细致的一面。至于对诸葛亮的描写，常常是寓英锐之气于飘洒、俊逸之中。壮美与优美、阳刚与阴柔达到了和谐统一。

《三国演义》描写战争的艺术向为人们称道。作者善于根据战争的不同特点进行不同的艺术处理。有的以强制弱，有的以弱胜强，有的先胜后败，有的转败为胜，有的稳扎稳打，有的出奇制胜，有的火攻，有的水淹，战争描写显得千姿百态，各尽其妙。即使是形式相同的战争，作者也能将它们写得变化无穷。如“火烧博望坡”、“火烧赤壁”、“火烧连营”、“火烧藤甲兵”、“火烧上方谷”同是使用火攻战术，但它们毫不雷同。作者描写战争，首先是在众多的战役中突出重点战役，侧重于人物描写，将战场厮杀与刻画人物交融在一起。全书共写了 40 多次战役，但重点只选择了十八路诸侯讨伐董卓、官渡之战、当阳之战、赤壁之战、彝陵之战、六出祁山、七擒孟获等几次战役。在具体描写作战双方时，又不平均使用笔墨，而是从自己的创作意图及历史观出发，或详写刘备一方，或详写掌握战争主动权一方。同时，作者总是以人物为中心来展开战争的各个方面，重点描写的是人而不是战争过程。如赤壁之战，重点写了吴蜀联盟的缔结及作战双方主将的斗智，在艺术地再现战争过程的同时，塑造出了众多栩栩如生的人物形象。其次，善于虚构和夸张。最明显的是不管战争规模多大，正面交锋的只是双方的主帅。将帅一败，这方的人马便溃不成军。这种写法是为作者“英雄创造历史”的唯心史观所决定的，也为后世演义小说、英雄传奇乃至神魔小说所效法。再次，运用“动中有静”的艺术表现手法，把激烈的战争写得有张有弛，松紧有致。如“空城计”诸葛亮的“焚香操琴”，赤壁之战中曹操的夜宴长江、横槊赋诗等等。最后是虚实结合，对胜利者一方详尽描写，对另一方则一笔带过。如赤壁之战中详尽描写的是孙刘一方，“安居平五路”只有一路是实写。

《三国演义》塑造了一系列栩栩如生的人物形象。一般来说，人物性格定型以后，发展变化较少，但这并不等于人物性格单薄、干瘪、没有发展。如以忠贞、智慧著称的诸葛亮，初出茅庐时英锐之气较浓，敢于冒险；入蜀之后则渐趋稳重，虑事更加周密；任宰相后的老成持重又与当年“舌战群儒”时的辩士气质有很大差异。塑造人物的方法是：首先，抓住人物的基本性格特征，通过不同的故事情节反复渲染。如张飞的嫉恶如仇、粗豪爽直，就是通过怒鞭督邮、古城会拒关羽等情节得到了充分的表现。其次，运用夸张、对比、烘托等手法描绘人物。如写张飞长坂桥三声大喝惊死夏侯杰，用夸张的手法表现出张飞威武雄壮的气概；关羽温酒斩华雄，运用烘托的手法写出关羽的勇猛绝伦；刘备和曹操、诸葛亮和周瑜的性格则是在对比中突现出来的。再次，注意写出同类性格的差异。如董卓和曹操都是凶恶、残暴的奸雄，但曹操的雄才大略、狡诈却是董卓无法望其项背的。勇武是五虎将的共同特征，但关羽重义而刚愎自用，张飞卤莽暴躁却不乏精明，马超勇烈但寡于谋略，赵云谨慎练达，黄忠有智有勇，同中有异，各具特点。

《三国演义》的语言文白相间，简洁精练，生动形象，雅俗共赏。叙述描写语言以粗笔勾勒见长，人物对话则个性鲜明，能使人闻其声而见其形貌、举止和语态，给人留下难忘的印象。

第二章　水浒传

第一节　《水浒传》的成书过程和作者

《水浒传》所描写的故事，虽然不像《三国演义》那样基本遵循历史事实，但也并非全出于虚构。据《宋史》中《徽宗本纪》、《侯蒙传》、《张叔夜传》和李埴《十朝纲要》、陈均《九朝编年备要》等的记载，宋江在北宋末年以 36 人横行于河北、河南、山东以及江苏北部地区，给北宋王朝以沉重的打击，在统治者的镇压和招抚下，最后终于投降，并参加了征讨方腊之役。

南宋时期，广大人民处在民族压迫和阶级压迫之下，希望劫富济贫、济困扶危、护国安民的英雄豪杰为他们伸张正义，于是关于宋江起义的故事广为流传，并且融入了人们的希望和理想。南宋末年画家兼文学家龚开的《宋江三十六人赞并序》中，初次完整地记录了 36 人的姓名和绰号。他在序中说："宋江事见于街谈巷语。"并提到在他之前南宋名画家李嵩曾为三十六人绘像。南宋又是"说话"伎艺兴盛的时代，宋江起义的故事成了"说话"的重要题材。据南宋罗烨《醉翁谈录》记载，当时话本中有《青面兽》、《石头孙立》、《花和尚》、《武行者》等，可惜没能流传下来。

宋末元初，出现了讲史话本《大宋宣和遗事》，这是现存讲说水浒故事的最早话本。此书所记水浒故事，从杨志卖刀杀人写起，中间有智取生辰纲、宋江杀阎婆惜、九天玄女授天书，直到宋江受招安、平方腊，因功受封而止，顺序与后来的《水浒传》小说基本一致。

元代出现了大量的敷演梁山英雄故事的杂剧，据《录鬼簿》等书记载有 20 多种，今存 6 种。像武松打虎、杀嫂、花荣大闹清风寨、闹江州劫法场、三打祝家庄、李逵负荆等重要情节在杂剧中已经具备，杂剧中还有“一百八个头领”之语，宋江、李逵、燕青等人已有鲜明的性格，这都对《水浒传》的成书产生了积极的影响。

《水浒传》是施耐庵在宋元以来广泛流传的民间故事、话本、戏曲的基础上，结合自己的生活经验创作而成的。

关于《水浒传》的作者，历来说法不一，但影响最大的为罗贯中、施耐庵两说。明人高儒《百川书志》云：“《忠义水浒传》一百卷，钱塘施耐庵的本，罗贯中编次。”可见罗贯中只作了一些整理工作。施耐庵的生平事迹不详，后世发现的所谓《施耐庵墓志》及出土的其他有关施氏的文物，尚未为学术界普遍接受。

《水浒传》的版本很复杂，大致可分为简本和繁本两个系统。简本有百十五回本、百十回本、百廿四回本；繁本主要有百回本、百廿回本、七十回本。简本只记故事情节，文字简略，细节描写少；繁本细节描写生动。一般认为，嘉靖间武定侯郭勋刊刻的《水浒传》比较接近原本，但已不存。高儒《百川书志》说《忠义水浒传》为一百卷，今能见到的较早而又完整的百回本为天都外臣序本，序文作于万历己丑(1589)，此本在排座次之后有受招安、征辽、平方腊等情节。万历年间又出现了杨定见的百廿回本，在百回本的基础上增加了平田虎、平王庆的故事。明末，金圣叹腰斩《水浒传》，删去了排座次以后的内容，添了个卢俊义惊噩梦的结局，梦中一百单八将全部被杀，又把原来的第一回改为楔子，是为七十回本，在清代最为流行。

第二节 《水浒传》的思想内容

《水浒传》通过生动的艺术描写，形象地反映了封建社会的现实生活，揭露了统治阶级的罪恶，深刻具体地揭示了农民起义的社会根源，歌颂了英雄们的反抗斗争，如实地再现了农民起义发展壮大的过程及其失败的结局，是一部宏伟壮阔的农民革命的史诗。

一、揭示了"官逼民反"、"乱自上作"的社会现实，挖掘了农民起义的社会根源，肯定了农民起义的必然性和正义性。

小说从不同的角度、不同的层次描写了封建统治阶级对劳动人民的压迫和剥削。首先，揭露了朝廷中枢机构的腐朽本质。作品细致地描写了高俅的发迹过程。他原是东京的一个浮浪破落户子弟，从小不务正业，因眠花宿柳被父亲告发，成为罪犯，后来遇赦回东京后，因为踢得一脚好气毬，受到端王(即后来的宋徽宗)的赏识。端王一即位，高俅青云直上，被封为殿帅府太尉。他一上任，就官报私仇，逼得禁军教头王进弃家而逃；后来又纵容螟蛉之子高衙内霸占林冲的妻子，逼得林冲家破人亡，走投无路，上了梁山。鲁智深因为仗义搭救林冲，也被逼得无处安身，最后上了梁山。这些描写深刻地揭露了"乱自上作"、朝政腐败的黑暗现实。其次，小说揭露了各级官僚机构的反动本质。各级官吏与朝中权贵都有着千丝万缕的联系，他们依恃权势，横行州县，搜括民财，残害良民。如高俅的堂兄弟、高唐州知府高廉，"依仗哥哥的势力，无所不为"。他怂恿妻舅殷天锡霸占柴皇城的花园，反把前来告状的柴进下入死囚牢中，最后逼得柴进走上反抗之路。蔡京的女婿、大名府的中书梁世杰，为给丈人祝寿，一次就搜括了十万贯金珠宝贝。晁盖、吴用、公孙胜、刘唐、阮氏兄弟就是为了打劫这些不义之财，事发后被逼上梁山的。此外，像蔡京的门人、华州的贺太守，"徽宗天子慕容贵妃之兄”、青州知府慕容彦达，蔡京之子、江州知府蔡九等等，皆作恶地方，肆虐百姓。作品还写了一系列土豪劣绅、地主恶霸、衙役胥吏、泼皮无赖，诸如毛太公、西门庆、祝朝奉、曾长者、张都监、蒋门神、郑屠、陆谦、富安、牛二等等，有的依仗财势、结交官府，有的横行地方、作恶多端。总之，从朝廷中枢机构、各级官僚机构一直到社会基层，大大小小的统治者、压迫者勾结在一起，弄得整个社会暗无天日，封建国家机器又掌握在他们手中，广大人民只有开展武装斗争，才是惟一出路，农民起义是必然的；又由于农民起义的矛头是直指黑暗势力、反动统治的，因而他们的斗争也是正义的。

林冲是诸多被逼上梁山的英雄中最具有典型意义的一个。他原是东京“八十万禁军教头”，虽然不满现实，满腹不平，但教头的地位，优厚的请受，舒适的家庭，美丽的妻子使他留恋，形成了他苟安现状、委曲求全的性格。妻子被高衙内调戏，他满腔怒火，但未敢下手；刺配沧州，他仍幻想将来与妻子团圆。最后高俅竟又派人到沧州来杀害他。在一切退路都绝、只有反抗才能生存的情况下，他才手刃仇人，投奔梁山，后来火并王伦，为起义事业开辟了道路，成为起义队伍中坚定的一员。作品通过对林冲从逆来顺受到起义反抗的过程的真实、具体的描绘，说明在那黑暗的社会，不反抗就得任人宰割，只有反抗才是惟一出路，“官逼民反”的问题得到了深刻的揭示。

二、热情地歌颂了起义英雄们的正义斗争。

施耐庵“独破千古习俗，甘冒不韪，以庙廷为非，而崇拜草野之英杰”（眷秋《小说杂谈》）。金圣叹也认为《水浒传》“无恶不归朝廷，无美不归绿林”。小说描写了一系列不同阶级、不同阶层的起义英雄，对他们的英雄壮举进行了热情的歌颂。

鲁智深是一个下级军官，实际上一无所有，无牵无挂。他对封建统治者的反动本质认识得最为深刻，其反抗精神和斗争意志也最为坚决而彻底。他同情下层人民的疾苦，富于正义感，对各种恶势力主动挑战。打死“镇关西”，搭救金氏父女，充分表现了他强烈的爱憎；仗义救林冲，更表现出他和统治者作不妥协斗争的大无畏精神。他大胆蔑视宗教神权，在五台山饮酒吃肉，醉打金刚，大闹佛堂，将佛家净地闹得不亦乐乎。鲁智深在斗争中从不考虑个人得失，将生命安全置于度外。打死郑屠，军官不能做了，就上五台山削发为僧；仗义救林冲，和尚也做不成了，索性夺下二龙山起义，最后归汇到农民起义的洪流之中。此外，他在斗争中还显得精明机警，粗中有细。如打死郑屠后的脱身之计、野猪林救林冲的周密考虑等等。

李逵是个憨直、淳朴、鲁莽、富于反抗性和同情心、农民气息很重的英雄。穷困的出身，痛苦的经历，决定了他强烈的革命要求和坚定彻底的斗争精神。他为人憨直，心直口快，对统治阶级深切痛恨，在斗争中表现得最为勇猛出色。劫江州刑场，他“杀人最多”；攻打大名府，他第一个请命杀贼。他对统治者不抱任何幻想，是坚决反对招安者之一。皇帝派人招安，他不仅扯碎诏书，还打了钦差，大骂皇帝。李逵对自己的弟兄以及受苦人，则满怀深厚的感情。为照顾牢中的宋江，他“寸步不离”，“早晚在牢里服侍”。但当他误听宋江抢夺民女之事后，便大闹忠义堂。这说明在他心目中，起义事业高于私人关系。当然李逵并非没有缺点，他遇事急躁，有勇无谋，有时盲目乱闯，简单鲁莽，不讲策略，狭隘报复思想比较严重。

此外，作者对武松、阮氏三雄、解珍、解宝、张横、张顺、石秀等人的反抗斗争也进行了热情的歌颂。这些出身下层的英雄们组成了梁山起义队伍的中坚力量。

三、描写了起义军成长壮大的过程，展现了农民武装斗争的巨大声势，为后世农民起义提供了武装斗争的经验。

小说首先描写了各个英雄反上梁山的不同经历，揭示出阶级矛盾高度尖锐激化的社会背景。随着起义队伍的扩大，梁山义军采取了与封建政权直接对抗的军事行动。这些斗争具有动摇封建统治基础的作用，反映了农民阶级的政治意志。小说真实地再现了农民起义发生发展的规律，写出了起义军从小到大，由星星之火发展为燎原之势的过程。鲁达的除暴安良，武松的个人复仇，吴用等人的劫富济贫等等，是个人反抗，但难以从根本上改善自己的处境；少华山、桃花山、二龙山是小股联合，但还不足以与强大的官军相对抗；最后都汇合到了梁山泊，便与反动的地主武装展开了大规模的军事较量，取得了一系列辉煌的胜利。作品还再现了起义军所运用的各种战术、策略。花荣大闹清风寨，是制造假象，巧设埋伏；宋江三打祝家庄，是利用敌人内部的矛盾，分化瓦解，里应外合，各个击破；而两赢童贯、三败高俅，则是采取地方性的战略防御，集中力量打破敌人的包围。这些成功的战例，是作者对封建时代农民战争经验的总结。清代刘銮《五石瓠》中说，明末张献忠起义，“日使人说《三国》、《水浒》诸书，其埋伏攻袭皆效之”，足见其对后世农民起义的影响。

四、写出了起义军接受招安的悲剧结局。

小说七十一回众英雄排了座次以后，义军在宋江等人的领导下，取得了两赢童贯、三败高俅的重大军事胜利。八十二回，梁山泊全伙受了招安，之后便去征辽、平田虎、平王庆、征方腊，一场轰轰烈烈的农民战争终于被统治阶级利用了，声势浩大的起义队伍也以悲剧而告终。《水浒传》中义军接受招安的结局正是历史上农民起义失败诸种形式(被镇压、受招安、建立新王朝)之一种，是作者对历史的忠实反映。但在具体描写中可以看出，作者对待招安的态度是极为矛盾的。一方面，他肯定宋江等人接受招安是“有仁有义”、“忠义报国”之举，但另一方面又以赞扬的笔调反复描写了李逵、鲁达等人的反对招安，写出了招安给义军带来的厄运。小说不仅在客观上告诉人们，接受招安不会给义军带来好的结局，同时也揭示了这支队伍之所以走上招安之路的内在根源：

首先，它和宋江的忠君思想及其所推行的妥协路线有直接关系。作为义军领袖，宋江身上具有起义农民的英雄气概以及卓越的领导才能，但地主家庭的出身，“刀笔小吏”的经历，又使他有浓厚的正统观念和忠君思想。经过极为曲折的过程他勉强上了梁山，但他认为这不过是权宜之计，“权借水泊暂时避避难”，盼望朝廷招安，将来“一刀一枪，博得个封妻荫子”，“青史上留个好名”。当他坐上了梁山第一把交椅之后，很自然地引导义军走上妥协招安之路。

其次，义军领导阶层构成成分的变化，也是导致招安结局的原因所在。那些被封建势力逼上梁山的英雄如三阮、李逵、武松、鲁达、林冲等人固然是反对招安的，但他们并没有掌握领导权；而那些大批被俘虏过来的官军将领以及卢俊义那样的大地主，却是身在梁山而心在朝廷，他们支持宋江的招安主张，这自然使宋江的招安意图得以实现。

再次，招安又与起义英雄们身上的“忠”、“义”思想不无渊源。作品的“忠”就是忠于大宋皇帝，义军正是在忠君思想的支配下接受了皇帝招安。然而，这种忠君观念又有其特定的社会历史根源。“水浒”故事流传于宋元时代，此时民族矛盾居于主要地位，抗击侵略、反对投降成为时代的迫切要求，因此，这种“忠”的观念又是时代使然。作品中的“义”，在某种程度上注入了被压迫阶级的思想感情和道德观念，具有被压迫者互相帮助、团结一致、反对欺凌的性质，但有时也表现为没有任何政治原则的私人之间的情谊。这种具有明显二重性的“义”，一方面使各路英雄汇聚梁山，团结一体，保证了斗争的胜利；另一方面，众人内心不服，但为“义”所羁绊，又不得不随宋江接受招安，招致惨败的结局。

第三节 《水浒传》的艺术成就

《水浒传》以现实主义创作方法为主，又带有某些浪漫主义的成分。从反映的社会生活来看，小说真实地再现了农民起义的社会根源，写出了起义本身不可克服的弱点及失败的结局，对当时的社会生活作了广泛而逼真的描写，体现出严格的现实主义创作原则；但在描写具体斗争时，又写出压迫者的惨败和义军的辉煌胜利，常常按照人民的理想、愿望来解决矛盾，这又是浪漫主义精神的体现。从小说塑造的人物来看，一方面紧扣人物的阶级出身、经历、地位、生活环境，真实地描写了各个阶层的人物不同的反抗道路；但另一方面又夸张、渲染了英雄们的神力、勇武、豪放乐观等浪漫主义气质，使其成为理想的人民英雄的化身。像鲁智深倒拔垂杨柳、景阳岗武松打虎、李逵江州劫法场、沂岭杀四虎等等，显然是浪漫、幻想的产物。

《水浒传》在塑人物形象方面取得了卓越的成就，积累了丰富的艺术经验。

作者既能根据人物的身份、经历等方面的差异写出人物的不同性格，又能从千姿百态的现实生活出发，写出出身、经历基本相同的人物的性格差异。如林冲和武松都以武艺高强著称，都受过官府的陷害，都被发配充军，但林冲有地位，有妻室，又懂得法度，尽管遭受冤枉，但总希望服刑期满，与亲人团聚，所以在充军的路上受解差摆布却忍气吞声、怀怒不发。而武松则无家室之累，在闯荡江湖的经历中养成了强悍的性格，无所畏惧，天地不怕。充军孟州途中，反而是差人服侍他，充军恩州的路上又轻而易举地收拾了四个带刀的凶手，并且对暗算他的人进行了大快人心的报复。又如鲁智深、李逵、武松三人，社会地位接近，都是浑身武艺，一无牵挂，见义勇为，富于反抗，但李逵身上更多带有游民无产者的特征，封建时代农民的狭隘性在他身上表现得比较突出，勇猛但显得莽撞，直爽又透出粗鲁，忠于起义事业但不懂斗争策略。行伍出身的鲁达尽管粗鲁性急，但行动颇有节制，勇猛中又有精细。武松则性情刚强，胆大心细，恩仇观念甚重，"血溅鸳鸯楼"竟把张都监全家连丫环一并都杀了，行动未免偏激，失于节制。

其次，通过人物富有特征的行动和个性化的语言来展现人物性格。如写鲁智深把林冲护送到沧州地界、在松林与林冲分手时，把二三两银子给了两个公人，要他们"休生歹心"，又"抡起禅杖，把松树只一下，打的树有二寸深痕，齐齐折了。喝一声道：'你两个撮鸟，但有歹心，教你头也与这树一般。'摆着手，拖了禅杖，叫声'兄弟保重'，自回去了。"（第九回）读者通过这些富有特征的动作和具有鲜明个性的语言，完全能够把握鲁智深这位英雄的性格。

再次，通过惊心动魄的斗争场面或特定的事件来集中刻画人物。如"智取生辰纲"对吴用智慧的描写，"景阳岗武松打虎"对武松刚强自信、神勇机智的渲染，"风雪山神庙"对林冲积愤喷发、怒火燃烧的复仇性格的刻画，都给人留下了难忘的印象。

通过富有特征的细节描写来刻画人物，也是《水浒传》常用的手法。如三十八回写李逵因夺鱼与张顺撕打，李逵在岸上占了上风，可后来被张顺骗到水里，淹得两眼发白，原来的胜者变成了负者，负者反成了胜者。这个可信的细节，充分表现了李逵的鲁莽憨直和张顺的富有心计。

另外，作者还运用烘托、对比、夸张等艺术手法来突出人物个性。如在写武松打虎之前，先花了较多篇幅写他在酒店的豪饮，进而写他不信有虎，再写到"方知端的有虎"又不愿转回，又特写傍晚的环境气氛，这些笔墨烘托出了武松精明刚强、自负好胜的性格。对比方面，如主要人物李逵的"细心"同鲁达的精明形成对比，次要人物乔郓哥的天真正直与何九叔的老练世故也形成对照。至于夸张的手法则随处可见。如鲁达三拳打死镇关西、武松血溅鸳鸯楼等，都将英雄的性格描写得活灵活现。

《水浒传》的结构有以下特点：第一，基于农民起义发展规律和主题表达的需要，在编织情节、描绘人物时，以单线发展为主，许多人物的故事如林冲、杨志、武松等都比较完整，既有相对的独立性，又前后勾连，环环相扣。人物共同的命运成了故事之间的挂钩，也使得英雄们走到了一起，加入反抗的洪流之中。第二，实写、虚写交叉，顺叙、插叙、倒叙并用。如第八回鲁智深大闹野猪林后，就顺林冲这条线索写下去，直到十七回，才由鲁智深向杨志叙述自己与林冲分手后的遭遇。这样既保持了故事的完整性，又使各个故事得以巧妙组接。第三，开端、高潮、结局的精心安排。小说从高俅的发迹写起，突出"官逼民反"之意；从英雄们的个人反抗到汇聚梁山排定座次，打败童贯、高俅的围剿，形成高潮；以后是接受招安，为国剿"寇"，最后神聚蓼儿洼，以悲剧告终。作品首尾联贯，结构完整。

《水浒传》是我国文学史上第一部用白话写成的长篇小说，其语言成就极为突出。首先，它具有口语化的特点。如第二回王进求宿时对庄客说的一段话："实不相瞒：小人母子二人，贪行了些路程，错过了宿店，来到这里，前不巴村，后不巴店，欲投贵庄，借宿一宵，明日早行。……"在北方口语的基础上进行了艺术加工，显得通俗流畅。其次，人物语言高度个性化。如七十一回武松、李逵、鲁达反对招安的语言，武松的话直爽而诚恳，李逵的话莽撞而粗俗，鲁达的话则显得道理充分、粗中有细，这与各个人物的性格是非常吻合的。再次，小说语言简洁明快，准确生动，表现力极强。如对鲁达拳打镇关西的描写，运用贴切的比喻，逼真地写出了郑屠挨揍的丑态和他自身的感觉。武松打虎那段文字，仅几百字就把惊心动魄的打虎场面传神地写了出来。《水浒传》对景物的描写，能与人物的行动以及环境气氛融为一体，达到传神的境界。如"林教头风雪山神庙"对风雪的描写:"正是严冬天气,彤云密布,朔风渐起,却早纷纷扬扬卷下一天大雪来。"林冲"雪地里踏着碎琼乱玉,迤逦背着北风而行。那雪下得正紧。"既用简省的笔墨写出了风雪之大之猛,又烘托出了林冲报仇雪恨的壮烈气氛。

第三章　西游记

第一节　《西游记》的成书过程和作者

明朝嘉靖、万历年间，一部优秀的、富于浪漫主义精神的长篇小说——《西游记》出现于文坛。这部小说也是先在民间流传，最后由文人加工改编写定的。

《西游记》所写的唐僧取经是一个真实的历史故事。唐太宗贞观三年(629)，青年僧人玄奘只身偷越国境，赴天竺学习佛经。他行程数万里，途经百余国，历时 17 载，终于取回经书 650 余部。正是由于玄奘这种富有传奇色彩的经历，在这个故事的流传过程中，不可避免地要加进一些幻想成分，使其越来越脱离历史事实，带上了神奇色彩。

产生于南宋年间的《大唐三藏取经诗话》，是对自唐至宋取经故事的总结。此书共十七节，约一万多字。虽然这还是一部十分幼稚、粗糙的作品，但它完成了从玄奘取经史实向西游神话故事的过渡，特别是猴行者已经成为取经故事的主角，所以在西游故事演变史上具有重要意义。作品写猴行者化身为白衣秀士，自称“花果山紫云洞八万四千铜头铁额猕猴王”，前来协助取经。他神通广大，一路上杀白虎精、除馗龙、降深沙神，终于完成了取经事业。

产生于元代的《西游记平话》，是“西游”故事演变史上又一座里程碑。此书今不见传。《永乐大典》第 13139 卷保存了一段“梦斩泾河龙”的故事，标明引自平话《西游记》。古代朝鲜汉语教科书

《朴通事谚解》，也记载了“车迟国斗圣”这个片断和有关的8条注文。其注文叙述了《西游记平话》的主要故事梗概，其中已经有大闹天宫、黄风怪、蜘蛛精、狮子怪、多目怪、红孩儿、火焰山、女人国等故事，其主要情节已经初具《西游记》的规模。同时，参与取经者除唐僧、孙吾空外，还有沙和尚和黑猪精朱八戒，一师三徒的取经集团已经形成。这部《西游记平话》，就是吴承恩创作《西游记》的蓝本。

戏曲方面，宋代就有西游戏出现。元至明初，西游戏大量涌现，粗略统计有20余种，其中比较重要的是元末明初杨景贤的《西游记》杂剧。此剧共6本24折，分别写了唐僧出世、大闹天宫、收龙马、收八戒、女人国、火焰山等故事。此外，丰富的中国民间文学、神话传说乃至印度文化包括佛教文化，对《西游记》的成书也产生了巨大影响。

《西游记》的作者一般认为是吴承恩。吴承恩（1504？～1582?），字汝忠，号射阳山人，淮安府山阳县（今江苏淮安县）人。他出身于一个由书香门第而败落为小商人的家庭，少年时就“以文鸣于淮”，但参加科举考试却屡试不第，直至40多岁才补上“岁贡生”，60多岁才做了一任长兴县丞，但未等三年任满，便因“耻折腰”而辞官归乡。他虽然年老无子，晚景凄凉，但“平生不肯受人怜，喜笑悲歌气傲然”（《赠沙星士》），表现了不屈服、不妥协的倔傲精神。

吴承恩一生遭遇坎坷，对当时社会现实有着清醒的认识。他在《赠卫侯章君履任序》中形容当时社会是：“行伍日雕，科役日增，机械日繁，奸诈之风日竞”，而那些权臣、宦官们则是“身渐重，头颇别。手可炙，门庭热”（[满江红]“穷眼摩挲”）。因此，他希望能铲除奸邪，重整世风。在《二郎搜山图歌》诗中，他满怀热情地赞美捉妖擒怪的二郎神，并表示自己愿意拿起“斩邪刀”来，诛杀残害民众的“五鬼”、“四凶”。然而，“胸中磨损斩邪刀，欲起平之恨无力”，他只好借助幻想中的英雄，来寄托自己铲除邪恶的愿望。

吴承恩从小爱好神异故事。他的《禹鼎志》就是一部志怪小说集，可惜已经亡佚。他在《禹鼎志序》中说："吾书名为志怪，盖不专明鬼，时纪人间变异，亦微有鉴戒寓焉。"可见，他创作神话小说是有针对性的，寄寓着自己的社会理想和对现实生活的批判，这就使他的《西游记》能够在绚丽多彩的浪漫主义描写中，闪烁出理想和批判的光辉。

第二节 《西游记》的思想内容

《西游记》虽然是一部浪漫主义巨著，但在神奇美妙的描写里，同样体现着时代特色，熔铸着现实生活内容。作品通过幻想的形式，比较广泛地暴露和讽刺了封建统治阶级的腐朽和罪恶，充分展现了孙悟空的斗争气概、斗争智慧和斗争的乐观主义精神，表现了人民的理想和愿望。

《西游记》这种深刻的思想，集中体现在孙悟空这个神话英雄形象上。

根据《朴通事谚解》，《西游记平话》中孙吾空的佛号为"大力王菩萨"，而吴承恩却将其改为"斗战胜佛"。这说明，吴承恩正是以"斗战胜"这个佛号，来概括孙悟空的形象实质。孙悟空是一位战斗者的形象，是封建时代的一位斗士。

作为一名斗士，孙悟空首先表现为敢于斗争，有着一往无前的斗争气概和无所畏惧的斗争精神。在大闹天宫的过程中，他不承认天之独尊，更不理会天国任何的威严和秩序。在玉皇大帝面前，他也只是"唱个大喏"。他偷蟠桃，盗御酒，窃仙丹，并假传圣旨，愚弄赤脚大仙，把个堂堂天国闹得不亦乐乎。从八卦炉中逃出后，他一条金箍棒"打得那九曜星闭门闭户，四天王无影无形"，并且公然声称："皇帝轮流做，明年到我家。"表现了大无畏的叛逆精神。当然，这种叛逆更多地带有率性而为的特征。他和天宫的矛盾，实际上是他酷爱自由的个性和当时社会的矛盾，是一位具有个性解放、个性自由特征的斗士和旧的社会势力的矛盾。这些，和明代中叶资本主义萌芽之后人们要求个性解放、个性自由，反抗封建礼法束缚的思想解放运动有关，具有初步民主主义思想的特征。

西天取经过程中，孙悟空斗争的对象和目的都发生了很大的变化，但其斗士的形象却没有改变。他经常驱使日值功曹、四海龙王、山神土地、天兵天将为他效劳，稍不如意，便喝令他们"伸过孤拐来，各打五棍见面"。第三十三回他为了骗取两个小妖的宝贝，竟要玉皇大帝把天借给他装半个时辰，还威胁道："若道半声不肯，即上灵霄殿动起刀兵！"对于观音菩萨，孙悟空敢骂她"惫懒"，活该"一世无夫"；对于如来佛，敢骂他是"妖精的外甥"。

取经是一项可以使人们摆脱苦难的事业，这是前代流传故事和吴承恩的共识。孙悟空降妖除怪的斗争，正是为这个事业而奋斗。同时，孙悟空的除妖也是直接为民除害。他一听说妖怪扰乱人间，就决不放过。收服八戒之后，他就对引路的高才说："以后但有妖精，多作成我几个，还有谢你处哩。"第六十七回驼罗庄主人请悟空捉妖，悟空当即向上唱个大喏。八戒在一旁就这样说："你看他惹祸！听见说拿妖怪，就是他外公也不这般亲热。"很能说明悟空斗争的主动性和积极性。因此，孙悟空实际上具有为民除害、造福于民的优良品质。

作为一名斗士，孙悟空不仅敢于斗争，而且善于斗争。在斗争中，他并不是单单凭着武艺逞勇斗狠，而是善于以智取胜。他经常变成蟭蟟虫、小苍蝇，钻到妖精洞里去弄清妖精的底细，或者化为妖精的母亲、丈夫去欺骗妖精。他还善于运用钻到敌人肚子里去的战术。第七十六回写他钻到狮魔王的肚子里，狮魔王表面讨饶，却想趁他出来之际咬住他。孙悟空知道后，就先把金箍棒伸出来。

那妖怪使劲一咬，把门牙迸得粉碎。

作为斗士，孙悟空还具有百折不挠的意志和乐观精神。在斗争中，孙悟空也并不总是取胜，甚至有几次他都面临死亡的威胁，但他都能乐观向上，锐气不减。大闹天宫时，他曾两次失败，却没有丝毫乞怜哀告。在狮驼山他误入“阴阳二瓶”，险些倾了性命，但仍然“咬着牙，忍着疼”，从里面跑了出来。在枯松涧，红孩儿口吐“三昧真火”，把他烧得“火气攻心，三魂出舍”，可是他刚一苏醒便又投入了战斗。

孙悟空这种斗士精神，根植于我们民族不畏强暴、顽强奋斗的性格土壤之中，又是对民族性格的开拓与展望，对改造我们民族性格中存在的奴性哲学、因循守旧、求安保本等劣根性，起着重要作用，并寄托着劳动人民战胜一切妖魔鬼怪和各种社会邪恶势力的理想和愿望。

《西游记》的另一重要思想价值，是对于封建社会现实政治的深刻揭露和批判。

《西游记》描写了一个充满腐朽和污秽的神权世界，揭露了其虚伪、腐朽的本质，并以之作为人间封建统治机构的投影。其最高统治者玉皇大帝，实际上是贤愚不分、欺软怕硬、独断专行的昏君和暴君；太上老君不过是个毫无本领、卑鄙猥琐的糟老头；普天神将表面耀武扬威，实则不堪一击。此外，作品写唐太宗靠着君臣关系和私人交情偷改生死簿，“返阳”之后又向十代阎王进献南瓜。这种利用职权进行肮脏交易的舞弊之风，与人世间的徇私枉法、贪赃行贿又有什么两样？诸如此类描写，不仅是对神权世界的讽刺和揶揄，又概括了人间封建统治阶级的丑恶本质。

《西游记》描写了一系列妖魔鬼怪以及他们和神佛千丝万缕的联系，曲折地反映了现实社会官官相卫、上下勾结、残害人民的吃人本质。通天河的灵感大王，每年要吃一对童男童女。狮驼山的大鹏，不仅吃掉国王及文武官僚，而且将“满城大小男女”吃得一干二净。特别是西天路上的妖怪，都是要吃唐僧肉的。这些都寓言式地暴露了统治阶级的吃人本质。此外，红孩儿盘踞一方，周围几百里的山神、土地都被勒索得“裈无裆，裤无口”，“披一片，挂一片”，活画出统治阶级盘剥人民的丑恶嘴脸。青毛狮子精害死乌鸡国国王，又霸占国王的妻子，但就因为他“官吏情熟”，就使国王“无门投告”，这种现象正是封建社会官官相护、狼狈为奸的现实的曲折反映。

《西游记》虽然以佛教故事为题材，但对佛教也进行了一定程度的批判和讽刺。就在所谓的西天“净土”，如来的徒弟阿傩、伽叶竟公然向唐僧索要“人事”。身为佛门教主的如来，对于这种丑行不但不加制裁，反而为他们辩护。这就说明，所谓西方极乐世界，同样是贪污贿赂之风盛行，污秽不堪。

作品对佛教某些教义和戒律，也予以一定程度的嘲笑和否定。这主要通过唐僧形象表现出来。唐僧形象基本上保持了历史上玄奘坚韧不拔、百折不挠的求经者的形象特征，美色、富贵和妖魔都不能动摇他西行的决心。但是，他又盲目善良，是非不分，人妖颠倒，甚至于偏听偏信，打击好人。这当然是他坚守佛家“慈悲为怀”教条的结果。可是，他对妖怪讲慈悲，妖怪对他却从来不讲“慈悲”，结果他就只能处处碰壁，屡遭灾难。《西游记》对唐僧这种盲目慈悲的批判，实际上正是对佛教教条和戒律的否定。

《西游记》还通过九个人间国度，直接揭示社会现实。这些国家大都是“文也不贤，武也不良”，国君也是昏庸无道。他们或沉溺于女色，或崇信道士，弄得国家乌烟瘴气，民不聊生。比丘国国王为了延年益寿，竟要服用一千多个小儿的心肝。车迟国国王竟把三个妖道奉为国师，并到处捉拿和尚服苦役。这些描写，都和明代皇帝宠信道士、祸乱朝政有关。

《西游记》也有局限性。作者尽管抨击封建社会的种种丑恶，但并不否定封建制度。作品中还存在着许多因果报应、生死轮回的宿命论观点。作者希望统治阶级“三教合一”,表明他对宗教统治的认识并不彻底。

第三节 《西游记》的艺术成就

《西游记》不仅具有深刻的思想内容,而且在艺术上取得了巨大的成就。这首先表现在其瑰丽恢宏的浪漫主义特色上。

在我国古代文学发展的长河中,浪漫主义始终是一条重要的支流。从远古神话到楚辞、《庄子》,从志怪小说,到唐宋传奇、宋元话本,从李白、李贺到苏轼等等。《西游记》在继承前代的基础上,以其恢宏的气势,瑰丽的想象,成为中国浪漫主义文学发展的高峰。

《西游记》的浪漫主义特色,首先表现为充分发挥神话小说的特点,大胆地张开艺术想象的翅膀,创造了一个光怪陆离的神话世界。作者的笔墨驰骋于无限的宇宙空间和永恒的时间之中,从风光如画的花果山写到淫威森严的天堂王国,从鬼哭狼嚎的阴曹地府写到水族横行的水晶宫,从阴森恐怖的妖魔洞穴、黑暗腐败的人间王国写到金碧辉煌的西方极乐世界,其画面之阔大,想象之奇特,都为前代所罕见。

典型的神话环境,孕育了典型的神话人物。除悟空、八戒、沙僧外,其他如玉皇大帝、太上老君、白骨精、红孩儿、铁扇公主、牛魔王等形象,也都为人们所熟知。这些形象或神或魔,都具有超人的特质。孙悟空不仅一个筋斗能翻十万八千里,而且金箍棒能大能小。对于他的七十二变,作者更是充分地运用了艺术幻想,给以淋漓尽致的描写。他可以变麻雀、水蛇,变鱼,变大仙,变小孩,甚至还可以变成一座土地庙。更奇怪的是,他身上的毫毛,都可以变成小猴,和他一样舞刀弄枪,除妖擒怪。

典型神话人物之间的矛盾冲突，构成了全书40多个优美动人的神话故事，如大闹天宫、魏徵斩龙、偷吃人参果、葫芦装天、三打白骨精、车迟国斗圣、三调芭蕉扇等等。这些故事大都生动有趣，引人入胜，绚丽多彩，神奇多变，充分体现了作者惊人的想象力和创造力。

作品具有浪漫主义特色，又在幻想里面注入了强烈的现实内容。鲁迅就明确说过，《西游记》“讽刺揶揄则取当时世态，加以铺张描写”（《中国小说史略》）。小说中的天宫、地府、龙宫、魔窟，都是现实生活在幻想形式中的典型概括；从众多的妖魔鬼怪身上，可以看到封建社会邪恶势力的影子。至于西天极乐世界中阿傩、伽叶公开要“人事”，正是作者对封建社会卖官鬻爵、贿赂公行的社会风气的强烈讽刺。

作者善于把某些动物的自然属性和人物性格联系起来，加以神奇的幻想描写，创造出人、神和动物有机结合的艺术形象。孙悟空是天产石猴，既有人的行为动作、思想感情，又机灵好动，具有猴子的某些生活习性。八戒有着猪的外形和生活习性，有着神的超人性，更有着人的七情六欲。如果说悟空主要代表了理想的、高尚的人格的话，八戒则更多地带有世俗的、现实的、饮食男女的人格特征。他爱吃、爱穿、爱睡、爱女色，懒惰、动摇、小气、耍小聪明。但是，他身上最大的一个优点，就在于他的“真”，即使是他作假的时候，也会使人感到是那样地天真可笑，像未经世面的孩童。此外，像蜘蛛精最有力的武器，就是肚脐眼里的丝，地涌夫人是个老鼠精，所以就住在陷空山无底洞等等，都与自然界的动物特性相一致，成为虚幻中的真实。

《西游记》展现给我们的是一种诙谐幽默的艺术风格。鲁迅就曾认为《西游记》“实不过出于作者之游戏”（《中国小说的历史的变迁》），胡适也认为《西游记》好就好在“能使人开口一笑”（《西游记考证》）。但应该注意的是，游戏只是作品的一种艺术手法，在这种手法中，寄托着作者对现实社会的批判和对理想的追求，即所谓"游戏之中暗传密谛"。龙宫、地府、天宫、西天极乐世界在常人的心目中是严肃、神圣、令人敬畏的，但在作者的笔下，却是平庸、腐朽、可以让人调侃的，这就是所谓的化神奇为腐朽。孙悟空同妖魔的斗争是紧张激烈、生死相搏的，但在作者笔下，却显得轻松自如，具有无穷的趣味，充分展现了主人公强烈的乐观主义精神。对有缺点的正面人物，作者给以善意的嘲笑；对黑暗的社会现实和恶劣的人情世态，作者则予以讽刺和笑骂。正是由于这一系列游戏笔墨，形成了作品诙谐幽默的艺术风格，使人们在阅读过程中获得愉悦，受到启发，得到艺术欣赏的满足。

《西游记》在结构上也富有特色。全书一百回，第一至七回写孙悟空大闹天宫，引出作品的主人公；第八至十二回写取经缘起；其余的八十多回写西天取经。在取经主体部分，作者采用了金钱穿珠式的结构形式，以唐僧师徒的行程为主线贯穿了40多个小故事。就每一个小故事来看，都是波澜起伏，跌宕有致，引人入胜，像一颗颗璀璨的明珠，相互独立。而其中每一颗明珠又彼此相联，组成一个完整的艺术整体。

《西游记》问世之后，产生了巨大影响。吴承恩去世大约十年，《西游记》即刊印出版，这在小说出版史上也是罕见的。为适应读者需要，又有朱鼎臣、杨致和的删节本问世。同时，各种续书纷纷出现，如《后西游记》、《续西游记》、《西游补》等。特别是在《西游记》之后，形成了一个神魔小说创作的高潮，《封神演义》、《三宝太监西洋记》、《四游记》等，都是其中的佼佼者。时至今日，真正称得上家喻户晓、妇孺皆知的中国古代神魔小说，仍当首推《西游记》。

第四章　金瓶梅

第一节　《金瓶梅》的作者、创作主旨与版本

《金瓶梅》与《三国演义》、《水浒传》、《西游记》并称为明代“四大奇书”，但它与其他三部小说的成书过程不同。其他三部小说是作者根据有关的史料，在民间流传故事以及话本、戏曲的基础上加工而成的，《金瓶梅》则是作者对明代中叶的社会生活有所感触而独立创作的一部长篇章回小说，它标志着明代世情小说的高峰。

关于《金瓶梅》的作者，目前仍是个不解之谜。原作署名“兰陵笑笑生”。兰陵在古代一指北方的山东峄县，一指南方的江苏武进。明代屠本畯在《山林经济籍》中说它是陆炳仇人的泄愤之作，袁中道在《游居杮录》中认为它是绍兴老儒影射主人之作，谢肇淛在《小草斋文集》中提出它是金吾戚里门客所作，沈德符在《万历野获编》中则指出是“嘉靖间大名士”作。后人根据明代这些材料去探寻作者，目前所提出的有具体姓名和无具体姓名的作者已逾60种。王世贞、李开先、贾三近、屠隆、王穉登等说影响都比较大。不过从小说文本来推测，《金瓶梅》的作者是一个充满矛盾的极为复杂的人物。一方面，他有一定的封建纲常思想，在小说中通过诗、词、俗谚等不厌其烦地进行封建道德说教；另一方面又悖弃名理，让小说的人物淫滥无度，对性生活场面进行赤裸裸的铺叙，将理学大忌视为粪土。一方面，他在宗教思想的支配下给小说人物安排了轮回的结局；另一方面又对宗教教义、佛道僧尼极尽调侃嘲讽。

从作品的描写来看，他既熟悉官场又洞晓市井；既有较高层次的文艺修养，又有民间艺术的丰厚积累。经历、思想的复杂，才决定了他笔下这部复杂而伟大的长篇小说的诞生。

关于《金瓶梅》的创作主旨，明末以来就莫衷一是，诸如政治寓意说、孝子复仇说、苦孝说、讽劝说、暴露说、愤世嫉俗说等等。这些说法或者牵强附会，或者偏执一端，或者有意无意地拔高，不符合作品的创作实际。《金瓶梅词话》第一回之前，刊有四首四季词和四首《四贪词》。四季词宣扬了无荣无辱无忧、听天由命、优游随分、与世无争的闲适思想，《四贪词》吟咏酒、色、财、气乃贾祸害身之源，表达了劝诫讽喻之意。接着在第一回“入话”部分，作者特意引用了因色致祸的项羽、刘邦故事。这里流露出了作者的创作意图——劝戒世人莫要蹈入书中几个主要人物的覆辙(沉湎酒、色、财、气而贾祸丧身)。整部作品就是围绕“酒、色、财、气”这四字去构思情节、描写人物的，立足点在于暴露“四贪”之害和“酒色财气”给人生造成的不幸。嘉靖、万历年间，统治者拜仙崇道，倡淫纵欲，聚财敛货，斥逐忠良，上行下效的结果，是整个社会风气的堕落糜烂。一些封建文人把这归因于人们的贪欲，便幻想通过文学作品去警饬世人。就明代文坛来看，吟咏酒色财气的作品大量出现，《金瓶梅》就孕育在这种时代、文化氛围中。在作品中，作者通过诗、词、格言、“看官听说”之类不厌其烦地发出对“四贪”的劝诫、表明创作意图的地方达 30 多处。当然，为了暴露“四贪”之害，达到警世醒俗的目的，作品从广泛联系的角度对世俗日常生活作了多侧面的描写，这就势必涉及 16 世纪社会生活的各个领域，因此，它的客观意义、社会价值远远不是用“四贪”能够涵括的。

《金瓶梅》刚问世时是以抄本的形式在王世贞、徐文贞、刘承禧、袁中道、袁宏道、沈德符等有限的几个士大夫中流传，但这些抄本均不传。现存最早的刻本是刊刻于明代万历四十五年(1617)的《金瓶梅词话》，卷首有欣欣子的《序》、廿公的《跋》和东吴弄珠客的

《序》，此本保存于台湾。明末清初，出现了在“词话”本基础上加工的各种《新刻绣像批评金瓶梅》，每回前插入两幅插图，共200幅，不少还加了评语。康熙乙亥（康熙三十四年，1695），张竹坡以“绣像批评本”为底本评点的本子——《皋鹤堂批评第一奇书金瓶梅》问世，这是“词话本”未发现之前流传最广的本子。1985年，人民文学出版社出版了《金瓶梅词话》删节本，1987年、1989年，齐鲁书社分别出版了“第一奇书”删节本和“绣像批评”全本。

第二节 《金瓶梅》的思想内容

《金瓶梅》是从小说中三个主要女性潘金莲、李瓶儿、庞春梅的名字中各取一字命名的。作品托名宋代，实际上反映的是明中叶以后的社会现实。小说以西门庆的发迹变泰为主要线索，描写了他结交官府、仰攀权贵、经营牟利、巧取豪夺、理刑断狱、娶妻纳妾、嫖奸淫占等活动，尤其是描写了他家庭内部妻妾之间的争风吃醋、尔虞我诈，广泛而深刻地反映了晚明社会的时代风貌，客观上揭露了晚明社会的种种罪恶，显示出在金钱肆虐下宗法传统观念的崩溃，预示了这个制度必然走向灭亡的历史命运。

《金瓶梅》从多方面暴露了晚明社会的黑暗与罪恶。历史发展到晚明，中国封建制度已接近垂暮之年，政治腐败，吏治黑暗，宦官弄权，特务横行。“天下失政，奸臣当道，谗佞盈朝”，“贿赂公行，悬称升官，指方补价。夤缘钻刺者骤升美任，贤能廉直者经岁不除。以致风俗颓败，赃官污吏，遍满天下”（三十回）。这正是对晚明社会总的描画。宰相蔡京，因为西门庆累次给他送来大量的金银珠宝，并认他做“干爹”，他就安排西门庆在山东提刑所做了理刑千户，使西门庆由一介无赖而跻身官列，为他的作恶多端大开方便之门。杨戬一案，由当朝右相、资政殿大学士兼礼部尚书李邦彦审理，在要查办的亲党中有西门庆的名字，西门庆派人带着重礼，通过蔡京之子蔡攸的关系找到李邦彦，李邦彦马上将西门庆改作“贾庆”，使他得以逍遥法外。司法机构的腐朽于此可见。宦官专权，是明代黑暗政治的一大特色，《金瓶梅》对此有许多描写。在小小的清河县，就有管理皇庄的薛太监、管砖厂的刘太监，每逢宴庆，他们的坐席总在当地地方行政长官之上。小说六十五回，写到太监六黄太尉路经山东，以巡按、巡抚为首的山东全省官员都在他面前趋奉。明代中叶以后，资本主义经济萌芽出现，封建阶级转而依靠商业投机和放高利贷而大发横财，加上他们的巧夺豪取，致使一少部分人手中聚集了大笔的金钱。封建势力与市侩势力的合流，孕育出了带有浓厚封建性质的商人这种混血儿。政治上的黑暗腐朽，致使社会上欲念横流，整个晚明社会风气急剧堕落。小说对西门庆花天酒地、追逐金钱女色、奢侈挥霍、纵欲无度的荒淫糜烂生活的描写，正是明代统治者从上到下普遍存在的腐朽生活方式的缩影。

表现金钱肆虐下宗法传统观念的贬值，也是《金瓶梅》的主要内容之一。明代中叶以后，商品经济的发展、商业活动的频繁已为以前的任何一个朝代所不能比拟，统治者的纵情享乐、醉生梦死，也莫此为甚。世宗崇道求仙，求药纵欲；神宗更是贪财好货成癖，生活糜烂之极。统治者无休止的挥霍造成了财政的入不敷出、经济上的日渐枯竭，这时他们便把攫取的目标转向了新的商业阶层；而这时的商人正迫于牟利的需要而寻求政治上的庇护，于是他们便乘机而入，操纵金钱跻身于官场，表现出了对封建政权的极大亵渎。像小说所写的杨戬一案在西门庆金钱面前的流产，御史、巡抚等封建官员在西门庆面前的奴颜婢膝，足可见金钱对宗法政治的冲击、破坏。西门庆及其妻妾们穿戴上明目张胆地“越制”，西门庆用金钱买得众多女性甚至像“世代簪缨”的王招宣府林太太的贞操，不难看出金钱对等级秩序、纲常名教、忠孝节烈观念的巨大冲击。而小说对整个社会人欲横流的不加掩饰地描写，说明程朱理学已被人们视为粪土。总之，金钱是这个世界的主宰，宗法政治的威严，传统秩序、伦理观念的神圣，程朱理学的权威，统统遭到了金钱的嘲弄，统统在金钱的肆虐下发生了畸变。

《金瓶梅》极其细腻地描写了西门庆家庭内部妻妾之间的争风吃醋、明争暗斗，显示出对那个社会婚姻制度、奴婢制度以及财产私有制度的无情批判。西门庆妻妾成群，奴婢盈室。这些女子为了争宠，常常互相攻击、算计。潘金莲嫉妒因带来大宗财产并生了儿子而受西门庆宠爱的李瓶儿，常常拿丫环秋菊撒气，并设计害死了瓶儿母子；她见西门庆把自己丢弃一边，便与女婿、小厮通奸；吴月娘骂潘金莲"专一霸拦汉子"，故意不放西门庆到她房里过夜。西门庆对其妻妾、奴婢们有着生杀予夺之权，奴才稍惹主子不满，马上就以几两银子的身价被卖了出去。这些描写看似平常，但其中所蕴含的深刻意义却发人深思。

展示晚明社会世态的炎凉、人情的冷暖、世风的浇薄、道德的堕落，也是《金瓶梅》的重要内容之一。鲁迅在《中国小说史略》中评价说："作者之于世情，盖诚极洞达。凡所形容，或条畅，或曲折，或刻露而尽相，或幽伏而含讥，或一时并写两面，使之相形，变幻之情，随在显见，同时说部，无以上之。"《金瓶梅》在描写世情方面超过了中国小说史上任何一部作品。西门庆生前，妻妾市爱，帮闲趋奉，然而西门庆一死，李娇儿马上"盗财归院"，孟玉楼嫁与李衙内，孙雪娥私奔来旺儿，潘金莲奸通女婿陈经济。正如作者所说，他的妻妾"嫁人的嫁人，养汉的养汉，做贼的做贼，都野鸡毛零挦了"。陈经济逼死了西门大姐，并与潘金莲、庞春梅纵淫无度；应伯爵等帮闲也都换了一幅面孔，去趋奉新的主子张二官去了，并为张二官出谋划策，让他将李娇儿、潘金莲娶过来；吴典恩因为西门庆的关系做了清河县驿丞，这时却受恩反噬，诬蔑吴月娘与玳安有奸，"反恩将仇报起来"。清初张竹坡认为"一部《金瓶梅》，总是'冷热'二字”，说它是“一部炎凉书”，是有一定道理的。

此外，小说还从各方面为我们研究明代社会提供了重要的史料，诸如农村经济的破产，新的经济因素的滋长，商人与封建市侩的合流，手工业、纺织业的发展状况，以及货币、物价、运输、关税、建筑、服饰、医药、戏曲、说唱、游戏、风俗、宗教等等方面的情况。因此可以说，《金瓶梅》是一部全面再现封建社会晚期面貌的百科全书式的不朽杰作。

当然，《金瓶梅》也有严重的缺点。如小说表现了因果轮回、宗教迷信、女人祸水等庸俗思想，尤其是对两性性生活场面的赤裸裸长篇渲染，很容易产生不可预料的副作用，这也是它不能广泛流传的根本原因。

第三节 《金瓶梅》的艺术成就

《金瓶梅》在艺术上取得了突出的成就。它不仅继往，而且开来，对代表我国古典小说最高成就的《红楼梦》产生了巨大的影响。它是标志小说艺术完全成熟的里程碑式的作品。

小说成功地塑造了当时社会上各色各样的典型形象。西门庆是一个追逐财色的奸商、贪赃枉法的官僚、为害一方的恶霸三位一体的典型。他的发迹之道是拐骗妇女、放高利贷、做投机生意、依恃权势搞“官倒”赚大钱。他把掠夺的钱财大量用来交通权贵、周旋士类，结亲、送礼、祝寿、送美女、甚至拜干爹等都是他在向上爬的过程中常用的手段。有了金钱作资本，又有了权势作保障，他便肆无忌惮，作威作福，杀人害命，求药纵欲。他用金钱指使官府发配武松、来旺、打死宋仁；武大之死，花子虚之亡，也都是他一手操纵的；宋惠莲自缢也是他逼迫的结果。在官场上，他贪婪狠毒，滥施淫威。夹打韩二，惩治王三官，是他假公济私、官报私恨的表现；

为贪图一千两银子的贿赂，他让串通强盗谋财害命、按律当斩的苗青逍遥法外。他依靠官场情熟，在做食盐生意中牟得重利，贩运倒卖中逃避关税，包揽内廷行下来的两万银子的买卖。在性生活方面，他更是疯狂地纵欲，追求变态的性刺激。除了他的一妻五妾，丫环、仆妇、伙计妻，只要他看中的，无一能逃脱他的蹂躏；此外，他还包占妓女，淫奸娈童。总之，拼命追求金钱、权势、女色，是他一生的全部内容。这是晚明社会孕育出来的一个畸形儿。作品通过这个人物，不仅彻底暴露了那个时代的黑暗与罪恶，而且从一个侧面揭示出资本主义经济在中国封建社会内部发育迟缓的原因所在。潘金莲也是晚明社会孕育出来的一个典型。她出身于一个贫穷的裁缝之家，自幼聪颖美丽，但父亲死后，母亲为生计所迫，几度将她变卖，18 岁时被淫荡的张大户奸占，后又被"赏"与武大作妻。痛苦的经历，错配的姻缘，加上在王招宣、张大户家沾上的恶习，形成了她极端利己主义的性格。在西门庆家这个矛盾重重、机心四伏、等级森严的龌龊环境中，她表现得尖刻、泼辣、嫉妒、淫荡、狠毒。潘金莲既是个值得诅咒的人物，又是个不幸的殉葬品。通过这个人物，我们看到了不合理的婚姻制度、妻妾制度、尊卑制度、财产私有制度是怎样把一个幼小的灵魂一步步推向堕落的深渊。应伯爵是小说中塑造得最为成功的帮闲形象。他帮闲又帮凶，卑鄙无耻，趋炎附势，忘恩负义，但又是个非常可怜的人物。此外，像吴月娘、李瓶儿、孟玉楼、庞春梅以及那些尼姑媒婆、妓女优伶、男奴女婢、各级官僚、文人清客、泼皮无赖、和尚道士等，也都写得个性鲜明，给人留下深刻的印象。

在结构方面，小说前七十九回主要是以西门庆为中心，通过对他升官发财的过程和荒淫糜烂生活的描写，暴露出封建统治者的丑恶本质以及各种社会矛盾；其次是以潘金莲为中心，反映西门庆的家庭生活，揭露封建婚姻制度、家庭制度、奴婢制度的罪恶。后二十一回，主要以陈经济、庞春梅为中心展开情节，交代西门庆家中各个主要人物的结局。小说围绕中心线索与人物，构成了一张网络型的画面，对封建社会末期的社会生活、人情世态作了全面而生动的描绘。

《金瓶梅》在语言方面取得了卓越的成就。全书一百万字，基本上是用当时的大众口语写成的，而鲁南方言俗语又占相当大的比重。全书的语言风格表现为恣肆泼辣，生动活泼，丰富多彩，意趣横生。人物语言生活化，如应伯爵的语言油嘴滑舌，潘金莲的语言泼辣尖刻，西门庆的语言流露出十足的霸气，都符合人物的身份，能鲜明地表现出人物的个性。叙述语言精当生动，表现力强，尤其是揭露丑恶世态和人物的卑鄙灵魂时，往往暗寓褒贬，笔锋冷峻，如作者对应伯爵等帮闲在妓院为西门庆祝寿凑份子会餐的丑态的描写，真正做到了穷形尽相，入木三分。

《金瓶梅》的出现，标志着小说观念的巨大变革。首先，它一反《三国演义》、《水浒传》等小说注重表现历史王朝的更替兴衰、政治斗争的风云变幻、民族英雄的赫赫功业的创作定势，而把笔触伸向活生生的现实，对社会人生进行全方位的透视。在《金瓶梅》中，朝廷官僚的文治武功，达官显宦的穷通得失，佳人才子的恩恩怨怨，各级官僚的荣辱进退，都已退居次要地位，作者的审视焦点凝聚于恶霸、官僚加奸商的野蛮征服、横行无忌，帮闲篾片的吹牛拍马、无德无行，僧尼道士的无心礼经、迷乱心性，三姑六婆的坑蒙拐骗，娼妓优伶的打情卖俏，妻妾之间的互相倾轧……通过这个市井社会生活画面，我们窥见了当时的政治生活、经济状况、官场结交、社会意识、社会道德、风俗习尚、人情世态。从此，中国长篇小说创作才真正走上了社会化、人生化的轨道，并且成为小说创作的主流。其次，它不同于前此小说对天下兴亡的拳拳关注，而是汲汲于对人生底蕴、人间情趣的体察，用世俗的真实取代了以往小说对历史政事的描摹。最后，它还标志着小说创作中“文以载道”的传统观念向文学对人本位复归的转变。它以前小说的主人公，像刘备、关羽、宋江等都是儒家道德的躬身实践者，作者塑造这些形象，有相当程度的说教意味。而在《金瓶梅》中，我们已看不到儒家理性规范对人的约束效应，相反是芸芸众生在新的时代条件下对宗法政治、等级秩序、封建伦理及程朱理学的亵渎与叛逆，看到的是传统价值观念在市民社会的毁败，是人们对现世享乐的孜孜追求，反映着作者在怀疑传统道德信仰、价值取向基础上对人生的重新思考。

第五章　明代其他长篇小说

第一节　长篇小说繁荣的原因

明代长篇小说之所以出现高度繁荣的局面，是由多种因素共同促成的。

首先，明王朝建立后，吸取了元王朝覆亡的教训，采取了一系列恢复、发展生产，与民休养生息的措施，使社会经济得到了一定程度的发展，尤其是到了明代中叶以后，随着工商业的逐步发展，东南沿海一带出现了具有资本主义生产关系性质的经济萌芽。日益壮大的市民阶层，要求文学作品反映他们的生活和理想。承宋元话本艺术而发展成熟的长篇小说，成了深受他们喜爱的文体之一。

其次，文人们对通俗文学的大力提倡。一些思想进步的文人如罗贯中、施耐庵、熊大木、冯梦龙、李贽、袁宏道等独具慧眼，看到了小说不可忽视的社会作用，一反传统偏见，不仅大量创作为正统文人不屑一顾的小说作品，而且在理论上给小说以高度的评价，阐明其社会的和文学的价值。如李贽在《童心说》中把《西游记》、《水浒传》誉为"古今至文"，冯梦龙在《古今小说序》中认为小说可以使"怯者勇，淫者贞，薄者敦，顽钝者汗下。虽日诵《孝经》、《论语》，其感人未必如是之捷且深也"。他们杰出的创作与理论上的张扬，极大地推动了长篇小说的创作。

再次，《三国演义》、《水浒传》、《西游记》、《金瓶梅》等小说的出现,也对长篇小说的创作发生了重大影响。

此外,明代印刷业的发达,书商受牟利思想的驱使,也为长篇小说的大量刊行、流播社会创造了良好的环境。

第二节　主要作家作品

嘉靖以后,长篇小说大量产生。一百多年时间,留下来的作品达五六十部。这些作品按题材大致可以分为四类。

第一类是历史演义和英雄传奇,数量最大。它们都属于历史小说的范畴,都是在宋元讲史话本的基础上发展而来的,但二者又有区别。历史演义遵循历史发展轨迹、兼采野史杂记及民间传说敷演而成,以描写历史的演变为主,重视史实,而虚构、想象的成分相对较少。英雄传奇虽取材于史实,但又不拘泥于一朝一代的历史演变,把历史上某个时期的某些英雄人物作为描写对象,虚构成分较多。

明中叶以后,民族矛盾和阶级矛盾日益加深,厂卫统治日益严酷。文人们不便于直接抒写自己的思想情感,便借用历史题材托古讽今,寄托理想,通过赞颂民族英雄表达自己的民族情感;而我国悠久的历史也为这类小说提供了丰富的创作素材,所以明中叶以后出现了历史演义和英雄传奇的创作热潮。

明中叶以后的历史演义共有20余部,差不多从远古传说的虞夏时代到汉晋唐宋,几乎每朝的兴衰都在演义小说中得到了反映。较著名的有:余邵鱼的《列国志传》、甄伟的《西汉通俗演义》、谢诏的《东汉十二帝通俗演义》、杨尔曾的《东西两晋演义》、熊大木的《唐书志传通俗演义》、冯梦龙的《新列国志》等。

《新列国志》是除《三国演义》之外流传最广、影响最大的历史演义小说。关于春秋战国时代"列国"故事,在元代话本中就有反映。明嘉靖、隆庆年间，余邵鱼撰《列国志传》，比较全面地记载了列国故事，风格简朴。明末，冯梦龙据正史对《列国志传》疏漏的地方作了订正，艺术上也作了加工，成为108回的《新列国志》。清代乾隆时期的蔡元放又对冯作加以修改、评点，改名为23卷108回的《东周列国志》，遂成为最流行的本子。

《新列国志》记事从西周末年宣王三十九年（前789）起，到秦统一六国止，记述了春秋五霸、战国七雄的盛衰，描写了各国之间的斗争以及各诸侯国内部的矛盾。小说揭露了那些昏庸残暴、荒淫佚乐的帝王诸侯以及奸险贪婪的佞臣的罪恶，歌颂了明君贤相的品德，肯定了以臣弑君的正义性，对那些机智勇敢、见义勇为的豪侠之士也给予热情的褒扬。小说博采《左传》、《国语》、《战国策》、《史记》等书的有关记载，依据时间线索，把分散的历史故事、人物传记串联起来，条分缕析地描写了各诸侯国的发展变化及其相互关系，如实地再现了这个历史时期的社会生活。小说许多故事如"弦高假命犒秦军"、"围下宫程婴匿孤"、"西门豹乔送河伯妇"等，写得有声有色，引人入胜；不少人物都写得很有个性。语言朴实生动，简洁流畅。但作品过于注重记述史实，虚构、想象成分较少，文学色彩相对淡薄。

明中叶以后的英雄传奇主要有：熊大木的《北宋志传》、无名氏的《皇明英烈传》、袁于令的《隋史遗文》等。其中影响较大的是《北宋志传》。

《北宋志传》以北宋著名将领杨业一家抗辽的英雄事迹为主，写杨业、杨延昭、杨宗保祖孙三代为宋朝奋战沙场、戍守边关的故事。但联系明中叶国势衰颓、民族矛盾尖锐、忠臣良将遭奸佞陷害的现实，作者大概也是在借古讽今，有着现实的寓意。作品歌颂了杨家的爱国精神，鞭挞了破坏抗敌事业的潘仁美等奸臣祸国殃民、卖国求荣的罪行。小说的人物描写比较成功，如杨业、孟良、焦赞以及众多的女性形象都十分动人；一些重要的情节更富于传奇性，尤其是穆桂英擒六郎、杨宗保十四岁挂帅、十二寡妇征西等，民间传说的色彩更为浓郁。小说的不足是结构比较松散，迷信观念、巫术思想及封建忠君观念也比较浓。

第二类是神魔小说，大都描写神仙鬼怪故事，充满奇异的幻想，这与明中叶以后佛道大盛有着直接关系。明代后期，统治者一方面穷奢极侈，淫逸享乐，一方面拜佛崇道，企求长生，不少佛徒、方士窃取高位，谈妖说怪之风大炽。继《西游记》之后，神魔小说的创作风靡一时。但作者也常常在神仙怪诞故事中寄寓了自己对现实的态度，曲折地表达了自己的思想。这类作品主要有：许仲琳的《封神演义》、罗懋登的《三宝太监西洋记通俗演义》、董说的《西游补》、余象斗的《南游记》、《北游记》，吴元泰的《八仙出处东游记传》等等。

《封神演义》是除《西游记》外影响较大的神魔小说，成书于隆庆、万历年间，是许仲琳在元刊话本《武王伐纣平话》的基础上，博采民间传说编写而成。小说共100回，以纣王到女娲神宫进香题诗渎神、女娲派狐狸精等三妖迷惑纣王为楔子，历叙纣王、妲己的荒淫暴虐，姜子牙晚年知遇、西伯侯脱祸归周、武王讨伐商纣诸事，其间以商、周的政治斗争为骨干，以助纣为虐的截教和助周伐纣的阐教之间的神魔斗争为主要描写对象，最后邪不敌正，截教失败，武王联合四方诸侯攻克殷都朝歌，纣王上摘星楼自焚、妲己被杀、姜子牙祭坛封神、武王分封诸侯告终。

《封神演义》鞭挞了贪色好淫、暴虐无道的商纣王，赞美了仁慈爱民的文王、武王和姜子牙，表现出作者肯定仁政、反对暴政的民主思想以及对仁君贤相的开明政治的向往。小说中的商纣王是个暴君的典型。他为政不仁，昏聩残暴，设炮烙之刑杀害进谏的忠臣，造虿盆镇压宫女的反抗，开肉林酒池逞声色之欲，挖比干之心疗妲己之疾，断涉河者的胫骨验髓，剖孕妇之腹验胎。通过这个形象，表达了作者对暴君暴政的无情批判，寓含了他对明中叶以后朝廷腐败、厂卫横行的黑暗政治的不满。作者把文王、武王统治的西岐描绘成一个“民丰物阜”、“市井谦和”、君明相贤、百姓安泰的理想社会，表达出他对清明政治的向往。历史上的商、周本来是两个部族，没有明确的君臣关系，但作者却把武王伐纣写成是“以臣伐君”、“以下伐上”的“灭独夫”之举，并一再宣称：“天下者，非一人之天下，乃天下人之天下也”，肯定武王的行动是吊民伐罪、以有道伐无道，这显然是对传统的封建信条的否定。哪吒剔骨还肉的故事，也明显与封建伦理观念相悖弃。这些观念显然与当时思想文化领域新思潮的勃兴不无关系。小说运用丰富奇特的想象，创造了许多优美动人的故事，赋予各类人物以奇特的形貌，塑造出了一批极富神话色彩的艺术典型。如哪吒的三头六臂、诸仙神道的云游、土行孙的土遁、雷震子的飞翔等，无不给人以深刻的印象。小说对妲己的阴险残忍、杨戬的机谋果敢、闻仲的耿直愚忠、申公豹的挑拨离间等描写得也比较成功。作品的主要缺陷是对神权、王权以及“女人祸水论”思想的宣扬，全书笼罩着浓重的宿命论观念和神秘色彩；艺术上忽略了对人物内心的揭示，不少人物有概念化的毛病，铺叙故事有雷同、程式化的弊端。

第三类是公案小说，以曲折的冤狱诉讼为描写对象，是明中叶以后社会腐败、政治黑暗的产物。主要作品有：李春芳的《海刚峰先生居官公案传》、安遇时的《包龙图判百家公案》、余象斗的《皇明诸司公案传》等。这类作品情节离奇，题材冗杂，多有神鬼迷信、封建道德观念的宣扬；人物缺乏个性，艺术描写粗糙，成就不高。

第四类是世情小说，鲁迅称之为“人情小说”。这类作品大多数描写的是世俗日常生活的场景，记述的是“离合悲欢及发迹变态（泰）之事，间杂因果报应，而不甚言灵怪。又缘描摹世态，见其炎凉，故或亦谓之世情书也”（《中国小说史略》）。明中叶后的世情小说除《金瓶梅》外还有《玉娇李》（已佚）。

第六章 明代短篇白话小说

第一节 短篇白话小说的繁荣

明代的短篇白话小说指的是话本和拟话本，和“说话”艺术有血缘关系。“说话”伎艺兴于唐，盛于宋，到明代逐渐衰微，但“话本”却广为流行开来。之所以出现这种局面，原因是多方面的。一是新兴市民阶层的趋之若鹜；二是文人在理论上的张扬与实践上的编辑、整理乃至创作；三是印刷业的发达，书商为贾利而大量刊行；此外，历经几个时代的积累、演变，“话本”形式上完全成熟，明代出现繁荣的景象乃势之必然。

明代中叶以后，部分文人开始对宋元以来流传的话本进行搜集、加工、整理，编辑成册，同时又模拟话本的形式进行创作。这类由文人模拟话本小说创作的、主要供人案头阅读的短篇白话小说，鲁迅称之为“拟话本”。它与话本的区别表现在：话本是口头文学，拟话本是书面文学；话本是“说话”人的底本，供艺人表演用，拟话本是文人的创作，供人案头阅读用；话本的语言具有质朴、率直、风趣、生动、媚俗等口头表演的特点，拟话本的语言表现为流畅、华美，文学色彩浓，并不时流露出书卷气；话本是艺人的集体创作，拟话本是文人的独立创作；话本中韵文的地位十分显要，拟话本中韵文则相对减少。此外，拟话本的题材也有所拓宽，资本主义经济萌芽时期的社会风貌得到了比较全面的反映，描写也更加具体、细腻，可读性大大增强。

今存最早的明人辑印的话本集有两部：一是嘉靖年间钱塘（今浙江杭州）人洪楩辑印的《清平山堂话本》，分为《雨窗》、《长灯》、《随航》、《欹枕》、《解闲》、《梦醒》6 种，每集 10 篇，全书总名为《六十家小说》，今保存完整的只有 12 篇；二是《京本通俗小说》，残存 8 篇，基本上都是宋元时代的作品。另外，万历年间熊龙峰刊印的话本今存 4 种。

明代天启年间，冯梦龙广泛搜集了宋元的话本和明人的拟话本，编辑为《喻世明言》（旧题《古今小说》）、《警世通言》、《醒世恒言》，合称“三言”，每集 40 篇。崇祯年间，凌濛初仿“三言”创作了“二拍”，接着出现了钱塘陆人龙撰，其兄陆云龙作题、序、引并评的四十回本《型世言》（原名《峥霄馆评定通俗演义型世言》）。“三言”、“二拍”，“一型”的出现，不仅把短篇白话小说的创作推进到了完全成熟的阶段，而且在其影响下，拟话本集子大量刊行，主要有：天然痴叟的《石头点》，东鲁古狂生编辑的《醉醒石》，周楫的《西湖二集》等 10 余种。“三言”、“二拍”刊行后不久，抱瓮老人选辑“三言”中 29 篇、“二拍”中 11 篇汇刊，称为《今古奇观》，成为几百年来家喻户晓的选本。

第二节　冯梦龙和“三言”

冯梦龙（1574～1646），字犹龙、耳犹、子犹，别号龙子犹、墨憨斋主人、顾曲散人、词奴等，长洲（今江苏苏州）人。为人旷达，治学不拘一格，不受名教束缚，科场上屡试不中。崇祯三年（1630）他 57 岁时才取得贡生资格，任丹徒县训导，后升福建寿宁知县。任职期间，刑清政简，很受百姓拥戴。后秩满离任，归隐乡里。崇祯十七年（1644）李自成攻入北京，明亡清立，他曾编《甲申纪事》、《中兴伟略》诸书从事复明反清、反对农民起义的宣传，顺治三年

(1646)春忧愤而死。

冯梦龙十分推崇李卓吾的学说，反对程朱理学"存天理，灭人欲"的反动说教，强调人的"性情"、"至情"。在文学上，推崇出自田夫野竖之口的真文学，把一般封建文人所不齿的小说、民歌等通俗文学誉为是有"性情之响"，反对缙绅学士乐道的假文学。在《叙山歌》中，他提出了著名的"借男女之真情，发名教之伪药"的文学主张。在《古今小说序》中，极力提高通俗文学的地位，强调通俗文学的作用，认为"日诵《孝经》、《论语》，其感人未必如是之捷且深也"。他不仅是一位通俗文学的搜集者、编辑者、研究者和理论家，还是一位卓越的通俗文学作家。小说方面，除编订"三言"外，还增补、改写、创作了《新列国志》、《平妖传》、《盘古至唐虞传》、《有夏志传》、《有商志传》等；民歌方面，刊行了《挂枝儿》、《山歌》等；还创作有传奇《双雄记》、《万事足》，更定的传奇达 17 种，散曲集有《宛转歌》，诗集《七乐斋稿》，曲谱《墨憨词谱》。此外，还参与校刻《水浒全传》，评纂《古今谭概》、《情史》、《太霞新奏》等。明代文学以小说、戏曲、民歌的繁荣为特色，能在理论与实践上，为它们做出全面而杰出贡献的，有明一代，惟冯梦龙一人而已。

"三言"中收录的 120 篇作品，包括宋元话本、明人的拟话本及冯梦龙本人的创作，前两类也在不同程度上经过了冯梦龙的加工，反映出冯梦龙的思想倾向和美学意识。"三言"中明人的作品从内容上大致可以归纳为以下几类：

一、反映爱情、婚姻问题的作品。这类作品歌颂主人公对真挚爱情的追求，谴责始乱终弃的行为；描写了被压迫的妇女追求幸福生活的愿望，抨击封建制度的罪恶，表达出了强烈的反封建精神以及不同于传统观念的价值取向，具有新的时代特征。《杜十娘怒沉百宝箱》写教坊名妓杜十娘不甘沉沦，迫切要求"从良"过正常的生活，与官宦子弟李甲相爱，跳出了妓院火坑。不料李甲在封建势力的压力和盐商孙富千金的引诱下将她出卖。十娘悲痛欲绝，当众痛斥孙富的阴险无耻，谴责李甲的卑鄙自私，抱着价值万金的百宝箱沉江自尽，以死向那吃人的社会发出了最强烈的控诉和抗议，捍卫了自己的人格尊严。造成杜十娘悲剧的原因，不仅仅在于李甲的怯懦、自私以及孙富的挑拨引诱，更在于逼她从小就流落烟花、又不允许她这样的女子过正常人的生活、尤其是不允许她与官宦人家的子弟结为夫妻的封建社会。作品还揭露了金钱的残酷力量及封建势力的市侩化。正是市侩主义与封建势力的共同压迫，造成了杜十娘的悲剧。《卖油郎独占花魁》则是一曲真挚爱情的颂歌。小本经营的卖油郎秦重凭着自己的志诚，战胜了花魁娘子莘瑶琴内心深处的权势、富贵、门第观念，赢得了她的爱情。作品以细腻的笔触描写了秦重在妓院一夜侍候、照顾王美娘的行为，与吴八公子对王美娘的肆意"凌践"形成对比，说明他和王美娘之间实际上已超出了嫖客与妓女的关系，而是相互间真心相爱，尊重对方人格。这个作品明确提出了在爱情婚姻方面必须相互平等、尊重的新意识，反映出市民在两性关系上不同于封建阶级的思想和态度。《蒋兴哥重会珍珠衫》是一出市民家庭婚姻的悲喜剧。蒋兴哥与王三巧本是一对恩爱夫妻，蒋兴哥出外经商，王三巧却有了外遇，蒋兴哥不得不休掉了妻子。但两人分离后恩情不断，最后终于破镜重圆。它反映出封建贞节观念在市民阶层的婚姻生活中已经褪色。此外，像《王娇鸾百年长恨》、《金玉奴棒打薄情郎》、《玉堂春落难逢夫》等也都是这类作品中的佼佼之作。

二、反映市民社会人际关系与道德准则的作品。这类作品以明代手工业者和商人的生活为描写对象，反映出封建社会里新经济因素的萌芽、滋长，歌颂了人与人之间的信义和友谊，赞扬济困扶危、诚笃不欺的精神，对背信弃义、"交道奸如鬼"的堕落世俗提出了尖锐的批判。《施润泽滩阙遇友》写机户施润泽拾到六两银子，能想失主之所想，将银子送还失主。而失主朱恩知恩必报，以桑叶接济施润泽渡过难关。作品赞扬了施润泽的拾金不昧，歌颂了手工业者之间的友谊，描写出了资本主义经济萌芽时期的社会风貌以及小手工业者想发财但绝不凭不义手段发财的心理状态。《吕大郎还金完骨肉》、《刘小官雌雄兄弟》对重义轻利、济困扶危的赞扬，《桂员外途穷忏悔》对忘恩负义行为的批判，也都反映出市民阶层的道德观念。

三、反映封建社会阶级矛盾和斗争的作品。有的写统治阶级内部的忠奸斗争，有的写统治阶级与劳动人民之间的矛盾。《木绵庵郑虎臣报冤》把南宋末年权奸贾似道放在当时的政治斗争和民族矛盾的背景下，从多方面揭露了这个人物的反动本质，曲折地反映了明代的现实。郑虎臣在押解途中痛骂、击毙贾似道，反映出广大人民对祸国殃民的权奸的切齿痛恨。《沈小霞相会出师表》根据明代嘉靖朝的史实敷演而成，描写嫉恶如仇、忠言直谏的沈炼及其子小霞、小霞妾闻淑英与权奸严嵩父子及其党羽的斗争，谴责了奸佞擅权误国、陷害忠良的罪行，歌颂了忠臣义士的正义斗争。《卢太学诗酒傲王侯》写浚县知县汪岑以个人恩怨罗织罪名，陷害士绅卢楠，揭露了封建官僚自私、凶残的本质。《灌园叟晚逢仙女》揭露了地主恶霸、权豪势要勾结官府、横行乡里、鱼肉百姓的罪行，反映了下层劳动人民的悲惨处境。

"三言"中也有一部分作品宣扬了封建道德观念、因果报应及宿命论思想，色情猥亵的描写也不少，这些都是应该剔除的糟粕。

"三言"的艺术成就主要表现在四个方面：一是情节曲折生动。笑花主人在《今古奇观序》中称赞"三言""极摹人情世态之歧，备写悲欢离合之致"，说明作者选取了现实生活中最富有典型意义的、最动人心弦的事件。如《杜十娘怒沉百宝箱》写杜十娘对李甲的反复考验、赴苏杭途中理想破灭后的所作所为以及最后抱箱沉江的悲壮之举，都写得有声有色，扣人心弦。《乔太守乱点鸳鸯谱》的情节则显得妙趣横生，引人入胜。二是塑造了一大批丰富生动的人物形象。像杜十娘、莘瑶琴、玉堂春等女性形象，施润泽、蒋兴哥、秦重等城市平民形象，以及那些丑恶的统治阶级人物，无不给人以深刻的印象。三是细节描写和人物内心的刻画细致入微。如《卖油郎独占花魁》中对秦重服侍莘瑶琴的那段细节描写，《施润泽滩阙遇友》对施复拾到银子后心理的描写，都显得真实、细腻，能很好地服务于主题，成功地表现了人物性格。四是创作手法的多样化。作品中现实主义的描写占主流，但有不少篇子中又不乏积极浪漫主义的艺术描写。如《灌园叟晚逢仙女》借助丰富的艺术想象，创造出了富有浪漫主义抒情诗的意境，塑造了雅洁脱俗的主人公形象，并对权豪恶少进行了大快人心的惩罚。既有丰富的现实生活的内涵，又有人民理想和愿望的体现。现实与理想、实境与幻境达到了完美的结合。

第三节　凌濛初和“二拍”

凌濛初(1580～1644)，字玄房，号初成，别号即空观主人，浙江乌程(今浙江吴兴)人。曾以贡生任上海县丞、徐州通判等。明末农民起义，他与之对抗，呕血而死。著述颇丰，拟话本集“二拍”为其代表作。

“二拍”包括《初刻拍案惊奇》、《二刻拍案惊奇》，每刻 40 卷，其中“二刻”卷 23 与“初刻”重复，“二刻”卷 40 为杂剧，因此“二拍”实有小说 78 篇。在拟话本的创作方面，凌濛初作品数量为明人第一。

“二拍”的部分作品具有积极的思想意义。首先，一些作品直接取材于当时的社会现实，反映资本主义经济萌芽时期工商业者的生活和思想，具有鲜明的时代特征。如《转运汉巧遇洞庭红》写文若虚在国内经商破产，一次偶然搭上一帮久惯漂洋的商人的船只，把别人资助他的一两银子买了些洞庭红桔子，好在途中解渴，不想到海外却卖了八百多两银子，归途中又在荒岛上捡到一个龟壳，回国后被人用五万两银子买去。本篇描写了明中叶海外贸易和沿海地区的商业盛况，也反映了商人海外冒险、发意外横财、骤成巨富的心理。《迭居奇程客得助》写徽州商人程宰在海神指点下囤积居奇，发了横财，真实地反映出商人一本万利的理想和经商发财的手段。其中写当时“徽州风俗，以商贾为第一等生业，科第反在次着”，人们“专重那做商的”，与《乌将军一饭必酬》中所表现的重商思想完全相同。这些作品不仅反映出明中叶商品经济的发展，而且反映出人们价值取向的变化。《卫朝奉狠心盘资产》描写了卫朝奉这个典当商处心积虑掠夺盘剥他人财产的行为，揭露了原始资本积累过程中的罪恶。

批判封建统治阶级的罪恶，也是“二拍”的重要内容。《进香客莽看金刚经》写贪婪卑劣的柳太守为索取价值千金的洞庭山某寺的传世之宝——白香山手书的《金刚经》，竟嘱盗诬攀此寺为窝赃之所。《青楼市探人踪》描写杨佥宪“凶暴残忍”，为官“又贪又酷”，居乡则横行无忌，为吞没五百两银子的贿赂，竟残忍地将张廪生五人全部杀害。《硬勘案大儒争闲气》写朱熹假公济私，官报私仇，利用职权硬勘台州太守唐仲友与官妓严蕊私情一案，表现了严蕊身虽卑贱但骨气奇硬的节操，讽刺了这个鼎鼎大名的理学宗师的自以为是、主观武断。这在奉朱熹为圣人、视理学为圭臬的明代社会是颇具胆识的。

“二拍”中部分描写爱情婚姻的作品也较出色。《李将军错认舅》着力描写了刘翠翠与金定之间感情真挚、生死不渝的爱情。《宣徽院仕女秋千会》赞扬了少女速哥失里不因拜住贫贱而易其志的崇高品格，对他们生死不渝的爱情进行了热情的歌颂，同时也斥责了以势利为择婿标准的炎凉世态。《满少卿饥附饱飏》批判了满少卿忘恩负义、富贵易妻、背弃盟誓、绝情薄幸的可耻行为，也对现实中男子丧妻后可以“续弦再娶、置妾买婢”而寡妇再嫁却遭来“万口訾议”的现象表示了强烈的愤慨，流露出了在爱情婚姻方面要求男女平等的进步思想。

凌濛初在《初刻拍案惊奇序》中说，他撰写“二拍”是受书商的怂恿，并申明自己的作品“文不足征，意殊有属”，宣扬名教，意存劝诫，这决定了其中的许多篇章充斥着色情描写、因果报应思想以及赤裸裸的封建说教，甚至还有敌视、诬蔑农民起义的描写。就艺术上来说，“二拍”的成就也远逊于“三言”。

第七章　明代戏剧

第一节　明代传奇

传奇是明代的主要戏曲形式，是在宋元南戏的基础上发展而来的。据傅惜华《明代传奇全目》统计，有姓名可考的作品有 618 种，佚名作品 332 种。明代传奇的发展大致可分为两个时期，前期从明开国到正德末年，嘉靖以后到明亡为它发展的后期。

明代前期的传奇创作没有取得什么突出的成就。统治者在思想文化领域实行专制主义，用程朱理学束缚文人的思想，实行八股取士制度，禁止那些内容上有碍于他们统治的传奇的演出，而对那些说忠劝孝、宣扬封建伦理道德的作品大加提倡，这样，明初传奇创作出现了八股化的倾向，也即徐渭在《南词叙录》中所批评的"以时文为南曲"。这方面最突出的代表是丘濬的《五伦全备记》和邵灿的《香囊记》，它们在内容上进行迂腐的封建伦常说教，艺术上关目平庸，追求曲词的骈俪典雅，可取之处不多。

前期比较著名的传奇有姚茂良的《精忠记》，写岳飞抗金故事，曲词质朴，情节感人；王济的《连环记》，写貂蝉故事，吕天成《曲品》赞它"词多佳句，事亦可喜"；沈采的《千金记》，写韩信故事，曲词本色。

从嘉靖年间开始，传奇的创作发生了巨大的变化。传奇的前身南戏在江南流行时，不同的地域形成了不同的唱腔。其中余姚腔、海盐腔、弋阳腔和昆山腔是影响最大的四种声腔。昆山腔简称昆腔，它在元末已作为南戏的一种声腔产生于江苏昆山地区。在它流传的过程中，昆山音乐家顾坚的歌唱和改进，推动了它的发展，到明初始有“昆山腔”之名。嘉靖年间，魏良辅吸取了北曲演唱艺术上的优长，从唱曲和伴奏等方面对昆腔进行改革，从而建立了委婉细腻、轻圆舒缓、流利悠远、号称“水磨调”的昆腔歌唱体系。到了隆庆末年，梁辰鱼编写了第一部昆腔传奇《浣纱记》。这部传奇上演的成功，使昆腔如虎添翼，风靡剧坛，文人们竞用昆腔来编撰传奇，其影响已从吴中扩展到江浙各地，到万历以后一跃而成为诸腔之首，发展为一种全国性的剧种。

与前期相比，后期传奇作品的内容丰富多彩。有的对社会黑暗与统治者的罪恶进行揭露批判，有的借历史反映现实，有的从个性解放的要求出发，歌颂青年一代的自由爱情，批判封建礼教道德。《牡丹亭》、《宝剑记》、《鸣凤记》、《浣纱记》是此期影响最大的传奇作品。

李开先(1502～1568)，字伯华，号中麓，山东章丘人，嘉靖进士，曾任太常寺少卿，因抨击执政的夏言和严嵩，揭露当时政治的腐败而被罢官。他于嘉靖二十六年(1547)与友人共同创作的52出的《宝剑记》，在《水浒传》林冲故事的基础上作了很大的改动。剧本写林冲因弹劾童贯、高俅而被降职、诬陷。林妻张贞娘拼死击鼓鸣冤。解差受高俅密令欲在野猪林害死林冲，因鲁智深相救而未能得逞。陆谦、富安奉命赶赴沧州火烧草料场谋害林冲，林冲走投无路，终于手刃仇人，上了梁山。高俅之子高朋图谋霸占贞娘，贞娘出逃，在白云庵出家。梁山英雄攻打汴京，朝廷招安林冲等人，并将高俅父子问成死罪，任林冲发落。林冲报仇后，与张贞娘夫妻团圆。剧本中林冲与高俅等人的矛盾是起因于林冲对权奸祸国殃民罪行的揭露，并把高俅之子图谋张贞娘改在林冲发配之后，这比《水浒传》的描写深刻得多。作品揭露了统治集团昏聩暴虐、祸国殃民的罪行，赞扬了英雄志士忧国忧民的品质以及为正义而斗争的意志，流露出了作者身受政治打击、罢官闲居的郁愤情怀。作者对林冲的爱国忧民、张贞娘的坚贞勇敢以及高俅凶狠残暴的描写都很出色。第 37 出写林冲夜奔梁山，对人物复杂心理的刻画非常成功，在昆曲和京剧中盛演不衰。

梁辰鱼(1519？～1591？)的《浣纱记》共 45 出，写春秋时吴越交战，越国战败。越王勾践卧薪尝胆，又用范蠡之计向吴王夫差进献浣纱女西施，西施离间吴国君臣，终于灭吴。范蠡功成弃官，携西施泛舟而去。骄奢淫逸、亲佞疏忠必然祸败，刻苦砥砺、纳谏用贤、发奋图强必然兴国，这就是作者总结吴越兴亡的历史而得出的结论。剧本也寄托了作者对明王朝的不满和忧虑。作品以范蠡与西施的爱情以及一缕浣纱贯串全剧，结构完整巧妙，对范蠡、西施、夫差、伯嚭以及伍子胥等人的描写也比较成功。此剧是第一部用魏良辅改革后的昆腔演唱的剧本，是昆剧发展史上的重要里程碑，它开拓了昆山腔传奇借男女主角的悲欢离合反映一代兴亡的领域，在剧坛上影响极为深远。

《鸣凤记》大约写成于隆庆年间，作者不详。全剧 41 出，取材于明代嘉靖年间的史实，写杨继盛等谏官不畏强暴，前仆后继，连续上书弹劾严嵩，最后严嵩势败，受到制裁。作者把夏言、杨继盛等反对严嵩的十位大臣称为“双忠八义”，把他们的斗争精神喻为“朝阳丹凤一齐鸣”。剧本揭露了嘉靖年间政治的黑暗，歌颂了忠臣义士反权奸的斗争，直接取材于当代的重大政治斗争，突破了传奇结构上以生旦的悲欢离合为主线的格局，采取多人多事结构，人和事近于纪实，剪裁精工，布局周密，无论在内容上还是在艺术上，都对传奇的发展产生了深远影响。

吴江派和临川派是明代后期出现的两个著名的传奇流派。这两派的艺术追求截然不同，万历年间曾经展开过一场激烈的论争。

吴江派的领袖人物是江苏吴江人沈璟。属于此派的作家还有顾大典、吕天成、卜世臣、王骥德、叶宪祖等人。此派注重戏曲的音律，要求作曲要“合律依腔”。但“宁使人不鉴赏，无使人挠喉捩嗓”的提法未免失当。在戏曲的语言上，他们讲究本色，用口语俗言来创作，这对纠正前期传奇创作中盛行的骈俪颓风有一定的积极作用，但他们把本色理解为只是采用“俗言俚语”，“摹勒家常语”，也显得狭隘偏颇。

沈璟(1553～1610)，字伯英，号宁庵，万历进士，官至光禄寺丞。所作17种传奇合称《属玉堂传奇》，今存7种。其中《博笑记》在体制上比较特殊。全剧28出，由10个喜剧故事组成，每个故事两出或四出，全剧不以才子佳人或历史传说人物为主，而以进士、官吏、僧道、流氓、商贩、小偷为主角，在一定程度上揭露了明代隆庆、万历时期社会的黑暗和道德的败坏。沈璟对戏曲的贡献主要在曲学理论方面，他的《南九宫十三调曲谱》是一部研究南曲曲调、律法、音韵、唱法的重要文献。

临川派也称“玉茗堂派”，代表人物是临川(今江西抚州)人汤显祖。属于此派的作家还有阮大铖、孟称舜、吴炳、凌濛初等。汤显祖在戏曲理论方面强调创作不应受格律、形式的束缚，并注重作家的才情，语言上讲究文采。但在与吴江派的论争中，汤显祖对沈璟格律说的否定也不无偏颇之处。

明代后期比较著名的传奇作品还有高濂的《玉簪记》、周朝俊的《红梅记》、孙仁孺的《东郭记》等。

第二节　明代杂剧

明代杂剧的成就虽比不上元杂剧，但就体制上来说，它一方面继承了元杂剧的表演特点，另一方面又受到了南戏的影响，发生了某些变化，在元明清三代杂剧的发展过程中起着承先启后的作用。它在体制上的变化主要表现为：(一)突破了四折一楔子的框框。

全剧从一折到七折，应有尽有；还有的一折演一个独立的故事，几折合为一本。（二）不限于正末或正旦主唱全剧，各角都可以唱，并且可以分唱、接唱、合唱等。（三）在乐调方面，出现了南北合套、南北套相间或纯用南曲的情况。

据傅惜华《明代杂剧全目》统计，明代有姓名可考的杂剧作家约有百人，作品349种，佚名作品174种。

从明开国到正德末年，是明杂剧发展的前期。此期杂剧创作的明显特点，就是剧坛为皇室作家所垄断，创作出现了贵族化倾向。宣扬封建伦理道德、粉饰太平、神仙道化之类的作品充斥剧坛。皇室成员朱权、朱有燉以及趋附在他们周围的王子一、刘东升、杨景言、贾仲明等人的创作代表了这种倾向。

朱权（1378～1449）是明太祖朱元璋第十六子。作杂剧12种，今存两种，价值不高。他的《太和正音谱》记录北曲曲牌300多个，是现存最早的北杂剧曲谱。书中还附有丰富的古典戏曲理论和史料，价值很高。朱有燉（1379～1439），号诚斋，朱元璋之孙。作剧31种，总称《诚斋乐府》，全部保存下来。作品内容多不可取，但在体制上却能突破元杂剧的陈规，末、旦轮唱，兼用南北曲，文词本色，音律谐美，堪称当行。杨讷，字景贤，他的《西游记》杂剧对吴承恩创作《西游记》小说发生了明显的影响。

弘治、正德年间，王九思、康海等杂剧作家一反剧坛的陈腐陋习，分别写出《沽酒游春》和《中山狼》杂剧，给僵死的剧坛吹来了一缕新风。王九思（1468～1551），字敬夫，号渼陂，陕西鄠县人，弘治进士，官至吏部郎中，后坐刘瑾党被废。他的《沽酒游春》（一名《曲江春》）杂剧写安史之乱后，杜甫春天闲游长安，痛诋奸相李林甫的罪恶，后来在酒肆典衣买醉，拒绝翰林学士朝命而乘槎渡海，去过隐居生活。剧中的杜甫实际上就是作者的自况，作者借杜甫之口宣泄了自己的愤懑。作品对现实的针砭、对权奸的抨击颇为有力，风格沉郁，但结构松散，戏剧悬念不强。王世贞《艺苑卮言》认为剧中李林甫影射当国的李东阳，可备一说。康海（1475～1540），字德涵，号对山、浒西山人、沂东渔夫，陕西武功人。弘治十五年（1502）状元，任翰林院修撰、经筵讲官等，后坐刘瑾党废。他的《中山狼》杂剧相传为讽刺李梦阳而作。作品通过对中山狼蒙恩反噬的描写，骂尽了一切负恩、负君、负亲、负师、负友的无耻之徒，对东郭先生的迂腐也作了善意而辛辣的嘲讽。剧本结构严谨，冲突集中，语言本色流畅，对东郭先生和中山狼两个形象的刻画也比较成功。

从嘉靖以后到明亡，是明杂剧发展的后期阶段。杂剧出现了南曲化的倾向，短剧大量出现。徐渭是后期最优秀的杂剧作家，他的《四声猿》代表了明代杂剧的最高成就。

徐渭（1521～1593），字文长，号青藤道士、天池山人、田水月等，山阴（今浙江绍兴）人。一生科举、仕途皆不顺利。曾为浙江总督胡宗宪幕僚，参加抗倭战斗，屡出奇计、建奇功。后胡宗宪因事被捕，徐渭精神失常，多次自杀未遂，潦倒终老。他是明代怪杰，不为封建礼法所拘，蔑视权贵，憎恶世俗；文学上注重独创，反对复古模拟。他诗文书画皆工，自评“书第一、诗二、文三、画四”，虽然在戏剧方面是偶尔为之，但其剧作和剧论在戏曲史上占有重要的地位。

《四声猿》是《狂鼓史渔阳三弄》、《玉禅师翠乡一梦》、《雌木兰替父从军》、《女状元辞凰得凤》四部短剧的总称。《狂鼓史》只有一折，写祢衡死后，阴司判官把曹操的鬼魂招到阎罗殿上，祢衡历数曹操的罪恶，击鼓痛骂。联系作者曾在诗文中将严嵩视为曹操式的奸相，把因揭露严嵩罪恶而遭迫害致死的姊丈沈炼喻为祢衡，可见作者写此剧是有现实用意的。剧本融实事、幻境、世情于一体，给人以超拔之感；曲词辛辣恣肆，感情激越充沛，前人称赞此剧足使奸雄胆裂。

《玉禅师》两出，写玉通和尚因不参见临安新府尹柳宣教，柳便设计报复，派妓女红莲前去勾引玉通犯了色戒。玉通羞愤坐化，转世为柳家女儿柳翠，沦为娼妓，败坏其门风。后来玉通师兄月明和尚点明柳翠的前生姻缘，度她出家为尼。作品在宣扬轮回报应的同时，客观上揭露了官吏的阴险毒辣以及僧侣们奉行禁欲主义的虚伪，暴露了官场与佛门的尔虞我诈。作品构思比较巧妙，写出了情欲与戒律之间的冲突，颇多悬念和情趣，尤其是玉通由僧到俗、从男到女的转世情节的设计独具匠心。

《雌木兰》两出，叙木兰女扮男装、替父从军、破敌立功的故事。此剧取材于北朝乐府民歌《木兰诗》，但增添了木兰之父花弧及木兰凯旋后嫁王郎的情节。作品歌颂了花木兰的爱国主义和英雄主义精神，显示了男女平等的思想。

《女状元》全剧五出，写五代时才女黄崇嘏女扮男装，考中状元，除为成都府司户参军，理事精明练达。周丞相欲招为婿，当她不得不说出真情后，周便娶她为儿媳。全剧与《雌木兰》有意识地从文武两方面讴歌女性的智慧与才能，对男尊女卑的传统观念有所批判，表现出反传统、反礼教的进步思想。

《四声猿》在中国戏曲史上影响较大。明代澄道人誉它为“明曲之第一”(《四声猿引》)，王骥德在《曲律》中称它“是天地间一种奇绝文字”。它不仅在内容上表现出蔑视传统的叛逆精神，而且在形式上打破了杂剧一剧四折的体制。《女状元》全用南曲，其他三剧并用北曲，这都为清代杂剧开辟了一条新路。

徐渭的《南词叙录》是第一部研究南戏的专著，对南戏的起源、发展、风格、声腔、角色等问题发表了宝贵的见解。篇末附录宋元南戏及明初传奇一百多种，为后世研究南戏提供了极为重要的史料。

明代后期比较著名的杂剧还有冯惟敏的《僧尼共犯》、《真傀儡》，徐复祚的《一文钱》，汪道昆的《五湖游》、《远山戏》、《洛水悲》，许湖的《兰亭会》、《赤壁游》，陈与郊的《昭君出塞》、《文姬入塞》，叶宪祖的《骂座记》等等。

第八章　汤显祖

第一节　汤显祖的生平与创作

汤显祖(1550～1616),字义仍,号海若、若士,49 岁因住所之楼名自署清远道人,晚年号茧翁,江西临川人。其一生可分为三个时期。

34 岁以前为求学仕进时期。他出身于书香世家,早有才名。13 岁受学于泰州学派创始人王艮的三传弟子罗汝芳,思想上深受其影响。21 岁中举,因拒绝首辅张居正延揽,考进士连年落榜,直到万历十一年(1583)即张居正死后的第二年,他才考中进士。

从 35 岁到 48 岁为他的官宦时期。万历十二年秋,他被授为南京太常寺博士,两年后改任詹事府主簿,后升礼部祠祭司主事。此期他与早期东林党重要人物顾宪成、邹元标等人交往密切,并与非议程朱理学、后遭忌恨而被捕死于狱中的著名佛学大师达观(紫柏)结为至交。万历十九年(1591),因上《论科臣辅臣疏》批评朝政,抨击首辅申时行专权,被贬为广东徐闻县典史,两年后转为浙江遂昌知县,任职期间颇有政绩。

从 49 岁到 67 岁,他在临川隐居,直到去世。

汤显祖的思想比较复杂。他一方面接受了泰州学派和达观的积极影响,反对程朱理学,提倡个性解放,鄙视权贵,刚直不阿;但另一方面又摆脱不了他们理论中唯心主义的一面,佛教轮回迷信、道家的出世思想都对他产生了莫大的影响,这尤其表现在他晚年的创作中。他大半生奔竞于科场，为八股文及应酬文字耗费了大量的精力；但在他的创作中又明显流露出了对八股科举的嘲讽。在文学创作方面，他批评前后七子的复古模拟，反对吴江派的拘泥音律，主张创作"以意趣神色为主"，充分张扬作者的主体意识，表现作家的才情智慧。

汤显祖一生著述丰富。主要有：诗集《红泉逸草》、《问棘邮草》（其中有赋三篇），传奇《紫箫记》（未完）、《紫钗记》、《牡丹亭》、《南柯记》、《邯郸记》。其中后四种传奇都有神灵感梦的关目，总名为"玉茗堂四梦"，也称"临川四梦"。

第二节 《牡丹亭》

《牡丹亭》全剧55出，是一部杰出的浪漫主义爱情悲喜剧。它是汤显祖传奇的代表作，也代表了明代传奇创作的最高成就。

《牡丹亭》的情节来自明代话本小说《杜丽娘慕色还魂》，但又有所改动。剧本写南安太守杜宝延师陈最良给女儿丽娘讲习经书，丽娘受《诗经·关雎》的启发，在春香带领下游园散闷，面对春光感慨万端，倦睡中梦见一书生手持柳枝前来求爱，二人在牡丹亭畔的芍药栏边幽会，醒来后念念不忘梦中的情人，感伤而死。死前自描春容，题诗其上，托春香将它藏于后花园太湖石下。杜宝升官离任，遵丽娘遗嘱将她安葬在后花园的梅树下，并修了一座梅花观。三年后，柳梦梅赶考借宿观中，拾得丽娘画像，发现竟是自己过去梦中见到过的佳人，深为爱慕。晚上丽娘鬼魂来与他幽会。柳梦梅遵丽娘鬼魂之嘱掘墓开棺，与起死回生的丽娘结为夫妇，同往临安。柳梦梅应试后，适逢金兵内侵，延迟放榜。安抚使杜宝在淮安被围，柳梦梅受丽娘之托到淮安找杜宝报还魂的喜讯，被诬为盗墓贼遭囚禁、鞭笞。金兵退后，柳梦梅由阶下囚一变而为状元，但杜宝拒不承认女儿的婚事，最后皇帝出面，才阖家团圆。作品通过杜丽娘与柳梦梅生死离合的爱情故事，歌颂了青年一代为冲破封建礼教网罗、追求个性解放和婚姻自主所作的不屈不挠的斗争，抨击了封建礼教的罪恶本质，表现了情与理的尖锐对立。

汤显祖在本剧《题词》中说："如丽娘者，乃可谓之有情人耳。情不知所起，一往而深，生者可以死，死可以生。生而不可与死，死而不可复生者，皆非情之至也。……第云理之所必无，安知情之所必有耶！"这里把反封建的"情"作为对立于封建的"理"而提出。这种明确的创作思想，是针对明代的社会现实有感而发，并与当时反对程朱理学的进步思潮一脉相通的。作品通过矛盾冲突的巧妙设置，表现出了人的自然之情与束缚人情人性、以程朱理学为基础的封建道德观念的斗争。作者并没让"情"的体现者杜丽娘与特定的封建父母直接面对面交锋，而是用力突出杜丽娘所生活的典型环境。她生前梦爱，死后鬼魂与柳梦梅幽媾，表面上都没有受到什么阻力，但实际上这种压力来自于她所生活的社会环境，她在追求爱情的过程中不是与某个人斗而是与整个环境搏斗。这样，作品虽然没有出现多少剑拔弩张、两相交锋的场面，但对封建礼教的批判却更见功力。

作者以细腻的笔触，描写了杜丽娘叛逆性格成长的过程。杜丽娘出身于官宦之家，从小受到严格的封建教育，每日只是女工诗书，身心受到严重束缚。父母希望她从《诗经・关雎》中受到"后妃之德"的感召，但她憧憬自由的青春意识却被这首古老的恋歌唤醒，发出了"关了的雎鸠，尚然有洲渚之兴，何以人而不如鸟乎？"的感叹。由对环境束缚的不满、思想意识的觉醒而迈出了反对封建束缚的第一步——游园。美好的春光更唤醒了她青春的活力，她深感春色易去，红颜难久，青春虚度，便因春感情，因情生梦，在梦中与情人幽会。这是她对封建礼教的大胆蔑视和挑战。"寻梦"标志着她对爱情更加执著的追求。冷酷的现实与美妙的梦境形成极为强烈的反差，她的理想与封建礼教的矛盾水火不容，终于使她一病不起，因情而死。到了阴间，她仍不放弃对理想爱情的追求。当她经过魂游，发现了痴情于她的柳梦梅时，便主动向他倾诉了自己的爱慕，并大胆与他“幽媾”，后来又让柳梦梅掘墓开棺，终于因情的感召起死回生，与柳梦梅结成现实中的姻缘。杜宝不承认他们的婚姻，并要她离开柳梦梅，她争执顶撞，最后终于取得了胜利。总之，作者在杜丽娘身上突出了“情”的巨大力量。在人的真情被礼教严重扭曲、人的个性被道学严酷压抑的时代，汤显祖成功塑造出这样一个用“情”去抗“理”的闪烁着启蒙主义思想光辉的杜丽娘形象，具有深刻的社会意义。杜丽娘不是死于爱情遭到破坏，而是死于对爱情的徒然渴望，由此可见封建礼教摧残人们美好理想的罪恶。剧本通过对杜丽娘为情而死、又因情复生、终于取得胜利的过程的描绘，表达出当时广大青年反对程朱理学束缚、要求个性解放、追求爱情自由的呼声。

杜宝是封建正统派人物的典型，是封建礼教的维护者。他的正常人性受到“存天理，灭人欲”的信条的扭曲，希望女儿成为符合礼教规范的“淑女”，延师向女儿灌输封建妇德。他害了女儿反不自觉，这暴露出封建礼教的残酷性。但作为一个官员，他又清廉正直，忠于职守，以国事为重，这是封建正统派人物性格的真实反映。陈最良是个迂腐、空虚、思想僵化的老秀才，也是个十分可怜的小人物。他的灵魂已完全被理学教条所腐蚀，对现实生活一窍不通，一言一行都离不开封建礼教的规范。他成了八股科举的牺牲品而不自觉，青春被耽误而毫无怨言。通过这个人物，让人们更进一步认清了八股科举、封建礼教的罪恶本质。

在创作方法上，《牡丹亭》表现为积极浪漫主义精神与卓越的现实主义手法的紧密结合。其浪漫主义精神主要体现在两个方面。首先，杜丽娘不屈不挠所追求的理想，就是冲破礼教规范、获得自由爱情，也即她在《寻梦》中所说的：“这般花花草草由人恋，生生死死随人愿，便酸酸楚楚无人怨。”为此理想而奋斗，可以超越生死之界，能够战胜一切，这都闪耀着浪漫主义的理想光辉。其次，作品的情节离奇、跌宕。现实与梦境、阴间与阳世交替出现，判官、鬼魂、花神来往飘忽。剧本通过“梦而死”、“死而生”的幻想情节，表现出理想与现实的矛盾，并以奔放的笔触夸张地描写杜丽娘对真情的追求。剧中的“梦”，不仅是一种演化情节的手段，更是主人公理想意念的化身；不仅鬼魂可以与情人幽会，而且死后三年还可以复活；阳间不能办到的事，作者把它委之于阴间，这些情节都充满着浪漫主义精神。此外，像《惊梦》、《魂游》、《幽媾》等出那些具有奇情异彩的意境，也富于浪漫色彩。然而，《牡丹亭》又表现出强烈的现实主义精神。一方面，作者揭示杜丽娘悲剧命运时，时刻注意它与主人公生活环境之间的联系，从而为展现其理想提供了坚实的基础；另一方面，在写杜丽娘与杜宝这一对封建礼教的叛逆者与封建礼教的维护者时，很少表现二人面对面的交锋，相反倒从现实出发，写出了杜宝对女儿的爱及失女之痛，写出他的“父爱”对女儿性命的戕害。封建制度造就了这样的封建家长，也造就了这种封建式的父女关系。这些描写都是忠于生活的。

《牡丹亭》的曲辞富于文采，抒情气息浓郁，充满诗情画意。如：

> **[皂罗袍]**原来姹紫嫣红开遍，似这般都付与断井颓垣。良辰美景奈何天，赏心乐事谁家院！朝飞暮卷，云霞翠轩；雨丝风片，烟波画船——锦屏人忒看的这韶光贱！

> **[懒画眉]**最撩人春色是今年。少什么低就高来粉画垣，元来春心无处不飞悬。睡荼蘼抓住裙衩线，恰便是花似人心好处牵。

前者写杜丽娘对春日韶光的感叹，透露出她爱情上的苦闷，情、景、人物的心理达到了水乳交融的境界。后者以景抒情，托情于景，用景物烘托出杜丽娘渴望重寻旧梦、获得爱情的欢乐。作者还能从生活出发，给不同的人物安排不同风格的合乎人物身份的曲文，雅者固雅，俗者甚俗。王骥德《曲律》称许作者“才情在浅深、浓淡、雅俗之间，为独得三昧”，本剧可谓代表。

第三节　汤显祖的其他剧作

《紫箫记》作于万历五年(1577)作者未入仕途之时。主人公来源于唐人蒋防的传奇小说《霍小玉传》，主要情节则采自《大宋宣和遗事》亨集。此剧现存三十四出，情节不到卷首提示的一半，叙述李益与霍小玉的爱情故事。剧本关目平庸，语言典丽，人物道白都为四六对句。汤显祖的好友帅机曾批评它是“案头之书，非台上之曲”，作者自己也承认它有“秾长之累”。据作者在《紫钗记题词》中说，此剧未成而“是非蜂起”，“讹言四方”，有“暗刺时相”之嫌，但真相尚难考定。

万历十五年(1587)，他把未完成的《紫箫记》改为五十三出的《紫钗记》，情节更多地采自《霍小玉传》。李益拾得霍小玉遗失的紫玉钗，遂以此托媒与小玉成婚。李益中状元后随军出征，返京后卢太尉欲招他为婿。这时小玉家道败落，卢太尉买去了她的紫玉钗，并以此为凭对李益伪称小玉已改嫁。黄衫豪客打抱不平，让人将李益带至小玉处，真相大白，夫妻和好如初。作品把妓女身份的霍小玉改为良家女子，把媒人的撮合成婚改为二人坠钗、拾钗而相识，把小说中封建婚姻制度及其牺牲者的矛盾改为多情的霍小玉与卢太尉之间的矛盾，并且虚构了黄衫豪客这个与宫廷有密切关系并很有权势的人物。作品通过李、霍爱情的不幸遭遇，批判了卢太尉为代表的封建统治者的自私、专横、残暴，歌颂了霍小玉对爱情的坚贞不渝，抒发了作者的愤懑。剧本语言秾丽疏隽，曲文词采纷披，时有佳句，近于小词。最后以李、霍团圆的喜剧作结，也是

"愿普天下有情的都成了眷属"的理想的反映。

《南柯记》共44出，是汤显祖继《牡丹亭》之后创作的，情节取自唐代李公佐的传奇小说《南柯太守传》。写豪侠之士淳于棼精通武艺，曾为淮南军裨将，因偶然使酒，失主帅之心而丢官。一次酒醉后梦入槐安国(即蚂蚁国)，与瑶芳公主成婚，后任南柯太守，甚有政绩。檀萝国犯界，公主惊吓而死，淳于棼被召回朝中，加封左丞相。他结交权贵，权势显赫，淫乱无度。右相段功乘机参奏国王，淳于棼被遣还乡。醒来却是一梦，契玄禅师度他出家。作品揭露了朝廷的骄奢淫佚、官场的狡诈腐败以及文人的奉承献媚，抒发了作者对理想政治的向往。作品对人物的刻画比较成功。淳于棼一方面是个爱民、精干、有政治抱负的人，另一方面却又是个贪图功名富贵、沉溺女色、虚荣庸俗的封建士大夫。作品借这个形象说明：纵然是胸有大志的贤才，但身处那个腐朽的社会也很难建功洁身；一卷入官场，就会被污染，权欲色欲便无限膨胀，而谗毁也会随之而来，最后身败名裂，一切皆成泡影。淳于棼的悲剧，是封建知识分子的悲剧，也是时代的悲剧。剧本结尾所宣扬的出世思想，正是汤显祖在现实中找不到出路、心灵痛苦而发出的无可奈何的悲叹。

《邯郸记》共30出，是汤显祖的最后一部传奇，成就仅次于《牡丹亭》。它取材于唐人沈既济的传奇小说《枕中记》。写卢生一贫如洗，落魄不偶，在邯郸道旅舍中遇道士吕洞宾。吕洞宾以瓷枕使卢生入梦，卧枕时旅舍主人方蒸黄粱。卢生梦中入赘豪富之族崔氏，通过行贿得中状元，主考宇文融见他不钻刺于己，便屡次构陷，贬他去陕州。卢生却因祸得福，开河拓边立功而加官进俸。不料又因宇文融的诬陷，贬官广南崖州鬼门关，受尽折磨。后来冤案昭雪，回京被封为赵国公，食邑五千石，官加上柱国太师，四子齐封高官。年过80，死于"采战之术"。一梦醒来，黄粱尚未煮熟。卢生遂悟破人生，随吕洞宾出家。此剧借梦境来抨击官场的黑暗，融合着作者几十年宦海生涯中的感受。作者借卢生由书生而至权臣的这个典型，对上流社会的丑恶进行了深刻的揭露，对明代黑暗的政治进行了无情的鞭挞。凡皇帝的昏庸佚乐，官场的贪赃枉法、尔虞我诈、贿赂公行、奉迎谄媚，统治者的骄纵糜烂以及科举的腐败荒唐，无不得到入木三分的揭露，简直是一幅明代中叶的官场百丑图。作品围绕卢生的沉浮来结构全剧，笔力集中，针线缜密。关目安排也跌宕多姿，波澜迭起，新颖独到，不落窠臼。曲词粗犷浑厚，以质朴、本色为主，但也参错丽语。

清代梁廷楠《曲话》中说："玉茗四梦，《牡丹亭》最佳，《邯郸》次之，《南柯》又次之，《紫钗》则强弩之末耳。"评价颇为公允。

第九章　明代诗文、散曲与民歌

第一节　明代诗文

明初诗文代表作家有宋濂、刘基、高启等人。他们经历过元明之际农民起义的风暴，视野开阔，对现实生活感受较深，因而写出了一些有价值的作品。

宋濂(1310～1381)，字景濂，号潜溪。祖籍潜溪(今属浙江金华)，后移居浦江(今浙江浦江县)。元末隐居不仕。朱元璋起兵，初召为五经师。后官至学士承旨知制诰，为开国文臣之首。正德时追谥文宪。著有《宋文宪公全集》(又作《宋学士全(文)集》)。

宋濂的主要成就是散文。他信奉程、朱，强调文章明道致用，所以他写了不少宣扬纲常名教的文章。他的文章有价值的是一些纪传性和叙事性的短文。如《秦士录》，描绘了邓弼能文善武，豪放不羁的英雄性格，及其怀才不遇，抑郁而终的命运。《送东阳马生序》，通过抄书、问学、从师三事，把不耻恶衣恶食而勤苦求学的青年士子形象，写得生动感人。另如《杜环小传》、《王冕传 》、《记李歌》等篇都显得各有声色。宋濂也善于摹景状物，在《桃花涧修禊诗序》中，写桃花涧的花木："夹岸皆桃花，山寒，花开迟，及是始繁。傍多髯松，入天如青云。忽见鲜葩点湿翠间，焰焰欲燃，可玩。"又写飞雨洞泉石："其上危岩墙峙，飞泉中泻，遇石角激之，泉怒，跃起一二尺，细沫散潭中，点点成晕，真若飞雨之骤至。"寥寥数笔，点染成趣，静中有动，引人入胜。

宋濂在散文写作上提出："六籍之外，当以孟子为宗，韩子次之，欧阳子又次之，此则国之通衢，无榛棘之塞，无蛇虎之祸，可以直趋圣贤之大道。"又说："大抵为文者，欲其辞达而道明耳。"(《文原》)这种维护儒家道统和文统的观点，对后来归有光、唐顺之为代表的唐宋派及清代桐城派都有较大影响。

刘基(1311～1375)，字伯温，青田(今属浙江)人。元至顺二年(1331)进士。曾多次出仕、归隐。后应朱元璋召，辅佐朱元璋夺取天下。累官御史中丞兼太史令、弘文馆学士，封诚意伯，谥文成。有《诚意伯刘文成公集》。

元末政治腐败，百姓无以为生的现实，在刘基心灵深处激起了强烈反响。他一反儒家温柔敦厚的诗教，提倡要继承风雅、美刺，"至有直指其事、斥其人而明言之者"(《王原章诗集序》)的批判现实精神，因而对富有这种精神，出自"草茅闾巷贱夫怨女之口"的民歌尤为推重。他说："公卿大夫之耳目可聩，而匹夫匹妇之口不可杜，天下公论于是乎在。"(《书绍兴府达鲁花赤九十子阳德政诗后》)基于这种认识，他在许多讽喻诗中，深刻地揭示了元末的社会现实。如《野田黄雀行》、《感时述事十首》、《过东昌有感》、《有感》、《赠周宗道六十四韵》等。在《雨雪曲》中，写逃难百姓的悲惨境遇："平民避乱入山谷，编篷作屋无环堵。回看故里尽荆榛，野鸟争食声怒嗔。盗贼官军齐劫掠，去住无所容其身。"在《畦桑词》中，控诉了陷百姓于饥寒的苛税重赋："君不见古人树桑在墙下，五十衣帛无冻者。今日路旁桑满畦，茅屋苦寒中夜啼。"刘基的诗歌或雄奇，或深婉，或直朴，表现了他审美趣味的多样性。

刘基在散文创作上，与其论诗的主张是一致的。他的散文古朴、犀利，富有形象性。如《卖柑者言》，以生动、贴切的比喻，揭露了封建官僚"金玉其外，败絮其中"的腐朽本质。《郁离子》中"楚有养狙以为生者"一节，以寓言的形式，说明被压迫剥削的人民群众一旦觉悟，便会走上反抗的道路。在"东陵侯既废"一节中，司马季主论卜的一番话："呜呼！天道何亲，惟德之亲；鬼神何灵，因人而灵。夫蓍，枯草也；龟，枯骨也，物也。人，灵于物者也，何不自听而听于物乎？"在天道与人道的关系上，表现了人本主义的精神。

刘基入明后，辅助朱元璋制订了科举办法，把程、朱注释的《四书》、《五经》作为命题试士的依据，以此来规范、禁锢读书人的思想。在这种情况下，刘基的诗文创作也失去了昔时的光彩。

高启（1336～1374），字季迪，长洲（今江苏苏州）人。元末隐居吴淞青丘，因号青丘子。入明，应召授翰林院编修。后擢户部右侍郎，坚辞不就。朱元璋曾怀疑他作诗讽刺自己，遂借苏州知府魏观一案，将其腰斩。有《高太史全集》。

高启的思想兼有儒、释、道的成分，而道家淡泊名利、超脱世俗的意识则往往占有上风。22 岁时写的《青丘子歌》中道："蹑屩厌远游，荷锄懒躬耕。有剑任锈涩，有书任纵横。不肯折腰为五斗米，不肯掉舌下七十城。但好觅诗句，自吟自酬赓。"这种孤傲清高的性格，使他不愿与统治者合作，而能够写出一些反映阶级剥削、民生疾苦的诗。如"长年牧牛百不忧，但恐输租卖我牛"（《牧牛词》）；"三姑祭后今年好，满簇如云茧成早。檐前缫车急作丝，又是夏税相催时"（《养蚕词》）；"草茫茫，水汩汩，上田芜，下田没。中田有禾穗不长，狼藉只供凫雁粮。雨中摘归半身湿，新妇舂炊儿夜泣"（《田家行》）等。这些乐府体诗，都有较强的现实意义。

高启还有不少写得才华横溢的歌行体诗篇。如《登金陵雨花台望大江》，把写景、怀古、颂今融为一体，在悲壮、悠远的沧桑感中，蕴含着对历史和未来的沉思，格调雄健豪放。高启的七律也不乏佳作。如《岳王墓》："大树无枝向北风，千年遗恨泣英雄。班师诏已来三殿，射虏书犹说两宫。每忆上方谁请剑，空嗟高庙自藏弓。栖霞岭上今回首，不见诸陵白露中。"诗中揭示了"千年遗恨"的原因，在于岳飞的赤胆忠心和帝王的残酷忌刻。写得悲怆沉郁，富有历史批判精神。

在艺术上，高启“兼师众长，随事模拟”(《独庵集序》)。《四库全书总目提要》说他：“其于诗拟汉魏似汉魏，拟六朝似六朝，拟唐似唐，拟宋似宋，凡古人之所长，无不兼之。”“故备有古人之格，而反不能名启为何格。”我们从他的歌行体中感到李白的气势，从他的七言律诗中体味到杜甫的风韵，但却泯灭了他自身的创作个性。

明代开国以后，由永乐至成化的80多年间，社会相对稳定，号称“三杨”的杨士奇、杨荣、杨溥所提倡的台阁体诗文垄断了文坛。他们都是台阁重臣，官至宰相，备受皇帝宠信。在散文写作上，专事模拟欧阳修柔婉平舒的风格；在诗歌创作上，步趋唐诗而着眼于“以其和平易直之心，发为治世之音”(杨士奇《玉雪斋诗集序》)。他们的诗文在内容上是粉饰太平，歌功颂德；在艺术上则靡弱平庸，千篇一律。到成化、弘治间，文坛领袖李东阳(1447～1516)欲改变这种萎靡的文风“起而振之”。一时追随他的诗人很多，并以其家乡的名字称作茶陵(今属湖南)诗派。但李东阳论诗，仅从音调、句法等形式上强调学习唐人，而自身的创作仍未摆脱台阁习气。

明代中叶以后，政治日益腐败，社会矛盾激化。曾参加镇压农民起义和平定藩王叛乱的王守仁，为挽救明王朝危机，继承发扬了宋代陆九渊的主观唯心主义学说，提出“致良知”、“知行合一”的心学，把纲常思想，即程、朱所说的“天理”，解释成人心所固有的，借以从人心深处钳制所谓的“邪念”，使之纯化，合乎封建伦理道德。与此同时，以李梦阳为代表的一些士大夫，也不满程朱理学牢笼下士风的庸懦和文风的窳弱，遂发起了文学复古运动。近人宋佩韦在《明文学史》中说：

> 李梦阳等提出“文必秦汉”，“诗必盛唐”的口号，使人家知道《四书》、《五经》外还有古书。代圣贤立言的八股文外，而有散体的秦汉文。啴缓的台阁体诗外，还有雄健的盛唐诗。正合着时代的要求，所以振臂一呼，应者四起。

李梦阳(1473～1530),字献吉,号空同子,庆阳(今属甘肃)人。弘治进士,官至江西提学副使。著有《空同集》。与李梦阳一起兴复古学最有影响的是何景明。何景明(1483～1521),字仲默,号白坡,又号大复山人。信阳(今属河南)人。20岁中进士,历官吏部员外郎,陕西提学副使等职。著有《大复集》。他们“倡言文必秦汉,诗必盛唐”,反对台阁体孱弱的文风。当时与李、何在文坛上声应气求的有徐祯卿、边贡、康海、王九思、王廷相等,被称为“前七子”。李、何虽然在学古方面有所分歧,但都不是从学古中求创新,而是由复古到拟古。这一复古运动,从15世纪末叶至16世纪初达到了登峰造极的地步,所谓“举国同唱,万喙一音”。

嘉靖、隆庆年间,继前七子文学复古的潮流,又有后七子出来推波助澜,声势更大,历时更久。后七子的领袖人物是李攀龙、王世贞。

李攀龙(1514～1570),字于鳞,号沧溟,历城(今山东济南)人。嘉靖进士,官至河南按察使,著有《沧溟集》。王世贞(1528～1590),字元美,号凤州,又号弇州山人,太仓(今属江苏)人。嘉靖进士,官至南京刑部尚书。著有《弇州山人四部稿》及《续稿》、《艺苑卮言》等书。李攀龙死后,王世贞主盟文坛20年,所谓“声华意气,笼盖海内”(《明史·王世贞传》)。前后七子的复古运动,推倒了虎踞文坛的台阁体,开阔了士子们的眼界,使他们知道《四书》、《五经》以外,还有其他的天地。这对程朱理学的权威,无疑是一次严峻的挑战。但是,他们却把文坛引向了复古拟古、“尺寸古法”的歧路。于是,在弥漫着模仿、剽窃的风气之中,作家的创新精神被窒息了。

当文学复古运动恣肆于文坛上时,王慎中、唐顺之、茅坤、归有光等人,以提倡唐宋散文来与“文必秦汉”的主张相抗衡。世称他们为“唐宋派”。

王慎中(1509～1559),字道思,号南江,别号遵岩居士,晋江

（今福建泉州）人。嘉靖进士，官至河南参政，有《王遵岩文集》。唐顺之（1506～1560），字应德，武进（今属江苏）人。嘉靖进士，官至右佥都御史、代凤阳巡抚。有《荆川文集》。茅坤（1512～1601），字顺甫，号鹿门，归安（今浙江吴兴）人。嘉靖进士，官大名兵备副使。有《白华楼藏稿》、《茅鹿门文集》。归有光（1506～1571），字熙甫，人称震川先生，昆山（今属江苏）人。嘉靖进士，官南京太仆寺丞。有《震川先生集》。他们推重唐宋八大家，而特别崇尚欧阳修、曾巩。王慎中、唐顺之倾心于曾巩文章的朴实、谨严；茅坤、归有光则更爱慕欧阳修文章的清新自然、婉转多姿。他们反对东施效颦式的模拟前人，而主张在学习过程中取神遗貌。唐顺之还提出"直抒胸臆，信手写出"的"本色论"（《答茅鹿门知县第二书》）。这些见解，和复古派相比显然是一种进步。唐宋派还从古文家那里得出"文特以道相盛衰"（茅坤《唐宋八大家文钞总序》）的结论，认为唐代韩、柳能够"寻六经之遗略"，宋代欧阳修又从韩愈书中"始知通经博古为高"（同上）。从这里可以看出古文家对于儒家道统、文统的继承关系。

唐宋派虽然在一定程度上打击了复古主义的气焰，且影响到后来的公安派及清代的桐城派，但终因未形成较大的声势，再加上自身理论仍未跳出宗古的窠臼，也没有创新的魄力，因此，未能动摇复古派在文坛上的垄断地位。

唐宋派中，成就最大的是归有光。归有光有一些脱离道学气的抒情散文，一向为人所称道。如《项脊轩志》、《先妣事略》、《思子亭记》、《女二二圹志》、《寒花葬志》等。在这些散文中，作者善于撷取生活中的细节，予以生动形象的勾画，往往于描景叙事中饱含着真挚的感情。正如王锡爵在《归公墓志铭》中说的："无意于感人，而欢愉惨恻之思，溢于言语之外。"

嘉靖、万历年间，著名的思想家李贽（1527～1602）进一步将批判的矛头指向复古主义，并对晚明文坛发生了很大的影响。李贽号卓吾，泉州晋江人。嘉靖举人，官至南京刑部员外郎、云南姚安知府。54岁时去官，专事讲学著述。李贽继承发展了泰州学派的进步思想，批判孔子，抨击程、朱，主张社会平等，倡言个性解放；在文学上，反对复古模拟，主张抒发己见的“童心说”，因而被统治者视为“异端”，终以“敢倡乱道，惑世诬民”的罪名被捕，于狱中自杀而死。在李贽的影响下，以袁宏道为代表的公安袁氏兄弟揭起了文学革新的大旗。

袁宏道(1568～1610)，字中郎，号石公。万历进士，官终稽勋郎中。有《袁中郎全集》。其兄袁宗道(1560～1600)，字伯修。万历进士，官右庶子。有《白苏斋集》。老三袁中道(1570～1623)，字小修。万历进士，官至南京吏部郎中。有《珂雪斋集》。他们是公安(今属湖北省)人，故有“公安派”之称。

在李贽《童心说》的基础上，公安派针对复古派效颦秦汉，学习盛唐，提出了如下的文学主张：(一)从文学作品的体制、风格、语言的历史发展中，得出文学因时而变的结论(袁中郎《雪涛阁集序》)，从根上否定了“文必秦汉”，“诗必盛唐”的谬说。(二)不同时代创作法则的变化，是一个纠正前人弊病，不断创新的矛盾发展过程(同上)。学习唐人，也应当是“法其不为汉，不为魏，不为六朝之心而已”(袁中郎《叙竹林集》)。(三)强调“独抒性灵，不拘格套”(袁中郎《叙小修诗》)。为了抒发真情实感，表现个性，就要打破旧形式的束缚，勇于创造出与之相适应的新形式，从而批判了复古派泥于传统形式、窒息创造精神的错误。(四)高度评价一向被正统文人所鄙薄的戏曲小说。认为与《水浒传》相比，“六经非至文，马迁失组练”(袁中郎《听朱生说〈水浒传〉》)。

基于上述文学主张，袁宏道兄弟和在他们影响下的公安派作家群，怀着蔑视传统、积极创新的勇气，以自身的理论建树和创作实践，打破了复古派近百年来主盟文坛的局面，使文坛面目为之一新。

公安派作家成就最高的是袁宏道，诗文俱有佳作，散文尤被人推重。富有批判、创新精神的序跋类文论，如《雪涛阁集序》、《序小修诗》、《叙陈正甫会心集》等，以辩证的观点，从历史发展的必然趋势出发，慷慨陈词，议论纵横，很有折服人心的雄辩力量。另如充满着诗情画意的山水游记，信笔直寄、独抒性灵的尺牍，都有许多篇什为人传诵。

公安派的文学革新运动，得到戏剧家汤显祖、书画家董其昌等人的响应，一时间形成一股具有文化启蒙意义的社会思潮。这一带有市民色彩的社会思潮，造成了 17、18 世纪以戏曲、小说为代表的市民文学的繁荣。

公安派由于对“不拘格套”的过分强调，而在创作上忽视了艺术修养，“近平近俚近俳”（袁中郎《雪涛阁集序》）、“时有游戏语”（袁小修《中郎先生全集序》）的轻率态度，导致其末流“狂瞽交扇，鄙俚公行，雅故灭裂，风华扫地”（《列朝诗集小传·袁稽勋宏道》）。于是，有“竟陵代起，以凄清幽独矫之，而海内之风气复大变”（同上）。

竟陵派的领袖人物是钟惺、谭元春。

钟惺（1574～1624），字伯敬，号退谷，万历进士，官福建提学佥事，有《隐秀轩集》。谭元春（1586～1637），字友夏，天启举人，有《谭友夏合集》。两人皆竟陵（今湖北天门）人，故称之“竟陵派”。他们都很推重袁中郎，但对公安末流群起步趋中郎的风气深为不满。他们合编隋前古诗和唐诗，辑为《古诗归》、《唐诗归》，意在“求古人真诗”，反对复古派的形式主义，并纠正公安派一味变古的偏颇。于是，在创作上“另立深幽孤峭之宗”（《列朝诗集小传·钟提学惺》）。为求新求奇，雕字琢句，致使诘屈隐晦，加上局限于个人感遇情趣的狭窄题材，未能在创作上有较大成就。但因其承继了崇尚性灵、个性解放的思潮，所以在下层文人中，仍有较大的影响，而“浸淫三十余年，风移俗易，滔滔不返”（同上），直至明亡。

继公安、竟陵两派余绪，在散文写作上较有成绩的是张岱。

张岱(1597～约1676)，字石公，号陶庵，又号蝶安居士，山阴(今浙江绍兴)人。明亡后，隐居山中，在“布衣蔬食，常至断炊”的困境中坚持著述。有《陶庵梦忆》、《西湖梦寻》、《琅環文集》、《石匮藏书》、《石匮后集》等著作。

《陶庵梦忆》、《西湖梦寻》是写于国破家亡后的散文集，在对往昔繁华的回忆中，寄寓了故国之思。散文于描绘山水景物外，还包容了丰富多彩的生活画面。善融写景、叙事、抒情为一体，文笔优美生动。如《西湖七月半》，在纷繁喧嚣的湖光月色中，选取一系列的特写镜头，于各类人物情态的栩栩显示之中，寓以褒贬抑扬。又如《柳敬亭说书》，细致逼真地描绘了柳敬亭的形象及其充满魅力的说书艺术，使人如见其人，如闻其声。

明末，社会矛盾空前激化。天启年间，魏忠贤为首的阉党对东林党人的残酷镇压，反映了统治阶级内部腐朽势力与企图挽救社会危机的改良派之间的尖锐斗争。崇祯皇帝即位后，虽然为东林党人恢复了名誉，并除掉了魏忠贤，但阉党余孽仍还有相当势力。继东林党后，与阉党斗争的有复社。复社的领袖人物张溥是一位著名的散文家。

张溥(1602～1641)，字天如，太仓(今属江苏)人。崇祯进士，有《七录斋集》。

张溥在文学方面，不满意公安、竟陵末流漠视现实，耽于山水、琐事以及追求幽深孤峭的风格，倡导复兴古学，强调“务为有用”。虽推重前后七子，但又与其形式主义的摹古不同。张溥的散文朴实、亢爽，感情充沛。如《五人墓碑记》等篇向为人们所传诵。

与复社声应气求的几社，在重扬前后七子余波的同时，特别重视经世致用之学。其代表人物有陈子龙、夏允彝等，在文学上都有一定成就。陈子龙(1608～1647)，字卧子，松江华亭(今属上海)人。崇祯进士，官弘光朝兵科给事中。南京失陷后，举兵抗清，事败殉国。有《陈忠裕全集》。陈子龙曾苦心摹古而终无所成。急剧的社会变动，使他认识到诗之本应为“忧时托志之所作”（《六子诗序》）。他的诗歌创作，最为人称道的是忧愤国事和抒发黍离之悲的七律。如《辽事杂诗》八首、《秋日杂感》十首。写得清丽沉雄，韵远思深。

陈子龙的学生夏完淳，是一位早熟的少年作家。夏完淳（1631～1647），字存古，自幼以气节、文章为重。明亡后，抗清失败，从容就义，死时还不满 17 岁。有《夏完淳集》。

夏完淳的诗文，在他参加抗清后，一反昔时模拟、单薄的文风，用血泪和生命，以朴直爽朗的笔触，慷慨悲歌，抒发忠愤，表现了昂扬不屈的英雄本色。诗如《军中有作》、《江城》、《易水歌》、《霸图》、《哀燕京》、《细林夜哭》等，赋如《大哀赋》，文如《土室余论》、《狱中上母书》等，都是感人肺腑、催人泪下的篇什。

明末爱国诗人还有张煌言等。张煌言（1620～1664），字玄著，号苍水，鄞县（今属浙江宁波）人。有《张苍水集》。

煌言坚持抗清 19 年，妻子亲人多遭杀戮。兵败后，慷慨就义，是文天祥式的民族英雄。清人全祖望称其诗：“噌吰博大，含钟应吕。”尤其是被俘后的诗，激昂慷慨，正气磅礴，令人荡气回肠。如《被执过故里》、《甲辰八月辞故里》、《放歌》、《绝命词》等，于苍凉沉郁中激荡着刚烈的民族精神。

第二节　明代散曲

明代初年，由于思想文化上的高压政策，散曲和其他文学体式的创作一样，处于沉寂状态。弘治以后，随着商品经济的发展，社会矛盾日趋复杂、尖锐，出现了大批散曲作家。其中，最负盛名的有康海、王磐、陈铎、杨慎、李开先、冯惟敏、薛论道、梁辰鱼等人。

王磐(约1470～1530)，字鸿渐，号西楼，高邮(今属江苏)人。有《王西楼乐府》。

王磐的散曲多为闲适之作，风格清丽，一部分揭露、嘲讽现实弊病的作品，写得辛辣豪爽。如[古调蟾宫]《元宵》："听元宵，往岁喧哗，歌也千家，舞也千家。听元宵，今岁嗟呀，愁也千家，怨也千家。哪里有闹红尘香车宝马？只不过送黄昏古木寒鸦。诗也消乏，酒也消乏，冷落了春风，憔悴了梅花。"借今昔景况的强烈反差，寄寓了对现实的无限隐忧。另如[朝天子]《咏喇叭》，以喇叭为题，揭露了宦官装腔作势，侵渔百姓的罪行。另如散套[南吕·一枝花]《久雪》，借肆虐的大雪，隐喻权奸欺君祸国，而终必灭亡的下场。

陈铎(约1488～1521)，字大声，号秋碧，下邳(今江苏邳县)人。居金陵，正德间袭官指挥。有《陈大声乐府全集》。

陈铎的散曲，多以闺怨恋情为题材，写得"声婉而辞艳"(《陈大声乐府全集·汤有光序》)。所撰《滑稽余韵》，以市井手工业者和商人为描写对象，在反映他们生活习俗的同时，往往流露出对自食其力者的赞扬，和对不劳而获者的讽刺。用语通俗、幽默。如[水仙子]《瓦匠》、[醉太平]《挑担》等。

冯惟敏(1511～1580)，字汝行，号海浮。山东临朐人。嘉靖举人，曾任涞水知县。有《海浮山堂词稿》。

冯惟敏于仕途失意之中，深深认识到社会黑暗、政治腐败，便常常借散曲揭露批判现实，吟咏民生疾苦。其风格豪放朴直，有曲中辛弃疾之誉。代表作有[清江引]《八不用》、[朝天子]《解官至舍》、[新水令]《十美人被杖》、[一枝花]《对驴弹琴》、[粉蝶儿]《辞署县印》、[胡十八]《刈麦有感》、[玉江引]《农家苦》等。

[油葫芦]《改官谢恩》："俺也曾宰制专城压势豪，性儿又乔，一心待锄奸剔蠹惜民膏。谁承望忘身许国非时调，奉公守法成虚套。没天儿惹了一场，平地里闪了一交。淡呵呵冷被时人笑，堪笑这宰

鸡者用牛刀。”这首曲真实地记录了诗人做知县时，因惩处势豪而遭贬谪之事，于揭露控诉之中，充满着义愤。

薛论道（约 1531～1600），字谈德，号莲溪居士，定兴（今属河北）人。官神枢参将加副将。有散曲集《林石逸兴》。

薛论道从军西北，戍边 30 年。描写军旅生活的散曲，或苍凉浩莽，或慷慨哀婉，最为人称道。著名的有[黄莺儿]《边城秋况》，[水仙子]《为将》、《寄征衣》、《宿将》，[古山坡羊]《吊战场》、《塞上即事》等。

嘉靖、隆庆间，昆曲兴起。剧作家梁辰鱼的散曲集《江东白苎》面世后，作为以昆腔演唱的南曲，以其悠扬、蕴藉的旋律，华美纤丽的词藻而风靡曲坛，原来流行的遒劲粗犷的北曲因之而衰落下去。在城市经济繁荣的情况下，南曲适应青楼歌馆、闾巷坊市的需要，为迎合市民阶层的审美情趣，多以旖旎缱绻的艳情为内容，而散曲创作，却渐渐向了末路。

明朝散曲，继元之后出现了中兴局面。作家和作品的数量远超前代，在文学史上占有重要地位。

第三节　明代民歌

明代民歌和戏曲、小说一样，到中叶以后出现了空前繁荣局面。明代民歌大体上分为“山歌”和“俗曲”两类。山歌产生、流行于江南吴语地区，一般比较短小。俗曲是在元人小令或套数基础上发展起来的歌唱形式，又有“小曲”、“杂曲”、“时调”之称。长短不一，数量大，传唱最广。

明代民歌浩如烟海，被搜集、刊印、或收入某些文集中而流传下来的只是极少部分。由于搜集者的阶级局限性，和取媚时俗的审美趣味，绝大多数是表现男女情爱的，而反映社会矛盾题材的，只是凤毛麟角。如:“夺泥燕口,削铁针头,刮金佛面细搜求,无中觅有。鹌鹑嗉里寻豌豆,鹭鸶腿上劈精肉,蚊子腹内刳脂油,亏老先生下手!”(李开先《一笑散》)以讽刺嘲谑的口吻,通过夸张比喻,抨击了统治者对人民敲骨吸髓、诛求无度的残酷剥削。可与这首民歌相印证的,是谈迁《枣林杂俎》中的一首民歌:“富阳江之鱼,富阳江之茶,——鱼肥卖我子,茶香破我家!采茶妇,捕鱼夫,官府拷掠无完肤。……”鱼肥卖子,茶香破家,通过这种与生活逻辑相背反的血泪现实,深刻地揭露了置劳动人民于水深火热之中的黑暗社会。正因为这样,广大劳动人民向往革命,拥护农民起义军:“朝求升,暮求合,近来贫汉难存活。早早开门拜闯王,管教大小都欢悦”(计六奇《明季北略》卷二三);“吃他娘,着他娘,吃着不够有闯王。不当差,不纳粮,大家快活过一场”(吴麟征《吴忠节公遗集》卷三)。

明代崇尚理学,封建伦理道德的桎梏,酿成了无数青年男女在婚姻爱情上的悲剧。中叶以后,市民阶级的发展壮大和反程朱理学社会思潮的兴起,尊重自然人性和追求现世幸福的意识,反映在民歌里,多为对男女恋情的咏唱。如汴省时曲[锁南枝]《捏泥人》:“傻俊角,我的哥!和块黄泥儿捏咱两个。捏一个儿你,捏一个儿我,捏的来一似活托;捏的来同在床上歇卧。将泥人摔破,着水儿重和过,再捏一个你,再捏一个我;哥哥身上也有妹妹,妹妹身上也有哥哥。”(《南宫词纪》卷六)在朴实、俚俗的比喻中,显示出奇巧新颖,感情明快炽烈,把一个天真、诚挚、痴情的少女形象活活烘托了出来。无怪乎被时人誉为中原俗曲[锁南枝]之冠(沈德符《万历野获编》[时尚小令])。又如《素帕》:“不写情词不写诗,一方素帕寄心知。心知接了颠倒看,横也丝来竖也丝,这般心事有谁知?”(冯梦龙《山歌》十)借谐音和比喻,含蓄而深沉地剖白了无限的相思之情。《红楼梦》三十四回写宝玉命晴雯送手帕给黛玉的含意正与此合。

万历年间，[打枣竿]（又作[打草竿]）[挂枝儿]尤为盛行，“不问南北，不问男女，不问老幼良贱，人人习之，人人喜听之，以至刊布成帙，举世传诵，沁人肺腑”（《万历野获编》[时尚小令]）。如[挂枝儿]《赠瓜子》：“瓜仁儿本不是个希奇货，汗巾儿包裹了送与我亲哥。一个个都在我舌尖上过。礼轻人意重，好物不须多。多拜上我亲哥也，休要忘了我！”又如[挂枝儿]《鸡》：“五更鸡，叫得我心慌撩乱。枕儿边说几句离别言，一声声只怨着钦天监。你做闰年并闰月，何不闰下了一更天！日儿里能长也，夜儿里这么短！”写得直率、缠绵，天然成趣。还有一些具有火辣辣叛逆精神的民歌，如《山歌·偷》：“结识私情弗要慌，捉着子奸情奴自去当。拼得到官双膝馒头跪子从实说，咬钉嚼铁我偷郎。”

民歌的清新气息，艺术的魅力，使当时许多文人为之倾倒。前七子领袖人物李梦阳、何景明从其“可继国风之后”的认识出发，而酷爱之（《万历野获编》[时尚小令]）。倡导文学革新运动的袁中郎，从反对复古模拟，“独抒性灵，不拘格套”的主张出发，称其“是无闻无识真人所作，故多真声，不效颦于汉魏，不学步于盛唐，任性而发，尚能通于人之喜怒哀乐嗜好情欲，是可喜也”（袁中郎《叙小修诗》）。以编撰《三言》闻名的冯梦龙，收集整理刊印了《挂枝儿》、《山歌》，为的是“借男女之真情，发名教之伪药”（《叙山歌》）。

应当指出的，留传下来的明代民歌中有不少庸俗的色情描写，是其中的糟粕部分。

第八编 清初至清中叶的文学

概 述

1644年,李自成的大军直逼北京,崇祯自缢,明王朝覆亡。山海关守将吴三桂勾结清兵入关,镇压了李自成、张献忠为首的农民起义军。满清在取得中央政权后大举南下,残酷杀戮奋起反抗的汉族人民,摧毁了南明政权。直到康熙二十二年(1683),才将郑成功在台湾建立的抗清政权消灭,完成全国的统一。

清王朝建立后,采取了一系列巩固专制统治的措施。其政权体系基本上承袭明制,在中央仍设内阁与六部,由皇帝直接掌握。清代满汉官员虽然表面上分设复职,但满族议政王大臣掌握着实权,最后裁决于皇帝,这就形成了满汉贵族合流但又以满族为核心的带有种族歧视性质的封建专制政权体系。经济上,清政府也改变了最初大规模掠夺、"圈地"的做法,逐步实施一些缓和矛盾与怀柔笼络的措施,重农抑商,减免租税,使明中叶以来的资本主义萌芽一度受到抑制,农业生产逐步稳定、发展。思想文化方面,大力提倡程朱理学，鼓吹忠君思想，加强思想统治；继续推行八股科举考试，扩大录取名额，笼络利诱知识分子；实施捐纳制度，作为科举的补充。对知识分子羁縻与高压两手并用，前者主要表现为礼葬崇祯，擢用降吏，在科举之外又特设博学鸿词科，延揽俊才硕彦，组织大批学者编纂类书、丛书等大型文化典籍；后者主要表现为严禁文人结社，大兴文字狱，肃清反清意识。这种社会政治、经济、文化状况对文人的创作心理产生了很大的影响。

明清易代之际，出现了一大批进步的思想家，如顾炎武、黄宗羲、王夫之、唐甄、戴震、颜元等。他们在继承传统民主思想的基础上，提出了一些进步的政治主张及补偏救弊的变革方案。他们反对封建君主专制主义，强调民本思想；批判程朱理学，肯定人欲的合理性，对理学家“以理杀人”的本质进行剖析和揭露；提倡经世致用、实事求是的务实精神，反对明末以来的空疏学风；主张男女平等，“工商皆本”，反对重农抑商，歧视妇女。这些具有鲜明的民主主义色彩的进步主张，不仅起到了反程朱反道学反专制的积极作用，而且对文学创作中那种内容上直面现实、形式上反模拟、反格套的创作倾向产生了巨大的影响。

清初诗文创作以遗民知识分子为主体。他们具有强烈的民族意识，反对专制统治，体察到了社会的黑暗，热切关注民生疾苦。顾炎武、黄宗羲、王夫之等人的散文，归庄、吴嘉纪、钱澄之、屈大均、陈恭尹等人的诗歌，比较深刻地反映了当时的民族矛盾和阶级矛盾。以明臣而仕清的钱谦益和吴伟业，具有文坛领袖的地位。钱谦益的散文气概恢宏，与晚明散文的格局、规模大异其趣；吴伟业的诗作多写明末清初史实，感情恻怆，艺术性高，感染力强。魏禧、汪琬、侯方域、陈维崧等人的散文与骈文也取得了较高的成就。康熙后期，封建政权趋于巩固，诗坛出现了不同于明遗民的创作倾向，由注重表现民族矛盾和阶级矛盾转变为抒情吊古、模山范水，并偏重于艺术上的雕琢。施闰章、宋琬、王士祯、朱彝尊、查慎行、赵执信都是此期比较活跃的诗人，其中诗坛盟主王士祯论诗以“神韵”为主，在当时影响较大。清初词坛也呈振兴之势。陈维崧效法苏、辛，开创阳羡派；朱彝尊学习姜、张，为浙西词派的始祖；满族词人纳兰性德独标一格，作品思想深沉，风格清新，擅长白描，不落窠臼。此外，此期诗论、词论、文论也呈活跃之势，为整个清代的诗文理论奠定了基础。

小说和戏曲仍然代表着文学的主要成就。长篇章回小说方面，有陈忱的《水浒后传》、钱彩的《说岳全传》等英雄传奇以及褚人获的《隋唐演义》等历史演义。蒲松龄的短篇文言小说集《聊斋志异》标志着我国文言短篇小说的顶峰。戏曲方面，以李玉为代表的苏州派传奇作家，密切联系舞台实际与社会实际，写出了《清忠谱》等影响深远的作品。洪昇的《长生殿》和孔尚任的《桃花扇》则成为中国古代戏剧史上的最后高峰。此外，李渔的戏剧理论也具有里程碑的意义。

雍正、乾隆时期，是清王朝的“盛世”。社会经济经过康熙一朝的恢复，到此时呈现出繁荣的景象。农业、手工业、商业都有很大的发展，曾一度受挫的资本主义生产因素也活跃起来。然而，在繁荣的表象之下，许多社会问题也突出暴露出来。封建地主阶级大肆兼并土地，社会财富高度集中，官贪吏虐，政治黑暗，暂时缓和的阶级矛盾和民族矛盾逐渐尖锐激化，乾隆末嘉庆初爆发了历时九年、遍及川、楚、陕、豫、甘五省的白莲教大起义，嘉庆十八年(1813)又爆发了天理教起义。这些起义沉重地打击了清王朝的反动统治，也加深了统治阶级内部的矛盾。1840年鸦片战争爆发，中国社会步入了近代民主主义革命时期。在文化思想领域，统治者对文人仍然是高压与笼络两手并用，一方面大兴文字狱镇压异己，一方面继续实行八股科举取士，并奖励考据学，鼓励、引诱知识分子埋头于脱离现实的古代学术研究。乾隆朝还利用编纂《四库全书》之机，大肆查禁、删毁、篡改有反清内容、对其统治有碍的书籍。

此期的诗文创作偏重形式，趋于复古。作家屈服于朝廷的高压政策，为“盛世”的表象所迷惑，失去了清初作家直面现实的创作精神。沈德潜提出了“格调说”，形式主义倾向十发严重；翁方纲提出了“肌理说”，表现出考据学对诗歌的影响；倒是持“性灵说”的袁枚，在理论上和创作上都取得了较高的成就。此外，郑燮写出了不少反映社会矛盾、同情人民疾苦的好诗；蒋士铨、赵翼、张问陶、黎简、黄景仁等在诗歌创作方面也表现出了不同的风格。散文方面，以方苞、刘大櫆、姚鼐为代表的桐城派，一直影响到清末的文坛。后来的阳湖派以健茂的气格纠桐城派拘谨枯淡之弊，但成就及影响远逊于桐城派。骈文也出现了中兴的气象，胡天游、袁枚、吴锡麒、孔广森等人接轨六朝唐宋，以才藻富丽取胜；汪中、洪亮吉、邵齐焘等人则效法魏晋，以风格高雅见长。词坛上，常州词派的开创者张惠言、浙派词人厉鹗也取得了一定的成就。

由于资本主义萌芽的发展，新的思想意识的萌生，市民队伍的壮大，小说艺术本身的积累以及古代文化的丰厚积淀等原因，长篇小说的创作放射出了耀眼的光彩，主要标志就是代表我国古典小说最高成就的《红楼梦》的诞生和标志古典讽刺小说顶峰的《儒林外史》的问世。短篇文言小说则有纪昀的《阅微草堂笔记》、袁枚的《新齐谐》等。戏曲方面，尽管杂剧和传奇创作都进入低潮，但蒋士铨、杨潮观等人也写出了一些较有价值的作品。到了嘉庆、道光时期，小说、戏曲都走向衰微，小说方面较有名的是李汝珍的《镜花缘》，而传奇的地位终于被具有强大生命力的地方戏所取代。

第一章 《聊斋志异》和其他文言短篇小说

第一节 蒲松龄的生平与创作

蒲松龄(1640～1715),字留仙,一字剑臣,别号柳泉居士,山东淄川(今淄博市)城东的满井庄人。他出生于一个地主兼商人的家庭。蒲家"累代书香",祖上虽非大富大贵,但却是当地大族,明末清初逐渐衰落下来。蒲松龄的父亲蒲槃,博学多才,因科举不得志,家境困窘,只得弃儒经商。

蒲松龄自幼勤奋聪颖,19 岁应童子试时,以县、府、道三个第一补博士弟子员,深受当时主持山东学政的著名诗人施闰章的赏识。此后他治学更为刻苦,20 岁时与同乡学友李希梅等结成"郢中诗社","以风雅道义相劘切"(张元《柳泉蒲先生墓表》)。25 岁又与外甥赵晋石共同在李希梅家读书。然而,蒲松龄乡试却屡考不售,31 岁时迫于家贫,曾应同乡友人、已做县令的孙蕙之请到江苏宝应县做幕僚,但仅年余就辞幕而归。尔后一面在乡绅毕际有家坐馆教书,一面应考,直到 71 岁高龄,才援例成为岁贡生,4 年后便去世了。

根据蒲松龄一生"惨淡经营,冀博一第,而终困于场屋"(《柳泉公行述》)的经历,再联系他留下的作品可以看出,他的思想复杂而充满矛盾。一方面,他受唯心主义哲学思想的影响,对天人感应、因果报应、宗教迷信等笃信、宣扬;另一方面却又在一些作品中对它们表示出怀疑甚至否定的态度。作为一个失意文人,他长期在农村过着清寒的生活，痛恨贪官污吏、土豪劣绅对农民的压迫，同情农民疾苦，肯定人民的反抗复仇精神，并希望通过实行仁政，达到仓廪丰足，国泰民安；但他又在一些作品中将起义农民视为"贼"、"寇"，反对农民犯上作乱。科场蹭蹬的经历和穷愁潦倒的生活，使他认识到了封建仕途的黑暗和科举制度的弊端，但另一方面他一生都不忘功名，孜孜奔竞于场屋。父亲多年经商，使他有可能了解市民阶层的思想和生活，市民阶层冲破封建束缚、反抗礼教的要求对他的世界观发生了一定的影响，在许多问题上尤其是妇女问题上对封建道德规范有较多的突破；但另一方面又去赞美一夫多妻制，进行三纲五常的道德说教。这种矛盾的思想体系给他的创作带来了驳杂的色彩。

蒲松龄学识广博，著述宏富。路大荒编辑的《蒲松龄集》中收文章 458 篇，词 102 阕，古今体诗 929 首，杂著 2 种，戏 3 出，通俗俚曲 14 种。1986 年，蒲松龄纪念馆又编辑出版了《聊斋佚文辑注》，收录《蒲松龄集》以外文 43 篇以及挽联、俚曲、诗、赋等。《醒世姻缘传》是否为他所作，学术界尚未定论。

最能代表蒲松龄文学成就的是《聊斋志异》。此书创作时间持续很长。作者在康熙十八年(1679)写有《聊斋自志》，可见在他 39 岁以前这部文言短篇小说集已初具规模，此后一直不断地增加、修改，"集腋为裘，妄续幽冥之录；浮白载笔，仅成孤愤之书"(《聊斋自志》)。小说中的故事或采自口头传说，或出于作者见闻，有的是在旧有故事的基础上衍化而来，有的则完全出于作者的虚构。

《聊斋志异》的版本很多。现存的主要有：手稿本，仅存上半部，200 余篇；乾隆十六年(1751)铸雪斋 12 卷抄本，存目 488 篇，但其中 14 篇无文；与铸雪斋本同时的另一种《二十四卷抄本聊斋志异》，有文 474 篇；乾隆三十一年(1766)赵起杲刊刻的"青柯亭本"，是现存最早的刻本，共 16 卷 431 篇，成为以后各种通行本的底本；1962 年中华书局上海编辑所出版了张友鹤辑校的《聊斋志异》会校、会注、会评本，共12卷491篇，又有附录9篇，是目前较为完备的本子。《聊斋志异》的评语，最早者为王士禛评，后又有冯镇峦、何守奇、但明伦诸人作评，或阐明作品旨意，或考察故事源流，或品鉴为文之法，都富有参考价值。

第二节 《聊斋志异》的思想内容

《聊斋志异》中的优秀作品，通过惝恍迷离的故事，展示了当时社会生活的全貌，反映出了一系列带有本质性的社会问题，寄托了作者的"孤愤"，表现出鲜明的爱憎，具有深刻的社会意义。

从各种角度、各个层次揭露社会现实的黑暗，是《聊斋志异》的重要内容之一。首先，作者将批判、讽刺的矛头直指封建最高统治者。《促织》是非常典型的一篇。皇帝爱斗蟋蟀，每年都从民间征收。各级地方官吏媚上邀宠，借机中饱。以至"每责一头，辄倾数家之产"。作品通过成名一家的悲惨遭遇，尤其是那个无辜的九岁儿童以生命为代价去满足统治者佚乐的情节，让人们看到了最高统治者的昏庸腐朽本质以及封建官僚贪婪自私、不恤民命的罪恶。不少作品揭露了统治机构中大小官吏贪婪暴虐、招贿纳财的罪行。《梦狼》通过白翁的梦和白翁次子的现实见闻，深刻揭露了封建官吏的豺狼本性。作者在篇末大胆地指出："天下之官虎而吏狼者，比比也。"指出像白甲这种吃人的官吏，是封建社会普遍存在的。《潞令》中的潞城令宋国英"贪暴不仁，催科尤酷"，到任仅百天，就杖杀58人。《席方平》中的各级官吏贪赃枉法，致使席方平有冤难伸。《聊斋志异》还揭露了地主恶霸、土豪劣绅勾结官府、作威作福，给人民带来的痛苦与灾难，客观上把批判的矛头指向了封建统治的阶级基础。《红玉》写退职的宋御史光天化日之下大施淫威，抢走书生冯相如之妻，逼死了冯父，冯相如"冤塞胸吭，无路可伸"。

《窦氏》中世家子弟南三复骗奸农家姑娘窦氏，又逼死了窦氏母子。窦父去告官，南三复用千金行贿，官府竟免罪不问。此外，像《公孙九娘》、《野狗》等篇反映清朝统治者大肆屠杀无辜的百姓、《乱离二则》写征服者在市上插标发卖“俘获”的妇女的野蛮行径，更有着鲜明的时代性和现实意义。

蒲松龄为了实现自己的人生价值，孜孜汲汲地奔竞于科场，但一生落拓，与功名无缘，这便造成了他人格的分裂。尽管深沉的价值失落感使他无法摆脱世俗的成见而终生出入考场，但强烈的愤懑之情却激发了他对科举的种种弊端进行揭露和批判。首先，揭露了考场的黑暗腐朽，埋没人才，这主要是通过对主考官的批判来体现的。在作者笔下，考官不学无术，香臭不分，营私舞弊，贪污受贿。他们主持科考，只能是“黜佳才而进凡庸”(《三生》)。《贾奉雉》写贾奉雉“才名冠一时”却“试辄不售”，后来将落第试卷中粗滥不堪之句连缀成文竟然高中。《于去恶》借阴间师旷、和峤之流充任试官来影射现实中试官不是“眼瞎”、就是爱钱的普遍现象。《素秋》、《神女》等篇揭露科场的营私舞弊、贿赂公行。《司文郎》的讽刺尤为尖刻，它以瞽僧嗅文章辨识优劣的怪诞情节，痛骂现实中考官的鼻目两盲。其次，揭露科举制度对知识分子的毒害。《王子安》通过王子安酒后的“中榜狂想曲”，形象地刻画出封建知识分子被科举折磨得神魂颠倒的丑态，尤其是篇末用七个生动的比喻来描写秀才应考的狼狈情状，对知识分子在科场上可鄙可笑而又令人心寒的精神面貌作了淋漓尽致的勾勒。通过这些篇子，我们看到了科举对广大士子心灵腐蚀的严重程度。

《聊斋志异》在一定程度上揭露了封建礼教给广大青年男女造成的不幸和痛苦，这在程朱理学占统治地位的清初，是有积极的现实意义的。《寄生》写闺秀之父郑子侨“性方谨”，不答应将女儿嫁于寄生，当得知闺秀为寄生而抑郁成疾时，“怒不医，以听其死”。郑子侨为谨守儒家教条竟视女儿之死于不顾，从此可见礼教吃人的本质。《青娥》中霍桓与青娥的相爱、幽会，完全建立在钻穴逾墙的框架之上，正与礼教大防唱反调。还有不少作品对那些天真、开朗、直率、不受礼教约束的女子如小翠、婴宁等按照自己意志行动的作为大加称赞，她们与礼教所要求的"淑女"性格迥然不同，其行为是对封建礼教的反叛。

在揭露黑暗的同时，《聊斋志异》也歌颂了光明，赞扬了被压迫者的反抗斗争。《席方平》中主人公席方平代父伸冤，意志顽强，九死不悔。炮烙之苦、锯解肢体，他没有退却；"千金之产，期颐之寿"，他不动心。不达目的，誓不罢休，最后终于取得了胜利。向杲化为猛虎扑噬仇人(《向杲》)；博兴女死后化为神龙，攫仇人之首而去(《博兴女》)。《商三官》写年仅16岁的女子商三官为父报仇，女扮男妆，终于手刃仇人；《伍秋月》写王鼎直入阴司，力杀阴间两皂隶，为兄报仇 。这些描写对激发被压迫者的斗争意识，具有不可低估的积极作用。

反映青年男女爱情婚姻及家庭问题的作品，在《聊斋志异》中数量最多。这些作品或通过人与人的恋爱，或通过人与狐鬼精灵的恋爱，表现理想的爱情生活。作品中主人公不顾封建礼教的规范，不受封建的婚姻观和妇女观的束缚，按照自己的意志大胆地恋爱、结婚，建立美满幸福的家庭。与以往的爱情作品相比，《聊斋志异》有不少新的开拓。很多篇子从正面歌颂理想的爱情生活。男婚女嫁，没有父母命、媒妁言的程套，也没有门第等级的界限，双方自愿结合，夫妇和睦平等，彼此对爱情坚贞专一。《瑞云》、《乔女》、《连城》等描写了知己之爱，明确提出了"人生所重者知己"、"为知己者死而不以色爱"的崭新观点。《小谢》、《青凤》等篇中的爱情以患难相扶为基础，《黄英》、《阿纤》等则侧重于描写婚后的夫妇情爱或夫妻矛盾及其解决过程，使爱情描写向家庭生活的方向发展。这类爱情故事中的主角一般是中下层知识分子和出身并不高贵但美丽聪明的女子，他们往往把丰衣足食、子孙绵延、相亲相爱、白头偕老作为婚姻的最后归宿。即如《红玉》中所说的“腴田连阡，夏屋渠渠”；《翩翩》中所谓的“我有佳儿，不羡贵官；我有佳妇，不羡绮纨”；《细侯》中宣扬的“当长相守”，“君读妾织，暇则诗酒可遣，千户侯何足贵”等等。这比那些夫贵妻荣的才子佳人小说更贴近现实，它一方面真实地反映出中下层知识分子的婚姻理想，另一方面反映了他们科名蹭蹬、个体生命价值无法在现实中实现、便幻想在理想的爱情生活中得到补偿的普遍心态。描写爱情主题的另一类作品，侧重于揭露封建门阀婚姻制度的罪恶，歌颂青年男女为争取自由爱情、自由婚姻而进行的斗争。《连城》写连城与乔生彼此爱慕，连城却被嫌贫爱富的父亲许给了盐商之子，连城含恨死去，乔生也一痛而绝，二人在阴间相会。还魂前，他们惟恐再发生变故，便毅然结为夫妻。《鸦头》、《瑞云》等作品肯定妓女与士人的真挚爱情。鸦头不甘忍受非人的生活，不顾鸨母的凶残暴虐，毅然随情人私奔。被抓回以后，“鞭创裂肤，饥火煎心”，她决不屈服，矢志不贰，终于和情人团聚。在批判父母之命的婚姻的同时，还有作品如《白秋练》、《王桂庵》、《江城》、《菱角》、《婴宁》等，肯定和赞扬了在儿女婚事上尊重当事人意愿的比较开明的家长，这反映出封建社会末期具有民主色彩的婚姻思想正在市民社会逐渐产生、发展的实际。

《聊斋志异》中还有些篇子，表现出作者对封建社会道德沦丧、世风浇薄以及各种恶俗陋习的忧愤。如《劳山道士》对好逸恶劳、希图侥幸成功的投机者的嘲讽，《雨钱》对贪婪者的讽刺，《骂鸭》对盗窃行为的指斥，《镜听》对“贫穷则父母不子”的人情世态的揭露，《夏雪》对“下者益谄，上者益骄”的世道颓风的批判，《局诈》对“天下之骗机”的鞭笞等等。还有些作品概括了人们在现实生活中的经验教训，带有寓言意味。如《画皮》教人善于透过外貌看本质，不要为表象所迷惑；《黑兽》说明面对邪恶决不可延颈受死；《狼三则》告诉人们不管敌人多么狡猾，只要敢于斗争，善于斗争，就能战而胜之。这些都给人以生活的启迪。

《聊斋志异》中也有不少作品存在着封建糟粕。如宣扬宗教迷信、因果报应、封建伦理道德以及宿命论思想，甚至敌视农民革命等等。这是由作者复杂、矛盾的世界观所决定的，也是一个封建时代的知识分子所难免的。

第三节 《聊斋志异》的艺术成就

《聊斋志异》根植于民间文学的土壤，除广泛地汲取先秦两汉散文的艺术营养外，更直接地继承了六朝志怪小说和唐人传奇的创作传统，并在此基础上加以创新发展。它吸取了六朝志怪小说造奇设幻的传统，但又扬弃了它"粗陈梗概"和"诞而不情"的缺陷；它借鉴了唐人传奇"篇幅曼长，记叙委曲"以及真幻相生的经验，但又作了进一步的开拓，形成了"用传奇法，而以志怪"(《中国小说史略》)的独特艺术风格。

真幻水乳交融，现实主义与浪漫主义高度紧密结合，是《聊斋志异》艺术上的突出特点。从反映的社会生活看，在小说神奇荒诞、变幻无穷的世界里，处处洋溢着浓厚的人间生活气息。作者把幽冥世界社会化，或把虚幻的轮廓与真实的情节、细节描写有机地结合起来，构成一种看似虚幻实则真实的艺术境界，直接激发人们对现实的联想，如《席方平》、《考弊司》等；或者是让现实与幻境交叉出现，通过人鬼相杂、真幻相间的生活画面，深刻地反映出现实的矛盾，如《梦狼》、《鸦头》、《张鸿渐》等。就作品中的人物来说，那些花妖狐魅一方面以社会的人的面貌出现，与人交往，有着人的七情六欲；另一方面他们却不受现实的束缚，有很多神异之举，具有非人的特征，行侠仗义，惩恶扬善，人与神怪达到了高度统一。

《聊斋志异》塑造了大批栩栩如生的人物形象。这些人物既属于一定的社会阶层，又有各自鲜明的个性。它描写人物的方法多种多样。其一，超现实性与现实性完美的结合，即把描写对象的非人的特征与人的面貌性格和谐地统一起来，使形象既有花妖狐魅等原型的特征，又“多具人情，和易可亲，忘为异类。而又偶见鹘突，知复非人”（《中国小说史略》）。如《绿衣女》中那个少妇是由绿蜂幻化而来，她“绿衣长裙，婉妙无比”，“腰细殆不盈掬”，唱起曲来“声细如蝇”、“宛转滑烈”，当于生将她从蛛网上救下时，她“徐登砚池，自以身投墨汁，出伏几上，走作‘谢’字”，真是形神俱备，惟妙惟肖。另外如苗生是虎精，性格粗豪，长啸一声，“山谷响应”（《苗生》）；阿纤是鼠精，善于积粟治家（《阿纤》）；葛巾是牡丹精，“异香竟体”（《葛巾》）。其二，集中笔墨，写其一点，略及其余，用富有表现力的生动情节，反复强调渲染人物最本质的性格特征，从而使人物浮雕般地凸现出来，不给人以雷同之感。如同是狐狸精幻化的女性，婴宁天真烂漫，爱笑爱花（《婴宁》）；小翠调皮善谑，爱开玩笑（《小翠》）；青凤温柔拘谨，情意缠绵（《青凤》）。同是妓女，刚烈拗执的鸦头（《鸦头》）不同于蕴藉斯文的瑞云（《瑞云》）；同是痴情的男子，迂讷的孙子楚（《阿宝》）、心真意诚的乔生（《连城》）、“狂放不羁”的耿去病（《青凤》）、“挥霍好义”的安幼舆（《花姑子》）面貌各异。其三，在各种对比中突出人物性格。如大义凛然的席方平与卑鄙猥琐的城隍、郡司、冥王的反向对比，《小谢》中小谢与秋容的近向对比等等。通过对比，人物的个性更加突出。其四，善于通过人物的语言来突出人物性格。人物的语言具有鲜明的个性，而且与其身份教养、典型环境十分协调，能使人闻其声如见其人。如《邵女》中贾媪去邵家为柴廷宾说亲的那段辞令，把一个能说会道、八面玲珑、善于见风使舵的媒婆的性格表现得栩栩如生。又如《青凤》中耿去病看到青凤一家“酒胾满案，团座笑语”时，“生突入，笑呼曰：‘有不速之客一人来。’”有了几分醉意后，他“目注青凤，神志飞扬，不能自主。拍案曰：‘得妇如此，南面王不易也！’”通过片言只语，一个狂放不羁的形象便生动地凸现了出来。其五，善于通过心理描写和细节点染来刻画人物。如《促织》写成名听到好不容易捉到的蟋蟀被儿子弄死，“如被冰雪，怒索儿”；当他从井中找到儿子的尸首后，“化怒为悲，抢呼欲绝”；然“顾蟋蟀笼虚，则气断声吞，亦不复以儿为念”。通过对成名此时此刻复杂痛苦的内心世界的描写，表现出成名软弱善良的性格特征。《花姑子》中花姑子在父亲面前从容掩饰安幼舆向她求爱的鲁莽行为，这个细节真实地把一个较少受礼教影响、落落大方，虽然有情但决不及于乱，而又巧于对答、机敏沉着的少女形象活灵活现地描绘了出来。其六，以特定的环境气氛来烘托人物性格。如对婴宁所居之所丝柳、桃杏、修竹、野鸟、石阶、红花、豆棚、粉壁、海棠的渲染，很好地烘托出主人公天真烂漫、纯洁爽朗的性格。

《聊斋志异》的情节既奇特玄妙，又合情合理。作者善于创设神奇瑰丽但又与现实密切相关的迷人境界，来反映封建社会生活的本质。情节变幻莫测，引人入胜，富有戏剧性。如《西湖主》、《促织》、《葛巾》等篇，都是极尽腾挪跌宕、委曲变幻之能事。作者在编织情节时，往往从生活出发，通过偶然性反映出必然性。如《胭脂》中各级官吏对人命案的审理，错中有错，冤中有冤，尽管极富戏剧性，但它却典型地反映出封建官吏草菅人命的罪恶本质。

在结构方面，《聊斋志异》中的大多数篇子都是以人物为中心来组织情节，先对人物作简单概括的介绍，为故事的展开打下基础；然后抓住人物的主要性格特征，迅速铺开矛盾，从而将情节的发展与人物的刻画融为一体。在叙述中，又常常通过人物心理情绪的变化来增加故事的曲折性。如《促织》，通过成名的由悲而喜、由喜而悲、又由悲复喜的心理变化，让读者在曲折多变、悠忽不定的故事中，心情随着主人公的悲喜而张弛。作者常常在篇末发出议论，或宣泄愤懑，或阐明立意，有画龙点睛之妙。

《聊斋志异》的语言既简练工丽，又清新活泼。作者继承了古代文学语言精练、简洁、准确、骈散结合等优良传统，又大胆吸取了当时那些清新隽永、活泼诙谐而富有表现力的口语，形成了自己独特的语言风格。它虽为文言，但并不板滞晦涩；虽大量采用口语，但又不同于白话小说。小说词汇丰富，感情色彩浓烈，写景抒情，叙事状物，都能曲尽其妙，生动形象。

第四节　清初至清中叶其他文言短篇小说

《聊斋志异》出现以后，模拟之作大量出现。乾隆年间，出现了沈起凤的《谐铎》、和邦额的《夜谭随录》、浩歌子的《萤窗异草》以及袁枚的《子不语》等等。不过这些作品只是从形式上去模仿《聊斋志异》，而失去了蒲松龄那种"孤愤"的寄托。除了少数作品具有积极的思想意义外，大多数篇子远离现实而侈谈怪异，无论其内容还是艺术，都不能与《聊斋志异》相提并论。

乾隆末到嘉庆初，《阅微草堂笔记》问世，表现出与《聊斋志异》大异其趣的创作倾向。作者纪昀（1724～1805），字晓岚，一字春帆，直隶献县（今河北献县）人。乾隆进士，官至礼部尚书。曾任《四库全书》总纂修官，为乾、嘉时期"德高望重"的学者。《阅微草堂笔记》包括《滦阳消夏录》六卷，《如是我闻》、《槐西杂志》、《姑妄听之》各四卷，《滦阳续录》六卷。从乾隆五十四年（1789）到嘉庆三年（1798）陆续写成，原来单独刊行，嘉庆五年（1800）由其门人盛时彦合刊印行，并以纪昀书斋"阅微草堂"为全书总名。

纪昀的文艺观及创作实践与蒲松龄有诸多不同。首先，从渊源关系看，纪昀直接继承了六朝小说朴素的记事观念，尚质黜华，不注意文辞的感染力；而蒲松龄的创作则是"用传奇法，而以志怪"，更多地借鉴唐传奇叙事委婉曲折、追求文辞华美的传统。其次，蒲松龄重视小说的审美作用，认为小说应该虚构、夸张、渲染，寓教于乐，以情感人；而纪昀则认为，"小说既述见闻，即属叙事，不比戏场关目，随意装点。……今燕昵之词，媟狎之态，细微曲折，摹绘如生。使出自言，似无此理；使出作者代言，则何从闻见之？”（盛时彦《姑妄听之跋》转述纪昀语）否定了艺术想象、艺术虚构在小说创作中的作用。其三，蒲松龄是要通过志怪来反映现实，寄托“孤愤”；而纪昀记述见闻的目的是“有益于劝惩”，“不乖于风教”。这些决定了纪昀的创作成就远远不能与蒲松龄相比。《阅微草堂笔记》文笔简约，不冗不滞，叙事周至，说理透辟。鲁迅评价说：“纪昀本长文笔，多见秘书，又襟怀夷旷，故凡测鬼神之情状，发人间之幽微，托狐鬼以抒己见者，隽思妙语，时足解颐；间杂考辨，亦有灼见。叙述复雍容淡雅，天趣盎然，故后来无人能夺其席，固非仅借位高望重以传者矣。”（《中国小说史略》）

嘉庆以后，文言小说创作或模拟《聊斋志异》，如管世灏的《影谈》，王韬的《遁窟澜言》、《淞隐漫录》、《淞滨琐话》，宣鼎的《夜雨秋灯录》等；或模仿《阅微草堂笔记》，如许元仲的《三异笔谈》，俞鸿渐的《印雪轩随笔》，俞樾的《右台仙馆笔记》等。这些作品内容芜杂，志怪逐渐为烟花粉黛所代替，劝惩说教的色彩越来越浓，文言小说的创作逐渐走上了末路。

第二章　儒林外史

第一节　吴敬梓的生平与创作

吴敬梓(1701～1754)，字敏轩，号粒民、秦淮寓客，晚年自号文木老人，安徽全椒人。他出身于一个科甲鼎盛的缙绅世家，远祖、曾祖、祖父都以科举为达官显宦。他是吴雯延的第三子，过继给长房吴霖起为嗣。吴霖起为康熙朝的拔贡，做过江苏赣榆县教谕，因为人耿直不阿，讲究学问德行，不慕荣利，不趋权贵，于康熙六十一年(1722)丢官归乡，次年便死去了。吴霖起的这种品格、遭遇，给吴敬梓以深刻的影响。吴敬梓从小勤奋好学，凡书无所不览，23岁考取秀才，该年吴霖起病故，近族乘机侵吞他家的财产，这使他看清了封建家族伦理道德的本质，认清了那些衣冠楚楚的缙绅人物的虚伪面目。吴敬梓"家本膏华，性耽挥霍"，"素不习治生"，"遇贫即施"，吴霖起死后不到十年，他就将田地房产消磨光了。于是，族人的责骂、乡邻的歧视、恶少的嗤笑接踵而至，"乡里传为子弟戒"。他和世俗的矛盾加深了，思想上反庸俗的一面在增长。29岁那年。他以科试第一名通过，但乡试黜落。科举失意，亲友歧视，他于33岁时怀着愤懑的心情移家南京，开始了寄居秦淮的生活。他在南京的生活相当贫困，常常卖书换米，典当衣物。冬夜无法御寒，便约友人绕城啸呼，直到天亮，"夜夜如是，谓之暖足"。由于他在南京很有文名，36岁那年被荐应博学鸿词之试，他以疾笃推辞，从此绝意仕途，甚至对科举产生了怀疑，并自动放弃了秀才学籍。51岁那年乾隆南巡，别人都去夹道拜迎，他却“企脚高卧向栩床”，表示出对最高统治者及功名富贵的鄙视。他一方面笑傲王侯，对那些科举迷、官僚、仕绅投以鄙恶的白眼，另一方面结交那些学有专长的贤达之士。乾隆十九年(1754)底，他做客扬州，死在族人家中。

吴敬梓的思想基本上属于正统的儒家思想，但他在时代进步思潮的影响下，对儒家男尊女卑、等级秩序以及忠孝观念也在一定程度上加以扬弃；家庭的衰落和由富裕到困顿的遭遇，使他饱尝了封建社会的世态炎凉，认清了士大夫阶级的精神堕落以及统治阶级的腐朽昏聩；由热衷科举功名到绝意仕途的经历，使他认识到了科举制度的腐朽。然而，阶级和时代的局限又使他看不到出路在哪里，便幻想用儒家的礼治来挽救封建末世的衰风颓运，如他在南京时，为了倡捐修复泰伯祠，不惜卖掉了全椒仅存的老屋。这种复杂的思想在他的作品中都有所反映。

除《儒林外史》外，他还写了不少诗、词、文、赋，部分结集在《文木山房集》中。他晚年治经，有《诗说》七卷，今佚。解放后发现了他晚年所写的20多首诗，今人将其编为《吴敬梓集外诗》。

《儒林外史》历来有五十回、五十五回、五十六回等异说。吴敬梓的好友程晋芳《文木先生传》说原稿五十回，金和的《儒林外史跋》说它五十五回，并说最早的刻本由金兆燕刻于扬州，但金本不传。今存最早的刻本是嘉庆八年(1803)的卧闲草堂本，刻于作者死后50年，共五十六回，有人认为末回为伪作。解放后出版的《儒林外史》基本上都是以卧闲草堂本为底本，删去了第五十六回。

第二节 《儒林外史》的思想内容

《儒林外史》假托明代为背景，实际上展示的是一幅18世纪中国社会的风俗画。作者从知识分子历史命运的高度,对八股取士的科举制度、功名富贵思想以及封建社会晚期的种种黑暗作了广泛而深刻的揭露。在鞭挞儒林群丑之前,作者在第一回塑造了王冕形象,把这个不慕荣利、鄙视富贵的知识分子的典范作为小说中儒林败类的对照,并借他的口说,八股取士之法"却定的不好,将来读书人既有此一条荣身之路,把那文行出处都看得轻了"。在作者看来,八股取士只能把知识分子引向一心追逐功名富贵、不去讲究学问品行的歧途。

《儒林外史》全面而深刻地批判了八股取士的科举制度。

在第二、三两回,作品塑造了周进、范进这两个典型,抨击了八股科举对文士们灵魂的腐蚀。周进是个60多岁的老童生,为生计所迫,不得不到薛家集教村塾。一到这里,就受尽了刚考取秀才的19岁的梅玖的奚落、嘲笑和侮辱;新科举人王惠对他更是傲慢鄙视,最后连教书的饭碗也丢了。当他来到贡院一看见号板,便触景生情,一头撞上去,"直僵僵不省人事",被救醒后满地打滚,"直哭到口里吐出鲜血来"。这是被八股科举折磨得丧魂落魄的可怜虫的真实写照。范进是个54岁的老童生,因周进的同病相怜,他被取为秀才,乡试时去向丈人胡屠户借盘缠,结果被骂得狗血喷头。后来看到中举的报帖,一下子高兴得发了疯。透过这个深受科举制度毒害、如醉如痴地追求功名的迂腐儒生的形象,可以看到科举制度对知识分子灵魂的严重扭曲。

不惟如此,作者又从更深的层次揭示了促使士子们神魂颠倒、心志疯狂地追求科举的社会原因,从而揭露出科举对世风的毒化。周进中举前为人鄙视,中举以后地位骤然改变,来贺的人络绎不绝,"周大老爷"的长生牌位也被供在过去做学堂的观音庵里,他以前在村塾中写的对联被人揭下来仔细装裱,嘲弄过他的梅秀才竟无耻地冒充他的门生。范进考中以后,原来对他凶神恶煞一般的胡屠户立即换了一副嘴脸,巴结奉承的、馈赠财物的、投身为仆的、自认门生的接连不断。这些描写足以使人看清科举制度所造成的世态炎凉、人伦关系，看到社会价值观念是如何被腐蚀、异化。

作品还揭露了科举制度对青年一代的毒害。吴敬梓以自己挚友冯粹中为原型而塑造的马二先生，本是个忠厚善良的人，但他青春被八股耽误而不觉，认为人生的正途惟有举业，整天忙于宣扬科举，搞八股文选本，苦口婆心地劝导曾视举业为“俗事”的蘧駪夫，把他说得“如梦方醒”。匡超人本来是个淳朴、勤劳的农家后生，听了马二先生“书中自有黄金屋，书中自有千钟粟，书中自有颜如玉”的举业劝告后，名利之念陡长，丢下病重卧床的父亲，奔竞于科场。考上秀才后，吹牛撒谎，忘恩负义，为抬高自己而毁谤曾在危难时救助过他的马二先生；与奸棍无赖狼狈为奸，包揽词讼，造假文书，刻假印章，短截公文；考场代人做枪手，从中谋利；甚至攀高结贵，隐瞒真情，停妻再娶，已经完全堕落为一个出卖灵魂的无耻流氓。科举的毒液已渗透到社会的各个角落。鲁小姐在父亲鲁编修的熏陶下，也在“晓妆台畔，刺绣床前，摆满了一部一部八股文章，每日蝇头细批”。她不仅督促丈夫苦攻八股，而且常常督责年仅 4 岁的儿子讲四书、读八股文章。可见，闺阁女子、无知幼儿也难免八股之害。

明清八股科举考试的内容主要是五经四书，当时的读书人以此猎取功名富贵，“而他书一切不观”（顾炎武《日知录》卷十六）。因此，浅陋空疏、不学无术便成了八股士子的共同特征。小说中马二先生不知道李清照是何许人，匡超人不知道“先儒”为何意，范进把苏轼当成文章拙劣的明人，这都是对当时不学无术的八股士子的尖锐讽刺。周进做了国子监司业，嘱咐钦点广东学道的范进提拔荀玫，金跃花五百两银子请人替考，庐州宗师三百两银子卖一个秀才，都是对科举本身腐朽性的揭露。

《儒林外史》描写了一系列科举出身的贪官污吏和土豪劣绅，通过对他们恶劣行径的批判，进一步从侧面揭露科举的罪恶。王惠考中后做了南昌太守，一上任就打听捞钱的门路，成了一个敲骨吸髓、衙役百姓无人不怕的贪官酷吏。高要县的汤知县为落个“清廉”的名声而滥施刑法，草菅人命……这些描写既是对封建黑暗政治、腐败吏治的批判，更是从侧面对八股科举罪恶的批判。科举选拔出来的“人才”，为官的成了贪官酷吏，居乡的则凭着贡生、监生等头衔结交官府，横行乡里，成了作威作福、为害一方的土豪劣绅。如举人出身、做过一任知县、后来致仕的南海县恶棍张静斋，为了夺人田产，竟在光天化日之下诬陷和尚与人通奸，唆使流氓将和尚捆送县衙。严贡生强圈王小二家的猪，并指使儿子打断了前来讲理的王大的腿；为赖掉船钱，硬是设下圈套，施展无赖手段，把云片糕说成是贵重药材……这些描写意在说明，社会上的许多黑暗现象，都与科举制度有着这样那样的联系。

明清统治者极力推行程朱理学，把它规定为科举考试的主要内容。在这种情况下，当时的知识界出现了大批借理学之名、行利己之实的伪君子和道学冬烘。吴敬梓通过许多典型情节和人物形象，入木三分地揭露了这两类人物的本质，宣告了作为科举考试核心内容的程朱理学的破产，把反理学与反科举结合了起来。范进、荀玫、王德、王仁等均属于前一类人物。范进母亲死后，表面上居丧尽礼，诚惶诚恐，在汤知县的筵席上，连银镶杯箸及象箸都不敢用，却用白色竹筷“拣了一个大虾元子”往嘴里送，可见其“恪尽孝道”的虚伪做作。荀玫中进士后，为了不错过升迁的机会，竟把整日挂在嘴上的孝悌规范抛到了九霄云外，将母亲之丧隐匿起来。秀才王德、王仁为了几两银子，竟置妹妹的性命于不顾，帮妹夫严监生将侍妾扶正。这些满口仁义道德、高喊“存天理，灭人欲”的“正人君子”，不仅没去躬践程朱倡导的“天理”，反而成了程朱所痛恶的“人欲”的追逐者，理学的虚伪性被这一群秀才、举人、进士们表现得淋漓尽致。王玉辉是后一类型人物的典型代表。他做了30年的穷秀才，被程朱理学毒害得几乎失去了人的常性。女婿死去，他鼓励女儿自杀殉夫，听到女儿的死讯时拍手大笑，称赞她“死得好”。然而，他毕竟不是野兽，父女亲情在其潜意识中还未泯灭，所以当官绅们送她女儿神主入烈女祠公祭时，他却凄凄惶惶，伤心悲恸，不肯到场，由此可见理学的虚伪性和残酷性。

明清科举考试，乡试、会试皆三年一次，录取的毕竟是少数，大批落第士子在既不能沿着科考“正途”如愿以偿又没钱捐纳跻进官场的情况下，便幻想通过终南捷径，达到名利双收的目的。清初统治者特设的“博学鸿词”科搜罗遗才的措施又大大助长了文人这种欲望，于是便出现了大批伪装清高、冒充风雅的假名士、假高人。《儒林外史》花费了大量篇幅，描写了“名士”、“高人”们肮脏的灵魂，无聊的生活，批判了科举制度给社会造成的不良后果。如以相府公子娄三、娄四为中心的莺脰湖名士，以纨绔子弟杜慎卿、季苇萧为代表的莫愁湖名士以及景兰江、赵雪斋、支剑峰为代表的西湖名士等等。他们不学无术，附庸风雅，互相吹捧，精神空虚，都是科举制度制造出来的败类，是一群典型的社会渣滓。这种“名士”、“高人”的泛滥成灾，正是腐朽的八股科举制度在文人中间引起的一种变态反映，是科举浸染所造成的知识分子精神溃疡的真实再现。

在不遗余力地批判八股科举及社会上各种丑恶现象的同时，作者还塑造了四类正面人物形象，寄托了自己的理想，表现了他求索的思想历程。第一类以王冕为代表。他勤奋博学，鄙弃功名富贵，不与世俗同流合污，以自己的艺术劳动换得自由的生活。这是一个讲究文行出处、体现儒家传统文化思想的典范。第二类是以虞育德、庄征君、迟衡山等为代表的真儒、贤人，他们志存高洁，不满现实，鄙视科举，蔑视权贵，同情民生疾苦。但他们思想保守，看不到出路，企图通过复兴正统的儒家思想，用礼、乐、兵、农济世，用祭祀泰伯祠等迂阔行动来助“政教”。不过作者也看到了这种幻想的不切实际，以现实主义笔调写了这些真儒、贤人一个个风流云散，热闹一时的泰伯祠墙倒屋塌，荒芜不堪。第三类是以杜少卿、沈琼枝为代表的富有叛逆思想的人物。杜少卿虽出身于大官僚家庭，但出污泥而不染，轻财重义，慷慨好施，狷狂不羁，蔑视礼俗，曾与妻子携手同游清凉山，使游人“目眩神摇，不敢仰视”；较少等级观念，结交不分高低、贵贱、尊卑，并赞赏、支持沈琼枝的叛逆行为。沈琼枝反抗盐商骗她作妾，只身逃到南京，以刺绣卖诗谋生，对压迫自己的各种恶势力大胆反抗。这两个形象体现出中国18世纪资本主义经济萌芽、发展时期市民阶级要求冲破封建束缚、追求个性解放的民主主义思想。在真儒们的理想破灭、杜少卿无奈于儒林的堕落之后，作者又把目光投向了功名富贵圈外的市井细民，如写香蜡店牛老儿与米店卜老爹的相恤相助的情谊，领戏班的鲍文卿对修乐器的倪霜峰的照顾等等。在这些人物身上，体现了劳动人民自食其力、淳朴忠厚、乐于助人、善良正直等传统美德。小说结尾，又出现了荆元、王太、季遐年、盖宽四个“市井奇人”，他们不畏权势，心境恬淡，隐于市井，过着自由自在的生活，他们又分别体现了琴棋书画这些封建士大夫的文采风流。这里虽然流露出了作者寄希望于下层市民的意识，但作者又没有也不可能把他们当作真正体现市民意识的代表来发掘其属于新阶层的思想特点和性格因素，更何况他们又是超越现实、避开世俗而生活，这不过是作者借以安慰自己绝望的心境罢了。作为一个封建时代的知识分子，吴敬梓不可能找到社会的真正出路，所以这几类正面形象大都显得单薄，其局限性也非常明显。但他们与儒林群丑形成了鲜明对照，是黑暗王国中所透露出来的一线光明。

第三节 《儒林外史》的艺术成就

《儒林外史》是一部典型的批判现实主义文学杰作，标志着古典讽刺文学的巅峰。鲁迅在《中国小说史略》中高度评价道："迨吴敬梓《儒林外史》出，乃秉持公心，指擿时弊，机锋所向，尤在士林；其文又戚而能谐，婉而多讽：于是说部中乃始有足称讽刺之书。"

《儒林外史》的讽刺艺术主要表现为：

诙谐的讽刺与严肃的写实的高度统一。写实是讽刺的基础，真实是讽刺的生命。小说中所讽刺的人和事，像周进、范进的热衷科举，严贡生、张静斋的横行无忌，王惠、汤奉的贪酷凶残，匡超人、牛浦郎的精神堕落以及马纯上的以媸为妍，名士者流的空虚卑鄙等等，都是作者对司空见惯的生活真实的艺术概括。卧闲草堂本所附的一条评语说："慎勿读《儒林外史》。读之乃觉身世应酬之间，无往而非《儒林外史》。"金和在《儒林外史跋》中也说，书中的人物大都有生活原型，"或象形谐声，或瘦词隐语，全书载笔，言皆有物，绝无凿空而谈者。若以雍、乾间诸家文集细绎而参稽之，往往十得八九。"

真实基础上的夸张。吴敬梓在运用此法时，是从人物关系及人物所处的客观环境出发，使夸张建立在真实的基础之上，显得合乎情理。如周进的撞号板，正是他在屡考屡败、受人侮辱、穷愁潦倒的经历中产生的辛酸、屈辱和绝望心境下所必有的行为。此外像范进的发疯、范母一喜而死、严监生临终时因点了两茎灯草而迟迟不肯断气等精彩描写，都因合理的夸张而产生强烈的讽刺效果。

运用白描手法进行讽刺。作者往往选取具有典型意义的情节与细节进行白描，不作主观评论，把爱憎寓于具体的描写之中。如写马二先生游西湖，完全让主人公自己行动：看到好吃的，他就羡慕得喉咙里咽唾沫；看到仁宗皇帝的御书，就马上磕头下拜；看到女游客，就低头不敢仰视；看到茶馆的女招待，就转头离开；看到书店里自己的八股文选本，就打听它的销路。游了几天西湖，他对这里的秀丽景色一无领会。靠这种白描手段，使马二先生的思想迂腐、精神空虚自然而然地呈现在读者面前，收到"无一贬词，而情伪毕露”的艺术效果。

通过人物自身的言行矛盾，让人物处在自我暴露、自我嘲讽的地位，取得讽刺效果。如匡超人对人吹嘘他闻名五省，却不知“先儒”二字是何含义；严贡生吹嘘自己“为人率真，在乡里之间，从不晓得占人寸丝半粟的便宜”，但却强圈别人的肥猪，使人物高尚的言论与卑劣的行动形成强烈反差，取得讽刺效果。

运用对比手法进行讽刺。既有人物冠冕堂皇的言词与卑鄙龌龊的心灵的对比，又有同一个人在不同情况下对待同一对象的不同态度的对比。如梅玖在周进初到薛家集时，他“慢慢的立起来和他相见”，而周进中举做官后，他就向周进的长生禄位牌叩头。胡屠户对待范进前倨后恭，他到范家两次贺喜，第一次是范进中了秀才，他凶神恶煞般地训斥范进，贺礼微薄，骄横傲慢；第二次是范进中了举人，贺礼厚重，态度谦卑。还有同一人物思想性格不同方面的对比，如马二先生性格中善良敦厚的一面与迂腐可悲的一面形成对比，王玉辉怂恿女儿自杀殉夫与女儿死后内心悲伤的对比。在这些对比中，科举制度的腐朽、封建礼教的吃人本质受到了无情的嘲讽和批判。

作者在运用讽刺手法时，能“秉持公心”，针对不同的对象作不同程度的恰如其分的讽刺。因为作者所憎恶的是八股科举制度，而非现实中的某个人，是要通过讽刺给人留下严肃的思考，而非为了制造廉价的喜剧效果，所以他对于不同地位的人物采取不同的讽刺态度。如对王惠、汤奉、严贡生、严监生、王德、王仁等，是无情的鞭挞；对马纯上、王玉辉等人则是既有讽刺批判又有怜悯同情。作者还根据同一人物社会地位的变化而改变其讽刺手法。如对周进、范进，在他们未中举时，是讽刺中有同情，且以同情为主；但对他们中举以后的所作所为，则变为辛辣的嘲讽。

在结构方面，《儒林外史》没有贯穿始终的人物和事件，鲁迅说它是“虽云长篇，颇同短制”，“全书无主干，仅驱使各种人物，行列而来，事与其来俱起，亦与其去俱讫”（《中国小说史略》）。作为一部长篇小说，它的结构有以下特点：首先，它用一条明晰的思想线索——反八股科举、功名富贵把小说中纷繁的事件与众多的人物统摄起来，“功名富贵为一篇之骨”（闲斋老人《儒林外史序》）。无论是对丑恶鄙俗的人物、事件的讽刺批判还是对理想的探索追求，无不围绕这一线索渐次展开。其次，用不同的绾结方式将各个相对独立的故事连结为一个整体。由前一个故事中的中心人物引出后一故事中的中心人物，故事便随引出的人物发展下去，而前一个人物就暂时隐去。如由周进引出范进，范进引出严贡生等等。小说中还有不少人物在各回交错出现，或者由后边的人物交代前边人物的结局。这样便使小说的故事前后照应，人物也有了明确的来龙去脉。其三，全书以王冕的故事作楔子来“敷陈大义”、“隐括全文”，把王冕作为臧否人物的标准。中间五十三回为主体部分，分为相对集中的几个内容层次：先写举业途中各类人物的精神状态，揭露科举制度造成的畸形现象和罪恶后果；再写扬州、杭州、南京三批“名士”的忸怩作态、庸俗无聊；接着是幻想的几类理想人物拯救世道的各种措施；然后抨击浇薄的世风，揭示社会的腐败堕落、不可救药。在各个层次中又插进了许多与主题关联、有利于深化主题的人物和事件。五十五回为尾声，以四个市井奇人作结，寄托了自己乌托邦式的理想。首尾呼应，形成了一个基本完整且适宜于表达特定内容的整体。其四，小说分别在第十二回、十八回、三十回、三十七回和四十六回组织了五次大规模的集会，在适当之时给人物作一汇聚，从而增加了作品结构的完整性和整体感。

《儒林外史》的语言也取得了很高的成就。首先是人物的语言各具特点，非常吻合人物的思想与性格。严贡生的语言刁钻凶恶，胡屠户的语言市侩气十足，马二先生的语言迂腐诚笃，杜少卿的语言清正豪爽，王仁的语言虚伪做作。其次，叙述语言质朴、准确、洗练而富于形象性，有时甚至用一两个字就能使人物“穷形尽相”。

前者如第一回对大雨过后的七泖湖景色的描绘，很好地衬托出了王冕不慕荣利、高洁淡泊的襟怀；后者如第三回写范进被胡屠户一个嘴巴打昏在地，"众邻居一齐上前，替他抹胸口，捶背心，舞了半日"。用一个"舞"字，活画出邻居们瞎帮忙、凑热闹、趋炎附势之态。此外，小说中还用了不少俗语、谚语、歇后语，来增加作品的感染力。如"钱到公事办，火到猪头烂"，"打蛇打七寸"，"瞒天要价，就地还钱"，"老鼠尾巴上害疖子，出脓也不多"等等。

《儒林外史》的社会批判精神以及杰出的讽刺艺术对后世文学尤其是晚清谴责小说发生了深刻的影响。目前它已被译成多种文字，影响世界文坛。它不仅是中国文学史上的一部富有里程碑意义的杰作，也是列之于世界讽刺文学之林而毫不逊色的世界名著。

第三章　红楼梦

第一节　《红楼梦》的作者

《红楼梦》的原作者曹雪芹(1715？～1764)，名霑，字梦阮，号雪芹、芹圃、芹溪。曹雪芹的先世原是汉人，但很早就入了满洲正白旗内务府籍。曹家的发迹是从曹振彦开始的。曹振彦在清兵入关的战斗中，屡立战功，曾任知府等官职。此后，曹振彦儿媳，即曹玺之妻孙氏当了康熙的乳母。从曾祖曹玺起，经祖父曹寅，父辈曹颙、曹頫，三代世袭江宁织造，祖父曹寅一代是曹家鼎盛时期，曹寅的两个女儿都被选作王妃。曹寅是当时的"名士"，能写诗、词、戏曲，又是著名的藏书家，康熙曾命其纂刻《全唐诗》、《佩文韵府》等书。曹寅和当时的一些文人名流如施闰章、陈维崧、尤侗、朱彝尊、赵执信、洪昇都有交往，常有诗酒往来。曹寅深得康熙的信任和赏识，在康熙南巡时曾四次主持接驾大典。康熙五十一年(1712)曹寅在扬州任上病危，康熙特命快马送药抢救。曹寅病故后，康熙又特命其子曹颙继任江宁织造。康熙五十三年(1714)曹颙病故，康熙又特命曹寅的胞弟曹荃之子曹頫过继给曹寅并继任织造之职。直至雍正五年(1727)十二月二十四日曹頫被抄家败落，曹家在江宁织造任祖孙三代先后共历60余年。

曹雪芹出生在南京，小时候曾经历了一段极为富贵繁华的贵族生活。他生下来的时候，曹寅已死，曹頫还在做江宁织造。在他约10岁的时候，曹頫被免职。次年被抄家。又过一年全家迁回北京。曹雪芹曾在北京一所贵族子弟学校(宗学)里当杂役,他与敦诚、敦敏成为亲密朋友。曹雪芹是一个傲骨嶙峋、性格诙谐、喜酒健谈的人,大约在乾隆十五年(1750)以后,他便流落到北京西郊,传说他在香山正白旗一带住过。这段时期,他生活十分困难。以致到"举家食粥"的地步。他多才多艺,工诗善画。敦诚称赞他"诗笔有奇气",说他的诗风颇像唐代诗人李贺。敦敏《题芹圃画石》说他:"傲骨如君世已奇,嶙峋更见此支离。醉余奋扫如椽笔,写出胸中块磊时。"可见他的胸襟、骨气和画风。

《红楼梦》写于曹雪芹凄凉困苦的晚年。创作过程十分艰苦。小说第一回说"曹雪芹于悼红轩中,披阅十载,增删五次",真是"字字看来皆是血,十年辛苦不寻常"。甲戌本抄于乾隆甲戌年,即1754年,往上溯十年则是1744年,说明1744年以前就已经开始创作了。曹雪芹在后来的生活中遭到多次打击,妻子亡故,幼子夭殇,感伤成疾,终于在一个除夕之夜"泪尽而逝"。他的不朽巨著《石头记》前八十回,早在他去世前10年左右就已经传抄问世;书的后部分基本上已经完成,只是由于某种原因未能传抄行世,后来终于迷失。

今存《红楼梦》的后四十回文字,一般认为是高鹗所补。到了乾隆五十六年(1791),程伟元、高鹗第一次以活字版排印出版,已是一百二十回。书名也由《石头记》改为《红楼梦》。高鹗,字兰墅,一字云士,别号"红楼外史"。汉军镶黄旗人。他曾经考取过举人、进士,在乾隆、嘉庆两朝做过翰林院侍读、江南道御史、刑科给事中等官职。著有《兰墅诗钞》、《兰墅十艺》、《吏治辑要》等书。补作的后四十回基本上遵循了曹雪芹的原意。他根据原书线索,把宝、黛爱情写成悲剧结局,与前八十回相呼应,风格也较一致,使小说成了一部结构完整、故事首尾齐全的文学巨著,从此在社会上产生了巨大影响。在艺术上,后四十回也有精彩、生动的篇章和片段,如黛玉之死,袭人改嫁等。但补作的缺点也是明显的。特别是写了一直绝意于仕途的贾宝玉忽然去参加科举考试，名列金榜，与曹雪芹原意不符。还写了贾府的复兴，这与作者“好一似食尽鸟投林，落了片白茫茫大地真干净”，让贾府不可避免地走向衰亡的创作初衷相悖。人物的性格也有走样的，特别是宝玉中举和出家成佛被封文妙真人，与原作精神也是不一致的。

《红楼梦》的版本，大致可分为八十回本和百二十回本两个系统。八十回抄本系统，大都附有脂砚斋等人的评语，所以简称为“脂评本”或“脂本”。“脂本”共发现了十几种，比较重要的有甲戌本、己卯本、庚辰本、戚序本以及乾隆抄本《红楼梦稿》等。

另一个系统是一百二十回的印本系统，题为《红楼梦》，由程伟元以萃文书屋的名义，在1791年和1792年两次用活字排印出版。第一次印本称为程甲本，第二次印本对回目及内容作了调整和修订，称为程乙本。

第二节 《红楼梦》的思想内容

贾宝玉、林黛玉、薛宝钗之间的故事是《红楼梦》的中心和主线之一，通过这个恋爱婚姻悲剧的描写，歌颂了贾宝玉、林黛玉带有叛逆性的自由爱情。《红楼梦》还写了其他青年女性及其悲剧命运，特别是对那个现实社会包括宫廷及官场的黑暗，封建贵族阶级及其家庭的腐朽，封建科举制度、典章制度、婚姻制度、奴婢制度、等级制度、宗教风俗等，都作了广泛而深刻的描写和批判，并且提出了朦胧的带有初步民主主义性质的理想和主张。

《红楼梦》的爱情悲剧描写十分激动人心，所具有的艺术魅力远远超过了以往任何爱情小说，它把宝、黛、钗的爱情婚姻纠纷及其走向悲剧的过程，放在了一个广阔的背景下，同封建社会的一系列问题紧密联系起来，写出了具有非常丰富而深刻的时代、社会内容。作者把《红楼梦》中的爱情问题同妇女问题紧紧联系在一起。作品通过男主人公贾宝玉之口，站在男性的角度，对女性唱出颂歌和悲歌。贾宝玉说："女儿是水做的骨肉，男人是泥做的骨肉；我见了女儿便清爽，见了男子便觉浊臭逼人。""凡山川日月之精秀只钟于女儿，须眉男子不过是些渣滓浊沫而已。"他还称自己是"浊玉"。在此不能不说曹雪芹已把封建社会男尊女卑的传统观念完全颠倒了过来，表现了对妇女的新观点，一种民主的见解。因为男尊女卑是封建礼教的重要内容，尤其到封建社会末期就更加严重。可是，作品中的那些青年女子，几乎没有一个不是薄命的。就是身为贵妃的元春也深感自己有不便启齿的痛苦，生活在"那不得见人的去处"。至于那些丫鬟婢女，就更为薄命了。如金钏的投井，鸳鸯的悬梁上吊，晴雯被赶走而惨死，司棋的撞壁，尤三姐的宝剑自刎，还有芳官、藕官、蕊官被迫出家，都很悲惨。那些小姐如史湘云、迎春、探春等都是薄命的。可见《红楼梦》在爱情描写上以女性为中心，并把妇女问题突出出来。作品集中地描写了宝、黛、钗之间的纠葛，实际上由此生发开却是写了众多妇女爱情婚姻的不幸，范围之大，人数之多，内涵之深，是以往任何一部才子佳人小说所不能比的。

《红楼梦》所描写的宝、黛爱情在思想意义上所达到的高度，更是才子佳人小说所无法比拟的，它具有新的强烈的反封建色彩。但曹雪芹并没有完全否定"才子佳人等书"，而是有分析地对待它们。"父母之命，媒妁之言"、"门当户对"是封建婚姻制度的突出特点，而《西厢记》、《牡丹亭》这些才子佳人书中的男女主人公却要求婚姻自主，在当时来说是很有进步意义的，具有反封建性质。所以曹雪芹笔下贾宝玉和林黛玉看了这些书才赞叹不已。贾宝玉对林黛玉说："你看了，好歹别告诉人。真是好文章！你要看了，连饭也不想吃呢！"林黛玉看了那书更感到"词句警人，余香满口"。特别当她听优伶唱到"则为你如花美眷，似水流年"时，不觉心动神摇，如醉如痴。可见《西厢记》、《牡丹亭》对宝黛心灵的巨大震撼，对其爱情生活的深刻影响，这说明《红楼梦》所描写的宝黛爱情，继承了才子佳人等书的反封建传统。但作者在第一回又说："至于才子佳人等书，则又开口文君，满篇子建，千部一腔，千人一面，且终不能不涉淫滥。"这是曹雪芹在另一方面对才子佳人等书的一种否定，因此他笔下的宝黛爱情必然要突破前代作家描写的爱情而向前迈进一大步。才子佳人的爱情特点是"一见钟情"、"郎才女貌"，要求的是在承认封建阶级人生道路的前提下的男女结合，在婚姻问题上，是对封建礼教的叛逆，在政治方面，仍然意味着顺从了封建阶级的人生道路。曹雪芹笔下的宝黛爱情已完全不是那个俗套。历次诗会，林黛玉常名列前茅，而贾宝玉总是"压尾"，黛玉爱宝玉并不是看他的"才"如何。所以宝玉谈不上郎才，黛玉是不是"国色天香"呢？也不尽然。固然黛玉容貌美丽、"袅娜风流"，但宝钗容貌更美，更是艳丽妩媚，"任是无情也动人"。在宝、黛、钗三人的关系中，《红楼梦》明显地描绘了宝钗的美，而对黛玉的美貌则着墨甚少。曹雪芹从许多方面写黛玉都不如宝钗，然而宝玉最终还是选择了黛玉，这就突出了宝黛爱情是建立在思想一致基础上的。事实上，宝黛二人不仅在自由恋爱这点上与那个社会相抵触，而且其他许多方面也与那个社会的要求背道而驰。如宝玉否定封建家庭给他安排的人生道路，对科举仕进之路十分冷漠，把那些热衷于功名的人痛骂为"国贼"、"禄蠹"，对封建秩序、礼教道德等都予以抨击，烧了宣传封建正统教义的书。宝钗劝他搞"仕途经济"，他毫不客气地下逐客令，并说"好好的一个清净洁白女儿，也学的沽名钓誉，入了国贼禄鬼之流"，"独有林黛玉自幼不曾劝他去立身扬名"等语。黛玉甚至对他的叛逆行为始终采取同情和支持的态度，还把宝玉引以为知己，所以宝玉"深敬黛玉"。可见宝黛爱情是建立在以反封建为内容的性格相投、思想一致基础上的。这就使《红楼梦》中的爱情纠葛，蕴含了更深的社会意义。

《红楼梦》对封建社会的揭露和批判是十分广泛而深刻的。

第一，揭露了贾府生活上的穷奢极欲、挥霍浪费。在贾府里，少数主子统治着数百个奴仆，上至老爷太太，下至少爷小姐，每一个人的饮食起居，都有几个至十几个丫鬟、老妈子或小厮侍候。穷奢极侈是贾府的特征。为了贾元春归省而兴建的大观园，亭台楼阁，山水花草，装饰陈设，无不极尽奢侈豪华。连皇妃贾元春见了都深深感叹："太奢华过费了！"各种珍贵器玩，填满了贾府的每一个角落。"别讲银子成了粪土，凭是世上有的，没有不是堆山积海的。"食方面更为考究，吃一分茄鲞，单是配料就用十来只鸡。一顿螃蟹宴，刘姥姥惊叹说："阿弥陀佛，这一顿的银子，够我们庄稼人过一年了。"贾母也最会享受，让人把天下所有的菜蔬用水牌写了，天天转着吃。王熙凤于是风趣说："老祖宗只是嫌人肉酸。"一张药方子要花上千两银子才能配成。每逢婚丧喜庆，奢华糜费就更惊人了。秦可卿死，单是一口棺材，就花了一千两银子；送葬时的队伍包括"各色执事、陈设、百耍，浩浩荡荡，一带摆三四里远"。另外贾母 80 大寿，就花了几千两银子。由于极度的挥霍糜费，贾府已到了内囊空虚、入不敷出的地步。

第二，大量揭露贾府末世子孙们的腐化堕落、荒淫无耻。如贾赦、贾琏、贾珍、贾蓉等人，已经变得禽兽不如。在贾府，淫欲的放纵已经到了乱伦的程度，如贾珍、贾蓉父子一起玩弄尤氏姐妹，他们的下流话、无耻动作，连周围的丫鬟们都看不下去，贾蓉竟讲了一大通"脏唐臭汉"的理论。知道底细的焦大骂他们"每日偷鸡戏狗，爬灰的爬灰，养小叔子的养小叔子"。这里显然不排除贾珍与秦可卿这个儿媳的关系，还有王熙凤与贾蓉、贾蔷的关系。贾琏的纵欲更是有名的，连贾母都责备他过分："那凤丫头和平儿还不是个美人胚子？你还不足！成日家偷鸡摸狗，脏的臭的，都拉了你屋里去。"所以柳湘莲一语中的："除了那两个石头狮子干净，只怕连猫儿狗儿都不干净。"这就是贾府的面目。

第三，深刻地揭示贾府内部的种种矛盾。父子、母女、兄弟姊妹、姑嫂妯娌、夫妻，以及嫡庶和宗族亲戚之间，都在互相谋算，正如探春所说："可知这样大族人家，若从外头杀来，一时是杀不死的。这可是古人说的，'百足之虫，死而不僵'，必须先从家里自杀自灭起来，才能一败涂地呢！""一个个像乌眼鸡似的，恨不得你吃了我，我吃了你。"而这一切，都是围绕着权力和财产的再分配这个根本问题进行的。贾母是最有权势的人物，荣宁二府的主子们都力图讨得她喜欢，争取她的宠爱，王熙凤一有机会就必定在这个老祖宗面前献殷勤，时时处处给贾母开心取乐，投其所好；贾赦夫妇得不到这个欢心，便心怀不满，却又不敢明说，于是就找机会发泄。贾赦在中秋节的一次家宴上借说笑话暗刺贾母偏心。丫头傻大姐拾了一个绣春囊，就引起了邢夫人的格外关注，以此作为报复的机会，于是就心怀叵测地派王善保家的送到王夫人那里去，并向王夫人和凤姐兴师问罪。王夫人和凤姐派周瑞家的等心腹暗中访察，而邢夫人则遣王善保家的去打听消息。可见主子之间的你争我夺，互相倾轧，已影响到奴才，结果引起了一场抄检大观园的风波。为争夺荣府的继承权，赵姨娘和贾环同王夫人之间所发生的冲突尤为激烈，赵姨娘甚至勾结马道婆用魇魔法想把贾宝玉和凤姐害死。贾环还故意烫伤宝玉，在贾政面前说坏话，直接导致宝玉挨打。赵姨娘也常同亲生女儿探春发生冲突。在种种矛盾斗争中，暴露了贾府主子们的自私、贪婪、虚伪、阴险、残忍等罪恶本质。

第四，《红楼梦》出色地描写了封建阶级内部产生的具有叛逆思想的人物贾宝玉和林黛玉，热情讴歌了他们带有民主色彩的新的思想和反抗斗争。这是小说最重要的思想内容之一。贾宝玉否定封建阶级为他规定的读书做官的人生道路，否定男尊女卑的封建观念，追求自由爱情，要求个性自由。贾宝玉和林黛玉在共同叛逆的思想基础上产生了爱情，贾府的当权者们本来想把贾宝玉培养成他们的孝子贤孙，把中兴的希望寄托在他的身上，但贾宝玉的思想却使他们大失所望。宝黛的爱情促进了贾宝玉叛逆思想的发展，构成了渐趋衰败的封建家庭的一种威胁，因而为当权者所不容。小说令人信服地写出了这个爱情悲剧产生的必然性。

第五，《红楼梦》描写了贾府在社会上为非作歹、残害人命，以及被压迫者的反抗斗争。

贾赦看中了平民石呆子所珍藏的20把古扇，就让贾琏去强行收买。石呆子不肯出卖，贾雨村为了逢迎贾府便诬陷石呆子“拖欠官银”，硬把扇子没收过来送给贾赦，还把石呆子关进衙门，弄得他生死不知。这件事连贾琏都觉得太过了。凤姐以贾府管家少奶奶的身份，左右官府，接受了三千两银子的贿赂，给长安节度使云光写了一封信，强行拆散了张金哥的婚姻，平白害死了两条人命。贾府对奴婢有生杀予夺之权。贾宝玉和金钏调笑，王夫人“照金钏儿脸上打了一个嘴巴子”，然后把她撵了出去，使金钏儿投井而死。另外，还有鸳鸯、晴雯、司棋、尤三姐等人的被侮辱、被残害，完全暴露出封建主子们的罪恶。然而这些受迫害者并没有因为地位低下而忍气吞声，她们奋然起来反抗，以种种形态方式进行斗争，显示出她们最纯洁美好的思想品格。

第三节 《红楼梦》的艺术成就

与博大精深的思想内容相适应，《红楼梦》在艺术上取得了辉煌的成就，达到了中国古典小说艺术创作的顶峰。鲁迅在《中国小说的历史的变迁》中高度评价说：“自有《红楼梦》出来以后，传统的思想和写法都打破了。”

《红楼梦》对传统写法的突破，首先在于它高度的写实艺术，也即鲁迅所说的“如实描写，并无讳饰”。在小说第一回，作者就开宗明义地道出了自己的创作主张：“其间离合悲欢，兴衰际遇，俱是按迹循踪，不敢稍加穿凿，至失其真。”作者正是在这种严格的写实原则的指导下构织这部巨著的。小说中所写的无数大大小小的事件，就像生活本身那样丰富、逼真、自然；它写及的人物有近千名，其中有姓名称谓的达七百多，涵盖了社会生活的各个领域，小说对他们之间错综复杂的关系的描写，都是浑然天成，看不到人工斧凿的痕迹。《红楼梦》是作者在自己生活经历的基础上对现实的高度集中概括，对封建末期的社会内幕作了全面而逼真的反映，对封建上层建筑的各个领域诸如官僚制度、宗法制度、科举制度、婚姻制度以及封建伦理道德作了擘肌析理的批判，预示了这个制度不可挽回地走向灭亡的历史命运。同时，作者还敏感地注意到了涌动于封建躯壳之下的尽管还非常微弱的新思想的萌芽，对它进行了由衷的歌颂和赞美。这些都是作者写实原则的高度体现。

《红楼梦》的写实原则还体现为它塑造了一大批真实、丰满的人物形象，“和从前的小说叙好人完全是好，坏人完全是坏的，大不相同”（《中国小说的历史的变迁》）。在这个犹如浮雕一般的人物画廊中，尊贵的贾母、阴诈的王夫人、荒淫的贾赦、迂腐的贾政、大说大笑的史湘云、果断干练的贾探春、懦弱木讷的迎春、胆小怕事的惜春、机警温厚的平儿、深沉藏奸的袭人、柔中有刚的鸳鸯、倔强刚烈的晴雯、敢作敢当的司棋、淫滥乱伦的贾琏、贾珍、贾蓉以及憨直粗豪的焦大、老于人情世故的刘姥姥等等，无不是一举手一投足，就表现出鲜明的个性。而王熙凤、贾宝玉、林黛玉、薛宝钗又是作者花费笔墨最多、个性最为突出的典型人物。

王熙凤出身于金陵王家，从小玩笑时就有“杀伐斩断”的才能。由于她是贾府实权派人物王夫人的侄女，又受到贾母的宠爱，再加上在贾府这群肮脏淫滥的子弟中找不出个能够谋划家政的男性人物，所以她便自然地成了这个没落贵族家庭的掌权者。她善于逢迎，竭力讨好贾母这个贾府的最高权威，打牌时故意输牌博取贾母的欢心；看到贾母怜爱黛玉，便百般讨好黛玉；当宝、黛爱情遭到贾母等人的反对时，又是她献了掉包计。她“嘴甜心苦”，“两面三刀”，阴险毒辣：毒设相思局，害死了贾瑞；弄权铁槛寺，逼死了张金哥未婚夫妇；设下圈套，借刀杀人，更是逼得尤二姐“要死不能，要生不得”，最后吞金自尽。她不但狂热追求封建权势，而且惟利是图，贪得无厌，追求金钱，欲壑难填。她不择手段地搜罗“体己钱”：挪用仆人的月钱去放高利贷，为三千两银子的贿赂而与官府勾结，拆散张金哥的婚事，逼得这对青年男女双双自尽；在贾府的人事安排上接受贿赂；甚至在贾琏求她通过鸳鸯协助把贾母的东西偷出来当一千两银子急用时，她也不忘从中抽取二百两。当然，王熙凤又能说会道，善于见风使舵，言谈幽默，诙谐风趣，尽量满足大观园女儿国中姊妹们的要求，尤其是在协理宁国府时把乱麻一般积弊甚重的宁国府治理得井井有条，所表现出来的理家才能，也给人留下了深刻的印象。不过，面对贾府的衰落趋势，加上丈夫的同床异梦、树敌结怨太多以及无子的悲哀等等，她也颇有一种胆怯心虚、骑虎难下的心理重负，最后终于心劳力拙，成为贾府这座倾倒的大厦的殉葬品。

小说中着墨最多的人物贾宝玉，是贵族地主阶级中出现的具有叛逆的思想特征、感染着微弱的新思想气息的新人。在他身上，充满了个性价值的失落与对个性自由、个性解放的追寻的矛盾。他厌恶贵族家庭腐朽、压抑、空虚的生活，认为“侯门公府之家”的“富贵”“真真把人荼毒了”。令人窒息的家庭环境与他尊重个性、主张各人按照自己意志行动的要求背道而驰。他怀疑和鄙视封建文化，鄙弃功名富贵，反对家长给他安排的读书做官的人生道路。贾政要他读《四书》、讲八股，他却装病逃学，读了几年还“大半夹生”，“断不能背”；他痛恶八股，视八股为“饵名钓禄之阶”、“诓功名混饭吃”的工具；声称除《四书》以外的程朱理学等儒家之书都是杜撰，甚至把“文死谏，武死战”、“君子杀身以成仁”等“神圣”的封建道德斥为“胡谈”。相反，他却“杂学旁收”，如饥似渴地阅读《西厢记》、《牡丹亭》等具有鲜明反封建倾向的书籍。他斥责奔竞于科举功名场上那些人为“钓名沽誉”的“国贼禄鬼”，懒得与贾雨村之类官僚交接。他不满“尊卑有序、贵贱有别”的封建等级制度，否定男尊女卑的封建道德观念。他能以平等随和的态度与小厮们相处，与秦钟、柳湘莲、蒋玉菡等出身寒微、地位低贱但与自己品性相近、趣味相投的人物友善交往；对待贾环不是以嫡欺庶、以大欺小，这些都表现了他对人与人之间平等相处、不分贵贱的正常关系的渴望。尤其是对受着封建社会四大绳索束缚的女子，他更是表现出一种昵而又敬的情感。他十来岁时就曾说过：“女儿是水做的骨肉，男人是泥做的骨肉，我见了女儿便清爽，见了男人便觉浊臭逼人。”并说：“天地间灵淑之气只钟于女儿，男儿们不过是些渣滓浊沫而已。”这不仅是对男尊女卑观念的否定，也是对黑暗的男权世界的否定。在婚姻问题上，他不满“父母之命、媒妁之言”的封建婚姻说教，反对封建家长为他安排的“金玉良缘”，而追求与黛玉在共同叛逆、思想一致基础上的“木石前盟”。贾宝玉的性格并不是一开始就定了型的，他对贵族家庭罪恶的认识，对女性的态度，对待爱情的选择，都是承受着发生在贾府的一系列变故以及在他周围人物的影响感染下逐渐发展的。他身上也有不少局限性，在叛逆的过程中存在着很大的软弱性。他不满这个贵族家庭，却又不得不依赖这个家庭；他所深恶痛绝的，正是他所仰赖的；他对君权、父权依然毕恭毕敬；他坚持着与林黛玉的爱情，迫切要求婚姻自主，但自己又提不出什么方案，而把希望寄托在封建家长身上。总之，他一方面感受着新思想的微弱气息，另一方面又承受着来自封建势力的沉重打击。这个形象体现出18世纪中国封建社会末期，新的思想意识已经诞生，但旧的东西还没有死亡，新事物还没有形成足以战胜旧势力的强大力量这一社会历史现象。

林黛玉是个孤标傲世、任情任性、追求执着、为封建世俗所不容、且比贾宝玉更具悲剧色彩的艺术典型。她出身在一个已经衰微的封建官僚家庭，母亲早逝，她又是独出，父亲对她十分溺爱，因而较少接受封建礼教的熏染，使她保持着纯真的天性，养成了自尊任性、我行我素的性格特征。这种经历、身世、性格最不宜寄人篱下，但命运偏使她长期寄居在外祖母家里，使她实际上成了一个无家可归的孤女。虽然贾府在物质生活上给她以特殊的优渥，但她的个性在贾府这个矛盾重重、尔虞我诈、到处都是明枪暗箭的污浊环境中受到了严重的压抑，"一年三百六十日"，时时有"风刀霜剑严相逼"的感觉。不过，她决不愿以个性的泯灭来换取与环境的妥协。处境的改变，地位的变化，寄人篱下的命运，在她内心深处结成了解不开的隐痛。她的多愁善感，正是环境对她的压抑以及她对险恶生活环境认识的结果；她的自矜自重、警惕戒备、"尖酸刻薄"、锋芒毕露，恰是对势利、恶劣的环境的抗争和捍卫自己天性的体现。她无视"妇女无才便是德"的说教，不仅恃才傲物，而且津津有味地阅读那些"移人心性"的"杂书"；她鄙视八股科举，从不劝宝玉去学什么"仕途经济"、立身显名；她在婚姻上执着地追求与封建婚姻制度截然相悖、被封建礼教视为大逆不道的"木石姻缘"，最后终于在外在环境的压力和内在心灵的痛苦折磨中眼泪流尽，离开尘世。"质本洁来还洁去，不教污淖陷渠沟"，正是她保持自我天性、不与环境妥协、宁死不屈、抗争到底精神的自白。

薛宝钗是一个符合封建礼教要求的典型的封建淑女。皇商兼官僚的家庭出身，形成了她既注重现实利益又崇奉礼教道德的性格。她思想上的封建道德、封建意识很浓，城府极深；平日装愚守拙，随分从时，优容大度，很会做人，在荣国府这个矛盾重重的环境中，惟有她能博得包括那个心术不正、对一切都怀有忌恨的赵姨娘的所有人的欢心。她虽然心底爱恋宝玉，甚至不止一次地对宝玉动过儿女之情，但却常常将这种爱恋埋藏在心底，并用父母之命的理智去扼杀这种"情欲"。她善于逢迎封建家长的心意，规劝宝玉留心功名仕途，走上正路。她有圆滑世故的一面，极力取悦贾府的当权者:元妃从宫中送来灯谜,她心里明明感到“无甚新奇”,但口头上却故意说难猜;贾母要她点戏点菜,她就迎合其心理,专点热闹的戏文和甜烂的食物;金钏儿被王夫人逼得投井自尽,她为了安慰王夫人,反说金钏儿是“失脚掉下去了”,并说即使是投井,也是“糊涂”之举,“也不可惜”。她在婚姻上尽管不能赢得贾宝玉的真情,但却握有实现“金玉良缘”的绝对优势。而贾府日益衰败的趋势和实际利益的需要,也必然选择她作为宝玉的婚配对象。然而,她最后虽然与宝玉结为夫妇,但这种徒具形式的婚姻,对她来说仍然是一种悲剧。

《红楼梦》在塑造典型人物方面积累了丰富的经验,开辟了新的境界,取得了前所未有的成就。它塑造人物的方法主要表现在:

善于通过日常生活中真实的、富有特征的细节的描写来刻画人物。如黛玉葬花这个细节:黛玉由自然界落花的飘零联想到自己飘零无依的身世,一个人躲到山阴背后葬花,典型地表现出人物的处境和内心的落寞。第六回写刘姥姥首次去见凤姐,对凤姐坐姿、表情变化的几个细节描写,把凤姐的骄贵矜持、善于机变的性格揭示得活灵活现。第八回对宝钗看通灵宝玉的细节描写,含蓄地表现出宝钗难以抑制的内心喜悦。

善于通过大场面、大事件,把人物放在生活冲突的漩涡中,来集中刻画人物。如秦可卿之丧、贾元春省亲、宝玉挨打、抄检大观园等大事件,都起到了这种作用。拿抄检大观园来说,邢夫人、王夫人、王熙凤、王善保家的以及大观园各处的女子都充分亮相,各自的性格都得到淋漓尽致的表现。

严格依据生活逻辑,既突出人物性格的主要特征,又写出人物性格的多侧面性、复杂性。如对贾宝玉的描写,既突出地描写了他以追求个性解放为核心的多种叛逆性格因素,又通过不同的情节描写了他在贵族意识的影响下和找不到出路的彷徨中所产生的悲观感伤等消极性格因素。对于薛宝钗,既写了她思想中陈腐的一面，但又写了她宽厚待人、富有才华、能识大体等美好的性格因素。

善于在广阔的社会联系中，借用第三者的转述，进行间接描写；或借其他人物的眼睛、感受，描绘出人物的性格特征。如王熙凤的性格，除了她以自己的言行来体现外，还通过冷子兴、贾母、周瑞家的、贾珍、赖升尤其是贾琏的小厮兴儿向尤二姐的介绍评价，把她的性格准确、全面地概括了出来，给读者留下了深刻的印象。

《红楼梦》克服了以往小说环境描写与人物性格塑造脱节的弊病，使环境描写起到了渲染和烘托人物性格的作用。作者根据人物不同的思想、性格、气质、志趣，为他们设置了不同的居住环境，表现出人物不同的性格特征。如林黛玉的潇湘馆是“翠竹夹路，苍苔满地”，“凤尾森森，龙吟细细”，“湘帘垂地，悄无人声”，“屋内阴阴翠滴，几簟生凉”，以及瑟瑟秋风、淅淅秋雨等等，与黛玉高标见嫉、孤独忧郁的性格和冰清玉洁的情怀水乳交融。对薛宝钗的蘅芜院、宝玉的怡红院、探春的秋爽斋、李纨的稻香村、妙玉的栊翠庵的布置与环境气氛的描写，莫不与人物各自的性格特征密切扣合。

作者还大量地运用了对比、映衬手法，来突出人物不同的性格。这又有不同的表现。首先是同一阶层不同性格人物之间的对比。作者往往把出身教养相同、关系很近的人，写得性格差异很大。如迎、探、惜三姐妹，迎春懦弱，探春精明，惜春胆小怕事、洁身自好；贾赦与贾政二弟兄，前者荒淫无耻，后者道貌岸然；尤三姐与尤二姐，前者反抗不屈，后者忍受凌辱。其次，不同阶层的同类性格也形成对比，如林黛玉与晴雯，都是具有叛逆思想的人物，但出身下层的晴雯的性格要比贵族小姐林黛玉开朗、坚强；薛宝钗和花袭人，都是恪守礼教的人物，但小心趋奉、奴颜婢膝的花袭人绝不等同于端庄大方、出身高贵的薛宝钗。

作者还常常把笔触伸入到人物的内心深处，纤毫毕露地揭示人物的内心隐微，这尤其突出地表现在对宝、黛二人的刻画方面。如第二十三回“牡丹亭艳曲警芳心”，对黛玉听曲文后内心变化的描写，第二十九回对宝、黛因误会而发生口角、欲近反疏、相互猜疑的描写，第三十二回黛玉听到宝玉在人前称赞自己后内心思绪万千的描写，都起到了丰富深化人物性格的作用。

《红楼梦》大量运用了人物对话，人物常常靠自己的语言站立在读者面前，达到了闻其声如见其人的境界。如第三回王熙凤初见黛玉时的那段话、三十一回晴雯对袭人的嘲讽等等，都把人物的个性表现得淋漓尽致。

此外，《红楼梦》还创造性地继承了我国白话小说穿插大量诗词的传统，把联诗填词作为塑造人物一种特殊艺术手法，使诗词化为人物性格的有机组成部分，让读者从诗词中看到人物不同的心理状态和精神面貌。如史湘云和林黛玉中秋之夜在池畔联吟，史湘云吟出"寒塘渡鹤影"，而林黛玉则以"冷月葬花魂"相对；同是吟咏柳絮，林黛玉流露出的是"飘泊亦如人命薄；空缱绻，说风流"，"草木也知愁，韶华竟白头。叹今生，谁舍谁收"的哀怨，薛宝钗则吟出了"韶华休笑本无根，好风凭借力，送我上青云"的志向。这正是她们迥异性格的真实写照。至于黛玉的《葬花辞》、宝玉的《芙蓉女儿诔》，更是最能体现人物性格的名篇。

《红楼梦》的结构艺术也是高超的。它完全打破了传统小说的单线型结构模式，一方面以宝玉、黛玉、宝钗的爱情婚姻纠葛作为贯串始终的线索，另一方面又花费了大量笔墨描写了贾府为代表的封建贵族的衰败过程。前者反映了后者的衰败趋势，后者为前者提供了典型环境，二者相辅相成，相得益彰。小说既写了无数看似琐碎实则意蕴深刻的小事件，也写了诸如宝玉挨打、抄检大观园等在小事件基础上酝酿、爆发的大事件。大、小事件环环相扣，层层推进，布局上显得波澜起伏，有张有弛。作者还往往在一些事件的叙述中，不着痕迹地插进另外一些极富有意义的情节，起到刻画人物性格、增大小说容量的作用。如十三——十五回，写秦可卿丧事时插入了王熙凤弄权铁槛寺的情节，揭露出封建官僚制度和封建婚姻制度的罪恶，同时也表现了王熙凤的贪婪狠毒；五十三回写贾珍除夕祭祖时插进乌进孝交租的情节，揭示出贾府奢侈生活的经济来源以及“入不敷出”的经济现状。此外，小说还善于运用小人物（如刘姥姥、傻大姐等）以及小物件（如扇子、孔雀裘等）来连贯、转折情节。

清代邹弢在《三借庐笔谈》中说：“《石头记》笔墨深微。初读忽之，而多阅一回，便多了一种情味。”《红楼梦》以北方话为基础，吸取了古代汉语中有生命力的语言，又采用了大量口语、俗谚以及方言等现实中活的语言，在语言方面达到了完美、成熟的境界。它的语言平淡而又含蓄，简洁而又深细，通俗而又典雅，生活气息浓，表现力极强。小说大量采用人物对话，一方面表现出人物不同的个性，另一方面起到了叙述故事、描写环境、展开冲突、推动情节发展的作用。人物的语言高度个性化，与人物的身份、地位、教养十分吻合。小说遣词准确精练，生动形象。如四十回写贾府太太小姐们千姿百态的笑，历来为人所称道。此外，在涉及恋爱关系、暧昧关系、两性关系、预示人物命运以及当时政治上的关碍之处，又表现为含蓄不露，启人联想。

第四节 《红楼梦》的影响与“红学”

《红楼梦》是我国文学史上的一部思想性和艺术性结合得最为完美的古典文学名著，代表了我国古典小说创作的最高成就。它一问世，就产生了巨大的社会影响。尚未付梓之前，“当时好事者每传抄一部，置庙市中，昂其值，得金数十，可谓不胫而走者矣！”（程伟元《红楼梦序》）1791 年活字本出现以后，更是引起了广泛的社会关注。当时京都竹枝词中有“开谈不说《红楼梦》，读尽诗书也枉然”的说法。当人们把《红楼梦》的故事改为戏剧、弹词在群众中演唱时，感动得观众“感叹欷歔，声泪俱下”（《劝戒四录》），有的青年男女被宝、黛爱情感动得“中夜常为隐泣”（《三借庐笔谈》），甚至还有人因看《红楼梦》而触动心事，痴狂而死（见《耳食录》、《樗散轩丛谈》）。根据《红楼梦》改编、创作的戏曲、说唱、话剧、电影、电视剧、连环画更是不可胜数，它已成为家喻户晓、妇孺皆知的不朽名著。

《红楼梦》的续书之多，也是文学史上罕见的。仅流传于世的，就有《后红楼梦》、《续红楼梦》、《红楼后梦》、《红楼复梦》、《红楼补梦》、《红楼重梦》、《红梦幻梦》、《红楼圆梦》等20多种。这些作品“或续或改，非借尸还魂，即冥中另配。必令‘生旦当场团圆’，才肯放手”（鲁迅《坟·论睁了眼看》），有的是“借说法以为劝诫”（《红楼复梦凡例》）。尽管大都是狗尾续貂，但它从一个侧面说明了《红楼梦》的巨大影响。

由于《红楼梦》对腐朽的封建社会的深刻批判和对叛逆思想的热情讴歌，统治阶级把它视为洪水猛兽，屡加禁止，甚至有人编造出曹雪芹后世遭到恶报的谎言（见陈其元《庸闲斋笔记》卷八）。为了禁止、诋毁《红楼梦》，真是无所不用其极。但事实却恰恰相反，《红楼梦》并没因此销声匿迹，而是日益深入人心。人们不仅阅读它，而且深入地研究它，形成了学术研究领域的显学——“红学”。

从脂砚斋等人的评价开始直到今天，“红学”已走过了二百多年的历程。五四运动以前为“旧红学”时期，影响最大的是评点派和索隐派，前者包括脂评以及道光前后“护花主人”王雪香、“太平闲人”张新之、“大某山民”姚燮以及“耽墨子”哈斯宝等人的评点，后者以王梦阮、沈瓶庵的《红楼梦索隐》、蔡元培的《石头记索隐》、邓狂言的《红楼梦释真》为代表。光绪年间还出现了王国维的《红楼梦评论》，这是红学史上第一篇全面论述《红楼梦》思想意义和艺术价值的长篇论文。五四时期出现了“新红学”，以胡适的《红楼梦考证》和俞平伯的《红楼梦辨》为代表。与“旧红学”相比，“新红学”

用考证法代替了“旧红学”的索隐法，用尊重证据的实事求是的精神代替了“旧红学”的主观臆测，还“红学”以学术性质。并且，“新红学”不像“旧红学”那样把《红楼梦》看作是闲书及谜语大全式的作品，而把它当作文学作品来看待。不过由于观点、方法等限制，“新红学”又把《红楼梦》看作是曹雪芹的自叙传，仍没有理解《红楼梦》的真谛。解放以后的“红学”为“当代红学”，研究涉及了《红楼梦》的各个领域，并且在不少方面取得了重大的突破。目前，“红学”研究正进一步向更广、更深的方向发展。

第四章　清初至清中叶其他长篇小说

第一节　历史小说

清初至清中叶还出现了不少富有英雄传奇色彩的历史小说。它们以不同的方式继承了《三国演义》和《水浒传》的传统。

《水浒后传》四十回。作者陈忱，字遐心，一字敬夫，号雁宕山樵，浙江吴兴人。陈忱有强烈的民族意识，曾与顾炎武、归庄等组织具有反清倾向的“惊隐诗社”。他一生穷困潦倒，以“卖卜自给”，“穷饿以终”。据他在《水浒后传》序中的诗句“白发孤灯续旧篇”来看，这部小说是他晚年写成的。

《水浒后传》写三十二位梁山未死英雄重举义旗，并英勇抗击外来侵略者，最后李俊率众过海到了暹罗，做了国王。作品的思想性和时代意义都是很强的，艺术上也取得了一定成就。小说极力追摹《水浒传》。写到的人物，一般与《水浒传》的人物性格基本一致，所写事件的层次、笔法、用语也是追踪原书的。《水浒后传》也有其别开生面的地方，那就是作者通过某些片段表露了故国之思，表露了对奸贼的仇恨之情，具有一种悲壮的气概。部分梁山的英雄在经历了种种严酷的斗争，接受了梁山起义失败的教训之后，认识有所提高，性格也随着发展了。阮小七说：“当日不受招安，弟兄们同心合胆，打破东京，杀尽了那些蔽贤嫉能这班奸贼，与天下百姓伸冤，岂不畅快！”表明他对统治者已不再抱有任何幻想，斗争更坚决而义无反顾。第二十七回写蔡京、蔡攸、高俅、童贯被贬儋州，路过中牟县，被梁山好汉李应、燕青等劫住，历数了四贼的罪恶，还设了"鸿门"之宴，裴宣舞剑，悲歌慷慨，亲供宋江等灵牌，拜了太祖皇帝在天之灵，又遥拜了被俘的徽钦二帝，然后"李应道：'我军一百八人，上应天星，同心协力，智勇俱备；受了招安，北伐大辽，南征方腊，为朝廷建立功业，一大半兄弟为着王事死于沙场。……你们又把药酒鸩死宋江、卢俊义，使他们负屈含冤而死……若留保宋公明、卢俊义在此，目今金兵犯界，差我们去拒敌，岂至封疆失守，宗社邱墟？今日忠臣良将俱已消亡，遂致半壁丧倾，万民涂炭，是谁之咎？……今尔等不思主忧臣辱，主辱臣死，二帝六宫俱陷沙漠，天日难睹，还想靦颜求活！……我今凛遵祖训，也不加兵刃，只叫你们尝尝鸩酒滋味罢！'唤手下斟上四大碗。蔡京、高俅、童贯、蔡攸满眼流泪，颤笃笃的哪里肯接。李应把手一挥，只听天崩地裂发了三声大炮，兵士齐声呐喊，如震山摇岳。这里两个伏事一个，扯着耳朵把鸩酒灌下，不消半刻，那蔡京等四人七窍流血，死于地下。众好汉拍手称快，互相庆贺。李应叫把尸骸拖出城外，任从鸟啄狼餐。"这显然是作者故国之思情怀的抒发，也表达了人民要求为无辜死难的英雄复仇雪恨和惩罚祸国罪魁的愿望。关胜、朱仝、呼延灼等身处民族战争的最前哨，在敌强我弱的形势下依然孤身奋战，给敌人以重创。这显然是继承《水浒传》反抗官府压迫的精神的同时，又结合了时代的要求，突出了民族意识和民族反抗精神。作者有意识借北宋末年的历史，总结明亡的教训。小说还写到金兵入侵，"四野萧条，万民涂炭"，曲折地反映了清兵入侵给人民带来的灾难，表现了强烈的民族意识和复国主义精神。但总的说《水浒后传》不如《水浒传》，人物的英雄气魄亦远不如《水浒传》。另外作品的后半部分还加入了一些不伦不类的才子佳人作料，情节结构也较松散。

《说岳全传》八十回，编写者钱彩，增订者金丰。钱彩，字锦文，浙江杭州人。金丰，字大有，福建永福人。二人大约是康熙年间的人。岳飞故事在民族矛盾尖锐的南宋时就已广泛流传,《说岳全传》是在宋、元、明及清初关于岳飞故事的戏剧、小说、说唱曲艺创作的基础上加以改编的。说岳的文学作品,元代有杂剧《东窗事犯》,明代有传奇《如是观》、《精忠记》和杂剧《岳飞精忠》。嘉靖之后又出现了大量的岳传演义类长篇白话小说。如熊大木的《大宋中兴通俗演义》、全应鳌的《大宋中兴岳王传》、邹元标的《岳武穆精忠传》、于华玉的《岳武穆尽忠报国传》等。钱彩和金丰根据正史和传说,把岳飞塑造成一位民族英雄和爱国统帅的形象。他自小孤贫,好结义友。岳母在他背上刺字,勉励他"精忠报国"。他军令森严而待人宽厚,常以爱国思想教育部下,并团结了不少绿林弟兄,共保宋室。作者把重视人民抗敌力量的卓越见识赋予了岳飞,这是比以往任何"岳传"都高明的地方。《说岳全传》虽然写的是岳家将故事,但同时又以《水浒传》的续书自居。水浒英雄及作者所虚构出来的水浒英雄后裔都成为《说岳全传》中的重要人物。如林冲、卢俊义的师父周侗同时又是岳飞的义父和教师。水浒英雄的后代皆威武善战,最后协同岳雷一起直捣黄龙府。《说岳全传》里还出现了一个非常叫得响的英雄牛皋。他是李逵式的英雄,独闯金营,投递战书。他也敢于直斥徽宗:"那个瘟皇帝,太平无事不用我们,动起刀兵来,就来寻我们替他去厮杀,他却在宫中快活。"当岳飞南归,他力阻不成,后闻岳飞凶讯,首先发兵复仇;复仇不成,就重新落草,以示与腐朽朝廷对抗。但大敌当前,他仍然出战,并且说:"我牛皋岂是怕兀术的?就受招安,待我前去杀退了兀术,再回太行山便了。"以大局为重,以国家为重,他抗金不是为了替宋主效忠。

《说岳全传》还描写了一些反面人物,如兀术的骄横狡诈,顽固自信;秦桧夫妇的阴险毒辣,下流无耻,也都写得淋漓尽致,令人发指。

《说岳全传》中的民族英雄,也有明显的封建思想。如岳飞的愚忠、愚孝、愚仁都十分突出。曹宁大义灭亲，却被他以"孝道"逼责自尽。他明知君侧不清，却以宽仁为怀，轻易放走了犯令的万俟卨、罗汝楫等人。小说也宣扬了因果报应的迷信思想。

《说岳全传》在艺术上也很有特色，不仅塑造了一些个性鲜明的人物形象，并且还有许多妙趣横生的情节穿插，很富有戏剧性。它的战争场面描写也十分出色，变化莫测，引人入胜，并充满了生活气息和传奇色彩。

褚人获的《隋唐演义》，是作者在康熙年间根据《隋史遗文》、《隋唐志传》、《隋炀帝艳史》以及其他的民间传说写成的。作品细致描写了以隋炀帝、朱贵儿和唐明皇、杨贵妃的"两世姻缘"为主线的不少宫闱生活。作者把历史上著名的昏君隋炀帝美化为多情的仁德的贤君，又把唐王朝的中衰完全归罪于女人，这显然是歪曲历史的处理，是不足取的。但书中保留了不少民间传说，像秦琼卖马，单雄信受刑等描写，颇见作者加工的成绩。

坊刻无名氏的《说唐演义全传》则代表着另一种倾向，具有浓厚的民间传说色彩，比较典型地表现了历史演义向英雄传奇的演变。小说从秦彝托孤、隋文帝统一南北写起，一直写到隋末农民大起义、唐王削平群雄、太宗登基为止。小说比较明显地揭示了那个动乱年代爆发起义的社会根源，再现了十八路"反王"、六十四路"烟尘"反隋起义的浩大声势。和以往任何一种"说唐"不同，它并不遵循正史轨迹，而是以瓦岗寨诸将的风云聚散为中心。像劫王杠、反山东、走马取金堤、三斧取瓦岗、建立自己王国的故事，纯粹出自想象，充满了健康的战斗气息和民间粗犷的风格。它还痛斥了隋炀帝的荒淫、宇文氏的暴虐，并不像《隋唐演义》那样故意遮掩这些昏君恶臣的罪过。小说也揭示出隋朝统治阶级内部人物如李密、孟海公、裴元庆等相继起义的原因，肯定了各路群雄反隋斗争的正义性，这显然是作者把正史和传说糅合起来进行创造的。

小说还用粗犷的笔调描绘了秦琼的宽厚善良、任侠好义，单雄信的豪爽暴躁、宁死不屈，罗成的少年英武，尉迟恭的勇敢果断，以及程咬金的粗野、直率、诙谐、憨厚。这些人物完全是根据丰富的传说创造的，因而浪漫色彩也异常浓厚。

《说唐演义全传》也和其他一切历史演义小说一样，有一个被美化了的“真命天子”。在小说中，拥护李世民与否，成了一切英雄成败的根本条件，和评价他们优劣的绝对标准。所有反对李氏的起义英雄，都被否定，凡是投靠李氏的都得到颂扬。这实际是在为统治阶级夺取农民起义的胜利果实的行径进行辩护。

《说唐演义全传》在艺术上的败笔颇多，全书结构松散，在情节上往往前后失于照应，自相矛盾，人物形象及其性格特征往往没有连贯性。

继《说唐演义全传》之后，又出现了《说唐后传》、《说唐三传》、《反唐演义》等续书。这些书所描写的已不是农民起义中涌现出来的“乱世英雄”，而多是描写忠奸斗争，宣扬功名富贵的思想，在艺术上模拟多于创造，可取之处不多。

第二节　婚姻小说

清初出现了不少才子佳人小说，如《玉娇梨》、《平山冷燕》、《长生乐》、《十美图》等，大都写上层社会青年男女的恋爱故事，思想性艺术性较低，可取者为少数。“名教中人”的《好逑传》，一名《侠义风月传》，仅十八回，写铁中玉与水冰心偶然相遇，患难相扶，虽有小人权奸挑拨破坏，二人终成婚配。

清初以婚姻问题为题材的小说中，比较好的是西周生辑著的《醒世姻缘传》。此书原名《恶姻缘传》。“西周生”可能就是蒲松龄的化名。

《醒世姻缘传》是继《金瓶梅》之后又一部以家庭为描写中心的

长篇白话小说。全书共一百回。主要是描写一个冤仇相报的两世姻缘故事。头二十二回为前世姻缘，写武城县官僚地主之子晁源射死一只仙狐，又娶娼妓珍哥为妾，纵妾虐妻，以致嫡妻计氏投缳而死。二十三回以后为今世姻缘。地点移到绣江县明水镇，晁源托生为狄希陈，仙狐托生为其妻薛素姐，计氏托生为其妾童寄姐，珍哥托生为妾婢珍珠。珍珠终为寄姐逼死，狄希陈则受素姐、寄姐的虐待。后经高僧点明因果，狄希陈诵一万遍《金刚经》，方才解除宿孽。作品一方面揭示出封建婚姻制度、特别是一夫多妻制是产生“家反宅乱”的“恶姻缘”的根本原因；另一方面，也反映了封建社会趋向解体时“纲常不振”的人伦关系，如妾虐妻，妻虐夫等。《醒世姻缘传》的部分故事情节暴露了现实政治的黑暗腐朽；也在客观上反映了封建社会末期金钱势力的逐渐上升。金钱至上的观念不但撕裂封建家族的伦理和感情，同时也渗透到一切社会关系之中。

小说以婚姻为主线，大量描写了社会各阶层的人物群像，反映的生活面是广阔的。它用山东方言写成，具有浓厚的地方色彩；结构严密，语言流利酣畅，人物口吻毕肖，诙谐幽默，在艺术上取得了较高的成就。

第三节　讽世小说

清代比较有影响的讽世小说是李汝珍的《镜花缘》、刘璋的《斩鬼传》、无名氏的《济颠大师醉菩提全传》等。

《镜花缘》是我国古典小说中产生较晚而成就较高的作品。李汝珍(1763？～1830)，直隶大兴(今北京大兴县)人。曾任河南县丞，终身不达。他博学多才，精通音韵，旁及杂艺，著有《李氏音鉴》。《镜花缘》是他晚年的作品，原拟写二百回，结果只完成一百回。小说写唐女皇武则天令百花寒天齐放，众花神不敢违旨，开放后遭到天谴，被谪为一百个女子。花神之首百花仙托生为唐敖女小山。唐敖科举落第，心情沉郁，随妻弟林之洋泛海出游，经船工多九公向导，历观海外诸国异人异事后入小蓬莱求仙不返。小山思亲心切，出海寻父，意外地在小蓬莱泣红亭内录得一卷“天书”。回国后恰逢女试，录取百女，实则令被谪花神在人间重聚。众女及第后，拜谒宗师，连日欢饮、赋诗、游戏，尽欢而散，小山也重入仙山。最后中宗复辟，尊则天为“大圣皇帝”，而则天又下新诏，宣布明年重开女试。小说通过唐敖等人泛海出游，在我们面前展现了一个幻想中的海外世界，寄托了作者的社会理想，讥弹当代的黑暗现实。

《镜花缘》所讽刺、批判的对象很多，牵涉到社会生活的很多方面。两面国嫌贫爱富，欺诈成风，“对着人是一张脸，背着人又是一张脸，变幻无常，捉摸不定”。这是对虚伪、狡猾、两面三刀、口蜜腹剑人物的鞭挞。淑士国假装斯文，酒保竟用“酒要一壶乎？两壶乎？菜要一碟乎？两碟乎”去询问顾客。把醋当酒的老儒，咬文嚼字，一段日常对话竟连用了 54 个“之”字。这是对儒林中不学无术、酸腐不堪的学究的尖刻讽刺。写“无肠国”刻薄腌臜，为富不仁，以粪做饭供应奴仆；“结胸国”好吃懒做；“翼民国”酷好奉承；“毛民国”生性鄙吝，一毛不拔；“豕喙国”善于撒谎；“靖人国”满口说的都是相反的话。作者在这些虚构的国度里，以酣畅尖刻的笔触，相当生动地表达了自己对封建社会的残酷剥削和种种恶俗的憎恨，具有一定的现实意义。

《镜花缘》竭力对一切社会问题发表意见，提出改革办法，但是罗列现象多，深入揭发少，没有触及问题的本质，它的乌托邦思想也仍然跳不出儒家的范畴。

要求提高妇女地位，反对男尊女卑是《镜花缘》十分突出的主题思想。这和当时资本主义因素的进一步发展，以及追求个性解放的社会启蒙思想的抬头是有关系的。作者在第四十八回《泣红亭记》里说："盖主人自言穷探野史，尝有所见，惜湮没无闻，而哀群芳之不传，因笔记之。"流露出为妇女扬眉吐气的创作动机。小说描写唐敖的海外之行，有一个目的是寻访"名花"。这些"名花"都是有胆有识、有文才、或有武艺的女性。有的女子的才能使男子在她们面前黯然失色，自惭形秽。作者同情妇女、尊重女权思想，集中体现在"女儿国"的描写中。女儿国里"男子反穿衣裙，作为妇人，以治内事；女子反穿靴帽以治外事"。在这个国度里，所有中国封建社会男子加给女子的种种酷虐待遇，如穿耳、缠足等等，都反过来由女子加之于男子了。林之洋入宫缠足的描写，实际是让男子设身处地去体验女子的苦楚。而且《镜花缘》中的女性已不再是爱情故事中的主角，却是社会活动的参与者了。

李汝珍的观点依然有许多封建色彩，这同他生活的那个封建时代是密不可分的。妇女当权，他依然不能接受，武则天和女儿国王，都不是当作正面人物来写的。那些及第的才女也都不曾干预政治，只是陪伴皇帝的雅客罢了。作者反对八股而不反对科举，反对风水迷信却提倡孝道为本。小说也充斥着"因果报应"说教，认为人有定数，不能强勉，宣扬人生一切如同"镜花水月"，小说最后写酒色财气四个关，就是专为作"色空"观念说教而设的。对一些反面现象，往往斥骂多而讽刺少，辞意浅露。

《镜花缘》在艺术上别具风格。如那些引人入胜的海外奇谈里所表现出来的丰富想象，就是极其瑰丽的，尽管有些浪漫主义想象缺乏飞扬奔放的情致，但却富于风趣和幽默感。其中许多片断，堪称不错的浪漫主义的讽刺小品。作品中的少数人物如林之洋、多九公、孟紫芝等，性格刻画得比较成功，一些精辟的笑话和谜语直到现在还被人们广为传播。

这部小说在艺术上的最大缺点就是结构不匀称，情节不连贯，人物形象大多数是贫乏的，故事性弱，过多的抽象的概念替代了具体描写。精华在前半部，后半部似在借小说以夸耀学问和知识。

第五章 长生殿

第一节 李、杨故事的流传和《长生殿》的成书

《长生殿》以安史之乱为背景，敷演唐明皇李隆基和贵妃杨玉环的爱情故事。《长生殿》成书之前，这个故事曾经过长期的流传并为历代文人所注目。唐代白居易的《长恨歌》和陈鸿的《长恨歌传》首开歌咏李杨故事的先河。作者一方面歌咏了李杨"天长地久有时尽，此恨绵绵无绝期"的生死不渝的爱情，一方面又把李杨爱情的描写和安史之乱结合起来，表现了一定程度的讽刺意义。宋代乐史在此基础上，参考《明皇杂录》、《开元天宝遗事》等唐人笔记，编写而成了《杨太真外传》两卷。这部作品虽然在原始材料的剪裁和情节的生动性上具有一定的局限性，但作者把许多有关李杨的故事编排在一起，丰富了李杨故事的情节，为后世的创作提供了更多的资料。元代歌咏李杨故事的戏曲作品不少，其中以白朴的《梧桐雨》最为有名。这部作品最大的贡献在于，在特殊的年代，赋予这个故事以崭新的含义：在描写李杨爱情的同时，表现一代兴亡的悲剧，抒发作者的民族意识。但作品又透露了杨贵妃和安禄山的淫乱关系，使作品的爱情描写出现了瑕疵。明代传奇中歌咏李杨故事的作品以吴世美的《惊鸿记》最有名。但作品在描写李杨故事中又加进了梅妃故事和李泌辅佐肃宗中兴，主题分散，情节庞杂，成就不高。

正是在总结前代有关李杨故事的作品的基础上，洪昇成功地

创作了他的一代名剧《长生殿》。

洪昇(1645～1704)，字昉思，号稗畦，浙江钱塘(今杭州)人。他生当清兵入关的第二年，这年清兵南下，南明弘光王朝灭亡。当清兵入浙时，他的母亲在逃难途中生下了他。同时，在他的家乡，抗清斗争一直持续不辍，直到1659年，郑成功和张煌言的联军还沿长江一直攻到南京。这些都在一定程度上培养了他的民族意识。大约24岁时(1668)，他到北京国子监读书。后来，他的家庭受到清王朝的迫害，父亲"被诬遣戍"。这次"家难"，更增加了他对当时社会现实的不满情绪。此后，他便长期作国子监生，前后长达20余年，政治上很不得意。康熙二十七年(1688)，经过10余年的努力，他的著名传奇《长生殿》脱稿，立即引起强烈反响，"一时朱门绮席，酒社歌楼，非此曲不奏"(徐锡麟《长生殿序》)。但是，就在《长生殿》脱稿的第二年，由于在佟皇后丧期演唱《长生殿》，被人告发而被捕入狱，后被革去国学生籍被迫还乡，从此失去了仕进的机会。此后，洪昇怀着一腔悲愤，寄情山水，过着抑郁无聊的清苦生活。1704年，他60岁时乘船外出访友，归途中因醉酒落水而死。

洪昇出身于官僚士大夫家庭，从小就受过良好的文化教育。他的交游也很广泛，教师和朋友都是中下层文人。其中有不少人怀恋明朝，对清朝采取了消极不合作的态度，这对他的思想也有影响。此后，随着功名上遭受挫折，特别是父亲受诬被贬后，使他对社会现实的认识有了明显的深入，他的创作也逐渐脱离个人身世的范围，而涉及到国事兴亡、社会矛盾、历史变迁、现实政治等领域。洪昇的性格清高孤傲，徐锡麟《长生殿序》就说他"交游宴集，每白眼倨坐，指古摘今"。因此，他就"常不满人，亦不满于人"。他的生活遭遇体现在《长生殿》中，就使他的作品流露了一定的民主思想和民族感情。

洪昇的戏曲著作共有9种，今存《长生殿》和《四婵娟》两种。《四婵娟》共4折，一折为一个短剧，类似徐渭的《四声猿》。第一折

《咏絮》,写晋代谢道韫和叔父谢安咏雪联吟的故事。第二折《簪花》,写晋代卫茂漪把自己擅绝古今的书法技艺传授给表弟王羲之的故事。第三折写李清照和丈夫赵明诚充满艺术情趣的生活。第四折写元代画家赵子昂和夫人管仲姬泛舟画竹的故事。这四个剧作都取材于历史上才女的佳话,以赞美的笔调,歌颂了女主人公的才华和爱情,具有一定程度的民主思想。

洪昇也以诗歌闻名。其诗集今存的有《稗畦集》、《稗畦续集》、《啸月楼集》等。

第二节 《长生殿》的思想内容

《长生殿》全剧五十出,由两部分组成:前一部分主要写杨玉环生前和李隆基的爱情生活。作品删去了有关杨玉环和安禄山淫乱的"秽事",刷新了玉环形象。同时写明皇"弛了朝纲,占了情场",爱情由不专一而渐趋专一。然帝妃的特殊爱情,统治者的骄奢淫逸,争权夺利,必然给政治生活带来浓重的阴影,并导致了安史之乱的爆发,明皇仓皇幸蜀,马嵬坡贵妃死难。后一部分写安史之乱被平息,明皇和身处月宫的杨玉环相互思念不已,终于"至诚感天",于月宫重新相会。作品歌颂了李杨生死不渝的爱情,表现了带有民间色彩的进步爱情观;从多方面反映了当时的社会矛盾,揭示了李杨"逞侈心而穷人欲"所带来的国破家亡、"万民遭害"的严重政治后果,并以之"垂戒来世";同时,通过安史之乱的有关描写,寄托自己的民族兴亡之感。作者把政治描写和爱情描写结合起来,把安史之乱的政治悲剧和马嵬死难的爱情悲剧交织在一起,表现了"乐极哀来,垂戒来世"的主题。

洪昇在《长生殿例言》中说自己的《长生殿》是"专写钗盒情缘"。在第一出《传概》中又说:"借太真外传谱新词,情而已。"时人梁清标认为“是剧乃一部闹热《牡丹亭》”。可见,作者的主观意图是要写情的。

从作品的客观效果来看,作者也运用了大量的笔墨来描写李杨爱情。作品共五十出,从第二出《定情》到第二十二出《密誓》,主要写李杨爱情的发展过程,故事主要围绕杨玉环的争宠展开。唐明皇是一位风流天子,这就决定了他在爱情上不可能专一,因此,杨玉环的争宠固宠,实际上也就是争取李隆基在爱情上的专一。二人矛盾冲突的结果,造成了玉环被逐。而玉环献发,重新入宫,则表明二人矛盾冲突的缓和。后至骊山避暑,七月七日乞巧之夜,二人在长生殿上对天发誓,愿生生世世永为夫妻,表明他们的爱情由不专一的声色之爱而达到了情意之爱。第二十五出写马嵬兵变,李杨爱情经历了一场生离死别的悲剧。就在马嵬兵变的关键时刻,杨玉环请求自尽,“以定军心”,这不仅回护了唐明皇,也为杨玉环的形象增加了光辉。

从第二十六出到剧末,主要写李杨生死不渝的爱情。杨玉环死后,虽然位列仙班,住进了蓬莱仙院,但她仍然念念不忘明皇,并声称:“位纵在神仙列,梦不离唐宫阙。千回万转情难灭……倘得情丝再续,情愿谪下仙班。”同时,明皇对于玉环,也是终日思念悲叹:“我独在人间委实的不愿生”,“惟只愿速离尘埃,早赴泉台,和伊地中将连理栽”。最后,二人终于精诚感天,月宫重会。显然,作者所写的这种爱情,已经超出了帝王后妃的感情,而带上了民间的色彩,灌注了人民的爱情观点,表现了一定的民主思想因素。

然而,李杨的爱情,并不是常人的爱情,而是帝、妃之间的爱情。他们的一举一动,都和国家大事联系在一起。因此,作者在描写李杨爱情的同时,也写了这种特殊的爱情给人民带来的痛苦,给社会带来的灾难,并通过李杨的爱情悲剧,以“垂戒来世”。作为一代皇帝,唐明皇“弛了朝纲,占了情场”,政治上昏庸误国,生活上奢侈腐化。他为了让杨玉环吃上新鲜荔枝,命令进献荔枝的贡使快马传送，一路上不知踏坏了多少庄稼，多少人民的血肉在贡使的铁蹄下化为尘土。他不察究竟，便赦免了安禄山失误军机的罪行，并委以重任，最终导致了安史之乱的爆发。他赐封杨家一门恩宠，杨贵妃的堂兄杨国忠被封为右丞相，三个姐姐都被封为夫人，并纵容他们为非作歹。杨国忠凭借着妹妹的关系当上宰相之后，便卖官鬻爵，纳贿弄权，又千方百计排挤、激怒安禄山，以证明自己“忠言最早”。诸如此类描写，都真实地反映了安史之乱前后广阔的社会生活，具有深刻的揭露和批判意义。

作者既歌颂了李杨爱情，又写了他们“逞侈心而穷人欲”给人民、给社会带来的恶果，这二者是不是矛盾的？其实并不矛盾。在“情”与“理”这一对矛盾中，作者是倾向情的；但这种“情”在民族危亡、民生疾苦面前，作者又强调民族危亡和民生疾苦的重要性。作者一方面肯定了李杨爱情的合理性，一方面又写出了他们爱情的悲剧结局，这就明白地告诉人们：情可专而不可滥，否则就必然“乐极哀来”。作品正是以此起到了“垂戒来世”的作用。

结合李杨爱情的描写，作品还通过一系列正反面人物形象的塑造，表现了作者的民族意识。作者身处民族矛盾十分尖锐的清初，有意识地把安史之乱作为一场民族灾难来描写。同时，对那些卖国求荣的朝廷大臣，作者也给以猛烈的抨击。在《骂贼》一出，作者借乐工雷海青之口，骂那些投降的朝臣们说：“平日价张着口把忠孝谈，到临危翻着脸把富贵贪，早一齐儿摇尾受新衔，把一个君亲仇敌当作恩人感。咱问你蒙面可羞惭？”这里面实际上也包含了作者对某些投降清朝的明朝旧臣的唾骂。

作品还成功地刻画了一系列爱国者的形象。郭子仪是作者着力塑造的一个安邦济世的理想人物。安史之乱前，他就对混乱的朝政十分不满，对人民的疾苦表示同情。掌握了兵权之后，他就积极准备抵御安禄山的叛乱。战乱一起，他力挽狂澜，灭贼复国，终于平定了安史之乱。乐工雷海青，是作者着重表彰的一个下层人民的形象。在《骂贼》一出中,他大骂安禄山入侵中原的罪行,大骂屈膝投降的朝臣权贵,并用琵琶怒击安禄山,最后慷慨捐躯。在郭子仪和雷海青身上,寄托了作者的爱国思想。同时,在《弹词》一出,作者借李龟年之口,这样来抒发自己的兴亡之感:"唱不尽兴亡梦幻,弹不尽悲伤感叹,大古里凄凉满眼对江山。我只待拨繁弦传幽怨,翻别调写愁烦,慢慢的把天宝当年遗事弹。"曲中那深沉的兴亡之感,实际上抒发了作者对明王朝的怀念之情。

《长生殿》也有其局限性。这主要表现在,作者对李杨是有批判的,但这种批判又是不深刻的,更多地把批判矛头指向安禄山和杨国忠。作品对李杨的悲剧寄予过多同情,和对他们骄奢淫逸的揭露形成矛盾,一定程度上损害了作品的统一性。这些局限,是作品题材本身的局限,也是作者思想的局限。

第三节 《长生殿》的艺术成就

《长生殿》的艺术成就,首先表现在现实主义和浪漫主义创作方法的结合。作品前半部分描写李杨生前的爱情,紧密结合安史之乱前的社会现实,深刻地揭示了统治阶级的骄奢淫逸以及给人民带来的灾难,基本上是运用了现实主义的手法。作品的后半部分通过幻想的形式,歌颂感天动地的爱情,这又吸收了《牡丹亭》的浪漫主义手法。同时,作品的前半部分如《闻乐》、《密誓》等出,写嫦娥的出现,既是为后文预留伏笔,也表现了一定程度的浪漫特色。作品的后半部分以浪漫主义为主,但也有《骂贼》、《弹词》等现实的描写。而作品对李杨爱情的描写,显然带有一定程度的理想成分,表达了人民的爱情观念。

《长生殿》还塑造了一系列个性鲜明的人物形象。杨玉环执着于爱情而又略显娇妒,李隆基喜爱玉环而又风流恣纵,都符合人物的特殊身份。此外，像安禄山的狡黠残暴、杨国忠的奸诈贪婪、郭子仪的忠正耿直、雷海青的坚贞义烈，都写得相当突出。特别是在塑造杨玉环的形象时，作者采取了“凡史家秽语，概削不书”的态度，删去了过去作品中有关她和安禄山的淫乱关系，把她写成了悲剧性的人物，既对她有所批判，又从政治上把她从“女色亡国”的传统看法中解脱出来，表达了作者进步的思想观点。

《长生殿》在结构上也富有特色。全剧贯穿着两条线索，一条是李杨爱情，一条是安史之乱。这两条线索，尽管都很复杂，但作者却能很好地驾驭，使两条线索相互生发，相得益彰，逐步把作品的情节推向高潮，有力地深化了作品的主题。如在描写李杨爱情生活的《定情》与《春睡》之间，安排了描写杨国忠与安禄山肮脏关系的《贿权》，《偷曲》、《舞盘》两出描写奢华的宫廷生活，其中穿插描写了李杨爱情给当时劳动人民带来灾难的《进果》等，既表现了当时逐渐激化的社会矛盾，又预示了李杨爱情悲剧的必然，极能见出作者艺术结构的匠心。作品情节发展起伏多变，场面壮丽宏阔，前有伏笔，后有照应，安排极为细致周密。不过，也有个别场子如《仙忆》、《驿备》等，见出拼凑的痕迹。

《长生殿》语言风格的基本特色是典雅华丽，很符合作品男女主人公帝妃的身份。同时，作者也能根据不同的情节环境和人物身份，表现不同的语言风格。如《惊变》、《骂贼》、《闻铃》等出，都能结合剧情需要，运用不同的格调，反映人物在不同条件下的心理特征，塑造出鲜明生动的人物形象。特别是《弹词》一出，写李龟年用[转调货郎儿]九支北曲，弹唱天宝遗事，抒发兴亡之感，一唱三叹，如怨如诉，把人们完全带入了低回深郁、缠绵悱恻的氛围之中，引起观众极大的共鸣。

洪昇本人即精通音律，全剧又经当时音律专家徐麟订正，所以《长生殿》在音律方面也取得了巨大的成就，达到了“句精字研，罔不谐叶”的程度，具有很强烈的音乐感染力。

第六章　桃花扇

第一节　孔尚任的生平和创作

孔尚任(1648～1718),字聘之,一字季重,号东塘,又号岸塘,自称云亭山人。山东曲阜人,孔子的64代孙。他早年隐居于曲阜县东的石门山中闭门读书,准备参加科举考试,同时搜集资料,准备写一部反映南明王朝兴亡的历史剧。1684年,康熙皇帝南巡,回京路过山东,顺道到曲阜祭奠孔子,孔尚任被推荐为康熙讲经,受到康熙的赏识,被授予国子监博士。因此,他对康熙感激涕零,专门写了《出山异数记》记载这件事。

1686年,孔尚任被派随工部侍郎孙在丰赴淮扬参加疏浚黄河海口的工程,直到1689年才回到北京。三年间,他广泛接触明朝故老遗民和当时社会现实,游历了南京等地的明代故迹,搜集到不少关于南明王朝兴亡的历史资料,生活经验逐步丰富,民族意识得以增强,丰富了创作《桃花扇》的素材。同时,对清初的社会现实,也有了比较清醒的认识。这样,当治河结束回到北京之后,他对自己曾经感激涕零的清王朝产生了一种微妙的思想感情:"事事生疏资笑柄,向人难折旧时腰。"(《庚午二月自淮南还朝》),这种感情熔铸到《桃花扇》中,就使他不能不抱着怀念的心情,去描写南明王朝的灭亡,不能不抱着"哀其不幸,怒其不争"的复杂心理,去揭示南明王朝灭亡的原因。

1695年,孔尚任升任户部主事。1699年6月,历经十余年、三易其稿的传奇《桃花扇》脱稿并上演，旋即引起轰动，“王公荐绅，莫不借抄，时有纸贵之誉”。北京演出《桃花扇》，“岁无虚日”。甚至连康熙皇帝也急于看到这部作品：“己卯秋夕，内侍索《桃花扇》本甚急，午夜进之直邸，遂入内府。”（孔尚任《桃花扇本末》）

就在《桃花扇》脱稿的第二年3月初，孔尚任升任户部广东司员外郎。然而到3月中旬，孔尚任却突然被罢官。罢官的原因不很清楚，但根据有关资料分析，很可能和《桃花扇》有关。被罢官后，孔尚任因事又在京城住了3年。1702年，他回到家乡曲阜，从此再未出仕。

《桃花扇》的创作成功，使孔尚任享誉文坛，时人以之与《长生殿》的作者浙江人洪昇并论，称为“南洪北孔”。其著作除《桃花扇》外，尚有与钱采合撰的传奇《小忽雷》，但成就不高。另有诗文集《湖海集》、《岸堂稿》、《长留集》等。

第二节 《桃花扇》的思想内容

《桃花扇》是一部敷演南明弘光王朝兴亡的历史剧。1644年，李自成起义军攻入北京，崇祯皇帝上吊自杀。吴三桂勾引清兵入关，黄河以北大片国土沦于清兵之手。同年5月，残存在江南的明朝军政官员在南京拥立福王朱由崧为帝，建号弘光，是为南明。当时，弘光王朝拥有数百万军队和江南大片土地，如果励精图治，发奋图强，是完全有可能驱逐清兵，恢复中原的。但是，由于这个王朝政治腐败，统治阶级内部尔虞我诈，明争暗斗，所以不到一年，南京城便被清兵攻破，朱由崧被清兵俘虏，弘光政权彻底垮台。

《桃花扇》所写的，就是这段惨痛的历史。作品“借离合之情，写兴亡之感”（《桃花扇·先声》），以复社文人侯方域和秦淮名妓李香君的爱情为线索，描写南明王朝内部错综复杂的斗争，无情地揭露了统治者们同恶相济、祸国殃民的罪行，揭示其亡国的主要原因；同时，歌颂了民族英雄史可法和富有政治头脑、坚持正义的风尘妓女李香君以及柳敬亭、苏昆生等下层人民，表现了作者的民族意识。作品把爱情生活和政治斗争结合起来，把历史真实和艺术真实结合起来，演出了一代兴亡的历史，达到了中国古代历史剧创作的高峰。

《桃花扇》对南明弘光王朝腐朽和黑暗的揭露，首先表现在对权奸的抨击上。作者在《桃花扇小识》中说："权奸者，魏阉之余孽也；余孽者，进声色，罗货利，结党复仇，隳三百年之帝基者也。"当明清动乱之际，以马士英、阮大铖为首的阉党余孽因迎立福王朱由崧有功，成为朝中权贵。他们一方面荒淫无耻，追求声色的享受；一方面公报私仇，重起党派之争，大肆搜捕杀害东林、复社进步人士，排挤朝中忠直之士。左良玉因此以"清君侧"为名举兵讨伐他们。面对左良玉的讨伐，他们竟无耻到"宁可叩北兵之马，不可试南贼之刀"的地步，置民族危亡于不顾，调动防守黄河的黄得功、刘良佐、刘泽清三镇兵力去阻挡左良玉，留下河淮一带，千里空营。于是，清兵趁机南下，南明政权很快便土崩瓦解。

其次，作者还鞭挞了弘光王朝的最高统治者弘光皇帝。当清兵南侵的意图十分明显，直接威胁着南明的统治之时，这个皇帝想的还是"独享帝王之尊，无有声色之奉"，关心的还是"点缀太平"的戏曲《燕子笺》的"角色尚未选定"，怕的是"万一误了灯节，岂不可恼"，就是不怕清兵南侵，国破家亡。后来清兵南下，离南京尚远，边疆将士们还正在和清兵殊死搏斗，可是他却已经换上便服，带着嫔妃，连夜出逃，活画出一个昏庸的小皇帝形象。

其三，作者还鞭挞了武将们的勾心斗角，争权夺利。在民族危亡的关头，那些武将们还在为争"座次"，为抢占扬州的地盘同室操戈，内讧不止。他们的口号就是："国仇犹可恕，私怨最难消。"高杰飞扬跋扈，竟被部将许定国杀害。左良玉因反对马、阮而挑起内战。当清兵南下之时，刘泽清、刘良佐等人竟然劫持弘光皇帝，投降了清兵，真是无耻之极。

作者对剧中正面人物侯方域等复社文人，也给以严肃的批评。侯方域在同阉党的斗争中，表现出政治上的进步性，也为挽救民族危难出过力。但是，就在国家内外危机之时，他却为梳栊李香君而奔忙。阮大铖赠送妆奁收买他，他竟然差点儿上当。清兵南侵，国家安危系之一发，他却还在考虑"我的香君，怎的他适了"，还在幻想着"瑶池女使，偷递情笺"。然而，随着国破家亡，这些知识分子的爱情也不得不随之而告终。这就深刻地教育着当时及以后的知识分子：国家兴亡，匹夫有责；国不复存，爱情何在！

在揭露南明弘光王朝腐朽的同时，作者还歌颂了一系列正面人物。

首先，作者歌颂了以史可法为代表的爱国将领。史可法身为弘光王朝的军事统帅，却受到了马、阮的排挤。黄、高、刘等武将又飞扬跋扈，不受节制。但就在内外交困的情况下，他以民族大业为重，极力调停四镇矛盾，坚持抗敌。最后，他以三千残兵固守扬州，宁死不降，城破沉江而死。在他身上，寄托了作者抗击异族入侵的爱国思想。

其次，作者歌颂了一批下层人民，如李香君、柳敬亭、苏昆生等。其中以李香君的形象塑造得最为成功。

李香君虽然只是明末南京秦淮的一个名妓，但却深明大义，爱憎鲜明。她同前代女子的不同，就在于她以一个妓女的身份，自觉地参与了明末的政治斗争。当阉党余孽阮大铖赠送妆奁收买侯方域的时候，是李香君坚持退回妆奁，把侯方域从阮大铖的圈套中挽救出来。阮大铖迫害复社文人，李香君审时度势，及时送走了侯方域。后来，阮大铖的死党田仰想要娶香君为妾，香君誓死不从，竟以头撞地，鲜血溅满侯方域赠给她的诗扇。《骂筵》一出，写李香君被迫参加传奇《燕子笺》的演出，她面对马士英、阮大铖等权奸大骂，揭露了他们的祸国殃民的罪行，表现了鲜明的政治态度和大胆的反抗精神。

《桃花扇》也有其局限性。对明末农民起义，作者是持敌视态度的，甚至歌颂清兵入关镇压农民起义是“安了百姓，替明朝报了大仇”，表现了作者封建士大夫的政治立场。

第三节 《桃花扇》的艺术成就

作为历史剧创作的典范，《桃花扇》在艺术上也取得了巨大的成就。在《桃花扇》之前，历史剧的创作已经积累了丰富的经验。从《浣纱记》到《长生殿》，是其发展的一个方面，表现为在历史剧中增加了不少虚构的内容，穿插了不少神话和历史传说。从《鸣凤记》到《清忠谱》，是其发展的又一个方面，能够比较重视历史史实，但对历史缺乏剪裁和提炼。孔尚任接受了前代创作的经验和教训，把我国历史剧的创作推向了一个新的高度，达到了历史真实和艺术真实的高度结合。

孔尚任对南明覆亡的历史感慨是很深的，其创作态度也是极为严肃的。他希望自己的作品能以历史本身提供的教训来感染观众，所以特别重视戏曲情节的真实性。他在《桃花扇凡例》中指出：“朝政得失，文人聚散，皆确考时地，全无假借。至于儿女钟情，宾客解嘲，虽稍有点染，亦非乌有子虚之比。”这种忠于客观史实的精神，在明清传奇中是首屈一指的。

不过，历史剧又终究不同于历史。历史剧要求塑造出典型的艺术形象，表现出作家的感情和倾向，就必须对历史素材进行加工提炼，使之更集中，更突出。比如，按照史实，侯方域与李香君分别之后，再也没有见过面。可是，作者却写南明灭亡后，二人在栖霞山道场上重逢，正希望重圆旧好，却被张道士喝断，结果侯李二人双双入道，有情人重见而不重圆。作者在这里就是要说明：国破家亡，身无立足之地，哪里还谈得上儿女私情？这就深刻地揭示了作品的主题，达到了历史真实和艺术真实的统一。

《桃花扇》的结构宏伟而又谨严，针线细密。从其总体结构来看，是“借离合之情，写兴亡之感”。作者紧紧抓住侯李爱情这条主线，把南明兴亡历史这一庞大的内容有机地贯穿起来。侯李从定情开始，其爱情就和复社文人反对阉党的斗争联系了起来。香君的却奁，使阮大铖恼羞成怒。他一旦翻过身来，便对侯李加以报复，迫使侯方域不得不逃离南京，造成了侯李的分离。此后剧本分两条线索发展：一条线索以香君为中心，通过马、阮等权奸对香君的迫害和弘光统治者的偷安宴游，反映南明王朝的苟且偷安、腐朽黑暗。另一条线索以侯方域为中心，写南明的军政措施和武将们的勾心斗角。这样，就把整个南明历史完整地展现在读者面前。

同时，作者又以一把扇子，来沟通侯李爱情，贯穿全剧。扇子本来是侯李的定情之物，后来香君被逼嫁田仰，就是用这把扇子左右遮挡，以血溅扇，被杨龙友将扇上鲜血，点缀成一枝桃花。剧名《桃花扇》就是由此而来。接着，香君又托人将这把扇子寄给侯方域，两条线索从横的方面联系起来。南明灭亡，侯李在栖霞山重会，桃花扇被张道士撕破，从而结束了侯李爱情，也结束了南明兴亡历史的描写。如此布局结构，极见作者的艺术匠心。

作品在塑造人物方面，也有很大的成就。全剧有名有姓的人物就有二三十个，其中有帝王将相、文人学士、清客妓女、贩夫走卒等等。这些人物大都栩栩如生，各有特色。同是权奸，马士英权尊势众，但庸鄙而缺乏智略；阮大铖权势虽不如马士英，但生性狡诈，富有才藻又善出谋划策。同为富有正义感的江湖艺人，柳敬亭为人豪爽，锋芒毕露；苏昆生性格内向，含蓄诚恳。就是同一个人物，作者也能写出其性格的不同侧面。李贞丽身为妓院鸨母，有普通鸨母贪财的一面，当香君却奁时，她大叫“可惜”，可是后来田仰逼嫁香君，在无可奈何之下，是她代替香君“去走一遭儿”，但在临出门时却又告诫香君替她保管好三百两银子。特别是杨龙友，是剧中塑造的一个八面玲珑、两边讨好的人物。他周旋于奸党和清流之间，一方面替阮大铖拉拢收买侯方域，并且逼迫香君改嫁田仰；一方面又结交复社进步人士，并且在得知马、阮阴谋陷害侯方域时，为侯方域通风报信。

《桃花扇》在结局上也富于独创性。我国古代戏曲向以大团圆结局的居多，形成了一种格套。然而，《桃花扇》中侯李二人却是重见而不重圆，男女主人公双双入道，咫尺天涯，可望而不可即。这种结局和作品所要表达的兴亡之感、故国之思是一致的，为我国古代戏曲结局开辟了一条新的途径。

《桃花扇》的语言以雅正为主，宾白和曲词的配合恰到好处，人物语言符合人物的身份、地位和个性特征。特别是《余韵》出[哀江南]曲，一唱三叹，缠绵悱恻，曲尽意不尽，剧终意未终，很能启发人们的思考，起到惩创人心的作用。不过，由于作者固守“宁不通俗，不肯伤雅”的语言原则，造成语言典雅有余而当行不足，谨严有余而生动不足，一定程度上影响了作品的传唱。

第七章　清初至清中叶其他戏曲作家

第一节　李玉和苏州派作家

清初戏剧创作最鲜明的特点，就是大批专业戏剧作家的出现。他们的创作密切联系舞台实际和社会实际，写重大历史事件和当代政治斗争的内容增加了，描写儿女风情的作品减少了；现实主义的描绘加强了，浪漫主义色彩相对淡薄，还有部分作家借戏曲来抒发个人的情怀。

李玉(1591? ～1671?)，字玄玉，别号苏门啸侣，又号一笠庵主人，江苏吴县(今江苏苏州)人。生平事迹无考，仅知他生在明末，出身低微，"好奇学古"而"连厄于有司"，到清初"绝意仕进"，致力于戏曲创作。相传他写了 60 多个剧本，现存 20 种，其中与人合作的 3 种。此外，他与朱𬀩参订当时著名戏曲音乐家徐于室的《北词广正谱》，协助张大复编制《寒山堂南曲谱》，和沈自晋编制《南词新谱》。

在明末他有著名的"一笠庵四种曲"，即《一捧雪》、《人兽关》、《永团圆》、《占花魁》(简称一、人、永、占)。其中《一捧雪》、《占花魁》的成就较高。清初，他写成的《万里圆》、《千钟禄》、《清忠谱》等，思想内容和艺术成就都超过了早期作品。他还有一些描写英雄传奇的作品，如《麒麟阁》写秦琼等的故事，《风云会》写赵匡胤、郑恩故事，《牛头山》写岳飞父子牛头山破敌解围的故事，《昊天塔》写杨家将故事，《七国记》写孙膑故事。虽然敷演的是历史故事，却曲折地反映了当时的社会现实。《清忠谱》是他和朱素臣、毕万后、叶雉斐共同创作的。写的是东林党人和苏州人民反抗阉党魏忠贤黑暗统治的内容。作品把市民的政治斗争搬上舞台,是过去戏曲中没有的。作品成功地塑造了城市人民群众的形象,其中最突出的代表是颜佩韦,他具有豪爽、重义气、有胆识和毫不妥协的性格特征。

《清忠谱》在艺术上最重要的成就在于比较真实地表现了一场轰轰烈烈声势浩大的群众斗争,同时通过斗争显示出各阶层人民的不同性格。作品的主题集中突出,线索分明。不仅重大事件有历史根据,一些细节也有事实根据。因此,《清忠谱》是我国戏曲史上第一部"事俱按实"的历史戏,对后来的《桃花扇》等剧有一定影响。苏州派作家 ,除李玉外,还有朱素臣、朱良卿、毕万后、叶雉斐等。朱素臣著传奇 19 种,较好的有《翡翠园》和《十五贯》。《十五贯》又名《双熊梦》,是从宋元话本《错斩崔宁》演化而来。朱良卿著传奇 33 种,以《渔家乐》为较有名。叶雉斐著传奇 8 种,今存《英雄概》、《琥珀匙》两种。毕万后著《三报恩》等 6 种。

第二节　李渔的戏曲创作和戏曲理论

李渔(1611～1679?),字笠翁,原籍浙江兰溪人,生于江苏如皋。自少遍游四方,晚年移家杭州西湖,因自号湖上笠翁。他不仅是一个剧作家,还是一个戏剧理论家。他写的剧本保留下来的有 18 部,常见的为《笠翁十种曲》,其中演习最多的《风筝误》以关目新奇而针线细密著称。比较可取的还有《比目鱼》。他的戏曲论著存《闲情偶寄》中,分词曲和演习两部。词曲部从结构、词采、音律、宾白、科诨、格局六方面论戏曲文学,演习部从选剧、变调、授曲、教白、脱套五方面论戏曲表演。他这两方面的论述有独到见解,而且系统地总结了前人的成就。李渔很重视作品的结构，他提出“减头绪”、“密针线”的主张，使作品脉络清楚、结构严谨以突出主脑。他将主题思想和结构联系起来论述，这是十分可贵的。他还要求戏曲语言浅显。他说：“传奇不比文章，文章做与读书人看，故不怪其深；戏文做与读书人与不读书人同看，故贵浅而不贵深。”认为“能从浅处见才，方是文章高手”。他也特别重视宾白的创作。在音律方面，他主张“恪守词韵”、“凛遵曲谱”，但也针对时弊，有所批评。关于科诨，主张科诨合于生旦净丑的身份，自然包孕事理之中。总之，李渔继承明人的成就，并结合舞台实际，比较全面而系统地总结了填词和演习方面的理论，是难能可贵的。

李渔之后，乾嘉时著名学者焦循的《剧说》取材160多种有关戏曲记载的书籍，为研究古典戏曲汇集了丰富的参考资料。他的《花部农谈》是研究地方戏的可贵资料，也是很有价值的评论著作。

第三节　其他作家作品

在李玉等苏州派作家之外，吴伟业和尤侗是另一类型的戏曲作家，他们的作品大都借历史故事表现个人的怀才不遇或故君故国之思，意境更接近于诗歌而不大适合于演出。

吴伟业著传奇《秣陵春》，杂剧《通天台》、《临春阁》。这些剧作是“借古人之歌呼笑骂以陶写我之抑郁牢骚”。

尤侗(1618～1704)，字展成，号悔庵，江苏长洲人。著传奇《钧天乐》，杂剧《读离骚》、《吊琵琶》、《桃花源》、《黑白卫》、《清平调》。这些作品不时流露了作者的怨愤，情绪偏于感伤，缺乏深刻的社会内容。尤侗擅长诗文，又精于音律，故其词曲成就较高，说白较差，不宜演出。

万树，字花农，号山农，江苏宜兴人。著有戏曲20余种，流行者有传奇《空青石》、《念八翻》、《风流棒》3 种，都写一个才子与二女成婚的风情故事，所以称为“拥双艳三种”。

昆曲到清代中叶便转入衰落时期。主要作家有唐英、蒋士铨。唐英(1682～1755)，字隽公，号蜗寄居士，官九江关监督。著有《古柏堂曲》17 种。

蒋士铨(1725～1784)，字心余，号藏园，江西铅山人。著戏曲《红雪楼十二种曲》等。

陈加言父女的《雷峰塔传奇》，是有深刻现实内容的浪漫主义作品，剧本写白娘子与许仙的爱情故事以及白娘子为救许仙，争取自己爱情和幸福同法海展开的斗争。剧本对白娘子的描写颇为成功，对后世剧坛影响很大。

清中叶杂剧作家，以杨潮观(1712～1791)为最有名。杨潮观，字宏度，号笠湖，江苏金匮(今江苏无锡)人。著杂剧 32 种，皆为一折短剧，总名《吟风阁》。

此外桂馥(1736～1805)的《后四声猿》，包括《放杨枝》、《题园壁》、《谒帅府》、《投圂中》四种。舒位(1755～1815)的《瓶笙馆修箫谱》，包括《卓女当垆》、《博望访星》、《樊姬拥髻》、《酉阳修月》四种。

第八章　清初至清中叶的诗词散文

第一节　清初至清中叶的诗歌

清初遗民诗人主要有：顾炎武、黄宗羲、王夫之、吴嘉纪、屈大均、归庄等。

顾炎武(1613～1682)，字宁人，自署蒋山佣，人称亭林先生，江苏昆山人，曾为复社成员。清兵南下参加抗清义军，失败后，遍游南北，交结爱国志士，以图恢复。有《亭林诗文集》、《日知录》、《天下郡国利病书》等著作。

顾炎武在诗歌创作上，反对模拟，尊重创新。他强调"凡文不关于六经之指，当世之务者，一切不为"(《与人书》三)，这和他"天下兴亡，匹夫有责"的思想是一脉相通的，所以，在国破家亡之际，面临着强暴敌人，总是寄抗清复国的信念于诗歌之中，以鼓舞人心。著名的作品如《秋山》，记述了江阴、嘉定、松江等地人民悲壮的抗清斗争；《井中〈心史〉歌》中，借歌颂南宋遗民郑思肖和壮烈殉国的陆文夫、文天祥的民族气节来砥砺人们的斗志，表现了"我愿平东海，身沉心不改"的精神(《精卫》)。其他如《海上》、《酬朱监纪四辅》等，以其沉郁刚健的旋律，表现了作者坚定的民族气节和崇高的人格精神。

王夫之(1619～1692)，字而农，号姜斋，湖南衡阳人。曾参加南明桂王政权，从瞿式耜抗清。式耜殉难后，回乡归隐。晚年居衡阳石船山，历尽艰苦，发奋著述。人称船山先生。有《船山遗书》。

其中《姜斋诗话》、《夕堂永日绪论内篇》属文学评论著作。

王夫之论诗，强调情景交融，通过形象抒情达意，反对脱离现实的雕章琢句。他特别重视生活阅历对创作的作用，所谓“身之所历，目之所见，是铁门限”(《夕堂永日绪论内篇》)。他虽然不满儒家诗教的那种“半含不吐之态”，但因所处时代的严酷，他的诗则多于造语奇特、隐喻或用典之中，意缊深含。如《补落花诗》之中，以“落花”喻南明福王政权，以招引“蝴蝶”喻权奸勾引邪佞，以不闻“子规”喻堵塞言路，以“桃李畦争”喻争权夺利。《读〈指南集〉》诗中虽频频用典，但其亡国破家的哀怨悲愤之气，仍能时时鼓荡读者的心扉。

吴嘉纪(1618～1684)，字宾贤，号野人，江苏泰州人。少习举子业。明亡后，绝意仕进，贫困以终。有《陋轩集》，近有上海古籍出版社出版的《吴嘉纪诗笺校》。

吴嘉纪的诗，多反映阶级压迫、民族压迫下人民大众的苦难生活。如《风潮行》，写盐民在天灾人祸下的悲惨遭遇。《海潮叹》中写道:“堤边几人魂乍醒，只愁征课促残生。”这一类乐府诗朴素无华，情真意切，具有强烈的批判现实精神。吴嘉纪的近体诗，也不乏佳作。如《绝句》诗，善于撷取寻常小事，“小中见大”，寓意深远。另如《过史公墓》、《谒岳武穆祠》、《赠歌者》等抒发亡国之痛的诗篇，都写得悲怆沉郁。

屈大均(1630～1696)，原名绍隆，字翁山，又字介子，广东番禺人。曾参加抗清斗争，失败后，削发为僧，游历南北，志在恢复。康熙二十二年(1683)，郑成功子降清，失去了最后抗清据点台湾，屈大均在失望中归隐故里。有《道援堂集》。

屈大均的诗，有些是抨击贪官酷吏，吟咏人民苦难的，如《民谣》、《高州大水作》、《雷女织葛歌》等。更多的则是通过吊古咏史，寄托爱国思想，抒发亡国之痛。如《云州秋望》，在慷慨激越之中，郁结着无限忠愤。《壬戌清明作》糅合杜甫《春望》“感时花溅泪，恨别鸟惊心"诗句，抒写台湾郑氏降清后，壮志难酬的凄楚抑郁。

遗民诗人外，由明臣仕清的诗人，如钱谦益、吴伟业等，在作品中也不乏抒写兴亡之感的篇什。

钱谦益(1582～1664)，字受之，号牧斋，晚号蒙叟、东涧遗老，江苏常熟人。万历进士，曾任弘光朝礼部尚书。降清后，任礼部侍郎。因与反清复明活动有联系，被株连入狱。出狱后，居家著述。著有《初学集》、《有学集》、《投笔集》等，编有《列朝诗集》，选录明二百年间两千家诗人作品，并附有小传。后人将小传别辑为《列朝诗集小传》。

钱谦益反对复古派模拟涂泽之病，也不满公安派末流的浮浅和竟陵派的取径偏狭。他力主诗歌应表达真情实感，强调"读书破万卷，下笔如有神"，"别裁伪体亲风雅，转益多师是汝师"(《冯己苍诗序》)。所以，钱谦益写诗能以唐宋诸名家为师，博采众长，形成自己的风格。因其为常熟人，故有虞山诗派领袖之誉。钱谦益于明亡后，在欲为奴才而不得、转而在眷怀故国的复杂心绪之中，抒写身世沧桑之感的诗歌，往往"哀感顽艳与激楚苍凉合而为一"。如《后秋兴之十三》："海角崖山一线斜，从今也不属中华。更无鱼腹捐躯地，况有龙涎泛海槎？望断关河非汉帜，吹残日月是胡笳。嫦娥老大无归处，独倚银轮哭桂花。"通过比喻、象征式的意象和双关语，以精巧的构思，在桂王政权覆灭后，孤苦无依的失落感中，寄寓了对故国的悲悼之情。

吴伟业(1609～1672)，字骏公，号梅村，江苏太仓人。崇祯进士。清顺治十年(1653)，被迫出仕。后因母丧南归，隐居而终。有《梅村家藏稿》、《梅村诗集》等著作。

吴伟业处于明清换代之际，非常推崇抗清志士慷慨淋漓的悲歌。他的诗也多反映其时的风云变幻，富有鲜明的时代色彩。其近体诗不乏佳作，而尤长于七言歌行。他在诗中，对于自己失节仕清多有自责。其七言歌行《圆圆曲》，讽刺吴三桂为爱妾而卖国的行径;《楚两生行》,记著名艺人苏崑生、柳敬亭的生平荣枯;《松山哀》,斥洪承畴变节降清。这些诗词采丰赡,音节和谐,有很高的审美价值。《四库全书总目提要》论吴伟业的诗歌说:"其少作大抵才华艳发,吐纳风流,有藻思绮合,清丽芊眠之致。及乎遭逢丧乱,阅历兴亡,激楚苍凉,风骨弥为遒上。"

康熙中期以后,负有诗名的有施闰章、宋琬。施闰章(1618~1683),字尚白,号愚山,安徽宣城人。顺治进士,有《学余堂集》。宋琬(1614~1673),字玉叔,号荔裳,山东莱阳人。顺治进士,官至四川按察使,有《安雅堂集》。施闰章工于五言,有些反映民生疾苦的诗。宋琬擅五言歌行,因两次被诬入狱,故多愁苦悲愤之音。沈德潜论二人诗说:"宋以雄健磊落胜,施以温柔敦厚胜。"(《清诗别裁》)两人在当时虽有"南施北宋"之誉,但成就上却不如王士祯、查慎行等人。

王士祯(1364~1711),字子真,一字贻上,号阮亭、渔洋山人,山东新城(今桓台)人。顺治进士,康熙时官至刑部尚书,谥文简。有《带经堂集》、《渔洋精华录》、《渔洋诗话》等。

王士祯论诗,标举神韵说。在艺术上主张含蓄清远,自然超妙,做到兴会神到,反对"记里鼓"式的质实,也就是说不要拘泥于物象而去追求细微末节,所谓"远人无目,远水无波,远山无皴"(《蚕尾续文》)。这种理论引导人们取径王维、孟浩然等人的山水田园诗,使之骋心悦目于自然风光之中,而远离现实生活。

王士祯诗中,体现其神韵说的主要是近体诗,尤其是七言绝句。如《雨中度故关》:"危栈飞流万仞山,戍楼遥指暮云间。西风忽送潇潇雨,满路槐花出故关。"又如《江上》:"吴头楚尾路如何?烟雨秋深暗白波。晚趁寒潮渡江去,满林黄叶雁声多。"景色如画,清新俊逸,情韵绵邈。另如《高邮雨泊》、《瓜州渡江》、《真州绝句》、《露筋祠》等,也都是广为流传的篇什。

王士祯从理论到创作上,侧重于范山模水,嘲风弄月,刻意于艺术技巧的追求，一时间“天下翕然应之”(《四库全书总目提要》)。这种诗风的形成，固然与一些文人的审美趣味和慑于文字狱的心理有关，但也顺应了统治者的需要，所以王士祯的诗颇受康熙皇帝的赏识。

查慎行(1650～1727)，字悔余，号初白，浙江海宁人。康熙进士，授翰林院编修。有《敬业堂集》。查慎行推重宋代苏轼，作《苏诗补注》，但也能兼取韩愈、白居易和元好问诗歌之长，而自成一家。此外，崇尚宋诗的还有宋荦、厉鹗等人，成为清代中叶诗坛上有影响的宋诗派。

乾、嘉诗坛，诸说竞起。有尊崇“格调”者，有主张“性灵”者，也有提倡“肌理”者，其代表人物分别是沈德潜、袁枚、翁方纲。

沈德潜(1673～1769)，字确士，号归愚，江苏长洲(今苏州市)人。乾隆进士，官至内阁学士兼礼部侍郎。著作有《沈归愚诗文全集》，其中《说诗晬语》为论诗专著。所选《古诗源》、《唐诗别裁》、《明诗别裁》、《清诗别裁》等，影响颇大。

沈德潜论诗，讲求“格调”，即注重诗的风格气势和音律声调。古体宗汉魏，近体宗盛唐。他的诗歌多散发着封建卫道者的气息，即使少量反映民生疾苦的作品，也往往含有要百姓安贫乐道的说教，所以得到乾隆皇帝的赞赏而风靡一时。

翁方纲(1733～1818)，字正三，号覃溪，晚号苏斋，大兴(今属北京)人。乾隆进士，官至内阁学士。有《复初斋文集》、《复初斋诗集》，论诗有《石洲诗话》。

翁方纲“肌理”说的含义，是指“义理”与“文理”如骨与肉相联，而“义理”则“根植于六经”(《杜诗“熟精〈文选〉理”理字说》)；“文理”，指“言有物”，“言有序”(同上)。这和桐城派论古文“义法”很有相通之处。至于翁方纲对诗歌的考据作用和史学价值的片面强调，则反映了汉学对诗坛的影响。翁方纲的诗歌，多为韵文形式的学术考据之作。佶屈聱牙，味同嚼蜡；一些记述行踪、描摹山水的诗作偶有佳构。

袁枚(1716～1797),字子才,号简斋,晚号仓山居士,钱塘(今杭州)人。乾隆进士,授翰林院庶吉士,出任江宁等地知县。33岁时,退居小仓山隋氏废园,后改名随园,人因称随园先生。有《小仓山房集》、《随园诗话》及《补遗》、《子不语》等。

袁枚不满于"神韵"、"格调"、"肌理"之说和尊唐崇宋之风,而倡导"性灵"说。"性灵"说是对明代公安派理论的继承和发展。袁枚认为"凡诗之传者,都是性灵"(《随园诗话》卷五),而"性灵"包括"性情"与"灵机",于真情实感外,要有鲜活的趣味,要有作为创作主体的"自我"。这在当时无疑是一种新颖、解放的主张。袁枚的诗为人称道的多为游山览水,吊古讽今之作。如《同金十一沛恩游栖霞寺望桂林诸山》,借神话传说,通过藻思奇想,把动静相生、绚丽多姿的群山形象,描绘得生动逼真,显示出"性灵"说的独创精神。其他如《马嵬》、《秦中杂感》、《谒岳王墓》、《沙沟》等诗都是些直抒胸臆、不拘格套、富有新意之作。

推重"性灵"说的,还有赵翼和郑燮。

赵翼(1727～1814),字云崧,号瓯北,阳湖(今江苏常州)人。乾隆进士,官至贵西兵备道。辞官后,曾主讲扬州安定书院。有《瓯北诗集》、《瓯北诗话》等,赵翼论诗,倡言"性灵",力主创新。长于五古七古。郑燮(1693～1765),字克柔,号板桥,江苏兴化人。乾隆进士,出任山东范县、潍县知县。因请赈触犯大吏而辞官。有《板桥全集》。郑燮深爱明人徐渭(晚号青藤)的诗,还继承了杜甫等人关心社会民瘼的现实主义精神。他的诗,长于白描,真率自然,朴素生动,饱和着对社会黑暗的愤慨,和对人民悲惨命运的同情。如《私刑恶》、《姑恶》、《逃荒行》、《悍吏》等。

和袁枚、赵翼并称乾隆三大家的诗人,还有蒋士铨。蒋士铨(1725～1785),字心余,号苕生,江西铅山人。乾隆进士,官翰林院编修。有《忠雅堂集》。蒋士铨在推重"性灵"说的同时,讲求骨力,但没有袁枚的思想解放。他的“性灵说”中含有“忠孝节义之心，温柔敦厚之旨”。他的诗歌有部分是反映民生疾苦的，如《京师乐府词》中的《鸡毛房》、《饥人叹》、《乞人行》等。能足以代表其创作风格的是些记游、怀古之作。如五古《远游》，七古《开先瀑布》、《漂母祠》，七律《润州小泊》、《梅花岭吊史阁部》、《乌江项王庙》等。笔力苍劲、雄健。

乾隆后期，有一位诗才极高却英年早逝的诗人黄景仁。黄景仁(1749～1783)，字汉镛，一字仲则，号鹿菲子，武进(今江苏常州)人。有《两当轩集》。黄景仁一生穷愁潦倒，诗作多写身世苍凉、落拓苦寂之怀，韵调沉挚凄怆，如《别老母》、《病中杂成》、《微病简诸故人》、《杂感》、《都门秋思》等；《太白墓》、《观潮行》等则写得豪放恣纵；咏史诗如《虞忠肃祠》，颇有郁勃雄浑之气；爱情诗，如《感旧》、《绮怀》，哀婉缠绵。

乾隆以后，诗坛上虽不乏名家，如舒位、严遂成、洪亮吉、宋湘等，但从总的趋势来看，他们的诗歌创作已经走上了下坡路。

第二节　清初至清中叶的词

词盛于宋，到元以后，渐趋衰落，到了清代，作家辈出，形成不同流派，出现了新的繁荣局面。史称“清词中兴”。

清初词坛，最负盛名的作家是陈维崧、朱彝尊和纳兰性德。陈维崧(1625～1682)，字其年，号迦陵，江苏宜兴人。康熙时召试鸿词科，由诸生授检讨。有《陈迦陵诗文词全集》，其中《湖海楼词》集，收词1600余阕，用调416个，古今罕有。宜兴古称阳羡，陈维崧所代表的词派有阳羡派之称。

陈维崧论词，推尊苏轼、辛弃疾的豪放风格。称苏、辛长调“骎骎乎如杜甫之歌行与西京之乐府也”(《词选序》)，借以驳斥词为小道之说，提高词的地位。陈维崧也不排斥清真娴雅之作，善于熔不同风格于一炉。其年少时，生活豪华，“词多旖旎语”，明亡后，所谓“中更颠沛，饥驱四方”，词风为之一变，多慷慨悲歌。如[南乡子]《邢州道上》：

秋色冷并刀，一派酸风卷怒涛。并马三河年少客，粗豪，皂栎林中醉射雕。　　残酒忆荆、高，燕赵悲歌事未消。忆昨车声寒易水，今朝，慷慨还过豫让桥。

于怀古之中，郁塞着报仇复国的豪气。[满江红]《樊楼》，借两宋事喻南明福王政权的覆灭，于抒写欢乐繁华之中，寓凄凉悲愤之情。写兴亡之外，还有些反映社会矛盾的作品，如[贺新郎]《纤夫词》，记述清政府征发大量百姓为其战船拉纤事，是对杜甫《三吏》、《三别》的现实主义精神的创造性继承。另如[南乡子]《江南杂咏》，描绘了在清政府的敲剥下，民不聊生的江南农村。陈维崧的词，题材广阔，往往“情词兼胜，骨韵都高”（陈廷焯《白雨斋词话》），但也有些作品过于直露，含蓄不够。

朱彝尊（1629～1709），字锡鬯，号竹垞，秀水（今浙江嘉兴）人。康熙时，举博学鸿词，授检讨，入直南书房。有《曝书亭集》，选辑有《明诗综》、《词综》等。朱彝尊是浙西词派的开创者。其论词，尊奉南宋姜夔、张炎等人，强调词意的醇雅与格律的谨严，反对俚俗浮艳。他在《陈纬云红盐词序》中说：“善言词者，假闺房儿女之言，通之于《离骚》、变雅之义，此尤不得志于时者所宜寄情焉耳。”但又在《紫云词序》中说：“词则宜于宴嬉逸乐，以歌咏太平，此学士大夫并存焉而不废也。”这后者的看法，显然是慑于文字狱的不得已之言。但它却与王士祯论诗的神韵说，方苞论文的雅洁说一样适应于加强封建统治的需要，因而能一时并盛。

但是，朱彝尊毕竟对江山易主怀有惆怅失落之感，[卖花声]《雨花台》中隐含着亡国之痛；[水龙吟]《谒张子房祠》一词，在对历史沧桑的凭吊之中，隐隐约约地呼唤着报仇复国的英雄，只是又流露出无可奈何的悲惋。朱彝尊还有一部分艳情词，陈廷焯在《白雨斋词话》中称其："尽扫陈言，独出机杼"，"真古今绝构"。代表作如［金缕曲］《初夏》、［瑶花］《午梦》等。

当时词坛上，能与陈、朱鼎足而立的是纳兰性德。纳兰性德（1655～1685），字容若，号楞伽山人，满洲正黄旗人。大学士明珠之子。康熙进士，官至一等侍卫。有《饮水词》、《通志堂集》。性德论词，主张继承《诗经》的比兴手法和现实主义传统。其词取径晚唐五代，两宋名家，风格近于李煜。由于他淡泊名利，视贵族家庭和权势为束缚，而使他心灵上过早地蒙上一层忧郁的云雾。尤其当其爱妻卢氏早亡之后，更使他陷入难以自拔的悲伤之中，因之形成了他哀感顽艳的词风。纳兰词中，以相思、悼亡、思友题材为多，写得情真意切，缠绵清婉。如［台城路］《塞外七夕》、［蝶恋花］"辛苦最怜天上月"，［南乡子］《为亡妇题照》、［沁园春］"瞬息浮生"等。其中［南乡子］《为亡妇题照》：

> 泪咽却无声，只向从前悔薄情。凭借丹青重省识，盈盈，一片伤心画不成。　别语忒分明，午夜鹣鹣梦早醒。卿自早醒侬自梦，更更，泣尽风檐夜雨铃。

把对亡妻的缱绻悼念之情，写得铭心刻骨，凄婉悱恻。

纳兰词历来被评家所称许，王国维在《人间词话》中说："纳兰容若以自然之眼观物，以自然之舌言情。""北宋以来，一人而已！"但纳兰词终是题材狭窄，格调于苍凉悲怆之中过于颓丧，这大约也是他英年早逝的原因。

嘉庆年间，以张惠言、周济为代表的常州词派兴起。他们强调词应继承《风》、《骚》比兴之旨，反映社会生活。并提出"诗有史，词亦有史"（周济《介存斋论词杂著》），以推尊词体。常州词派主盟词坛以后，其影响一直及于近代。

张惠言（1761～1862），字皋文，江苏常州人。嘉庆进士，官编修，工词及散文。有《茗柯文集》、《茗柯词》。张惠言论词，主张"比兴寄托”,“意内而言外”,“深美闳约”,“不徒雕饰曼词而已”(《词选序》),全面地论述到了词的内容与形式。张惠言的词,体现了他自己的创作主张。如[木兰花慢]《杨花》,写杨花性情的疏狂,品格的清寒和对命运的抗争,而终至一生凄凉,化为点点泪斑。看似咏物,而实寄寓了对自身遭遇的怨艾。其比兴寄托,清新婉丽,情真意切。又如[水调歌头]《春日赋示杨生子掞》(五首),感伤春光难驻,韶华短暂,“晓来风,夜来雨,晚来烟。是他酿就春色,又断送流年”。蕴含着对于生命哲理的深沉思考。陈廷焯在《白雨斋词话》中,称其“既沉郁,又疏快,最是高境”。但因强调“比兴寄托”,张惠言的词又往往于含蓄中,意蕴过于隐晦,且对古人一些词作的解释,流于穿凿附会。

第三节　清初至清中叶的散文

清代散文,包括古文与骈文,在继承、总结、发扬前人创作经验的基础上,形成了不同的流派。明清之际的散文家,从其风格上可分为“学人之文”和“文人之文”。学人之文,是指顾炎武、黄宗羲、王夫之等著名学者的文章。

顾炎武论文,主张“文须有益于天下”(《日知录》),反对模拟。他的文章用笔简约,而意蕴深厚,言词犀利,富于情感。黄宗羲(1610～1695)为文,注重“情至”,反对言而无物。《明夷待访录》是一部批判封建专制、倡言民主思想的著作。议论纵横,气势宏伟,语言朴实,富有斗争精神。其表彰抗清志士的传状碑文,写得形象生动,洋溢着忠愤之情。王夫之强调“以意为主”,尊重创作主体的个性。他在《读通鉴论》、《姜斋文集》中的散文,恣肆雄健,放射着战斗的光彩。以上三人,处于明末清初天崩地解的变故之中,他们在进行历史文化反思的同时,批判程、朱、陆、王,批判君主专制,呼唤民主政治，具有思想启蒙意义。但是，他们批判的武器仍然取之于儒家经典六经之中，而失去了明代中叶李贽等人文章中的挑战锋芒。

文人之文，是指以清初三大家为代表的散文创作。他们是侯方域、魏禧、汪琬。

侯方域(1618～1654)，字朝宗，河南商丘人。少有才名，为复社成员。曾于扬州入史可法幕府。入清后，应顺治乡试，中副榜。有《壮悔堂文集》、《四忆堂诗集》。侯方域承唐宋派遗风，师法唐宋诸家，以写古文名世。如写于崇祯十六年(1643)的《癸未去金陵日与阮光禄书》，对阉党余孽阮大铖卑劣的人格，险恶的用心，揭露得淋漓尽致。全文于慷慨叙议之中，处处含有锋芒，用笔朴实而有豪气。另如《朋党论》、《王猛论》等，都写得恣肆畅达。其纪传文，能"学《史记》写生得神髓处"(魏禧《与魏凝叔书》)，如《马伶传》，以曲折的故事，和对典型细节的渲染，把马伶不甘失败、刻苦学艺的精神面貌写得栩栩如生。并于行文之中，暗寓了对当朝宰相顾秉谦的贬斥之意。另如《李姬传》中，以简捷的笔墨，把李香君的人品见识刻画得生动感人。

魏禧(1624～1681)，字叔子，一字冰叔，号裕斋，江西宁都人。入清后，隐居翠微峰，绝意仕进。有《魏叔子集》。魏禧认为"为文之道，欲卓然自立于天下，在于积理而练识"。所谓"积理"，是指"生平耳目所见闻，身所经历，莫不有其所以然之理"，"必皆深思而谨识之，酝酿蓄积，沉浸而不轻发，及其有故临文，则大小浅深，各以类触，沛乎若决陂池之不可御"(《宗子发文集序》)。所谓"练识"，是指"博学于文，而知理之要；练于物务，识时之所宜"(《答施愚山侍读书》)。魏禧的史论、传记都有佳构。广为传诵的《大铁椎传》，人物豪侠的性格，跃然纸上，文笔凌厉酣畅。文末论曰："子房得力士，椎秦皇帝博浪沙中，大铁椎其人与？"寄寓了报仇复明的愿望。

汪琬(1624～1690),字苕文,号钝庵,长洲(今属江苏苏州)人。顺治进士,康熙时举博学鸿词科,授编修。有《钝翁类稿》、《尧峰文钞》等。汪琬认为载道之文,未必是好文章,只有作者的艺术创造才能和寄托的深厚,才能使“读者惊骇改易”(《答陈霭公论文书一》)。但他又强调要恪守唐宋大家所讲求的开阖、呼应、操纵、顿挫等法。(《答陈霭公论文书二》)汪琬的文章疏畅条达。如《江天一传》记江天一以诸生身份抵御清军,兵败被执,壮烈殉国事。文章朴实雄健。

康熙中叶以后,清朝统治进入相对稳定时期出现的桐城派古文运动,一方面是出于巩固封建政权的需要,一方面则因为发展九百年来的唐宋古文,有必要从理论到实践上予以总结、继承。这一运动的开创者方苞,后继者刘大櫆,集其理论大成者姚鼐,都是安徽桐城人,故有桐城派之称。桐城派在文坛上形成一股颇具声势的潮流,一直波及到近代和五四新文化运动前夕。

方苞(1668～1749),字凤九,号灵皋,晚号望溪。康熙进士。曾因戴名世《南山集》案牵连入狱,得李光地营救被赦。累官内阁学士兼礼部侍郎、经史馆总裁。有《望溪文集》。方苞尊奉程、朱理学,崇尚唐、宋古文。所谓“学行继程、朱之后,文章介韩、欧之间”(王兆符《望溪文集序》)。其论文,标举“义法”。“义”是指“言有物”,“法”是指“言有序”。“义以为经而法纬之,然后为成体之文”(《又书货殖传后》)。这反映了他对内容与艺术关系的看法。在艺术上,他又提出“雅洁”的标准,即“古文中不可入语录中语,魏晋六朝藻丽俳语,汉赋中板重字法,诗歌中隽语,《南·北史》佻巧语”(沈廷芳《书方先生传后》)。方苞也正是按照这种主张从事散文写作的。

方苞的文章多写得简洁,精练,不枝不蔓,如《左忠毅公逸事》、《孙征君传》、《游潭柘记》等。其中《左忠毅公逸事》,记述了左光斗不顾个人生死,为国事殒身的斗争精神,以及史可法对这种精神的继承发扬,讴歌了左光斗不朽的人格力量。左光斗和史可法的形象生动感人,全篇洋溢着一种昂扬正气。另如《狱中杂记》、《送冯文子序》等文,揭露了封建司法制度和吏治的黑暗。方苞的多数文章写得比较平实,缺乏韩愈所说的“闳其中而肆其外”(《进学解》)的气势。

刘大櫆(1698～1779),字才甫,一字耕南,号海峰。一生科举失意,晚年官黟县教谕。康熙末,游京师时,深受方苞奖誉,称其“乃今世韩、欧才也”。有《海峰诗文集》。刘大櫆在《论文偶记》中,既继承了方苞的“义法”之说,而又有所发展。他说:“故文人者,大匠也;神气音节者,匠人之能事也;义理、书卷、经济者,匠人之材料也。”所谓“神气”,是指形成文章风格的内在精神和行文的气势,比方苞说的具体手法,要“进乎技矣”。“神气”,又需赖以音节字句得以体现。而“义理”,则仅仅成为材料之一。由于这种对艺术形式的偏重,所以方宗诚在《桐城文录序》中评刘大櫆的文章说:“义理不如望溪之深厚,而藻彩过之。”他的《书荆轲传后》、《海舶三集序》、《送姚姬传南归序》等,都体现了他的这种文章风格。他的一些游记,也颇可观,如《游三游洞记》,洞中景物,写得有声有色,引人入胜。又如《游万柳堂记》,通过三游万柳堂的所见,谴责了“朘民之膏以为苑囿”的达官贵人。属于“即物以明理”(《论文偶记》)类的文章。

姚鼐(1732～1815),字姬传,一字梦谷,室名惜抱轩,人称惜抱先生。乾隆进士,历官刑部郎中、乡试考官、会试同考官等。曾主讲梅花、紫阳、敬敷等书院凡40年。有《惜抱轩全集》,编选有《古文辞类纂》。姚鼐继方苞、刘大櫆后,提出义理、考证、文章相结合的理论,揭示了写作过程中观点、材料、艺术形式间相辅相成的关系。在艺术方面,他还具体地列出八点要求:“神、理、气、味、格、律、声、色。神、理、气、味者,文之精也;格、律、声、色者,文之粗也。”(《古文辞类纂序》)所谓“神、理、气、味”是指文章的精神、脉理、气势、韵味，即体现作品内容的艺术风格。所谓“格、律、声、色”是指文章的结构、句法、音节、辞采，即作品内容的艺术载体。对于艺术风格，姚鼐又概括为阳刚与阴柔之美。二者相对立而存在，相比较而共生，应当是“阴阳刚柔并行而不容偏废”(《海愚诗钞序》)。

姚鼐从以上三个方面，较全面地、系统地总结了古文写作经验，使桐城“义法”臻于完善。但因其“义”的陈腐，“法”的缺少创新精神，而终于把古文的写作引入末路。

姚鼐的文章写得疏淡雅洁，结构严谨。如《登泰山记》，结合时令特征，着重山上景观与登山路径的描绘。日观亭观日出，如工笔画，使读者有历历在目之感。写泰山，虽不乏阳刚之气，但更多的是阴柔之美。《左仲郛浮渡诗序》中，写浮渡山和游览名山大川的理想，风格也类此。《袁随园君墓志铭》，于简洁严整之中，尤显得平淡。

桐城派古文在文坛上极盛之时，有阳湖派出来，欲以矫正桐城派古文日趋窳弱、狭窄之弊。其代表人物为恽敬、张惠言。

恽敬(1757～1817)，字子居，号简堂，乾隆举人，官吴县同知。有《大云山房文稿》。恽、张两人都是江苏阳湖(常州)人，故有阳湖派之称。他们都受桐城派影响，而治唐、宋古文。但他们又主张艺术上应合骈、散之长，内容上应博采百家。至于“其高下远近华质，是又在乎人之所性焉”(恽敬《大云山房文稿二集自序》)，则又表现为对创作个性的尊重。他们的文章虽没有桐城派的拘谨、狭隘，但也有驳杂的毛病，缺乏桐城派的雅洁自然。

与古文相对的骈体文，在清代随着文化的复古潮流，重又展现出其华彩的面目。尤其在乾、嘉之际。涌现出了大批作家，在文坛上形成与古文抗争的劲旅。

开清初骈体文写作风气的，首推陈维崧。所写骈体文，或雄猛豪宕，或沉郁顿挫，颇能感人肺腑。

乾、嘉时期，重要的骈体文作家有胡天游、汪中。另有八大家之称的是：袁枚、邵齐焘、刘星炜、吴锡麒、孔广森、孙星衍、洪亮吉、曾燠。

袁枚在《胡稚威骈体文序》中为骈体文正名。他从奇、偶并存的生活现实出发，指出骈俪文是自然之美在文章体式上的反映。又说骈体文的写作需要有深厚的学问："散行可以蹈空，而骈文必征典，骈文废则悦学者少，为文者多，文乃日敝。"他还在《答友人论文第二书》中肯定韩愈、柳宗元在力矫骈俪的同时，并未走向一概摒弃的极端，所以他们的文章仍"时有六朝余习"，于散行中常出现俪词偶句。

乾、嘉时，最有代表性的骈文作家，当推汪中。汪中（1744～1794），字容甫，江都（今江苏扬州）人。乾隆贡生，后绝意仕进。一生穷困，为人耿直，往往无视封建礼教和传统观念而标新立异，被视为狂徒。有《广陵通典》、《述学》内外篇、《汪容甫遗诗》等。汪中的骈体文，不步趋、模拟古人，善于"钩贯经史，熔铸汉、唐"（刘台拱《遗诗题辞》），常作宏丽、凄婉之音，以抒愤世嫉俗之感。如《狐父之盗颂》，写将要饿死的路人，在"芒芒下土，曾无可依"的绝望中，"惟盗铺我，慈母婴儿"。面对"盗"的这种出于"悲心内激，直行无挠"，作者揭示了社会上仁义道德遮掩下的浇漓冷酷的世风，并发出质问："吁嗟子盗，孰如其仁？"以至于愤激地喊道："孰为盗者，吾将托焉！"又如《哀盐船文》，写江苏仪征盐船大火，船焚人亡的惨状。在细腻生动的环境描写、氛围渲染之中，寄寓了深切的同情。杭世骏为之作序，称其"惊心动魄，一字千金"。另如《黄鹤楼铭》、《汉上琴台之铭》、《广陵对》等，其叙事或抒情，都写得情致高远，巧于用典属对。

第九编　近代文学

概　述

当中国封建社会迈着蹒跚的步履进入清代嘉庆、道光年间，亚细亚"老大帝国"已经日薄西山，笼罩在内忧外患的悲凉气氛之中。1840年鸦片战争爆发，西方列强凭借坚船利炮打开了中国的大门。这一方面给中华民族带来了巨大的灾难；另一方面也震惊了国人，加速了封建社会的瓦解，为民族资本主义的发生、发展提供了有利条件。中国社会最终踏上了崭新而又悲壮的历史嬗变过程，并引起了文学观念和文学创作的一系列变革。

纵观中国近代史，可分为资产阶级启蒙时期、改良时期和革命时期。与此同步发展的文学主流也体现出不同阶段的历史风貌。

资产阶级启蒙时期包括鸦片战争、太平天国革命和洋务运动。当帝国主义列强入侵，大清王朝内部各种矛盾迅速激化，中国面临亡国灭种危险的紧急时刻，首先觉醒的是那些比较开明的封建知识分子，如龚自珍、魏源、林则徐等人。他们为了救世除弊，图强御侮，而不满于宋学和汉学的空疏无用，积极倡导经世致用之学，呼唤变革，了解西方，形成了具有启蒙意义的社会思潮。反映这种社会思潮的诗文作家，遂有经世派之称。

太平天国以其摧枯拉朽之势，席卷了中国南方半壁江山。面对农民起义，八旗子弟早已失去其祖先当年驰骋疆场的骑士风采，而不得不启用汉族地主武装，并勾结帝国主义，对太平天国进行联合围剿。正是在这个过程中，曾国藩、李鸿章等看到了帝国主义坚船利炮对维护封建统治的重要性。于是，他们以“中学为体，西学为用”为号召，派遣留学生，聘用西方人士，运用西方科学技术，开办军事和民用工业，史称“洋务运动”。但他们所始料不及的是：洋务运动未能挽救清王朝岌岌可危的统治，却在客观上扩大了中外交流，引进了西方进步思想和科学技术，刺激了民族工业的发展，为此后的改良主义和革命运动准备了新的思想观念和人才。

这个时期，文学上最早发出呼喊的是龚自珍。其作品着眼于现实社会，抒发自己的感慨，充满了蓬勃向上的浪漫主义精神、深沉的时代感和呼唤改革风暴的满腔激情。魏源则以朴素自然、明白晓畅的风格，表达深沉的忧患意识和激越的爱国热情。此后，冯桂芬、王韬、薛福成等人，形成了后期经世派作家群。同时，张维屏、贝青乔、张际亮、姚燮等作家，以其风格和内容各异的作品，汇成这一时期的爱国诗潮。此外，太平天国文学也以“朴实明晓”的文风，宣传革命，唤醒民众，具有特出的进步意义。

与之同时，传统诗文顽固地坚守其阵地。曾国藩在镇压太平天国的过程中，深感思想文化上的统治更重于武力的镇压，而以程朱理学为归宿、以卫道兴教为己任的桐城派古文，正适应了其政治上的需要。于是，他一方面大力倡导桐城派古文，一方面又对其进行大刀阔斧的改造，以期适应新的政治形势。后经曾门四弟子张裕钊、吴汝纶、黎庶昌、薛福成等人的继续倡导，桐城派古文一时形成了“中兴”局面。同时，宋诗运动上承清代中叶的宋诗派而又有所发展。他们要求变革诗风但又坚守儒家正统诗教,强调“不俗”而又主张以经史考据入诗。其中比较有成就的只有程恩泽、何绍基、郑珍等人。至同治、光绪年间,沈曾植、陈三立、陈衍等更大树宗宋旗帜,其诗被称为“同光体”。

此期小说创作处于衰落时期,侠妓小说占据了文坛。侠义小说以文康的《儿女英雄传》、俞万春的《荡寇志》和石玉昆的《三侠五义》较为有名。这些作品或宣扬忠孝节义等“英雄儿女事业”,或诋毁梁山农民起义,或熔公案小说和侠义小说为一炉,成就都不很高。写妓的小说有《品花宝鉴》、《花月痕》、《青楼梦》、《海上花列传》等,这些作品多以描写才子和妓女的畸形恋爱为主,标志着才子佳人小说的堕落,但也在一定程度上反映了黑暗的社会现实和封建士子的畸形心理。

鸦片战争之后,各国列强加快了变中国为殖民地的进程,义和团运动失败,八国联军入侵北京,一个个不平等条约相继签订。特别是 1894 年甲午海战的炮火,把人们从洋务救国的虚幻光环中惊醒过来。血的教训告诉人们:中华民族一次次的屈辱和苦难,并不在于船不坚炮不利,而在于旧的封建政治体制严重地制约了文明的进步和社会的发展;同时,民族资产阶级的发展,也要求在政治舞台上一展手脚。于是,部分进步知识分子代表新兴资产阶级的利益,学习西方模式,主张变法图强,最终形成了以戊戌变法为中心的资产阶级改良主义运动。

配合政治上的改良,文学观念和文学创作也出现了许多新的变化。以梁启超为首的文学改良健将们,先后提出了“诗界革命”、“文界革命”、“小说界革命”和“戏剧改良”的口号,一时间群起响应,形成了文学改良运动的高潮。诗歌方面,被梁启超称之为“诗界革命”一面旗帜的黄遵宪,是龚自珍之后的杰出诗人。其诗歌反映了新世界、新感情,描写近代史上关系国家民族的重大历史事件,充满了爱国激情,被称之为“新派诗”。梁启超的“文学改良论”

既是对近代文学改良思潮的总结，又对五四新文化运动产生了不可磨灭的影响。其散文自由解放，汪洋恣肆，或文或白，忽中忽外，平易畅达，感情充沛，被称为“新文体”。此外，康有为、谭嗣同、夏曾佑、蒋智由、丘逢甲等，在创作上也都取得了一定成就。同时，著名的翻译家严复和林纾，在译介西方学术和文学名著方面，也成就斐然。

小说方面，创作和理论研究都出现了新局面。梁启超在其创办的《小说林》上倡导“小说界革命”，产生了巨大影响，一时间探讨小说理论、肯定小说的社会功用、提高小说的社会地位蔚然成风。创作方面最有成就的是出现了一批谴责小说，如李伯元的《官场现形记》、吴趼人的《二十年目睹之怪现状》、刘鹗的《老残游记》和曾朴的《孽海花》等。这些作品都从不同的侧面，暴露了当时社会的黑暗。就戏曲来说，京剧在广泛吸收各地方戏优点的基础上，取代昆剧成为全国一大剧种。

但传统诗文仍有一定的势力。以陈衍等为代表的“同光体”诗歌，仍然是传统诗文的主要流派。同时，又有以王闿运为代表的汉魏六朝诗派，以樊增祥、易顺鼎为代表的中晚唐诗派和其他拟古诗派。但他们的部分作品，同样表现了揭露现实、感伤时事、表达爱国情绪的内容。近代词坛以常州词派最为突出，历经谭献再到被称为清末四大词家的王鹏运、朱孝臧、况周颐、郑文焯，在词的整理、理论研究和创作上都有所建树，同时，被称为“巨擘”的词人蒋春霖，虽不为各派所藩篱，却卓然大家，占据词坛一席之地。

随着戊戌变法的失败，许多人从改良主义的失败中总结经验教训，认识到要挽救中国危亡的命运，必须走革命的道路，推翻清王朝的腐朽统治，因此，各种革命团体纷纷出现。1905 年中国同盟会成立，标志着资产阶级民主革命开始走上高潮。此后，各地相继爆发了革命党人举行的武装起义。1911 年，统治中国两千多年的封建专制体制终于在辛亥革命的胜利凯歌声中寿终正寝。但是，封建专制主义的阴魂并没有消散，袁世凯的83天皇帝梦、张勋复辟的丑剧都在告诫着人们：革命并未成功，同志仍需努力。于是，一场更广泛的反帝反封建运动正在酝酿之中。不久，五四运动爆发，中国历史终于翻开了崭新的一页。

这一时期首先应该注意的是章炳麟、秋瑾和邹容等投身革命的作家。章炳麟以散文著称，其作品与宣传革命息息相关，思想内容充实，感情强烈，组织严密，具有动人的力量。女革命家秋瑾饱蘸热血，写下了充满战斗、自我牺牲精神和追求理想的浪漫主义诗作，表现了沸腾的爱国热忱。这个时期还出现了重要的文学团体“南社”，其作家如柳亚子、陈去病、高旭、苏曼殊等，都以文学为武器，宣传革命，表达爱国思想。特别是柳亚子，以其激越的革命热情和雄奇瑰丽的浪漫风采，在近代诗歌史上写下了浓重的一页。

此期的小说创作基本为鸳鸯蝴蝶派所垄断，其内容以言情为主，兼有黑幕、娼门、武侠、侦探等内容，虽然有些作品揭露社会黑暗，表达民主思想，但从主流说则是不健康的。不过，这些作品在艺术上取得了一定的成就，对现代小说的发展也产生了不可忽视的影响。在革命派作家中，苏曼殊的小说比较有名，其作品虽亦不脱男女恋爱的范畴，却体现了反封建精神，反映了那个时代知识分子内心的追求和苦闷，表现了作者对人生的艰难探索。戏曲方面，出现了以汪笑侬为代表的京剧改良运动，在留日学生中产生了“话剧”。

就传统文学来看，陈衍等人在北京创立“诗社”，以与“南社”相对抗，但已是强弩之末。王国维身为保皇党，在文学上提倡为艺术而艺术，和当时反帝反封建的时代精神格格不入，但他最早运用西方美学观念审视中国文学，对建构中国文艺理论体系做出了卓越贡献。

第一章　龚自珍与其他经世派作家

18世纪末叶以后，广大文人学士在清王朝的高压与笼络下，仍然沉溺于程、朱理学，或醉心于汉学考据，对于日益频繁的农民起义和西方列强在经济侵略后边酝酿着武装进犯的种种迹象，则视而不见，充耳不闻。而以龚自珍、魏源为代表的一部分知识分子，高瞻远瞩，以哲人的睿智洞察到危机四伏的现实。他们抨击宋学的空疏、汉学的烦琐，倡言经世致用之学，欲以除弊革新，力挽狂澜。他们的议论，在万马齐喑的嘉、道之际，具有石破天惊、振聋发聩的作用。一时间，与之声应气求的有林则徐、包世臣、汤鹏、张际亮、姚莹等人。于是，革新除弊，图强御侮为内容的社会思潮遂勃然而兴。意识形态领域内的这种新动向，表现在文坛上，便是经世派作家群的崛起。

第一节　龚自珍

经世派作家中，成就最大的首推龚自珍。

龚自珍(1792～1841)，字璱人，号定庵。浙江仁和(今杭州)人。道光进士，官宗人府主事、主客司主事等职。48岁辞官南归，50岁暴卒于丹阳云阳书院。

龚自珍文学观的核心是“尊情”。“尊情”即是指尊重自然人性纯真的思想情感，这其实是对个性解放的呼唤。他在《病梅馆记》中，以象征的手法，寄寓了打破封建专制桎梏人性、束缚创作自由的强烈愿望，表达了回归自然的审美理想。这种“尊情”说，与明代李贽的“童心说”、袁中郎的“性灵说”有着一脉相承的关系，尊尚的都是没有受到礼教、世俗扭曲的天真率直的感情，所谓“少年哀乐过于人，歌泣无端字字真”(《己亥杂诗》一七〇)。从“尊情”说出发，龚自珍反对复古模拟之风，称颂独创精神。他不满意于步趋盛唐的诗坛：“天教伪体领风花，一代人才有岁差。我论文章恕中晚，略工感慨是名家。”(《歌筵有乞书扇者》)意思是说，清王朝对赝体诗的提倡，压抑了一代人才。虽是中、晚唐的诗，只要能直抒胸中感慨，也会有佳作。而对于“万喙相因”的科场之文，龚自珍更是厌恶。所以他说：“予欲慕古人之能创兮，予命弗丁其时；予欲因今人之所因兮，予怵然而耻之。”(《文体箴》)

龚自珍是中国近代的启蒙思想家，也是一位影响深广的诗人。他的诗一反清代中叶以来诗坛上模山范水、吟风弄月、脱离实际的风气，而把极大的热情，将对时事政治、社会生活的判断与思考，融入到诗歌创作之中。龚自珍少年时代就写了不少诗，被人评之为“伤时之语，骂座之言，涉目皆是”(《定庵年谱外纪》)。这些诗绝大部分未保存下来。中年以后，并未因仕途坎坷而收敛了昔日批判的锋芒。如七律《咏史》：“金粉东南十五州，万重恩怨属名流。牢盆狎客操全算，团扇才人踞上游。避席畏闻文字狱，著书都为稻粱谋。田横五百人安在，难道归来尽列侯？”诗人愤慨于南明的灭亡，和士大夫们靦颜苟安、卑躬屈节于清朝淫威而廉耻丧尽，既鞭笞了士风，又隐含着强烈的民族意识。

龚自珍的诗，有的以浪漫主义的精神，构建出瑰丽雄奇的艺术境界。如《西郊落花歌》形容漫天落花：“如钱塘潮夜澎湃，如昆阳战晨披靡，如八万四千天女洗脸罢，齐向此地倾胭脂。”有的诗，从现实着眼，通过对象征物的艺术处理，以寄寓对某种社会现象的爱憎与评价。如《伪鼎行》：“内有饕餮之馋腹，外假浑沌自晦逃天刑，四凶居其二，帝世何称？”然而却“福极而碎”。揭示了那些重臣权相们表面愚钝，骨子里贪婪的嘴脸。这些人罪大恶极，却能逃脱惩罚，得以善终。这就使“伪鼎”具有了典型意义。运用象征意象，使诗歌生动含蓄、具有概括力的手法，在龚自珍诗中常常可以看到。如“箫”和“剑”，前者是作者怨抑之心、温文之思的外化，后者是磊落之情、狂侠之气的具象。总之，是对“亦狂亦侠亦温文”(《己亥杂诗》二八)人格的写照。又如《己亥杂诗》中“落花”、“风雷”，前者作为自喻，含有对怀才不遇、遭际坎坷的悲愤不平，后者是指改天换地的磅礴力量，或郁勃待发的雄才大略。

龚自珍的诗往往不拘格套，如写得最多的七绝，多是自由奔放，冲口而出，不受传统模式束缚。语言也风格多样，或瑰丽、典雅，或朴实、平易。有的如同童谣、民歌，如《馎饦谣》：“父老一青钱，馎饦如月圆。儿童两青钱，馎饦大如钱。盘中馎饦贵一钱，天上明月瘦一边。……”但他的一些诗也有用典太多而过于晦涩的。

龚自珍的诗，因其深邃的思想底蕴和艺术上学古不泥古的独创性，成为近代诗坛的一面旗帜。所以柳亚子称其诗为“三百年间第一流”。

龚自珍的散文，形式多样，风格各异。或以谈经论史，或以寓言小品，或以写人记事，寄寓忧愤，针砭时弊，倡言变革。如《古史钩沉论一》，论述在清代君主专制的震荡摧锄之下，造成的士大夫偷惰畏葸之风。《明良论二》又进一步揭示了政要之官惟“知车马服饰，言词捷给而已，此外非所知也”。一旦有缓急，“则纷纷鸠燕逝而已”。在《乙丙之际箸议第九》中，大胆预言道：“然而起视其世，乱亦竟不远矣。”于是，他大声疾呼：“一祖之法无不蔽，千夫之议无不靡，与其赠来者以劲改革，孰若自改革?”(《乙丙之际箸议之七》)。记叙文，如《杭大宗逸事状》，叙述杭世骏疏论用人宜泯满、汉之见，而触犯皇帝遭祸事。龚自珍的散文，既无桐城古文的迂拘，也无选派骈文的偶俪，更无考据家文章的朴拙，而是一种汪洋恣肆、纵横驰骤、豪放跌宕、诙诡谲怪的文章。他的散文，为近代散文发展开拓了一条崭新的途径。

第二节　魏源和其他经世派作家

魏源(1794～1857),字默深,湖南邵阳人。道光进士,历官内阁中书、知州。著有《圣武记》、《海国图志》、《古微堂集》、《古微堂诗集》。

魏源于道光初年与龚自珍结识,共同受《公羊》学于刘逢禄,遂弃宋明理学而转治今文经学。后为江苏布政使贺长龄编纂《皇朝经世文编》,从事经世之学。鸦片战争爆发后,积极投入抗敌工作,受林则徐之托编撰《海国图志》,介绍世界各国情况,提出"师夷之长技以制夷"的主张。

魏源在文学上的主要成就是他的诗歌创作。

魏源的诗,有不少充满着经世派作家忧国忧民的情怀。如《北上杂诗七首同邓湘皋孝廉》之六中,以沉痛的心情,记述了在青黄不接的春天,饥不择食的农民食以有毒的荞麦花,以至造成"僵者如乱麻"的惨象。诗人虽未揭示出悲剧的制造者,但其批判的矛头所向全在无言中。又如《江南吟》之一,写农民在沉重的赋税盘剥下,"纳过官粮余秸秆",只得"改作花田利翻倍"。结尾处写道:"城中奢淫过郑卫,城外艰苦逾唐魏。游人但说吴人娇,花农独为田农泪。"通过这种对比,暴露了日趋激化的社会矛盾。《江南吟》之八中,表达了对鸦片泛滥的忧虑:"彼昏自痼何足言,藩决胥殚付谁守?"并提出禁烟的根本办法在于:"中朝但断大官瘾,阿芙蓉烟可立尽!"

魏源写于鸦片战争时期的诗歌,如《寰海》,《寰海后》、《秋兴》、《秋兴后》等组诗,可称为鸦片战争的史诗。在诗中,作者把那些诬蔑抗战军民,通敌卖国的大臣、将帅们的卑劣嘴脸一一描绘了出来,把他们永远地钉在了历史的耻辱柱上。而对于领导抗英禁烟的民族英雄林则徐和痛剿英国侵略军的三元里人民，则进行了热情的讴歌。这些诗都写得激越奔放，感人肺腑。魏源的山水诗，具有景象瑰玮，气势磅礴，形象飞动的特点。他的律诗，有用典过多使人费解的毛病。

经世派作家中影响较大的作家，还有林则徐、包世臣、冯桂芬、王韬等人。这些作家注重向西方学习，并初步以西方的科学、民主思想来观察和试图解决中国的社会问题，而提出了一系列救亡图存的方略。

第二章　鸦片战争时期的爱国诗潮

鸦片战争的炮火，使许多人从“承平”的醉梦中醒来。面对侵略者的贪婪残暴、清政府的腐败庸懦和爱国军民的英勇赴难，许多骚客诗翁，无论身世贵贱，见解各异，从不同的侧面，把这时代的风云谱写成一曲曲饱含血泪的壮歌，在诗坛上形成了巨大的爱国诗潮，一改康、乾以来脱离实际，抒发闲情逸致，粉饰太平的诗风。这一潮流上承龚自珍，下启“诗界革命”和革命派诗歌创作，构成近代诗歌发展的主流。

阿英《鸦片战争文学集》收录写鸦片战争的诗人就有100多位。其中著名的有魏源、张际亮、姚燮、贝青乔、林昌彝、林则徐、张维屏、朱琦、陆嵩、张仪祖等。

第一节　张维屏与贝青乔

张维屏(1780～1859)，字子树，号南山，别号松心子，广东番禺人。道光进士，官南康知府。有《张南山全集》。

张维屏素负诗名。鸦片战争使他的诗心为之昂扬愤激，写下了广为传颂的赞扬军民抗敌卫国的诗篇。如《三元里》，记述了中国近代历史上，人民群众第一次自发抗击侵略者的壮烈场面，显示了中国人民不畏强暴的斗争精神和爱国热忱，并对媚敌卖国的投降派进行批判。《三将军歌》描绘了三位殉国名将的英雄形象，讴歌了他们崇高的民族气节。张维屏这些反映鸦片战争的诗歌，都写得质朴无华，平易晓畅，气势雄健。

贝青乔(1810～1863),字子木,号无咎,又自署木居士,江苏吴县人。一生困于场屋,过着幕客生活。有《半行塘诗存稿》、《咄咄吟》。

贝青乔在鸦片战争中投笔从戎,入扬威将军奕经幕府,参加浙东抗英斗争,亲身潜入敌占区宁波刺探情报,还亲临过战阵。但由于奕经的昏庸而指挥失误,一战丧胆,终于导致《南京条约》的签订。贝青乔经历了这一历史过程,遂愤然写成《咄咄吟》120 首七言组诗,每诗一注,标明所咏之事。诗中揭露了一个最让人奇怪的事实,是"抗英有罪":"铁错何堪铸六州,哗传新令下江头。早知杀贼翻加罪,误把雄心赴国仇。"鞭笞浙江巡抚求和媚敌的无耻行径。而皇帝和朝臣们也同样畏敌如虎,以至于"宸翰红题券一章,东南五路约通商。群公自有安边策,尽括军储补寇粮"。字里行间中充满着诗人的一腔义愤。在战争中,清军的腐败无能,更令人惊诧。主帅靠在关帝庙求签决定战守,随员们则花天酒地,贪冒争功。指挥官张应云竟然临阵大发烟瘾。把这一件件咄咄怪事连缀一起,会使人清晰地看到一幅气息奄奄行将就木的清王朝的形象。诗中也讴歌了一些爱国将士、爱国平民英勇抗敌的壮举,与苟安卖国的主和派形成鲜明对照,让人们在一片失败投降的浓雾中,仍然还能看到中华民族的希望所在。

《咄咄吟》以其内容的纪实性,语言的通俗化,成为鸦片战争的一组史诗,使中国人民永远铭记着这包含着耻辱与悲壮的一页。

第二节 张际亮与姚燮

鸦片战争中,英国侵略者以疯狂的野蛮在中国犯下了滔天罪行。诗人张际亮、姚燮等都亲历目睹了这一历史浩劫。他们怀着极大的悲愤,用自己的诗笔记录了外国侵略者欠下中国人民的血泪账。

张际亮(1799～1843)，字亨甫，福建建宁人。道光举人。有《思伯子堂诗集》。张际亮曾在京师与龚自珍、魏源、汤鹏、姚莹等人交好，纵论天下事，“力挽颓波，勉成砥柱”。终因得罪权贵而仕途无望，只得浪迹天涯，“一生足迹遍天下，道途便历知民隐”。坎坷的身世，生活的磨炼，使他的诗歌具有丰富的社会内涵。鸦片战争爆发，他应台湾兵备道姚莹之邀，欲以前往参加抗英斗争，但因定海失陷，未能成行，而和浙东人民一起饱尝了战争的苦难，目睹了侵略者的暴行，发而为诗，写下了《定海哀》、《宁波哀》、《奉化县》、《东阳县》等记述侵略者罪行的诗篇。

《东阳县》记述了英国侵略军的强盗本性：“孀妇近八十，处女未十六。妇行扶拄杖，女病卧床褥。夷来捉凶淫，十数辈未足。不知今死生，当时气仅属。日落夷归船，日出夷成族。笑歌街市中，饱掠牛羊肉。库中百万钱，搜取昼以烛。”“百钱即强夺，千室尽窜伏。”“传闻同逃者，白刃已加腹。可怜繁华土，流血满沟渎。”全诗以通俗的语言，白描的手法，把这令人发指的历史镜头留给后人，催他们从耻辱中觉醒、奋发。

张际亮是一位愤世嫉俗、有远见卓识的诗人。早在1833年，他在《登粤秀山》、《大庾岭》、《浴日亭》等诗中，一再揭露侵略者借鸦片贸易所包藏的祸心。所谓“毒土换黄金，千万去中原”，“狡狼鬼国恣，陷溺生民冤”。因而在鸦片战争前，鸿胪寺卿黄爵滋所上轰动朝野的禁烟疏，也是出于他之手。鸦片战争中，姚莹在台湾抗英有功，反遭诬陷逮问。张际亮抱病为之奔走鸣冤。姚莹出狱，他却因劳瘁过度而死。所以说，他的一生和他的诗篇一样，是高扬着民族精神的悲歌。

姚燮(1805～1864)，字梅伯，号野桥，后号复庄。浙江镇海人。道光举人，多才多艺，尤以诗名。有《复庄诗问》。姚燮的家乡被英军攻陷后，备受蹂躏。他一家人和广大百姓一样，尝尽逃难流离之苦。他把这些经历都写成了诗篇，如《惊风行》、《无米行》、《北村妇》、《山阴兵》、《兵巡街》、《太守门》、《捉夫谣》等。这些诗继承了现实主义的传统，感情深挚，语言浅显易懂。

第三章　桐城派的“中兴”与宋诗运动

第一节　曾国藩与桐城派的“中兴”

桐城派古文在道、咸时期，已为经世派所不齿。后来的曾（国藩）门弟子薛福成、黎庶昌对桐城古文的衰落都有论述。薛福成在《寄龛文存序》中说：“言古文者，必宗桐城，号桐城派。其渊源所渐远矣。厥后流衍益广，不能无窳弱之病。”黎庶昌在《续古文辞类纂序》中也指出桐城古文的末流有“文敝道丧之患”。桐城古文所以走向末路，是由于拘守义法、因袭模拟、不求创新的缘故。此外，太平天国革命，对桐城古文赖以生存的社会基础的冲击，也是其衰落的原因之一。

这时期的桐城派作家，有所谓姚门四弟子：梅曾亮、管同、方东树、姚莹。管同（1780～1831）和方东树（1772～1851）是桐城道统、文统的忠实捍卫者。他们为文囿于桐城义法，成就不大。

梅曾亮（1786～1856），字伯言，江苏上元（今南京）人。道光二年（1822）进士。在文坛上继姚鼐后，颇负盛名。他对古文的看法，基本上未离桐城轨辙。他虽注意到文章因时而变，但只限于形式，而维护封建统治的“道”则是始终如一（《答朱丹木书》）。他的散文力求雅洁，而笔力微弱，可谓“盛名之下，其实难副”。

姚莹（1785～1853），字石甫，一字明叔，号展和，晚号幸翁，安徽桐城人，姚鼐侄孙。嘉庆进士，官至湖南按察使。有《中复堂集》。姚莹于道光初年与龚自珍、魏源、张际亮、汤鹏等人友善。在他们的影响下，开始致力于经世之学。任台湾道时，积极抗击英国侵略军。在散文写作上，并不株守桐城义法。他强调文章与作者的人格、学识、经历的关系，反对桐城派作家“不求数公（指屈原、司马迁、李白、杜甫、韩愈）之所以为人，而惟求数公所以为文”（《康輶纪行》）的形式主义的追求与倾向。所以，他的《通论》、《再复座师赵笛楼先生书》等文，能于政论中，融会着自身遭遇的感慨和对于国事的忧愤，激昂豪宕，文笔骏利，富于感情。

曾国藩（1811～1872），字伯涵，号涤生，湖南湘乡人。道光进士，官至两江总督、武英殿大学士，死谥文正。有《曾文正公集》。曾国藩的封建正统思想根深蒂固，对桐城派古文的衰落痛心疾首。为配合镇压太平天国的军事、政治活动，他在思想文化领域大肆鼓吹尊孔读经和程、朱理学的同时，又极力抬高桐城派古文的地位，遂有文坛上桐城派古文的回光返照。他尊奉姚鼐，在《圣哲画像记》中说：“国藩之初解文章，自姚先生启之。”他面对桐城派古文的衰落，在姚鼐“义理、考证、词章”相结合的理论基础上，“以理学经济发为文章”（薛福成《寄龛文存序》），并针对桐城古文的空疏，“尽取儒者之多识、格物、博辨、训诂，一纳诸雄奇万变之中，以矫桐城末流虚车之饰”（黎庶昌《续古文辞类纂序》）。桐城义法经曾国藩改造之后，使桐城古文更能切实地维护封建统治。加上曾国藩的大力提倡，与清王朝的政治“中兴”相呼应，文坛上出现了古文中兴的局面。

曾国藩较重视写作艺术，承认艺术技巧的相对独立性。他认为阐释义理的文章不同于“别有一番文境”的美文。他在《与刘霞仙书》中说：“道与文，竟不能不离而为二。鄙意欲发明义理，则当法经说理窟及各语录札记；欲学为文，则当扫荡一幅旧习，赤地新立，将前此所习，荡然若丧其所守，乃始别有一番文境。望溪所以不得入古人之阃奥者，正为两下兼顾，以至无可怡悦。”所以他在编选《经史百家杂钞》时未收方苞、刘大櫆的文章，并一反姚鼐“摒弃六朝骈俪之习”说，选录了《与陈伯之书》、《哀江南赋》等骈体名篇。

曾国藩对桐城义法的改造，主要表现在形式上。王先谦论及姚鼐与曾国藩之间的渊源流变时说：“曾文正公亟许姬传，至列之《圣哲画像记》，以为‘粗解文章，由姚先生启之也’。然寻其声貌，略不相同。‘道不可不一，而法不必尽同’。斯言谅哉！”（《续古文辞类纂序》）

曾国藩作为古文大家，与其政治、军事生涯相联系，他的文章气势遒劲，意象恢宏，奇偶错综，声采炳焕，但内容多与人民立场相悖。在他的影响下，出现了一批古文作家。其中的吴汝纶、张裕钊、黎庶昌、薛福成被称为曾门四弟子。由于曾国藩是湘乡人，这一文学流派又被称作“湘乡”派。但这里面的作家，在政治倾向、文学见解上也不尽一致。如薛福成（1838～1894）又可列为后期经世派作家。他的文章平易畅达，颇有些具有卓见的政论文和寓意深远的叙事文、小品文。吴汝纶（1840～1903）是桐城人，也是姚鼐“义法”的恪遵者，曾长期依附李鸿章，晚年主讲莲池书院，广收门徒，俨然成为后期桐城派的领袖。

第二节　宋诗运动与诗人金和

宋诗运动兴起于道咸之际，程恩泽倡导于前，祁寯藻、何绍基、曾国藩、郑珍、莫友芝等推波助澜于后，至同光时期，沈曾植、陈三立、陈衍等更大张其帜，称为“同光体”。这一诗派崇尚宋诗，并上溯韩愈、杜甫，故称之宋诗运动。

程恩泽（1785～1837），字云芬，号春海，安徽歙县人。嘉庆进士，官至户部侍郎。程恩泽是著名的汉学家，论诗言性情，而“性情又自学问中出”，“学问浅则性情焉得厚？”（《金石题咏汇编序》）他为诗，学韩愈、黄庭坚，“多于句调上见变化”（陈衍《石遗室诗话》）。

他的门生郑珍、何绍基、莫友芝在其影响下,以"学人之言与诗人之言合,而恣其所诣"(陈衍《近代诗钞序》)。他们的诗歌内容较狭窄,或题咏金石书画,或应和酬答;艺术上追求奇崛生涩,讲求锤炼,而常常失之于枯滞。

宋诗派中,成就较大的是郑珍。

郑珍(1806～1864),字子尹,晚号柴翁,贵州遵义人。道光举人,先后任古州厅学训导、荔波县学教谕。有《巢经巢全集》。郑珍是位朴学家,很受程恩泽赏识,他的诗歌创作自然也遵循宋诗派的途径。但因他一生贫困潦倒,历尽坎坷,所以他的诗歌题材比其他宋诗派作家要广阔,并具有一定的社会内涵。如《经死哀》,通过令人怵目惊心的逼捐场面,表现了苛政猛于虎的主题。在《捕豺行》中,写遵义百姓出钱请官兵捕豺,而官兵却比豺更贪婪凶残:"人豺夜行如楦麟,官豺昼聚如上宾。邑中豺伯纵豺食,群豺饱卧东城闉。民命若彼官若此,豺尔何幸逢此君。"这一类诗,来自作者对现实生活的高度概括,以白描的手法,平易晓畅的语言,展示了封建统治阶级给人民带来的深重灾难。郑珍还有一些风格奇奥生涩的诗,如《留别程春海先生》、《正月陪黎雪楼恂舅游碧霄洞》等,具有宋诗派学人之诗的特点。

当宋诗派风靡文坛之际,有一位卓然独立、不唐不宋、"绝无家法"(《秋蟪吟馆诗钞》卷七)、勇于创新的诗人金和,为近代诗歌发展,开辟了新的蹊径。

金和(1818～1885),字弓叔,号亚匏,江苏上元(今南京)人。以秀才穷愁终生。有《秋蟪吟馆诗钞》。

金和亲历过鸦片战争与太平天国起义,"兵刃死亡,非徒闻见而已,盖身亲之"(谭献《来云阁诗序》)。他早期的诗,有些表现出反侵略的爱国精神,也有些反映人民在残酷剥削下的悲惨命运。后期的诗,写在太平天国革命前后。他站在地主阶级立场上,曾向清军江南大营提供情报,请兵反攻天京(南京)。但他的忠悃反遭嫉恨。他又欲组织团练，却遭官府追捕，只得远逃他乡，在困苦中漂泊20多年。冷酷的现实，使他在社会底层，目睹到清军官兵对人民的屠戮掠夺，认清了那些文官、武将们强盗的本质。在《接难民》中，写官兵们“束缚难民横索财”，“搜身遍脱袜裤鞋”，终至“杀人冤骨无人埋”。在这种情况下，一些平民百姓，甚至年轻女子不得不起来反抗。金和便以热情洋溢的诗歌赞颂他们的斗争。《烈女行纪黄婉梨事》就是这样一首纪实性的叙事诗。天京陷落后，湘兵杀害了黄婉梨全家，抢走了黄婉梨。黄婉梨在客店设计杀死了两名兽兵，自缢而死。黄婉梨的事迹虽然壮烈，却给人留下了无限憾恨。长篇叙事诗《兰陵女儿行》中，金和以积极浪漫主义的笔触塑造了一个美丽、智勇、胜利抗暴的兰陵女儿形象，给人以鼓舞和希望。诗一开始，对准备婚礼的场面极尽铺张渲染，暗写逼婚的将军的权势和威严。面对着这“朝廷熊罴臣”和他的帐下健儿以及贺喜捧扬的官府缙绅，兰陵女儿从容不迫，先是义正辞严地揭露了抢亲的经过，然后“突前一手揕将军，一手有剑欲出且未出”，俨然像一尊俯视邪恶势力的女神，以她的高傲和轻蔑，对专横跋扈的将军进行审判：“慨以军兴来，处处兵杀民，杀民当杀贼，流毒滋垓垠。”在这里，兰陵女儿已经超越了个人恩怨，而是在代表广大百姓说话。在凛然难犯的兰陵女儿面前，“平日叱咤雷车殷”的将军，只得答应将千里马借给兰陵女儿。“女一顾此马，眉宇色差豫。撒手始释将军衣，身未及腾鞍已据。一声长谢破空行，电掣流星不知处。”诗歌以传奇的情节，映衬的手法，突出了兰陵女儿矫捷、智勇、凛然难犯的品格。诗人设有赋予她封建礼教熏陶的气质，在她的身上既没有大家闺秀的娇懦，也没有小家碧玉的作态，而是寄寓了一种具有新的内涵的审美理想。

金和深受《儒林外史》讽刺艺术的影响，他的讽刺诗多把批判的锋芒潜藏于叙事中。其叙事常滔滔不绝，任性而发，有以文入诗的特点，但因不善剪裁，有时失之冗长。

第四章　资产阶级文学改良运动及维新派作家

第一节　资产阶级文学改良运动概况

1894 年，中国在甲午战争中的惨败，宣告了洋务运动的彻底破产。继日本从中国获取割地赔款的巨大利益之后，西方列强纷纷起而效尤。在中国面临豆剖瓜分的民族危机之时，酝酿已久的改良主义思潮，发展成了维新变法的政治运动。

旨在救亡图存的维新变法，标志着中国近代资产阶级已作为一种政治力量登上历史舞台。他们的中坚人物康有为、梁启超、黄遵宪、谭嗣同、夏曾佑等人为配合变法，宣传维新思想，发起了文学改良运动。运动可分为三个阶段，即发轫期、高潮期、衰落期。

发轫期，从对变法运动的酝酿到政变发生。维新派作家以《强学报》、《时务报》(1896 年)，《国闻报》、《知新报》、《湘学报》(1987 年)，《湘报》(1898 年)等为舆论阵地，在宣传变法思想的同时，倡导文学改良，刊载改良文学作品。文学改良派作家沿着龚自珍等人的革新途径，汲取西方资产阶级文化的某种营养，以批判的眼光重新审视旧文学，并以“新学之诗”、“新文体”等形式进行改良尝试。虽然在“新学诗”的创作过程中，“颇喜挦扯新名词以自表异”，致使“苟非当时同学者，断无从索解”(梁启超《饮冰室诗话》)，但毕竟是朝着改革的方向迈出了步子。当时，以新派诗取得初步成就的是黄遵宪，以新文体影响广大读者的是梁启超。

高潮期，戊戌政变后，康、梁逃往国外，在日本相继创办了《清议报》(1898 年)、《新民丛报》、《新小说》(1902 年)，后又创建书局、译书局，为继续鼓吹改良主义政治重建了舆论阵地，并为舆论的宣传而大力推进文学改良运动。

变法运动夭折后，以孙中山为代表的革命派企图争取与维新派的联合。梁启超曾经动摇于二者之间，而一些维新派的有识之士也因对清王朝的绝望而转向革命。于是，两派之间在舆论战线上形成了暂时的联合，从而推动了文学改良运动的蓬勃发展。

文学改良运动进入高潮，不只是阵容和声势的扩大，而是有了明确的纲领。梁启超于 1899 年在赴夏威夷日记中，首先提出"诗界革命"、"文界革命"的主张，而后又在 1902 年《新小说》创刊号上发表《论小说与群治之关系》，系统地阐述了"小说界革命"理论，并亲自创作《新罗马传奇》等剧本，倡言"戏曲革命"。这些口号是出于对传统旧文学的批判，和对欧美、日本等国资产阶级文学的借鉴。在梁启超的倡导下，一时间应者云集，除了在理论上推波助澜之外，创作实践上也呈现出繁荣的局面，显示了文学改良运动的实绩。

衰落期，随着资产阶级民主革命的不断深入，各革命派组织联合为同盟会，发刊《民报》，以此为舆论阵地，和改良派的《新民丛报》围绕是"革命"还是"保皇"，是"民主共和"还是"君主立宪"展开论战。改良派在论战中日渐失去群众而陷于孤立，《新民丛报》、《新小说》先后停办，因而也导致了文学改良运动统一战线的破裂，文学改良运动也因之而趋于衰落。

资产阶级文学改良运动，虽然还不能使改良主义文学作品从内容到形式上彻底摆脱传统旧文学的束缚，但它在中国文学史上却建立了不可磨灭的功绩。

文学改良运动，一方面继承了中国文化、中国文学中民主性的精华，一方面接受了西方资产阶级文艺思潮的影响，以进化发展的观点和民主自由的意识，去批判封建主义的文学，去探索改良的途径，从而在理论与创作上奠定了五四新文学运动胜利的基础。

第二节 文学改良运动的主将梁启超

梁启超(1873～1929)，字卓如，号任公、饮冰子，广东新会人。17岁中举，19岁从康有为学“陆王心学，而并及史学、西学梗概”。从此舍去旧学。1895年《马关条约》签订后，与康有为发起“公车上书”，请求拒和、迁都、变法。同年七月，协助康有为创办强学会。1896年赴沪，与黄遵宪等人创办《时务报》，倡言变法。又应湖南巡抚陈宝箴聘，主讲湖南时务学堂。1898年，参加变法运动，主办京师大学堂、译书局。政变发生，逃往日本。1902年，创办《新民丛报》、《新小说》，宣传君主立宪。辛亥后返国，在袁世凯政府任职。袁氏称帝，协助蔡锷等发动护国之役。后又反对张勋复辟。1917年，脱离政界。次年，赴欧游历。归国后，任教于南开、清华等大学，致力于学术研究。有《饮冰室合集》。

梁启超的世界观比较复杂，其主导方面：(1) 来自孔孟、陆王的主观唯心主义。这种思想使他具有“英雄造时势”的气魄。(2) 继承了常州学派和龚、魏的变革思想。(3) 西方资本主义的“科学”、“民主”思想。这些思想认识，决定了梁启超在政治和文学上，只能是资产阶级改良主义者。

梁启超文学观的核心是进化论。他说：“中国结习，薄今爱古，无论学问、文章、事业皆以古人为不可及。余生平，最恶此言。”(《饮冰室诗话》)所以他反对模古拟古，而崇尚创新精神。由此出发，他正确地指出俗语文学代表了文学发展的主流：“文学之进化有一大关键，即由古语之文学，变为俗语之文学是也。”“自宋以后，实为祖国文学之大进化，何以故？俗语文学大发展故。”(《小说丛话》)于是，他提出"言文合一"的主张。俗语文学主要指小说戏曲，一向被传统文人视为"小道"。梁启超则推尊"小说为文学之最上乘"，甚至将其作用过分地夸张为："欲改良群治，必自小说界革命始，欲新民，必自新小说始。"(《小说与群治之关系》)。他认为小说通过"熏、浸、刺、提"，达到审美教育作用。在西方文艺理论影响下，他还把中国小说作家分为理想派与写实派。由于梁启超还缺乏对小说艺术特点的深入认识，在他所谓的"政治小说"(《译印政治小说序》)概念中，把小说视为政治思想的传声筒，因此他的小说《新中国未来记》，连他自己也认为"毫无趣味"。

在戏曲方面，梁启超也主张改革戏曲以服务于维新变法。除创作实践外，他还在《小说丛话》中，借评论《桃花扇》寄寓政治思想。"余尤爱诵者，如'莫过乌衣巷，是别姓人家新画梁'(《听稗》)。'谁知歌罢剩空筵？长江一线，吴头楚尾路三千，尽归别姓，雨翻云变，寒涛东卷，万事付空烟'(《沉江》)。……读此而不油然生民族之思想者，必其无人心者也。"

梁启超论诗，基本上属于旧瓶装新酒。他主张创新，但又摆不脱传统的风格、形式。他在《饮冰室诗话》中说："欲为诗界之哥伦布，玛赛郎，不可不备三长：第一要新意境，第二要新语句，而又须以古人风格入之，然后成其为诗。"

梁启超虽然在文学改良运动中是一员叱咤风云的主将，但他在创作实践上，只有号为"新文体"的散文成就较大。他的"新文体"的特点和在当时的影响，他在《清代学术概论》中有过恰当的评说："启超夙不喜桐城派古文，幼年为文，学晚汉魏晋，颇尚矜练，至是自解放，务为平易畅达，时杂以俚语韵语，及外国语法，纵笔所至不检束，学者竞效之，号为新文体。老辈则痛恨，诋为野狐，然其文条理明晰，笔锋常带感情，对于读者，则别有一种魔力焉。"

第三节　诗界革命的旗帜黄遵宪

黄遵宪(1848～1905),字公度,别号人境庐主人,广东嘉应州(今梅州市)人。28岁中举。曾任驻日使馆参赞、驻美旧金山总领事、新加坡总领事。回国后,入张之洞幕,主持江南洋务局。1895年,参加强学会。次年,与汪康年、梁启超在沪创办《时务报》,鼓吹变法。1897年,署理湖南按察使,协助巡抚陈宝箴推行新政。翌年,被任为出使日本大臣,未成行而政变发生,去职还乡。有《日本国志》、《日本杂事诗》、《人境庐诗草》等。

黄遵宪是倡导"诗界革命"的中坚,以创作"新派诗"著称,因而被誉为"诗界革命"的旗帜。他现存的诗歌1000余首,内容大致可分三类。第一类是表现反帝爱国主题的诗歌。黄遵宪经历了鸦片战争后一系列的重大变故,面对清政府的腐败和穷凶极恶的帝国主义,他时而悲愤,时而感慨。他对祖国、对民族的深沉忧虑,或为痛苦的泣诉,或为激昂的呼喊,一一发为诗歌。中法战争,冯子材在谅山大破法军,黄遵宪兴奋不已,遂赋《冯将军歌》,为这位使中国人民得以扬眉吐气的老将树立了一座"诗碑"。然而,在对外战争中,更多的是中国的屈辱败降。甲午战争的惨败,使诗人写下了具有历史意义的组诗:《悲平壤》、《东沟行》、《哀旅顺》、《哭威海》、《乙未二月二十七日祭沈文肃公祠》、《马关纪事》、《降将军歌》、《度辽将军歌》、《台湾行》等。诗人用高度概括的彩笔,以刻骨铭心的哀愤,记录了这一幕幕历史的悲剧:侵略者的罪行,清政府的昏庸无能,统帅的怯懦媚敌,或狂妄愚昧,爱国将士的壮烈殉国,以及割地赔款的奇耻大辱。甲午后,更加深重的民族危机,使诗人更是义愤填膺。他在《书愤》中写道:"一自珠崖弃,纷纷各效尤。瓜分惟客听,薪尽向予求。秦楚纵横日,幽燕十六州。未闻南北海,处处扼咽喉！”

出于这种爱国主义的激情，诗人积极投身到旨在变法图强的维新运动之中。于是，批判旧学，鼓吹变法，便成了他诗歌创作的第二类重要内容。在《杂感》中，诗人抨击了俗儒拘泥于《六经》、古人的教条，进而批判了科举制度、制艺文章，以及汉学、宋学。并提出言文合一的主张：“我手写吾口，古岂能拘牵。”反映了诗人青年时期在文化、文学领域内锐意革新的精神。戊戌政变后，黄遵宪几乎罹祸，他在《感事》组诗中，记述了顽固派对维新人士的残酷迫害和对变法失败的无限哀婉。诗人还在《五禽言》中，以寓言诗的形式，讽刺慈禧太后的酷虐和专制。

黄遵宪曾长期在欧美和日本等地为外交官，异域的文化、风情，便成了他诗歌吟咏的第三类重要内容。如《樱花歌》、《伦敦大雾行》、《登巴黎铁塔》、《苏彝士河》、《新加坡杂诗》等。《今别离》以乐府诗的形式，分别描述了西方现代化的科学技术：轮船、火车、电报、相片，及有关地球的学说。

黄遵宪也有些诬蔑太平天国、义和团的诗歌，反映了他的阶级偏见和反帝、爱国的局限性。

黄遵宪的诗歌，体现了他关于诗歌创作的原则。他在《人境庐诗草自序》中，对这些原则作了较全面的阐发。在继承和创新的关系上，黄遵宪鄙视模拟，反对步趋古人，但并不反对向古人学习。他认为古人诗歌中一些表现手法，和古人典籍中切于今的有关材料，都可以借用。学习古人，取径要广，“不名一格，不专一体”，要做到去其糟粕，不为束缚，而能取神遗貌。正因为这样，他的诗歌才呈现出多种风格。有的昂扬豪迈，如《田横岛》、《冯将军歌》；有的缠绵秾艳，如《九姓渔船曲》、《新嫁娘诗》等；有的近体诗则显得典雅蕴藉，如《长沙吊贾谊宅》、《七月十五夜暑甚看月达晓》；而有的清新平易，近似歌谣，如《宫本鸭北以樱花盛开招饮长华园即席赋诗》、《出军歌》等。为使诗歌涵容更多的新事物，黄遵宪遂主张采用古文家伸缩离合之法以入诗，因此他的诗以歌行古体为多，句式或三或九，或七或五，或长或短，极为自由。如《赤穗四十七义士歌》结尾处："四十七士性命同日休，一时惊叹争歌讴。观者拜者吊者贺者万花绕冢每日香烟浮。一裙一屐一甲一胄一刀一矛一杖一笠一歌一画手泽珍宝如天球。"另如《冯将军歌》，连叠 16 个"将军"，仿效司马迁《魏公子列传》，以史汉文法用之于诗。这也正是"新派诗"趋于解放的标志之一。

黄遵宪还提出"诗之外有事，诗之中有人"的原则。"诗之外有事"，是说写诗要反映现实，要有所寄托。"诗之中有人"，是说诗歌要表现作者的个性，要形成个人独特的风格。黄遵宪诗中，凝重、壮阔、深邃的历史内涵，反映了他的诗歌与现实的密不可分。黄遵宪的诗除广集名家之长，撷取民歌精华之外，还能"采欧美人之长，荟萃熔铸而自得之"(《人境庐诗草·康有为序》)，根据不同的内容，表现出多样的风格，这正是他创作个性所在。

黄遵宪一些写人纪事的诗歌，往往通过委婉细腻的笔法，刻画得生动形象，曲尽其妙。如《拜曾祖母李太夫人墓》，把儿时曾受祖母的抚爱，和自己的顽皮，描摹得活灵活现。又如《度辽将军歌》，塑造了一位具有典型意义的湘军将领形象。湖南巡抚吴大澄偶然购得一枚镌有"度辽将军"的汉印，以为有万里封侯之兆，遂请缨赴朝抗倭。诗人先写他在朝会上，效樊哙"拔刀亲割生彘肩"以作豪举，又"自言平生习枪法"，"袒臂示客如铁坚"以炫耀武功。既而写他讥笑打了败仗的淮军将领："淮河将帅巾帼耳，萧娘吕姥殊可怜。"末了，写他夸下海口："待彼三战三北余，试我七纵七擒计。"而结果却是"两军相接战甫交，纷纷鸟散空营逃"。以这种前言后行的强烈反差，使吴大澄狂妄愚昧的神态跃然纸上，于幽默嘲讽之中寄寓了无限悲愤。

黄遵宪的一些近体诗，用典过多，与其"我手写吾口"的主张并不一致。这与他所处的封建专制时代，在讥评朝政国事时，不敢过于显露，不得不隐约其词有关。

第四节　康有为及其他维新派作家

康有为(1858～1927)，一名祖诒，字广厦，号长素，戊戌政变后，易名更生。广东南海人。1888年，应顺天乡试不第，感国势阽危，上书请求变法。1891年，开万木草堂，培养维新人才。所著《新学伪经考》刊行。1893年中举，1895年入京会试，适值《马关条约》签订，因联合各省举人"公车上书"，请求拒和、迁都、变法。会试榜发，中进士，发起强学会。1898年，光绪帝"诏定国是"，宣布变法，命在总理衙门章京上行走，许专折奏事。政变发生，康有为流亡国外。辛亥革命后，参加张勋复辟活动。有《新学伪经考》、《孔子改制考》、《戊戌奏稿》、《大同书》、《康南海先生诗文集》等著作。

康有为的思想非常庞杂。陆王主观唯心主义的影响，使他能以天下为己任。龚自珍等人经世致用、变革的思想，使他提出孔子改制之说作为变法根据。同时，他又杂采庄子之自由，墨子之兼爱，及西方资产阶级倡导的平等、自由、博爱之旨，结合佛家平等、救世的妙谛，与《礼运》大同之说相附会，写成了《大同书》。书中描绘的"乌托邦"式的大同世界，梁启超称其"与今世所谓世界主义、社会主义者，多合符契"(《清代学术概论》)，而实际上，"他没有，也不可能找到一条到达大同之路"(毛泽东《论人民民主专政》)，而只能以师法英日的君主立宪政治，作为他的救世良药。

康有为是文学改良运动的积极参与者，在诗文创作上都可称得上大家。

康有为的诗，在戊戌政变前，多表现出以天下兴亡为己任，南北奔走，强聒不舍的爱国精神。他第一次上书请求变法，因受顽固派官僚的嫉恨未能上达。翌年，他在忧愤中离京南归，赋《出都留别诸公》。其一写道："沧海惊波百怪横，唐衢痛哭万人惊。高峰突出诸山妒，上帝无言百鬼狞。岂有汉廷思贾谊，拼教江夏杀祢衡。陆沉预为中原叹，他日应思鲁二生。"甲午战败，《马关条约》签订，康有为发起震动朝野的"公车上书"，遂慷慨赋诗道："海东龙泣舰沉波，上相辖轩出议和，辽台朊朊割山河，抗章伏阙公车多。连名三千毂相摩，联轸五里塞巷过。台人号泣秦桧歌，九城谣谍遍网罗。扛棺摩拳，击鼓三挝。桧避不朝，辞位畏诃。美使田贝，惊士气则那！索稿传钞，天下墨争磨！呜呼，椎秦不成奈若何！"(《东事战败，联十八省举人三千上书……是时主和者为军机大臣孙毓汶，众怒甚，孙畏不朝，遂辞位。》)这些诗不只感情充沛，而且气魄雄浑，意境阔大，表现了一位改革家忧国忧民的胸怀。

变法失败，康有为亡命国外，而不忘君恩，仍坚持保皇主义立场。但时代的主流已为革命浪潮所代替，使他不能不在异域的飘泊中，充满着羁旅孤臣的悲伤和幻灭茫然的故国之思。这种思想情感，成了他后期诗歌的主调。他在《诗集自序》中以屈原、苏武自况，显然是对他忠于光绪皇帝的自我美化。但因是在外国，无文网之虑，所以纵情所至，自由抒发。尤其是记述异域风俗名胜、文化政教的诗篇，气势雄浑，文辞瑰丽，有传统诗歌不可企及之处，如《九月廿二日重泛大西洋》、《五度大西洋放歌》等。

康有为"最嗜杜诗"(梁启超《饮冰室诗话》)，他的诗歌受杜诗影响极深。同时，康有为也颇有取法龚自珍诗处，从而使他的诗具有现实主义和浪漫主义精神。

康有为的散文以政论、杂文最多，分别以关于变法的奏折和序言为代表。奏折如《上清帝第五书》、《请废八股试帖楷法试士改用策论折》、《请废妇女裹足折》等。序言如《强学会序》等。这类文章，散行俪句相杂，气势恢宏，热情奔放，笔锋犀利，议论纵横，证据古今中外，使人荡气回肠。另有一些游记，如《法兰西游记》、《希腊游记》等，文笔质朴自然，在记述异域风物政教的同时，往往联系故国情况，感时伤事，寄寓忧思。还有一些书序，如《人境庐诗草序》，文采粲然，富有诗情画意。至于他末期的散文，出于对清室覆亡的痛惜，或诅咒革命，或哀悼故国，充满着遗民的悲伤。

积极参与文学改良运动的维新派作家，其中影响较大的还有谭嗣同(1865～1898)，夏曾佑(1865～1924)，蒋智由(1865～1929)等人。他们的成就主要在诗歌创作方面。

另外，被梁启超称为“诗界革命一巨子”的丘逢甲(1864～1912)，是一位反对割让台湾，曾与日军浴血奋战的爱国志士。他也是一位崇尚“新派诗”、积极从事“新派诗”创作的诗人。

第五节　严复与林纾

在维新派积极倡导文学改良运动之时，有两位译介西方资产阶级学术和文学著作的作家，却仍坚持古文的笔法，他们是严复和林纾。

严复(1853～1921)，字幼陵，又字几道，晚号愈野老人，福建侯官(今福州市)人。19岁毕业于船政学堂，24岁入英国格林尼茨海军大学。归国后，先后任福州船政学堂教习、北洋水师学堂总教习。1898年，所译《天演论》出版，另与夏曾佑等人创办《国闻报》，宣传变法思想。戊戌政变后，日趋保守，终至成为历史前进的对立面。译著8种，汇刻为《严译名著丛刊》，自著有《侯官严氏丛刻》、《愈野堂诗集》等。

严复精通英语，熟悉西方文化，所译《天演论》在思想界引起了强烈震动。其“物竞天择”、“优胜劣败”的进化论思想，为维新变法推波助澜。但在文学观上，严复却是一个复古主义者。他撰写文章，包括译著在内，都采取汉代以前艰深的字法句法。但由于全新的意境、深邃的思想和熟练驾驭古文的能力，古文在他的手中又焕发出异样的光彩。严复的古文，以散体为主，时杂以骈俪，常于愤激处，语意顿挫反复，富有铿锵抑扬的音乐之美，再加上论证的逻辑性，以及对于比喻的妙用，使文章具有雄辩的力量。他的译文颇有先秦思想家论著的特色，往往寓抽象的哲理于华美的辞采之中，所以有人说他的译文在许多地方较原著更有艺术魅力。

严复在甲午战争后，连续在天津《直报》上发表《论世变之亟》、《原强》、《救亡决论》、《辟韩》等政论文章，用西方的“自由、平等”、“科学”的观点审视、批判中国传统的学术文化、政治经济，充满着爱国激情和变革精神。严复译著以《天演论》为代表，他在《译〈天演论〉例言》中，提出“译事三难，信、达、雅”。“信”是指忠于原著，符合原意；“达”是指语意明白；“雅”是指富于文采。他尤其强调“用汉以前字法句法，则为达易”，所以他的译文被桐城派古文家吴汝纶称为“骎骎与晚周诸子相上下”(《天演论序》)。

林纾(1852～1924)，字琴南，号畏庐，福建闽县人。光绪举人，终生未仕，以教书、著译、绘画为生。有《畏庐文集》。

林纾在戊戌前，常论新政，主张改革儿童教育，兴办女学，富有爱国主义精神。甲午战争后，在北京积极投入维新运动。辛亥革命后，社会动荡，政局黑暗。他认识不到皆因革命不彻底之故，反归咎革命而眷恋清室，思想日趋保守顽固，成为五四新文化运动的反对者。

林纾在文学上的成就，主要是他与人合作翻译的外国小说。从1897年译《巴黎茶花女遗事》起，共译作品约180多部。其中很多出自世界上名家之手，有英国的莎士比亚、司各特、菲尔丁、狄更斯，法国的大仲马、小仲马、雨果，俄国的托尔斯泰，挪威的易卜生，日本的德健次郎等。

林纾早期的翻译，与其力主维新的政治倾向关系密切。他强调翻译那些反对封建礼教、激发反帝爱国热情和批判社会积弊的著作。小仲马的《巴黎茶花女遗事》之所以“不胫走万本”，“断尽支那荡子肠”，是因为它是一部反封建的爱情悲剧，与备受包办婚姻之苦的中国青年发生了强烈共鸣。美国斯托夫人的《黑奴吁天录》译出之后，在社会上也发生了强烈反响。林纾在《跋》中说翻译此书“特为奴之势逼及吾种，不能不为大众一号”。他和合作者魏易在翻译过程中“且泣且译，且译且泣”。这是他们深感于中华民族将沦为黑奴一样的命运，而发自内心的悲愤。这种忧国之痛也是广大人民所共有的，所以译书刊出后，才产生了那样荡气回肠的力量。

林纾不懂外文，只能在别人口译基础上，自己用文言笔录下来。所以在翻译过程中，难免不出错误，甚至把莎士比亚、易卜生的剧本译为小说，把易卜生误作德国人等。有时还根据自己的审美评价对原文任意增减。

林译小说曾吸引大批读者，影响过一代人。鲁迅、周作人、郭沫若等许多现代作家，青年时代都曾深爱林译小说。

第五章　晚清词坛与常州词派

清代词坛，至嘉、道之际，以张惠言、周济为代表的常州词派取代了浙西词派主盟的地位。他们不满浙西词派题材狭窄、内容日趋空虚的弊病，强调“词非寄托不入，专寄托不出”(周济《宋四家词选》)。即词要有寄托，要涵蕴深厚的社会内容；但在表现上须看不出寄托的痕迹，而应通过比兴手法，以具体可感的意象，透露作者对现实生活的审美评价。这种主张适应于反映道光以来民族矛盾、阶级矛盾日益深化的现实，因而常州词派继起者辈出，成为晚清词坛的主流。

常州词派之外，在嘉道之际“可称巨擘”的词人是蒋春霖。他在晚清词坛上应占一席之地。

第一节　蒋春霖及其《水云楼词》

蒋春霖(1818～1868)，字鹿潭，江苏江阴人。幼年曾在为官荆门知府的父亲任所，受到荆楚文化和风光的熏陶而崭露诗才。父亲去世后，蹉跎科场。35岁时，始谋到一个管理盐场的小吏之职，终于贫困以死。有《水云楼词》。

蒋春霖喜爱纳兰性德的《饮水词》和项鸿祚的《忆云词》，因自署水云楼，且名之以词集。在词的创作上，他目无南唐、两宋，也不为浙西词派和常州词派所囿。工于律度，字斟句酌，善于造境，颇为词坛推重。

国家、民族的危难和沦落穷愁的身世，使蒋春霖深深体味到封建末世的悲凉及人生幻灭的痛苦。他的词虽有较高的艺术性，但多渗透着点点血泪，弥漫着哀婉凄楚的情调。如[木兰花慢]《江行，晚过北固山》：

泊秦淮雨霁，又灯火，送归船。正树拥云昏，星垂野阔，暝色浮天。芦边夜潮骤起，晕波心、月影荡江圆。梦醒谁歌楚些？泠泠霜激哀弦。　婵娟，不语对愁眠，往事恨难捐。看莽莽南徐，苍苍北固，如此山川。钩连、更无铁锁，任排空樯橹自回旋。寂寞鱼龙睡稳，伤心付与秋烟。

于归船梦醒，江月哀弦的悲愁氛围中，借东吴孙皓用横江铁锁抵御晋军的典故，讥弹时事，抒写英军舰队撞入几未设防的长江之上，所造成的历史憾恨。又如[卜算子]：

燕子不曾来，小院阴阴雨。一角阑干聚落花，此是春归处。弹泪别东风，把酒浇飞絮；化了浮萍也是愁，莫向天涯去。

借"飞絮"、"浮萍"以喻身世的漂泊，凄凉哀怨。

第二节　谭献和陈廷焯的词学理论

谭献和陈廷焯对常州派的词学理论都做出了一定的贡献。

谭献(1832～1901)，初名廷献，字仲修，号复堂，浙江杭州人。同治举人。做过知县，晚年主讲湖北经心书院。有《复堂类稿》、《复堂词话》。

谭献的《复堂词话》，对常州派词学的发展颇有建树。他选《箧中词》，在于"以衍张茗柯(惠言)、周介存(济)之学"。他认为"常州词派兴"而"比兴渐盛"(《复堂词话》)，"《茗柯词选》出，倚声之学，日趋正鹄"(同上)。他在谈到自己从事词学的体会时，提出"作者之用心未必然，而读者之用心何必不然"(《复堂词录序》)，强调读者能从作品中结合自身的生活体验，理解和感受到出乎作者本意的内涵。

谭献也填词，但题材狭窄，多抒写文人士大夫情趣。因其注重寄托，故词意深婉隐曲。夏敬观在《广箧中词序》中说："浙派外，常州别树一帜。顾二百年来熏习濡染，未能尽涤。谭氏于《词辨》有评，辑《箧中词》，剖析精微，议论恰当。至其自为词，则结习仍所不免。"可知，他在创新上仍缺乏实践的勇气。

陈廷焯（1853～1892），字亦峰，江苏丹徒（今镇江）人。有《白雨斋词话》、《白雨斋词存》、《白雨斋诗钞》等。

陈廷焯论词，基本上承常州派的词说。他在《白雨斋词话自序》中说："撰词话十卷，本诸《风》、《骚》，正其情性，温厚以为体，沉郁以为用，引以千端，衷诸一是。"其中"温厚以为体，沉郁以为用"是其论词的纲领。一是指思想内容，应"以温厚和平为本"；一是指艺术风格，应"以沉郁顿挫为正"。他说："感慨时事，发为诗歌，便已力据上游。特不宜说破，只可用比兴体，即比兴中亦须含蓄不露，斯为沉郁，斯为忠厚。"

由于陈廷焯力主深厚的意蕴在词中含而不露，所以他往往以此去强求温庭筠、周邦彦等人艳词中的寄寓。而对直露的作品，则予以贬损。他指责陈亮的《水调歌头》"尧之都，舜之壤，禹之封"一首，"可作中兴露布读"。也不满辛弃疾词"未能使痕迹消融""郁结其中"的"悲愤慷慨之气"。这表明陈廷焯恪遵的是温柔敦厚的诗教，而反对直抒胸臆的愤世嫉俗精神。

陈廷焯过于强调"沉郁"，其词作的内容也难于为读者所把握。

第三节　清末四大词人

有清末四大词人之誉的王鹏运、朱祖谋、况周颐和郑文焯在词坛上的出现，标志着常州词派已趋于成熟。

王鹏运(1848～1904),字佑遐,一字幼霞,号半塘老人,晚号鹜翁、半塘僧鹜。广西临桂(今桂林)人。同治举人,历任内阁中书、江西道监察御史等职。晚年主讲仪董学堂,后客死苏州。有《半塘定稿》、《剩稿》等。

王鹏运在四人中年最长,经历重大变故最多,忧患意识也尤为强烈,常不顾个人安危抗疏言事。他是甲午战争中的主战派,又多次代康有为上书光绪皇帝。但总是事与愿违,这是他"百年歌哭"([沁园春]),也是他甲午后由吟咏个人身世之感,到慷慨悲歌时代灾难的根源。他的[满江红]《送安晓峰侍御谪戍军台》就饱含着这种历史的忧愤。安晓峰因疏劾李鸿章卖国,指责与日和议出自西太后而遭贬谪,很有南宋胡邦衡反对高宗、秦桧向金屈膝的风骨。王鹏运的赠词也很有张元干[贺新郎]《送胡邦衡待制赴新州》的"抑塞磊落之气"。格调上近于辛弃疾词的郁勃情深,激厉明快,毫无陈廷焯所标举的"温厚和平"之态。然而,王鹏运在政局苍黄反复之中,则多以深婉含蓄之笔寄托对于时事的忧愤愁思。如[祝英台近]《次韵道希感春》,以"燕妒莺猜"、"愁风愁雨"、"落英依旧缤纷"暗喻强学会的中坚人物文廷式(道希)遭谗被革职事。

王鹏运曾校勘、刊刻过《花间集》及宋元诸家词。他在推尊词体、倡导词学的同时,还极力奖掖后进,文廷式、朱孝臧、况周颐等词坛名家多受其教益。

况周颐(1859～1926),原名周仪,字夔笙,晚号蕙风词隐,广西临桂人。光绪举人,官内阁中书。有《蕙风词话》、《蕙风词》。

况周颐以同乡、师友之谊,在京师与王鹏运共为词者五年,深受教益。他在《蕙风词话》中主张"重、拙、大"的原则,就是来自王鹏运。甲午战争前后,况周颐写了不少声情激越、伤时感事之作。其中[苏武慢]《寒夜闻角》,"半塘翁最为击节"(《蕙风词话》)。

愁入云遥,寒禁霜重,红烛泪深人倦。思往难回,凄咽不成清变。风际断时,迢递天涯,但闻更点。枉教人回首,少年丝竹，玉容歌管。　凭作出百绪凄凉，凄凉惟有，花冷月闲庭院。珠帘绣幕，可有人听？听也可曾肠断？除却塞鸿，遮莫城乌，替人惊惯。料南枝明月，应减红香一半。

此词作于1889年，甲午战败之前。作者从社会生活的切身感受中，对时局的发展作了高度的审美概括。以角声作为象征意象，所谓“亡国之音哀以思”(《毛诗序》)。角声的悲凉凄切的旋律，既是哭诉，又是警告。它涵容了强烈的忧患意识，隐含了对时事的讥弹。这首词也充分体现了“重、拙、大”的创作原则。在凄婉悲楚之中，蕴结着深邃的思考和无尽的忧愤。于凝练的情感意象中，包容了厚重的内涵。这是“重”的一个方面。再则是“纯任自然，不假锤炼”(《蕙风词话》)。这其实和“拙”又是相通的。“拙”，大巧若拙，是作者主观意识与描写客体的水乳交融，在纯任自然的意境中看不到人为的痕迹。至于“大”，是言气韵的浑厚博大，不过是对“重”从另一个侧面的诠释。

学词于王鹏运，而青出于蓝的朱祖谋，有近代词坛宗匠之称。

朱祖谋(1857～1931)，原名孝臧，字藿生，号沤尹，晚号彊村，浙江归安(今湖州)人。光绪进士，授编修，历官侍讲学士、礼部侍郎。后出为广东学政，引疾辞官。校刻有《彊村丛书》，辑唐宋金元163家词人专集。著有《彊村语业》。

朱祖谋虽未卷入政治斗争漩涡，却有鲜明的爱憎。戊戌六君子喋血京都后，约经两个月，他重过刘光第旧居，含泪填[鹧鸪天]一阕，抒发人亡物在的难言悲愤。他出任广东学政时，拜访维新派诗人黄遵宪，填[烛影摇红]词，伤悼维新志士的零落和日益颓败的国运。庚子国变，他困居京都，颇有杜甫于安史之乱中身陷长安的家国之感。在[齐天乐]《鸦》词中，他糅合杜甫《哀江头》、《哀王孙》、《洗兵马》诸诗意，暗喻北京的沦陷和难民的流离。全词自然流转，饱和着深沉的家国之痛。这种“取前人名句意境绝佳者，将此意境缔构于”自己作品中(《蕙风词话》)，是朱词妙用典故的一大特色。朱词用典很多，有“学人之词”之称，但并没有堆砌痕迹，反而使人感到辞采丰赡，自然隽永。他的咏落叶[声声慢]就是一首用典的杰作。

郑文焯(1856～1918)，字俊臣，号小坡、叔问，晚号大鹤山人。奉天铁岭人。光绪举人，官内阁中书。出京后，久寓苏州，为巡抚幕客。有《大鹤山房全集》。

郑文焯常以大鹤自况，欲以超然物外，但列强入侵，时局颓败，也打破了他闲适恬淡的诗心。“愁暗省，换满目胡沙，蛮气连天迥”([摸鱼儿])；“携盘夜出长门冷，渐销尽，铜仙铅泪”([玲珑四犯])，都郁结着亡国破家的凄楚。甲午战后，他在[贺新郎]《秋恨》中，简直是用滴血的心在沉吟，在质问，在抗议，在呼喊。甲午战争，日军血洗辽东半岛。作为辽东铁岭人的郑文焯尤有切肤之痛，所以他更多的是对天，即对最高统治者的愤怒。词中“夜半有人持山去”，典出《庄子·大宗师》：“夫藏舟于壑，藏山于泽，谓之固矣。然而夜半有力者负之而去，昧者不知也。”既暗指李鸿章在“猛虎深山”、“保船制敌”的幌子下，命北洋水师躲入威海卫，坐失战机，导致全军覆没，又讥刺了西太后、李鸿章等人的暗昧误国。这首词寓意深远，气势沉雄，句艳韵美，是晚清词坛不多见的佳构。

清末四大词人，在士大夫阶层中处于身卑言微的地位，思有作为而无力补天，只能在感时伤事的词中抒发忧愤凄婉的情绪，表现出悠远、浓郁、悲凉的历史感。这是他们在甲午前后歌唱的主旋律，也正是他们创作的价值所在。

第六章　资产阶级革命派作家

戊戌政变后，随着义和团反帝爱国运动的蓬勃兴起和遭到清政府与八国联军的残酷镇压，以及《辛丑条约》的签订，中国完全沦入半封建半殖民地的深渊。严峻的现实，使更多的人认识到反帝必须反清的道理。原来被骂为"乱臣贼子"的革命党人，在"庚子失败之后，则鲜闻一般人恶声相加"，并为他们武装起义的失败"扼腕叹息，恨其事之不成矣"(《孙中山选集·孙文学说》)。在这种背景下，资产阶级革命浪潮日益高涨，资产阶级民主主义思想得到了广泛传播。这时，涌现出了一批以章炳麟、柳亚子、秋瑾、邹容、陈天华等为代表的革命作家，他们在斗争实践中，用自己的笔扫荡一切反对革命的言论，为革命的胜利呐喊助威。但由于斗争的紧迫，这些革命作家没有那种"二句三年得"的从容，所以不少作品显得率易粗糙，缺乏使之久远的艺术光彩，然而作为五四新文化运动的前奏，却又有着不可磨灭的历史功绩。

革命派作家中，成就最大，影响深远的当推章炳麟、柳亚子等人。

第一节　章炳麟

章炳麟(1867～1936)，字枚叔，浙江余杭人。后因仰慕顾炎武的气节、学问，改名绛，别号太炎。曾加入康有为发起的"强学会"，并参与梁启超主办的《时务报》。戊戌政变，被追捕，逃往台湾。庚子国变后，转向革命，且与孙中山结识。1903年，在上海爱国学社任教，为邹容的《革命军》作序，倡言革命，并在《苏报》上发表《驳康有为论革命书》，痛斥保皇主张，因而被捕入狱。1906 年出狱后，东渡日本，为同盟会《民报》主笔，并在激烈的论战中击败了以《新民丛报》为阵地的康、梁等人的保皇谬论。在思想理论战线上，为辛亥革命的胜利建立了不朽的业绩。辛亥革命后，袁世凯窃夺国柄，章太炎大骂他"包藏祸心"，而被幽禁。新民主主义革命兴起时，他未能随时代前进，而日趋倒退，以至于被反动派利用来作为阻挡历史前进的绊脚石。晚年闭门讲学。著有《章氏丛书》及《续编》、《三编》等。

章太炎早期不满于桐城派和选派的为文标准，而推崇魏晋时的名理文，又因为他是一位文字学大师，文章中喜用古字。后来，随着革命的发展和需要，他的文学观也发生了变化。他为邹容《革命军》作序，以太平天国"洪氏之败"为教训，认识到舆论宣传与革命成败的关系，并批判了牢笼思想、抑制抗争意识的"主文而谲谏"的儒家诗教，高度评价了《革命军》浅近直接、昂扬激烈的战斗文风，称其为"义师先声"。

章太炎是一位有学问的革命家，著作宏富，而影响最大的，则是他曾经"见于期刊的斗争文章"。就以《驳康有为论革命书》为例，文章从民族主义、民主主义革命立场出发，用进化论、唯物论为武器，以不可辩驳的事实和强大的逻辑力量把康有为反对革命、坚持保皇的谬论批得体无完肤。言辞激烈奔放，行文酣畅淋漓，充满着革命的义愤和昂扬的斗志。另如《张苍水集后序》，表达了作者对明末民族英雄张煌言的景仰与追怀，和自己与清王室势不两立的决心。文章气韵沉雄，感人肺腑。

在革命派中，章太炎最早揭起批孔大旗。他在 1902 年完成了批孔著作《訄书》的修订，从理论上追根溯源，揭穿保皇派借孔子改制的骗术以及帝国主义利用儒教进行侵略的实质。但由于《訄书》用字古奥而影响了它的广泛传播。

太炎的诗，特别是反映革命斗争的作品，如《狱中赠邹容》、《狱中闻沈禹希见杀》等，都表现了革命者面对牢狱和杀戮，慷慨悲歌，大义凛然，誓死不屈的精神。

章太炎的批孔和反对桐城派古文、选派骈文，以及后来用白话文编写小学教科书的主张，对五四新文学运动都产生了积极的影响。至于在五四新文学运动中，立下赫赫战绩的鲁迅、钱玄同等人，都曾以弟子身份，从章太炎那里得到过革命思想的启迪和向旧世界战斗的勇气。

第二节 柳亚子

柳亚子(1887～1958)，原名慰高，字安如，更名人权，字亚卢；再更名弃疾，字亚子。江苏吴江人。少年时代就投身革命活动，1906年加入同盟会。1909年，与陈去病、高旭等人应和同盟会组建文学团体南社，为南社领袖人物，是南社中最有成就和影响的诗人。柳亚子是国民党中的左派，与宋庆龄、何香凝有“国党三仁”之称。新中国成立后，当选为中央人民政府委员，第一届全国人大常委。有《磨剑室文集》、《诗集》、《词集》，后收入《柳亚子文集》。

柳亚子经历了三个时代，他的诗词“反映了前清末年直到新中国成立后这一长时期的历史——从旧民主主义革命到社会主义革命的历史”(茅盾《解放思想，发扬文艺民主》)，被称之为史诗是当之无愧的。而柳亚子最富有生气、最为光彩照人的诗作，则主要产生在辛亥革命前后。

柳亚子是一位热烈的爱国主义者，对于历史上的爱国诗人有着特殊的感情。南宋的辛弃疾、陆游，明末的顾炎武、陈子龙、夏完淳、张煌言以及近代的龚自珍等人，他们的志节和作品都深深地感动着柳亚子，并且铸造了他的人格和诗心。

柳亚子所以更名弃疾，是因为“崇拜南宋爱国词人辛弃疾”（《柳亚子自谈名号》）。陆游曾为力主恢复中原的韩侂胄作《南园记》，因韩出师兵败，而被清议所讥。亚子深为不平，为之辩诬道：“放翁爱国岂寻常？一记《南园》目论狂。倘使平原（韩曾被封平原郡王）能灭虏，禅文九锡亦何妨。”（《王述庵论诗绝句，诋諆放翁，感而赋此》）章太炎为了激励民族意识，鼓荡反清情绪，编校张煌言的遗作《张苍水集》。柳亚子为之赋诗道：“北望中原涕泪多，胡尘惨淡汉山河。盲风晦雨凄其夜，起读先生《正气歌》。”（《题张苍水集》之二）对反抗日军占领浴血保卫台湾的诗人丘逢甲的作品，亚子认为比黄遵宪更高一筹：“时流竞说黄公度，英气终输仓海君。血战台澎心未死，寒笳残角海东云。”（《论诗六绝句》）

从爱国主义出发，柳亚子还是一位坚定的由旧民主主义到新民主主义的革命者。在他17岁时，便写出五言长诗《放歌》，全诗400余言，于批判封建专制酷虐、揭露帝国主义侵略罪行的同时，为争取“人权”、“女权”而大声疾呼。辛亥革命前后血与火的斗争中，许多志士的壮烈殉难，在柳亚子心中也不断地激起感情的波澜，使其为之慷慨悲歌。如《吊鉴湖秋女士》，在深沉的哀悼之中，洋溢着对烈士牺牲精神的赞美之情。全诗格调昂扬悲壮，给人以悲剧的崇高感。辛亥革命后，革命党宋教仁号召人们反对袁世凯窃国，而遭刺杀。柳亚子赋《哭宋遁初烈士》，在抒发悲愤郁勃的情怀之中，鼓舞人们努力奋起殄灭袁氏，表现出革命者的豪迈气概。

亚子的诗具有强烈的政治色彩，他称这些诗“是我的政治宣传品，也是我的武器”（《柳亚子的诗和字》）。但他的诗并未成为标语口号，而是在鲜明生动的形象之中，寄寓着对历史、现实或未来的思考与评价，灌注着对国家、民族、同志的炽烈感情，因而具有撼人心魄、催人奋发的力量。

亚子的诗深受龚定庵的影响，富有积极浪漫主义精神。他称“我亦当年龚定庵”（《海上赠刘季平》）。同时，他的诗中也有陆游、夏完淳等爱国志士的英魂，所以时人说他："悲歌慷慨气吞虹，君是当年陆放翁。"正因为这样，才使得柳亚子在近代诗坛上别开生面，傲视那些各种复古、守旧派诗人。

章太炎、柳亚子外的革命作家，如秋瑾（1875～1907）、陈去病（1874～1933）等人的诗，邹容（1885～1905）的政论文《革命军》，陈天华（1875～1905）的讲唱文学《猛回头》、《警世钟》等，在革命斗争中都起到了宣传群众、鼓舞人心的巨大作用，在近代文学史上留下了不可磨灭的一页。

第七章　近代小说与戏曲

近代小说的发展演变，可分三个时期：(一) 鸦片战争至光绪初年，侠妓小说盛行。(二) 甲午战后20年，谴责小说繁荣。(三) 辛亥革命至五四运动前夕，鸳鸯蝴蝶派小说兴起，并向现代小说蜕变。

第一节　侠妓小说

清代中叶以后，中国古典小说已由明清之际的鼎盛而趋于衰落。尽管鸦片战争前后，当时的社会思潮随着民族危机、阶级矛盾的深化而发生了转向，变革图强的呼声已成为时代的主旋律，但被视为"小道"的小说创作却仍然匍匐于清代严酷的文网之下和封建纲常伦理的樊篱中。于是，与社会风气相呼应的，以侠妓为题材的小说得以盛行于世。以侠为题材的小说，影响较大的有俞万春的《荡寇志》、石玉昆的《三侠五义》、文康的《儿女英雄传》等。以妓为题材的小说，陈森的《品花宝鉴》、韩邦庆的《海上花列传》、魏秀仁的《花月痕》、俞达的《青楼梦》最为有名。

《荡寇志》又名《结水浒传》。作者在"尊王灭寇"以"明国纪"的思想指导下，从金圣叹删改本《水浒》之卢俊义做噩梦续起，写陈希真父女被奸臣逼上猿臂寨落草后，仍不忘皇恩，一心要助官剿匪，"得胜梁山，作赎罪之计"，最后终于如愿以偿，梁山108将被"尽数擒拿"、"凌迟处死"。

《三侠五义》通过清官断案决狱，侠客行侠仗义，使封建统治秩序得以符合纲常伦理，以达到缓解社会矛盾、再现太平盛世的目的。

《儿女英雄传》以侠女何玉凤（十三妹）与书生安骥的婚恋为线索，描述了忠奸、正邪的斗争。最后，何玉凤在安父劝说下“登时把一段刚肠，化作柔肠，一股侠气，融为和气”，“立地回头，变作两个人，守着那闺门女子的道理才是”（十九回）。

在这三部书里，侠客义士或受招安，或效命朝廷，或回归闺门，完全丧失了对于封建秩序的叛逆精神，而异化为维护纲常伦理的工具，成为皇权的奴才。

以妓女为题材的小说，与当时的社会风气、士大夫的时尚有密切关系，是封建末世特有的一种文化现象。《花月痕》、《青楼梦》，反映了潦倒书生借狭邪故事编织梦幻，弥补现实不足的心理。《品花宝鉴》写京都士大夫狎伶的变态性行为。《海上花列传》写诸色妓女的不同命运，暴露了半殖民地化上海的种种黑暗。

这几部或写侠、或写妓的小说，在艺术上各有特点，尤以《三侠五义》最为突出。虽人物纷繁，但其中不少人物形象却写得血肉丰满、富有个性。“写草野豪杰，辄奕奕有神，间或衬以世态，杂以诙谐，亦每令莽夫分外生色。值世间方饱于妖异之说，脂粉之谈，而此遂以粗豪见长，于说部中露头角也。”（鲁迅《中国小说史略》）小说的语言自然生动，具有口语化特点，“绘声状物，甚有平话习气”（同上）。其结构精巧，组织绵密，跌宕起伏，颇能引人入胜。

第二节　谴责小说

从甲午战争到庚子之役，社会危机和民族危机日益加深，政治黑暗，官场腐败，社会动荡，“群乃知政府不足与图治，顿有掊击之意矣。其在小说，则揭发伏藏，显其弊恶，而于时政，严加纠弹，或更扩充，并及风俗”（鲁迅《中国小说史略》）。这类小说，鲁迅称之为谴责小说。

谴责小说既迎合世人心理，又因梁启超等人倡导“小说界革命”，以及城市经济的发展，印刷术的现代化，小说刊物如雨后春笋，作家辈出，遂使其出现了繁荣局面。

谴责小说中，以李宝嘉的《官场现形记》、吴沃尧的《二十年目睹之怪现状》、刘鹗的《老残游记》、曾朴的《孽海花》影响最大，被称之为晚清四大谴责小说。

李宝嘉（1867～1906），字伯元，江苏武进人。有《官场现形记》、《文明小史》、《活地狱》等十余种小说。吴沃尧（1866～1910），字小允，号趼人，广东南海人。有《二十年目睹之怪现状》、《痛史》、《九命奇冤》、《劫余灰》、《恨海》等小说。刘鹗（1857～1909），字铁云，号鸿都百炼生。祖籍江苏丹徒，徙居淮安。20岁左右，从学于太谷教派传人李晴峰。后因帮办治河有功，以知府任用。光绪二十三年（1897），应外商聘，经办企业。庚子之役，携资入京，贱价购取俄军所据太仓米，粜于饥民，并收购文物，高价卖与外人。翌年，以私售太仓粟罪被捕入狱，流放新疆，次年病死于迪化（今乌鲁木齐）。著有《老残游记》。曾朴（1872～1935），字孟朴，笔名东亚病夫，江苏常熟人。1904年开始《孽海花》创作。辛亥革命后，出任过江苏财政厅厅长、政务厅长。北伐革命时，退出政治舞台，开设真美善书店，发行《真美善》杂志。著有《孽海花》、《鲁男子》（未完稿），译有《嚣俄（雨果）戏剧全集》、莫里哀《夫人学堂》等剧，及雨果《九三年》、《笑的人》、左拉《南丹与奈侬夫人》等小说。

李伯元和吴趼人虽然都忧时伤民，反帝爱国，但他们又都反对改良派，攻击革命派，找不到一条救国救民的正确道路。他们在《官场现行记》和《二十年目睹之怪现状》中，痛快淋漓地揭露了官场的黑暗腐败，鞭挞了官吏们的寡廉鲜耻，目的在于开启官智，以达到政治清明，或者寄希望于已经失去维系人心力量的纲常名教，借以整饬人心。

这两部小说，在结构上由许多相对独立的故事联缀而成，“其记事遂率与一人俱起，亦即与其人俱讫，若断若续”。固“官场伎俩，本小异大同，汇为长编，即长篇一律”（《中国小说史略》）。在讽刺手法上，虽多变换，但夸张有时失实，锋芒往往过露，因之“感人之力顿微”（《中国小说史略》）。

《老残游记》，通过江湖医生老残的经历见闻，揭露了“清官”滥杀无辜，比赃官更为凶残的本质，谴责了张宫保采用错误治河方案，致使十几万生灵葬身鱼腹的罪行，表现了老残对于黑暗现实幻灭的悲哀。

《老残游记》的作者擅长“叙景状物”，笔法细腻逼真，清丽自然。如写铁公祠对岸千佛山上的梵宇僧楼、松柏丹枫和明湖芦花、斜阳水光相互掩映的奇绝景色，虽是大段白描，却于柔和淡雅中透出秀丽的艳美，引人入胜。另如桃花山遇虎，黄河破冰，或写虎啸生风，或写雪月交辉，或苍劲雄浑，或清新疏朗，富有诗情画意。

《孽海花》以金雯青和傅彩云的婚恋故事为线索，贯穿了许多达官、名士的琐闻逸事，展现了同治朝到光绪甲午战争30年间的文化和政治状况，反映了日益加深的民族危机，和新旧政治力量的斗争与兴衰。作者站在维新立场上，在批判士风、抨击时弊、倡言变革的同时，把希望寄托在“孤立无援”的光绪皇帝身上。小说虽未写到维新变法，但却预示了变法失败的必然性。

《孽海花》在艺术上称得是谴责小说中的佼佼者。作者在《修改后要说的几句话》中，谈到小说的结构，是以主人公做线索，贯彻诸多琐闻逸事，“譬如穿珠”，“我是蟠曲回旋着穿的，时收时放，东西交错，不离中心，是朵珠花”。“我是波澜有起伏，前后有照应，有擒纵，有顺逆。”作品本身的结构确是这样，比《儒林外史》是一大进步。但作为线索的傅彩云，和表现作品的主题思想关系不大。金雯青亦非官场中的核心人物，因而结构虽工巧，却太著斧迹，没有浑然天成之妙。

《孽海花》共写了200多个人物，多是对实有其人的影射，但往往是一闪即逝，给读者没有留下什么印象。其中也有一些人物的个性写得比较突出，如傅彩云、夏雅丽、金雯青、庄小燕、龚和甫等。由于作者熟悉官僚名士，洞悉妓女生活，往往选取不多的典型细节，略加点染，便使这些人物栩栩如生。而唐常肃(影射康有为)、孙汶(影射孙中山)等人物，则写得十分干瘪。小说的语言，过于典雅，常杂以骈词俪句，使作品不是那么通俗易懂。另外，对人物事件的臧否上，辞气浮露，笔无藏锋。未给读者留下回味余地。

第三节　鸳鸯蝴蝶派小说

辛亥革命后，革命成果落入封建军阀手中。各派军阀在其所投靠的帝国主义支持下，或称帝，或复辟，或争战，闹得乌烟瘴气，生灵涂炭。中国向何处去？许多人在困惑迷惘中，继续着痛苦的探索，而一些失意的文人、才子则跑到上海，混迹租界，开始写一些言情小说，换取稿费，聊以为生。他们发表作品的刊物先后有十几种之多，最有影响的是借美国《礼拜六晚邮报》之名，命名的《礼拜六》周刊。其发刊宗旨，无非是“游戏笔墨，备人消闲”。其内容多写新式的才子佳人“相悦相恋，分拆不开，柳荫花下，像一对蝴蝶，一对鸳鸯”(鲁迅《二心集·上海文艺之一瞥》)，故有鸳鸯蝴蝶派之称。这种服务于有闲阶级，或迎合市民趣味的小说创作，为了市场效益的常盛不衰，也经常变换货色品种。于是言情之外，又有黑幕、娼门、武侠、家庭、社会、神怪、侦探、历史、公案等类名目出现。人们遂把这诸多门类皆归之于鸳鸯蝴蝶派。也有人认为以鸳鸯蝴蝶派涵盖之，并不恰切，不如用最有名气的《礼拜六》周刊之名，称做“礼拜六派”。

这一派作家的代表人物有包天笑、周瘦鹃、徐枕亚、郑逸梅等。他们的创作主流是不健康的，但也不可一概而论。其中也有揭露社会黑暗，批判封建意识，揭露军阀政客，呼唤民主共和为内容的作品。如徐枕亚的长篇文言小说《玉梨魂》，写的是家庭教师何梦霞与年轻孀妇在封建道德桎梏下的爱情悲剧。

鸳鸯蝴蝶派小说，产生于新旧交替的历史时期，也显示出了由传统小说向现代小说蜕变的迹象。原有的章回体已不再成为长篇小说的固定模式，多数是仅分章节而无对偶回目，摒弃了开头结尾的套语。在结构上倒叙式布局的采用，以及在人物形象的塑造方面，对于对话、心理、场景等描写手段的自觉运用和在题材方面的多向选择，与对神仙怪诞式情节的摆脱，都反映了西方小说艺术对中国作家的影响越来越深。另外，在小说理论上，管达如的《说小说》(《小说月报》1912 年第五，第七至十一期)和吕思勉的《小说丛话》(《中华小说界》1914 年第三至第五期)，对以往小说创作经验进行了系统的研究和总结。这一切都表明了中国小说由古代向现代蜕变的历程。

第四节　苏曼殊的小说创作

苏曼殊(1884～1918)，字子谷，又名玄瑛，曼殊是他出家为僧的法号。广东中山县人。父亲曾任英商驻日本横滨的茶行买办。生母若子，是位日本下女，生曼殊三月即离开苏家。曼殊被父妾河合仙抚养，遂视河合仙为亲母。甲午战争后，随父母回国，后因家道中落，又随母亲到了日本。先后就读于横滨大同中学、早稻田大学、振武学校。1902 年，加入留日革命组织青年会，不久又参加拒俄义勇队。曼殊的革命举动遭到表兄反对，遂失去了经济来源而被迫返国，并削发为僧。后在上海任《国民日报》编辑，与革命人士陈独秀合译嚣俄(雨果)的小说《惨世界》。1906 年,再至日本东京,与章太炎和刘师培、何震夫妇住在一起,并教何震绘画。刘师培夫妇变节,为清廷侦探,革命党人有疑曼殊者,章太炎为之辩诬,发表《书苏玄瑛事》,称其为"厉高节,抗浮云者"。

辛亥革命后,曼殊未涉足仕途,仍以卖文教书为生。时局的黑暗,使他在对革命的幻灭中,或感伤愤激,或消极颓唐,遂将自身对于现实的体验,一一寄于小说创作。

苏曼殊在创作小说之前,曾与陈独秀合译过《惨世界》。这是一部对原作进行过改造的特殊作品。小说塑造了白男德这位救国拯民而牺牲的个人英雄主义者的形象,并寄寓了批孔反清的爱国主义情怀。除这篇外,曼殊创作的六篇小说,基本上属于三角模式的婚恋悲剧,所以周作人在《答芸深先生》信中,把曼殊称为鸳鸯蝴蝶派的大师。这话虽有道理,但曼殊小说所蕴含的时代苦闷和文化背景,确又具有一定的典型意义,非一般鸳鸯蝴蝶派小说可与同日而语。

《断鸿零雁记》是曼殊的代表作。主人公三郎与雪梅青梅竹马,自幼由双方父母订有婚约。三郎父亲去世后,家道衰落,女方的父亲便欲毁约。三郎知雪梅钟情于己,不忍使她为己郁郁而死,遂出家以绝彼望。后三郎东渡日本寻母,遇表姐静子,相互爱悦。三郎因已皈依佛门,而偷偷出走,回归故国,始知雪梅为继母逼嫁,已绝粒而亡。

故事中的雪梅是"古德幽光"式的传统女性,具有东方女子的娴雅、温柔和执着。静子则属于附丽于资产阶级文明的现代女性,热情、聪明、果敢。两人都是那样美,都有让人迷恋之处,但比照三郎所理想的女性,又不尽如意。这种困惑,反映了作者在西学东渐、中学与西学、东方文明与西方文明碰撞过程中的矛盾心态,也反映了当时许多知识分子以一种简单方式在选择"中化"或"西化"问题上的迷惘。

《绛纱记》中，作者拼凑了一个理想中的女性形象马玉鸾。她“居英伦究心历理五稔”、“治泰西文学卓而出群”，但又“尝割臂疗父病”，并为“沦于不善，相率为伪”而受刑的丈夫守节。如此把西方资产阶级文明与东方封建文化中的落后愚昧糅合在一起，岂非咄咄怪事！这也正表明了中国资产阶级心灵上积淀的封建文化之深，中国资产阶级与封建地主阶级仍然有着千丝万缕的联系。这不仅是苏曼殊悲剧性格的原因之一，也是辛亥革命之所以失败的重要因素之一。至于如何继承东方文化中的优秀传统和汲取西方文明中的精华问题，只有到了五四时代，才有人做出正确的回答。

曼殊的小说，多具自传性质。故事情节离奇多变，人物心理描写细腻，富有情感的叙述语言，都反映出中、西方文学对他的影响。但同一模式的结构，和某些违背生活逻辑、随心所欲的情节设置，以及人物的类型化，都表现出其文笔的生涩与幼稚。

第五节　近代戏曲

近代戏曲可以以梁启超发动戏曲改良运动为界限，分为前后两个时期。

早在清代中叶，长期统治剧坛的昆腔和弋阳腔逐渐趋向衰微，而被称之为花部的各种地方戏却得到蓬勃发展。进入近代，山西梆子、河北梆子、豫剧等梆子剧种，川剧、湘剧、赣剧等高腔（弋阳腔）剧种，汉剧、徽剧、粤剧等皮黄剧种，再加上已经衰微的昆腔，形成了四大声腔系统并列的局面。我们可以按照戏曲音乐结构，将这四大声腔划分为两种不同的结构体系：一种是曲牌联套的结构，一种是板式变化的结构。

曲牌联套的结构是指在多首曲调联合的基础上，按照一定的宫调类别和排列顺序，将这些曲调联缀成成套的组曲。它以昆腔和高腔系统为主，是传统杂剧和传奇的音乐结构形式。随着昆腔和弋阳腔的衰微，杂剧和传奇的创作也趋于末路。这一时期的传奇和杂剧作家，只有黄燮清、范元亨、陈烺、许善长、钟祖芬等比较有名。他们的作品或嘲骂丑恶的人情世态，或批判统治者的腐败无能，或揭露鸦片输入给国民带来的灾难，具有一定的思想意义。不过，他们把重整封建伦理纲常作为挽救社会的灵丹妙药，则表现了他们的迂腐。

同曲牌联套的结构不同，板式变化结构是在某一首曲调的基础上，以七字句或十字句为基本句式，运用各种板式的变化，将这个基本曲调作种种不同的变奏发展，以构成一场戏或一出戏。板式结构最早在梆子腔中运用，后来亦为皮黄腔和其他剧种吸收。京剧就属于板式变化结构的音乐系统。

京剧是以西皮、二黄两种腔调为主的剧种。二黄是徽腔的主要唱腔。乾隆末年，三庆、四喜、春台、和春四大徽班首先把二黄戏带进北京。西皮是西北梆子腔在湖北经过加工形成的。道光年间，湖北演员王洪贵、余三胜带汉调入京加入徽班，西皮和二黄调同台演出，逐渐融合，至道咸年间，终于形成了京剧。此后，京剧便迅猛发展，并取代昆腔而主盟剧坛。

京剧的剧本十分丰富，仅解放后收集到的京剧传统剧目就有1200多种。这些剧本取材于古代军事、政治斗争的历史故事的数量最多，其次是公案武侠戏和武功戏。像《空城计》、《群英会》、《挑滑车》、《打龙袍》、《打渔杀家》等，都是长期上演不辍的著名剧目。《打渔杀家》取材于《水浒后传》，写参加过梁山起义的英雄好汉萧恩，起义失败后携女桂英打鱼为生，因交不起鱼税而屡遭地方恶霸丁员外的凌辱。在忍无可忍的情况下，他杀了丁员外一家，出走他乡。作品写萧恩一再忍让而终至奋起反抗，深刻地揭示了官逼民反的社会现实。

戊戌变法失败后，梁启超逃亡国外。1902年，他在《新民丛报》连续发表《劫灰梦》、《新罗马》、《侠情记》三种传奇，吹响了戏曲改良的号角。一时间，蒋观云、柳亚子、陈去病、陈独秀等纷纷撰文，强调戏曲对改良社会、唤醒民众的重要作用，要求戏曲反映民族灾难，表彰民族英雄，表现欧洲资产阶级革命历史，为资产阶级改良和革命运动服务。

理论的探索带来了创作的繁荣。据阿英《晚清戏曲小说目》提供的资料，1903 年以后发表的剧本，就达 150 种之多。这些剧本大致可分为时事剧、历史剧和神话寓言剧。时事剧多取材于当时重大事件，如《苍鹰击》、《皖江血》写徐锡麟刺杀恩铭；《轩亭冤》、《六月雪》写秋瑾殉难的经过；《革命军》写邹容因撰写《革命军》而被捕入狱；《维新梦》写百日维新的经过；《宦海潮》抨击当时官场的黑暗；《海侨春》揭露美国迫害华工等等。这些作品，都从不同侧面配合了当时的政治斗争，充满了奋发向上的战斗精神和强烈的爱国思想。历史剧的创作则借中外历史，表彰民族英雄，宣传民主、自由思想。

上述文人剧作多采用杂剧和传奇的传统形式，再加上关目安排和语言运用上与戏曲演出实践脱节，所以上演率极低。同时，过分强调戏曲创作的政治宣传功能，也限制了艺术上的创造性。真正使戏曲由案头、报刊走上舞台的，是戏曲界的表演艺术家和作家，如汪笑侬、黄吉安、成兆才等。

汪笑侬(1858～1918)，满族人，本名德克金，字润田，别署竹天农人。光绪举人，后任河南太康知县，因刚正不阿而被劾罢官，遂投身于戏曲界，从事京剧创作和演出活动。他一生创作、改编的京剧剧本达 50 多种，其中《党人碑》、《哭祖庙》、《博浪椎》、《骂阎罗》等，都是风靡一时的优秀作品。其作品虽多为历史剧，但都能有为而发，紧密配合当时的政治斗争。如《党人碑》写奸臣陷害忠良，就是有感于戊戌六君子殉难反被以骂名而作。《博浪椎》敷演张良谋刺暴君秦始皇的故事，就写于袁世凯窃国篡权之时。《哭祖庙》写蜀汉刘禅在魏国的进攻面前准备投降，其子刘湛哭谏不从，便哭祭祖庙，自刎而死，对清政府的卖国投降政策是愤怒的鞭挞。其作品关目安排简洁明晰，语言通俗而富有文采，尊重京剧固有的模式而又敢于大胆创新，对京剧的发展做出了重大贡献。

黄吉安(1836～1924)，四川成都人，近代川剧改良运动的重要作家。他 66 岁始从事戏曲创作，积 20 余年，创作和改编剧本达百种之多。其作品大多歌颂民族英雄，抨击卖国投降，如《柴市节》写文天祥，《金牌诏》写岳飞，《林则徐》写林则徐，《江油关》写马邈降敌求荣等，都有一定的现实意义。

成兆才(1874～1929)是评剧的创始人和重要作家，一生创作和改编剧本 90 余种。他的反映现实生活的剧作《杨三姐告状》，写民国初年少女杨三姐为替姐姐伸冤，经历种种磨难，层层上告，终于惩办了凶手的故事。剧作暴露了军阀统治下官场的黑暗和腐败，歌颂了杨三姐不屈的斗争精神。

话剧也产生于戏曲改良运动的浪潮中。早在 1900 年前后，就出现了接近话剧的上海学生演剧活动。1906 年底，留学日本的曾孝谷、李息霜等组织了我国第一个话剧团体春柳社，开始了话剧的创作和演出活动，并获得了成功。1907 年，王钟声在上海组织了春阳社。1910 年，任天知又组织了进化团。此后，话剧团体不断涌现，话剧艺术日趋成熟，有力地配合了当时的政治斗争。辛亥革命失败后，话剧一度处于低潮，直到五四之后才又逐渐发展起来。早期的话剧剧本多为翻译改编的外国作品。直接反映现实的话剧虽然很多，但由于在演出时只有一张幕表(即提纲)，所以没有作品流传下来。